LA TRAQUE DANS LA PEAU

Robert Ludlum, maître incontesté du suspense, est l'auteur de plus de vingt romans, vendus à plus de deux cents millions d'exemplaires à travers le monde et traduits en trente-deux langues. Il lance le personnage de Jason Bourne en 1980 avec *La Mémoire dans la peau*, premier volume d'une série ininterrompue de triomphes internationaux qui a été adaptée au cinéma avec Matt Damon dans le rôle principal. Robert Ludlum est décédé en 2001.

Né à New York en 1946, diplômé de l'université Columbia, Eric Van Lustbader a été enseignant puis a travaillé dans l'industrie du disque. Il est l'auteur de nombreux best-sellers, dont *Le Ninja*. À la suite de Robert Ludlum, il a repris le flambeau des aventures de Jason Bourne.

Paru dans Le Livre de Poche :

L'ALERTE AMBLER
LE CERCLE BLEU DES MATARÈSE
LE COMPLOT DES MATARÈSE
LE DANGER ARCTIQUE
LE DANGER DANS LA PEAU
LA DIRECTIVE JANSON
L'HÉRITAGE SCARLATTI
LA MÉMOIRE DANS LA PEAU
LA MISSION JANSON
LA MORT DANS LA PEAU
LA MOSAÏQUE PARSIFAL
LE PACTE HOLCROFT
LA PEUR DANS LA PEAU
LA POURSUITE DANS LA PEAU
LA PROGRESSION AQUITAINE
LE PROTOCOLE SIGMA
LA STRATÉGIE BANCROFT
LA TRAHISON DANS LA PEAU
LA TRAHISON PROMÉTHÉE
LA TRAHISON TRISTAN
LA TRILOGIE JASON BOURNE : LA MÉMOIRE DANS LA PEAU/
LA MORT DANS LA PEAU/LA VENGEANCE DANS LA PEAU

En collaboration avec Gayle Lynds :

LE CODE ALTMAN
OBJECTIF PARIS
OPÉRATION HADÈS

En collaboration avec Patrick Larkin :

LE VECTEUR MOSCOU
LA VENDETTA LAZARE

En collaboration avec Philippe Shelby :

LE PACTE CASSANDRE

d'après

ROBERT LUDLUM

Eric Van Lustbader

La Traque dans la peau

Le territoire de Bourne

TRADUIT DE L'ANGLAIS (ÉTATS-UNIS) PAR FLORIANNE VIDAL

GRASSET

Titre original :

THE BOURNE DOMINION

ISBN : 978-2-253-18426-3 – 1re publication LGF

À la mémoire de Barbara Skydel

Merci à Sam Gold, Ken Dorph

Prologue

Phuket, Thaïlande, 2010

Jason Bourne se frayait un chemin à travers la boîte de nuit. Une musique assourdissante se déversait des enceintes hautes de trois mètres, placées aux deux extrémités d'une gigantesque piste de danse ; le genre de bruit qui vous transperce, vous ébranle le cœur et l'âme. Au-dessus des têtes qui ondulaient comme une houle, filtrait une aurore boréale constituée de points lumineux emportés dans un inlassable processus de fragmentation, recomposition, refragmentation, dont la projection sur le plafond en forme de dôme donnait l'illusion d'une myriade de comètes et d'étoiles filantes.

De l'autre côté de la marée humaine, une femme dotée d'une épaisse chevelure blonde se faufilait entre les couples en tout genre. Bourne la repéra et partit dans sa direction ; il eut l'impression de s'enfoncer dans un matelas moelleux. La chaleur était palpable, la neige qui fondait sur le col de fourrure de son manteau lui mouillait les cheveux. La femme passait alternativement de l'ombre à la lumière, comme un petit poisson à la surface d'un lac ensoleillé. Elle semblait avancer par bonds, une seconde ici, l'autre là. Bourne sentait les pulsations des basses et de la batterie se substituer aux battements de son pouls.

Lorsqu'il comprit qu'elle se dirigeait vers les toilettes, il changea de cap et prit un raccourci entre les corps emmêlés. Il arriva devant la porte au moment même où elle disparaissait à l'intérieur. Par le fugace entrebâillement, des odeurs de marijuana, de sexe, de sueur jaillirent en tourbillonnant et s'enroulèrent autour de lui.

Il s'effaça pour laisser deux jeunes sortir en titubant dans un nuage de parfum et de rires, puis il s'introduisit dans la pièce carrelée. Devant les lavabos, trois femmes couvertes de bijoux clinquants, les cheveux devant les yeux, sniffaient de la coke avec une telle application qu'elles ne le virent même pas entrer. Il s'accroupit pour jeter un œil sous les portes des cabines. Une seule était occupée. Il prit son glock, vissa le silencieux au bout du canon et d'un coup de pied, défonça le battant. La blonde aux yeux bleu glacier pointait sur lui un petit Beretta .22 plaqué argent. Bourne lui tira une balle en plein cœur, une autre dans l'œil droit.

Quand le front de sa victime heurta le carrelage, Bourne s'était déjà envolé…

*

Il ouvrit les yeux sous la clarté scintillante des tropiques. Au loin, l'azur profond de la mer d'Andaman, les bateaux à voile et à moteur se balançaient au bout de leurs amarres. Bien qu'allongé sur la plage de Patong Beach à Phuket, il frissonna comme s'il se baladait encore à l'intérieur de ce souvenir tronqué. Dans quel pays se trouvait cette discothèque ? Norvège ? Suède ? À quand remontait cette scène ? Et qui était la femme qu'il avait exécutée ? Une cible désignée par Alex

Conklin. Un contrat qui datait d'avant sa chute dans la mer Méditerranée, avant son traumatisme crânien. De cela au moins, il était sûr. En revanche, il ignorait pourquoi Treadstone avait décidé la mort de cette personne. Il avait beau se creuser la tête, s'évertuer à recoller tous les morceaux, ce souvenir lui échappait, telle une fumée qu'il chercherait à emprisonner au creux de sa main. Il revoyait le manteau à col de fourrure, ses propres cheveux trempés par la neige. Mais quoi d'autre ? Le visage de la blonde sur la piste de danse ? Il clignotait au rythme des stroboscopes. L'espace d'un instant, les pulsations sonores lui traversèrent le corps puis elles s'éteignirent comme les derniers rayons du soleil couchant.

Qu'est-ce qui avait bien pu raviver ce fragment mémoriel ?

Il se leva, se retourna et aperçut au loin les silhouettes de Moira et de Berengária Moreno Skydel. Elles se détachaient en ombres chinoises sur le ciel incandescent, les nuages plus que blancs, les collines vertes et ocre, dressées comme des doigts sur l'horizon. Moira l'avait invité à séjourner quelque temps dans l'*estancia* de Berengária, à Sonora, mais Bourne avait opté pour un lieu de villégiature plus éloigné de la civilisation. Raison pour laquelle ils venaient de passer ensemble trois jours et trois nuits dans cette station balnéaire sur la côte ouest de la Thaïlande. Moira en avait profité pour lui expliquer ce qu'elle faisait à Sonora avec la sœur de feu Gustavo Moreno, le célèbre narcotrafiquant. Les deux femmes lui avaient demandé son aide. Il avait accepté. Le temps était un facteur essentiel, selon Moira. Voilà pourquoi Bourne prévoyait de partir pour la Colombie dès le lendemain.

Une femme en bikini orange entrait dans l'eau en levant les genoux à la manière d'un cheval au trot. Son épaisse chevelure paille luisait sous le soleil. Toujours obnubilé par la scène de la discothèque, Bourne la suivit des yeux. Il voyait jouer ses muscles sous la peau bronzée de son dos. Quand elle se tourna vers lui, il remarqua le joint sur lequel elle tirait allègrement. Un instant, ses effluves douceâtres atténuèrent le piquant de la brise marine. Soudain, la femme tressaillit, le joint disparut dans les vagues. Bourne suivit son regard.

Trois policiers marchaient vers eux. Leur tenue civile ne trompait personne. La femme en bikini s'éloigna, persuadée qu'ils venaient pour elle. Elle avait tort. Seul Bourne les intéressait.

Sans hésiter, il s'avança vers la mer, espérant ainsi les éloigner de ses deux amies. Il savait que si Moira le voyait en danger, elle se lancerait à son secours. Or, il ne voulait pas l'impliquer. Juste avant de plonger sous une vague, il vit un policier lever la main comme pour le saluer mais quand il refit surface, loin du rivage, il comprit que ce geste était un signal. Deux jet-skis WaveRunner FZR convergeaient vers lui. Sur chacun deux hommes, le pilote et son passager en tenue de plongée. Bourne était pris en tenaille.

Il se mit à nager vers le *Parole*, un petit voilier ancré quelques dizaines de mètres plus loin. Qui étaient ces types ? Quand on voyait leur coordination, leur tactique d'approche impeccable, on éliminait d'emblée les flics thaïlandais dont le savoir-faire laissait à désirer. Non, ils travaillaient forcément pour une autre entité. Bourne avait sa petite idée là-dessus. Cela faisait quelque temps qu'il s'attendait à des représailles de la part de Severus Domna, l'organisation secrète dont il avait fait capoter les plans, quelques mois auparavant. Il remit ces réflexions à plus tard ; pour l'instant, il s'agissait d'échapper à ses poursuivants. Ensuite, il quitterait le pays pour tenir la promesse qu'il avait faite à Moira d'assurer la sécurité de Berengária.

Après une douzaine de brasses, il arriva devant le *Parole* et se hissa sur le pont. Il se relevait quand une rafale d'arme automatique fit tanguer le petit bateau. Bourne se jeta à plat ventre en s'accrochant à un cordage en nylon puis il écarta les bras et s'agrippa aux plats-bords. Quand la deuxième rafale retentit, les jet-skis n'étaient plus qu'à quelques mètres. Les remous qui se formaient dans leur sillage sinueux agitaient si violemment le voilier que Bourne n'eut aucune peine à le faire chavirer. Pendant qu'il se retournait, Bourne se laissa tomber en arrière en battant l'air de ses bras, comme s'il venait de prendre une balle.

Les jet-skis slalomèrent autour de la coque renversée, le temps de vérifier qu'aucune tête ne dépassait des vagues. Leur recherche n'ayant rien donné, les deux passagers ajustèrent leurs masques et attendirent que les pilotes ralentissent pour basculer dans l'eau, la main collée sur la vitre.

Bourne, qui s'était réfugié sous la coque, respirait dans la poche d'air coincée entre le pont et l'eau. Ce répit fut de courte durée. Très vite, des colonnes de bulles jaillissant des détendeurs troublèrent l'onde transparente. En contrebas, il aperçut les plongeurs monter vers le bateau, venant de deux directions différentes.

En toute hâte, il attacha la corde en nylon au taquet de tribord. Quand le premier plongeur s'approcha de lui, il se baissa, lui passa le filin autour du cou et tira de toutes ses forces. Pour pouvoir se défendre, l'homme dut lâcher son fusil-harpon. Profitant de cette seconde d'affolement, Bourne lui arracha son masque, ce qui l'aveugla, puis s'emparant du harpon, pivota vers le deuxième plongeur et lui décocha une flèche dans la poitrine.

Le courant venant des profondeurs dispersa l'épaisse traînée sanglante. Sachant que l'hémorragie risquait d'attirer les requins, Bourne regagna son abri sous la coque, juste le temps de remplir ses poumons d'air, puis il replongea pour s'occuper du premier homme et, ce faisant, traversa la nappe d'eau rougie. Le cadavre flottait à quelques mètres sous la surface, bras écartés, palmes pointées vers les ténèbres. Bourne allait se rétablir quand il sentit la corde en nylon s'enrouler autour de son cou et les genoux du premier plongeur prendre appui au creux de ses reins. L'homme se mit à tirer des deux mains sur la corde que Bourne tentait vainement d'attraper en jetant les bras en arrière. Il avait beau fermer la bouche, quelques petites bulles en sortirent malgré lui. Le nylon qui lui sciait le cou écrasait sa trachée artère et l'empêchait de remonter pour respirer.

S'il avait suivi son instinct, il se serait débattu. Mais s'agiter était le meilleur moyen d'étouffer et de perdre ses dernières forces. Par conséquent, il décida d'imiter l'homme mort qui dérivait à un mètre de là et se laissa porter par le courant. Son agresseur le ramena vers lui en tirant sur la corde puis il brandit son couteau de plongée dans la nette intention de lui administrer le coup de grâce.

Au dernier moment, Bourne recula le bras et appuya sur le bouton PURGE du détendeur. L'air jaillit avec une telle puissance que le plongeur desserra involontairement les mâchoires. Bourne lui arracha le détendeur, ce qui provoqua une nouvelle gerbe de bulles. Dès qu'il sentit la corde prendre du mou autour de son cou, Bourne se libéra puis, se plaçant face à l'homme, essaya de lui bloquer les bras. L'autre leva son poignard, mais Bourne l'écarta d'un coup de poing. Cependant, son adversaire réussit à le saisir à bras-le-corps et à le maintenir sous l'eau.

Se voyant immobilisé, Bourne s'empara de l'octopus – le détendeur de secours –, le mit dans sa bouche et aspira une goulée d'air salvatrice. Le visage livide, les traits crispés, le plongeur s'escrimait à récupérer son bien sans y parvenir. Au bout de plusieurs tentatives infructueuses, il se remit à jouer du couteau dans l'espoir de blesser Bourne ou du moins de sectionner le tuyau du détendeur secondaire. En vain. Bourne le vit cligner des paupières puis ses yeux se révulsèrent et l'agonie commença. L'homme lâcha son arme. Bourne essaya de l'attraper mais trop tard, elle était déjà hors de portée. Il la vit tomber en tournoyant dans les profondeurs.

Grâce à l'octopus, Bourne respirait normalement mais ce relatif confort ne durerait pas. La purge avait presque vidé les bouteilles et les jambes du plongeur mort lui enserraient les hanches comme les mâchoires d'un étau. De plus, la corde en nylon enroulée autour de leurs deux corps les emprisonnait dans un genre de cocon. Bourne luttait pour défaire les nœuds quand il sentit une présence. Une onde gigantesque agita la masse liquide et roula sur sa peau, tel un frisson venu des abysses. Le requin apparut. Une bête de trois mètres de long, d'un beau noir filé d'argent. Il s'approchait de biais, à vive allure, attiré par Bourne et les deux cadavres. Il avait reniflé le sang et repéré les corps qui, en s'agitant, lui avaient envoyé des vibrations annonciatrices d'un copieux festin.

Bourne se retourna prestement, le cadavre toujours en remorque, nagea jusqu'au premier plongeur, détacha le harnais qui retenait ses bouteilles et le regarda s'enfoncer entre les nuages sanglants. La gueule béante, le requin bifurqua, fonça droit vers le cadavre dont il arracha un bon morceau. Sachant que d'autres squales ne tarderaient pas à rejoindre leur congénère pour la curée, Bourne redoubla d'efforts.

Il dégrafa la ceinture de plomb de l'homme attaché à lui, récupéra les bouteilles, se colla le masque sur le visage et s'oxygéna une dernière fois, puis il entreprit de remonter, le cadavre toujours agrippé à lui dans une étreinte macabre. Bourne parvint à dénouer la corde qui les liait mais hélas, ses hanches restaient coincées entre les jambes du plongeur.

Dès qu'il creva la surface, un pilote de jet-ski le repéra et fila dans sa direction. Espérant qu'avec son masque, il le prendrait pour l'un de ses complices, Bourne lui fit un grand signe. Pendant que le WaveRunner ralentissait, Bourne se débarrassa complètement de la corde, saisit l'arrière du jet-ski, se hissa à demi hors de l'eau et tendit le bras pour tapoter le genou du pilote, lequel mit les gaz. Avec la vitesse, les jambes du plongeur commencèrent à glisser. Bourne insista en cognant sur les genoux crispés jusqu'à ce qu'il entende un os craquer. Enfin libre.

D'un coup de reins, il sauta à califourchon sur le WaveRunner. Une seconde plus tard, ayant brisé le cou du pilote, il le balançait à la baille non sans avoir au préalable décroché le fusil harpon que sa victime portait à la ceinture. Ayant surpris la scène de loin, l'autre pilote fit demi-tour mais quand il vit Bourne foncer sur lui, il commit l'erreur fatale de sortir son pistolet. Il tira deux fois sans réussir à viser correctement, à cause des secousses. Parvenu à sa hauteur, Bourne le désarçonna en le frappant avec le fusil harpon et prit immédiatement sa place sur la selle.

Seul à présent sur la mer bleu saphir, Bourne quitta les lieux sans demander son reste.

LIVRE PREMIER

1

Une semaine plus tard

« Ils nous font passer pour des abrutis. »
Le président des États-Unis décochait des regards courroucés aux personnes assemblées dans le Bureau ovale comme des soldats au garde-à-vous. Dehors, le soleil brillait dans un ciel sans nuages mais à l'intérieur, l'électricité ambiante évoquait les pires nuits d'orage. Un orage typiquement présidentiel.

« Comment avons-nous pu en arriver là ?

— Les Chinois ont plusieurs années d'avance sur nous, dit Christopher Hendricks, le secrétaire à la Défense nouvellement nommé. D'abord, ils ont construit des réacteurs nucléaires pour cesser de dépendre du pétrole et du charbon. Et maintenant, voilà qu'ils contrôlent 96 % de la production mondiale de terres rares.

— Les terres rares ! tonna le président. Qu'est-ce que c'est que ce truc ? »

Le général Marshall, chef d'état-major du Pentagone, passa d'un pied sur l'autre, visiblement mal à l'aise. « Ce sont des minerais qui…

— Avec tout le respect que je vous dois, général, le coupa Hendricks, les terres rares sont des éléments. »

Mike Holmes, conseiller à la Sécurité nationale, se tourna vers Hendricks. « Quelle différence ça fait, bordel ?

— Chaque oxyde de terre rare possède des propriétés particulières, expliqua Hendricks. Les terres rares tiennent une part essentielle dans la plupart des nouvelles technologies. À titre d'exemple, elles entrent dans la fabrication des voitures électriques, des téléphones cellulaires, des éoliennes, des lasers, des supraconducteurs, des aimants high-tech, et – chose encore plus importante pour vous tous, messieurs, et surtout vous général – elles servent à la construction du matériel militaire dans tous les domaines touchant à notre sécurité : l'électronique, l'optique, la magnétique. Prenez l'avion sans pilote Predator ou n'importe laquelle de nos munitions à guidage de la prochaine génération, le ciblage laser, les réseaux de communication par satellite. Tout cela n'existerait pas sans les terres rares que nous importons de Chine.

— Eh bien alors, pourquoi on ne l'apprend que maintenant, nom de Dieu ? » tonna Holmes.

Le président saisit du bout des doigts les quelques feuilles posées sur son bureau et les souleva comme s'il voulait les suspendre à une corde à linge. « Ceci s'appelle Exhibit A. Six mémos rédigés par Chris au cours des vingt-trois derniers mois à l'intention des membres de votre personnel, général. Les points qu'il vient d'évoquer sont tous abordés dans ce dossier. » Le président choisit un mémo et le parcourut des yeux. « Y a-t-il une seule personne au Pentagone qui soit au courant que la construction d'une éolienne nécessite deux tonnes d'oxydes de terres rares ? Et que nos éoliennes sont importées de Chine ? » Il regarda le général Marshall d'un œil inquisiteur.

« Je n'ai jamais vu ces mémos, dit sèchement Marshall. Je n'ai pas connaissance…

— Ils vous ont pourtant été envoyés, ce qui signifie qu'une personne de votre entourage au moins les a lus, l'interrompit le président. J'en conclus que votre communication interne est merdique, général. » Le président disant rarement de gros mots, ses paroles furent suivies d'un silence choqué. « Et ça, c'est la version sympa, poursuivit le président. Si j'étais méchant, je dirais qu'il s'agit d'une négligence relevant de la faute lourde.

— La faute lourde ? » Marshall cligna des yeux. « Je ne comprends pas. »

Le président soupira. « Éclairez sa lanterne, Chris.

— Voilà cinq jours, reprit Hendricks, les Chinois ont amputé de 70 % leurs exportations d'oxydes de terres rares. Ils comptent les stocker pour leur propre usage, comme je l'avais prévu dans mon deuxième mémo au Pentagone, envoyé il y a treize mois.

— Et comme personne n'a rien fait, dit le président, nous nous retrouvons dans la merde jusqu'au cou.

— On s'en sert pour tout. Les missiles de croisière Tomahawk, le projectile d'artillerie à guidage longue portée Excalibur XM982, la bombe intelligente GBU-28 Bunker Buster, énuméra Hendricks en comptant sur ses doigts. Mais aussi les fibres optiques, la technologie de vision nocturne, le Multipurpose Integrated Chemical Agent Detector connu sous le nom de MICAD et servant à détecter les poisons chimiques, les cristaux Saint-Gobain pour la détection accrue des radiations, les transducteurs sonar et radar… » Il pencha la tête. « Dois-je poursuivre ? »

Le général lui adressa un regard furibond mais eut la sagesse de taire ses pensées assassines.

« Alors ? » reprit le président en pianotant sur son bureau. « Comment allons-nous sortir de ce foutoir ? » Sa question n'appelait pas de réponse. Il pressa un bouton de son interphone et ordonna : « Faites-le entrer. »

Un moment plus tard, un petit bonhomme chauve et rondouillard fit irruption dans le Bureau ovale. Peut-être fut-il intimidé par la puissante assemblée ; en tout cas, il n'en montra rien. En revanche, il exécuta une petite courbette comme s'il s'adressait à une tête couronnée. « Monsieur le président, Christopher. »

Le président sourit. « Messieurs, je vous présente Roy FitzWilliams. Il est responsable d'Indigo Ridge. À part Chris, l'un d'entre vous aurait-il entendu parler d'Indigo Ridge ? C'est bien ce que je pensais. » Il hocha la tête. « Fitz, à vous la parole.

— Merci monsieur le président. » FitzWilliams pencha la tête et la redressa dans un mouvement élastique. « En 1978, la compagnie Unocal a acheté Indigo Ridge, une région de Californie possédant les plus vastes gisements de terres rares au monde, en dehors de la Chine. Le géant du pétrole comptait les exploiter mais n'a jamais eu le temps de mettre le projet en marche. En 2005, une société chinoise a lancé une offre de rachat sur Unocal. Offre bloquée par le Congrès qui craignait pour la sécurité nationale. » Il se racla la gorge. « Le Congrès redoutait qu'en s'emparant d'Unocal, les Chinois ne monopolisent le raffinage des produits pétroliers.

Mais à l'époque, personne ne se préoccupait d'Indigo Ridge ni, en l'occurrence, des terres rares.

— Ainsi donc, intervint le président, c'est uniquement par la grâce de Dieu que nous avons gardé le contrôle sur Indigo Ridge.

— Ce qui nous amène à considérer la situation actuelle, reprit Fitz. Vos efforts, monsieur le président, et les vôtres, monsieur Hendricks, nous ont permis de créer une compagnie appelée NeoDyme. Or pour fonctionner, NeoDyme a besoin de sommes considérables. Raison pour laquelle elle fera demain l'objet d'une gigantesque offre d'achat en bourse. Bien entendu, une partie de ce que je viens de vous dire est de notoriété publique. Depuis la dernière annonce des Chinois, l'intérêt pour les terres rares s'est beaucoup accru. La création de NeoDyme intrigue le milieu des affaires. Nous avons présenté l'offre publique d'achat aux analystes boursiers les plus en vue qui, nous l'espérons, la recommanderont à leurs clients.

« Non seulement NeoDyme lancera l'exploitation d'Indigo Ridge – ce qui aurait dû être fait depuis des décennies –, mais elle garantira également la sécurité du pays dans ce domaine pour les années à venir. » Il sortit une fiche. « À cette date, nous avons identifié treize éléments dans le gisement d'Indigo Ridge, dont les terres rares les plus vitales. Dois-je en fournir la liste ? »

Il leva les yeux. « Non ? Vraiment ? Cette semaine, nos géologues nous ont apporté d'excellentes nouvelles. Les derniers tests indiquent la présence d'une grande quantité de terres rares dites vertes. Une découverte qui aura des retombées phénoménales, car même les mines chinoises n'en contiennent pas. »

Le président roula les épaules, geste qui chez lui signifiait qu'on arrivait au cœur du sujet. « Conclusion messieurs, NeoDyme deviendra la compagnie la plus importante d'Amérique et probablement – croyez-moi, je n'exagère pas – du monde entier. » Son regard perçant se posa sur chacune des personnes présentes dans la salle. « Il va sans dire que la sécurité d'Indigo Ridge relève pour nous de la plus haute priorité, désormais. »

Il se tourna vers Hendricks. « Par conséquent, je suis en train de mettre sur pied un groupe de travail top secret, portant le nom de code Samaritain, dont je confie la direction à Christopher. Il sera en liaison avec chacun de vous et puisera dans vos ressources propres, autant qu'il l'estimera nécessaire. Vous coopérerez avec lui sur tous les plans. »

Le président se leva. « Je veux que tout soit bien clair, messieurs. La sécurité de l'Amérique – son avenir tout entier – est en jeu. Nous ne pouvons nous permettre la moindre erreur, le moindre raté dans la communication, la moindre négligence. » Il plongea ses yeux dans ceux du général Marshall. « Je ne tolérerai aucune guerre de territoire. Pas de coups de poignard dans le dos. Pas de jalousies entre les agences. Quiconque entravera la circulation des renseignements ou des personnels de Samaritain sera sévèrement sanctionné. Tenez-vous-le pour dit. À présent, à vous de jouer messieurs. »

*

Boris Ilitch Karpov cassa le bras du premier homme, enfonça son coude dans l'orbite du deuxième. Du sang gicla, des têtes retombèrent mollement. Des deux prisonniers s'élevait une forte odeur de sueur, de peur animale. On les avait sanglés sur des chaises en métal vissées au sol en béton et séparées par une rigole à l'aspect rebutant.

« Vous allez me redire ça encore une fois, hurla Karpov. Tout de suite. »

Karpov était en train de faire le ménage dans les rangs du FSB-2, la police secrète russe dont il venait de prendre la direction. Cette agence, que Cherkesov avait bâtie de ses propres mains à partir d'une unité antinarcotique, faisait désormais de l'ombre au FSB, héritier de l'ensemble des prérogatives du défunt KGB. Karpov convoitait cette position depuis de nombreuses d'années. Cherkesov la lui avait offerte sur un plateau, à la suite d'un accord passé dans le plus grand secret.

Karpov se pencha vers les deux prisonniers et les gifla à toute volée. D'habitude, on isolait les suspects pour mieux appréhender les contradictions émaillant leurs aveux, mais aujourd'hui l'enjeu était différent. Karpov connaissait déjà les réponses ; Cherkesov lui avait désigné toutes les brebis galeuses au sein du FSB-2 – les agents qui touchaient des pots-de-vin de la part de la *grupperovka* ou des oligarques ayant survécu aux mesures de rétorsion exercées par le Kremlin depuis quelques années. Il lui avait même donné le nom des officiers qui chercheraient à saper son autorité.

Comme aucun des deux ne se décidait à parler, Karpov se leva, sortit de la cellule et se retrouva seul dans le sous-sol du bâtiment de briques jaunes, situé au bas de la rue menant à la place Loubianka, siège du FSB depuis l'époque où Lavrenti Beria, de sinistre mémoire, en avait pris la tête.

Karpov tapota le fond de son paquet de cigarettes et en alluma une. Silhouette silencieuse et solitaire, il s'appuya contre le mur suintant d'humidité et, tout en fumant, essaya d'imaginer un moyen de recentrer les énergies du FSB-2 et d'augmenter son influence, de telle sorte que le président Imov le prenne sous son aile de manière permanente.

Quand le mégot lui brûla les doigts, il l'écrasa sous son talon et pénétra dans la cellule voisine, occupée par un officier renégat du FSB-2. L'homme était dans un piteux état. Karpov le souleva par le collet et le traîna jusqu'à la pièce où moisissaient les deux prisonniers, lesquels levèrent les yeux sur le nouvel arrivant.

Sans un mot, Karpov leva son Makarov et abattit le renégat d'une balle dans la nuque. La percussion fut telle que le cerveau jaillit par le front. Le sang mêlé de matière cérébrale éclaboussa les deux hommes sanglés sur leurs chaises. Le cadavre bascula en avant et s'étala entre eux.

Karpov appela les deux gardes de faction. L'un apporta un grand sac-poubelle en plastique renforcé, l'autre une tronçonneuse qu'il fit démarrer sur l'ordre de Karpov. Une bouffée de fumée bleue s'éleva de l'engin, puis les deux soldats se mirent au travail. D'abord, ils décapitèrent le cadavre puis ils le démembrèrent. Comme médusés, les officiers prisonniers regardaient la scène atroce qui se déroulait à leurs pieds. Quand les gardes eurent achevé leur ignoble besogne, ils rassemblèrent les morceaux, les jetèrent dans la poubelle noire et s'en furent.

« Il a refusé de répondre à mes questions. » Le regard impitoyable de Karpov passa d'un prisonnier à l'autre. « C'est le sort qui vous attend, à moins que…

— À moins que quoi ? demanda l'un des officiers, un certain Anton.

— Ferme ta gueule ! lança l'autre, prénommé Georguiï.

— À moins que vous n'acceptiez l'inévitable. » Karpov se tenait devant les deux mais ses paroles s'adressaient uniquement à Anton. « Cette agence va changer – avec vous ou sans vous. Réfléchissez. On vous a tendu la main, on vous a offert une chance. Si vous acceptez d'entrer dans mon état-major, de me jurer foi et loyauté, vous aurez la vie sauve et vous deviendrez riches. Mais à la seule condition que vous me prêtiez allégeance, à moi et à personne d'autre. À la moindre incartade, vous disparaîtrez et votre famille ne saura jamais ce qui vous est arrivé. Pas de corps à enterrer, pas de tombe où se recueillir, rien qui puisse attester de votre passage sur cette Terre.

— Je te jure une loyauté indéfectible, général Karpov, tu peux me croire », hurla Anton.

Georguiï rugit. « Traître ! Je t'arracherai bras et jambes. »

Karpov le laissa s'énerver dans son coin et se concentra sur Anton. « Ce ne sont que des paroles, Anton.

— Que dois-je faire, alors ? »

Karpov haussa les épaules. « Ce n'est pas à moi de te le dire. Ce serait absurde, non ? »

Anton réfléchit un instant. « Alors détache-moi.

— Si je te détache, que feras-tu ?

— Tout ce que tu veux, répondit Anton.

— Immédiatement ?

— C'est juré. »

Karpov acquiesça d'un hochement de tête, passa derrière les deux hommes, détacha les poignets et les chevilles d'Anton, lequel se leva en se gardant bien de frotter ses poignets meurtris. Il se planta devant Karpov et tendit la main. Sans le quitter des yeux, Karpov lui présenta son propre Makarov, crosse en avant.

« Tue-le ! brailla Georguiï. Pas moi, *lui*, imbécile ! »

Anton prit le pistolet et tira deux balles dans le visage de Georguiï.

Karpov ne sourcilla même pas. « Comment allons-nous faire pour nous débarrasser du corps ? » demanda-t-il comme un professeur faisant passer un oral. Une épreuve d'admission ou un premier degré d'endoctrinement, peut-être.

Anton réfléchit soigneusement avant de répondre. « La tronçonneuse, c'était bon pour l'autre. Ce type-là… ce type-là ne mérite même pas ça. » Il baissa les yeux sur la rigole incurvée comme l'intestin d'une bête monstrueuse. « Peut-être avec un acide très puissant ? »

*

Quarante minutes plus tard, sous un soleil radieux et un ciel uniformément bleu, Karpov rejoignait la résidence du président Imov auquel il prévoyait de rendre compte de ses progrès, quand il reçut un texto éminemment laconique. « Frontière. »

« Ramenskoïe », dit Karpov à son chauffeur. Il s'agissait du grand aéroport militaire moscovite où un avion se tenait toujours à sa disposition, prêt à décoller. Dès que la circulation le lui permit, le chauffeur fit demi-tour et enfonça la pédale d'accélérateur.

*

Pendant que Karpov présentait son accréditation à l'officier d'immigration de Ramenskoïe, un homme si frêle qu'il le prit d'abord pour un adolescent sortit d'un coin sombre. Il portait un costume ordinaire, une méchante cravate et ses chaussures abîmées étaient couvertes de poussière. Il n'avait pas un poil de graisse et ses muscles semblaient reliés aux pistons d'une machine. Une machine bien huilée, aussi dangereuse qu'une arme.

« Général Karpov. » Le maigrichon ne lui tendit pas la main, ne prit même pas la peine de le saluer. « Je m'appelle Zatchek. » Il ne donna ni son prénom ni son nom de famille.

« Quoi ? s'étonna Karpov. Comme Paladin dans le jeu vidéo ? »

Le long visage taillé à la serpe de Zatchek n'exprima rien. « Connais pas. » Il arracha le passeport des mains du soldat chargé du contrôle. « Veuillez me suivre, général. »

Puis il pivota sur les talons et traversa la salle. Comme Zatchek avait ses papiers, Karpov fut bien obligé de le suivre, non sans le maudire à mi-voix. Zatchek le fit passer par un couloir mal éclairé sentant le chou bouilli et le phénol et entrer dans une petite salle d'interrogatoire sans fenêtre, chichement meublée d'une table vissée au sol et de deux chaises pliantes en plastique bleu. Détail incongru, un magnifique samovar en cuivre était posé sur la table, avec deux verres, des cuillères et un petit bol en cuivre contenant des morceaux de sucre blanc et brun.

« Asseyez-vous, je vous prie, dit Zatchek. Faites comme chez vous. »

Karpov le toisa. « Je suis le patron du FSB-2.

— Je suis parfaitement au courant, général.

— Et vous, je peux savoir qui vous êtes ? »

Zatchek sortit un document plastifié de la poche intérieure de son veston. Karpov fut obligé de s'avancer vers lui pour pouvoir lire. L'autre recula d'un pas. Cet homme était le patron du département anti-insurrectionnel du SVR, le service de renseignements intérieurs de la Fédération de Russie. Strictement parlant, le rayon d'action du FSB et du FSB-2 se réduisait aux questions internes, même si Cherkesov avait étendu les ramifications de son agence vers l'étranger sans se faire taper sur les doigts. Était-ce là le sujet de cet entretien ? Le FSB-2 aurait-il une fois de trop marché sur les plates-bandes du SVR ? À présent, Karpov s'en voulait de ne pas avoir évoqué le sujet avec Cherkesov avant de prendre sa succession.

Karpov plaqua un sourire sur son visage. « Que puis-je faire pour vous ?

— Rien. C'est moi – ou plus exactement, le SVR – qui vais faire quelque chose pour vous.

— J'en doute fort. »

Zatchek était sur le point de ranger sa carte mais Karpov la lui subtilisa et l'agita d'un air ravi comme un drapeau sur un champ de bataille. Dans son esprit, résonnait le tintement des sabres.

Zatchek rendit son passeport à Karpov, de telle sorte que chacun récupéra son bien.

Une fois qu'il eut empoché le sien, Karpov déclara : « J'ai un avion à prendre.

— Le pilote a reçu l'ordre d'attendre la fin de cet entretien. » Zatchek s'approcha du samovar. « Un peu de thé ?

— Non merci. »

Tout en se servant un verre, Zatchek tourna la tête vers lui. « C'est une erreur, je vous assure, général. Nous avons ici le meilleur Caravane russe. Ce qui fait la particularité de ce mélange d'oolong, de keeman et de souchong lapsang c'est qu'il a été transporté depuis ses diverses plantations à travers la Mongolie et la Sibérie, comme au XVIIIe siècle lorsque les caravanes de chameaux l'amenaient de Chine, d'Inde et de Ceylan. » Il prit le verre plein du bout des doigts et le porta à son nez pour en humer l'arôme. « Le climat froid et sec permet au thé d'absorber une légère touche d'humidité quand on le cueille de nuit dans les steppes enneigées. »

Il but, fit une pause, reprit une gorgée puis regarda Karpov. « Pas de regrets ?

— Aucun.

— Comme vous voudrez, général. » Zatchek soupira en posant son thé. « Il est venu à nos oreilles…

— *Nos* oreilles ?

— Aux oreilles du SVR, si vous préférez, corrigea Zatchek en agitant les doigts. En tout cas, vous avez attiré l'attention du SVR.

— En faisant quoi ? »

Zatchek mit ses mains dans son dos. Dans cette position, il ressemblait à un cadet à la parade. « Vous savez que je vous envie, général. »

Désireux d'en terminer au plus vite, Karpov décida de le laisser parler.

« Vous êtes de la vieille école. Vous vous êtes élevé à la force du poignet en vous battant pour chaque promotion et en marchant sur les cadavres de ceux qui n'avaient pas votre ténacité. » Il montra sa propre poitrine. « Moi, en comparaison, je n'ai pas eu grand-chose à faire pour monter en grade. Vous savez, je suis persuadé qu'un homme comme vous pourrait m'apprendre beaucoup. » Il attendit la réponse de Karpov mais n'obtenant qu'un mur de silence, il continua.

« Et si je vous proposais d'être mon mentor, général ?

— Vous êtes comme tous ces jeunes technocrates qui s'exercent sur des consoles de jeux vidéo en croyant pouvoir ainsi remplacer l'expérience sur le terrain.

— J'ai des occupations plus importantes que les jeux vidéo.

— Il est toujours rentable de se familiariser avec les méthodes de la concurrence. » Boris agita la main pour écarter le sujet. « Bon, venons-en au fait. Je n'ai pas toute la journée devant moi. »

Zatchek hocha la tête d'un air songeur. « Nous voulons simplement nous assurer que l'accord que nous avons passé avec votre prédécesseur est toujours d'actualité.

— Quel accord ?

— Ne me dites pas que Cherkesov a quitté le poulailler sans vous en informer ?

— Je n'ai connaissance d'aucun accord, répliqua Karpov. Et si vous avez bien mené votre enquête, vous devez savoir que je ne suis pas un homme de compromis. » Comme il en avait terminé, il se dirigea vers la porte.

« Je pensais que dans ce cas, au moins, vous feriez une exception », murmura Zatchek.

Karpov compta jusqu'à dix et se retourna. « Vous savez que c'est épuisant de discuter avec vous.

— Toutes mes excuses, répondit Zatchek avec une expression qui démentait ses paroles. Cet accord, général, comporte une contrepartie en argent – une somme mensuelle à négocier – et en renseignements. Nous voulons savoir ce que vous savez.

— Je n'appelle pas ça un accord, dit Karpov, mais de l'extorsion.

— Nous pouvons passer la journée à pinailler et à jouer sur les mots, général, mais comme vous le disiez, vous avez un avion à prendre. » Sa voix se durcit. « Quand nous serons sur la même longueur d'onde – comme nous l'étions avec votre prédécesseur –, vous et vos collaborateurs serez libres d'écumer la planète à votre guise, bien au-delà de la juridiction prévue par les statuts du FSB-2.

— C'est Victor Cherkesov qui a créé nos statuts. » Karpov tourna la poignée.

« Croyez-moi, général, je suis capable de vous faire vivre un enfer. »

Boris ouvrit la porte et sortit sans se retourner.

*

Quelque 1100 kilomètres séparaient Ramenskoïe de l'aéroport d'Oural dans l'ouest du Kazakhstan, bâti sur une bande de terre brune, plate et aride.

Victor Deliagovitch Cherkesov l'attendait appuyé contre un véhicule militaire poussiéreux, en tirant sur une cigarette turque. C'était un homme de haute taille dont l'épaisse chevelure ondulée grisonnait aux tempes. Ses yeux indéchiffrables avaient la couleur du café. Il avait vu trop d'atrocités, donné trop d'ordres, participé à trop de crimes.

En marchant vers lui, Karpov sentit son cœur s'emballer. Quand il avait pactisé avec ce démon, il avait été convenu qu'en échange des clés du FSB-2, Karpov lui accorderait une faveur de temps à autre. Karpov avait omis de lui demander de quel genre de faveurs il s'agissait ; de toute façon, Cherkesov n'aurait pas répondu. Mais voilà qu'à présent, tandis qu'il se rendait à la première convocation de l'ancien chef du FSB-2, il prenait conscience que le moment tant redouté était arrivé. Quoi que Cherkesov lui réclame pour honorer sa première échéance, il devrait accepter.

Karpov prit la cigarette que l'autre lui offrait et se pencha pour l'allumer à la flamme du briquet de Cherkesov. Le tabac turc était trop âpre à son goût mais il n'était pas en position de refuser.

« Tu as bonne mine, commença Cherkesov. Détruire la vie de tes semblables semble te convenir. »

Karpov se fendit d'un sourire ironique. « Ta nouvelle existence a l'air de te réussir également.

— C'est le pouvoir qui me réussit. » Cherkesov jeta sa cigarette dont le bout continua de brûler sur le tarmac. « Il nous réussit à tous les deux.

— Où es-tu allé quand tu nous as quittés ? »

Cherkesov sourit. « À Munich. Nulle part.

— Munich *c'est* nulle part, confirma Karpov. J'espère ne jamais remettre les pieds dans cette ville. »

Cherkesov sortit une autre cigarette et l'alluma. « Je te connais, Boris Ilitch. Tu as quelque chose sur le cœur.

— Le SVR », cracha Karpov. Il n'avait pas décoléré de tout le vol. « Je veux te parler de l'accord que tu as passé avec eux. »

Cherkesov cligna les paupières. « Quel accord ? »

Soudain tout s'éclaira. Zatchek avait bluffé, comptant sur le fait qu'il occupait son poste depuis trop peu de temps pour s'en rendre compte. Boris raconta à son ancien patron la désagréable rencontre qu'il avait faite à Ramenskoïe, sans omettre aucun détail, depuis l'approche de Zatchek au passage de l'immigration jusqu'à sa dernière réplique dans la pièce sans fenêtre.

En l'écoutant parler, Cherkesov se suçait l'intérieur de la joue. « J'aimerais te dire que je suis surpris, fit-il quand Boris en eut terminé, mais ce n'est pas le cas.

— Tu le connais, ce Zatchek ? Le genre lèche-bottes, pas vrai ?

— Tous les laquais sont des lèche-bottes. Zatchek exécute les ordres de Beria. Celui-là, il faut le tenir à l'œil. » Comme son homonyme, l'actuel patron du SVR avait la réputation d'être violent, paranoïaque et vicieux. La haine et la terreur qu'il suscitait le faisaient l'égal de son illustre prédécesseur, Lavrenti Pavlovitch Beria.

« Beria avait peur de m'approcher, reprit Cherkesov. Il m'a envoyé Zatchek pour tâter le terrain et voir si j'acceptais de pactiser.

— J'emmerde Beria. »

Cherkesov plissa les yeux. « Sois prudent, tu aurais tort de le sous-estimer.

— Reçu cinq sur cinq. »

Cherkesov acquiesça d'un bref hochement de tête. « Si la situation se détériore, contacte-moi », dit-il en jouant avec le clapet de son briquet. Le claquement répétitif évoquait le bourdonnement d'un insecte butinant dans un pré. « Maintenant venons-en au fait. J'ai une mission pour toi. »

Karpov examina son interlocuteur, espérant deviner ce qu'il avait derrière la tête. En vain. L'homme était un roc, son visage fermé à double tour. Autour d'eux, des avions militaires stationnaient sur le tarmac. Par moments, on voyait apparaître un mécano qui prenait soin de rester à bonne distance.

Cherkesov pinça un brin de tabac collé à sa lèvre et l'émietta entre le pouce et l'index. « Je veux que tu assassines quelqu'un. »

Les poumons de Karpov retrouvèrent soudain leur activité normale. Il ne s'était même pas aperçu qu'il retenait son souffle. Ce n'était que cela ? Une vague de soulagement l'envahit. « Donne-moi juste les infos nécessaires et ce sera fait.

— Immédiatement.

— Bien sûr, immédiatement. » Il tira sur sa cigarette en plissant un œil à cause de la fumée. « Je suppose que tu as une photo de la cible. »

Avec un sourire affecté, Cherkesov sortit un cliché de sa poche de poitrine, le lui tendit et d'un air captivé, observa la réaction de Karpov. Le visage de ce dernier se vida de son sang.

Cherkesov le regarda dans les yeux. « Tu n'as pas le choix, Boris. » Il pencha la tête. « Alors ? Le prix de ton succès serait-il trop élevé ? »

Karpov voulut parler sans y parvenir.

La bouche de son ancien patron s'étira dans un grand sourire. « Non ? C'est bien ce que je pensais. »

2

Il faisait encore nuit lorsque Jason Bourne s'éveilla dans une chambre d'hôtel en bordure de la jungle colombienne. Les yeux clos, il resta étendu sur son lit au matelas trop fin et bosselé, encore empêtré dans la toile de son rêve. Il marchait dans une grande maison comportant de nombreuses pièces et des couloirs débouchant sur des lieux invisibles à ses yeux. Belle métaphore de son passé. La maison brûlait. La fumée envahissait tout. Mais il n'était pas seul. Quelqu'un d'autre se déplaçait près de lui, furtif comme un renard. Malgré l'épais rideau de fumée, il savait que cet individu le suivait à la trace et qu'il cherchait à le tuer.

Bourne n'aurait su dire à quel moment précis rêve et réalité s'étaient confondus. Toujours est-il que soudain, une odeur de fumée lui chatouilla les narines. Voilà pourquoi il s'était réveillé. Il roula sur lui-même, bondit hors du lit et traversa la fumée. Son rêve retrouva sa place au fond de son inconscient. Arrivé devant la porte de la chambre, Bourne s'arrêta net.

Quelqu'un le guettait de l'autre côté. Un homme armé, un tueur.

Bourne recula, s'empara d'une chaise en bois aussi fragile que du bois de caisse, ouvrit la porte et balança la chaise dehors. Des coups de feu déchirèrent le silence. Bourne franchit le seuil comme un boulet de canon.

Il frappa le poignet du tireur avec une telle force qu'un os craqua. La main qui tenait l'arme était peut-être paralysée mais l'homme n'avait pas dit son dernier mot ; il lui décocha un coup de pied dans les côtes, l'envoyant valser contre le mur d'en face. Puis, s'étant ménagé assez d'espace pour respirer, il traversa la nappe de fumée comme un fantôme et frappa Bourne à la tempe avec la crosse de son arme – qu'il avait entre-temps transférée dans sa main gauche.

Bourne s'écroula pour de bon. La fumée s'amoncelait dans le couloir. Les flammes qui gagnaient du terrain en léchant les murs lui envoyaient des vagues de chaleur. Au ras du sol, on respirait mieux, détail qui semblait échapper à son adversaire. Quand ce dernier voulut lui envoyer un autre coup de pied, Bourne le bloqua en pleine course et lui tordit la jambe jusqu'à ce que la cheville cède. L'homme hurla de douleur. Bourne se redressa sur les genoux, le frappa violemment au niveau des reins puis, comme l'autre se recroquevillait, l'empoigna par les cheveux, lui tira la tête en arrière et lui balança son genou sous le menton.

Il y avait de la fumée partout. L'escalier flambait. La fournaise gagnerait bientôt le premier étage. Bourne ramassa l'arme du tireur, passa du couloir à la chambre en croisant les bras devant la figure et sauta par la fenêtre, emportant dans son élan vitres et montants de bois.

Ils l'attendaient en bas. Lorsqu'il toucha le bitume sous une grêle d'éclats de verre, trois hommes se rassemblèrent autour de lui. Le sang jaillit de la joue du premier quand Bourne lui déchira la peau avec la crosse de son arme. Dans la foulée, il frappa le deuxième au creux de l'estomac. C'est alors qu'il sentit la pression d'un canon sur sa nuque.

Bourne leva les mains. L'homme à la balafre toute neuve lui confisqua son pistolet et se vengea en lui balançant un crochet à la mâchoire.

« *¡Basta!* ordonna le troisième, celui qui le tenait en respect. *El no quiere ser lastimado.* » Il ne faut pas le blesser.

D'après ses estimations, Bourne aurait pu se débarrasser des trois types sans trop de problèmes mais il décida d'attendre. S'ils avaient allumé l'incendie, ce n'était pas dans l'intention de le tuer. Celui qui l'avait guetté derrière la porte aurait facilement pu entrer de force et l'abattre dans son sommeil. Non, l'incendie et les coups de feu dans le couloir étaient plutôt destinés à l'attirer hors de l'hôtel.

Bourne pensait connaître l'identité de leur commanditaire. Il se laissa faire quand on lui ligota les mains dans le dos. Ils lui enfoncèrent un sac en toile de jute sur la tête et le poussèrent à l'arrière d'un véhicule exigu, surchauffé, qui empestait la sueur et le gasoil. Puis ils roulèrent à travers la jungle sans trop encaisser de cahots, ce qui signifiait qu'ils circulaient à bord d'un camion militaire. Bourne mémorisa le nombre de virages, compta les secondes, histoire d'estimer en gros la distance parcourue. Ce faisant, il entreprit de scier le câble entravant ses poignets en le frottant au montant métallique qui saillait dans son dos.

Au bout d'une vingtaine de minutes, le camion s'immobilisa. Il entendit une conservation animée, ponctuée de violentes invectives. Les hommes s'exprimaient dans un patois hispanique dont Bourne aurait pu saisir le sens sans la toile de chanvre qui recouvrait sa tête et la mauvaise acoustique à l'intérieur du véhicule. On l'extirpa du camion sans ménagement. Dehors, il faisait étrangement frais. Mouches et moustiques bourdonnaient sous les grands arbres dont une feuille atterrit sur sa main. Bousculé par ses ravisseurs, Bourne passa devant plusieurs choses qu'il identifia à leurs odeurs. Latrines, graisse à fusil, cordite, sueur. On le fit asseoir sur une sorte de tabouret pliant tendu d'une toile grossière où il resta une demi-heure à écouter ce qui se passait autour. Il perçut divers déplacements mais aucune parole, signe d'une discipline de fer.

Puis brusquement, on arracha le sac en toile de jute. Quand ses yeux se furent habitués à la lumière tamisée de la forêt, il comprit qu'il se trouvait dans un campement de fortune. Il compta treize hommes, rien que dans son champ de vision.

L'un d'eux s'approcha, flanqué de deux comparses en uniforme, armés jusqu'aux dents : fusils semi-automatiques, pistolets en tout genre, ceinture de munitions. Bourne reconnut Roberto Corellos d'après la description fournie par Moira. C'était une belle bête, à condition qu'on apprécie les brutes à la musculature hypertrophiée. Ses yeux sombres au regard intense, la forte virilité qui se dégageait de sa personne, lui conféraient un charisme qui devait lui valoir le respect de ses hommes.

« Eh bien… » Il prit un cigare dans la poche de sa magnifique chemise guayabera brodée, en mordit l'extrémité et l'alluma au moyen d'un lourd Zippo. « Nous voilà enfin face à face, le chasseur et la proie. » Il cracha un nuage de fumée odorante. « Encore que je me demande qui est quoi. »

Bourne l'examina attentivement. « C'est drôle, dit-il, tu n'as pas l'air d'un taulard. »

Un sourire s'épanouit sur le visage de Corellos. « Ça, c'est parce que mes copains des FARC ont eu la gentillesse de me faire sortir de La Modelo. »

Bourne connaissait ses liens avec les Forces armées révolutionnaires de Colombie.

« C'est intéressant, dit-il, étant donné tes activités. Je crois savoir que tu es l'un des plus puissants narcotrafiquants d'Amérique latine.

— Du monde ! corrigea Corellos en levant le cigare au-dessus de sa tête.

— Des guérilleros d'extrême gauche avec un capitaliste comme toi, je ne saisis pas bien le rapport. »

Corellos haussa les épaules. « Il n'y a rien à saisir. Les FARC détestent le gouvernement, et moi aussi. Nous avons passé un accord. Nous nous rendons des petits services par-ci par-là, histoire d'emmerder ces connards. Le reste du temps, chacun fait ses affaires dans son coin. » Il cracha un autre nuage de fumée bleue. « C'est du business, l'idéologie n'a rien à voir là-dedans. Je fais du fric. Je me fiche pas mal de la politique. Justement, si nous parlions affaires ? » Corellos se pencha vers Bourne en posant les mains sur les genoux.

Leurs deux têtes se touchaient presque. « Qui t'a chargé de me tuer ? Lequel de mes ennemis, dis-moi ? »

Cet homme constituait un danger pour Moira et son amie Berengária. À Phuket, Moira lui avait demandé de trouver Corellos et de traiter avec lui. Comme elle n'était pas du genre à réclamer de l'aide, Bourne en avait déduit qu'il s'agissait d'une question de vie ou de mort.

« Qui t'a dit que j'étais venu te tuer ?

— Nous sommes en Colombie. Rien de ce qui se passe ici n'est un secret pour moi. »

Une deuxième raison avait poussé Bourne à se lancer dans cette aventure. Depuis sa rencontre épique avec Leonid Arkadine, il avait appris quelque chose sur lui-même. La vie dite normale lui pesait. Il craignait l'inactivité, les plages de temps qui s'étiraient jusqu'à l'ennui comme si le monde se mettait sur pause, et redoutait au plus haut point le défilé des mariages, des remises de diplômes, des commémorations, autant d'événements auxquels il se sentait étranger. En revanche, au cœur de l'action, il ressuscitait ; son corps, son esprit étaient tendus vers un seul but, même si ce but l'obligeait à courir le long du précipice séparant la vie de la mort.

« Alors ? brailla Corellos en postillonnant sur lui. Je t'écoute. »

D'un coup de tête, Bourne lui fracassa le nez. On entendit le cartilage craquer. Puis il se débarrassa des liens qu'il avait discrètement coupés à l'intérieur du camion, empoigna Corellos, le fit pivoter devant lui et referma son bras sur sa gorge.

Des armes cliquetèrent autour des deux hommes mais personne ne s'avisa de tirer. C'est alors qu'un nouveau venu entra en scène.

« Mauvaise idée, dit-il à Bourne, lequel resserra sa prise.

— Surtout pour le señor Corellos », répliqua-t-il.

L'homme était grand, bien bâti, avec un visage cuivré et des yeux en amande, sombres comme le fond d'un puits. Sa longue chevelure brune et sa barbe épaisse, qui tombaient en une cascade de boucles, accentuaient sa ressemblance avec les rois perses figurant sur les anciens bas-reliefs. On ne pouvait ignorer l'énergie qui émanait de lui. Bien qu'il eût vieilli depuis, Bourne le reconnut d'après une photo qu'on lui avait montrée autrefois.

« Jalal Essai, s'écria-t-il. Quelle surprise ! Que faites-vous en compagnie de cet individu ? Severus Domna fait dans le trafic d'héroïne et de cocaïne maintenant ?

— Il faut qu'on discute, vous et moi.

— Je doute que cela arrive un jour.

— Monsieur Bourne, articula Jalal, c'est moi qui ai assassiné Frederick Willard.

— Pourquoi cet aveu soudain ?

— Étiez-vous lié à M. Willard ? Non, je ne pense pas. Cela m'étonnerait, après tous les efforts qu'il a déployés pour vous dresser contre Leonid Arkadine. » Il fit un geste de la main. « En tout cas, si je l'ai tué c'était pour une raison bien précise. Il s'était acoquiné avec Benjamin El-Arian, le chef de la Domna.

— J'ai peine à le croire.

— Pourtant c'est vrai. Voyez-vous, Willard convoitait l'or de Salomon avec autant d'acharnement que votre ancien patron de Treadstone, Alexander Conklin. Pour en obtenir une parcelle, il a vendu son âme à El-Arian. »

Bourne secoua la tête. « En tant que membre de la Domna, vous ne pouviez pas faire une chose pareille. »

Un sourire s'étala lentement sur le visage de Jalal Essai. « J'en étais membre à l'époque où Conklin vous a donné mission de profaner ma maison. Mais depuis, de l'eau a coulé sous les ponts.

— Et maintenant…

— Maintenant, Benjamin El-Arian et la Domna sont mes ennemis jurés. » Son sourire se fit complice. « Vous voyez, nous avons beaucoup de choses à nous dire, finalement. »

*

« L'amitié ! s'exclama Ivan Volkine en déposant deux verres à eau qu'il remplit de vodka. L'amitié est une notion très surévaluée. » Il tendit un verre à Boris Karpov, prit l'autre et le leva pour porter un toast. « Sauf entre Russes bien entendu. On ne devient pas amis du jour au lendemain. Nous les Russes sommes les mieux placés, parmi tous les peuples de la terre, pour comprendre le sens profond de l'amitié. *Na zdarovié !* »

Volkine était un vieux type au teint gris, à la mine sombre. Seuls ses yeux bleus pétillants lui donnaient une note de gaieté. Ils prouvaient, s'il en était besoin, que même une fois retiré des affaires, l'homme conservait intacte la remarquable intelligence qui avait fait de lui le négociateur le plus apprécié des chefs de la *grupperovka*, la Mafia russe.

Boris se resservit. « Ivan Ivanovitch, depuis combien de temps nous connaissons-nous ? »

Volkine fit claquer ses lèvres violettes et tendit son verre vide. Sur ses grandes mains couraient des veines saillantes bleu sombre. « Si j'ai bonne mémoire, nous avons mouillé nos couches ensemble. » Un gloussement amusé monta du fond de sa gorge.

Boris esquissa un sourire mélancolique qui fit rebiquer les commissures de ses lèvres. « Oui, enfin presque. Presque. »

Les deux hommes se tenaient dans le petit salon encombré du logement qu'occupait Volkine depuis cinquante ans, au cœur de Moscou. C'était curieux, songea Boris. Avec la fortune que le vieil homme avait amassée au fil des ans, il aurait pu s'offrir un grand appartement de luxe mais non, il préférait vivre dans ce petit musée rempli de livres et de souvenirs venus du monde entier – autant de cadeaux royaux offerts par des clients reconnaissants.

Volkine tendit un bras. « Assieds-toi, mon ami. Assieds-toi et pose tes pieds là-dessus. Ce n'est pas tous les jours que le fameux général Karpov, le chef du FSB-2, me rend visite. »

Lui-même trônait à sa place habituelle, dans un grand fauteuil à oreillettes qu'il aurait dû faire retapisser voilà quinze ans. Autrefois rouge sang, ce n'était plus qu'une masse informe et décolorée. Boris s'installa en face de lui, sur un sofa en chintz moisi et défoncé, le genre de meuble qu'on pourrait récupérer sur une épave de navire. Il était choqué de voir combien Ivan avait maigri. Le vieillard se tenait voûté comme un arbre chenu ayant essuyé de nombreuses tempêtes, chutes de neige et périodes de sécheresse. *Combien d'années se sont écoulées depuis notre dernière rencontre ?* s'interrogea-t-il. À son grand désarroi, il s'aperçut qu'il ne s'en souvenait pas.

« Je bois au général Karpov ! Et que ses ennemis crèvent la bouche ouverte ! cria Ivan.

— Ivan, je t'en prie !

— Trinque avec moi, Boris, trinque donc ! Profite ! Combien d'hommes durant leur vie ont-ils obtenu ce que tu possèdes à présent ? Tu es au faîte de la gloire. » Il roula ses maigres épaules. « Quoi, tu n'es pas fier de ce que tu as accompli ?

— Bien sûr que si. C'est juste que…

— Juste que quoi ? » Ivan se redressa sur son siège. « Qu'as-tu en tête, Boris ? Allons, allons, nous avons trop de souvenirs en commun pour que tu me fasses des cachotteries. »

Boris inspira profondément et prit une autre gorgée de vodka. « Ivan, après toutes ces années, je suis tombé dans un piège dont j'ignore si je pourrai sortir. »

Volkine grommela. « Il y a toujours moyen de sortir d'un piège. Continue, je t'écoute. »

Pendant que Boris décrivait l'accord passé avec son ancien patron et ce que Cherkesov venait de lui demander, les yeux de Volkine virèrent au jaunâtre, comme ceux d'un fauve. Sa légendaire perspicacité remontait à la surface, telle une créature des abysses nageant vers la lumière.

Quand Boris se tut, Ivan se rencogna dans son fauteuil et croisa les jambes. « Je vais te dire comment je vois les choses, Boris Ilitch. Ce piège n'existe que dans ton esprit. Le problème c'est ta relation avec Bourne. Je l'ai rencontré à plusieurs reprises. Je l'ai même aidé. Mais c'est un Américain. Pire que cela, c'est un espion. Au bout du compte, comment peut-on lui faire confiance ?

— Il m'a sauvé la vie.

— Ah ! nous touchons au cœur du problème. » Volkine hocha la tête d'un air docte. « Au fond, tu es un sentimental. Tu considères cet homme comme ton ami. Peut-être l'est-il. Ou peut-être pas. Mais tu es prêt à fouler aux pieds tout ce que tu as acquis de haute lutte durant ces trente dernières années, rien que pour sauver sa peau. Imagine que ce piège n'en soit pas un. Qu'il s'agisse d'une épreuve destinée à jauger ta volonté, ta détermination, ta loyauté. Toutes les grandes réalisations nécessitent des sacrifices. C'est justement ce qui fait leur valeur, leur supériorité. Elles sont hors de la portée des individus ordinaires ; rares sont ceux qui possèdent le talent et le sens du sacrifice nécessaires pour les accomplir. » Il se pencha en avant. « Tu fais partie de ces élus, Boris Ilitch. »

Un long silence s'ensuivit.

Une pendule en plaqué or égrenait les secondes comme un cœur battant dans une poitrine ouverte. Le regard de Boris tomba sur une vieille épée tsariste que Volkine avait reçue en présent, voilà des décennies. Une vraie merveille par sa forme. Son acier huilé, astiqué avec amour, luisait sous la lampe.

« Ivan Ivanovitch, dit Boris. Imagine que Cherkesov m'ait ordonné de te tuer. »

Dans les yeux jaunes de Volkine défilaient des pensées mystérieuses, insondables. « Une épreuve est une épreuve. Un sacrifice est un sacrifice. Je suis sûr que tu comprends cela. »

*

Le quartier postmoderne de La Défense se dressait à l'ouest de Paris. Les urbanistes avaient été bien inspirés en reléguant le quartier des affaires hors de la ville, car son architecture contemporaine aurait entaché le charme de la capitale. Le haut bâtiment de verre abritant la Banque d'Île-de-France dominait la place de l'Iris, au cœur de La Défense. Au dernier étage, quinze individus étaient assis de part et d'autre d'une table en marbre poli, tous vêtus comme des hommes d'affaires – costume sur mesure, chemise blanche, cravate sombre. Cette tenue faisait partie des règles édictées par la Domna, de même que le port obligatoire de l'anneau d'or à l'index de la main droite.

En bout de table, siégeait un seizième homme. Il avait une bouche cruelle, un nez en bec d'aigle, un regard bleu perçant et un teint doré comme le miel sauvage. Près de son coude gauche, légèrement en retrait, une femme, la seule de l'assemblée, un carnet ouvert sur les genoux. Elle était aussi la plus jeune, du moins le paraissait-elle, sans doute à cause de ses longs cheveux roux, de son teint nacré et de ses yeux écartés, limpides comme de l'eau. De temps à autre, l'homme qui présidait tendait vers elle sa main gauche pour qu'elle y glisse une feuille de papier, ce qu'elle faisait d'un geste précis, telle une infirmière posant un scalpel dans la paume d'un chirurgien. Il l'appelait Skara, elle l'appelait monsieur.

L'homme donnait lecture des textes imprimés sur les feuilles et l'auditoire buvait ses paroles, à l'exception de Skara qui mettait toujours un point d'honneur à apprendre par cœur le contenu de ses carnets régulièrement mis à jour, portant sur des sujets trop sensibles pour qu'on les confie à la mémoire d'un ordinateur.

Tout ce beau monde occupait une salle en verre et béton, protégée par un réseau électronique capable de déjouer les dispositifs d'écoute les plus sophistiqués. Les chefs de directorat de Severus Domna rassemblés ici venaient d'un peu partout sur la planète – Shanghai, Tokyo, Berlin, Pékin, Sanaa, Londres, Washington, New York, Riyad, Bogotá, Moscou, New Delhi, Lagos, Paris et Téhéran. Benjamin El-Arian, leur président, termina ainsi son discours : « Vous admettrez comme moi que l'Amérique a toujours été notre problème numéro un. Jusqu'à aujourd'hui. » Il serra le poing. « Nous touchons au but. Pour y parvenir, nous emprunterons une autre voie. »

Les dix minutes suivantes furent consacrées à l'exposé détaillé du nouveau grand projet. « Nos membres américains et moi-même subiront de fortes pressions. C'est bien normal. Mais je suis tout à fait sûr que ce programme aura pour nous des retombées immensément profitables. Il rapportera bien plus que le précédent projet compromis par l'intervention criminelle de Jason Bourne. » Après quelques mots de conclusion, il ajourna la séance.

Pendant que ses collaborateurs sortaient en file indienne, El-Arian pressa le bouton de l'interphone pour convoquer Marlon Etana, l'agent de terrain le plus puissant et donc le plus influent de la Domna.

« Je suppose que tu ne vas pas tarder à faire exécuter Bourne, dit Etana en s'avançant vers son patron. Il a assassiné les nôtres à Tineghir. Souviens-toi de notre bien aimé Idir Syphax. »

El-Arian eut un sourire carnassier. « Laisse tomber Bourne et concentre-toi plutôt sur Jalal Essai. Depuis qu'il a rompu les vœux sacrés qui le liaient à nous, il ne cesse de nous mettre des bâtons dans les roues. Je veux que tu le débusques et que tu l'élimines.

— Mais c'est quand même Bourne qui nous a privés de l'or de Salomon. »

El-Arian fronça les sourcils. « Tu penses peut-être que je l'ai oublié ? »

Etana regarda son poing se serrer. « Je veux qu'il crève.

— Et laisser Jalal libre de nous nuire ? » El-Arian posa la main sur l'épaule d'Etana. « Aie confiance en mes décisions, Marlon. Mène à bien ta mission. Rappelle-toi le dominion. La Domna compte sur toi. »

Etana acquiesça d'un signe de tête, fit demi-tour et sans un regard en arrière, quitta la pièce.

Quand le silence tomba sur l'immense salle insonorisée, Skara se leva. « Cinq minutes », annonça-t-elle sans regarder sa montre.

El-Arian hocha la tête et se dirigea vers la fenêtre qui donnait au nord pour contempler l'esplanade en contrebas et les passants écrasés par la perspective. C'était un homme distingué, volontiers solennel, un universitaire enseignant l'archéologie et les civilisations anciennes.

« Ça va marcher, dit-il à mi-voix.

— Ça va marcher, confirma Skara en se postant près de lui.

— Quelle couleur ?

— Une Citroën noire. » Il sentait son souffle contre son épaule. Elle dégageait une odeur particulière, un fond de cannelle rehaussé d'une note légèrement amère, de l'amande grillée peut-être. « Dans trois minutes, tout sera terminé. »

El-Arian avait l'air absent. Il connaissait bien ce frémissement qui émanait d'elle. Cela le mettait mal à l'aise. Il songea à sa femme, à ses enfants. Il s'était assuré de leur sécurité mais leur éloignement lui pesait.

« Qui serai-je demain ? », murmura-t-elle.

Il posa les yeux sur la main délicate que Skara tendait vers lui, chercha dans la poche de son veston et lui remit une grosse enveloppe.

Skara y découvrit un passeport, sa nouvelle identité, un billet de première classe avec un retour open, des cartes de crédit et trois mille dollars américains. « Margaret Penrod, lut-elle en ouvrant le passeport.

— Maggie, précisa El-Arian. Tu t'appelleras Maggie. » Il pencha la tête et de nouveau plongea son regard vers l'esplanade. « Les détails de ta vie sont consignés là-dedans. »

Skara exprima sa satisfaction d'un signe de tête. « Je dispose d'une nuit d'avion pour tout mémoriser.

— Voilà Laurent », dit El-Arian en désignant la silhouette sombre qui sortait de leur immeuble. Malgré lui, une certaine excitation faisait trembler sa voix.

Skara sortit un téléphone jetable et composa le numéro de Laurent, ce qui enclencha un code préprogrammé. Dans sa tête, El-Arian fit défiler le compte à rebours. Laurent s'arrêta net, sortit son portable et regarda l'écran.

« Que fait-il ? s'enquit El-Arian.

— Rien, le rassura-t-elle. Il a dû sentir la vibration, c'est tout. »

El-Arian se rembrunit. « Normalement, il ne devait rien remarquer. »

Skara haussa les épaules.

« De toute façon, il ne peut rien y faire, n'est-ce pas ?

— Rien du tout. »

À –15, El-Arian perçut un déplacement à la périphérie de son champ de vision. La Citroën noire arrivait.

El-Arian tendit le cou. « On dirait qu'il passe un appel. »

Skara souleva ses belles épaules. « Il n'y a pas lieu de s'inquiéter. » L'instant d'après, El-Arian comprit qu'elle avait raison. La Citroën percuta Laurent avec une telle violence qu'il fut projeté en l'air. Quand il retomba, il resta quelques secondes immobile puis, chose étonnante, se mit à ramper en direction du trottoir. La voiture fit demi-tour et dès qu'elle parvint à sa hauteur, fit une embardée et lui roula sur le crâne. Tout s'était déroulé si vite qu'au moment où les passants remarquèrent l'accident, la Citroën avait déjà disparu.

3

Toujours immobilisé par une clé au cou, Corellos commençait à s'impatienter. Bourne sentait la tension fourmiller en lui. Le Colombien guettait la seconde d'inattention qui lui permettrait de reprendre l'avantage.

« Le moment est venu, dit Bourne. Il n'y en aura pas d'autres. »

Jalal Essai semblait d'accord avec lui mais ses yeux brûlants de haine disaient le contraire. Il n'oublierait jamais l'affront que Bourne lui avait infligé quelques années auparavant. L'Américain s'était introduit chez lui pour y dérober un ordinateur portable. Il avait violé les lieux où sa famille mangeait, dormait. Jalal n'était pas homme à laisser ce sacrilège impuni. Tel était son grand dilemme : il ne pouvait pas lui pardonner et pourtant la situation présente l'obligeait à enterrer provisoirement la hache de guerre. Jalal avait besoin de lui. Bourne espérait ne jamais connaître pareil déchirement.

Les hommes de Corellos baissèrent leurs armes.

« *Hombre*, tu sais ce que tu es en train de faire ? » La voix de Corellos était tendue comme la corde d'un arc.

« Je fais ce qui doit être fait, dit Jalal.

— Tu ne peux pas te fier à ce salopard. Il est venu pour me tuer.

— Les circonstances ont changé. M. Bourne a compris que votre mort serait contre-productive. » Il leva le menton d'un air interrogatif. « Je me trompe, M. Bourne ? »

Bourne desserra sa prise sur la gorge de Roberto Corellos, lequel s'écarta en titubant. Sous le regard sévère de Jalal Essai, il fit l'effort de se redresser. Un filet de sang lui coulait du nez. Il l'essuya d'un revers de manche en marchant d'un pas décidé vers l'un de ses hommes. Ce dernier eut la mauvaise idée de le dévisager. Corellos lui arracha son AK-50 et l'assomma d'un coup de crosse.

Bourne avait du mal à comprendre les liens qui unissaient les deux hommes. Avant cette rencontre, il n'aurait jamais imaginé Corellos sous la coupe de quiconque. Le narcotrafiquant régnait en maître sur son territoire ; personne n'osait le défier, pas même les pègres russe, albanaise et chinoise dont l'influence grandissait de jour en jour. Son évidente servilité envers Jalal Essai était donc à la fois surprenante et sujette à diverses interprétations. *Il a été admis dans la cour des grands*, songea Bourne. *Jalal Essai l'a attiré dans la sphère de la Domna.* Puis il pensa : *Que lui a-t-il promis en retour ?* Et enfin, le plus important : *Qu'est-ce qui peut bien trotter dans la tête de Jalal Essai ?*

Il avait bien fait de se laisser capturer. Dès le début, il avait deviné que ses ravisseurs étaient des hommes de Corellos. En revanche, la présence de Jalal était une surprise complète. Elle le faisait basculer dans une tout autre dimension, une dimension qui l'intriguait au plus haut point.

Jalal écarta les mains pour l'inviter à le suivre. « Il y a des chaises pliantes là-bas, sous cet arbre. Allons nous asseoir, rompons le pain, buvons du thé et parlons.

— Faites gaffe quand même, *maricónes* », grommela Corellos en les foudroyant du regard, l'un après l'autre. Après cela, il fit volte-face et hurla à l'un de ses hommes : « Amène la tequila, beaucoup de tequila. » Un affront calculé, destiné à blesser Jalal Essai qui, en bon musulman, ne buvait pas d'alcool.

Tandis qu'ils s'installaient sous l'arbre, Jalal esquissa un petit sourire. Visiblement, il avait déjà trouvé le moyen de corriger l'insolent. Pas maintenant, ni demain ni le jour d'après. La patience était une de ses vertus, alors que Corellos était l'emportement incarné, son sang chaud provoquant chez lui de soudains accès de violence. Bourne, quant à lui, savait que l'insulte lui servait avant tout à restaurer son image de caïd auprès de ses troupes. Évidemment, Jalal Essai n'entrait pas dans ce genre de considérations. Les deux hommes étaient peut-être associés mais ils se détestaient cordialement. Bourne se promit d'utiliser cette antipathie le moment venu.

Jalal ne prêtait pas la moindre attention à Corellos. Il faut dire que le bandit était occupé à verser une pleine bouteille de tequila sur son nez fracturé. Puis il se mit à téter le goulot, sans s'occuper du sang mêlé d'alcool qui ruisselait sur son menton. Jalal avait placé sa chaise face à celle de Bourne, de manière à exclure Corellos de la conversation.

« Vous êtes dans le collimateur de la Domna, déclara-t-il en guise d'introduction.

— Ils ont déjà essayé de me tuer en Thaïlande. » Bourne s'appuya contre le dossier de sa chaise. « Donc maintenant, c'est à mon tour d'attaquer. »

On leur amena du posole dans des bols en terre cuite. Corellos cracha dans le sien, l'envoya promener d'un revers de main et retourna à sa soulographie. Quand il la leva devant sa bouche, la bouteille de tequila projeta sur le sol un cercle de lumière mouchetée.

« Certes, admit Jalal. Mais n'oubliez pas que vous les avez gravement offensés. Croyez-moi, ils vous pourchasseront jusqu'à votre mort.

— J'ai la même chose pour leur service. »

Jalal le scruta de son regard de sphinx. « Je vous crois sincère. » Il soupira, posa son bol et croisa les mains sur ses cuisses.

Jalal Essai était-il résigné ou satisfait ? Les deux probablement, se dit Bourne.

« Je sais bien que vous vous méfiez de moi, ajouta-t-il en haussant les épaules. À votre place, j'en ferais autant. » Il se pencha en posant les coudes sur ses genoux. « Mais je vais vous dire quelque chose : vous les avez eus dans les grandes largeurs. Ils avaient l'intention d'utiliser l'or de Salomon pour instituer un nouveau standard or, afin de saper la devise américaine. Et vous avez tout fichu par terre. La Domna a perdu une fortune dans l'affaire. » Il applaudit. « Beau travail ! »

Bourne ne percevait pas la moindre nuance de sarcasme dans sa voix.

Brusquement, Jalal se rembrunit. « On aurait pu espérer que cette déconfiture sonne le glas de l'organisation. Malheureusement pour nous deux, il n'en est rien.

— Je suppose que les objectifs de leur plan B sont tout aussi épouvantables.

— C'est possible, à moins qu'ils ne soient pires. » Il haussa les épaules.

S'ensuivit un long silence que Bourne brisa en disant : « Vous n'allez quand même pas me dire que vous ignorez tout de leur plan B.

— Hélas si. Je sais seulement qu'il étendra le rayon d'action et la puissance de la Domna sur le territoire des États-Unis. » Il écrasa un moustique sur son avant-bras et essuya la goutte de sang. « Je vois bien que vous êtes déçu.

— *Déçu ?* Le mot est faible. Expliquez-moi, dans ce cas, pourquoi vous souhaitiez me rencontrer. »

Comme Bourne faisait le geste de se lever, Jalal s'empressa d'ajouter : « La Domna a mis un contrat sur vous.

— Ce ne sera ni le premier ni le dernier, dit Bourne d'un air blasé. Je survivrai.

— Non, vous ne comprenez pas. » Jalal s'était levé, lui aussi. « Dans le monde de la Domna, ces choses-là ne se décident pas à la légère. On ne traite pas avec le meilleur offrant. Cela relève du sacré. »

Bourne le regarda froidement. « Ce qui veut dire ?

— Ce qui veut dire que le coup mortel viendra à un moment et dans un lieu totalement imprévisibles. » Il leva l'index. « Et il sera porté par quelqu'un…

— Oui ? »

Jalal inspira un bon coup. « Le fait est que j'ai besoin de vous, M. Bourne. »

Bourne s'abstint de lui rire au nez. Il se contenta de secouer la tête.

« Je sais, c'est difficile à concevoir, autant pour vous que pour moi. » Il fit un pas vers Bourne. « Mais on a coutume de dire que parfois les contingences engendrent les alliances les plus improbables. Et, je l'admets, rien ne serait plus improbable qu'une collaboration entre nous deux. Pourtant… »

Bourne ne répondit rien. Il n'avait aucune intention de pactiser avec Jalal Essai. Cette étrange conversation n'avait pas lieu d'être. D'un autre côté, il n'éprouvait pas d'animosité contre lui et avait toujours regretté d'avoir pénétré chez lui de force, autrefois. Il l'avait fait sur l'ordre de son ancien patron, Alex Conklin, mais cela ne diminuait en rien sa propre responsabilité. Conklin avait-il mal calculé les conséquences de cette intrusion dans la vie privée de Jalal Essai ? S'en était-il même soucié ? À l'époque, Bourne savait qu'il enfreignait une loi sacrée mais il avait obéi à son supérieur. Par conséquent, il avait une dette envers Jalal. Et c'était cette dette qui l'empêchait de lui fausser compagnie, à présent.

« Depuis combien de temps œuvrez-vous contre la Domna ? » C'était une question fondamentale.

« De nombreuses années, répondit Jalal sans hésiter. Mais ce n'est que l'année dernière que j'ai décidé de rompre avec eux ouvertement.

— Que comptiez-vous faire des informations contenues dans l'ordinateur portable que j'ai volé chez vous ?

— Je prévoyais de m'en emparer et de disparaître, avoua Jalal. Mais à cause de vous, j'ai dû y renoncer. »

Le silence qui suivit ces paroles était si lourd qu'il fit taire jusqu'aux insectes et oiseaux de la jungle.

Jalal écarta les mains, paumes levées. « Et nous voilà ici, dans cette forêt du bout du monde, dévorés vivants par les moustiques et les mouches vertes. »

Fin soûl, Corellos s'accrochait à sa bouteille de tequila presque vide comme au mât d'un navire dans la tempête. Jalal fit signe à Bourne de le suivre. Ils marchèrent vers l'épais sous-bois, suivis des yeux par deux des sbires de Corellos. Au bout d'un moment, les hommes renoncèrent à leur surveillance, crachèrent par terre et partirent chercher des bières dans la glacière.

« Ces Colombiens », dit Jalal sur ce ton de conspirateur qu'il pouvait adopter ou abandonner en un clin d'œil. Il n'ajouta rien, comme si ces deux mots suffisaient largement. Et c'était le cas. Bourne voyait bien que Jalal se sentait supérieur à eux. Peut-être avait-il raison. Il était plus instruit, plus conscient du monde qui l'entourait mais justement, c'était peut-être là son point faible. Le plus rustre de ces Colombiens possédait une chose qu'il n'avait pas, une énergie dévastatrice qui le rendait capable de raser un village sans la moindre hésitation. Face à la mort, que pesait l'éducation ou la conscience ? La mort était le grand niveleur.

Bourne avait besoin d'une information cruciale. « Je croyais qu'une fois admis dans les rangs de Severus Domna, nul ne pouvait en sortir. Comment avez-vous fait ?

— Jadis, la Domna poursuivait des buts louables. Elle voulait créer une union spirituelle entre Orient et Occident. C'était une noble et courageuse entreprise, mais autant vouloir mélanger l'eau à l'huile. Peu à peu, si subtilement que presque personne n'a rien vu venir, la Domna a changé. » Il haussa les épaules. « Peut-être sous la domination de Benjamin El-Arian – je le déteste mais ce serait une explication trop simpliste. El-Arian tient lieu de bouc émissaire mais le mal qui mine la Domna est plus vaste. Il s'est trop répandu pour qu'on puisse l'arrêter.

— De quel mal voulez-vous parler ? »

Jalal se tourna vers lui. « J'ai pris quelques renseignements sur vous, M. Bourne. Je sais par exemple que vous connaissez bien la Légion noire. »

La Légion noire était un terme générique désignant les musulmans opposés à Staline, que les nazis avaient fait sortir d'Union soviétique durant la Deuxième Guerre mondiale pour les intégrer à l'armée du Reich, les former au combat et les envoyer sur le front est où ils affrontèrent leurs anciens compatriotes avec une férocité peu commune. La Légion noire bénéficiait d'un grand soutien au sein de la hiérarchie nazie. Durant les derniers jours du conflit, ses soldats furent ramenés à l'ouest et si bien cachés que les Alliés ne les trouvèrent jamais. Malgré leur éparpillement géographique, ils restèrent soudés. Des décennies plus tard, ils se reformèrent à Munich, autour d'une mosquée qui passait à présent pour l'un des foyers du terrorisme islamique.

« J'ai eu affaire à la Légion noire, admit Bourne. Mais depuis plus de deux ans elle ne fait plus parler d'elle. Pas de déclarations publiques, pas d'attentat revendiqué. C'est comme si elle avait été rayée de la carte.

— Telle est la volonté d'Allah, dit Jalal. Je le sais au fond de mon cœur. » Il s'essuya le front du revers de la main. Bien qu'il fût habitué aux fortes chaleurs, cette humidité l'incommodait. « En tout état de cause, après avoir accumulé les défaites – dont l'une au moins fut infligée par vous –, la Légion noire s'est recentrée sur elle-même, dirons-nous. »

Il promena son regard autour de lui, comme pour étudier la position de Corellos et de ses hommes. « Pendant deux décennies, certains membres dirigeants de la mosquée de Munich ont surveillé les faits et gestes de la Domna. À leurs yeux, ses objectifs les menaçaient directement puisque la Mosquée a toujours cherché à étendre la domination de l'Islam sur le monde occidental. Elle n'est pas étrangère à l'afflux des musulmans en Europe de l'Ouest et elle les pousse à revendiquer davantage de droits, davantage d'influence auprès des gouvernements locaux.

« Autrefois, la Domna comptait parmi ses membres deux ou trois représentants de la Mosquée. Aujourd'hui, ils détiennent la majorité, dont Benjamin El-Arian, et comme la sphère d'influence de la Domna dépasse même celle de la Mosquée, nous sommes désormais confrontés à une menace sans précédent contre la paix mondiale. »

Bourne réfléchit quelques instants. « Vous êtes père de famille, Jalal. Vous jouez un jeu trop dangereux.

— Vous êtes bien placé pour le savoir. » Un lent sourire s'épanouit sur le visage de Jalal Essai. « Mais les dés sont jetés, ma décision est prise. Je ne peux pas continuer à vivre en restant les bras croisés. La Domna doit être anéantie, M. Bourne. Il n'y a pas d'autre solution pour moi, pour vous, pour votre pays. »

Bourne voyait la haine dans ses yeux aussi nettement qu'il l'entendait dans sa voix. Jalal était un homme de principes à l'esprit indomptable, féroce dans l'action, sage par la pensée. Pour la première fois, Bourne éprouva du respect pour lui. Puis, de nouveau, il se remémora l'offense qu'il lui avait infligée et que Jalal ne lui pardonnerait certainement jamais.

« J'ai le sentiment que le temps presse. Il faut découvrir très vite les intentions de la Domna », reprit Jalal.

Pendant quelques secondes, on n'entendit plus que les bruits de la jungle autour d'eux. Insectes, grenouilles arboricoles, chauves-souris planant à la cime des arbres.

Jalal s'éloigna encore un peu plus du campement. Quand Bourne le rejoignit, il contemplait les feuillages au-dessus de lui.

« J'ai quatre enfants, dit-il enfin. Trois, plus exactement. Ma fille est morte.

— Je suis désolé de l'apprendre.

— Cela fait des années. Dans une autre vie. » Il se mordit la lèvre le temps de se décider à poursuivre. « C'était une jeune fille volontaire. Quand elle était enfant, elle m'obéissait encore mais un jour, elle a commencé à se rebeller. Elle a fugué à trois reprises. Les deux premières, j'ai pu la ramener à la maison – elle n'avait que quatorze ans. Quatre ans plus tard, elle s'est enfuie avec un Iranien. Vous imaginez ?

— Cela aurait pu être pire.

— Non, je ne suis pas d'accord, dit-il en pelant machinalement l'écorce d'un arbre avant d'enfoncer ses ongles dans le tronc à nu. Le garçon en question était déjà fiancé dans son pays. Et cet imbécile n'a rien trouvé de mieux que l'emmener avec lui en Iran. Je n'ai toujours pas compris pourquoi.

— Peut-être l'aimait-il sincèrement. »

Jalal soupira. « Les hommes font de ces choses, parfois… »

Il laissa sa phrase en suspens mais continua de triturer le tronc de l'arbre. Puis il inspira profondément et souffla tout en parlant, comme pour évacuer un trop-plein. « Il est arrivé ce qui devait arriver. Ils l'ont arrêtée, jetée en prison. Ils voulaient la lapider. Vous vous rendez compte ? Ces Iraniens sont des barbares ! De sales porcs ! »

Ce genre de vocabulaire semblait inhabituel chez lui. Il avait dit cela pour cracher sa colère comme il aurait expulsé une glaire infectée.

« Alors je suis intervenu. Je l'ai sortie de prison, je l'ai emmenée loin de Téhéran, loin d'Iran. Nous traversions la Méditerranée à bord du navire qui nous ramenait chez nous quand la Domna a frappé. » Ses yeux croisèrent ceux de Bourne. « Six hommes. Ils ont eu besoin de six hommes pour faire ça ! La Domna m'avait interdit de me rendre en Iran. Pour ne pas compromettre les relations entre les membres du Haut Conseil, soi-disant. "Et pour éviter cela, arguaient-ils, les sunnites devaient absolument respecter les traditions des chiites et inversement." "Mais c'est ma fille, leur ai-je dit. Ma chair et mon sang." Ils m'ont répondu que si une guerre se déclenchait au sein de la Domna, nous ne vaudrions pas mieux que les nations que nous cherchions à contrôler. Je doute qu'ils m'aient entendu, ou s'ils m'ont entendu, ils n'en ont tenu aucun compte. "Rien n'est plus important que le dominion", disent-ils. »

Il regarda ses ongles salis par l'écorce et la terre. Une fourmi affolée courait le long de son doigt.

« Je ne l'ai plus jamais revue. Les choses en sont restées là. Et je n'ai rien fait parce que… parce que j'étais membre de la Domna et que chez eux, l'individu s'efface devant la volonté collective. Il est vrai que j'avais perdu beaucoup de sang. » Il leva sa main droite pour montrer à Bourne l'horrible cicatrice qui lui traversait la paume. « J'étais à bout de forces. Pour me consoler, je me disais que j'étais resté fidèle à la Domna. Mais quand je suis rentré chez moi et que j'ai vu la douleur sur le visage de ma femme, tous les mensonges que je me racontais ont fondu comme neige au soleil. » Ses yeux cherchèrent ceux de Bourne. « Tout a changé, comprenez-vous ?

— Vous avez franchi le Rubicon. »

Jalal approuva l'image. « Je suis devenu un autre homme, un guerrier, un être aigri. Mes confrères, ces gens que je considérais comme des amis, m'avaient poignardé dans le dos. Ils n'appartenaient plus à la Domna – du moins pas à la Domna que j'avais tant admirée autrefois mais à une autre, une organisation criminelle, tout entière soumise à la Mosquée et à sa hideuse Légion noire.

« À présent, je ne vis que pour me venger. Le disque dur du portable que vous m'avez pris contenait l'instrument de cette vengeance. Je m'apprêtais à voler l'or de la Domna sous son nez. Mais voilà, il a fallu que j'y renonce. »

Bourne allait répondre quand Jalal l'interrompit d'un geste. « Allah est grand. Allah est bon puisqu'il vous a ramené vers moi, en temps et en heure. Désormais ce sera vous l'instrument de ma vengeance. »

Les créatures de la nuit reprirent leur vacarme. Le menton sur la poitrine, Corellos ronflait comme un cochon.

Jalal rit sèchement puis s'éclaircit la gorge. « J'ai besoin de votre expertise, M. Bourne. Vous êtes le seul homme en qui j'aie confiance, le seul capable de décrypter les intentions de la Domna. À nous deux, nous les mettrons hors d'état de nuire.

— Je travaille en solo.

— C'est étrange, n'est-ce pas ? poursuivit Jalal comme s'il n'avait pas entendu.

— Vous voulez parler du mot *confiance*.

— Nous sommes des hommes de parole, vous et moi, non ? »

Bourne hocha la tête.

Des rides se formèrent autour des yeux de Jalal. « Voici ce que je propose…

— Je sais ce que vous attendez de moi.

— Rien de plus que ce que vous avez déjà prévu de faire. La différence c'est que maintenant, vous pouvez compter sur mon aide.

— Je ne veux pas de votre aide.

— Avec tout mon respect, M. Bourne, sachez que pour une fois, vous aurez besoin d'un coup de main. La Domna est une organisation à la fois vaste et puissante dont les tentacules s'étirent sur tous les continents. » Il pointa l'index sur Bourne. « Vous trouvez que j'en fais trop. Eh bien moi, je vous assure que non.

— Je sais ce que j'ai à faire. »

Devant l'obstination de Bourne, Jalal marqua son accord d'un hochement de tête légèrement impatient. « C'est compris. En échange, je vais vous révéler le nom de l'homme que la Domna a chargé de votre assassinat. »

Bourne haussa les épaules. « Je le découvrirai en temps voulu. Je connais toutes les ficelles, tous les acteurs.

— Celui-là vous surprendra. Comme je vous l'ai dit, la Domna poursuit une mission sacrée. Sans mon aide, vous risquez d'être broyé.

— Je suppose que pour cracher le morceau, vous attendrez que je vous livre tous les renseignements sur la Domna.

— Ne croyez pas cela, M. Bourne. Je tiens à ce que vous restiez en vie ! Je suis un homme de parole, vous-même en avez convenu. Aussi vais-je vous donner le nom de votre assassin. » Il se pencha vers lui et baissa la voix. « À moins que vous ne l'arrêtiez avant, c'est votre ami Boris Karpov qui vous tuera. »

4

« Vous vous êtes montré plus qu'équitable envers nous, monsieur le secrétaire.

— Peter, je vous ai demandé de m'appeler Christopher », répondit le secrétaire à la Défense Hendricks.

Peter Marks, assis à côté de sa codirectrice Soraya Moore, y consentit dans un murmure.

« J'ai quelques idées à vous soumettre pour reconstituer Treadstone, poursuivit Hendricks. Mais avant cela, je voudrais connaître votre opinion à tous les deux. Comment envisagez-vous l'avenir de Treadstone ? »

Hendricks les avait conviés dans sa maison de Georgetown pour un briefing stratégique. Sa famille avait beau appartenir à la bonne société de Washington, elle n'avait jamais roulé sur l'or. Aussi Hendricks l'aristo possédait-il une mentalité de prolétaire, question boulot. C'était un gros bosseur avec une tendance au perfectionnisme, aux dires de certains.

Cet homme grand et mince se tenait droit comme un soldat, bien qu'il n'ait fait qu'un court passage en Corée. Après avoir été blessé au combat et dûment décoré par le président en personne, il avait réintégré le service public, grimpant les échelons jusqu'à décrocher le poste de conseiller à la Sécurité nationale, qu'il avait quitté un an auparavant.

Parvenu au sommet de sa carrière, il avait la ferme intention de mettre en œuvre les initiatives qu'il avait élaborées durant toutes ces années. La première – et, pour tout dire, la plus importante à ses yeux – consistait à faire de Treadstone une organisation placée sous son seul commandement, débarrassée de la mainmise de la CIA, de la NSA et du Congrès.

Non pas qu'il cherchât à contourner la loi. Simplement, il avait remarqué que de temps à autre, on avait besoin d'un petit groupe de personnes solidaires les unes des autres, entièrement dévouées à leur pays, opérant dans des secteurs délicats nécessitant une attention particulière. Dans un contexte où la menace terroriste s'exerçait en permanence aussi bien à l'étranger que sur le territoire national, une entité comme Treadstone se révélait plus que jamais indispensable.

Voilà pourquoi Hendricks avait recruté Soraya Moore et Peter Marks. Moore avait dirigé Typhon, une unité clandestine au sein de la CIA, jusqu'à son brusque licenciement par M. Errol Danziger, son patron monomaniaque. Quant à Peter Marks, il avait côtoyé plusieurs directeurs de l'Agence. Peter et Soraya se connaissaient bien. Ils avaient des tempéraments différents mais complémentaires et une indépendance d'esprit qui, selon Hendricks, faisait cruellement défaut aux autres fonctionnaires gouvernementaux. Cerise sur le gâteau, Soraya Moore était musulmane de mère égyptienne, possédait une vaste culture et une grande expertise, et avait passé beaucoup de temps au Moyen-Orient. En somme, ils se situaient l'un et l'autre aux antipodes des généraux sclérosés et autres politiciens de carrière qui encombraient la communauté du renseignement américain.

Marks et Moore étaient assis face à lui sur un canapé en cuir, jumeau de celui qu'il occupait lui-même. Jolene, son assistante, se tenait en retrait, son écouteur Bluetooth relié à un téléphone portable. La lumière du soleil filtrait entre les tentures. Par la fente, on apercevait les silhouettes sombres des agents de la garde nationale chargés d'assurer la sécurité du secrétaire. Sur la table basse, les restes d'un petit déjeuner. La chienne de Hendricks, un magnifique boxer doré nommé Cléo, se tenait assise bien sagement contre la jambe de son maître. Gueule entrouverte, tête dressée, elle fixait les deux invités comme si elle s'étonnait de leur silence.

Soraya et Marks échangèrent un coup d'œil, puis la jeune femme s'éclaircit la gorge. Ses grands yeux bleu sombre, son long nez sculpté étaient les plus beaux ornements de son visage couleur cannelle. Hendricks admirait sa forte personnalité. Mais ce qu'il aimait par-dessus tout chez elle, c'était sa spontanéité. Sans être exagérément féminine, elle ne tombait pas non plus dans le travers de certaines femmes qui singent le comportement masculin pour pouvoir survivre dans des structures dominées par les hommes. Soraya était le naturel incarné, qualité qu'il trouvait à la fois rafraîchissante et curieusement rassurante. Pour toutes ces raisons, il écoutait ses avis aussi attentivement que ceux de Marks.

« Peter et moi souhaitons nous pencher sur une info reçue tôt dans la matinée, dit Soraya.

— Quelle sorte d'info ?

— Excusez-moi, monsieur le secrétaire, intervint Jolene en se penchant vers son patron. J'ai Brad Findlay en ligne. »

Hendricks tourna rapidement la tête vers elle. « Jolene, je vous ai pourtant dit de ne pas interrompre ce briefing. »

Jolene recula instinctivement. « Je suis désolée monsieur, mais comme il s'agit du chef de la Sécurité intérieure, je supposais…

— Ne supposez jamais, au grand jamais, s'écria-t-il. Répondez-lui, mais de la cuisine. Vous savez comment vous y prendre avec Findlay.

— Oui monsieur. » Les joues cramoisies, Jolene se dépêcha de sortir du salon.

De nouveau, Marks et Soraya échangèrent un coup d'œil.

« C'est difficile à dire, reprit-elle.

— Disons qu'il ne s'agit pas d'un truc normal », compléta Marks.

Hendricks fronça les sourcils. « Ce qui signifie ? » Il avait complètement oublié Jolene, le coup de fil et sa réaction hargneuse.

« L'info ne provient pas d'une source habituelle, genre mollah en colère, caïd de l'opium, mafias russe, albanaise ou chinoise. » Soraya se leva et se mit à arpenter la pièce en effleurant des objets au passage, une sculpture en bronze par-ci, une photo encadrée par-là. Cléo la regardait de ses grands yeux liquides.

Soraya s'arrêta brusquement et se tourna vers Hendricks. « Non, ceux-là nous les connaissons par cœur. L'info en question nous a été fournie par un inconnu… »

Le secrétaire était l'image même de la perplexité. « Je ne comprends pas. Le terrorisme…

— Il ne s'agit pas de terrorisme, le coupa Soraya. Du moins pas comme nous l'entendons généralement. C'est un individu qui m'a contactée.

— Pourquoi veut-il faire défection ? Quelle est sa motivation ?

— Cela reste à déterminer.

— Eh bien, votre informateur inconnu n'a qu'à venir s'expliquer, dit Hendricks. Pourquoi fait-il tant de mystères ? Je n'aime pas trop cela.

— En temps normal, nous aurions suivi le protocole, cela va sans dire, intervint Marks. Malheureusement, c'est impossible. Il est mort.

— Assassiné ?

— Renversé par une voiture, expliqua Marks.

— Le problème, c'est que nous ne sommes sûrs de rien. » Soraya s'agrippa au dossier d'un fauteuil. « Nous voulons nous rendre à Paris pour enquêter.

— Pas question. Vous avez des choses plus importantes à faire ici. En plus, rien ne dit qu'il était fiable.

— Il m'a fourni des renseignements préliminaires sur un groupement dénommé Severus Domna.

— Jamais entendu parler. En plus, ce nom sonne faux, dit Hendricks. À mon avis, il vous a roulés dans la farine. »

Soraya campa sur ses positions. « Je ne partage pas cette opinion. »

Hendricks se leva et marcha jusqu'à la fenêtre. Il y avait chez cette femme un équilibre, une ouverture d'esprit, une facilité à appréhender les complexités de l'âme humaine. Lors de sa première rencontre avec Soraya

Moore, il s'était demandé si elle était lesbienne, mais en creusant davantage, il avait appris sa liaison avec Amun Chalthoum, le chef d'al-Mokhabarat, les services secrets égyptiens. Pour tout dire, il avait même téléphoné au fameux Chalthoum et avait eu avec lui une intéressante discussion d'une vingtaine de minutes. Errol Danziger avait pris prétexte de sa relation avec Chalthoum pour virer Soraya de Typhon. Le patron de la CIA n'en était pas à sa première bévue, loin de là. En se débarrassant d'elle, il avait perdu tous les précieux contacts qu'elle avait su nouer sur le terrain. Les agents travaillant sous couverture ne faisaient confiance à nul autre qu'elle. Quand Hendricks l'avait nommée codirectrice de Treadstone, ces contacts avaient miraculeusement refait surface. Cette femme était un puissant atout dans son jeu, Hendricks en avait parfaitement conscience.

« Très bien, dit-il. Allez voir sur place. » Puis s'adressant à Peter : « Vous, je veux que vous restiez ici. Treadstone est encore jeune et je tiens à en faire une agence suffisamment forte pour superviser et mettre de l'ordre dans le sac de nœuds qu'est devenue la communauté du renseignement américaine, depuis le 11 Septembre. On dénombre aujourd'hui pas moins de 263 organismes de renseignements, tous créés ou réorganisés après 2001. Sans parler des centaines de sociétés privées que nous avons cru bon de nous adjoindre et dont certaines ont échappé à notre contrôle à tel point qu'elles opèrent aux États-Unis comme si elles étaient dans une zone de conflit à l'étranger. Est-ce que vous réalisez qu'en ce moment même, 850 000 Américains sont porteurs d'accréditations classées top secret ? C'est beaucoup trop et ça ne va pas aller en s'arrangeant, bien au contraire. » Il secoua la tête pour mieux exprimer son effroi. « Alors hors de question que mes deux directeurs quittent le territoire en même temps. »

Marks fit un pas vers lui. « Mais…

— Peter, dit Hendricks en souriant. Soraya a l'expérience du terrain. Donc c'est à elle que je confie cette mission. Simple logique. »

Comme ses deux hôtes prenaient congé, Hendricks les retint une seconde en disant : « Ah oui, au fait, j'ai obtenu que les serveurs Treadstone aient accès à toutes les bases de données des services secrets. »

Après leur départ, Hendricks repensa à Samaritain. Il en avait délibérément caché l'existence à Peter, sachant que dès qu'il lui en parlerait, ce dernier demanderait à assurer la sécurité d'Indigo Ridge. Or, Hendricks ne voulait pas que Peter s'éloigne de Treadstone. Il avait besoin de lui pour faire grandir son œuvre. Il en avait si longtemps rêvé que pour rien au monde il ne l'aurait mise de côté, pas même pour Samaritain. En cela, il prenait un risque. Si jamais les personnes qui avaient comme lui assisté à la réunion dans le Bureau ovale, et surtout le général Marshall, apprenaient qu'il réservait un membre clé de son personnel pour sa propre cause, sa position deviendrait intenable.

Certes, pensa-t-il, *mais une vie sans risque serait bien morne, n'est-ce pas ?*

Il regagna son poste d'observation, devant la fenêtre. Ses pauvres rosiers étaient dans un piteux état. Agacé, il regarda sa montre. Que fichait ce satané jardinier, soi-disant spécialiste des roses ?

Tout était calme dans cette maison à l'écart du centre-ville. D'habitude, il s'en félicitait ; le silence l'aidait à réfléchir. Mais ce matin, c'était différent. Il s'était réveillé contrarié, avec l'impression d'avoir raté quelque chose. Après l'échec de ses deux mariages, il avait fini par rencontrer la femme de sa vie mais ces années de bonheur s'étaient envolées avec le décès de sa bien-aimée Amanda. Le fils qu'il avait eu de sa deuxième épouse servait dans les renseignements militaires en Afghanistan. Il aurait dû se faire un sang d'encre mais la plupart du temps, il n'y pensait pas. C'est à peine s'il l'avait vu grandir. Pour être tout à fait franc, il ne ressentait rien pour lui. Depuis la mort d'Amanda, il n'aimait plus personne. L'argent le laissait indifférent. En revanche, il tenait à cette maison. Il ne possédait et n'avait pas besoin de grand-chose d'autre. Pourquoi cela ? Qu'est-ce qui clochait dans sa tête ? Quand il se rendait au restaurant, au théâtre ou aux cérémonies officielles, il croisait des collègues accompagnés de leur épouse, parfois de leurs enfants. Lui était toujours seul, même si de temps à autre, une femme marchait à son bras – Washington regorgeait de veuves désireuses de briller encore un peu dans le grand monde. Elles ne représentaient rien pour lui. Il les trouvait laides, avec leurs visages trop lisses, leurs poitrines disproportionnées, leurs robes de soirée tape-à-l'œil. Souvent elles devaient cacher leurs mains tachées sous des gants de soie.

Le joyeux tintement de la cloche le tira de ses ruminations. En ouvrant la porte d'entrée, il tomba nez à nez avec une femme d'une trentaine d'années dont les cheveux tirés en queue de cheval donnaient une expression mutine à son visage. Elle portait des lunettes rondes cerclées de métal, une salopette en jean, une chemise d'homme à carreaux, des sabots vert gazon. Un vieux chapeau en toile pendait dans son dos.

Elle se présenta sous le nom de Maggie Penrod, lui montra les lettres de recommandation qu'elle avait déjà présentées aux gardes qui patrouillaient sur la propriété. Hendricks prit le temps de les examiner. Elle avait étudié à la Sorbonne et au Trinity College d'Oxford. Son père (décédé) avait été travailleur social, sa mère d'origine suédoise (également décédée) professeur de langue dans l'académie de Bethesda. Il n'y avait rien d'exceptionnel chez elle, sauf – il le remarqua lorsqu'elle se pencha vers lui pour récupérer ses documents – son parfum dont la note de tête rappelait… Qu'est-ce que cela pouvait bien être ? songea Hendricks en reniflant le plus discrètement possible. Ah oui ! De la cannelle, plus quelque chose d'un peu amer. Amande grillée peut-être.

Tout en la guidant vers ses pitoyables rosiers, il lui demanda : « Qu'est-ce qu'une étudiante en histoire de l'art peut bien faire…

— Dans un endroit comme celui-ci ? »

Elle partit d'un rire mélodieux dont le tintement réveilla en lui une sensation depuis longtemps oubliée.

« Je n'étais pas faite pour l'histoire de l'art. En plus, le monde universitaire n'est pas vraiment ma tasse de thé – trop de magouilles, trop de copinage. »

Elle avait un petit accent, sans doute hérité de sa mère suédoise, pensa Hendricks.

Arrivée devant le parterre de roses, Maggie s'arrêta, les mains sur les hanches. « Et j'aime mon indépendance.

Dans ce métier, je n'ai de compte à rendre qu'à moi-même. »

À mieux l'écouter, il s'aperçut que son accent conférait à ses paroles une douceur doublée d'une évidente sensualité.

Elle s'agenouilla et, d'une main vigoureuse, écarta les fleurs fanées avant d'éclore, aux pétales brûlés, flétris. Une goutte de sang roula sur sa peau. Elle ne craignait pas les épines.

« Les boutons ne se sont pas ouverts et les insectes ont grignoté les feuilles. » Elle se releva et se tourna vers lui. « Première chose, vous les arrosez trop. Deuxième chose, il faut les brumiser une fois par semaine avec de l'insecticide. Pas d'inquiétude, je n'utilise que des produits bio. » Quand elle lui sourit, ses joues s'embrasèrent sous la lumière du soleil. « Il faudra compter une bonne quinzaine de jours mais, à force de soins intensifs, je pense pouvoir les ressusciter. »

Hendricks fit un geste évasif. « Prenez tout votre temps. »

Comme une huile précieuse, les rayons du soleil glissèrent sur les bras de la jeune femme, faisant scintiller leur duvet qui lui parut se dresser sous son regard. Hendricks sentit son propre souffle lui brûler la gorge.

Et soudain, il s'entendit prononcer une phrase qui le prit au dépourvu. « Voulez-vous entrer boire un verre ? »

Elle le gratifia d'un sourire charmant, en plissant les yeux à cause de la lumière. « Non, pas aujourd'hui. »

*

« Je n'en crois rien, dit Bourne. C'est tout simplement impossible.

— Tout est possible, répliqua Jalal Essai.

— Non. Pas ça. »

Jalal sourit d'un air énigmatique. « M. Bourne, vous évoluez dès à présent dans un autre univers, celui de Severus Domna. Croyez-moi, je sais ce que je dis. »

La nuit était tombée. Bourne contemplait le feu où rôtissait le sanglier que les hommes de Corellos avaient ramené de la chasse. Le puissant fumet de la graisse en train de fondre se répandait partout dans le camp.

À quelque distance de là, Corellos était en grande discussion avec son lieutenant. « Autant de mesquines victoires », dit Jalal en jetant vers le Colombien un coup d'œil méprisant.

Bourne l'interrogea du regard.

« Il sait que je ne mange pas de porc et voyez le repas qu'il m'offre. Si j'émets la moindre critique, il répondra que ce cochon rôti est un festin pour ses hommes.

— Si nous en revenions à Boris Karpov. »

Le petit sourire mystérieux réapparut. « Benjamin El-Arian, votre ennemi, est un champion d'échecs. Il calcule plusieurs coups à l'avance. Il avait prévu, entre autres éventualités, que votre intervention ferait capoter son premier projet. Et c'est ce qui s'est passé, l'or de Salomon a fini par échapper à la Domna. » Il tourna la tête vers le feu. Les flammes jouaient dans ses yeux. « Vous avez entendu parler de Victor Cherkesov, n'est-ce pas ?

— Il y a quelques mois, c'était encore le chef du FSB-2. Il est parti dans des circonstances mystérieuses et Boris a pris sa place. Il m'a tout raconté. Lui qui rêvait depuis des années de nettoyer le FSB-2 de fond en comble.

— Votre ami Boris est un brave homme. Vous a-t-il dit pourquoi Cherkesov a renoncé à son trône ?

— Des circonstances mystérieuses, répéta Bourne.

— Pas si mystérieuses que cela. Benjamin El-Arian a contacté Cherkesov via le bon intermédiaire et lui a fait une offre qu'il n'a pas pu refuser. »

Bourne se contracta. « Cherkesov fait partie de la Domna, maintenant ? »

Jalal confirma d'un signe de tête. « À votre air, je vois que vous devinez la suite. Cherkesov a mis un marché entre les mains de votre ami Boris. Il lui a offert le FSB-2 en échange de certains services restant à définir.

— Et le premier de ces services est mon exécution. »

Ayant fini de distribuer ses ordres, Corellos se dirigeait vers eux. Jalal se pencha à l'oreille de Bourne et lui murmura précipitamment : « Vous comprenez mieux à qui nous avons affaire. El-Arian est d'une intelligence démoniaque et la Domna n'a rien d'une secte ordinaire. »

Tandis que Corellos tirait une chaise près du feu, Bourne lança : « Vous ne m'avez toujours pas expliqué ce que je fais ici. »

Corellos lui décocha un regard mauvais. L'arbre qui se dressait au-dessus de lui présentait un tronc en partie dénudé, des plaques d'écorce arrachées pendant comme une mue. Des myriades de moustiques faisaient bruire et danser l'air environnant.

« Je veux des garanties », dit Bourne en s'adressant clairement aux deux hommes à la fois.

Corellos produisit un rire muet qui lui découvrit les dents. « La sœur de mon défunt partenaire est complètement parano. Je ne lui ferai aucun mal, voilà ta garantie.

— Gustavo et toi dirigiez ensemble ce trafic de drogue, répliqua Bourne. À sa mort, tu as tout récupéré.

— C'est la version qu'elle t'a donnée.

— Elle n'a que faire de cet argent sale. »

Corellos exprima son incompréhension. « Alors, pourquoi voulait-il qu'elle prenne sa suite ?

— Une affaire de famille. Mais elle n'est pas comme lui.

— Tu la connais mal. »

Bourne ne répondit rien. Quelque chose chez cet homme le répugnait viscéralement, comme la vision d'un scorpion ou d'une veuve noire. Le genre de bête nuisible qui peut vous paraître inoffensive sur l'instant mais à laquelle on ne doit jamais tourner le dos. Bourne l'observa avec attention. Ce type était l'exact l'opposé de Gustavo Moreno dont Bourne avait fait la connaissance quelques mois plus tôt. Malgré ses activités peu recommandables, Moreno était un gentleman – c'est-à-dire un homme qui respectait la parole donnée. Visiblement, Corellos ne possédait pas cette noblesse d'âme. Berengária avait raison de le craindre.

Les moustiques volaient en sourdine, à présent. Corellos s'installa confortablement sur sa chaise, laquelle se mit à craquer comme les os d'un vieillard. « Alors. Qu'est-ce que veut cette *puta* ?

— Berengária veut seulement qu'on lui fiche la paix. »

Corellos pencha la tête en arrière et partit d'un grand éclat de rire. Ce mouvement découvrit la marque de strangulation que Bourne venait de laisser sur son cou.

« *Bueno*. D'accord, on passe à l'étape suivante. Combien ?

— Je te l'ai dit. Elle ne veut rien.

— C'est bon, arrête de te foutre de ma gueule. Donne un chiffre. »

Une légère brise se leva, ramenant avec elle les nuées de moustiques. De la forêt environnante, émanait un concert de stridulations, coassements et autres cris de bêtes nocturnes. Bourne dut se faire violence pour ne pas balancer son poing dans la figure de Corellos. Maintenant qu'il le connaissait, il en venait à penser que Gustavo Moreno avait légué la moitié de son affaire à sa sœur rien que pour emmerder son associé.

« Libre à toi de croire ce que raconte cette salope, dit Corellos. C'est pas mon cas.

— Contente-toi de l'oublier et vous serez quittes. »

Corellos manifesta son désaccord en secouant la tête. « Elle possède tous mes contacts.

— Tiens, cette liste était sur son disque dur. » Bourne lui tendit la feuille d'imprimante que Berengária lui avait remise à Phuket.

Corellos la déplia et fit courir dessus son gros index calleux. « Tout y est. » Il regarda Bourne en haussant les épaules. « C'est une copie, dit-il en secouant la page. À quoi ça m'avance ? »

Bourne lui donna le disque dur.

Corellos resta un moment à le contempler. « Merde alors, s'esclaffa-t-il. Vendu.

— Si tu lui cherches des ennuis… » Bourne laissa la menace implicite planer dans l'air humide.

Corellos se figea comme une statue puis, la seconde d'après, écarta les bras comme pour l'embrasser. « Si je cherche des ennuis à cette salope, tu sauras où me trouver. »

5

« Nom de Dieu ! » hurla Peter Marks en cognant du poing sur le volant. Le feu venait de passer au rouge.

« Du calme, mon petit gars, dit Soraya. Qu'est-ce qui te tracasse ?

— Il ment. » Peter écrasa le klaxon du plat de la main. « Il se trame quelque chose et Hendricks ne veut pas nous dire quoi. »

Soraya le regarda malicieusement. « Comment le sais-tu ?

— Ce ramassis de conneries qu'il nous a servi comme quoi ma présence ici serait indispensable. C'est quand même grâce à ton réseau à l'étranger qu'il a pu ressusciter Treadstone. Alors quoi ? On ne va pas passer notre temps à faire du baby-sitting pour les autres agences de renseignements ! C'est du pipeau tout ça. Il n'y a pas une once de vrai dans ce qu'il raconte. » Il secoua la tête d'un air dégoûté. « Je te jure, il se passe un truc qu'il préfère garder pour lui. »

Soraya allait lui répondre du tac au tac mais elle se ravisa, préférant réfléchir à ce qu'il venait de dire. Ils avaient travaillé ensemble des années durant, à la

CIA. Ils avaient une confiance totale l'un dans l'autre. Elle savait qu'il la protégerait au mépris de sa propre vie. Et elle ferait pareil pour lui, si l'occasion se présentait. Ce n'était pas rien. De plus, leur entente mutuelle reposait en grande partie sur l'intuition. Il convenait donc de se demander ce que Peter avait pu voir ou sentir. Il avait sûrement perçu un détail qui lui avait échappé à elle. Pour être honnête, quand Hendricks avait accepté qu'elle se rende à Paris, Soraya avait ressenti une telle joie que la fin de la réunion lui était passée par-dessus la tête.

« Hé, ralentis un peu, cow-boy ! cria-t-elle en le voyant coller au pare-chocs d'une camionnette. J'aimerais vivre jusqu'à ce soir au moins.

— Désolé », marmonna Peter.

Comprenant qu'il accusait vraiment le coup, elle ajouta : « Qu'est-ce que je peux faire pour t'aider ?

— Va à Paris, enquête sur l'assassinat de ton contact et trouve qui l'a tué. »

Elle le regarda d'un air sceptique. « Je ne vais pas te laisser dans cet état.

— Eh ben si, il faudra bien. »

Elle lui toucha le bras. « Peter, j'ai peur que tu fasses une bêtise. »

Il la foudroya du regard.

« Ou du moins un truc dangereux. »

Il inspira profondément. « Tu crois que ça changerait quelque chose, si tu restais ici ? »

Elle fronça les sourcils. « Non, mais…

— Alors saute dans le premier avion pour Paris.

— Qu'est-ce que tu as en tête ?

— Rien du tout.

— Tu parles ! Je connais ce regard. »

Il se mordit la joue. « Et avant de partir, n'oublie pas d'appeler Amun. »

D'abord, Soraya se demanda s'il cherchait à la provoquer. Puis elle songea qu'il y avait une certaine sagesse dans son conseil. « Tu as peut-être raison. Amun pourrait nous fournir un autre point de vue sur ce groupuscule mystérieux. »

Elle sortit son téléphone et composa un texto : « Arr Paris demain mat enq meurtre. Ok pr toi ? »

Soraya sentit son cœur s'emballer. Elle n'avait pas revu Amun depuis plus d'un an, et voilà que soudain, juste à cause de ce message, elle réalisait combien il lui avait manqué. Elle brûlait de le toucher, de retrouver son sourire lumineux, son intelligence.

Elle fronça les sourcils. Quelle heure était-il au Caire ? Presque 22 h 30.

Le vibreur de son portable la surprit en pleins calculs : un texto venait d'arriver. « Arr Paris 8:34, h loc, apr demain. »

Soraya sentit une onde de chaleur se répandre en elle. Elle agita les doigts comme pour rétablir la circulation.

« Que se passe-t-il ? demanda Peter.

— J'ai des fourmis. »

Peter jeta la tête en arrière en éclatant de rire.

*

Jalal Essai tenait le volant. Bourne et lui venaient de quitter le campement de Corellos et ils roulaient, pleins phares, sur la piste en terre traversant la forêt de Bosque de Niebla de Chicaque. Déjà une lueur bleue tirant sur le rose filtrait entre les branches, effaçant les ombres du chemin. Les oiseaux qui s'étaient tus durant la nuit faisaient de nouveau résonner leurs trilles.

« On se dirige vers l'ouest, dit Bourne. Je pensais qu'on allait à Bogotá.

— Nous ferons une première étape à l'aéroport régional de Perales. Je prendrai un avion pour Bogotá et je vous laisserai la voiture. Vous continuerez vers l'ouest, jusqu'à Ibagué. C'est en pleine montagne, à quelque 90 kilomètres au sud-ouest d'El Colegio.

— Qu'irai-je faire là-bas ?

— À Ibagué, vous trouverez un nommé Estevan Vegas. C'est un membre de la Domna – un maillon faible, comme vous dites chez vous. J'avais l'intention de le rencontrer moi-même pour lui proposer une alliance mais puisque vous êtes là, je vous confie cette tâche. Je pense que vous serez plus à même de le convaincre.

— Expliquez-vous.

— Avec plaisir. »

Loin du campement de Corellos, Jalal Essai paraissait plus détendu, presque jovial, à supposer qu'on puisse qualifier ainsi cet homme taciturne guidé par la vengeance.

« C'est très simple, reprit-il. Au sein de la Domna, je me suis taillé une réputation de paria, de renégat. Même pour un homme comme Vegas qui ne porte pas vraiment la Domna dans son cœur, je ne suis guère fréquentable. En fait, je crains que ma présence ne produise chez lui une réaction peu souhaitable. Il risque de se cabrer et de refuser tout net.

— Alors que moi, en tant qu'outsider, j'aurai plus de chances de lui faire entendre raison.

— Tout dépendra de votre force de persuasion. Mais comme je vous connais, je présume que je n'aurai pas à regretter de vous avoir cédé ma place. »

Bourne réfléchit un instant. « Et s'il accepte ?

— Il vous fournira des informations récentes sur la Domna. Des informations auxquelles je n'ai pas accès, malheureusement. Depuis qu'ils m'ont écarté, je ne sais plus rien de leurs projets.

— Vegas habite au milieu de nulle part, fit remarquer Bourne.

— Premièrement, sachez que la Domna a des yeux et des oreilles partout, même *au milieu de nulle part*. » Ils passèrent sur une portion bitumée de la piste mais Jalal fut obligé de ralentir à cause des nids-de-poule qui rendaient la conduite hasardeuse. Ce n'était pas le moment de couler une bielle. « Deuxièmement, même si Vegas ne sait pas tout, il se peut qu'il connaisse quelqu'un susceptible de l'aider à remplir les blancs. Votre job consistera à lui soutirer le maximum de renseignements. Ensuite vous vous envolerez pour Perales. Des billets vous attendront à l'aéroport.

— Et pendant que je serai occupé à fouiner dans les recoins sombres de la Domna, que ferez-vous ?

— Je couvrirai vos arrières.

— De quelle manière exactement ?

— Il vaut mieux que vous n'en sachiez rien, croyez-moi. » Jalal Essai donna un coup de volant pour éviter un double nid-de-poule étonnamment profond. « Vous trouverez un téléphone satellitaire de secours dans la boîte à gants. Il est chargé, en parfait état de marche. Il y a également une carte détaillée de la région. Ibagué est clairement indiqué, ainsi que le champ pétrolier que dirige Vegas. »

Bourne vérifia le contenu de la boîte à gants.

« Vous verrez, mon numéro est préprogrammé, poursuivit Jalal. De cette manière, nous resterons en contact, où que vous soyez. »

Toujours malmenés par les cahots, ils franchirent une gorge aux parois abruptes et, au bout de trois kilomètres, virent une gigantesque chute d'eau basculer à grand fracas du haut d'une falaise rouge sang. Brusquement, la canopée s'éclaircit. Les rais de lumière traversant les branches enchevêtrées semblaient clignoter comme pour émettre un message en morse.

Jalal accéléra en traversant la lisière ouest de la grande forêt. Ils longèrent un mur ancien couvert d'une débauche de bougainvillées. Sur leur passage, les fleurs semblaient s'ébrouer comme pour se débarrasser de la rosée du petit matin et darder leurs corolles vers le soleil déjà brûlant.

Bourne regarda le paysage qui s'étalait à perte de vue. À l'ouest, s'étirait une chaîne de montagnes majestueuses, assombries par d'épaisses forêts. C'était là qu'il serait dans deux heures.

« Que pouvez-vous me dire à propos de Vegas ?

— C'est un homme hargneux, vindicatif, souvent intraitable.

— Magnifique. »

Jalal ne releva pas le sarcasme. « Mais ce n'est qu'un aspect du personnage. Vegas a toujours travaillé dans l'industrie pétrolière. Il gère des installations d'extraction dans la région depuis près de vingt ans. Je pense que ses gisements commencent à s'assécher. En tout cas, c'est un homme de terrain, un vrai forçat du pétrole, et ce malgré son âge. Il doit avoir dans les soixante ans, peut-être plus. C'est un gros buveur, il a enterré deux épouses et sa fille est partie avec un Brésilien. Cela fait trente ans qu'il ne l'a pas revue.

— Des fils ? »

Jalal fit signe que non. « Il vit avec une jeune Indienne mais, à ma connaissance, ils n'ont pas d'enfants. De toute façon, je ne sais rien d'elle.

— Qu'est-ce qui lui déplaît ? »

Jalal lui lança un regard. « Qu'est-ce qui lui plaît, vous voulez dire.

— Je préfère connaître les sujets à ne pas aborder devant lui, dit Bourne.

— Je vois. » Jalal se creusa la tête. « Il déteste autant les communistes que les fascistes.

— Et les narcotrafiquants ? »

Jalal le regarda de biais comme s'il cherchait à comprendre où il voulait en venir. Mais il eut l'intelligence de ne pas l'interroger. « Ça, c'est à vous de le découvrir. »

Bourne réfléchit un instant. « Une chose me chiffonne. Il a perdu sa fille unique et aujourd'hui, alors qu'il pourrait fonder une famille, il ne le fait pas. »

Jalal haussa les épaules. « Je suppose qu'il a trop souffert.

— Mais vous, que feriez-vous à sa place… ?

— Ma femme est trop âgée.

— C'est bien là où je voulais en venir. Sa femme actuelle est jeune. »

*

Posté devant la maison de Hendricks, Peter Marks vit sortir la jardinière. Elle monta dans son SUV et s'éloigna. Il l'avait observée pendant qu'elle taillait les rosiers puis les aspergeait avec un pulvérisateur à pompe. Elle avait procédé avec lenteur et une certaine douceur, comme si elle leur chuchotait des mots d'amour. Puis elle était partie sans un seul regard pour le personnel de sécurité.

Les quatre gardes du corps du secrétaire étaient un vrai problème car il avait l'intention de suivre Hendricks dans tous ses déplacements jusqu'à découvrir ce qu'il tramait. Pour y parvenir, il allait devoir jouer à cache-cache avec la sécurité. Mais ce n'était pas insurmontable.

Peter avait toujours aimé relever les défis. Adolescent puis jeune homme, rien ne lui faisait peur. Quand le père Benedict, le prêtre de sa paroisse, l'avait emmené derrière la sacristie pour le soûler avec du vin de messe et abuser de lui, il n'en avait pas fait tout un plat. En revanche, contrairement aux autres victimes du curé pédophile, Peter s'était confié à son père. Il n'avait que dix ans mais il était déjà plus intelligent que la moyenne. Il avait décidé de dénoncer le prêtre devant tous les fidèles, le dimanche suivant durant la messe.

Son père s'y était opposé. *« Les conséquences seront pires pour toi que pour lui. Tout le monde sera au courant et tu resteras marqué à vie. »* Peter avait perçu la menace dans la voix de son père. Connaissant son tempérament orageux, Peter n'avait pas insisté.

Le dimanche en question, un prêtre inconnu célébra la messe à la place du père Benedict. Après la cérémonie, Peter écouta les adultes discuter sur le parvis baigné de soleil. Le père Benedict avait été agressé en rentrant chez lui, la nuit précédente. Une expression revenait dans la bouche des fidèles : *battu comme plâtre*. Le prêtre avait été conduit à l'hôpital des Petites Sœurs des Pauvres dans un état critique. Peter ne le revit plus jamais et le père Benedict ne remit plus les pieds dans la paroisse. Il disparut sans demander son reste, après six semaines d'hospitalisation. Peter n'avait jamais abordé le sujet avec son père mais il le soupçonnait d'avoir trempé dans cette histoire. Il ne saurait jamais le fin mot de l'affaire puisque son père était mort depuis onze ans.

Les yeux de Peter retrouvèrent leur netteté. Hendricks venait de sortir de chez lui. Une Lincoln Town Car noire s'était garée le long du trottoir et le chauffeur s'était précipité pour ouvrir la portière. Le secrétaire grimpa sur la banquette arrière, suivi d'un garde du corps. Deux autres prirent place à bord d'une Ford banalisée. Les deux véhicules démarrèrent en même temps tandis que le quatrième homme restait en faction devant la maison. Peter les prit en filature en laissant ses souvenirs d'enfance se dérouler derrière lui.

Quand il était au lycée et ensuite à l'université, il avait fréquenté des garçons de son âge ayant les mêmes affinités, mais sans jamais prendre de risques inconsidérés, parce que c'était sa nature. Par la suite, ayant décidé d'entrer dans les services secrets, il s'était inscrit aux cours correspondant à ce choix de carrière. On lui attribua un nouveau tuteur, un type dont il n'avait jamais entendu parler et qui ne figurait même pas sur l'organigramme de l'université. Un jour, l'homme en question l'avait convoqué dans son bureau. En fait de conversation, il lui avait surtout donné un bon conseil : si Peter espérait faire carrière dans les services secrets, il devrait apprendre à « fermer son bec ».

Le sujet ne fut plus jamais abordé mais Peter se l'était tenu pour dit. Il prit l'habitude de fermer son bec, ce qui ne l'empêchait pas de se plonger avidement dans la lecture de tous les scandales ayant éclaboussé tel espion ou tel personnage politique, tombés en disgrâce à cause de leurs orientations sexuelles. Il ne voulait surtout pas subir le même sort. Le passage à tabac du père Benedict était encore très présent dans son esprit, aussi, contrairement à ce dernier, décida-t-il de pratiquer la chasteté.

Il n'était bien sûr pas amoureux de Soraya. Il l'aimait comme la sœur qu'il n'avait jamais eue. Parfois, il se demandait s'il n'était pas jaloux de l'affection qu'elle portait à Bourne. En tout cas, s'il avait pu l'être un jour, ce n'était plus d'actualité. Comment pouvait-on être jaloux d'un type qui passait sa vie à se cacher ?

La Lincoln quitta le quartier arboré de Georgetown et tourna vers l'est, en direction du centre-ville. Un crépuscule brumeux tombait doucement sur Washington. Peter regarda la pendule au tableau de bord. Dans peu de temps, Soraya décollerait pour Paris où elle retrouverait Amun Chalthoum. Peter avait appelé son ami français Jacques Robbinet afin de lui exposer la raison de sa visite. Robbinet, qu'il avait rencontré grâce à Jason Bourne, était à la fois ministre de la Culture et l'une des nouvelles étoiles montantes du Quai d'Orsay. Son rayon d'action couvrait donc un territoire étendu, autant à l'étranger qu'à l'intérieur des frontières. Robbinet avait rassuré Peter. Soraya pouvait compter sur lui ; il lui épargnerait toutes les tracasseries administratives.

La Lincoln ralentit à l'approche d'East Capitol Street. Elle dépassa la 2e Rue S-E et s'arrêta devant la bibliothèque Folger Shakespeare, l'une des institutions les plus remarquables de la capitale. Henry Clay Folger, ancien président de Standard Oil, aujourd'hui ExxonMobil, était de la même trempe que les barons d'industrie de la grande époque comme John D. Rockefeller, J.P. Morgan et Henry E. Huntington. Sur la fin de sa vie, il avait passé beaucoup de temps à collectionner les premières éditions des pièces de Shakespeare. En plus de ce prodigieux fonds, la bibliothèque abritait, dans leurs éditions originales ou en fac-similés, tous les livres importants ayant Shakespeare pour thème, parus aux XVIe et XVIIe siècles. À quoi s'ajoutait un exemplaire de chaque ouvrage d'histoire, de mythologie ou récit de voyage que le dramaturge Shakespeare aurait pu consulter en son temps. En un mot comme en cent, l'établissement rassemblait plus de la moitié des livres de langue anglaise imprimés avant 1640. Mais les joyaux de la couronne demeuraient ces premières éditions.

Peter regarda Hendricks sortir de sa voiture blindée. Qu'est-ce que le secrétaire à la Défense allait chercher dans un endroit pareil ? Il n'était certainement pas là pour préparer une thèse sur Shakespeare ou l'Angleterre des Tudor et des Stuart.

Un autre détail lui mit la puce à l'oreille. Hendricks avait laissé son escouade de sécurité au bas des marches. Il entra donc seul dans le bâtiment. Comme il était plus de 16 heures, la bibliothèque avait fermé ses portes au public.

Peter connaissait bien les locaux. Il savait où se trouvait l'entrée du personnel, qu'utilisaient à l'occasion les masses de chercheurs et d'étudiants admis en résidence. Il contourna le pâté de maisons, se gara et mit le cap sur la fameuse porte, habilement dissimulée derrière une haie de buis taillée.

Le battant monumental en chêne massif était piqué de gros clous en bronze comme on en voit sur certains édifices européens. Quand Peter sortit un crochet de sa poche intérieure, il eut l'impression de forcer l'entrée d'un donjon médiéval. Depuis qu'il s'était retrouvé à la porte de son appartement cinq ans auparavant, Peter ne sortait jamais sans son matériel de crochetage.

Quelques secondes plus tard, il pénétrait dans un couloir mal éclairé qui sentait l'air filtré et les vieux grimoires, une odeur à la fois plaisante et familière qui lui rappela l'époque où il hantait les bouquinistes. Il avait passé un nombre incalculable d'heures à regarder les titres sur les étagères, à consulter volume après volume, lisant parfois des chapitres entiers sur place. Parfois, il lui suffisait de tenir un livre au creux de sa main pour s'imaginer plus âgé, debout dans une bibliothèque qu'il aurait lui-même constituée.

Il craignait de tomber sur un chercheur ou un vigile, mais il eut beau regarder autour de lui, il ne vit personne. Il traversa sans bruit des salles tapissées d'armoires vitrées renforcées par des grillages, parcourut d'autres couloirs feutrés, lambrissés de bois.

Un murmure lui parvint, qui s'amplifia au fur et à mesure qu'il se rapprochait. Il reconnut l'une des voix : celle d'Hendricks. Son interlocuteur parlait sur un ton légèrement plus aigu. Peter risqua encore quelques pas. Cette voix lui disait quelque chose. Il avait le nom au bout de la langue. C'était agaçant. Cette tonalité, ce débit, ces phrases interminables sans pause ni ponctuation… Quand il arriva de l'autre côté de la salle, il comprit que les deux hommes se trouvaient dans la pièce suivante dont la porte était ouverte. Une expression particulière le fit s'arrêter net.

L'homme qui discutait avec Hendricks n'était autre que M. Errol Danziger, l'actuel patron de la CIA. Peter lui avait remis sa démission après avoir appris le licenciement de Soraya. Un licenciement qu'il avait vu venir. Danziger n'avait eu de cesse que de démanteler la formidable agence de renseignements, achevant de détruire l'œuvre que le Vieux avait bâtie à partir des débris laissés par les créateurs de l'agence ayant succédé à l'OSS, après-guerre. Peter se dissimula près du seuil. *Si Hendricks compte s'acoquiner avec Danziger, rien d'étonnant à ce qu'il ne veuille pas nous en parler*, songea Peter.

De là où il se trouvait, il les entendait parfaitement.

« … êtes-vous ? dit Hendricks.

— Je ne saurais le dire, répondit Danziger.

— Dites plutôt que vous ne voulez pas. »

Le profond soupir qui suivit ces paroles venait sans doute du directeur de la CIA.

« Pourquoi ce rendez-vous secret ? On se croirait au lycée. On aurait très bien pu discuter dans mon bureau.

— Dans votre bureau ? Pas question, répliqua Hendricks. Ce n'est pas pour rien que le président ne vous a pas convié à cette réunion dans le Bureau ovale. »

Il y eut un silence de mort.

« Qu'attendez-vous de moi, monsieur le Secrétaire ? » Danziger parlait d'une voix dépourvue d'émotion, une voix de robot.

« Que vous collaboriez, répondit Hendricks. Nous ne voulons rien d'autre et quand je dis *nous*, je veux parler du président. Je suis son porte-parole sur le dossier Samaritain. Est-ce bien clair ?

— Parfaitement ». Même à distance, Peter perçut la rage que Danziger concentrait dans ce simple mot.

« Tant mieux », lâcha Hendricks. Avait-il lui aussi remarqué cette inflexion particulière ? C'était difficile à dire. « Parce que je ne le répéterai pas deux fois. » Il y eut un genre de bruissement. « Samaritain est un projet hautement confidentiel. Ce qui signifie que même les hommes que vous êtes en train de recruter n'en connaîtront l'existence qu'en arrivant à Indigo Ridge. Pour le président, Samaritain est la priorité numéro un, par conséquent, dorénavant, c'est aussi la nôtre. Tels sont vos ordres. Fixez rendez-vous à votre équipe dans quarante-huit heures à Indigo Ridge.

— Quarante-huit heures ? répéta Danziger. Comment pensez-vous que… Je veux dire, pour l'amour du ciel, regardez un peu cette liste. Il me sera impossible de les mobiliser tous en si peu de temps.

— Les directeurs sont formés à réussir l'impossible. » La menace était suffisamment claire. « Ça sera tout, Danziger. »

Peter entendit une série de pas résonner sur le plancher ciré puis une autre, quelques instants plus tard. Les deux hommes s'éloignaient. L'écho se tut.

Peter resta un moment le dos collé au mur. Samaritain, Indigo Ridge – deux pistes à creuser. *Si Samaritain est la priorité numéro un du président*, songea-t-il, *pourquoi Hendricks a-t-il laissé Soraya s'envoler pour Paris ? Pourquoi ne pas nous avoir parlé de Samaritain ?*

Autant de questions auxquelles Peter devrait apporter une réponse, et au plus vite. Il avait hâte d'écrire à Soraya pour lui raconter ce qu'il venait d'apprendre et lui demander de rentrer dare-dare à Washington. Mais il se ravisa. Si Soraya estimait important d'enquêter sur place, il devait lui faire confiance et la laisser agir. Il était bien placé pour savoir qu'elle se trompait rarement.

Puis son esprit se tourna vers des pensées plus réjouissantes. D'après ce qu'il avait surpris de la discussion, Danziger était sur la sellette. Peter se sentait d'autant plus excité que ces informations étaient de première main, et pour cause. Tout ce qui lui permettrait de compromettre le rôle de Danziger sur le dossier Samaritain serait une avancée monumentale, sachant que le but ultime consistait à détruire sa carrière et à le faire virer de la CIA.

Qu'on lui coupe la tête ! La sentence de la Reine dans *Alice au pays des merveilles* tournoyait sous son crâne, de plus en plus vite.

*

Ayant laissé Jalal Essai à l'aéroport, Bourne s'arrêta dans une *cantina* de la banlieue ouest de Perales. Il avait besoin de nourriture mais aussi de temps pour réfléchir. C'était un troquet miteux dont les murs hésitaient entre le jaune moutarde et l'ocre sale. Le néon au plafond grésillait et le moteur du vieux congélateur était sur le point de rendre l'âme. Les deux jeunes serveurs maigres comme des clous semblaient totalement épuisés. Tout en lisant le menu, Bourne observait les clients, leurs expressions, leurs attitudes. Plusieurs vieux types à la peau tannée comme du cuir lisaient le journal local en buvant du café. Certains parlaient politique, d'autres jouaient aux échecs. Il repéra une prostituée d'âge mûr affalée près d'un fermier assis devant une assiette pleine dont il s'appliquait à aspirer le contenu. Un individu posté en surveillance ne se tenait pas comme un simple civil. On le repérait à cette tension qui raidissait son dos, son cou, ses épaules.

Comme rien n'avait l'air de clocher, Bourne commanda une boisson, une *bandeja paisa* et des *arepas*. Quand on lui servit son *aguapanela* – de l'eau mélangée à du sucre de canne aromatisée au citron vert –, il vida la moitié de son verre et se laissa aller contre le dossier de sa chaise.

« Vous trouverez un téléphone satellitaire de secours dans la boîte à gants. Il est chargé, en parfait état de marche. Il y a également une carte détaillée de la région. Ibagué est clairement indiqué, ainsi que le champ pétrolier que dirige Vegas. » Un téléphone de secours, une carte de la région, passe encore, mais Jalal avait commis l'erreur de préciser : *« Vous verrez, mon numéro est préprogrammé. »* Pourquoi programmer son propre numéro dans un téléphone de secours ? Depuis quand Jalal Essai savait-il que Bourne était en route pour descendre Corellos ? À supposer même que Corellos le lui ait dit, Jalal n'aurait pas eu le temps matériel d'acheter ce téléphone. Conclusion : Jalal mentait quand il se disait coupé des sources de renseignements de la Domna. À moins qu'il n'ait encore un allié dans la place.

Bourne s'était toujours méfié de Jalal. Ce type n'était pas tout à fait clair. Cela dit, une chose demeurait certaine : il voulait sincèrement anéantir Severus Domna.

Voilà ce qui les rapprochait; ils avaient besoin l'un de l'autre. Mais pour réussir, il leur fallait instaurer une relation de confiance reposant sur une autre base que la haine envers la Domna. Ce qui lui semblait mal parti.

On lui amena une assiette fumante aux senteurs appétissantes. Bourne étancha sa faim en se servant des *arepas* en guise de couverts. Tout en mangeant, il continuait à se creuser la cervelle. La Domna aurait donc recruté Boris pour le tuer. De prime abord, cette histoire lui avait paru si rocambolesque qu'il n'y avait pas prêté attention. Mais ensuite, Jalal lui avait fourni des précisions sur le piège que Benjamin El-Arian avait tendu à son ami russe. Or Bourne savait que Boris tenait à son poste de patron du FSB-2 plus qu'à toute autre chose; c'était un rêve de jeunesse, et il avait passé sa vie d'adulte à lui donner corps. Si on lui avait demandé de choisir entre son rêve et son amitié avec Bourne, qu'avait-il décidé? Bourne n'en savait rien, et cette ignorance le contrariait plus encore qu'une certitude : Boris était son ami. Bourne lui avait sauvé la vie sur une zone de conflit temporaire au nord-est de l'Iran, mais il était difficile de prédire quelle serait sa réaction devant un pareil dilemme.

À l'idée que Boris puisse être sur ses traces en ce moment même, Bourne frissonna malgré la chaleur d'enfer qui régnait sur Perales. Il sortit le téléphone satellitaire, le posa sur la table et le contempla longuement. Il dut se faire violence pour ne pas appeler Boris séance tenante et lui demander des explications. C'eût été une erreur impardonnable. Si Boris était innocent, sa démarche le blesserait profondément – à bien y réfléchir, s'il était coupable, elle le blesserait pareillement.

Et par ailleurs, si jamais Jalal disait vrai, avertir Boris lui ferait perdre l'avantage.

Il rempocha le téléphone après l'avoir fait glisser sur la table comme une pièce d'échecs. Non, pensa-t-il, pour bien faire, il devrait avancer dans le noir un pas après l'autre. Il en avait l'habitude depuis qu'il s'était réveillé dans la peau d'un inconnu naviguant à l'aveugle dans un monde peuplé de fantômes. La douleur qu'il portait au fond de lui – la torture de l'amnésie – l'accompagnait depuis si longtemps qu'il lui arrivait de l'oublier, elle aussi. Et parfois, sans crier gare, elle fondait sur lui à la vitesse d'un train lancé à toute allure. Son passé lui filait entre les doigts, il ne possédait aucune trace de ce qu'il avait autrefois accompli, ressenti. Un voile de nuit recouvrait les personnes qu'il avait connues ou aimées. Sa chute dans le vide avait tout effacé. Et les fragments de mémoire qui surgissaient çà et là devant ses yeux ne faisaient qu'aggraver sa solitude et son sentiment d'impuissance. D'autant plus que certains de ces souvenirs tronqués avaient de quoi effrayer.

Tout à coup, il revit la scène. La femme blonde, réfugiée dans les toilettes de la discothèque ; la sueur qui brillait sur son front ; son sourire sardonique ; le canon du pistolet qu'elle pointait sur lui. De quelle marque était-il ? De quelle année ? Il avait beau fouiller sa mémoire, il ne voyait que ce visage féminin tourné vers lui, son regard vide, sans peur. Il sentait le contact de la fourrure mouillée contre sa joue. La femme avait entrouvert la bouche. Ses lèvres rouges avaient articulé quelque chose, juste avant qu'il ne la tue. Qu'avait-elle dit ? Une chose importante, certainement, mais quoi ? Ensuite, la scène se morcelait, s'éloignait pour retomber dans les abîmes d'un passé qui semblait ne pas lui appartenir.

Tout perdre jusqu'au souvenir de sa propre existence constituait le pire des tourments. Il errait à travers un pays inexploré où le soleil ne se levait jamais. Les étoiles au-dessus de sa tête formaient des constellations inconnues. Il était seul de son espèce avec, pour seules compagnes, les ténèbres impénétrables.

Les ténèbres et la douleur.

6

Soraya arriva à Paris tôt dans la matinée. Le temps était couvert et humide mais peu lui importait. Paris était l'une des rares villes qu'elle aimait parcourir sous la pluie. Les trottoirs luisants, la mélancolie ambiante lui conféraient une note de mystère. C'était comme si l'averse la nettoyait de sa modernité et révélait en dessous des couches historiques qui défilaient devant ses yeux comme les pages d'un livre. Dans quelques heures, Amun Chalthoum serait là. Elle entra dans le salon des passagers de première classe, se doucha, enfila des vêtements propres et passa quinze minutes à se maquiller tout en sirotant une tasse de café infect, accompagnée d'un croissant au goût de plastique.

D'habitude, en matière de maquillage, elle se contentait d'un rose à lèvres très léger. Mais aujourd'hui, elle voulait faire bonne impression sur Jacques Robbinet. Pourtant, ce fut un autre qui l'accueillit une fois passés les contrôles de sécurité. L'homme se présenta sous le nom d'Aaron Lipkin-Renais. Sur la carte qu'il lui montra était inscrit « inspecteur auprès du Quai d'Orsay ».

Grand et mince comme un fil, il portait son costume sur mesure avec une élégance rare. Un gentleman, pensa-t-elle quand il s'inclina légèrement en lui serrant la main.

« Le ministre vous présente ses excuses, dit-il dans un anglais un peu confus. S'il n'est pas là pour vous accueillir c'est qu'il devait se rendre à l'Élysée. » Il lui offrit un sourire modeste. « Vous devrez vous contenter de mon humble personne, je le crains. »

Il la soulagea de son bagage à main. Pendant qu'ils traversaient de concert le hall des arrivées, Soraya eut tout loisir d'examiner son compagnon. Il devait avoir dans les trente-cinq ans. Bien bâti, pas franchement beau mais doté d'un certain charme. Sa spontanéité, la candeur qu'elle lisait dans ses yeux gris contrebalançaient la tendance au cynisme qu'on acquiert dans le métier d'espion. Ils s'entendraient sans doute, songea-t-elle.

Dehors, la pluie s'était transformée en brume. Il faisait exceptionnellement doux. Une légère brise faisait danser ses cheveux. Aaron la guida vers une Peugeot noire garée le long du trottoir. Quand le chauffeur les aperçut, il descendit, prit le sac de Soraya des mains de son patron et le rangea dans le coffre. Aaron ouvrit la portière arrière, s'effaça devant Soraya, monta à son tour et donna l'ordre de démarrer.

« M. Robbinet vous a réservé une chambre à l'Astor Saint-Honoré, non loin du palais de l'Élysée. Désirez-vous y passer d'abord pour vous rafraîchir ?

— Non merci, dit Soraya. Je voudrais voir le corps de Laurent et prendre connaissance du rapport d'autopsie. »

Il sortit un dossier et le lui tendit. La médecine légale avait photographié le corps *in situ*. Ce n'était pas beau à voir.

« On dirait que la voiture l'a renversé avant de repasser sur lui », fit-elle dans un souffle.

Aaron acquiesça. « Oui, c'est fort probable. Ce qui expliquerait les deux séries de blessures – la première au sternum et à la cage thoracique, la deuxième à la tête.

— À moins qu'elles n'aient été faites en même temps.

— Non. Le légiste a clairement écarté cette éventualité. Quelqu'un détestait cet homme au point de le tuer.

— Peut-être pour l'empêcher de parler. »

Aaron lui jeta un regard acéré. « Tout s'éclaire, alors. Voilà pourquoi vous êtes là. Ce meurtre a des conséquences internationales.

— Je n'ai rien dit.

— Bien entendu. » De nouveau, ce sourire enfantin.

Soraya était sidérée. Elle avait l'impression de flirter avec lui.

Ils quittèrent le périphérique et pénétrèrent dans Paris par la porte de Bercy. Dès que les roues de la Peugeot touchèrent le pavé de la capitale, Soraya se sentit chez elle. Chaque coin de rue lui évoquait des souvenirs.

Soraya délaissa pour un temps les vieux immeubles mansardés et reprit sa lecture. Le cadavre de Laurent ne présentait aucune blessure, à part celles causées par la voiture. Les examens sanguins étaient en cours mais les résultats préliminaires ne signalaient aucune présence d'alcool ou de drogues. Elle reprit les photos en s'attardant sur celles qui offraient une vue générale de la scène de crime.

Soraya pointa une petite tache vaguement ovale, dans le coin inférieur gauche du cliché numéro trois. « Qu'est-ce que c'est ?

— Un téléphone cellulaire, dit Aaron. Nous pensons qu'il appartenait à la victime mais il est trop endommagé pour qu'on puisse accéder manuellement au carnet d'adresses.

— Et la carte SIM ?

— Tordue, pliée. Je l'ai moi-même portée à notre meilleur technicien. Il est train de travailler dessus. »

Soraya réfléchit un instant. « Changement de programme. Conduisez-moi auprès de votre technicien. Après cela, nous irons jeter un œil sur la scène de crime. »

Aaron sortit son portable, composa un numéro et s'entretint à voix basse avec son correspondant. « Le technicien a besoin de plus de temps, dit-il en rangeant l'appareil.

— Il a trouvé quelque chose ?

— Il n'en est pas certain mais je le connais – nous avons tout intérêt à le laisser terminer tranquillement.

— Très bien, dit Soraya à contrecœur. Allons sur la scène du crime, dans ce cas.

— Comme vous voudrez, mademoiselle.

— Appelez-moi Soraya, je vous en prie.

— À condition que vous m'appeliez Aaron.

— Marché conclu. »

*

« Documentos de identidad, por favor. »

Bourne tendit ses papiers au soldat qui commença par le dévisager avant d'ouvrir le passeport d'un coup sec. C'était le deuxième barrage routier que Bourne rencontrait. Les Forces armées révolutionnaires de Colombie avaient beaucoup fait parler d'elles, durant les six derniers mois, au grand dam du président colombien. Puis les guérilleros s'étaient attaqués à la prison de La Modelo, opération ayant abouti à la libération de Roberto Corellos. Piqué au vif, El Presidente avait mobilisé toutes ses troupes pour bien montrer que la fête était finie. Bourne savait que si les *federales* tombaient sur des rebelles des FARC, ils les exécuteraient sans autre forme de procès.

Le soldat lui rendit son passeport puis lui fit signe de circuler. Bourne passa la première et s'inséra dans la file de semi-remorques qui s'étirait devant lui, sur cette route de montagne.

Bâtie sur un haut plateau des Andes, Ibagué se trouvait en bordure de la route nationale 40 qui reliait Bogotá à Cali avant de continuer vers la côte pacifique. La ville culminait à 4 200 mètres au-dessus de la mer sur le versant est de la Cordillera central.

Le long de la route qui serpentait à flanc de paroi, les étroits accotements donnaient sur des ravins plantés de grands conifères parfois déracinés par de gigantesques éboulis causés par des glissements de terrain. Ici et là, la forêt verdoyante portait les cicatrices sombres de la foudre. Dans le ciel immense, des formations nuageuses se déplaçaient comme à l'intérieur d'un kaléidoscope, laissant apparaître par intermittence un soleil éblouissant qui, se conjuguant à l'altitude, projetait sur toutes choses une clarté surnaturelle. Très haut dans les nuées, les croix noires des condors patrouillaient en cercle, au gré des courants chauds.

D'après ce que lui avait dit Jalal Essai, La Línea – le plus long tunnel d'Amérique latine – n'était plus très loin. Conçu pour faciliter le passage des poids lourds vers le port de Buenaventura, il coupait à travers le massif nommé Alta de La Línea. Sa construction était si récente que la carte dépliée sur le siège du passager ne l'indiquait pas. Jalal lui avait également appris qu'il n'y avait pas de réseau téléphonique dans la région. Or son téléphone satellitaire ne possédait pas de GPS.

Le trafic était dense. Les convois de camions progressaient à vitesse régulière sur le flanc courbe de la montagne. Puis soudain, à la sortie de cet interminable virage, Bourne aperçut la bouche du tunnel, un trou béant qui engloutissait le serpent de véhicules avant de le recracher quelque part, du côté est.

Bourne pénétra dans La Línea éclairée de chaque côté par des guirlandes de lampes argon dont la froide lumière bleuâtre se reflétait sur les capots des camions venant dans l'autre sens.

La vitesse diminua, comme toujours dans un tunnel, mais les véhicules avançaient bien. Il dépassa la pancarte indiquant qu'il en avait parcouru les trois quarts. Au loin, il apercevait déjà la clarté du jour quand soudain la file ralentit. Une profusion de lumières rouges apparut à l'arrière des camions. Le trafic s'interrompit.

Était-ce un accident ? Un autre barrage routier ? Bourne se pencha pour voir ce qui se passait. Pas de gyrophares, pas de barrières portatives signalant la présence d'un contrôle militaire surprise.

Il descendit de voiture et, un instant plus tard, vit un groupe d'hommes défiler entre les rangées de véhicules. Ils venaient dans sa direction, armés de mitraillettes mais habillés un peu n'importe comment. S'agissait-il d'un escadron des FARC ?

Bourne repéra le chef, une armoire à glace avec une grosse barbe et des yeux très noirs malgré la vive clarté des lampes argon. L'un de ses hommes s'arrêtait près de chaque voiture particulière pour montrer au conducteur une page imprimée avec photo. Pendant ce temps, les autres fouillaient la banquette arrière et le coffre. L'inspection des camions prenait plus de temps car les chauffeurs devaient descendre, souvent sous la menace d'une arme, et ouvrir leur remorque.

Bourne s'avança prudemment. Il dépassa un groupe de camionneurs en colère qui discutaient sur le tarmac. Tout à coup, il aperçut la feuille imprimée. C'était lui sur la photo. Les rebelles étaient à ses trousses. Pourquoi ? Il remit ses réflexions à plus tard, tourna les talons, regagna sa voiture et fouilla dans la boîte à gants dont il sortit un tournevis et une clé à molette.

Puis il repartit, se glissa sous un camion et se mit à ramper dans l'autre sens. Quand il eut franchi l'équivalent de trois véhicules, il émergea à l'arrière d'une remorque ouverte, saisit les cordes qui retenaient la bâche et se hissa à l'intérieur. Depuis son perchoir, il bénéficiait d'une vue plongeante sur les soldats des FARC. Ils étaient partout, devant, derrière. Pas de retraite possible.

Il détacha un pan de la bâche et se laissa tomber sur les sacs en toile de jute marqués au nom d'une célèbre plantation. Au moyen du tournevis, il en perça un et le déchira sur quelques centimètres. Le camion transportait des grains de café verts. Abandonnant ses outils sur place, il émergea de sous la bâche et regarda prudemment ce qui se passait dehors. Les rebelles des FARC poursuivaient leur inspection. Ils étaient presque arrivés à la hauteur de sa voiture. Dès qu'ils la verraient vide, ils comprendraient que son occupant se cachait dans les parages. Il fallait éviter cela.

Bourne se coula hors de sa cachette, suivit le flanc du camion bâché dont le chauffeur, appuyé contre le semi-remorque de devant, discutait vivement avec son collègue. Comme la portière de la cabine était ouverte, Bourne se faufila à l'intérieur et à travers le pare-brise, vit le chauffeur sortir un paquet de cigarettes. L'homme tapota pour sortir un clope qu'il glissa entre ses lèvres. Puis il fouilla dans ses poches à la recherche d'un briquet. N'en trouvant pas, il regarda autour de lui et partit en direction de son camion.

Bourne se figea.

*

Aaron et Soraya étaient arrivés sur la place de l'Iris.
« C'est là que Laurent s'est fait renverser, dit-il.

— Que savez-vous du véhicule ?

— Peu de choses. Les témoins ne s'accordent pas sur la marque. BMW, Fiat, Citroën.

— Ces voitures ne se ressemblent pas.

— C'est toujours pareil avec les témoins, se plaignit-il. Mais nous avons trouvé de la peinture noire sur la victime. »

Soraya étudia le sol. « Pas grand-chose d'utile là non plus. »

Aaron s'accroupit à côté d'elle. « Les mêmes témoins ont prétendu qu'il venait de descendre du trottoir.

— Il a traversé sans regarder ? » fit Soraya, dubitative.

Aaron haussa les épaules. « Il a pu être distrait par quelque chose. On l'a peut-être interpellé ou alors, il s'est soudain rappelé qu'il devait passer au pressing. » Il haussa les épaules. « Qui sait !

— Quelqu'un le sait, répondit-elle en se parlant à elle-même. Celui qui l'a tué. » Puis, se rappelant leur précédente conversation : « Où était son téléphone portable ? »

Aaron lui montra l'emplacement. Elle remonta sur le trottoir où elle fit quelques pas. « Bon, quand je descendrai sur la chaussée, courez et rentrez-moi dedans.

— Comment ?

— Vous m'avez bien entendue, répliqua-t-elle, un peu agacée. Faites ce que je dis. »

Elle sortit son propre téléphone, le colla contre son oreille puis se dirigea d'un bon pas vers le bord du trottoir. Dès qu'elle posa le pied sur la chaussée, Aaron se précipita sur elle et la heurta. Sous le choc, le bras de Soraya s'écarta brusquement. Si elle n'avait pas tenu fermement son appareil, il serait tombé à peu près à l'endroit où celui de Laurent avait été retrouvé.

Un sourire de satisfaction s'épanouit sur son visage. « Il parlait au téléphone quand il s'est fait renverser.

— Et alors ? Les hommes d'affaires passent leur vie au téléphone. » Aaron semblait peu impressionné. « C'était une coïncidence.

— Peut-être que oui, peut-être que non. » Soraya se tourna vers leur voiture. « Allons voir si votre technicien a réussi à faire parler le fameux portable ou bien la carte SIM. »

Comme ils revenaient sur leurs pas, Soraya fit volte-face et leva les yeux vers le bâtiment qui surplombait l'endroit, promenant son regard sur la haute paroi de verre et d'acier.

« Quel est cet immeuble ? » demanda-t-elle.

Aaron plissa les paupières à cause de la lumière de midi. « C'est la Banque d'Île-de-France. Pourquoi ?

— C'est peut-être de là que Laurent est sorti.

— Cela me semble peu probable, dit Aaron en consultant ses notes. La victime travaillait pour le Monition Club. »

Encore une chose que son prétendu informateur lui avait cachée.

« Une société archéologique possédant des bureaux ici, mais aussi à Washington, au Caire et à Riyad.

— Quand vous dites ici, vous entendez quoi ? La Défense ?

— Non, ils sont dans le VIIIe arrondissement, rue Vernet.

— Mais alors, que faisait-il ici ? Il venait demander un prêt ?

— Le Monition Club est très riche, dit Aaron, le nez toujours plongé dans ses notes. De toute manière, j'ai vérifié auprès de la banque. Il n'avait pas de rendez-vous, il n'était pas client et ils n'ont jamais entendu parler de lui.

— Alors que faisait-il à La Défense, en pleine matinée, au lieu d'être à son travail ? »

D'un geste, Aaron exprima son ignorance. « Mes hommes continuent à chercher.

— Il avait peut-être rendez-vous avec un ami. Avez-vous parlé à ses collègues du Monition Club ?

— Ils le connaissent mal. C'était un homme réservé, apparemment. Il en référait directement à sa hiérarchie, donc personne n'a pu me dire ce qu'il faisait à La Défense. Son supérieur direct ne revient pas avant ce soir. Je le vois demain matin. »

Soraya se tourna vers Aaron. « Vous avez été très exhaustif.

— Merci », dit-il, visiblement flatté.

Avant de remonter en voiture, Soraya jeta un dernier coup d'œil sur l'immeuble en verre. Cette banque l'intriguait ; quelque chose en elle l'attirait et la repoussait à la fois.

*

Le chauffeur du semi-remorque appela son copain, lequel revint sur ses pas en voyant l'autre agiter une boîte d'allumettes. Il se pencha sur la flamme, se releva et aspira la fumée tandis que son collègue regardait nerveusement derrière lui pour mesurer l'avancée des FARC.

Soulagé, Bourne inspecta les sièges et la boîte à gants. Rien. Un briquet jetable traînait par terre, sans doute tombé de la poche du conducteur au moment où il était descendu de son camion. Il le prit, sortit discrètement de la cabine, remonta la file des véhicules et s'approcha d'un groupe de camionneurs.

« *Hombre*, tu sais ce qui se passe ?

— La guérilla des FARC, répondit Bourne, ce qui ne fit qu'aggraver leur inquiétude.

— *¡Ai de mi !* s'écria un autre.

— Quelqu'un pourrait me dépanner d'un jerrycan d'essence ? demanda Bourne. Mon réservoir est à sec. Si ces types m'ordonnent de bouger et que je n'arrive pas démarrer, ils vont m'abattre comme un chien. »

Les hommes saisissaient parfaitement la situation. L'un d'eux partit en courant et revint un instant plus tard avec un jerrycan qu'il tendit à Bourne.

Bourne le remercia et s'éloigna. Quand il fut certain que personne ne le regardait, il grimpa sous la bâche du camion de café et regagna sa cachette.

Avec le tournevis, il perça la base du jerrycan afin que l'essence s'écoule goutte à goutte sur les sacs. Puis il alluma le briquet. Les flammes jaillirent, suivies d'un nuage de fumée âcre. Il retint son souffle et s'écarta avant que l'essence qui fuyait toujours ne fasse tout exploser. Déjà, la fumée sortait en tourbillonnant d'un trou dans la bâche. Les yeux pleins de larmes, il sauta du camion. À la même seconde, la bâche s'enflamma. Le brasier commençait à dévorer le reste du chargement. La fumée atteignit le plafond et, ne pouvant s'échapper dans ce sens, s'étendit latéralement.

En peu de temps, cette section du tunnel devint irrespirable. On n'y voyait plus rien. Les conducteurs se mirent à tousser, à éternuer, à pleurer. On entendait les soldats hurler. La voix grave de leur commandant leur ordonna d'évacuer les lieux. Mais la fumée était trop épaisse, les hommes incapables de bouger suffoquaient.

Prenant ses jambes à son cou, Bourne se jeta dans le tas, bousculant chauffeurs et soldats. Lorsqu'un rebelle des FARC émergea de la fumée et lui bloqua le passage en brandissant devant lui son fusil automatique, Bourne lui défonça la pommette avec la clé à molette.

Pour faire bonne mesure, il l'immobilisa d'un coup de pied dans les parties et le laissa se tordre de douleur. Il repartait de plus belle quand un autre soldat lui sauta dessus. Bourne n'avait pas de temps à perdre s'il voulait rattraper le commandant. Il encaissa deux coups de poing puis se débarrassa de son agresseur en lui plongeant le tournevis entre les côtes.

Le commandant venait de passer derrière une rangée de véhicules. Bourne se jeta sur un capot, atterrit de l'autre côté et dans un enchaînement parfait, empoigna l'homme pour le désarmer. Puis il se mit à le secouer comme un prunier avant de l'entraîner vers le bout du tunnel.

Le commandant crachait ses poumons. Ses yeux rougis débordaient de larmes qui roulaient sur ses joues grêlées. Il tenta une contre-attaque à l'aveugle. L'homme était fort comme un taureau. Pour le mettre hors d'état de nuire, Bourne fut obligé de le frapper à la gorge du tranchant de la main.

Il fallait l'éloigner au plus vite de ses hommes coincés dans le tunnel. Droit devant, Bourne aperçut le barrage improvisé par les FARC. Cinq véhicules bloquaient le passage : quatre jeeps et un camion à plateau qui leur servait à transporter les vivres, les armes et les munitions. En l'apercevant, deux chauffeurs restés en retrait dégainèrent leurs pistolets. Ils s'apprêtaient à tirer sur Bourne quand ils virent leur chef et le Makarov collé sur sa tempe.

« Lâchez vos armes où je le descends ! » hurla Bourne en poussant le commandant devant lui.

Comme ils hésitaient, Bourne, du bout de son canon, asséna un coup derrière l'oreille droite de son prisonnier.

Le cri de douleur et la vision du sang eurent raison de leurs atermoiements. Ils posèrent leurs armes sur le capot du camion à plateau.

« Maintenant, éloignez-vous des jeeps !

— Faites ce qu'il dit ! » beugla leur chef entre deux quintes de toux.

Bourne poussa le commandant vers l'une des voitures, le fit asseoir et se mit au volant. Un rebelle voulant saisir son pistolet reçut une balle dans l'épaule. Avant même qu'il ne s'écroule, Bourne lança à l'autre : « Tu en veux une aussi ? » Le rebelle leva les mains et ne bougea plus.

« Si vous nous suivez, je le bute », cria-t-il en démarrant.

Il mit le pied au plancher et laissa derrière lui le tunnel enfumé.

7

Une fois de retour dans les locaux de Treadstone, Peter alluma son ordinateur, entra son mot de passe utilisant l'algorithme du jour et rechercha *Samaritain* sur toutes les banques de données des services secrets. Rien. Son échec ne le surprit guère. Il resta un instant à contempler l'écran vide puis il tapa « Indigo Ridge. »

Cette fois, il obtint une réponse immédiate. Les informations collectées par le gouvernement avaient de quoi stupéfier. La région d'Indigo Ridge, en Californie, se trouvait au cœur d'un gisement de terres rares, lesquelles entraient dans la fabrication des batteries rechargeables – le genre de choses qu'on utilisait tous les jours sans même y penser – ou plus exactement des accumulateurs nickel-hydrure métallique. Elles servaient également à construire des lasers, on les utilisait dans la guerre électronique, les dispositifs de brouillage, les canons électromagnétiques, les engins acoustiques à longue portée et le système Area Denial, qui équipait les blindés de type Stryker. La liste des armes d'avant-garde nécessitant l'emploi de terres rares était proprement hallucinante.

Les pages suivantes présentaient la compagnie NeoDyme chargée de l'extraction des terres rares d'Indigo Ridge. Bien que soutenue par le gouvernement américain, elle venait d'entrer en bourse. Peter comprit aussitôt l'importance stratégique de NeoDyme et d'Indigo Ridge. De toute évidence, Samaritain avait un rapport avec l'exploitation des terres rares. Mais lequel exactement ?

Peter se leva, s'étira et sortit de son bureau. D'un geste, il fit comprendre à sa secrétaire Ann qu'il n'avait pas besoin d'elle, puis il alla se chercher un café et un beignet rassis. Il ajouta du lait et de la crème à son breuvage et rapporta le tout devant son ordinateur.

Du plus loin que remontaient ses souvenirs, le sucre l'avait toujours aidé à réfléchir. Tout en croquant dans son beignet, il repensa à la rencontre entre Hendricks et Danziger. Soudain, ce fut l'illumination. Et si Samaritain était une initiative interagences ? Ce serait un truc carrément énorme. Encore une fois, Peter eut la désagréable sensation d'être laissé sur la touche. Si Hendricks ne lui faisait pas confiance, pourquoi l'avait-il nommé directeur de Treadstone ? C'était incompréhensible. Peter n'aimait pas les mystères, surtout quand ils empiétaient sur son territoire. Une autre idée le fit se redresser sur son siège. En recherchant des infos sur Samaritain, il avait visité les bases de données de tous les services secrets. Hendricks lui en avait donné l'accès. Une grande nouvelle qu'il s'était contenté de lui annoncer en passant, comme une broutille. C'était étrange. Une chose pareille était proprement incroyable, étant donné le soin jaloux avec lequel les diverses agences préservaient leurs données de la curiosité des autres services gouvernementaux, et ce malgré les prétendues réformes structurelles de l'après-11 Septembre. Peter était bien placé pour savoir que ces réformes n'étaient que de l'esbroufe, servant uniquement à rassurer l'opinion publique américaine. En réalité, rien n'avait changé et la collaboration interagences demeurait lettre morte. La communauté du renseignement vivait dans un système féodal, sur des territoires bien séparés, gouvernés par des seigneurs de la politique, des mandarins passant le plus clair de leur temps à manœuvrer auprès du Congrès pour obtenir des financements, empêcher les coupes budgétaires et les réductions de personnel imposées par le climat économique actuel.

Il secoua les grains de sucre collés au bout de ses doigts, but une gorgée de café et s'immergea de nouveau dans la soupe classifiée qui défilait sur son écran. Merci Hendricks. Au bout d'un moment, il se demanda quelle mouche avait piqué son patron.

Pourquoi lui en avait-il parlé entre deux portes ? Peter avait appris à chercher au-delà des apparences, à fouiller les motivations profondes cachées derrière les actes et les paroles. Hendricks lui aurait-il, à mots couverts, ordonné de fourrer son nez dans ces bases de données ? Mais pour quelle raison ?

Pourquoi ne pas aller vérifier à la source ? Peter se brancha sur l'ordinateur personnel de Hendricks et resta un instant à fixer la fenêtre qui clignotait dans l'attente du code de déverrouillage. Qu'est-ce que cela pouvait bien être ? Il se laissa aller contre son dossier, ferma les yeux et repassa dans son esprit la conversation du matin. Toutes les paroles que Hendricks avait prononcées, tous ses gestes.

Puis il essaya de retrouver les mots qu'il avait employés pour parler des bases de données : *« Au fait, j'ai réussi à obtenir que Treadstone ait libre accès à toutes les bases de données des services secrets. »* Il fronça les sourcils. Non, ce n'était pas tout à fait cela. Son front se plissa davantage tandis qu'il se creusait la cervelle pour tenter de reconstituer la phrase exacte.

« Excusez-moi, monsieur le directeur. »

Ann se tenait sur le seuil. « Qu'y a-t-il ? » dit Peter, agacé.

N'étant pas encore habituée aux humeurs de son nouveau patron, elle marqua une seconde d'hésitation. « Je suis désolée de vous déranger mais mon fils a eu un problème à l'école. J'ai besoin de m'absenter deux heures.

— Pas de souci, dit-il en la congédiant d'un geste vague. Allez-y. » Puis il reprit aussitôt le fil de ses pensées.

Ann allait partir quand elle se ravisa. « Oh, j'ai failli oublier. Avant son départ, la directrice Moore a demandé qu'un serveur additionnel soit ajouté à son…

— Elle a demandé quoi ? »

Peter la dévisageait. On aurait dit qu'il s'apprêtait à bondir de son fauteuil. Quand il la vit pâlir de frayeur, il s'efforça de retrouver son calme et un ton moins agressif. « Ann, vous avez bien dit que Soraya avait demandé un autre serveur ?

— Oui. Ils viendront l'installer dans la soirée. Je vous dis cela juste au cas où vous comptiez travailler tard…

— Merci Ann. » Il réussit à lui sourire. « Et pour votre fils, prenez tout le temps dont vous avez besoin.

— Merci, monsieur le directeur. » Légèrement troublée, elle attrapa son manteau, son sac à main et s'en alla.

Figé devant son écran, Peter reprit ses ruminations. Et soudain, il trouva la bonne phrase. Hendricks avait dit très précisément : *« Ah oui, au fait, j'ai obtenu que les serveurs Treadstone aient accès à toutes les bases de données des services secrets. »*

Les serveurs. Peter écarquilla les yeux. Pourquoi cela ? Les serveurs n'avaient rien à voir avec l'accès aux données. Les serveurs Treadstone ne contenaient que les données Treadstone. Il regarda au centre de l'écran clignoter la fenêtre réclamant le mot de passe. Seigneur, pensa-t-il, ce n'est quand même pas ça !

Ses doigts tremblaient en tapant le mot « serveurs ».

Aussitôt, la fenêtre disparut, remplacée par une arborescence. Peter n'en croyait pas ses yeux. Il venait de pénétrer dans l'ordinateur de Hendricks. Avec son autorisation. Il en était absolument certain. Hendricks lui avait donné son code. Mais pourquoi l'avoir fait par des moyens détournés ?

D'abord, il se dit que Hendricks craignait que son domicile soit sur écoute. Mais c'était impossible. La maison et les bureaux du secrétaire étaient passés au peigne fin deux fois par semaine. Alors que craignait-il ? Peut-être se méfiait-il d'une personne de *l'intérieur*, un membre de son personnel ?

Quelque chose lui disait que la réponse était cachée dans les dossiers et sous-dossiers qui venaient de s'afficher à l'écran. Il se pencha sur le clavier et avec une fiévreuse concentration, fit défiler tous les fichiers.

*

Sur la nationale 40, Bourne roulait à tombeau ouvert à bord de la jeep volée. « T'es complètement cinglé, dit le commandant des FARC.

— Comment savais-tu que j'étais dans ce tunnel ? demanda Bourne.

— Ils te poursuivront jusqu'au bout de la terre. » L'homme qui s'appelait Suarez n'avait pas fait mystère de son nom ni des horribles souffrances que Bourne endurerait avant de mourir.

« Il faudrait d'abord que tes hommes puissent quitter la Colombie. Et c'est pas gagné », répondit Bourne, amusé.

Suarez s'esclaffa malgré la douleur lancinante derrière son oreille droite. « Tu crois que je suis des FARC un point c'est tout ? »

Du coin de l'œil, Bourne vit luire l'anneau d'or que Suarez portait à l'index de la main droite.

« Tu fais partie de Severus Domna.

— Et toi, tu es un homme mort », répliqua platement le commandant.

Suarez voulut s'emparer du volant. Bourne lui écrasa la main avec le canon du Makarov.

« Merde, merde et merde ! hurla-t-il. Tu m'as brisé les os.

— Détends-toi. » Bourne se mit à fredonner tout en accélérant. D'un adroit coup de volant, il contourna les semi-remorques et les camions bâchés.

Pendant ce temps, Suarez grimaçait de douleur et se balançait d'avant en arrière sur son siège. « Qu'est-ce qui te rend si joyeux, *maricón* ? »

Pour répondre, Bourne attendit d'avoir dépassé tous les véhicules. « Je sais comment tu as appris que j'étais ici.

— Non, tu ne sais rien.

— Quelqu'un m'a reconnu quand j'ai passé le dernier barrage avant le tunnel. Il t'a prévenu par radio. L'un de tes complices de la Domna, j'imagine.

— C'est vrai, mais j'ai agi de ma propre initiative. Pour faire plaisir à un ami. »

Sur son front blême, la souffrance faisait perler des gouttes de sueur. Il regardait droit devant lui puis, tout à coup, ses yeux dérivèrent sur le rétroviseur extérieur. Un sourire joua un bref instant sur ses lèvres. Bourne, qui vérifiait le rétro toutes les minutes, vit deux motos se faufiler entre les véhicules.

« Roberto Corellos a promis une forte récompense pour ta mort. »

Ainsi, Corellos lui en voulait toujours de lui avoir faire perdre la face devant ses hommes. Ils étaient désormais des ennemis jurés.

« Tu ferais mieux d'attacher ta ceinture », conseilla Bourne.

Avant d'accélérer, il attendit que les motos dépassent les derniers camions. Comme elles étaient plus rapides que lui, elles se rapprochaient progressivement. Il attendit qu'elles soient lancées à pleine vitesse pour monter sur la pédale de frein. Ses pneus laissèrent une couche de caoutchouc sur le macadam. Puis, il rétrograda. La jeep se mit à hoqueter, ses roues oscillèrent pour garder le contact avec la route.

Les motos lui passèrent devant, s'écartèrent l'une de l'autre en freinant et décrivirent un arc de cercle. Très vite, Bourne passa les vitesses dans l'autre sens et appuya à fond sur le champignon. La jeep bondit et, avec sa calandre, heurta la moto de droite. Le crâne de Suarez faillit traverser le pare-brise. Le deux-roues percuté dérapa sur toute la largeur de la chaussée, son pilote essayant vainement de reprendre le contrôle. Homme et machine franchirent l'étroit accotement et basculèrent dans le vide.

Soudain le pare-brise de la jeep se fendilla comme une toile d'araignée. L'autre motard venait de leur tirer dessus. Bourne fit un tête-à-queue et, une fois dans l'autre sens, fonça vers lui. L'homme au pistolet était en train de viser pour la deuxième fois. Il se trouvait à égale distance entre la jeep et le précipice. Le barrage des FARC empêchant toute circulation, les conducteurs abandonnaient leurs véhicules pour échapper au chaos qui régnait un peu partout.

Bourne roulait vers le motard, lequel pointait toujours son arme vers lui.

« *Dios mio*, mais qu'est-ce que tu fous ? hurla Suarez. Tu vas nous tuer.

— Si c'est indispensable, répliqua Bourne.

— Les rapports sur ton compte disaient vrai. » Le commandant le dévisagea. « T'es un vrai barge. »

Le motard dut penser la même chose car, après avoir tiré au hasard, il s'écarta du chemin en faisant jaillir le gravier sous ses roues. Bourne freina, tendit le bras gauche et appuya sur la détente. Le motard s'envola, bras écartés, et s'écrasa sur une voiture qui, roulant au ralenti, vint emboutir le camion arrêté devant elle.

Bourne fit demi-tour. Entre le barrage et l'incendie sous le tunnel, la route était maintenant parfaitement dégagée.

8

À trente mille pieds au-dessus du plancher des vaches, assis dans son fauteuil de première classe, Boris Karpov regardait les nuages gris tourterelle défiler derrière le hublot en Perspex. Comme chaque fois qu'il quittait son pays, il éprouvait des sentiments contradictoires. Il aimait sa patrie mais au lieu de l'enfermer, cet amour le poussait à désirer un avenir meilleur, tant pour lui que pour ses concitoyens.

L'hôtesse lui demanda s'il souhaitait boire ou manger quelque chose.

« Nous préparons des cookies aux pépites de chocolat », dit-elle gracieusement en se penchant vers lui. Elle avait les cheveux blonds, les yeux bleus – une Scandinave, se dit-il – et un léger accent. « Je peux vous les servir avec du lait, du cacao, du café, du thé ou un alcool au choix. »

Des cookies et du lait, songea Karpov avec un sourire ironique, *comme s'il était américain*. « Le classique », dit-il, ce qui parut amuser la jeune femme.

« M. Stonyfield, vous êtes comme tous les Américains », roucoula-t-elle en utilisant le pseudonyme sous lequel voyageait Karpov. Et elle s'éloigna dans un bruissement de tissu.

Karpov se replongea dans ses pensées. Il avait grandi livré à lui-même, ses parents étant trop occupés à se prouver mutuellement leur capacité à cocufier l'autre. Ils n'avaient jamais songé au divorce ; c'eût été contraire aux règles du jeu. C'est à peine s'ils remarquèrent le décès de leur fille Alix, emportée par une fièvre cérébrale. Boris l'avait soignée tout au long de sa terrible maladie. D'abord, il s'était occupé d'elle après l'école puis il avait séché les cours. C'est lui qui l'avait accompagnée à l'hôpital. Ce jour-là, il avait senti que ses parents étaient soulagés d'être enfin seuls.

« Comme c'est triste, avait marmonné sa mère en préparant le petit déjeuner. Tellement triste. »

D'habitude, le matin on ne la voyait même pas. Boris s'était dit qu'elle venait de rentrer d'une énième escapade nocturne.

Quant à son père, les rares fois où il le croisait, c'était pour l'entendre répéter : « C'est insoutenable. » Il ne supportait pas la vision de sa fille, n'entrait jamais dans sa chambre. « Qu'est-ce que ça peut bien faire ? ajoutait-il quand son fils le lui reprochait. Elle ne voit même pas que je suis là. »

Mais c'était faux. Boris savait qu'Alix remarquait la présence des gens auprès d'elle. Souvent, quand il s'asseyait à son chevet, il sentait sa petite main serrer la sienne. Il achetait des livres et lui faisait la lecture. Ou bien il récitait à haute voix les leçons qui lui paraissaient importantes. De ces heures passées près de sa sœur, il tenait son intérêt pour l'histoire de la Russie. Il avait tant aimé lui faire découvrir le passé mouvementé de leur pays, encore que certains passages n'eussent rien d'amusant, bien au contraire.

Boris l'avait assistée dans ses derniers instants. Quand le docteur eut prononcé son décès, un silence étouffant avait envahi la chambre. Comme si le monde s'était arrêté de tourner et son cœur de battre dans sa poitrine sur le point d'exploser. Écœuré par les odeurs d'antiseptique, il s'était penché sur le visage cireux d'Alix pour baiser son front glacé. Du dehors, on ne devinait rien des ravages qui avaient détruit son cerveau.

« Puis-je faire quelque chose ? » avait dit l'infirmière quand il était sorti de la chambre.

Il s'était contenté de secouer la tête, trop ému pour prononcer un mot. Il avait parcouru les couloirs tapissés de linoléum, poursuivi par les cris de souffrance des malades, des mourants. Dehors, sous le crépuscule, un manteau de neige recouvrait Moscou. Les gens passaient comme si de rien n'était, les uns bavardaient, les autres fumaient ou riaient. Un jeune couple traversa la rue, tête contre tête, comme s'ils échangeaient des confidences. Une mère chantonnait en tenant son petit garçon par la main. Boris avait observé ces tableaux de la vie quotidienne comme un prisonnier regarde les nuages défiler dans le ciel derrière les barreaux de sa cellule. Il était devenu étranger à tout cela.

Alix avait laissé un vide dans son cœur. Les larmes aux yeux, il s'était mis à marcher sans but, regardant la neige s'accumuler, écoutant les cloches de Saint-Basile, perdues dans le lointain. Il avait pleuré sur Alix mais aussi sur lui-même parce que désormais, il était seul au monde.

« Monsieur ? »

L'hôtesse revenait avec les cookies et le lait. Karpov s'ébroua comme un chien mouillé.

« Je suis désolée, dit-elle. Dois-je repasser ? »

Il lui fit signe que non, alors elle déplia la tablette et déposa la collation.

« C'est encore chaud, dit-elle. Quelque chose d'autre ? »

Karpov lui sourit d'un air pitoyable. « Vous pouvez vous asseoir à côté de moi. »

Le rire cristallin de la jeune femme lui fit l'effet d'une brise rafraîchissante. « Quel coquin vous faites, M. Stonyfield. » Et elle s'en retourna.

Karpov baissa les yeux sur l'assiette mais son regard errait au-delà. Il pensait à Jason Bourne, à la décision qu'il avait prise et à ce qu'elle impliquerait non seulement pour le présent mais aussi pour le restant de ses jours.

Rien ne serait plus jamais pareil. Ce n'était pas cela qui l'ennuyait ; il n'avait pas peur de l'inconnu. Non, c'était plutôt cette nausée qu'il trimbalait au creux de l'estomac, comme un essaim de papillons affolés. Cette attente lancinante de l'inévitable.

Bientôt, ce serait fini. De cela au moins, il était sûr.

*

Marcel Probst, le spécialiste des technologies de l'information du Quai d'Orsay à qui l'inspecteur Lipkin-Renais avait confié le téléphone portable de Laurent et sa carte SIM, était un mauvais coucheur.

À peine Soraya mit-elle le pied dans son labo que Probst lui signifia d'un regard le peu de considération qu'il avait pour elle. Lui reprochait-il d'être musulmane ? Ou bien une femme ? Ou bien les deux ? Impossible à déterminer. Cela dit, il ne semblait pas porter Aaron dans son cœur non plus.

Probst était un quadragénaire tiré à quatre épingles. Tout le contraire des techniciens qui gravitaient dans l'orbite de Soraya aux États-Unis. Elle monta sur l'estrade où se dressait son établi jonché d'une profusion d'objets en tout genre, parmi lesquels un ordinateur portable et un oscilloscope flanqué d'une paire de haut-parleurs dernier cri.

« Qu'avez-vous trouvé ? » demanda Aaron.

M. Probst tira sur sa lèvre inférieure, geste qui eut pour effet de transformer sa bouche en bec de théière. « Pour ce qui est du téléphone lui-même, j'avoue mon incompétence, dit-il. Quant à la carte SIM, c'est un vrai foutoir. » Il se ménagea une pause. « L'appareil aurait-il été compromis au cours de son transport ?

— Certainement pas, répliqua Aaron d'un ton irrité. Avez-vous oui ou non trouvé quelque chose d'intéressant ? Veuillez me répondre. »

M. Probst grommela. « Le plus curieux c'est que, sauf erreur de ma part, la carte SIM a été vidée de son contenu. »

Soraya eut du mal à cacher sa déception. « Endommagée par le choc ?

— Eh bien, oui et non. Voyez-vous, cette carte SIM a subi des dommages de deux sortes. La première est d'ordre physique, comme je le disais. La seconde relève de l'électronique, ajouta-t-il en tapotant le zigzag affiché sur l'oscilloscope.

— Ce qui veut dire ? s'enquit Aaron.

— Je n'en suis pas sûr à 100 %, mais il y a de fortes chances pour que l'effacement soit dû à une impulsion électronique. J'ai néanmoins pu récupérer une petite chose. Elle a dû s'insérer dans les quelques secondes qui se sont écoulées entre l'impulsion électronique et les dommages physiques.

— Vous voulez dire juste avant que Laurent n'ait été percuté par la voiture ? » dit Soraya qui regretta aussitôt son intervention.

« Je croyais m'être exprimé clairement, fit-il sèchement.

— Poursuivez, dit Aaron non sans un certain courage. Revenons à cette chose que vous avez pu récupérer. »

Probst ravala son irritation. « Vous avez eu raison de vous adresser à moi, inspecteur. Je doute fort qu'un autre ait pu obtenir quoi que ce soit de tangible. »

Pour la première fois, un sourire étira les lèvres exsangues de Probst. Il avait marqué un point. « Voilà le message qu'a reçu la victime un instant avant sa mort. »

Sur l'écran du portable apparut un mot crypté : « dinoig ».

Aaron se tourna vers Soraya. « Savez-vous ce que cela signifie ? »

En guise de réponse, Soraya lui lança : « Je meurs de faim. Emmenez-moi dans votre restaurant préféré. »

*

Plusieurs kilomètres après le tunnel de La Línea, Bourne quitta la nationale et s'arrêta sur un chemin qui s'enfonçait dans la végétation luxuriante. Il descendit, fit le tour de la jeep, saisit Suarez et l'extirpa du véhicule.

« Qu'est-ce que tu fais ? s'affola Suarez. Où tu m'emmènes ? »

Il faisait peine à voir. Le côté droit de sa tête était maculé de sang, une énorme bosse violette pointait sur son front qu'il protégeait de sa main droite, elle-même informe et couverte d'hématomes.

Bourne le fit avancer sans ménagement, le redressant brutalement quand il perdait pied. Dès qu'il fut certain que personne ne pouvait les voir depuis la route, il le poussa contre un tronc d'arbre.

« Quel rôle joues-tu pour Severus Domna ?

— Ça t'avancera à quoi de le savoir ? »

Bourne fit semblant de lui porter un coup que Suarez para de sa main valide. « D'accord, d'accord ! Mais je te préviens, ça ne te servira à rien. La Domna est totalement compartimentée. Je transporte des marchandises pour eux quand ils me le demandent. C'est tout, je ne sais rien d'autre.

— Quel genre de marchandises ?

— Les caisses sont scellées. Je ne sais pas ce qu'elles contiennent et je ne veux pas le savoir.

— Des caisses en quelle matière ? demanda Bourne.

— En bois. Parfois en acier. »

Bourne réfléchit un instant. « Tes ordres, qui te les donne ?

— Un homme. Il m'appelle au téléphone. Je ne l'ai jamais rencontré. Je ne connais même pas son nom. »

Bourne claqua les doigts. « Téléphone. »

D'un geste maladroit, Suarez plongea la main gauche dans sa poche et en sortit un portable.

« Appelle ton contact », commanda Bourne.

Des spasmes agitaient la tête de Suarez. « Je ne peux pas. Il me tuera. »

Bourne lui attrapa la main droite dont il brisa l'auriculaire. Suarez hurla, voulut récupérer sa main sans y parvenir. Bourne secoua la tête d'un air navré puis s'occupa de l'annulaire.

« Je te donne cinq secondes. »

La sueur ruisselait sur le visage de Suarez, trempant son col. « *Dios*, non.

— Deux secondes. »

Suarez ouvrit la bouche mais aucun son n'en sortit. Bourne cassa le deuxième doigt. Le commandant faillit s'évanouir. Ses genoux se dérobèrent, il se mit à glisser le long du tronc. Bourne le ranima d'une gifle. Des larmes jaillirent de ses yeux, il se tourna et vomit par terre.

Bourne était déjà passé au majeur. « Cinq secondes.

— *¡Basta, basta!* »

Il était pâle comme un linge. Des frissons le secouaient des pieds à la tête. Il contemplait d'un regard hébété le téléphone cellulaire serré dans sa main gauche. Puis, brusquement, comme s'il sortait d'une transe, il leva les yeux vers Bourne.

« Que… que veux-tu que je lui dise, *hombre* ?

— Je veux son nom.

— Il me l'a jamais dit. »

Bourne appuya sur le doigt promis au même sort que les deux précédents. « Trouve un moyen, *hombre*. Sinon, je reprends ce que j'étais en train de faire. »

Suarez se passa la langue sur les lèvres et appuya sur une touche. Un numéro apparut.

« Attends ! » dit Bourne. Il lui arracha l'appareil et coupa la connexion.

« Quoi ? » bredouilla Suarez qui parlait comme un homme ivre depuis que Bourne lui avait brisé les doigts. « Qu'est-ce qui te prend ? J'ai fait ce que t'as dit. Tu veux pas que je l'appelle ? »

Bourne s'accroupit, le temps de réfléchir. Désormais, il connaissait le contact de Suarez. Le numéro qui venait de s'afficher était celui de Jalal Essai.

9

Chez Georges, le restaurant préféré d'Aaron, était à deux pas de la Bourse, d'où sa clientèle essentiellement composée d'hommes en costume discutant actions, produits financiers dérivés, contrats à terme et autres placements dans l'industrie céréalière ou porcine.

Quand Aaron souriait, de charmantes petites rides se dessinaient autour de ses yeux. Paradoxalement, elles le rajeunissaient, lui donnant l'expression joyeuse d'un garçonnet qui ne connaîtrait pas avant longtemps les responsabilités et les angoisses de l'existence.

« Alors, à votre avis ? Dinoig ? » Il posa ses couverts et joignit les doigts devant ses lèvres. « Avez-vous une explication ?

— Oui. » Soraya lécha le sel collé sur son index. « C'est une anagramme.

— Un code ? »

Soraya confirma d'un signe de tête. « Pas très élaboré certes mais suffisant pour une clé de sécurité. Au cas où mon contact aurait eu des ennuis.

— Des ennuis fatals. »

Soraya fouilla dans son sac à main, sortit de quoi écrire et traça le mot « dinoig » sur son calepin. Puis elle réfléchit tout haut. « Comme la première lettre est une consonne, on peut supposer que le mot commence par une voyelle. Nous avons deux *i* et un *o*. Six lettres en tout, donc je suppose que l'un des *i* se trouve soit au début, soit à la fin. Essayons de le mettre au début. »

Sous « dinoig », elle écrivit, « i ». « Bon, la lettre suivante paraît plus évidente. Disons *n*. »

Elle traça un *n* après le *i*. « Et voilà », dit-elle en retournant le calepin vers Aaron. Puis elle lui tendit le stylo. « Terminez. »

Aaron fronça les sourcils, écrivit la suite et la montra à Soraya.

« Indigo », prononça-t-elle.

*

Ayant passé des heures à éplucher les dossiers informatiques de Hendricks, Peter avait le dos en compote. Comme ils portaient tous des titres numériques – 001, 002, 003, etc. –, il avait dû les ouvrir l'un après l'autre. Il y avait de tout dans cet ordinateur, des mémos, des listes de choses à faire, même des rappels d'anniversaires et autres événements. En tout cas, rien de bien passionnant. C'était étrange. Peter se leva, cala ses deux mains au creux de ses reins et s'étira. Puis il sortit pour soulager sa vessie. Peter aimait réfléchir aux toilettes. En fait, c'était souvent dans ces moments-là que lui venaient ses meilleures idées. Peut-être la sensation de soulagement qu'il ressentait en urinant avait-elle un effet stimulant sur son cerveau.

Il contemplait le mur et la multitude de petites lézardes fendillant la couche de plâtre. Certaines se rejoignaient, formant des dessins improbables, comme les nuages dans le ciel. Sauf que ces dessins-là ne disparaissaient pas dans le vent. Il aimait cette permanence. Il aimait les retrouver régulièrement. Il y avait le lion rugissant, l'enfant aux ballons, le kangourou boxeur, le vieil homme aux grandes oreilles. Et puis le magicien, avec ce trait autour de la taille que Peter prenait pour une chaîne cadenassée.

« Bon sang ! » s'écria-t-il.

Peter remonta sa braguette d'une main tremblante et fila comme un dératé retrouver son ordinateur. Mais au lieu de reprendre sa recherche, dossier après dossier, il fit défiler toute la liste en essayant de repérer un fichier verrouillé par un code.

Il le trouva tout en bas de l'arborescence. Quand la fenêtre du mot de passe s'afficha, il tapa : « serveurs ». Rien ne se passa, bien entendu. Hendricks n'aurait jamais fait la bêtise d'utiliser deux fois le même mot de passe.

Peter prit un crayon, le fit tourner entre ses dents, se rencogna dans son fauteuil et se creusa les méninges. Quel mot Hendricks aurait-il pu choisir pour verrouiller ce fichier ? Il essaya la date de naissance de son patron, la date de sa nomination au poste de secrétaire à la Défense, son adresse. Nada.

Comme il n'avait pas bougé la souris depuis quelques minutes, Peter vit l'écran de veille s'allumer. Hendricks avait choisi une photo de femme. Une jolie brune aux yeux verts dont le sourire radieux mettait en valeur les pommettes bien dessinées. Quinze secondes plus tard, le diaporama s'enclencha. Une deuxième photo de la même femme apparut. Cette fois-ci, elle posait en compagnie de Hendricks. Deux amoureux se tenant par la main, sur un pont à Venise. Peter comprit qu'il s'agissait d'Amanda, la troisième épouse de son patron, décédée cinq ans auparavant. Sur le cliché suivant, Amanda était en robe de soirée, sur la terrasse d'une demeure immense.

Quel idiot ! songea Peter en se frappant le front du plat de la main. Il tapa : « Amanda ».

Sésame, ouvre-toi.

Le fichier contenait deux longs paragraphes et un court addendum. Il lut d'abord quelques notes rassemblées par Hendricks à la suite d'une récente réunion dans le Bureau ovale. Les participants étaient les suivants : le président, le général Marshall, chef d'état-major du Pentagone, Mike Holmes, conseiller à la sécurité nationale, et un dénommé Roy FitzWilliams. Peter se rappela la conversation entre Hendricks et Danziger, dans la bibliothèque. *« Dans votre bureau ?* avait dit son patron. *Pas question. Ce n'est pas pour rien que le président ne vous a pas convié à cette réunion dans le Bureau ovale. »*

La fameuse réunion au sommet devait donc porter sur l'épineuse question des métaux de terres rares. Le président avait sans doute décidé de créer une commission regroupant des membres de différentes agences, une entité nommée Samaritain dont l'action était une priorité absolue.

Quand Peter eut achevé la lecture du deuxième paragraphe, il ne voyait toujours pas pourquoi son patron les avait laissés dans l'ignorance, Soraya et lui. Puis, dès que son regard tomba sur le premier mot de l'addendum, il faillit sursauter. Et pour cause : ce texte lui était adressé.

Peter, je savais bien que vous finiriez par trouver ces lignes. Vous êtes plus curieux qu'un singe. Quelque chose me dérange chez ce FitzWilliams. Je n'arrive pas à mettre le doigt dessus, raison pour laquelle je vous charge d'enquêter sur lui. De manière strictement officieuse et confidentielle. Le POTUS nous a clairement mis en garde contre toute rétention d'informations. Il veut que nous collaborions ouvertement avec Samaritain. Or, le travail que je vous demande va justement à l'encontre des directives présidentielles. Je ne saurais trop vous recommander la plus grande prudence. Vous en êtes capable. Ne soyez pas étonné par ma démarche : vous êtes la seule personne en qui j'aie confiance sur ce coup. ATTENTION, si vous voulez me contacter, ne passez pas par les voies classiques. Inscrivez ici ET ICI SEULEMENT le résultat de vos recherches. J'insiste, quelle que soit l'importance de vos conclusions. Bonne chance.

*

« Estevan Vegas. »

Ayant consulté la carte, Bourne calcula qu'ils étaient à moins de huit kilomètres de chez Vegas. Il avait décidé au préalable qu'il valait mieux le rencontrer à son domicile que sur son lieu de travail. La longue après-midi poussiéreuse touchait à sa fin. Une lumière sépia donnait au paysage l'aspect d'une photographie ancienne.

« Qui ? » râla le commandant Suarez. La douleur et la peur combinées à la retombée d'adrénaline déformaient sa voix. « Je suis censé le connaître ?

— C'est un membre de Severus Domna.

— Et alors ? » Suarez avait même du mal à hausser les épaules sans grimacer. « Je te l'ai dit, la Domna compartimente tout. J'ai besoin d'une bière. Je parie que toi aussi. »

Bourne l'ignora. La jeep suivait toujours la route qui grimpait à travers la cordillère. Il avait baissé sa vitre et avec la vitesse, un courant d'air s'engouffrait dans l'habitacle, dissipant quelque peu l'odeur bestiale que dégageait Suarez.

« Si tu dis encore une fois que tu ne connais pas Estevan Vegas, j'arrête cette bagnole et je te jette dans le ravin.

— D'accord, d'accord. » Suarez eut une nouvelle montée de sueur. « Je connais Vegas. Tout le monde le connaît dans la région. C'est un personnage. Et alors, merde ?

— Parle-moi de sa compagne.

— Je ne sais rien d'elle. »

Bourne s'arrêta sur le bas-côté, mit le moteur au point mort, se tourna vers Suarez et lui balança son poing sur l'oreille gauche. La tête de Suarez partit en arrière. Il poussa un gémissement. Le parfum capiteux des plantes et de la terre argileuse envahit la jeep.

« Tu m'as déjà tiré les vers du nez, pleurnicha Suarez. Putain, qu'est-ce que tu veux de plus, *hombre* ?

— Tu pourrais t'épargner d'autres souffrances. » Bourne accompagna ses paroles d'un deuxième coup de poing. Le commandant s'étrangla et se mit à cracher de la bile, la tête entre les genoux. Bourne le releva par le col de sa chemise trempée de sueur. « On continue ?

— Elle s'appelle Rosita – Vegas l'appelle Rosie. » Avec le dos de sa main valide, il essuya le sang et le vomi sur ses lèvres. « Elle vit avec lui depuis cinq ans, je crois.

— Pourquoi ? »

Une lueur assassine passa dans les yeux de Suarez. « Fait chier… » Curieusement, sa voix se brisa. « Il paraît que Vegas l'a tirée d'un mauvais pas. Elle a failli se faire tuer par une femelle margay. Rosie avait trébuché sur sa tanière. Il y avait des petits. Rosie s'est mise à courir mais la bête lui a sauté dessus. Elle a été salement amochée. Vegas l'a entendue crier. Il est arrivé et il a abattu le margay d'un coup de fusil. Il a ramené la fille chez lui et s'est occupé d'elle. Depuis, c'est elle qui s'occupe de lui. J'en sais pas plus.

— Tu l'as déjà vue ?

— Qui ? Rosie ? Jamais. Pourquoi ?

— Je me demandais si elle avait eu des enfants. »

Suarez retomba dans le silence. Devant eux, de gros nuages d'orage s'amoncelaient. Leurs couleurs pourpre et jaune s'harmonisaient avec les hématomes qu'il avait sur la figure. L'air s'épaissit d'un coup. Un éclair blanc zébra le ciel, suivi presque aussitôt d'un double coup de tonnerre… comme un chien suit son maître.

« Ça va dégringoler », reprit Suarez en basculant la tête en arrière, les yeux fermés.

Un instant plus tard, les premières gouttes de pluie roulaient sur le pare-brise. Puis l'averse éclata vraiment, tambourinant sur le toit de la jeep.

« J'attends la réponse, dit Bourne. Tu craches le morceau, oui ou merde ? »

Suarez ouvrit les yeux. « Je crois qu'il y a une tombe derrière chez eux. Une toute petite tombe. »

Bourne posa les mains sur le volant et serra. « Combien de temps le bébé a-t-il vécu ?

— Neuf jours, il paraît.

— Fille ou garçon ?

— Garçon. »

Bourne songea à la fragilité de la vie. Une vie de neuf jours ne représentait pas grand-chose, sauf pour les parents, bien sûr.

Il enclencha une vitesse, repassa sur la nationale criblée de pluie et accéléra autant que le permettait la piètre visibilité. Il n'était plus très loin maintenant.

*

Quand Amanda vivait encore, Hendricks avait hâte de rentrer chez lui le soir, après ses longues et harassantes journées de travail. Aujourd'hui, il faisait du jogging à Rock Creek Park. Cinq kilomètres tous les jours, suivant le même parcours, de préférence en début de soirée, quand la lumière baissait et que le sentier sinueux déployait ses courbes devant lui comme les méandres d'une rivière d'or fondu. Il aimait d'autant plus ces moments qu'ils se ressemblaient tous. La répétition du même tracé, des mêmes virages lui procurait un certain réconfort. Bien sûr, le paysage changeait en fonction des saisons. C'était en hiver qu'il se sentait le mieux. Il courait dans la neige, précédé du halo blanc de son souffle, le nez glacé, les cils raidis par le givre.

Cléo l'accompagnait toujours au parc. Hendricks regardait avec tendresse son corps doré bondir devant lui. Il aimait la voir passer sa langue rose sur ses babines et sa jolie truffe noire. Parfois, quand elle posait sur lui ses yeux noisette, en quête d'une caresse tout en savourant le plaisir de s'ébattre en plein air, il s'imaginait à sa place, filant comme une flèche au ras du sol, possédé par une joie éclatante, débarrassé des angoisses de la mort qui approchait à grands pas.

Bien évidemment, Hendricks et Cléo ne couraient jamais seuls – son détachement de la Garde nationale était là pour dégager le terrain, devant et derrière eux. Il se serait bien passé de leur présence dans ce lieu si calme, si magnifique. Il aurait tant aimé pouvoir rester seul avec ses pensées.

Dans un sens, les gardes du corps préservaient sa solitude, encore que tel ne fût pas leur objectif principal. Les promeneurs qui avaient le malheur de choisir le même sentier que lui se voyaient refoulés sur le bas-côté pour être interrogés. Puis on les parquait dans un coin comme des prisonniers, jusqu'à la fin de sa séance de jogging.

Ce jour-là, la pêche aux suspects n'avait pas été fructueuse. En passant devant le petit groupe de coureurs malchanceux, il reconnut un visage, s'arrêta et revint sur ses pas.

Le voyant approcher, un membre de son détachement s'avança vers lui et lui demanda de garder ses distances, pour sa propre sécurité.

« Non, attendez un peu, je la connais », dit Hendricks.

Il contourna le garde et aborda la jeune femme en tenue de jogging et chaussures Nike.

« Maggie. Que faites-vous ici ?

— Bonsoir, répondit la prétendue Margaret Penrod. La même chose que vous, j'imagine. Je cours. »

Hendricks sourit. « Mon cerveau me commande de courir mais mes genoux préfèrent le terme *jogging*.

— Il faut vraiment que je reste coincée ici ?

— Bien sûr que non. Vous pouvez m'accompagner. Enfin, si vous supportez mon allure d'escargot. »

Maggie observa les visages revêches des gardes autour d'elle. « Seulement si votre meute y consent.

— Ma meute m'obéit. » Il interrogea ses hommes du regard.

« On l'a fouillée, monsieur », dit l'un d'entre eux.

Hendricks nota son air désapprobateur. Courir avec une personne n'ayant pas été dûment contrôlée et approuvée plusieurs semaines à l'avance était contraire au protocole. *Au diable le protocole*, pensa Hendricks. *Je peux bien souffler un peu.*

Cléo reniflait les baskets de Maggie.

« Qu'as-tu trouvé d'intéressant ? » demanda la jeune femme.

Cléo regarda Maggie s'accroupir pour la gratter derrière l'oreille. Le boxer se frotta contre elle, les flancs haletants, tout au plaisir de la caresse.

« Elle m'aime bien. »

Hendricks éclata de rire. « Cléo tombe amoureuse de tous ceux qui lui grattent les oreilles. »

Maggie le dévisagea. Son visage captait la lumière. Ses yeux étincelaient. « Et vous ? »

Hendricks crut s'étouffer. « Je… »

Maggie se releva. « C'était une blague. Juste une blague.

— Venez. » Hendricks se dressa sur la pointe des pieds. « On y va. »

Ils partirent en trottinant, Maggie s'efforçant de rester au même rythme. Cléo bondissait de joie, courant tantôt à côté de son maître, tantôt entre lui et sa compagne, sans les lâcher d'une semelle. Les gardes les suivaient de près. Hendricks sentait leur regard posé sur eux, sur elle. À la moindre alerte, ils interviendraient sans faire de détail. Ils devaient s'étonner de constater avec quelle facilité Maggie l'avait convaincu de se promener avec elle.

De temps à autre, Cléo jetait des petits coups d'œil à Maggie, comme si elle ne comprenait pas ce qui se passait. Hendricks lui-même ne le savait pas vraiment. Sur ce sentier qu'il avait mille fois parcouru, les branches que le vent pliait semblaient s'incliner vers eux, comme pour les saluer. Brusquement, il voyait tout sous un jour différent – les formes étaient plus nettes, les couleurs plus vives. Il découvrit même certains détails qu'il n'avait jamais remarqués.

Il courait et Maggie courait à ses côtés. Cette balade n'était possible que parce qu'il l'avait voulue. Chose d'autant plus étonnante qu'il n'avait rien voulu de tel depuis bien longtemps. Depuis cinq ans. Depuis la mort d'Amanda. En cinq ans, il n'avait pas un seul instant désiré la compagnie d'une autre femme. Avec quelle cruauté n'avait-il pas traité Jolene, son assistante ? Et ces femmes qui étaient passées dans sa vie, sans jamais trouver grâce à ses yeux ? Dès qu'elles disaient ou faisaient une chose qui lui rappelait Amanda, il sombrait dans le désespoir. Pire encore, quand elles disaient ou faisaient une chose qu'Amanda aurait désapprouvée, il entrait dans une colère noire.

Voilà qu'à présent, il comprenait combien ce cycle colère/désespoir lui avait nui. Et soudain, tout s'éclaircit. C'était comme si la vie avait tout à coup surgi du sol, se dressant devant lui comme un reproche. Il songea : *Qu'ai-je fait de moi-même ?* Il avait honte de son comportement. Amanda n'aurait pas voulu qu'il se laisse aller ainsi.

Il courait près de Maggie, réconforté par sa douce chaleur. Tandis qu'il s'emplissait de son curieux parfum de cannelle et d'amande grillée, il fit une chose dont il aurait été incapable une heure auparavant. Il se retourna sur les cinq années qui venaient de s'écouler et se vit errer dans le désert qu'il avait lui-même créé. Il se sentait enfin capable de quitter ces limbes pour retrouver le monde où il avait autrefois ri, aimé, parlé avec Amanda, où ils avaient tout simplement profité de leur présence mutuelle, comme il le faisait désormais avec Cléo durant leurs promenades quotidiennes.

Soulagé d'un poids énorme, Hendricks s'aperçut qu'il aimait courir. Il aimait courir accompagné. Maggie lui glissait un mot, il répondait et tant pis si, dix minutes plus tard, il ne se souvenait plus de quoi ils avaient parlé. Tout cela n'avait aucune importance. Il n'avait pas fui devant Maggie, il n'avait pas cherché de prétexte pour lui fausser compagnie. À la vérité, il aurait aimé que ce parcours fasse huit kilomètres au lieu de cinq. Aussi, lorsqu'ils arrivèrent au bout, se tourna-t-il vers elle en disant : « Aimeriez-vous manger un morceau avec moi, ce soir ? », comme si c'était la chose la plus naturelle du monde.

Elle devait partager ses sentiments parce que, cette fois-ci, elle lui répondit : « J'en serais enchantée. »

*

Estevan regardait l'orage recouvrir les sommets de la Cordillère des Andes. Rosie préparait le dîner. Elle bougeait lentement, méthodiquement, comme toujours. De ses mains nerveuses, elle tranchait la viande, l'assaisonnait, la mettait à revenir dans l'huile chaude.

Quand la pluie éclata, les gouttes éclaboussèrent les carreaux, agitèrent les tuiles du toit qu'il avait omis de réparer, malgré sa promesse. Elle regarda en l'air et sourit en entendant le cliquetis familier. Tout allait pour le mieux. La fin du jour revêtait un manteau de nuit. Ses yeux tombèrent sur son reflet dans la vitre. Les cicatrices livides laissées par les griffes du margay marquaient les deux côtés de son cou. Dehors, la croix blême qu'Estevan avait fabriquée de ses mains se dressait comme un os blanchi, sous les branches du tamarillo où elle avait aimé s'asseoir depuis le jour où Estevan l'avait transportée chez lui, grièvement blessée.

Elle se détourna de la fenêtre, posa les doigts sur sa gorge en effleurant les rubans pâles de ses cicatrices. Puis elle baissa la tête et se mit à pleurer en silence. Dans la seconde, il fut près d'elle.

« Tout va bien, Rosie, murmura Estevan. C'est bon.

— Il est là, dehors. Sous la pluie, dit-elle.

— Non. Notre fils est au ciel, dans la lumière de Dieu. »

Ils n'auraient plus jamais d'enfants, avaient dit les médecins. Estevan savait que Rosie avait craint qu'il ne la répudie après la mort du bébé. Mais au contraire, il l'avait traitée avec plus de douceur encore. Quand il l'entendait pleurer la nuit, il la serrait contre lui, la berçait, lui jurait que les médecins s'étaient trompés, qu'ils auraient un autre fils par la grâce de Dieu. Un miracle finirait par se produire. Cela faisait trois ans qu'ils l'attendaient.

Elle déposait la viande cuite dans la marmite, avec les pommes de terre tranchées, les oignons, les piments quand soudain, ils entendirent l'alarme. Estevan la vit sursauter.

« Ne t'inquiète pas, dit-il en se précipitant dans le salon pour se préparer.

— C'est eux ? Les voilà enfin ? »

Vegas repassa dans la cuisine, fusil en main. « Regarde le temps qu'il fait. » Il fit courir ses doigts dans sa barbe épaisse. « C'est sûrement eux. À leur place, je profiterais de l'orage pour passer à l'attaque. »

Il posa son bras puissant sur les épaules de Rosie et la serra fort. Quand il baisa ses joues, ses tempes, ses paupières, elle sentit le picotement familier de sa moustache.

« Ne t'inquiète pas, lui souffla-t-il à l'oreille. Tout est prêt. Ils ne peuvent pas nous atteindre. Nous sommes en sécurité, tu m'entends ? En sécurité. »

Puis il s'éloigna pour finir d'installer les dispositifs de défense. Elle posa le couvercle sur la marmite, s'essuya les mains sur son tablier et passa dans la pièce qui servait de refuge et où Estevan se tenait accroupi devant l'équipement qu'il avait mis des mois à rassembler et à peaufiner jusqu'à ce que tout soit parfait.

« Tu les vois ?

— C'est une jeep. » Estevan Vegas désigna l'image infrarouge sur le petit écran à sa gauche. De l'autre côté, un ordinateur portable commandait le réseau. Vegas l'avait équipé d'un logiciel qui retraitait les images infrarouges. « C'est eux. Aucun doute, dit-il en observant le véhicule bâché qui roulait vers la maison.

— Dans combien de temps ? »

Vegas regarda le compteur qui défilait au sommet de l'écran. « Trois cents mètres », annonça-t-il.

Rosie posa les mains sur les épaules musclées de son compagnon.

« La fin est proche.

— Pour eux oui, très proche. »

Les doigts de Vegas dansaient sur le clavier de l'ordinateur. L'image s'effaça, remplacée par les prises de vue des caméras de surveillance qu'il avait disséminées sur tout le périmètre de leur propriété.

Pendant un instant, on vit seulement le rideau grisâtre de la pluie, puis soudain, une forme se dessina, celle de la jeep qui avançait en cahotant sous les trombes d'eau. Rosie sentit les muscles d'Estevan se contracter. Elle se colla contre son dos en inspirant à pleins poumons l'odeur de pétrole qui résistait à tous les lavages.

Quelques instants plus tard, son dur labeur porta enfin ses fruits. Ils virent la déflagration une fraction de seconde avant de l'entendre. La vibration du moteur de la jeep tenant lieu de détonateur avait fait exploser la dynamite planquée sous la route.

Le véhicule fut projeté en l'air, si haut qu'il disparut un instant de l'écran vidéo. Puis il repassa dans le cadre et s'écrasa par terre, comme un amas de ferraille surchauffé. Des tôles enflammées, gondolées, méconnaissables jonchaient le sol alentour.

Estevan Vegas poussa un soupir de soulagement.

La carcasse de la jeep fumait sous l'averse.

« Je sors juste m'assurer qu'ils sont tous bien morts. » Vegas n'était pas homme à se contenter de suppositions. Il avait toujours suivi cette règle d'or et elle lui avait porté chance, faisant de lui un homme riche.

Il se leva, prit son fusil et se dirigea vers la porte d'entrée. « Mets le verrou derrière moi », dit-il sans se retourner, ce que Rosie s'empressa de faire.

À grandes enjambées, il s'éloigna sous la pluie battante, à la recherche des cadavres.

LIVRE DEUX

10

Boris Karpov avait bien des raisons de détester Munich. Comme beaucoup de Russes, il ne pouvait pas sentir les Allemands. Les mauvais souvenirs de la Deuxième Guerre mondiale avaient la vie dure. Quant à la ville de Munich, malgré sa nouvelle devise « München mag Dich » – Munich vous aime –, Boris avait d'autres choses encore à lui reprocher. Premièrement, elle avait été fondée par des religieux appartenant à l'ordre des bénédictins, d'où son nom dérivé du terme allemand pour « moine ». Or Boris, en bon athée, se méfiait de toutes les religions constituées. Deuxièmement, la capitale de la Bavière avait été le cœur de la forteresse nazie.

Alors oui, Boris avait maintes raisons de détester cet endroit. Telles étaient ses pensées lorsqu'il demanda au chauffeur de taxi de le déposer sur Briennerstrasse, aux abords du Kunstareal, le quartier des arts. De là, il gagna d'un bon pas la Neue Pinakothek. Ayant pris un plan du musée sur le comptoir d'information, il marcha directement vers la salle qui abritait *La Dinde plumée* de Goya. *Une œuvre mineure*, se dit Boris en s'en approchant.

Un groupe de visiteurs plongés dans la contemplation du tableau écoutait la conférencière débiter son discours. Légèrement en retrait, Boris attendit en vain qu'elle dise si oui ou non *La Dinde plumée* faisait partie des œuvres confisquées par les nazis. En même temps, il repassait dans sa tête la situation qu'il avait laissée derrière lui. Avant de quitter Moscou, il avait confié à Anton Fedarovitch la gestion des affaires courantes du FSB-2. Cela n'était que temporaire puisque Boris était encore en plein travail de restructuration et qu'il restait bon nombre de brebis galeuses dans ses rangs. Il s'était donné cinq jours pour accomplir la mission que lui avait confiée Cherkesov. Au-delà de ce délai, son absence risquait fort de peser sur la santé du FSB-2.

Le groupe bougea enfin, laissant dans son sillage un homme visiblement fasciné par le Goya. Sa personne n'avait rien de remarquable : taille moyenne, âge moyen, une couronne de cheveux poivre et sel. Il se tenait légèrement voûté, comme accablé par un fardeau invisible, les mains enfouies dans les poches de son manteau.

Boris se planta à côté de lui. « Bonjour, dit-il dans un allemand passable. Notre cousin regrette de n'avoir pu venir en personne. » Ce contact faisait partie de l'impressionnant cheptel constitué depuis plusieurs décennies par Ivan Volkine. Autrement dit, un informateur au-dessus de tout soupçon.

« Comme va le vieux monsieur? répondit l'homme en russe.

— Toujours aussi guilleret. »

Après cet échange de mots de passe, les deux hommes arpentèrent ensemble la galerie en s'arrêtant devant chaque tableau.

« À quoi puis-je vous être utile ? » murmura l'Allemand.

Il s'appelait Wagner, sans doute un pseudonyme. Boris se souciait peu de connaître son vrai nom. Ivan le lui avait recommandé, c'était suffisant.

« Je cherche des infos », dit Boris.

Un fin sourire plissa les lèvres de Wagner. « Comme tous ceux qui s'adressent à moi. »

Ils étaient à présent devant *La Sainte Famille sous le portique* de Friedrich Wilhelm von Schadow. Sujet exécrable, selon Boris, comme tout ce qui se rapportait à la religion. Pourtant, il devait admettre que l'artiste ne manquait pas de style.

« Y compris Viktor Cherkesov ? »

Wagner fixait intensément le tableau. « Von Schadow était soldat, dit-il au bout d'un moment. Puis il a trouvé la foi. Il s'est rendu à Rome où il contribua à fonder le mouvement nazaréen voué à la restauration de la spiritualité dans l'art chrétien.

— Je m'en contrefiche, cracha Boris.

— Je m'en doutais un peu. »

Par ces mots, Wagner semblait le reléguer parmi la masse des ignorants.

« Y compris Cherkesov ? », insista Boris.

Wagner l'entraîna un peu plus loin. « Que voulez-vous, précisément ? soupira-t-il.

— Il est passé par Munich dernièrement. Pour quoi faire ?

— Il s'est rendu à la Mosquée. C'est tout ce que je peux vous dire. »

Boris dissimula sa consternation. « J'ai besoin d'en savoir davantage, dit-il calmement.

— Les secrets de la Mosquée sont farouchement gardés.

— Je comprends bien », fit Boris. En revanche, il ne comprenait pas quel genre d'affaires le nouveau patron de Cherkesov pouvait bien traiter avec les dirigeants de la Mosquée. À ses yeux, Viktor était la dernière personne à envoyer dans ce nid de vipères. L'homme haïssait les musulmans et, à l'époque où il dirigeait le FSB-2, il avait passé le plus clair de son temps à traquer les terroristes tchétchènes.

« Fourrer son nez dans les affaires de la Mosquée peut se révéler extrêmement dangereux.

— Ça aussi, je le sais. »

Wagner réfléchit un instant. « Je songe à quelqu'un susceptible de vous aider. » Il se mordit la lèvre. « Il s'appelle Hermann Bolger. C'est un horloger. Depuis son atelier, il surveille les allées et venues autour de la Mosquée.

— Où puis-je le trouver ? »

Boris consigna dans sa mémoire l'adresse que Wagner lui fournit. Puis les deux hommes s'arrêtèrent devant deux autres peintures, pour donner le change, et enfin Wagner s'éclipsa. Boris ouvrit son plan, traîna encore une vingtaine de minutes dans les dernières galeries et sortit du musée, direction la boutique d'Hermann Bolger.

*

En écoutant le grondement de l'averse, on percevait des bruits insolites, venus du fond des âges, des hurlements guerriers, des ordres lancés à une troupe en armes, des rugissements poussés par des soldats s'entretuant dans un dernier corps à corps. Bourne se tenait à l'abri d'un grand pin dont les branches voûtées subissaient les furieux assauts du vent et de la pluie.

Depuis sa cachette, il vit la jeep exploser. Les plaques de tôle retombèrent et brûlèrent pendant quelques secondes avant que le déluge n'éteigne le début d'incendie. Deux éclats atterrirent à un mètre de lui : le volant calciné et la tête de Suarez qui fumait comme si l'on venait de la retirer d'un barbecue. Le feu avait entièrement rongé ses lèvres, son nez, ses oreilles. Ce qu'il restait de ses yeux achevait de se consumer. Vision infernale s'il en était.

Quand il vit Vegas dévaler les marches de sa maison, Bourne se retrancha dans l'ombre du pin penché. De loin, Vegas semblait porter des bottes cloutées à l'ancienne. Il tenait un fusil mais l'homme lui-même paraissait plus dangereux que son arme. Ses yeux brillaient comme des braises. Sa posture agressive rappelait à Bourne une femelle grizzly dont il avait observé le comportement, un jour, dans le Montana, alors qu'elle protégeait ses petits contre un lion des montagnes en maraude. La mise en place de ce dispositif électronique avait dû lui prendre des semaines. À qui était-il destiné ?

*

« Tu débloques ou quoi ? avait dit Suarez quand Bourne avait arrêté la jeep un kilomètre avant la maison de Vegas. Ne compte pas sur moi.

— Si tu veux te faire soigner, tu n'as pas le choix, avait répondu Bourne.

— Une fois que tu seras descendu de cette bagnole, qu'est-ce qui m'empêchera de ficher le camp d'ici ?

— Il n'y a qu'un seul moyen de sortir de ce trou : refaire le chemin en sens inverse par la montagne. » La pluie se déversait à torrents autour d'eux ; on se serait cru sous une cascade. « N'oublie pas que tu devras conduire d'une main. Si tu veux te suicider, libre à toi. »

Suarez l'avait foudroyé du regard puis, l'instant d'après, il avait pris une mine de chien battu. « Sous quelle mauvaise étoile suis-je né pour avoir croisé ton chemin ? »

Quand Bourne ouvrit sa portière, un grondement d'apocalypse s'engouffra dans l'habitacle. « Contente-toi de suivre mes indications et tout ira bien. Tu te charges de l'approche directe. Vegas te connaît. Moi, je passerai par l'arrière. On est d'accord ? »

Suarez hocha la tête d'un air résigné. « Ma main me fait atrocement mal. Je ne sens plus les doigts que tu m'as cassés.

— Tu as de la chance, dit Bourne. Si tu les sentais, tu aurais encore plus mal. »

À peine eut-il mis un pied dehors qu'il se retrouva trempé comme une soupe. Il regarda Suarez se glisser maladroitement derrière le volant, démarrer et rouler en direction de la maison.

Suarez l'ignorait mais si Bourne s'était arrêté c'est qu'il avait repéré une caméra infrarouge maquillée en borne kilométrique. Ce dispositif de surveillance lui était familier car il était tombé sur le même scénario quelques années auparavant, aux abords d'une villa dans les montagnes de Roumanie. Il s'agissait d'un système très perfectionné, à la pointe de la technologie, mais Bourne avait réussi à le contourner et à s'introduire dans la villa. Si Suarez avait remarqué la borne kilométrique, il n'aurait sans doute pas su de quoi il s'agissait.

Bourne n'avait pas prévu ce dispositif infrarouge et comme il n'avait pas envie d'aller de surprise en surprise, il avait décidé de laisser Suarez continuer seul et d'explorer le domaine de Vegas à pied.

*

Cette précaution s'était révélée payante, se dit Bourne en regardant le crâne calciné de Suarez. Il n'éprouvait aucun remords de l'avoir envoyé à la mort. Ce type était un assassin qui l'aurait abattu sans hésiter à la première occasion.

Vegas faisait le tour de la jeep éventrée en soulevant parfois une tôle du bout de son fusil. Quand il trouva un bras de Suarez, il s'accroupit pour l'examiner de plus près. Après cela, il chercha les autres morceaux de corps en décrivant lentement une série de cercles concentriques autour du véhicule. Plus il s'en éloignait, plus il se rapprochait de Bourne, planqué sous le conifère.

Il pleuvait toujours autant. La foudre déchirait le ciel à intervalles réguliers. Soudain, sa vue se troubla. Bourne se sentit irrésistiblement happé par un fragment de souvenir. Il se vit marcher dans la neige en luttant contre le blizzard jusqu'à la discothèque où Alex

Conklin lui avait ordonné de se rendre pour exécuter sa cible. Encore une fois, il traversa en esprit la piste de danse surpeuplée. Les flocons fondaient rapidement sur son col de fourrure. Dans les toilettes des dames, il vissa le silencieux sur le canon de son arme puis il ouvrit la porte d'un coup de pied.

La femme blonde le regardait d'un air calme, presque résigné. Bien qu'elle soit armée, elle ne se faisait aucune illusion sur l'issue de la confrontation. Était-ce pour cela qu'elle avait ouvert la bouche ? Voulait-elle lui dire quelque chose avant qu'il ne lui ôte la vie ?

Mais qu'avait-elle dit ? Il passa sa mémoire au crible, s'efforçant de percevoir l'écho de sa voix. Ici en Colombie, sous l'averse, un cri de femme retentit à travers le vacarme des éléments déchaînés. Et au même instant, il entendit la voix de la blonde. Les deux voix féminines se fondirent en une seule. On y devinait la même tension, le même désespoir.

« Il n'y a pas... »

Il n'y a pas quoi ? se demanda Bourne. Qu'avait-elle voulu dire ? Il eut beau se creuser la cervelle, les images s'effaçaient, le souvenir se morcelait comme une plaque de glace à l'approche de l'été arctique.

Un bruit le fit sursauter. Reprenant pied dans l'instant présent, Bourne vit que Vegas n'était plus qu'à quelques mètres de lui. Il venait de trouver une jambe de Suarez. Il l'observa, jeta un œil plus loin, repéra la tête et s'avança vers elle d'un air soucieux. Bourne se demanda s'il allait reconnaître le visage carbonisé.

La réponse ne se fit guère attendre. Du bout de son arme, Vegas retourna le crâne et recula d'un pas en voyant la face décharnée. Relevant son fusil, il s'éloigna de l'horrible spectacle en promenant un regard farouche sur l'espace détrempé autour de lui.

Non seulement Vegas avait reconnu Suarez mais sa présence à bord de la jeep ne semblait guère le surprendre. Si Jalal avait dit la vérité, il y avait fort à parier que Vegas prévoyait une attaque de la Domna. Ce qui signifiait certainement que Vegas, ayant rompu avec l'organisation secrète, avait tout mis en œuvre pour résister et survivre. Mais il n'avait pas choisi la fuite car il savait que la Domna le retrouverait où qu'il aille. Ici, au milieu de nulle part, il était chez lui, sur son territoire. Et il les attendait de pied ferme.

Bourne éprouvait du respect pour ce genre d'homme. Vegas était un esprit libre. Il avait pris une décision qui risquait de lui coûter cher mais il irait jusqu'au bout.

« Estevan », lança Bourne en émergeant de sa cachette.

Vegas pivota en braquant son fusil. Aussitôt, Bourne leva les mains, paumes vers l'extérieur.

« Du calme, dit-il sans faire le moindre geste. Je suis un ami. Je suis venu vous aider.

— M'aider à creuser ma tombe, je suppose. »

La pluie tombait si fort que les deux hommes devaient hurler pour s'entendre, comme dans un stade rempli de supporters déchaînés.

« Nous avons un point commun, vous et moi, reprit Bourne. Severus Domna. »

En guise de réponse, Vegas cracha par terre.

« Eh oui », dit Bourne.

Vegas scruta le visage de son interlocuteur. Au même instant, la silhouette de Rosie apparut entre les arbres.

Elle marchait en tenant un Glock au bout de son bras tendu, droit comme une flèche.

Vegas écarquilla les yeux. « Rosie… ! » Son cri d'avertissement arriva trop tard. Rosie était à présent si proche de Bourne que ce dernier n'eut qu'un geste à faire pour la désarmer et l'attirer devant lui.

« Estevan, dit-il. Baissez ce fusil. »

Dans le regard de Vegas, Bourne lut tout l'amour qu'il portait à Rosie. Il ne put s'empêcher de ressentir une pointe d'envie. Jamais il ne connaîtrait la vie des êtres normaux. C'était pour lui un rêve inaccessible.

Dès que Vegas baissa son fusil, Bourne relâcha Rosie qui courut se réfugier dans les bras de son homme.

« Je t'avais dit de rester dans la maison, fit Vegas d'une voix rauque. Pourquoi m'as-tu désobéi ?

— Je m'inquiétais. Comment savoir s'il n'y a pas d'autres tueurs dans les parages ? »

Vegas ne possédait pas la réponse à cette question. Il posa un regard las sur Bourne et le Glock qu'il avait confisqué à Rosie. « Et maintenant ? »

Bourne s'avança vers eux. Lorsqu'il vit Vegas frémir, il retourna le pistolet dans sa main et le lui tendit, la crosse en avant. « Prenez-le. Je n'en ai pas besoin.

— Vous êtes venu seul avec Suarez ? »

Bourne acquiesça.

« Qu'est-ce que vous faisiez avec ce type ?

— Je suis tombé sur un barrage des FARC. Je l'ai pris en otage », expliqua Bourne.

Vegas parut impressionné.

« Personne ne nous a suivis, ajouta Bourne. J'ai vérifié. »

Vegas regarda le Glock puis leva les yeux vers Bourne. Sur son visage, l'étonnement avait fait place à la curiosité. Il prit l'arme et dit : « J'en ai marre de cette pluie. Nous en avons tous marre. »

*

Hendricks eut un peu de mal à reconnaître Maggie quand ils se retrouvèrent devant le restaurant qu'il avait choisi. Elle avait mis une robe indigo et des escarpins noirs à talons hauts. Pour tout bijou, elle ne portait qu'une montre bon marché. Ses cheveux détachés l'étonnèrent par leur longueur. Mais il ne l'avait jamais vue coiffée ainsi. Les salopettes trop larges qu'elle enfilait pour jardiner lui donnaient une allure de garçon manqué. Cette robe la métamorphosait, mettait en valeur ses longues jambes, ses chevilles délicates. L'inventeur des talons hauts était assurément un amoureux des formes féminines, songea Hendricks. Amanda en portait rarement, à cause de leur inconfort. Quand il lui avait fait remarquer que son amie Micki ne mettait que cela, Amanda lui avait dit que Micki en portait depuis si longtemps qu'elle ne supportait plus les chaussures plates – les tendons de ses voûtes plantaires ayant fini par s'atrophier. « Quand elle est pieds nus, elle marche sur la pointe », lui avait précisé Amanda.

Hendricks aurait bien aimé voir Maggie pieds nus.

Il allait remettre ses clés au voiturier quand Maggie congédia le garçon d'un geste. Puis elle se glissa sur le siège passager, en disant : « Je préfère le Vermilion. J'ai déjà réservé. Vous connaissez ce restaurant ?

— À Alexandria ? »

Elle hocha la tête. « 1120 King Street. »
Hendricks s'installa au volant.

« Vous y avez déjà dîné ? demanda-t-elle.

— Une fois. » Il repensa au premier anniversaire de sa rencontre avec Amanda. La soirée avait débuté au Vermilion et s'était prolongée tard dans la nuit. L'aube les avait surpris lovés dans les bras l'un de l'autre. Quel souvenir extraordinaire !

« J'espère que vous ne me trouvez pas trop capricieuse. »

Il sourit. « Je ne vous connais pas assez pour cela. »

Maggie se rencogna dans son siège. Hendricks démarra et prit la direction de Key Bridge. La jeune femme se tenait immobile, les mains sagement posées sur les genoux. « Le fait est que je suis dessertophile – ça se dit ?

— Désormais oui. »

Le rire de Maggie ressemblait au murmure d'une source. Il s'emplit de son parfum comme il aurait humé l'arôme d'un bon vin, les narines palpitantes. Quelque chose s'éveilla au fond de lui.

« Bref, ils ont une spécialité à tomber par terre. Les profiteroles. Cela fait bien longtemps que je n'en ai pas mangé.

— Vous en mangerez ce soir. » Les rues étaient encombrées. La voiture transportant l'escorte de Hendricks les suivait comme leur ombre. « Deux parts, si cela vous fait plaisir. »

Elle le regarda. Les phares des véhicules qui venaient en face faisaient briller ses yeux comme un miroir.

« J'aime bien les hommes qui n'ont pas peur de me regarder m'empiffrer », murmura-t-elle.

Ils passèrent sur le pont. Au loin, les monuments illuminés transformaient le ciel nocturne en un tissu chamarré d'or et d'argent.

« J'ai du mal à vous imaginer en train de vous empiffrer. »

Maggie soupira. « Les excès ont parfois quelque chose d'excitant.

— Je ne suis pas sûr de…

— Parce qu'ils relèvent de l'interdit. Vous voyez ce que je veux dire ? »

Hendricks ne voyait pas tout à fait, mais il aurait bien aimé.

*

« Vous n'avez jamais rien fait d'interdit, n'est-ce pas ? »

Ils étaient assis l'un en face de l'autre. Maggie l'observait, un verre de martini à la main. Le Vermilion occupait les deux niveaux d'une maison de ville merveilleusement décorée. Depuis leur table placée devant une fenêtre du premier étage, ils voyaient défiler une foule de jeunes gens – touristes et habitants du quartier – sur le trottoir en dessous.

« Vous avez toujours été un exemple de probité. »

Hendricks était à la fois ennuyé et fasciné. Elle l'avait percé à jour. « Qu'est-ce qui vous fait dire cela ? »

Elle prit une gorgée de martini. Dans son verre semblaient flotter des paillettes d'or. « Vous m'avez l'air d'un type bien. »

Il lui fit un sourire indécis. « Je crains de ne pas comprendre. »

Elle posa son apéritif, se pencha vers lui, prit sa main entre les siennes et la retourna pour en examiner la paume. Ce simple contact le fit frissonner de plaisir.

Les yeux de Maggie cherchèrent les siens. Il avait la nette impression qu'elle devinait tout ce qui se passait dans son corps. Le petit sourire qui s'épanouit sur son beau visage n'avait rien de moqueur.

« Vous êtes l'aîné d'une fratrie ou bien fils unique. Dans les deux cas, vous êtes un premier-né.

— C'est exact, dit-il après un instant d'hésitation.

— D'où ce sens très affirmé du devoir et des responsabilités. Les premiers-nés sont toujours ainsi. Ils possèdent cette qualité en venant au monde. »

L'index de Maggie commença une lente et sensuelle promenade le long des lignes de sa main. « Vous étiez un bon fils, un bon mari.

— Ma première femme ne serait pas cet avis. En tout cas, je n'ai jamais été un bon père. Cela, je peux vous l'assurer.

— Votre devoir consiste à travailler pour ce pays, reprit-elle, comme si elle lisait en lui. C'est votre priorité, n'est-ce pas ?

— Oui », répondit Hendricks d'une voix rauque qu'il ne s'expliquait pas.

Il s'éclaircit la gorge, reprit sa main et but d'un trait la moitié de son verre de whisky single malt. Il faillit s'étouffer, ses yeux s'emplirent de larmes.

« Attention, dit Maggie. Vos baby-sitters vont rappliquer en courant. »

Le feu aux joues, Hendricks s'essuya les yeux avec sa serviette et se racla encore la gorge.

« C'est mieux comme ça », dit Maggie.

Était-ce une question ? Si c'en était une, il devait trouver quelque chose à répondre. Il décida de laisser filer et vida son verre, mais plus posément.

« Combien de langues parlez-vous ? » s'enquit-il.

Elle haussa les épaules. « Sept. Quelle importance ?

— Simple curiosité. »

C'était un euphémisme, bien sûr. Hendricks se sentait double. Il y avait d'un côté l'amoureux transi, le regard dans le vague, et de l'autre l'homme de devoir, toujours vigilant. Celui-là s'interrogeait encore. Il voulait la mettre à l'épreuve. Non pas qu'il doutât de l'efficacité du filtrage gouvernemental – encore que l'expérience eût maintes fois démontré qu'il n'était pas infaillible. Disons plutôt qu'il préférait se fier à son propre instinct.

Il lui tendit un menu et ouvrit le sien. « Qu'en pensez-vous ? À moins que vous ne préfériez commencer par les profiteroles ? »

Elle le regarda par-dessus la carte et sourit. « Vous êtes si triste. C'est à cause de moi ? Voulez-vous que nous remettions ce dîner à plus tard ? Ou à jamais ? Parce que ce serait…

— Non, non. » Hendricks s'aperçut que, dans sa hâte de la faire taire, il venait de hausser le ton. « Je vous en prie, Maggie. C'est juste que… » Il détourna les yeux et contempla le vide.

Pour le sortir de son indécision, elle tapota le menu plastifié. « Vous savez ce que j'aime ici ? Le club sandwich au crabe. »

Hendricks la regarda, amusé. « Pas de profiteroles ? »

Elle lui retourna son sourire. « À mieux y réfléchir, je pense que ce soir j'aurai peut-être envie d'un autre genre de dessert. »

11

Après que Jalal Essai eut confié sa voiture à Bourne, il monta à bord d'un avion en partance pour Bogotá. Quatre-vingt-dix minutes plus tard, il entamait une correspondance sur un vol transatlantique. Pour l'instant, il s'en tenait à l'itinéraire qu'il avait exposé à Bourne. Les changements interviendraient ensuite.

Arrivé à Madrid, il s'envola pour Séville où il loua une voiture et se rendit à Cadix, sur la côte sud-ouest de l'Espagne. L'histoire de Cadix se confondait avec sa légende. Fondée par les Phéniciens selon certains, par Hercule pour les autres, elle était née sous le nom phénicien de Gadir, la cité fortifiée. Les Grecs l'appelèrent Gadira. Hercule l'aurait construite après avoir occis le monstre à trois têtes, Géryon, dixième sur la liste de ses travaux. Quoi qu'il en soit, Cadix avait ceci de particulier qu'elle avait été occupée de manière continue pendant une très longue période, plus longtemps que toutes les autres villes d'Europe occidentale. Nombre de grands conquérants s'y étaient installés – depuis les Carthaginois jusqu'aux Maures en passant par les Wisigoths et les Romains. Les Maures y avaient régné de 711 et 1262. D'ailleurs, son nom actuel venait de l'arabe.

Jalal eut tout le temps de méditer cette histoire pendant la centaine de kilomètres séparant l'aéroport de Séville de la pointe sablonneuse où se dressait Cadix. Son sous-sol instable interdisait l'édification d'immeubles trop élevés, si bien que, dans son ensemble, la ville n'avait sans doute pas beaucoup changé depuis l'époque médiévale. Elle ressemblait à une ville du Maghreb et l'on s'y sentait plus en Afrique qu'en Espagne.

En suivant les indications apprises par cœur, Jalal franchit les murailles du Casco Antiguo, la ville ancienne. Sur l'avenida Duque de Nájera, une grande maison blanc cassé surplombait la Playita de las Mujeres, l'une des plus belles plages de Cadix. Les fenêtres du premier étage, à l'arrière, offraient une vue imprenable sur le Casco Antiguo.

À peine débarqué à l'aéroport de Séville, Jalal avait pris soin de prévenir Don Fernando Hererra de son arrivée, aussi le vieil homme ouvrit-il la lourde porte dès qu'il entendit son hôte se garer devant chez lui.

Don Fernando vivait à Séville mais séjournait ici de temps à autre. Vêtu d'un costume d'été en lin crème parfaitement assorti à la façade de sa maison, cet hidalgo de soixante-dix ans conservait un corps si élancé qu'il en paraissait presque plat, comme bâti en deux dimensions. Ses yeux bleus perçants formaient un contraste saisissant avec sa peau bronzée, tannée par le vent, ridée par le soleil. On aurait pu le prendre pour un ancien Maure.

Jalal descendit de voiture en étirant ses membres engourdis. Les deux hommes se donnèrent l'accolade.

Puis Hererra le considéra en fronçant les sourcils. « Où est Estevan ?

— Estevan va bien. Il est sous bonne garde. C'est une longue histoire. »

Hererra hocha la tête et fit entrer Jalal Essai sans pour autant se départir de son expression inquiète.

Respectant le style oriental, la maison était construite autour d'une cour où jaillissaient des fontaines à l'ombre de hauts palmiers-dattiers frémissant sous la brise marine.

Hererra avait fait préparer une collation disposée à présent sur un plateau en cuivre martelé, placé sur une table en bois pliante. Après que Jalal se fut rafraîchi, les deux hommes s'assirent dans le patio, parmi les ombres mouvantes et le murmure des fontaines, pour déguster des plats bédouins en se servant de leur seule main droite.

Hererra prit une orange de Valence dans un compotier. Il sortit un couteau pliant muni d'une longue et fine lame et entreprit de peler le fruit. « Estevan n'est pas seulement l'un de mes employés, c'est un vieil ami. Je vous ai envoyé en Colombie pour que vous le rameniez ici avec sa compagne, avant que la Domna ne les tue.

— Donc c'était un test. »

Hererra détacha un quartier d'orange. « Appelez cela comme bon vous semble.

— Quel autre mot pourrais-je utiliser ? » Jalal fulminait. « Vous ne me faites pas confiance.

— Et j'avais raison puisqu'Estevan n'est pas ici. » Hererra goba le quartier d'orange puis, d'un geste aussi preste qu'imparable, appuya la lame de son couteau sur la gorge de son hôte. De l'autre main, il montra la direction de l'ouest. « De ce côté, se trouvent les piliers d'Hercule. On dit qu'une phrase est gravée dessus : *Non plus ultra.*

— Il n'est rien au-delà, traduisit Jalal.

— À moins que vous ne me fournissiez une explication, cette sentence sera la vôtre. Votre voyage s'arrêtera ici.

— Vous n'avez aucune raison de vous énerver. » La tête penchée en arrière, Jalal tentait d'échapper au contact glacé de la lame pointée sur sa jugulaire. Il s'empêcha de déglutir pour ne pas montrer sa peur. « Je suis parti à sa recherche mais sur place, il m'est venu une meilleure idée. J'ai rencontré Jason Bourne. »

Hererra écarquilla les yeux. « Vous avez demandé à Bourne de ramener Estevan ?

— Vous le connaissez bien, Don Fernando. Personne n'est plus qualifié que lui pour exécuter cette mission. D'autant que j'ai appris que la Domna préparait une attaque contre Vegas. »

Un voile sombre passa devant les yeux de Hererra. Il écarta son couteau mais on le sentait encore tendu. « Qu'est-ce que vous avez dit à Bourne ?

— Pas la vérité, rassurez-vous. Je lui ai dit que Vegas était un maillon faible dans la chaîne de la Domna.

— Ce qui n'est pas faux.

— Pour être crédible, un mensonge doit comporter une part de vérité. »

Hererra contempla l'orange entamée en secouant la tête. « Mentir à Bourne n'apporte que des ennuis.

— Il ne le saura jamais. »

Hererra leva vivement les yeux vers lui. « Comment pouvez-vous en être certain ? Estevan…

— Vegas ne dira rien. Il n'a pas intérêt à le faire, bien au contraire. »

Hererra réfléchit un instant. « Quand même, je n'aime pas beaucoup cela. Il va falloir que vous contactiez Bourne pour lui dire de ramener Estevan et sa femme à Cadix. C'est trop dangereux pour eux, là-bas.

— J'ai laissé des billets à son nom dans un aéroport local. Un paquet l'attend à Séville, contenant la suite des instructions. » Jalal haussa les épaules. « C'était le mieux que je puisse faire, étant donné les circonstances.

— Vous auriez dû manier les circonstances avec plus de doigté, répliqua Hererra d'une voix aigre. Vous aviez Corellos dans la poche. Que vous fallait-il d'autre ?

— Corellos est aussi fiable qu'un bateau qui prend l'eau. Cet homme est une bombe à retardement sur pattes.

— C'est peut-être vrai, mais cela ne change rien au fait qu'il m'est encore utile.

— Posséder Aguardiente Bancorp ne vous suffit donc pas ? C'est l'une des plus grandes institutions financières en dehors du territoire américain. »

Hererra leva les yeux vers les frondaisons frémissantes derrière lesquelles le ciel brillait d'un bleu aussi vif que ses yeux. « Le jour, je dirige Aguardiente. » Il sépara un autre quartier d'orange. « Il faut bien que je trouve à m'occuper la nuit. » Son regard se posa sur le visage de son interlocuteur. « Vous devriez comprendre cela mieux que la plupart des gens. »

Il glissa le quartier entre ses lèvres et mâcha d'un air pensif, savourant le jus aigre-doux. « Mais il ne s'agit pas de moi. Nous parlions de Bourne. »

Il détacha un troisième quartier mais au lieu de le manger, le tendit à Jalal. Puis il attendit avec la patience d'un *roshi* dans un sanctuaire zen.

Jalal Essai contemplait le quartier d'orange que Hererra tenait en équilibre sur le bout des doigts comme s'il s'agissait d'une porcelaine fine. « Vous savez ce qu'il m'a fait, marmonna-t-il.

— Il s'est introduit chez vous. C'est un affront qu'on n'oublie pas facilement.

— En effet », répondit Jalal, toujours immobile.

Hererra grommela et posa sur la table ce qu'il restait de l'orange. « Je vais vous confier un secret, Jalal. Bourne m'a fait le même coup. »

Jalal leva sur lui un regard interrogateur.

« C'est vrai. Il est venu chez moi à Séville avec une dénommée Tracy Atherton en se faisant passer pour… » Il fit un geste de la main. « Peu importe, c'était une violation comparable au cambriolage de votre domicile.

— Et comment avez-vous réagi ?

— Moi ? » Hererra parut surpris par sa question. « Très calmement. Bourne ne me connaissait pas. Il n'avait donc aucune raison de me faire confiance, bien au contraire. » Il laissa cette déclaration faire son chemin dans l'esprit de Jalal avant de continuer. « Que vouliez-vous que je fasse ? Après tout, ce genre de mésaventure est monnaie courante dans le monde où nous évoluons, lui, vous et moi. »

Jalal fronça les sourcils. « Vous estimez que je prends la chose trop à cœur.

— Je pense qu'un peu de recul ne fait jamais de mal.

— Il mérite…

— Vous vous êtes servi de lui. Il est en train de s'occuper d'Estevan à votre place. C'est suffisant. Je connais cet homme mieux que vous. Ne forcez pas votre chance. » Hererra désigna le quartier d'orange. « Ne me décevez pas. »

Jalal glissa le fruit dans sa bouche et mastiqua.

*

« Venez près du feu, dit Estevan Vegas en tapotant le manteau de la cheminée en pierre. Vous serez bientôt sec. »

Bourne traversa la cuisine et s'assit à côté de lui. Rosie surveillait le dîner devant la cuisinière. La nuit était tombée d'un coup. Les lampes à gaz que Vegas avait allumées projetaient des langues de lumière jaune qui repoussaient les ténèbres loin des fenêtres. La tempête s'était calmée mais de gros nuages encombraient encore le ciel. À l'extérieur, il faisait noir comme dans un four.

« Vous attendiez Jalal Essai ? »

Vegas leva les sourcils. « Comment cela ? Il est en Colombie ? Je l'ignorais.

— Alors à quoi sert ce dispositif compliqué… ? »

Vegas détourna le regard. « C'est pour… quelqu'un d'autre. »

Bourne saisit la main droite de Vegas. Autour de son index, l'anneau de la Domna avait laissé un cercle de chair pâle. Vegas retira sa main comme s'il s'était brûlé.

« Je suis au courant pour la Domna, dit Bourne.

— Je ne vois pas…

— Ce sont mes ennemis autant que les vôtres. »

Vegas se leva brusquement. « Je regrette. » Il s'éloigna de Bourne. « Dès que vos vêtements seront secs, vous partirez. »

Rosie se retourna. « Estevan, ce monsieur est notre hôte. Nous ne pouvons pas le renvoyer en pleine nuit.

— Ne te mêle pas de cela, Rosie. » Vegas dévisageait Bourne. « Tu ne sais pas…

— Je sais ce qu'un homme bien ferait à ta place. »

Elle aurait pu poursuivre sa diatribe mais elle s'en abstint, sachant que son silence pousserait Vegas à la regarder. Elle eut le dernier mot.

« Très bien, ronchonna-t-il. Mais il partira demain matin. »

Le sourire de Rosie illumina son visage comme un rayon de soleil. « Oui, *mi amor*. Comme tu voudras. » Elle sortit le rôti du four. « Maintenant, donne-lui de quoi boire avant qu'il ne meure de soif. »

*

Bourne prit son verre de *cachaça* – un alcool fort à base de sucre de canne fermenté – et se planta devant une fenêtre. Derrière lui, Rosie mettait la dernière main au dîner pendant que Vegas ajoutait un troisième couvert sur la table.

Il voyait son propre visage dans la vitre, comme un reflet fantomatique. Cela n'avait rien d'étonnant, songea-t-il. *Je ne suis qu'une ombre marchant parmi les ombres*. Jalal Essai lui revint en mémoire. Travaillait-il toujours pour la Domna ? Il faisait certainement de la contrebande par l'intermédiaire de Suarez et de son bataillon des FARC. Suarez avait appartenu à la Domna mais c'était aussi un animal politique, souhaitant la victoire des FARC sur le gouvernement colombien. Jalal l'avait-il utilisé pour son propre compte ? Dans quel objectif ? L'enlèvement de sa fille relevait-il de la fiction ? Si c'était le cas, sa prétendue soif de vengeance était également une invention. Bourne prit une gorgée d'alcool. La rancune de Jalal serait-elle dirigée exclusivement contre Benjamin El-Arian et non contre la Domna en tant que telle ? Cette version jetterait une nouvelle lumière sur la situation. À condition qu'elle soit vraie, bien sûr. Mais la seule vérité pour l'instant c'était que Jalal représentait une énigme à lui tout seul. Rien n'était clair chez lui, ni ses actes, ni ses mobiles.

Mais dans ce monde obscur, pensa Bourne, on ne pouvait se fier à personne.

Rosie lui demanda de venir s'asseoir. Quand il se retourna, elle lui souriait gentiment en lui montrant sa place. Elle n'avait pas une beauté classique, se dit Bourne, mais elle était charmante avec ses longs cheveux noirs, ses yeux couleur café et sa peau mate rehaussée de rose. Elle n'était pas maquillée et, pour tout bijou, portait un anneau d'or à chaque oreille. Avec ses dents blanches, bien plantées, sa bouche généreuse et son sourire chaleureux, Rosie lui plaisait comme lui plaisait la manière dont elle se faisait obéir de Vegas. Ce n'était pas si facile dans ce pays de machos.

Vegas était déjà assis en bout de table, devant le ragoût, les pommes de terre, deux assiettes de légumes verts et du pain que Rosie avait cuit le matin même, à ce qu'elle disait. Vegas prononça une courte prière puis ils mangèrent en silence. Sur un mur, un crucifix en bois sculpté les observait froidement depuis son perchoir.

Le repas était excellent. Bourne félicita Rosie, laquelle rayonna de fierté.

« Bon, alors, intervint Vegas en s'essuyant les lèvres. Où est-il ? »

Bourne le regarda, interloqué. « De qui parlez-vous ?

— De Jalal Essai.

— Alors vous saviez qu'il était en Colombie.

— Je l'espérais en tout cas. On m'a prévenu qu'il viendrait nous chercher avant que la… » Il s'arrêta net en jetant un regard inquiet vers sa femme.

« Tu peux prononcer le nom, *mi amor*. » Elle mangeait lentement en avalant de minuscules bouchées comme si elle craignait qu'il ne reste pas assez de nourriture pour son homme et leur invité. « Je ne vais pas tomber raide morte. »

Vegas se signa. « Dieu nous en préserve ! » Il se renfrogna. « Ne redis jamais une chose pareille, Rosie. Jamais !

— Comme tu voudras. » Rosie reporta son attention sur son assiette.

« Comme vous avez pu le constater, nous sommes prêts à les affronter, reprit Vegas. Mais je ne veux plus rester ici. Ils finiront par nous avoir.

— Pourtant la Domna est partout.

— Jalal Essai nous a offert sa protection.

— Et vous lui faites confiance ?

— Oui. » Vegas haussa les épaules. « Honnêtement, vous croyez qu'on a le choix ? »

Il avait raison, conclut Bourne. « Pourquoi la Domna vous en veut-elle à ce point ? » Il posa sa fourchette. « Qu'avez-vous fait ? »

Vegas garda le silence pendant un temps infini. Et quand Bourne se dit qu'il ne répondrait jamais, Vegas se décida.

« Ces *maricónes* me reprochent surtout ce que je n'ai pas fait. » Vegas enfourna un morceau de viande et mâcha d'un air contemplatif.

Bourne attendit en vain qu'il achève son explication. Quand Vegas porta son verre de vin à ses lèvres, Bourne récidiva. « La Domna vous a confié une mission et vous avez désobéi ? C'est cela ? »

Vegas claqua les lèvres. « Ils voulaient que j'espionne mon employeur, or il se trouve que c'est un grand ami à moi. Il m'a donné du travail quand j'étais au fond du trou. À l'époque, je n'étais qu'un ivrogne interdit de séjour dans tous les bars de Bogotá. Je dormais dans la rue. J'étais jeune, stupide et remonté contre la terre entière. » Il secoua la tête et prit une autre rasade, pour se donner du courage peut-être. « Je gagnais ma vie – si on peut dire – en attaquant les passants avec mon bon vieux couteau. Je leur piquais tout ce qu'ils avaient sur eux. »

Il regarda le crucifix et se gratta le dos de la main. « J'étais un homme perdu, un bon à rien, un misérable. Enfin, c'est ce que je pensais. Mais une nuit, ma chance a tourné. L'homme que je prévoyais de rançonner m'a désarmé en un tournemain. À dire vrai, je n'avais pas le cœur à l'ouvrage – je n'avais le cœur à rien. Mais c'était ça ou mourir de faim. »

Il haussa les épaules en examinant la lie au fond de son verre. Il allait se resservir quand Rosie éloigna la bouteille. Il n'insista pas. C'était peut-être un rituel quotidien entre eux deux, songea Bourne.

« Je ne sais pas quelle étincelle de vie il a pu voir en moi, mais grâce à lui, je suis devenu un homme neuf. » Vegas s'éclaircit la gorge comme pour juguler une trop grande émotion. « Il m'a emmené sur son gisement pétrolier et il m'a tout appris. J'ai découvert quelque chose de solide à l'intérieur de moi – un peu comme un foyer. En tout cas, je me suis senti en sécurité. Je travaillais dur, j'aimais cela. Ce boulot me plaisait tellement que je ne ménageais pas ma peine. Et maintenant, des années plus tard, je peux dire que j'ai réussi. J'ai compris la leçon et lui, en échange, m'a confié la direction de son affaire. J'ai un instinct pour ça. Je l'ignorais à l'époque mais lui, il le savait déjà. » Il posa son regard brillant sur Bourne. « Et durant toutes ces années, ces dizaines d'années, il ne m'a jamais expliqué ce qui l'avait poussé à me sortir du ruisseau.

— Vous ne lui avez jamais posé la question. »

Vegas tourna la tête vers Rosie comme si elle seule avait le pouvoir de l'apaiser. « J'avais trop peur de briser le lien qui nous unissait. » Il soupira et repoussa son assiette. « C'est lui que la Domna m'avait ordonné d'espionner. » Bourne lut la fureur dans ses yeux. « Pour me tester, vous voyez. Tester ma loyauté. Et j'ai refusé. C'est à Don Fernando que j'ai donné ma loyauté, et il en sera toujours ainsi. »

Bourne crut avoir mal entendu. « Don Fernando ? Quel est son nom de famille ?

— Hererra. Don Fernando Hererra. » Vegas replongea dans son assiette.

Bourne esquissa un sourire. Décidément le monde était petit. Il se mit à réfléchir aux diverses implications de ce qu'il venait d'apprendre. Suarez faisait de la contrebande pour Jalal Essai. Jalal Essai était en affaire avec Hererra qui lui-même possédait les gisements pétroliers dont Vegas assurait la gestion. Hererra faisait lui aussi l'objet d'une surveillance de la part de la Domna. Pourquoi ? Cela restait à déterminer. Sans parler des liens unissant Jalal et Hererra.

Rosie pencha la tête. « Pourquoi souriez-vous, señor ?

— Don Fernando est un ami à moi », dit Bourne.

Vegas leva les yeux. « Encore un coup du sort ! Jalal Essai a bien fait de vous envoyer ici. Vous serez notre berger. Demain, commencera notre long voyage vers Don Fernando. »

*

Après le dîner, Hendricks proposa à Maggie de la reconduire chez elle.

« Allons plutôt chez vous, dit-elle. J'aimerais jeter un œil sur les roses.

— Vous me compterez des heures supplémentaires ?

— Pour vous, ce sera gratuit », répondit-elle en souriant.

Dès qu'il se rangea le long du trottoir, Maggie descendit de voiture. Le véhicule qui les suivait freina et s'arrêta quelques mètres plus loin, distance de discrétion qui permettait toutefois d'intervenir rapidement en cas de problème. Ses gardes du corps étaient peut-être en train d'évaluer les probabilités que Maggie l'assomme avec le talon de son escarpin, se dit Hendricks.

En fait, Maggie avait enlevé ses chaussures pour marcher sur l'herbe. Elle les tenait suspendues à son doigt pendant qu'elle foulait la pelouse d'un pas léger. Elle s'agenouilla devant les rosiers et les caressa l'un après l'autre en leur murmurant des mots doux, comme une mère câlinant ses enfants.

En se relevant, elle lui fit un sourire rassurant. « Elles vont bien. Mieux que ça. Vous verrez.

— Je n'en doute pas. » Hendricks la conduisit jusqu'au perron en brique et ouvrit la porte. Pour des raisons de sécurité, toutes les lumières étaient éteintes. Quand il referma derrière eux, ils se trouvèrent plongés dans une pénombre rayée çà et là par la clarté des réverbères. Par intermittence, la torche d'un garde projetait son puissant faisceau à travers l'une ou l'autre des fenêtres.

« On se croirait en prison, dit Maggie.

— Quoi ? » Il la considéra d'un air surpris.

« Les miradors, les projecteurs. Vous savez. »

Il la fixa un instant. Les poils sur sa nuque se dressèrent. Elle avait raison, bien sûr. Comme tous les grands personnages de l'État, il vivait dans une sorte de prison. Mais jamais la chose ne lui était apparue avec une telle acuité. Ou peut-être que si. Amanda n'avait-elle pas fait cette comparaison, ce soir-là, pendant leur dîner au Vermilion ? Il posa la main sur son front. Ces deux soirées avaient une curieuse tendance à se confondre dans son esprit embrumé. Cela n'avait aucun sens.

C'est alors qu'il s'aperçut de l'étrangeté de la situation. Ils étaient plantés l'un en face de l'autre dans l'obscurité. « Voulez-vous boire quelque chose ?

— Je ne sais pas. Combien de temps vais-je rester ?

— Cela dépend de vous. »

Elle rit doucement. « Que vont dire vos gardes du corps ?

— La discrétion fait partie de leur métier.

— Vous voulez dire que notre sex tape ne se retrouvera pas sur le blog de Perez Hilton ou sur Defamer demain matin ? »

Hendricks sentit un frémissement au bas du ventre. « Je ne… je ne connais pas ces gens-là. »

Quand elle fit un pas vers lui, une bouffée de parfum à la cannelle l'enveloppa. Il respira à pleins poumons. Sa gorge était si contractée qu'il pouvait à peine émettre un son. « Voulez-vous coucher avec moi ? » Cette phrase semblait sortir de la bouche d'un collégien !

Mais elle ne rit pas. « Oui, mais pas ce soir. Ce soir, j'aimerais qu'on parle. Vous êtes d'accord ?

— Oui. Bien sûr. » Il se racla la gorge. « Mais je n'ai pas parlé à une femme depuis… » Il ne pouvait pas prononcer le nom d'Amanda, pas ici, pas maintenant. « Depuis longtemps.

— Ce n'est pas grave, Christopher. Moi non plus. »

Il la fit asseoir sur un canapé – son préféré. Il lui arrivait souvent de s'y endormir, un dossier ouvert sur la poitrine. Son lit était si froid depuis qu'Amanda était partie. Maggie l'appelait Christopher. Il aimait cela. Plus personne ne l'appelait ainsi, pas même le président. Il détestait qu'on lui donne du *monsieur le secrétaire*. Ce titre lui faisait l'effet d'un paravent.

Il s'installa sur les coussins et tendit le bras pour allumer la lampe posée sur la table au bout du canapé. Elle l'arrêta.

« Je vous en prie. Je préfère rester dans le noir. » Les faisceaux des torches s'espacèrent. Les gardes ayant fini d'écumer le secteur reprenaient leur rythme de routine. Les rayons pâles des réverbères formaient sur le tapis des stries qui se prolongeaient jusqu'à leurs jambes. Hendricks vit qu'elle ne s'était pas rechaussée. Elle avait de beaux pieds. Il se demanda à quoi ressemblait le reste de son corps.

« Parlez-moi de vous, dit-il. Comment étaient vos parents ? » Il s'arrêta. « Mais c'est peut-être trop personnel ?

— Non, non. » Elle agita la tête. Ses cheveux flottaient autour de son visage comme de l'or liquide. « En vérité, il n'y a pas grand-chose à dire. Ma mère était suédoise, mon père américain. Ils ont divorcé quand j'étais petite, ma mère m'a emmenée en Islande où nous avons passé cinq ans environ avant de partir pour la Suède. » Cette histoire était vraie. Elle lui permettait de mieux asseoir la légende de Maggie Penrod. « J'avais 21 ans quand je suis arrivée aux États-Unis. Je suis venue avant tout pour rencontrer mon père que je n'avais pas revu depuis le divorce. » Elle se ménagea une pause et regarda dans le vague. Elle n'avait pas eu l'intention de lui confier toutes ces choses qui lui étaient vraiment arrivées. Que fallait-il en déduire ? « Je ne sais pas ce que j'espérais trouver ici. En tout cas, mon père ne m'a pas très bien accueillie. Peut-être à cause de sa maladie – il souffrait d'emphysème, il n'en avait plus pour longtemps. J'avais bêtement cru que sa mort imminente nous aurait rapprochés. »

Hendricks attendit un instant avant de répondre. « Mais ça n'a pas été le cas.

— C'est peu dire. »

Elle sourit amèrement. Hendricks vit son visage se crisper. Il n'aimait pas la voir souffrir. Il aurait voulu la prendre dans ses bras mais il ne fit pas un geste.

« Il avait oublié jusqu'à mon existence. En fait, je ne l'intéressais pas du tout. Il a dit que j'étais venue pour lui voler son argent quand il serait mort, que je n'avais jamais été sa fille. Finalement, son infirmière m'a montré la porte. Cette femme était grande, vigoureuse – je suppose que c'est indispensable quand on s'occupe d'une personne invalide – et tellement intimidante que je n'ai pas osé répliquer. Je suis partie sans demander mon reste.

— Avez-vous tenté de revenir ?

— J'étais si blessée que je n'ai pu m'y résoudre. Quand enfin, je me suis décidée, c'était trop tard, il était mort. » Elle détestait son père, elle détestait tout ce qui le concernait : sa goujaterie typiquement américaine – il couchait avec une autre femme tout en continuant à vivre avec sa mère –, son égoïsme – il les avait abandonnées à leur sort alors qu'elle était toute petite –, son narcissisme – il ne l'avait jamais reconnue comme sa fille. Quitter une femme pouvait se concevoir mais nier l'existence de son propre enfant était une chose impardonnable.

À son grand dam, Maggie s'aperçut que des larmes roulaient sur ses joues. Elle se plia en deux, posa les coudes sur les cuisses et enfouit son visage dans ses mains. Sa tête semblait prête à exploser. Elle se sentait stupide, aussi vulnérable qu'à l'époque. Pourtant, cet aveu brutal avait provoqué en elle un effet insolite. Elle avait l'impression de se contempler elle-même, dans le rôle de la femme éplorée, comme si elle visionnait les rushes d'un mélodrame.

Hendricks osa enfin la toucher. Il lui frôla l'épaule.

« Je suis désolé.

— Ne le soyez pas, dit-elle sans méchanceté. Je ne veux pas, j'ai toujours évité de me prendre en pitié. » Elle releva la tête et se tourna vers lui. Son visage baigné de larmes lui parut soudain très jeune, très fragile. « J'ai enfoui tous ces souvenirs. Je n'en parle jamais à personne. »

Naturellement, Hendricks se sentit flatté. Elle s'en rendit compte et cela ne fit qu'accentuer la partition de son esprit. Le métier d'espion présentait certains risques identitaires. Parfois, on se glissait si intimement dans la peau d'un personnage que l'on n'avait pas envie d'en sortir. C'était précisément ce qu'elle éprouvait en cet instant. Le rôle de Maggie l'attirait, celui de Skara lui devenait toujours plus étranger. Elle se sentait bien dans cette maison, avec Christopher Hendricks. Il n'était pas du tout comme elle l'avait imaginé – un politicien cynique, cruel, un expert du double jeu. Pourtant, elle savait pertinemment qu'une cible sympathique pouvait se révéler deux fois plus dangereuse.

Bien évidemment, Hendricks ne pouvait deviner la tempête qui faisait rage sous son crâne. En revanche, il lui semblait que cette femme et lui possédaient de nombreux points communs. L'idée l'avait déjà effleuré le jour de leur première rencontre. Cette soirée ensemble ne faisait que corroborer son intuition. Il se sentait si proche d'elle qu'il souffrait intimement de son désarroi, encore qu'il ne sût en déceler la nature véritable.

« Maggie, dit-il, puis-je faire quelque chose pour vous ?

— Ramenez-moi à la maison, Christopher. »

Elle ne jouait pas en disant cela. La femme cynique, cruelle, experte du double jeu, ne pensait plus qu'à rentrer chez elle.

*

Karpov prit le U-bahn, descendit à la station Milbertshofen et marcha jusqu'à Knorrstrasse. La boutique d'Hermann Bolger était située au premier étage d'un vieil immeuble serré entre une succursale ultramoderne de la CommerzBank et la façade bariolée d'un fast-food.

À l'extérieur, le vent violent faisait grincer une enseigne en forme de mécanisme d'horlogerie. L'escalier était raide et étroit, ses marches en marbre gris creusées par de longues années d'usage. On y reniflait une vague odeur d'huile et de métal chaud. Dans les étages, un voisin écoutait une chanson triste à la radio. Une mélopée allemande interprétée par une femme à la voix rauque. Boris grinça les dents. Il passa devant une petite lucarne aux carreaux tellement crasseux qu'on voyait à peine au travers la ruelle derrière l'immeuble et une rangée de poubelles en zinc.

Comme la porte de l'échoppe était ouverte, Karpov entra directement dans l'espace exigu. La musique venait de quelque part au fond. Trois murs entièrement couverts d'étagères supportaient un monceau de pendules anciennes. Des pièces de valeur, supposa Boris d'après leur aspect. Devant lui, à l'intérieur d'une vitrine servant également de comptoir, il découvrit un large éventaire de montres en or et en acier. Sans doute fabriquées par Herr Bolger lui-même, se dit-il en les examinant de plus près.

Quant au propriétaire, il était invisible. Boris donna trois coups secs sur la vitre du comptoir puis, joignant la parole au geste, appela l'artisan qui devait travailler dans la pièce suivante dont la porte était entrebâillée. L'atelier certainement. La chanson se termina, une autre prit la suite, tout aussi nostalgique.

Fatigué d'attendre, Boris passa derrière le comptoir et pénétra dans la pièce du fond. Les odeurs qu'il avait reniflées depuis le bas de l'escalier le prirent à la gorge. On aurait dit que Herr Bolger mitonnait quelque ragoût de sa composition, à base de produits industriels. De la fenêtre donnant sur l'arrière – et la ruelle qu'il avait entraperçue en montant – provenait une faible lumière. La musique lui hurlait aux oreilles. Boris éteignit la radio.

Avec le silence, Karpov remarqua une autre odeur, plus familière, plus inquiétante.

« Herr Bolger, appela-t-il. Herr Bolger, où êtes-vous ? »

Il se faufila à travers l'espace encombré et ouvrit brutalement la minuscule porte des toilettes. « Bordel ! »

Herr Bolger était à genoux, de dos à Karpov. Ses bras pendaient mollement de chaque côté du siège, poignets fléchis, mains posées contre les petits carreaux gris du sol. Il avait la tête au fond des toilettes, sous l'eau.

Boris ne vérifia même pas si l'homme était mort. Il savait reconnaître un cadavre quand il en voyait un. Il fit demi-tour, sortit de la boutique et se mit à dévaler les marches. Des sirènes de police gémissaient au loin. Il continua de descendre et, une fois parvenu en bas, jeta un coup d'œil à travers la vitre biseautée encastrée dans la porte. Trois véhicules de police venaient de s'arrêter devant l'immeuble. Les flics qui en sortaient avaient dégainé leur arme de service.

Merde, pensa Boris. *C'est un piège !*

Il fit volte-face et remonta les marches à toute vitesse. La lucarne du palier était trop étroite pour qu'il s'échappe en passant par là. Il fallait continuer à grimper.

Il entendit la porte du bas s'ouvrir à toute volée. Les flics s'engouffrèrent dans la cage d'escalier. Boris avait déjà eu affaire à la police allemande et n'était pas pressé de recommencer.

Repassant dans la boutique de l'horloger, il regagna la pièce servant d'atelier et voulut ouvrir la fenêtre. Elle était coincée. La crémone refusait de coulisser. Les couches de peinture superposées bouchaient les interstices comme un mastic. On ne distinguait même pas le cadre de l'embrasure.

La cage d'escalier résonnait sous les pas des policiers qui s'interpellaient. Boris reconnut le mot *« Uhrmacher »*, lequel ne laissait planer aucun doute sur leurs intentions. Ils cherchaient l'horloger.

Boris fouilla du regard l'établi de feu Herr Bolger et trouva l'instrument qu'il espérait. Aussitôt, il s'attaqua à la vitre. Quand il eut fini de la découper, il la retint pour qu'elle ne s'écrase pas dans l'allée en dessous. La police venait d'entrer dans la boutique. Sans réfléchir davantage, Boris se glissa par la fenêtre en se tortillant et remit le carreau en place.

Perché sur une corniche en brique dont le rebord s'inclinait vers le sol pour assurer l'écoulement de l'eau de pluie, Boris entreprit de progresser vers la droite. Il faillit déraper et se rattrapa à une gouttière métallique fixée au mur par des bracelets en zinc. La police avait investi l'atelier et découvert le corps. S'ensuivit une grande agitation. Un flic hurlait dans un talkie-walkie, sans doute pour avertir ses collègues. Boris se changea en pierre. Il savait qu'il ne devait pas trop s'attarder sur cette corniche. Tôt ou tard, quelqu'un essaierait d'ouvrir la fenêtre et la vitre basculerait dans le vide.

La corniche se poursuivait jusqu'au coin du bâtiment. Il décida de tenter sa chance. Agrippant la gouttière à deux mains, il tendit le cou pour voir ce qu'il y avait au-delà. Son cœur bondit dans sa poitrine. Il venait de repérer un genre de niche aménagée dans le mur, assez profonde pour qu'il s'y cache.

Il aurait pu essayer de sauter au bas de l'immeuble. Ce n'était pas si haut. Mais les flics pouvaient surgir dans la ruelle d'un instant à l'autre. Pour tout dire, il s'étonnait qu'ils ne l'aient pas déjà fait.

Il affermit sa prise, se retourna pour se placer face au bâtiment, colla le haut de son corps contre la gouttière, lança sa jambe gauche autour du tube métallique et posa le pied de l'autre côté. Le plus dur restait à faire. Il s'agissait maintenant de transférer son poids de la droite vers la gauche, exercice périlleux. Le bruit de la vitre s'écrasant sur les poubelles eut raison de son hésitation. Il fallait faire vite !

Comme son pied gauche n'était pas encore bien assuré, il dut s'accrocher à la gouttière avant de se lancer. Aussitôt, il entendit un bruit inquiétant, puis un autre. Il baissa les yeux. Deux bracelets venaient de se détacher. Ils n'étaient pas conçus pour supporter une telle charge. La gouttière se déforma. Boris chassa la peur de son esprit, posa le pied droit près du gauche et, pivotant prestement, s'enfonça dans la niche. Il était temps. Les forces de police venaient d'entrer dans la ruelle.

12

Bourne s'éveilla avant l'aube. Les ombres de la nuit remplissaient encore les recoins du salon. Pour dormir, Rosie lui avait proposé leur seul fauteuil confortable qu'elle avait garni d'un drap et d'un oreiller dégageant une forte odeur de pin. Bourne resta un moment sans bouger. Il revivait son rêve : la discothèque nordique, les lumières éclatantes, la musique à fond, la femme réfugiée dans les toilettes. Mais au lieu de pointer une arme sur lui, elle tendait le doigt. Et elle n'était pas blonde aux yeux bleus mais brune aux yeux sombres. Rosie. Elle avait ouvert la bouche pour lui dire quelque chose, une chose importante, il en était certain. Mais dans les rêves, les certitudes sont plus puissantes que dans la vie réelle. Puis il s'était réveillé en sursaut.

Pourquoi ? Un bruit ? Un mouvement ? Il regarda autour de lui mais rien ne bougeait dans la pièce.

Alors quoi ?

Il se leva, étira ses muscles tendus. Il commençait la première série d'exercices physiques auxquels il s'astreignait quotidiennement quand il comprit de quoi il s'agissait.

Le bruit d'un moteur lointain avait pénétré son sommeil, le ramenant d'Europe du Nord en Colombie. Il choisit un gros couteau à découper dans l'assortiment fiché dans un bloc de bois sur le comptoir de la cuisine et sortit dans le froid. Il ne pleuvait plus mais une brume argentée obscurcissait le terrain, tournoyant mollement au faîte des arbres. À l'est, une lumière gris perle virait au rose pâle. L'aube allait poindre. Derrière la maison, il repéra deux jeeps cabossées qui semblaient dater de la Deuxième Guerre mondiale.

Le bruit grimpait en intensité dans l'air léger du petit matin.

Bourne tendit l'oreille. Il identifia le battement faible mais reconnaissable des pales d'un hélicoptère.

Il fit volte-face et s'apprêtait à courir vers la maison quand Vegas surgit, portant un SAM – un lanceur de missile russe Strela-2 – équipé d'un téléobjectif SCS-132 à guidage laser.

Bourne éclata de rire. « Vous ne plaisantiez pas quand vous disiez que vous étiez prêt.

— Je dois protéger Rosie, désormais », dit Vegas.

Ils se tournèrent tous les deux vers le nord. Encore quelques instants de suspense et l'hélicoptère apparut à travers le brouillard moins épais. Vegas posa le lanceur de missile sur son épaule, colla l'œil à la lunette. Déjà, des rafales de fusil automatique sifflaient au-dessus de leurs têtes.

« Impec ! » dit Vegas en appuyant sur la détente.

En sortant du tube, le missile produisit une détonation qui se répercuta sur les parois rocheuses. L'hélicoptère prenait de l'altitude au-dessus de la crête embrumée quand il fut heurté de plein fouet. Il explosa dans une boule de feu d'où jaillirent des morceaux de métal fondu et de plastique, comme un volcan crachant sa lave.

Bourne et Vegas avaient trouvé abri derrière l'une des jeeps.

« Il vaudrait mieux aller chercher Rosie, dit Bourne. Nous devons partir d'ici au plus vite. Vous avez fait le plein ? » ajouta-t-il en désignant les vieux véhicules militaires.

Vegas hocha la tête. « J'ai tout prévu. »

Il revenait vers la maison quand ils entendirent à nouveau le son annonciateur d'un hélicoptère.

« J'espère que vous avez aussi prévu un autre missile », dit Bourne.

Vegas rentra chez lui ventre à terre. Le deuxième hélico de la Domna apparut au même endroit que le premier, au-dessus de la crête. En revanche, celui-là vira brusquement afin d'approcher par la bande. Ayant sans doute aperçu l'explosion de loin, le pilote prenait ses précautions.

Vegas revint en criant : « Chargé jusqu'à la gueule ! »

De nouveau, il épaula le lanceur, colla l'œil au viseur. L'hélicoptère s'était réfugié derrière un bouquet de hauts conifères. Mais c'était inefficace face à une arme à guidage laser capable de repérer une cible invisible pour l'homme.

« C'est parti ! » brailla Vegas. Bourne s'écarta un peu. Vegas appuya sur la détente.

Rien ne se passa.

*

En retrouvant Amun Chalthoum à l'aéroport de Roissy, Soraya comprit qu'elle avait eu tort de venir avec Aaron. Elle lui avait en toute innocence proposé de l'accompagner puisqu'ils devaient passer ensuite au Monition Club pour interroger le patron de Laurent. Seulement voilà, dès que les deux hommes échangèrent leur premier regard, Amun prit Aaron en grippe.

Voyant cela, elle demanda au Français de la laisser seule quelques instants avec Amun.

« Qui c'est ce type ? dit-il en soulevant son bagage à main.

— Dis donc, ça fait plus d'un an qu'on ne s'est pas vus et c'est comme ça que tu manifestes ta joie de me retrouver ?

— En effet, plus d'un an a passé et tu viens m'accueillir avec un homme, et pas trop moche avec ça. Enfin, pour un Français.

— C'est le boulot, Amun. Ce monsieur est l'inspecteur Aaron Lipkin-Renais du Quai d'Orsay. » Aussitôt, elle regretta d'avoir énoncé son nom en entier. Nouvelle erreur.

« Qu'est-ce qu'un Juif fabrique au Quai d'Orsay ? » Les yeux noirs d'Amun luisaient comme deux billes d'agate. C'était un homme élancé mais bien bâti, avec des épaules larges et des bras musclés. Doté d'un puissant charisme, il ne mâchait pas ses mots et obtenait toujours ce qu'il désirait. Ses troupes lui obéissaient au doigt et à l'œil.

« Français et Juif, ce n'est pas incompatible, non ? » Soraya l'embrassa sur la bouche puis elle le prit dans ses bras. « Viens, je vais te présenter. C'est un type intelligent, vif d'esprit. Tu vas l'aimer.

— J'en doute », marmonna Amun en se laissant toutefois entraîner à travers la foule des voyageurs.

Malheureusement, Soraya dut se rendre à l'évidence. Entre Amun et Aaron, on aurait cru que l'air se chargeait d'électricité. Quand ils rejoignirent ensemble la voiture d'Aaron, personne ne prononça un mot.

Sur l'autoroute qui menait vers Paris, le silence était si pesant qu'elle eut tout loisir de considérer Amun sous son aspect le moins agréable. Bien entendu, c'était un agent secret de formation, bien sûr il passait son temps à essayer de démanteler des réseaux d'espions, avant tout ceux que le Mossad contrôlait depuis Tel-Aviv.

Il était né et avait grandi au Caire. Depuis tout petit, on lui avait appris à détester les Israéliens et, par extension, les Juifs en général. Jamais Soraya n'avait pris la peine de discuter avec lui de la question juive. À moins qu'elle n'ait délibérément écarté ce sujet de peur d'affronter ses préjugés, pensa-t-elle en se tortillant sur son siège. Cette ombre au tableau avait quelque chose d'humiliant et de dégradant. Elle éprouva soudain un profond malaise.

Un sentiment de solitude l'envahit. Elle avait choisi cette vie, personne ne lui avait forcé la main. Mais il y avait des moments, comme celui-ci, où elle se sentait aussi triste et abandonnée qu'une vieille femme au soir de son existence.

Aaron rompit le silence. « Je pense que nous devrions déposer M. Chalthoum à son hôtel. Nous avons un rendez-vous.

— Je n'ai pas d'hôtel, dit Amun sur un ton assez dissuasif pour arrêter net un rhinocéros en pleine charge. Je dors avec Soraya.

— Alors nous vous déposerons à son hôtel.

— Je préfère vous accompagner à ce rendez-vous. »

Aaron secoua négativement la tête. « Je suis désolé mais c'est hors de question. Il s'agit d'une affaire concernant le Quai d'Orsay.

— Aaron, j'ai invité Amun parce que je pensais que son point de vue nous serait utile. »

Aaron fronça les sourcils. « Je ne comprends pas.

— L'organisation dont Laurent voulait me parler est d'envergure internationale. Elle possède des ramifications un peu partout, surtout au Moyen-Orient et en Afrique.

— Il s'agit d'un groupuscule islamiste radical…

— Pas du tout, et c'est bien là le problème. » Soraya s'adressait à Aaron tout en surveillant du coin de l'œil les expressions sur le visage d'Amun. « Laurent a réussi à me dire que cette organisation rassemble des membres venant aussi bien d'Orient que d'Occident.

— Ce ne serait pas la première fois qu'on tenterait ce genre d'union. Ça n'a jamais marché. Dans le climat actuel, je dirais que c'est carrément impossible. »

Soraya hocha la tête, ravie de constater qu'elle était parvenue à calmer le jeu. « C'est ce que je pensais également mais Laurent a dit une chose qui m'a convaincue de sa sincérité.

— Cette chose, quelle est-elle ? » Aaron paraissait hautement sceptique.

« Septimius Severus, le général romain, est né en Libye. C'est lui qui a renforcé les effectifs de l'armée romaine en lui adjoignant des soldats venus d'Afrique du Nord et de plus loin encore. »

Aaron haussa les épaules. Par contre, Amun se pencha vers elle depuis la banquette arrière. Elle avait enfin éveillé sa curiosité.

« Le général Severus a épousé Julia Domna, une Syrienne dont la famille était originaire de l'antique cité d'Homs.

— Continue, dit Amun, les yeux étincelants.

— D'après Laurent, le groupement en question porte le nom de Severus Domna. Il suffit d'étudier l'histoire ancienne pour comprendre que Severus Domna est en quelque sorte un agent fédérateur entre l'Orient et l'Occident. »

Aaron se mordit la lèvre comme s'il s'abîmait dans ses pensées. « Si c'est le cas, on n'aura jamais connu conjuration plus dangereuse. »

Tous les trois étaient enfin tombés d'accord.

*

Le deuxième hélicoptère prit de l'altitude et fonça vers eux. Les mitrailleuses latérales se mirent à cracher. L'air s'embrasa, la terre, la boue, les tôles calcinées fusèrent en tous sens, comme du shrapnel.

« Que se passe-t-il ? hurla Bourne pour couvrir le bruit de mitraille.

— J'en sais rien. Le lanceur doit être enrayé ! »

Vegas descendit l'engin de son épaule pour l'examiner. Bourne le saisit par le bras et le plaqua au sol derrière la jeep. Au même moment, des balles se fichèrent dans la terre autour d'eux. Puis il lui arracha le lanceur.

« Allez chercher Rosie et fichez le camp d'ici, ordonna-t-il.

— Nous n'y arriverons jamais ! »

Bourne ne quittait pas l'hélicoptère des yeux. « Je vous couvrirai.

— Ce ne sera pas suffisant pour nous sauver.

— Laissez-moi en juger. » Bourne empoigna l'épaule de Vegas. « Maintenant partez, *hombre*. Il n'y a pas de temps à perdre. »

Vegas voulut l'arrêter mais Bourne, hissant le lanceur sur son épaule, partit en courant vers un bouquet de conifères, à l'ouest de la maison. Le pilote le repéra et vira dans sa direction.

Vegas en profita pour s'éloigner de la jeep. Il progressa à quatre pattes jusqu'à la maison mais avant d'y arriver, vit Rosie apparaître et se précipiter vers lui. Elle transportait une petite valise en cuir ressemblant à une vieille sacoche de médecin. Vegas l'attrapa par les épaules, l'obligea à se baisser et la guida jusqu'à la jeep. Il démarra le moteur, fit marche arrière, braqua, passa la première et partit en trombe le long de la maison. Au lieu de descendre l'allée, il tourna à gauche sur les chapeaux de roues et s'engagea sur un sentier de chasse qu'il connaissait. Bientôt l'épais feuillage des arbres qui le bordaient les dissimula aux yeux de leurs ennemis.

« Où est Bourne ? demanda Rosie.

— En train de couvrir nos arrières, j'espère.

— Mais on ne peut pas le laisser ici. »

Vegas se concentrait sur sa conduite. La jeep bondissait sur la piste défoncée. Les branches de pin fouettaient la carrosserie, cognaient contre les portières. De temps en temps, une ramure venait frapper le pare-brise, coupant toute visibilité. Si ce sentier ne lui avait pas été si familier, pour l'avoir emprunté de nombreuses fois de nuit, il serait sûrement déjà rentré dans un arbre.

« Estevan, insista Rosie.

— Que veux-tu que je fasse ? Demi-tour ? »

Elle resta muette, le regard braqué devant elle.

« On doit lui faire confiance autant qu'à Don Fernando, reprit-il.

— Tu fais trop confiance aux gens, *mi amor*.

— Ce ne sont pas des gens mais des amis.

— Tu as trop confiance dans tes amis, *mi amor*.

— Sans amis, qu'est-ce qu'on est ? On n'a pas de but dans la vie, personne sur qui veiller. Et quand l'orage arrive, on se retrouve seul pour l'affronter. »

Elle se pencha et l'embrassa sur la joue. « Voilà pourquoi je t'aime. »

Il ronchonna. Mais un aveugle aurait compris qu'il était aux anges.

*

Une double rangée de balles traçantes déchira la poussière, l'herbe et le tapis d'aiguilles de pin, de chaque côté de Bourne. Il s'élança dans la sécurité relative des arbres, s'accordant quelques secondes de répit. Le jeune sapin à sa droite tomba d'un coup, tranché net par une rafale de mitrailleuse. Quand il fut à couvert, Bourne s'agenouilla et vérifia le mécanisme du lanceur. Vegas avait raison, il était enrayé. Comme il n'avait pas le temps de le réparer, il éjecta le missile et vit qu'il s'agissait d'un SA-7 Grail muni d'une puissante ogive à fragmentation. Une version ancienne, constata Bourne. Le missile contenait une charge de TNT à 370 grammes. Il le démonta, séparant le TNT du réservoir de carburant.

Puis il fouilla le sous-bois à la recherche d'une branche de dimension convenable. La première était trop longue, la seconde trop humide. Enfin, il tomba sur le bâton qu'il espérait. Bourne le fit tournoyer au-dessus de sa tête à plusieurs reprises. Satisfait du résultat, il se mit torse nu, attacha les manches de sa chemise à chaque extrémité de la branche puis déposa le TNT et le carburant à fusée dans la longueur du tissu, calés à l'intérieur de sa fronde improvisée.

Quand il fut certain que la charge était bien stabilisée, il choisit un arbre très touffu et y grimpa à vive allure mais avec prudence, bondissant de branche en branche, toujours plus haut. De là où il se tenait, il entendait plus nettement le vacarme de l'hélicoptère. L'engin était en vol stationnaire. Le pilote attendait qu'il se montre et, de temps en temps, arrosait les arbres au hasard, espérant peut-être débusquer Bourne ou le toucher.

Bourne avait besoin d'un emplacement qui ferait de lui une cible bien visible tout en lui laissant de l'espace pour agir. Il lui fallut un certain temps mais il trouva l'endroit idéal : une fourche délicate juste sous la cime de l'arbre. Il s'y plaça en équilibre et leva la tête en attendant qu'on le repère. Voyant peut-être que Bourne ne transportait plus le lanceur Strela-2, le pilote s'enhardit et déplaça son appareil pour en finir une bonne fois pour toutes.

Avec, au bout du bras, sa fronde improvisée chargée de TNT et de carburant à fusée, Bourne se tenait prêt. L'attente fut brève – le temps que l'hélicoptère manœuvre pour trouver le bon angle de tir – mais éprouvante pour les nerfs. Il ne devait pas se précipiter, l'appareil était encore trop éloigné. Bourne le laissa approcher.

Dès que la mitrailleuse se mit à cracher, Bourne balança la fronde. Projetée vers le haut, la charge frappa la carlingue brillante de l'hélicoptère. Le TNT s'enflamma, le carburant à fusée explosa.

Bourne eut à peine le temps de se rouler en boule. Déchiré par la déflagration, l'hélico perdit de l'altitude. Aussitôt, Bourne se mit à descendre de branche en branche. L'appareil chutait à une vitesse effrayante au milieu du bouquet de pins. Ses rotors qui tournoyaient encore fauchèrent d'abord le sommet des arbres puis s'attaquèrent aux troncs.

Violemment expulsé de son perchoir, Bourne sentit sur sa peau l'onde de chaleur intense, les éclats de bois qui giclaient en tous sens. Assourdi par le battement des pales, il voyait ces monstres métalliques brasser l'air surchauffé, toujours plus près de lui.

13

Indigo Ridge. Peter avait veillé tard pour rassembler un maximum de renseignements sur la mine californienne, depuis son ouverture jusqu'à son brusque abandon dans les années 1970, quand la Chine avait déversé ses terres rares sur le marché international, faisant dégringoler les prix et réduisant à néant le gisement d'Indigo Ridge, jugé désormais non rentable. Au processus d'extraction déjà long et complexe, s'ajoutaient les méthodes de raffinage propres à chaque élément. Voilà que dernièrement, la Chine avait fait machine arrière et réduit ses exportations de 85 pour cent, ce qui avait pris tout le monde de court, y compris les soi-disant génies du Pentagone, de la DoD et de la DARPA. À présent, l'administration américaine criait à l'assassin. L'impensable s'était produit : les militaires allaient devoir repousser ou annuler la fabrication de leurs derniers joujoux de haute technologie dont les composants dépendaient des terres rares. Et pour couronner le tout, la Chine avait mis la main sur la quasi-totalité des gisements dans le monde, en dehors des États-Unis et du Canada, et ce dans l'indifférence générale.

Peter continua ses recherches en téléchargeant toutes les infos disponibles sur NeoDyme, la nouvelle compagnie cotée en bourse ayant pour vocation d'exploiter le sous-sol d'Indigo Ridge, et sur son grand patron Roy FitzWilliams. Puis il fit monter les données de l'offre publique d'achat. Le capital de NeoDyme avait été ouvert au public la veille, pour une valeur de 18 points le titre. Durant les premières vingt-quatre heures, le prix des actions avait suivi une courbe descendante jusqu'à 12 avant de se stabiliser pendant une petite heure. Plus tard, devant l'afflux des demandes, il était remonté progressivement pour atteindre à $16^{3/8}$ à la fermeture. Une action extrêmement volatile, c'était le moins qu'on puisse dire, songea Peter. En prenant connaissance des commentaires joints, tirés des sites de CNBC et de Bloomberg, il comprit pourquoi. Les grands experts en placements ne savaient que penser de NeoDyme. Certains estimaient, étant donné qu'il faudrait des années pour extraire et raffiner les terres rares, que les actions ne vaudraient plus grand-chose à terme. D'autres, apparemment plus au fait des enjeux stratégiques, présentaient l'opinion inverse. Pour eux, le moment était venu d'investir dans les terres rares.

Totalement fasciné, Peter continua sa lecture par la biographie de FitzWilliams. Après une licence en sciences de la terre option minéralogie à l'université de Pennsylvanie, il avait poursuivi ses études en Australie, à l'université de Nouvelle-Galles du Sud, avant d'enchaîner sur des missions dans des mines d'uranium en Australie et au Canada. Il avait même travaillé au Moyen-Orient, y compris en Arabie Saoudite.

Ensuite, il disparaissait des écrans radars pendant un peu plus de deux ans.

Peter passa l'heure suivante à tenter de combler le vide des années 1967-1969. En vain. Il allait renoncer quand il tomba sur une piste. Une obscure organisation du nom de Mineralization and Rare Metals Conference Board s'était réunie au Qatar au printemps 1968. Fitz faisait partie des intervenants au colloque. Après avoir fouillé sans grands résultats pendant encore quarante-cinq minutes, il découvrit enfin une info valant de l'or : Fitz avait travaillé comme consultant pour El-Gabal Mining, une compagnie syrienne.

Hélas la compagnie n'existait plus et les renseignements à son sujet étaient plus que parcellaires ; mais il en était de même pour tout ce qui touchait aux entreprises syriennes. Ce pays n'était pas membre de l'Organisation mondiale du travail et toutes les grandes sociétés comme El-Gabal étaient placées sous la férule gouvernementale. Du coup, il était impossible d'estimer les profits à l'exportation réalisés par la Syrie, ne serait-ce que sur la base d'une seule compagnie.

Encore une impasse, songea Peter en se rabattant sur le CV de FitzWilliams. À son retour du Moyen-Orient, on l'avait nommé à la tête d'Indigo Ridge et il y était resté même quand la mine avait plus ou moins fermé dans les années 1970. Si bien qu'aujourd'hui, grâce au retour en force des métaux de terres rares, l'homme occupait une place prééminente dans ce secteur stratégique de première importance.

Recru de fatigue, Peter s'affala dans son fauteuil en se massant les paupières. Il aurait donné cher pour une tasse de café mais, à cette heure-ci, la machine était débranchée. De toute façon, il hésitait à se lever, craignant de perdre le fil de ses pensées.

Il réfléchit encore un moment puis appela l'un des contacts de Soraya en Syrie, lui fournit un résumé de la situation et lui demanda de collecter un maximum d'informations sur Fitz et El-Gabal. Puis il bascula sur le disque dur de Hendricks et entra ses découvertes dans le fichier prévu à cet effet.

Il aurait bien poursuivi ses recherches mais les chiffres, les noms, les données de toute sorte tournoyaient dans sa tête. Il avait vraiment besoin de dormir. Il ramassa donc son manteau et sortit du bureau en traînant la patte. Tout était calme à l'étage ; on percevait seulement le discret bourdonnement de l'ascenseur qui montait.

Peter pénétra dans la cabine, appuya sur le bouton du sous-sol et, déjà à moitié assoupi, posa la tête contre la cloison. Le signal sonore retentit, l'ascenseur s'immobilisa au quatrième étage. Quand les portes s'ouvrirent, Peter vit la silhouette d'un homme baraqué sortir de l'ombre et faire deux pas déterminés dans sa direction. Peter redressa brusquement la tête. L'homme entra dans la cabine inondée de lumière. Les portes se refermèrent. Peter lorgna le revolver de service qu'il portait à la hanche.

« 'soir, monsieur le directeur Marks.

— Salut, Sal. »

Le gros doigt de Sal enfonça brutalement le bouton du rez-de-chaussée. L'ascenseur se remit à descendre tranquillement. « On fait des heures sup, monsieur ?

— Comme toujours. »

Sal grommela. « Je sais, oui, mais vous avez la tête d'un type qui a besoin de repos.

— C'est rien de le dire.

— Eh bien, vous pourrez dormir sur vos deux oreilles. Tout est tranquille dans les étages. »

Les portes s'ouvrirent sur le hall de réception. Sal sortit.

« Alors, bonne nuit, monsieur le directeur.

— Vous aussi. »

Quelques instants après, Peter pénétrait dans le parking, un espace bas de plafond, sentant le béton, l'essence et le cuir neuf. Le bruit de ses pas résonnait sur les parois. À première vue, l'endroit était quasiment vide. Il marcha vers sa voiture, sortit ses clés et, comme il faisait froid, enclencha le prédémarrage à distance.

Le moteur se mit à tourner. Une fraction de seconde plus tard, le souffle d'une explosion renversa Peter sur le dos.

*

Bourne n'en finissait pas de glisser le long du tronc, suivi de près par les pales tourbillonnantes de l'hélicoptère démantibulé. Plus elles descendaient, plus le tronc s'épaississait, opposant davantage de résistance à leur tranchant. La sève gommeuse de l'arbre agissait à la manière d'une colle à séchage rapide si bien que le mécanisme de rotation se trouva bientôt comme englué.

À force de dégringoler de branche en branche, Bourne était couvert d'éraflures, de coupures, d'hématomes. Il avait de la sciure, des copeaux, des fragments de métal dans les yeux, dans la bouche, dans le nez. Mais au bout du compte, le majestueux conifère lui sauva la mise en retenant la carcasse fumante assez longtemps pour qu'il puisse toucher le sol et s'écarter à temps pour ne pas être écrasé.

Toussant, crachant, il se mit à courir vers la maison et, une fois entré, se colla la tête sous le robinet du grand évier en stéatite. Le jet d'eau froide nettoya un peu ses plaies et lui donna un coup de fouet. Il trouva les clés de la deuxième jeep à l'endroit que Vegas lui avait indiqué. Comme Vegas exerçait un métier à haut risque, il avait un stock impressionnant de médicaments dans sa salle de bains. Bourne emporta des flacons de liquide désinfectant, de l'alcool à 90°, un rouleau de gaze stérile et repassa dans la pièce principale où il versa l'alcool sur les bûches entreposées près de la cheminée. Il recula, gratta une allumette et la balança sur le bois. Les flammes qui jaillirent lui parurent suffisantes mais, pour faire bonne mesure, il mit aussi le feu aux rideaux de la cuisine. L'incendie s'étendit rapidement. Satisfait, il sortit de la maison.

À l'extérieur, le conifère qui lui avait sauvé la vie n'était plus qu'un tas de bois mort ravagé par les flammes. Un morceau de rotor, cisaillé par l'arbre, était tombé sur la deuxième jeep, froissant l'aile du côté conducteur mais sans endommager le moteur. Bourne mit le contact, recula et partit sur le chemin forestier qu'avaient emprunté Vegas et Rosie.

Ce n'était pas une route, plutôt un sentier taillé à flanc de montagne. Il roula donc avec prudence, prenant garde aux virages en épingle à cheveux. De temps à autre, à la faveur d'un espace entre les arbres, il apercevait le précipice à quelques centimètres de ses roues. Après, c'était le grand plongeon jusque dans la vallée, au pied de la cordillère.

Les chants d'oiseaux lui donnèrent du baume au cœur. Il savait qu'en cas de menace, réelle ou supposée, les oiseaux étaient les premiers à se taire. Il y avait fort à parier que les deux hélicoptères constituaient la totalité de la force de frappe dépêchée par la Domna contre Vegas. Pourquoi aurait-elle prévu une puissance de feu supérieure ?

Au bout d'une trentaine de minutes, le sentier passa de la forêt à une petite clairière, un genre de prairie parsemée de minuscules fleurs sauvages. Au-delà, Bourne vit un autre espace boisé, avec des arbres encore plus imposants – toutes sortes de conifères mais aussi, en contrebas, des espèces à feuilles caduques et même quelques arbres tropicaux, au fond dans la brume. La fumée qui s'élevait de la maison incendiée dérivait le long de ce versant, tel un brouillard de pollution industrielle, et obscurcissait le soleil levant.

Bourne aperçut les traces de la jeep de Vegas. Elles coupaient la prairie en diagonale. Il n'eut qu'à les suivre. De l'autre côté, elles s'enfonçaient dans le bois sur une courte distance avant de virer à droite. Bourne comprenait pourquoi. À gauche, la paroi de la falaise s'était écroulée, sans doute à la suite d'une gigantesque chute de pierres qui ne datait pas d'hier. Continuer tout droit aurait mené à une mort certaine.

Ce nouveau sentier était plus étroit, plus défoncé encore. Bourne passa sous une voûte de branchages qui fouettaient parfois le pare-brise de la jeep. Au bout de quinze minutes, il sortit de ce tunnel vert aussi brusquement qu'il y avait pénétré. Ses roues touchèrent le bitume d'une route à deux voies. Il l'avait déjà empruntée, avec Suarez, pour se rendre chez Vegas. Une autre jeep l'attendait sur le bas-côté. À son bord, Vegas et Rosie.

« Fantastique ! Vraiment, je suis bluffé. » Vegas souriait jusqu'aux oreilles.

« Pas moi, dit Rosie d'un air ravi. Il faudra que vous nous racontiez comment vous avez fait.

— Plus tard. » Vegas tapa du plat de la main sur la portière de la jeep. « Des survivants ?

— Pas de leur côté.

— De mieux en mieux. » Il tourna les yeux vers la fumée au loin. « Bel incendie.

— C'est votre maison, dit Bourne. Il leur faudra des jours pour déterminer si vous êtes morts ou vivants. Peut-être des semaines. »

Vegas approuva d'un signe de tête. « Où allons-nous maintenant, *hombre* ?

— À l'aéroport de Perales, dit Bourne. Mais les *federales* et les FARC ont dressé des barrages routiers sur la grand-route. Vous connaissez un autre itinéraire ? »

Le sourire de Vegas s'étala sur toute la largeur de son visage. « Suis-moi, *amigo*. »

*

Ayant atterri à Cadix dans un jet privé à peu près au moment où Jalal Essai y arrivait en voiture, Marlon Etana contemplait d'un air rêveur la magnifique façade de la maison de Don Fernando Hererra. Il ressentait fortement le poids des siècles qui avaient laissé leur empreinte sur les murs de Cadix. Comme tous les membres de sa famille depuis plusieurs générations, Marlon Etana était féru d'histoire. Ses ancêtres avaient eu ce don très particulier de convertir leur connaissance intime du passé en argent et en pouvoir. Ils avaient fondé le Monition Club pour permettre à Severus Domna de constituer des bastions dans divers endroits de la planète, tout en préservant son anonymat. Officiellement, le Monition Club était une organisation philanthropique ayant pour vocation de promouvoir les études anthropologiques et les philosophies anciennes. Un monde clos où les adeptes de la Domna pouvaient en toute discrétion se rencontrer, échanger, comparer leurs travaux et finaliser des projets.

Ce cénacle constitué d'hommes d'affaires internationaux, ils l'avaient conçu comme une entité couvrant à la fois l'Orient et l'Occident, persuadés que la puissance combinée de ses membres finirait par écraser les plus grosses sociétés multinationales. *Duco ex umbra*, le pouvoir vient de l'ombre – telle était la devise du clan Etana depuis des temps immémoriaux.

L'arrière-arrière-arrière-grand-père de Marlon – un homme en tout point remarquable – avait rêvé que Severus Domna servît de ciment entre les peuples du monde, créant l'union là où régnait la division. C'était une noble entreprise qui aurait pu porter ses fruits s'il avait vécu assez longtemps. Mais les humains sont faillibles – pire encore, corruptibles. Rares sont ceux qui peuvent résister à la tentation du pouvoir, et la famille Etana avait elle aussi ses maillons faibles. À commencer par le père de Marlon, un homme qui par lâcheté avait forgé une alliance avec Benjamin El-Arian en croyant déjouer un complot venant de l'intérieur. Au lieu de l'aider, El-Arian avait précipité sa chute en constituant un groupe rival, lequel l'aida à faire le ménage dans les rangs de la Domna. Les Etana furent écartés du pouvoir et peu de temps après, le père de Marlon commit le péché suprême en se donnant la mort. Chez les musulmans, le cercle inférieur de l'Enfer était réservé aux suicidés. De nombreux versets du Coran abordaient cet interdit absolu. En posant les yeux sur le visage exsangue de son père, Marlon avait psalmodié celui-ci : *« Ne vous tuez pas vous-mêmes. Allah, en vérité, est Miséricordieux envers vous. »*

Son père avait-il eu foi en la miséricorde d'Allah ? S'était-il cru abandonné ? Comment le savoir ? Une chose était sûre, il avait utilisé ses dernières forces pour susciter une vague de révolte au sein de Severus Domna, espérant ainsi provoquer un débat autour de la véritable vocation de leur mouvement.

Benjamin El-Arian avait retourné son suicide à son avantage et interdit désormais toute polémique. C'est ainsi que Marlon, dernier rejeton de la puissante dynastie Etana – le cœur et l'âme de la Domna –, s'était retrouvé sous l'entière domination de cet homme à l'intelligence démoniaque. Il n'était plus qu'un valet, un chien battu grappillant les miettes qu'El-Arian consentait à lui jeter.

Peu après les douze coups de midi, Marlon vit la porte de la maison s'ouvrir sur Jalal Essai et Don Fernando. Ils discutèrent quelques minutes sur le perron avant d'échanger une poignée de main. Hererra monta seul dans une voiture garée au bord du trottoir. Jalal attendit que le véhicule disparaisse au coin de la rue pour prendre la direction de la mer. Marlon lui emboîta le pas sans se faire voir.

Jalal marchait lentement, comme un homme qui flâne pour tuer le temps. Il suivit la rive en forme de croissant, acheta des journaux dans un kiosque et après un bon kilomètre de balade, s'approcha d'une terrasse de café surmontée d'un vélum bleu et blanc. Au centre de la toile, Marlon vit un logo représentant une ancre rouge.

Jalal choisit une table face à la mer et consulta le menu. Marlon inspira profondément à plusieurs reprises et se mit chercher un endroit discret mais dégagé qui lui offrît une vue directe sur sa cible. À l'abri sous une porte cochère, il sortit son pistolet, vérifia qu'il était chargé puis vissa un silencieux au bout du canon.

Quand il vit une silhouette passer devant lui pour la deuxième fois, Etana sortit de sa cachette et s'éloigna d'un bon pas le long du rivage, comme un homme en retard à un rendez-vous. La silhouette l'aperçut et se lança à sa poursuite. C'était un tueur envoyé par Benjamin El-Arian pour s'assurer qu'Etana irait jusqu'au bout de sa mission. Si par hasard il manquait Jalal Essai, l'exécuteur prendrait le relais.

Etana fit en sorte que l'homme le suive au bout de la plage. Il dépassa les pontons, les bateaux amarrés et déboucha sur une bande de sable jonchée de détritus. L'endroit était si minable que personne ne devait y mettre les pieds dans la journée, se dit Marlon. Il savait en revanche que la nuit, des bandes de jeunes s'y retrouvaient pour faire la fête, s'enivrer et s'envoyer en l'air à l'abri des regards.

Un bateau de pêche, quille tournée vers le haut, reposait sur un bloc de bois, sa coque pourrie incrustée de bernacles et d'algues sèches. Une légère odeur de putréfaction en émanait. Marlon comptait s'en servir.

Il contourna le bateau, se cacha derrière la quille, prit une cigarette, la glissa entre ses lèvres, sortit son pistolet et tourna le silencieux en direction de la silhouette qui approchait. La balle l'atteignit entre les yeux. Le tir produisit un faible claquement mais le corps s'écroula sans bruit sur le sable.

Etana rangea son arme, se dirigea vers sa victime, l'empoigna par le col et la traîna jusqu'au bateau, sur une cinquantaine de mètres. Puis, non sans mal, il la fit glisser sous la coque. Avec cette odeur de pourriture, personne ne remarquerait la présence du cadavre avant plusieurs jours, voire une semaine. Et quand on le trouverait, les mouettes seraient passées par là, rendant l'identification impossible.

Marlon Etana se frotta les mains l'une contre l'autre, alluma une cigarette, tira une longue bouffée et repartit d'où il était venu. Il n'y avait pas un chat dans les parages. Pas de témoins. Donc personne susceptible d'informer Benjamin El-Arian.

Maintenant, il était temps de s'occuper de Jalal Essai, songea-t-il.

*

Boris Karpov était à deux doigts de faire un massacre. Si jamais l'un des flics allemands avait eu la mauvaise idée de se repointer dans cette ruelle, il ne l'aurait pas raté. Il faut dire que Boris avait passé trois heures à attendre que la police scientifique termine ses relevés dans l'atelier et que leurs collègues en uniforme dégagent les abords de l'immeuble.

Le soir tombait sur Munich. Planqué au fond de sa niche, Boris était perclus de crampes et ses forces commençaient à l'abandonner. Il avait un furieux mal de tête, la vessie pleine à craquer et la bouche sèche comme la steppe.

Les lumières avaient fini par s'éteindre dans la boutique d'Hermann Bolger et les torches des flics en bas avaient disparu. Le silence était total si l'on faisait abstraction du chien qui aboyait quelque part. Il était temps. Vers la fin, pour ne pas gémir de douleur, Boris avait dû se mordre les lèvres.

Quand il estima tout risque écarté, il empoigna la gouttière et se laissa glisser tout du long, entreprise hasardeuse avec ses jambes engourdies. Par deux fois, il crut lâcher prise, tant ses mains moites dérapaient sur le métal. Il n'eut d'autre recours que de coincer la gouttière entre ses genoux à demi paralysés.

Dès qu'il toucha le sol, il se faufila entre deux poubelles et s'accroupit pour pisser en grognant de soulagement. L'urine trop longtemps contenue se déversa sur le pavé, formant bientôt une énorme flaque. À présent, il s'agissait de récupérer ses jambes. Quand il voulut se relever, la douleur fut telle qu'il crut ne jamais y arriver.

Pourtant, il fallait qu'il bouge, qu'il s'éloigne au plus vite de l'horlogerie Bolger. Il consacra plusieurs minutes à étirer ses muscles, d'abord avec prudence puis, quand il sentit qu'ils s'échauffaient, il passa à des exercices plus vigoureux. Dans son for intérieur, il se reprochait d'avoir passé trop de temps assis derrière un bureau, lui qui était un homme d'action autrefois. Il se concentra sur ses mouvements tout en respirant lentement, à pleins poumons.

Quand il se sentit prêt, il trottina vers le bout de l'allée. On entendait le bruit des voitures roulant sur le bitume mouillé. De temps en temps, un éclat de rire aviné.

Au croisement, il s'arrêta, plus prudent que jamais. Une bruine paresseuse humectait les rues, comme dans les films noirs américains. Dans l'air chargé d'électricité, on percevait le grondement de l'orage qui menaçait. Soudain, la pluie redoubla de puissance, éclaboussa les trottoirs, l'asphalte de la chaussée. Il remonta son col, rentra la tête dans les épaules.

L'œil aux aguets, l'oreille dressée, il inspecta les alentours à la recherche d'une anomalie. Le piège dans lequel il avait failli tomber n'avait rien d'innocent. Sa sécurité avait été compromise. Mais comment ? Depuis son arrivée à Munich, il n'avait parlé qu'à une seule personne : le dénommé Wagner, à la pinacothèque. Soit Karpov avait été pris en filature dès sa descente d'avion, soit Wagner avait vendu la mèche à un membre de la Mosquée. Or, en matière de filature, Boris était un maître. Si quelqu'un l'avait suivi, il s'en serait tout de suite aperçu.

Par conséquent, il ne restait que Wagner. Karpov ne serait hors de danger qu'après avoir trouvé une réponse à ce problème de fuite. La meilleure solution consistait à contacter Ivan pour l'informer de la duplicité de son informateur. Ivan était le mieux placé pour savoir d'où sortait cet individu et qui il était réellement. Il s'apprêtait à composer son numéro quand, à la faveur d'un éclair, il aperçut une silhouette tapie dans une entrée d'immeuble, de l'autre côté de la rue. Un instant plus tard, un coup de tonnerre retentit.

Boris colla le portable contre son oreille en faisant semblant de parler à son correspondant. Pour ne pas être tenté de regarder l'homme devant lui, il se contraignit à balayer la rue des yeux comme s'il ne l'avait pas remarqué.

Puis il rangea le téléphone et partit, les mains dans les poches de son manteau. Au sortir de la ruelle, il tourna à gauche et se mit à courir sous la pluie. Trois blocs plus loin, il entra dans un *biergarten*. L'endroit bruyant et trop chauffé sentait la saucisse, la choucroute et la bière. Au plafond, une immense verrière donnait l'illusion que l'endroit était à ciel ouvert. Il secoua les gouttes accrochées à son manteau, se faufila entre les clients et les serveurs et s'assit à une longue table près du fond.

Pris d'une faim de loup, il commanda tout ce qu'il avait reniflé en entrant. La bière arriva très vite, dans une énorme chope. Il engloutit deux gorgées coup sur coup. De chaque côté de lui, des Allemands faisaient ripaille en chantant à tue-tête. S'il s'était écouté, Karpov serait sorti illico de cette taverne. Mais il était là pour une bonne raison et il resterait jusqu'à ce qu'il sache si l'homme tapi dans l'ombre le suivait ou pas.

Sur la douzaine de clients entrés après lui, aucun ne lui avait paru suspect. C'était essentiellement des familles ou des jeunes couples, bras dessus, bras dessous. En les observant, Boris tenta de se rappeler la dernière fois où il avait eu une femme à son bras. En tout cas, cela ne lui manquait guère.

Le serveur lui amena les plats qu'il avait commandés. Boris allait enfoncer sa fourchette dans une *bratwurst* au fumet prometteur quand une silhouette s'encadra sur le seuil de la taverne. Les poils sur ses mains se hérissèrent. Il enfourna le bout de saucisse et mâcha d'un air pensif.

L'individu qui l'avait espionné tout à l'heure, caché dans le renfoncement d'une porte, n'était pas un homme mais une femme – une jeune femme, qui plus est. Boris l'examina, toujours penché sur son assiette. Elle secoua son parapluie et le ferma tout en jetant un œil dans la salle. Boris se concentra sur la pomme de terre luisante de graisse qu'il venait d'embrocher. Il la fit disparaître dans sa bouche, rajouta une gorgée de bière par-dessus, pour faire glisser, et enfin leva les yeux. La jeune femme s'était assise au bout d'une table. Elle se tenait de face à Karpov, à mi-distance entre lui et la sortie.

Karpov commençait à trouver la situation lassante, voire carrément absurde. Soit il avait affaire à des espions maladroits, soit à des amateurs. Il posa ses couverts sur le bord de son assiette, souleva le tout d'une main, prit la chope dans l'autre et se leva.

L'ambiance semblait encore plus survoltée qu'à son arrivée. On ne comptait plus les trognes écarlates. En jouant des coudes entre les clients, Karpov se mit à pester contre les amateurs. Ces gens-là étaient les plus dangereux. Comme ils ne jouaient pas selon les règles, leurs réactions étaient le plus souvent imprévisibles.

Il y avait un peu de place entre la jeune femme et son voisin – un Allemand volumineux, occupé à se remplir la panse de bière. Quand Boris le poussa pour s'asseoir, l'homme lui décocha un regard mauvais.

« Danke, mein Herr », dit Karpov en s'installant dans l'espace laissé vacant. Simulant un geste maladroit, il bouscula légèrement la jeune femme.

« Je suis désolé, mademoiselle. »

Elle tourna vivement la tête vers lui. Karpov fut ravi de constater que son français l'avait fait réagir. Dans la seconde qui suivit, son expression se referma comme une porte qui claque et elle se plongea dans la lecture de son magazine. Il était imprimé en anglais, pas en allemand. *Vanity Fair*.

Il reporta son attention sur son repas. Quelque temps plus tard, elle dut soulever son magazine pour qu'on puisse poser devant elle une assiette de *Wiener schnitzel*. Elle y jeta un coup d'œil, plissa le nez, repoussa le plat et reprit sa lecture.

Boris avala un gros morceau de *bratwurst* puis il héla une serveuse qui passait.

« Noch ein Bier, bitte. » Une autre bière, s'il vous plaît. La femme hocha la tête. Elle allait partir quand il ajouta : *« Und eine für die junge Dame. »*

La jeune femme le regarda en déclinant son invitation sur un ton acerbe : « Non merci.

— Amenez-en une quand même », hurla Karpov.

Elle avait les cheveux bruns, le teint laiteux. Une jolie femme saine comme on n'en trouve qu'en Amérique, se dit Karpov, en considérant ses traits parfaitement symétriques, son allure énergique. Une fille sans odeur ni saveur, lisse comme une tranche de Wonder Bread. Boris se souvint de la fois où il avait goûté ce pain de mie, dans le New Jersey. Cela remontait à loin. Il en avait mangé deux tranches tartinées de beurre de cacahuète Peter Pan. D'abord surpris par cette saveur douceâtre, il avait laissé fondre le mélange dans sa bouche, obtenant un genre de pâte écœurante, et avait bien failli vomir.

« Vous ne comptez pas manger votre *schnitzel* ?

— Pardon ? » dit-elle en détachant les deux syllabes.

Boris désigna du menton l'escalope de veau panée. « C'est sûr qu'avec ça, vous risquez de prendre au moins un kilo. »

Choquée par le ton familier que Boris adoptait pour lui parler, elle fut obligée de répliquer : « C'est quoi votre problème ?

— Cool ma poule, lança-t-il en convoquant son meilleur accent des faubourgs. J'allais justement vous poser la même question. »

Elle éclata de rire. « Cool ma poule ? D'où vous sortez cette expression ? Vous avez appris l'argot en lisant des bandes dessinées ? » Visiblement, elle lui avait pardonné sa grossièreté, car elle lui tendit la main. « Lana Lang. »

Sa main était fraîche, la peau de ses doigts un peu plus râpeuse qu'il ne l'aurait cru. Tout compte fait, cette femme n'était peut-être pas une amatrice, pensa-t-il. « Comme la fille dans *Superman* ? Vous plaisantez, n'est-ce pas ?

— Eh non. » Elle sourit d'un air malicieux. « Mon père était dingue de comics.

— Enchanté, Lana Lang. Je suis Brian Stonyfield.

— Je sais », dit-elle très doucement.

Boris retint sa main dans la sienne et serra. « C'est impossible. Nous ne nous sommes jamais rencontrés.

— Je suis la fille de Wagner ». Elle récupéra sa main et posa sur la table de quoi payer leurs deux repas, et même plus. « Maintenant je vais vous demander de me suivre sans poser de questions.

— Attendez une minute, répliqua Boris. Je n'irai nulle part avec vous.

— Vous n'avez pas le choix, dit Lana. Vous courez un danger mortel. Sans moi, vous mourrez avant l'aube. »

14

Ils descendirent de la montagne sans trop de difficultés. Bourne avait eu raison de suivre l'itinéraire conseillé par Vegas. Grâce à lui, ils avaient évité les barrages de l'armée et les patrouilles des FARC à la recherche du commandant Suarez.

Au volant de sa jeep, Bourne écuma la zone autour de l'aéroport sans voir aucun individu suspect.

« Vous ne pouvez pas entrer dans le terminal avec la tête que vous avez », dit Rosie en descendant de la jeep de Vegas.

Bourne regarda dans le rétroviseur son visage maculé de sang séché, ses vêtements déchirés.

Rosie plongea la main dans son sac et prit quelques billets. « Ne bougez pas », dit-elle.

Bourne allait protester mais le regard qu'elle lui décocha l'en dissuada. Il la suivit des yeux jusqu'à ce qu'elle disparaisse à l'intérieur du terminal. Les minutes s'égrenèrent. Au bout d'un quart d'heure, il commença à s'inquiéter.

Vegas fumait, appuyé contre la jeep. « Ne t'en fais pas, *hombre*. C'est une grande fille. »

Vegas connaissait bien sa femme. Rosie sortit bientôt du bâtiment en balançant un sac en papier blanc au bout du bras. Elle posa ses achats devant Bourne : une chemise, un jean, des sous-vêtements et des chaussettes. Tandis qu'il se débarrassait de sa chemise en lambeaux, elle grimpa sur le siège à côté de lui.

« Parfait », dit-elle en voyant le flacon de désinfectant et le rouleau de gaze qu'il avait pris dans la salle de bains avant d'incendier leur maison.

D'une main experte, elle appliqua le liquide sur son torse nu, nettoya les coupures, écorchures et autres abrasions qu'il s'était faites en tombant du conifère. Dans son coin, Vegas fumait en regardant Bourne avec un sourire béat.

« Elle est merveilleuse, n'est-ce pas ? Et au lit, je te raconte pas !

— *¡Estevan, basta !* » Mais elle n'était pas fâchée, au contraire elle riait, secrètement ravie du compliment.

Elle descendit de la jeep et se plaça de dos à Bourne, le temps qu'il ôte le reste de ses vêtements et enfile les neufs.

Deux heures après leurs retrouvailles sur la route, Bourne pénétra en boitant dans l'aéroport de Perales et se dirigea vers le comptoir d'embarquement. Le boitement faisait partie de son rôle, tout comme l'accent londonien qu'il adopta pour s'adresser à l'employé. À sa grande surprise, il n'y avait pas un, ni même deux mais bien trois billets qui l'attendaient au nom de *Mr. Zed*. Il n'y vit aucun numéro de carte de crédit, pas plus que sur le reçu, preuve que Jalal avait eu la bonne idée de régler en espèces. Il demanda qu'on lui prête un fauteuil roulant et s'enregistra au nom de Lloyd Childress, citoyen britannique, en conformité avec l'un des deux passeports qu'il avait conservés. Le troisième, il s'en était défait avant de quitter la Thaïlande puisque la Domna l'avait repéré sous cette identité.

Après cela, il rejoignit le couple dans un coin discret de la salle d'attente et les mit au courant.

« Jalal Essai nous a laissé trois billets. À Bogotá, nous embarquerons sur un vol en direction de Séville avec un changement à Madrid, dit tranquillement Bourne. Il nous a réservé un véhicule à l'arrivée. Les dernières instructions nous seront remises à Séville avec le contrat de location. » Il les regarda l'un après l'autre. « Avez-vous vos passeports ? »

Rosie souleva son cartable. « Ils sont là-dedans depuis des jours.

— Bien », fit Bourne, soulagé. Cela lui évitait de recourir à Deron, son contact basé à Washington qui lui fabriquait tous ses faux papiers. Le temps manquait pour une telle démarche. Ils n'avaient pas seulement la Domna sur le dos. Il fallait supposer que les FARC et les *federales* s'étaient aussi lancés à leur recherche. Malgré sa léthargie, l'armée colombienne ne pouvait mettre à pertes et profits l'incendie du tunnel et l'explosion près de la maison de Vegas. D'un autre côté, tous les trois auraient très bien pu y laisser leur peau. Les enquêteurs mettraient du temps avant d'en avoir le cœur net.

Bourne regarda sa montre. Il leur restait encore deux petites heures avant le décollage. Arrivés à Bogotá, ils devraient encore attendre 90 minutes leur vol transatlantique prévu pour 20 h 10. Le trajet Perales-Bogotá ne l'inquiétait pas outre mesure mais après, ce serait peut-être plus compliqué. Il avait besoin d'un plan.

Il s'excusa. Dans ce petit aéroport régional, il avait peu de chances de trouver ce qu'il cherchait mais comme celui de Bogotá serait sans doute sous surveillance, il n'avait pas le choix. C'était maintenant ou jamais.

Il y avait quatre commerces dans le hall des départs : un drugstore, un magasin de vêtements, un kiosque à journaux proposant également des articles destinés aux voyageurs et une boutique de souvenirs où chaque objet, depuis les tee-shirts jusqu'aux bandanas en passant par les fanions, s'ornait du drapeau colombien à rayures horizontales jaune, bleu et rouge. Ce n'était pas idéal mais il faudrait s'en contenter.

Pendant quinze minutes, il passa clopin-clopant de boutique en boutique, fit tous les achats qu'il estimait nécessaires et régla en espèces.

Quand il retrouva le couple dans la salle d'attente, il répartit les objets entre eux trois. Puis ils passèrent aux toilettes.

« Est-ce vraiment nécessaire ? demanda Vegas en disposant les accessoires de rasage sur l'étagère en inox, vissée au-dessus des lavabos.

— Allez-y », l'encouragea Bourne.

Vegas haussa les épaules puis se jeta de l'eau chaude au visage, appliqua la crème à raser sur sa barbe et sa moustache et se mit au travail.

« Ça doit faire trente ans que je n'ai pas vu mon menton, dit-il en rinçant son rasoir jetable. Je ne vais plus me reconnaître.

— C'est le but recherché », dit Bourne.

Avec la tondeuse qu'il avait achetée, Bourne se fit une coupe militaire, comme chez les marines. Puis il dévissa les pots de maquillage et appliqua du fond de teint sur le menton de Vegas pour obtenir une couleur uniforme. Ensuite, il s'occupa de son propre visage, rougit ses lèvres, creusa ses joues. Quand il eut terminé, il vit Vegas sortir d'une cabine vêtu du costume qu'il lui avait choisi : un short, des claquettes, un chapeau de paille orné d'un bandeau jaune, bleu et rouge et un tee-shirt portant l'inscription MEMBRE DU CARTEL COLOMBIEN.

« *Hombre*, regarde comment tu m'as déguisé ? gémit-il. J'ai l'air d'un idiot. »

Bourne réprima son envie de rire. « Les gens que vous croiserez ne verront que ce tee-shirt », expliqua-t-il.

S'emparant d'une paire de ciseaux, il découpa la jambe gauche de son nouveau jean, lança à Vegas un rouleau de gaze et lui dit : « Faites-moi un bandage du genou au mollet. »

Vegas s'exécuta.

Bourne compléta sa tenue par une paire de lunettes à verres grossissants et lança : « Allons voir de quoi Rosie a l'air.

— J'ai hâte », dit Vegas en grimaçant.

Juste avant de sortir des toilettes, il prit Bourne à part et lui dit à voix basse : « Si jamais quelque chose m'arrivait…

— Rien ne vous arrivera. Nous serons bientôt chez Don Fernando. »

Il serra fort le coude de Bourne. « Vous prendrez soin de Rosie.

— Estevan…

— Mon propre sort m'importe peu. Promettez-moi de la protéger quoi qu'il arrive, *amigo*. »

Le ton grave de Vegas lui fit une forte impression. Bourne acquiesça d'un hochement de tête. « Vous avez ma parole. »

Quand ils regagnèrent le terminal, Bourne boitait nettement.

Rosie les attendait, les mains sur les hanches. Les vêtements que Bourne lui avait achetés lui allaient bien – peut-être trop, se dit-il en voyant Vegas la regarder avec des yeux exorbités.

Ils épousaient ses formes comme une deuxième peau. Son chemisier échancré découvrait la naissance de ses seins et sa jupe courte laissait voir la moitié de ses cuisses bien galbées.

« *¡Madre de Dios !* s'exclama Vegas. Avec ces fringues, elle ferait bander un cadavre. »

Rosie le gratifia d'une moue à la Marilyn Monroe et partit d'un petit rire assorti. « Je suis prête, mon chou, dit-elle à Vegas. Je me sens aussi forte que Xenia la guerrière.

— C'était le but. » Bourne regarda autour d'eux. « Bon, il ne nous reste qu'à trouver le fauteuil roulant. »

*

Hendricks marchait vers la salle de conférences, située à l'étage au-dessous de son bureau. Il avait très envie de téléphoner à son fils Jackie mais ce coup de fil devrait attendre puisque Roy FitzWilliams avait demandé à le voir d'urgence. Le patron d'Indigo Ridge semblait déjà empêtré dans la gestion du projet Samaritain.

La nuit dernière, après avoir déposé Maggie chez elle, il avait passé une heure à chercher où le régiment de Jackie était cantonné. S'il n'avait pas été secrétaire à la Défense, le Pentagone aurait refusé de lui fournir le moindre détail. Non seulement Jackie était en Afghanistan mais il dirigeait les patrouilles de renseignements qui écumaient les montagnes entre l'Afghanistan et l'ouest du Pakistan, où se trouvaient les cavernes servant d'abris aux chefs talibans et aux troupes d'élite d'Al-Qaïda chargées de la protection de Ben Laden. Hendricks avait passé le reste de la nuit éveillé, à penser tantôt à son fils tantôt à Maggie.

Il entra dans la salle et s'installa en bout de table. L'un de ses assistants posa près de lui un tas de dossiers étiquetés Samaritain et les lui ouvrit. Hendricks regarda les documents en essayant d'anticiper les objections de FitzWilliams. Mais son esprit était ailleurs.

Jackie. Jackie arpentait les hauts plateaux afghans. Maggie avait accompli ce miracle : grâce à elle, il était redevenu un père aimant. Après avoir passé des années claquemuré dans sa douleur, il n'avait de cesse que de revoir son fils. Ce dîner en tête à tête, si banal en soi, avait été pour lui un îlot de normalité dans un océan de solitude forcenée. Il voyait à présent combien il s'était coupé de la vie réelle en s'immergeant dans son travail avec une constance suicidaire, ignorant tout ce qui aurait pu lui donner envie de reprendre le cours de son existence.

FitzWilliams était en retard, ce qui permit à Hendricks de reporter sa colère sur lui. Lorsque le patron d'Indigo Ridge fit irruption dans la pièce, affable et sémillant, Hendricks l'accueillit en aboyant :

« Asseyez-vous, Roy. Je vous ai attendu.

— Je suis désolé, dit FitzWilliams en s'avachissant sur un fauteuil comme un ballon qui se dégonfle. Ce retard est indépendant de ma volonté.

— Encore ce prétexte bidon, s'écria Hendricks. J'en ai marre de bosser avec des gens qui passent leur temps à se trouver des excuses. Assumez vos responsabilités, merde ! » Il se mit à tourner les pages d'un dossier. « Ce retard est entièrement de votre faute, Roy.

— Oui, m'sieur. » Les joues de FitzWilliams avaient viré au pourpre. Les sons peinaient à émerger de son gosier. « Franchement, je suis désolé. Ça ne se renouvellera pas, je vous le promets. »

Hendricks s'éclaircit la gorge. « Bon, quel est votre problème ? »

*

Le Monition Club se trouvait au 5 rue Vernet, dans un grand bâtiment de pierre ocre à l'allure vaguement médiévale entourant un jardin austère où des sentiers de gravier formaient des arabesques entre des haies de buis taillées. Au centre, un bosquet en forme de fleur de lys, symbole de la monarchie française. L'absence de fleurs conférait à l'ensemble une beauté monacale.

Soraya laissa Aaron sonner à la porte. Elle se tenait en retrait, juste devant Amun qu'elle sentait bouillir intérieurement. La relation qu'il avait sciemment instaurée entre eux trois la mettait mal à l'aise.

Pendant qu'on les faisait entrer, Soraya en vint même à se demander si elle l'avait jamais aimé ou si elle s'était bercée d'illusions. Hier, cette question ne lui serait pas venue à l'esprit mais voilà qu'à présent, ses certitudes semblaient sur le point de se dissoudre comme un mirage. C'était effrayant cette faculté qu'avait l'être humain de se raconter des histoires, de s'autopersuader d'éprouver tel ou tel sentiment.

La jeune femme qui leur montra le chemin n'avait rien d'exceptionnel : taille moyenne, corpulence moyenne, cheveux bruns, petit chignon. Jusqu'à son expression vague, dépourvue de toute personnalité.

Ils cheminèrent dans des couloirs éclairés par une lumière tamisée. Les murs couverts de bois précieux supportaient à intervalles réguliers des cadres renfermant des pages de manuscrits enluminés. La moquette épaisse couleur anthracite étouffait le bruit de leurs pas. On aurait cru marcher sur la mousse d'une forêt.

Finalement, la personne s'arrêta devant une porte en palissandre à laquelle elle frappa trois coups discrets. Une voix lui signifia d'entrer. Elle s'écarta pour les laisser passer.

La première pièce ressemblait à un bureau doublé d'une salle d'études. Au centre, une table de réfectoire en bois massif. Autour, des bibliothèques montant jusqu'au plafond abritaient d'épais volumes, d'âge vénérable pour certains. Un peu partout, des fauteuils à haut dossier. Dans un coin, un énorme globe terrestre représentant le monde tel qu'on se le figurait au XVIIe siècle. Au-delà, on apercevait une autre pièce, plus moderne, plus colorée, moins ornée. Comme le salon d'une maison normale.

Quand ils entrèrent, un homme juché sur une échelle roulante pivota dans leur direction en les observant pardessus ses lunettes en demi-lune.

« Ah, inspecteur Lipkin-Renais, je vois que vous avez amené des renforts. » Il descendit de son perchoir et s'approcha du groupe. « Directeur Donatien Marchand, à votre service. »

Amun força le passage et avant qu'Aaron n'ouvre la bouche pour faire les présentations il lança en s'inclinant : « Amun Chalthoum, chef d'al-Mokhabarat, Le Caire. » Sa posture militaire, vaguement menaçante, produisit un réflexe défensif chez Marchand. Il resta interdit, une étincelle brillant au fond de ses yeux noirs, puis il se détendit et le gratifia d'un sourire purement diplomatique.

« Si je comprends bien, vous êtes venu me parler de la regrettable disparition de M. Laurent. »

Aaron pencha la tête. « C'est donc ainsi que vous présenteriez la chose ?

— Je ne vois pas d'autre façon. » Marchand épousseta méticuleusement le bout de ses doigts. « Que puis-je faire pour vous aider ? »

C'était un homme de petite taille. Soraya lui donna une bonne cinquantaine d'années, mais il les portait bien. Ses longs cheveux grisonnaient aux tempes, sinon ils étaient d'un noir profond où jouaient les reflets métalliques d'une aile de corbeau.

Aaron consulta ses notes. « Laurent a été renversé par une voiture place de l'Iris, à La Défense, à 11 h 37. » Il leva brusquement la tête et regarda le directeur dans les yeux. « Que faisait-il là-bas ? »

Marchand écarta les mains. « J'avoue que je n'en ai aucune idée.

— Ce n'est pas vous qui l'avez envoyé à la Défense ?

— J'étais à Marseille, inspecteur. »

Aaron lui décocha un sourire glacial. « M. Laurent avait un téléphone portable. Je suppose que vous aussi.

— Bien évidemment, répondit Marchand, mais je ne l'ai pas appelé. En fait, je n'ai eu aucun contact avec lui pendant les quelques jours qui ont précédé mon voyage dans le Sud. »

Soraya tourna les yeux vers Amun, lequel semblait avoir perdu tout intérêt pour la conversation. Il regardait ailleurs, étudiant le dos des livres rangés sur les étagères.

Aaron s'éclaircit la gorge. « Donc, si je comprends bien, vous ignorez quelle affaire a pu pousser M. Laurent à se rendre à la Banque d'Île-de-France, voilà deux jours. »

Très astucieux d'avoir attendu jusqu'à présent pour mentionner la Banque d'Île-de-France, songea Soraya.

Marchand cligna les paupières, comme aveuglé par une forte lumière. « Je vous demande pardon ?

— Avant qu'on l'assassine…

— Comment cela ? » De nouveau, Marchand cligna les yeux.

C'est bon, il est ferré, se dit Soraya.

« Avant qu'on l'assassine, M. Laurent était votre assistant, n'est-ce pas ?

— En effet.

— Eh bien alors, M. Marchand. La Banque d'Île-de-France. » Aaron avait accéléré le rythme de l'interrogatoire et durci le ton de sa voix. « Dites-moi ce que M. Laurent faisait là-bas ? »

Marchand répliqua sur un ton presque hargneux : « Je vous ai déjà répondu, inspecteur. » Il perdait son sang-froid, ce qui était le but de la manœuvre.

« Oui, oui, vous avez prétendu ne rien savoir.

— C'est la vérité. »

Quand Soraya vit Aaron tourner une page de son calepin, elle ressentit une certaine jubilation. Aaron ouvrit la bouche pour parler. *Nous y voilà*, pensa-t-elle.

« Votre réponse m'intrigue, monsieur le directeur. En effet, d'après mes recherches, l'essentiel des sommes dévolues au financement de cette branche du Monition Club provient de comptes ouverts à la Brive Bank. »

Marchand confirma d'un signe de tête. « Et alors ? La plupart de nos membres fondateurs possèdent des comptes chez Brive. Ces personnes nous font d'importantes donations chaque année.

— J'applaudis leur altruisme, dit Aaron sur un ton léger. Toutefois, je ne m'en suis pas tenu là. Ça n'a pas été simple mais à force de creuser, il m'est apparu que la Brive Bank était une filiale de la Netherlands Freehold Bank of the Antilles, laquelle appartient à… je vous fais grâce de la liste… elle est plutôt fastidieuse. Mais sachez que tout en bas de l'arborescence, on trouve la Nymphenburg Landesbank de Munich. » Aaron choisit cet instant pour reprendre son souffle et par la même occasion, donner un aperçu de la fatigue qui l'avait assailli pendant ce pénible labeur de défrichage.

« La Nymphenburg Landesbank est-elle le dernier maillon de la chaîne ? reprit-il. Eh bien oui. Sur l'instant, cette révélation m'a arrêté dans mon élan. Puis, j'ai décidé de considérer les choses dans le sens inverse. Et vous savez quoi ? Tôt ce matin, j'ai découvert que durant les cinq dernières années, dans la plus grande discrétion, la Nymphenburg Landesbank de Munich a entrepris de racheter, morceau par morceau… » Aaron soupira en haussant les épaules. « Dois-je le dire, monsieur le directeur ? »

Marchand s'était mué en bloc de glace. Soraya regarda ses mains légèrement tendues vers son interlocuteur, et elle dut reconnaître que l'homme savait se maîtriser. Elles ne tremblaient absolument pas.

Aaron eut un sourire de triomphe. « La Nymphenburg Landesbank possède à présent un intérêt majoritaire dans la Banque d'Île-de-France. Si j'ai eu tant de mal à détecter cette prise de contrôle, c'est d'abord parce que la Landesbank et la Banque d'Île-de-France sont des institutions privées. En tant que telles, la loi ne les contraint pas à divulguer les changements intervenant dans leur politique, leur comité de direction, la composition de leur actionnariat. »

Le doigt levé, il fit un pas vers Marchand. « Mais je me suis aperçu que mes difficultés tenaient à autre chose encore. »

Aaron laissa planer un silence de plus en plus pesant. Finalement, n'y tenant plus, Marchand marmonna entre ses dents : « De quoi peut-il bien s'agir, inspecteur ? »

Aaron referma son calepin et le rangea. « À bientôt, M. Marchand. »

Sur ces bonnes paroles, il tourna les talons et sortit. Soraya se précipita derrière lui non sans avoir au préalable empoigné par sa veste Amun qui semblait toujours fasciné par la bibliothèque.

Dehors, le soleil brillait, les oiseaux gazouillaient en voletant d'arbre en arbre.

« Si nous déjeunions ? proposa Aaron. C'est moi qui invite.

— Je n'ai pas faim. Je préférerais passer à notre hôtel, répliqua Amun.

— Eh bien moi, j'ai assez faim pour deux », répliqua Soraya en évitant le regard noir de son amant.

Aaron frappa dans ses mains. « Super ! Je connais un endroit parfait. Suivez-moi. »

Soraya devinait qu'Amun n'avait nullement l'intention de les suivre mais, à moins de se mettre en quête d'une station de taxi, il devrait malgré tout y consentir.

« Pourquoi n'avez-vous pas répondu à sa dernière question ? demanda Soraya en trottinant derrière Aaron.

— On n'avait pas le temps. »

C'était un faux prétexte, mais Soraya n'insista pas. Visiblement, Aaron ne souhaitait pas parler devant Amun.

Ils regagnèrent la Citroën et, quand ils furent installés, Soraya à l'avant, Amun sur la banquette arrière avec sa valise, Aaron mit le contact. Avant qu'il ne démarre, Amun se pencha et lui prit le bras.

« Une seconde », dit-il.

Soraya s'alarma. Les deux hommes allaient-ils en venir aux mains ? Si Amun avait envie de se battre, ce serait à elle de l'en dissuader.

« Amun, il faut qu'on y aille », dit-elle sur un ton aussi calme que possible. Elle savait de quoi il était capable quand il s'énervait ; heureusement, il ne s'en était jamais pris à elle.

« J'ai dit d'attendre », articula-t-il de cette voix qui changeait les gens en pierre.

Aaron lâcha le levier de vitesse et se tourna à demi sur son siège. Il fallait reconnaître que cet homme avait de la patience à revendre.

« Vous avez fait du bon travail. » Amun regarda Aaron droit dans les yeux. « J'ai admiré votre technique.

— Merci. »

Manifestement Aaron se demandait où cet échange allait mener. Soraya aussi, d'ailleurs.

« Vous avez touché le point faible de Marchand et vous êtes parti en le laissant mariner dans son jus, poursuivit Amun. Je regrette seulement que vous n'ayez pas placé de micro dans son bureau. Cela nous aurait permis de savoir à qui il téléphone en ce moment. »

Aaron parut légèrement déconcerté par les manières directes d'Amun. « On n'est pas en Egypte. Je n'ai pas le droit de placer les gens sur écoute à moins d'une autorisation en bonne et due forme.

— Non, vous n'avez pas le droit. » Amun ouvrit la fermeture Éclair de son sac et sortit un boîtier noir gros comme un iPod de première génération, avec un genre de grille au bout. « Mais moi si. »

Soudain, la voix de Donatien Marchand résonna dans l'habitacle. Il téléphonait.

« ... Dieu seul le sait. »

...

« Pas vraiment, non. Ce n'est pas la première fois que je reçois la visite d'un enquêteur du Quai d'Orsay. »

...

« Certainement, mais je vous dis que ce coup-ci, c'est différent. »

...

« Non, je ne vois pas pourquoi. »

Un silence, plus long que les autres.

« C'est l'Égyptien. Avoir devant soit le chef d'al-Mokhabarat... »

...

« Vous dites n'importe quoi. J'aurais voulu vous y voir. Ce type fait froid dans le dos. »

…

« Je ne sais pas ce que... »

…

« Vous n'avez qu'à essayer. On voit bien que vous n'y étiez pas. »

…

« Vraiment ? Et encore, je ne vous ai pas parlé de la femme... Soraya Moore. »

…

« Vous la connaissez ? Eh bien pas moi. Et c'est elle qui m'inquiète le plus. »

…

« Elle ne parle pas mais rien ne lui échappe. Ses yeux sont comme des rayons X. J'ai eu le malheur de me frotter à des gens comme elle, autrefois. Ça finit toujours mal... très mal. Comme si on avait besoin de ça. L'affaire Laurent est déjà assez pénible. »

…

« Non, je n'y crois pas ! De qui pourrait-il s'agir ? »

S'ensuivit un autre silence. Donatien Marchand parut accuser le coup avant de reprendre :

« Vous n'êtes pas sérieux. Pas lui. Enfin je veux dire, c'est forcément quelqu'un d'autre. »

…

« Je vois. »

Marchand poussa un soupir résigné.

« Quand ? »

…

« Pourquoi est-ce à moi de le faire ? »

…

« Bon d'accord. » Marchand parvint à affermir sa voix. *« Je lui transmets les ordres sur-le-champ. Le tarif habituel ? »*

Un instant plus tard, Marchand coupa la connexion. Dans la Citroën, les trois espions ne pipaient mot. L'atmosphère était tendue. Soraya sentait son cœur cogner lentement au fond de sa poitrine. Espionner une conversation était une chose, entendre que vous étiez un élément clé de cette conversation en était une autre.

« Qu'en dites-vous ? fit Aaron légèrement essoufflé.

— J'ai dans l'idée que Marchand a reçu l'ordre d'engager un tueur », proposa-t-elle.

Aaron acquiesça. « C'est aussi mon impression. » Il tourna la tête. « Amun ? »

L'Égyptien regardait fixement par la vitre de la voiture sans daigner répondre. « Le voilà », dit-il en désignant Marchand qui venait d'émerger du Monition Club. L'homme monta dans une BMW noire et démarra.

Quand Aaron engagea la filature, Amun lança à la cantonade : « Je suppose que ça vous a coupé l'appétit. »

*

Une chose était sûre, les *federales* recherchaient Bourne, du moins l'individu circulant sous l'identité que Bourne avait utilisée pour entrer en Colombie. Or cette identité n'existait plus, de même que l'homme figurant sur la photo floue que les flics faisaient circuler dans le terminal des départs internationaux de l'aéroport de Bogotá.

« Ne vous tracassez pas, dit Bourne assis dans son fauteuil roulant. C'est moi que la police recherche. Vous ne les intéressez pas, Rosie et vous.

— Mais la Domna a des ramifications partout…

— C'est possible, le coupa Bourne, mais je doute fort qu'ils aient envie d'impliquer les *federales*. Les flics posent trop de questions. »

Bourne avait beau faire, Vegas n'était pas rassuré. Il émanait de lui le genre d'énergie que génère la peur. C'était préoccupant car un homme qui a peur se repère à un kilomètre.

Bourne lui demanda de pousser son fauteuil roulant jusqu'au salon de la classe affaires. En entrant, Bourne présenta leurs billets à l'hôtesse, une jeune femme mince et très bronzée qui les installa personnellement dans un endroit adapté aux passagers handicapés avant d'aller chercher un serveur. Bonne nouvelle, pensa Bourne, le personnel de l'aéroport le considérait désormais comme un infirme. Mais ce subterfuge servait avant tout à détourner l'attention des *federales*. Et rien encore ne prouvait qu'il fonctionnerait avec eux.

Quand le serveur se présenta, Bourne commanda un verre d'alcool pour Vegas. Rosie choisit sa boisson ; Bourne ne prit rien.

« Je me sentirai mieux dès que je reverrai Don Fernando, dit Vegas.

— Cessez de regarder autour de vous comme ça, ordonna Bourne. Restez concentré sur moi. » Il se tourna vers Rosie. « Tenez-lui la main et ne la lâchez pas, quoi qu'il arrive. »

Rosie n'avait pas ouvert la bouche depuis qu'ils avaient débarqué de l'avion assurant la liaison Perales-Bogotá. Mais Bourne la sentait relativement détendue. Elle semblait toujours persuadée que Vegas la protégerait.

Dès qu'elle lui prit la main, Vegas se calma, ce qui tombait bien car, au même instant, deux policiers pénétrèrent dans la salle pour interroger les deux hôtesses d'accueil. Quand ils leur présentèrent la photo de Bourne, elles secouèrent négativement la tête. Nullement satisfaits de leur réponse, les flics décidèrent de faire le tour du salon.

Vegas ne les avait pas encore vus, contrairement à Rosie. Elle regardait fixement Bourne qui lui sourit avant d'éclater de rire comme si elle venait de faire une plaisanterie. Comprenant son manège, Rosie l'imita.

« Que se passe-t-il ? s'étonna Vegas. Qu'y a-t-il de drôle ?

— D'ici deux minutes, vous allez voir passer deux *federales*. »

De nouveau, le visage de Vegas se contracta sous l'effet de la peur. C'était un homme de la campagne, peu habitué aux espaces confinés. Dans cette salle calfeutrée, il se sentait pris au piège.

Il avait presque fini son verre. Sous sa peau soudain livide, Bourne devinait les os de son crâne ; un cadavre aurait eu meilleure apparence. Pour qu'il se relaxe un peu, Bourne lui posa des questions sur les gisements pétroliers. Il lui demanda comment les choses se passaient quand il était jeune et qu'il apprenait son métier, à une époque nettement plus périlleuse qu'aujourd'hui. Comme prévu, Vegas s'anima. Cet homme adorait son travail et le connaissait sur le bout des doigts. De son côté, Rosie paraissait aussi captivée par son discours qu'un ingénieur géologue.

Les *federales* approchaient rapidement. Leurs vestons déboutonnés laissaient voir les pistolets qu'ils portaient à la ceinture. Ils marchaient en roulant des mécaniques, la main sur la crosse. La tension était palpable. Rosie elle-même commençait à paniquer.

« J'ai vu le tamarinier, près de chez vous, dit Bourne. Et la croix sur la tombe.

— C'est une chose dont nous ne parlons pas, répondit Vegas en tremblant.

— *Mi amor, cálmate.* » Rosie l'embrassa sur la joue. « Il ne pouvait pas savoir.

— Je n'avais pas l'intention… »

D'une main, elle lui intima le silence. « Vous ne pouviez pas savoir », répéta-t-elle d'un air lugubre. Elle se tourna vers Vegas, lui fit un sourire poignant et s'adressa de nouveau à Bourne en disant : « Notre fils. Il avait neuf jours et dans ses yeux, on voyait déjà que l'univers lui appartenait. » Une larme glissa sur sa joue. Elle l'essuya d'un revers de main. « C'est cela qui est merveilleux avec les enfants, avant qu'ils ne soient corrompus par le monde des adultes.

— Nous ignorons de quoi il est mort. » Chacun des mots qui sortaient de la bouche de Vegas semblait lui causer une terrible douleur. « Mais qu'est-ce que j'en sais ? Je sais d'où je viens mais pas où je vais.

— Les enfants ont besoin qu'on les protège », intervint Rosie comme si les paroles de Vegas l'avaient perturbée.

Les *federales* n'étaient plus qu'à quelques pas.

Bourne dit : « Rien n'est perdu. Vous en aurez d'autres. »

Vegas et Rosie le dévisagèrent.

« Mais le docteur a dit… balbutia Rosie.

— C'était un docteur colombien, un médecin de campagne. Il y a des spécialistes à Séville, à Madrid. Si j'étais vous, je ne perdrais pas espoir. »

Les deux *federales* passèrent devant eux en paradant. Leurs yeux s'attardèrent sur les trois touristes : l'infirme en fauteuil roulant était sans doute un vétéran américain ; l'homme plus âgé portait un tee-shirt si ridicule qu'ils s'esclaffèrent en lisant le logo imprimé dessus. Mais ce fut Rosie, avec sa poitrine pigeonnante et ses jambes fuselées, qui retint le plus leur attention.

Puis ils disparurent comme une nuée d'orage dispersée par le vent et tous les voyageurs dans le salon poussèrent un soupir de soulagement.

*

Maggie – ce prénom lui collait tant à la peau qu'elle avait presque oublié qu'elle s'appelait Skara – s'apprêtait à faire son rapport quotidien à Benjamin El-Arian. Elle se prélassait dans son lit, nue sous les draps, les yeux rivés sur le mobile crypté qu'elle n'utilisait que pour communiquer avec El-Arian. Soudain, elle détourna le regard. L'aube diaprait d'or et de bleu pâle les rideaux en lin brut de sa chambre. À cette heure, la ville était si calme qu'on aurait pu entendre le crépitement de la lumière dissipant peu à peu les ténèbres.

Parmi les pensées qui tournoyaient sous son crâne, certaines étaient contradictoires. En premier lieu, elle n'avait pas envie de parler à Benjamin. Cet homme la ramenait vers une autre vie, une vie qu'elle avait choisie certes, mais à contrecœur.

Quelle drôle de situation, se disait-elle. La vie vous contraignait à prendre des décisions. On croyait avoir le choix puis on s'apercevait que c'était une illusion. La vie n'était qu'un absurde tourbillon ; plus on tentait d'y mettre de l'ordre plus elle vous emportait irrésistiblement. Et tout se terminait par des larmes.

Elle avait déjà tant pleuré. En voyant leur mère couchée sur la dalle de la morgue, elle et ses deux sœurs avaient éclaté en sanglots. Ce jour-là, elle s'était promis de ne plus verser de larmes. Et jusqu'à la nuit dernière, elle avait tenu bon. Que s'était-il produit pour qu'elle rompe sa promesse ? Qu'y avait-il de si particulier chez Christopher Hendricks ? Elle avait passé des heures éveillée à ruminer la question, à disséquer les moindres détails de cette soirée, chaque geste, chaque inflexion de voix. Mais plus elle réfléchissait, plus l'image de cet homme s'imposait à elle.

Vers quatre heures du matin, ne trouvant pas de réponse, elle s'était couchée en chien de fusil, les yeux fermés, en priant pour que vienne le sommeil. Souvent, au moment de s'endormir, elle pensait à ses sœurs. Mikaela avait perdu la vie en essayant de les venger ; en revanche, Kaja était encore de ce monde. Par accord mutuel, elles avaient rompu le contact depuis de nombreuses années. Maggie revoyait le groupe qu'elles avaient formé toutes les trois. Depuis leur plus tendre enfance, les triplées avaient pris l'habitude de se tenir front contre front, pour mieux ressentir la chaleur qui les traversait en circuit fermé et les isolait du monde extérieur – de ce pays qu'elles détestaient, l'Islande –, pour mieux conjurer le souvenir de la trahison paternelle. Leur père n'avait rien fait pour sauver leur mère.

Il l'avait laissée se faire tuer. Au nom de quoi ? De cette organisation secrète à laquelle il appartenait. À présent, elle le revoyait franchir le seuil de leur maison pour s'enfoncer dans la clarté neigeuse de Stockholm. Il était parti sans espoir de retour. Il n'avait plus donné de nouvelles jusqu'à ce qu'elle découvre qu'il avait été tué sur l'ordre d'Alexander Conklin, l'homme qu'il avait reçu pour mission d'assassiner. En apprenant cela, son cœur s'était glacé. Ce deuil, elle n'avait pas osé le partager avec ses sœurs. Pelotonnée dans son lit, à Washington, elle gardait en elle la mélancolie de cet hiver à Stockholm, l'image de son père s'éloignant d'elle, de sa famille. Si elle l'évoquait ainsi avant de s'endormir, c'était dans l'espoir qu'il lui apparaîtrait en songe.

Quand le sommeil la submergea enfin, elle se mit à rêver mais pas de son père. Elle se trouvait dans un complexe sportif avec Christopher. L'endroit était désert et le clair de lune faisait miroiter la surface d'une vaste piscine. Elle baissa les yeux. En bas, Christopher lui souriait en lui faisant des signes. Elle s'aperçut alors qu'elle était perchée sur le plongeoir de haut vol.

Vas-y, lui disait-il. *Ne m'attends pas.*

Elle ne comprenait pas ses paroles mais elle savait qu'elle allait plonger. Elle s'avança jusqu'au bout de la planche, y enroula ses orteils, plia les genoux. L'élasticité de la planche, son rebond lui redonnèrent du courage.

Elle s'élança en décrivant un arc magnifique, les bras tendus devant elle, les mains jointes comme pour prier. L'eau s'approchait d'elle à toute vitesse.

Sous le clair de lune argenté, l'eau devenue miroir lui renvoya un reflet juste avant qu'elle ne crève la surface. Mais ce n'était pas son visage qu'elle voyait. C'était celui de Christopher.

Elle se réveilla. À l'autre bout de la chambre, les rideaux rosissaient sous la clarté de l'aube. Encore engluée dans les brumes de son rêve, elle crut voir des algues flotter devant sa fenêtre. Elle était sous l'eau, tout au fond de la piscine, en train de remonter vers la surface. Quand cette image s'effaça et qu'elle reprit pied dans la réalité, elle comprit enfin ce qui lui arrivait. Christopher et elle se ressemblaient comme frère et sœur. Cette révélation lui venait du tréfonds de son être. Le seul fait d'y penser lui donna la chair de poule.

Elle se dressa dans son lit. Le sang battait à grands coups dans ses oreilles.

« Mon Dieu, dit-elle à haute voix, qu'est-ce que je vais devenir. »

*

Peter reprit conscience dans une ambulance qui fonçait à travers les rues de la ville, toutes sirènes hurlantes. Sanglé sur une civière, il se sentait aussi faible qu'un nouveau-né.

« Où suis-je ? Que s'est-il passé ? » fit-il d'une petite voix nasillarde qu'il ne reconnut pas à cause du sifflement persistant qui vrillait dans sa tête.

Un visage se pencha au-dessus de lui. Un jeune homme blond au sourire amical.

« Ne vous inquiétez pas, vous êtes entre de bonnes mains. »

Peter voulut s'asseoir mais les sangles l'en empêchèrent. Puis, tout à coup, comme une locomotive surgissant du brouillard, les images affluèrent. Il marchait dans un parking souterrain, il démarrait le moteur de sa voiture au moyen de la télécommande. Après cela, le ciel lui tombait sur la tête. Une vision d'apocalypse. Sa bouche était sèche, ses lèvres collantes. L'odeur métallique qui lui emplissait les narines lui donnait la nausée.

Il se souvint de Hendricks. Il fallait absolument qu'il l'appelle pour l'informer de ce qui lui était arrivé. Il devait également découvrir qui l'avait attaqué et pourquoi. Oubliant qu'il était attaché, il voulut lever la main droite.

« Hé, bredouilla-t-il, enlevez-moi ces sangles. J'ai besoin de mon téléphone.

— Désolé, mon vieux, impossible. » Le blond se tourna vers lui en souriant. « Je ne peux pas vous détacher tant que le véhicule est en marche. C'est le règlement. Si vous vous blessez, vous pouvez me traîner en justice.

— Dans ce cas, qu'on arrête la voiture.

— Pas possible, dit l'homme. Le facteur temps est essentiel. »

Peter retrouvait rapidement ses esprits ; en revanche, son corps ne répondait pas. Il avait l'impression d'avoir couru un marathon. « Je vous assure, je me sens beaucoup mieux. »

L'infirmier afficha une expression contrite. « Je crains que vous ne soyez mal placé pour en juger. Vous êtes encore en état de choc. Vous n'avez pas les idées claires. »

Peter leva la tête. « Je vous ai dit d'arrêter cette voiture. Je suis un fonctionnaire fédéral, je travaille sous les ordres directs du secrétaire à la Défense. »

Le visage du blond se renfrogna soudain. « Nous sommes au courant, M. Marks. »

Le cœur de Peter s'emballa. Il se débattit, tira sur ses sangles. « Détachez-moi, putain ! »

C'est alors que le prétendu infirmier sortit un Glock dont il posa délicatement le canon contre la joue de Peter. « On se calme et on profite de la balade, d'accord ? Nous avons du temps devant nous. »

Cette ambulance ne l'emmenait donc pas dans un hôpital. Peter scruta le visage du blond, son expression fermée à double tour. Ces gens avaient-ils piégé sa voiture ?

« Navré d'avoir fait capoter vos plans », marmonna Peter.

L'homme le regarda en écartant le Glock.

« Vous vouliez que je meure dans l'explosion », poursuivit Peter.

D'un geste tendre, l'homme caressa le canon de son pistolet.

« J'avoue que je suis impressionné, reprit Peter. Comment avez-vous fait pour déjouer les mesures de sécurité et piéger ma voiture dans le parking ? »

Le blond ricana et s'adressa à un comparse que Peter ne voyait pas : « Qui a dit qu'on l'avait piégée dans le parking ? »

Donc c'était bien eux. Et ils savaient où il habitait. Restait à apprendre pour qui ils travaillaient et – question plus urgente – combien ils étaient dans cette ambulance. Trois sans doute : le chauffeur, le blond et l'homme auquel ce dernier venait de parler. Ce qui n'excluait pas la présence d'un quatrième, à l'avant, peut-être armé d'un fusil. Une chose était claire : ces types étaient bien entraînés et bien financés.

L'ambulance vira à angle droit au coin d'une rue. Le brancard aurait pu déraper latéralement s'il n'avait été fixé au sol. Pourtant, la tension exercée sur les sangles fut telle qu'elles se desserrèrent légèrement. Peter libéra discrètement sa main gauche et chercha à tâtons le levier de déverrouillage sous la civière. Il le trouva, l'empoigna d'une main ferme et attendit l'occasion de s'en servir.

L'ambulance poursuivait son chemin en ligne droite. Peter commençait à désespérer quand il sentit une forte poussée due à la force centrifuge. Le véhicule s'apprêtait à tourner. Au sommet du virage, il actionna le levier. Le brancard percuta les genoux du faux infirmier et repartit dans l'autre sens. Peter dégagea sa main droite. Quand le blond bascula sur lui, il lui arracha son pistolet et, sans lui laisser le temps de se ressaisir, lui asséna un coup de crosse sur la tempe.

Le deuxième homme surgit et se jeta sur Peter qui pressa la détente. L'autre fut projeté en arrière contre la portière. Peter détacha les sangles qui le maintenaient encore et descendit du brancard.

Au même instant, il sentit que l'ambulance ralentissait. Sans perdre de temps, Peter enjamba les deux corps, ouvrit les portes et sauta. Il roula sur une hanche et se reçut sans trop de dommages mais, quand il voulut se relever, découvrit que ses jambes ne lui obéissaient plus.

L'ambulance s'était arrêtée quelques mètres plus loin. Déjà, le chauffeur se précipitait vers lui. Affolé, Peter chercha le Glock qu'il avait lâché dans sa chute. L'arme gisait dans le caniveau. S'il en avait eu le temps, il aurait pu tenter de ramper jusque-là.

Malheureusement, le tueur l'avait déjà rejoint. Peter était trop faible pour se défendre efficacement, et a fortiori pour répliquer. Derrière ses paupières, il vit exploser des myriades de points lumineux, puis une vague d'obscurité déferla sur lui malgré les efforts qu'il déployait pour rester conscient.

Un homme qui se noie n'aurait pas ressenti de plus grande détresse. Peter se trouvait dans une situation cauchemardesque, réduit à l'impuissance, contraint à encaisser les coups sans rien pouvoir faire. Il se sentit emporté dans un tourbillon de violence, la douleur devenait insupportable. Puis soudain, à l'instant où il croyait sa dernière heure venue, se produisit une accalmie. Un souffle de vent lui caressa le visage. Il distingua la lumière du soleil et l'odeur douceâtre du gaz d'échappement s'échappant d'une moto.

Un visage flou, brouillé comme un ciel d'orage, apparut dans son champ de vision.

« T'inquiète pas, chef, t'es pas encore mort. »

15

Dans la clarté humide du matin, Jalal Essai s'en fut arpenter les rues tortueuses de Cadix. Le ciel était dégagé, de petits nuages cotonneux filaient vers le sud. L'air frais sentait le sel et l'iode. Profitant du vent favorable, plusieurs voiliers prenaient le large. La plupart des boutiques pour touristes étaient encore fermées ; leurs rideaux métalliques baissés ressemblaient à des murailles de châteaux miniatures. Sur la ville planait l'atmosphère mélancolique des stations balnéaires en période hivernale.

Après avoir longé plusieurs cafés proches de la maison de Don Fernando, il en choisit un donnant sur la mer. Sur son vélum bleu et blanc, ressortait une ancre rouge. Il s'assit à une petite table ronde légèrement en retrait du trottoir et commanda un petit déjeuner.

Des vélos passèrent devant lui en bourdonnant comme de gros insectes. Mais à part quelques rares voitures et camions de livraison, le quartier dormait encore. On lui amena du café et des viennoiseries. Il porta la tasse à ses lèvres, goûta et, s'estimant satisfait, ajouta juste un nuage de lait. Puis il mordit dans une brioche moelleuse et se cala dans son siège, en respirant à pleins poumons.

Jalal démarrait chacune de ses journées par le même rituel : en passant en revue les diverses étapes de son programme. Exercice indispensable puisque le programme en question ne cessait de changer, constamment perturbé par une série d'événements imprévisibles. Il avait l'impression d'assembler sans cesse le même puzzle mais avec des pièces chaque fois différentes. En général, ces perturbations étaient dues à des interventions humaines. Les acteurs impliqués – volontairement ou pas – dans son grand projet agissaient souvent en dépit du bon sens. Du coup, il devait les surveiller de près. Une tâche fastidieuse dont il se serait bien passé si l'enjeu n'avait été si important pour lui.

Mais comment faire pour les surveiller tous ? Par exemple, Estevan Vegas était un vieil ami de Don Fernando mais il ne représentait rien pour Jalal Essai ; contrairement à Bourne qui occupait une place de choix à l'intérieur de son organigramme. Cet homme était la constance incarnée ; sa loyauté faisait de lui un acteur totalement prévisible, surtout dans les situations extrêmes. Or, la situation actuelle revêtait ce caractère d'urgence. Benjamin El-Arian avait commis une terrible erreur en envoyant Boris Karpov assassiner Jason Bourne. Il n'avait pas compris qu'il risquait d'obtenir le résultat inverse. El-Arian ne connaissait pas Bourne aussi bien que lui – en fait, il ignorait presque tout de lui. Jalal tablait sur cette erreur de jugement, tout comme il avait tablé sur Bourne pour ramener de Colombie Vegas et sa femme.

Il en était à se féliciter de son talent de grand manipulateur lorsqu'il vit quelque chose bouger sur sa droite. Au lieu de tourner la tête, il resta immobile, le regard sur l'horizon, pendant que Marlon Etana, comme surgi d'un brouillard lumineux, s'avançait d'un bon pas vers la terrasse protégée par le vélum bleu et blanc marqué d'une ancre rouge.

*

« Par ici, dit Lana Lang. Vite ! »

Karpov la suivit dans les rues encombrées de Munich jusqu'à une petite Opel vert foncé. Des trombes d'eau se déversaient du ciel gris acier.

« Montez », dit-elle en se glissant derrière le volant. Comme il ne bougeait pas, elle insista. « Alors, qu'est-ce que vous attendez ? »

Boris attendait l'inspiration. Marcher dans la rue avec une inconnue était une chose, s'enfermer avec elle dans un espace mobile et exigu en était une autre. Dans sa tête, tous les voyants étaient passés au rouge.

« Dites donc, s'énerva-t-elle, ce n'est vraiment pas le moment. Le temps presse. »

Le temps presse, songea Karpov en montant en voiture. *C'était toujours la même rengaine. Il n'avait jamais le temps de rien.* Son existence n'était qu'une accumulation de besoins, d'obligations, de compromis, d'échanges de bons procédés. La vie politique lui faisait l'effet d'une partie de chaises musicales à laquelle il devait participer inlassablement, sans perdre de vue le siège qu'on lui avait attribué de peur qu'un autre s'y asseoie dès que la musique s'arrêterait. Malgré toutes ces années de travail acharné, malgré tous les crimes atroces qu'il avait commis au nom de l'État, malgré les décorations invisibles accrochées à la veste de son uniforme – invisibles parce que remportées sur un champ de bataille clandestin, au service d'une guerre secrète –, il regardait sa vie se dérouler devant ses yeux comme s'il n'en était que le spectateur.

Lana Lang conduisait vite et nerveusement à travers le labyrinthe des rues. Boris appréciait sa manière de tenir le volant, sa maîtrise et son absence d'appréhension malgré le déluge et les risques de dérapage. Cette femme était sur son territoire, pensa-t-il, alors que dans la brasserie, il l'avait prise pour une jeune écervelée captivée par les magazines de mode. Raison pour laquelle il avait d'abord hésité à l'accompagner.

Toutes les dix secondes, elle regardait dans ses rétroviseurs, intérieur et extérieur. Elle franchissait les feux à l'orange, empruntait des chemins détournés, enfin pour peu que Boris puisse en juger.

« Où allons-nous ? » demanda-t-il.

Le sourire mystérieux qu'elle lui décocha ne fit qu'accroître son étonnement. Décidément, elle était surprenante.

« Quelque part où personne ne pourra me trouver, je suppose, ajouta Boris.

— Pas exactement. » Le sourire mystérieux s'épanouit. « Je vous emmène dans le seul endroit où personne ne pensera à vous chercher. »

Elle mit le pied au plancher. Boris sentit son dos s'enfoncer dans son siège. « On peut savoir où ? »

Elle le laissa mariner quelques secondes, lui lança un regard espiègle et finit par dire : « Vous donnez votre langue au chat ? dit-elle. La Mosquée. »

*

Paris s'enroulait en colimaçon de part et d'autre de la Seine, ses arrondissements formant une spirale. En filant la BMW de Marchand, Aaron pénétra dans une cité de la banlieue nord. Tout ici paraissait à l'abandon ; les rues étaient sales, les immeubles en béton surpeuplés et dégradés.

Toujours attentive à l'ambiance qui régnait entre les deux hommes, Soraya sentit la tension remonter d'un cran. Pourquoi cela ? Aaron semblait mal à l'aise dans cet environnement. En les voyant passer, les gens les regardaient de travers. Les vieilles femmes chargées de filets à provisions pressaient le pas à leur approche. Les bandes de jeunes qui tenaient les murs en fumant se tournaient vers eux, attirés par leur voiture comme des chiens errants par les reliefs d'un repas. Il suffisait d'observer les habitants du quartier pour sentir qu'ils n'étaient pas les bienvenus. On leur avait même jeté une bouteille qui avait explosé sur le flanc de la Citroën.

La BMW venait de tourner à gauche dans une ruelle. Aaron se gara au bord du trottoir et sortit le premier de la voiture. Amun intervint. « Étant donné l'atmosphère dans le coin, il vaudrait peut-être mieux que vous restiez à l'abri. »

Aaron se hérissa. « Je connais Paris.

— On n'est pas à Paris, répliqua Amun. Et Soraya et moi sommes musulmans. On va s'occuper de cette affaire, d'accord ? »

Soraya vit une ombre passer sur le visage d'Aaron. « Il a raison, lui dit-elle sans le brusquer. Prenez un peu de distance. La situation est loin d'être simple, par ici.

— C'est mon enquête, répliqua Aaron d'une voix frémissante. Et vous êtes mes hôtes. »

Soraya le regarda droit dans les yeux. « Considérez cela comme un cadeau qu'il vous fait.

— Un cadeau ! » s'indigna Aaron. On aurait dit qu'il broyait les mots entre ses dents.

« Vous ne comprenez pas ? Il est dans son élément. Étant donné la manière dont l'enquête se présente, nous avons beaucoup de chance de l'avoir à nos côtés. »

Aaron voulut l'écarter pour passer. « Je ne… »

Elle lui fit barrage de son corps. « Sans lui, nous ne serions même pas là.

— Il est déjà parti », dit Aaron.

Soraya se retourna. Il avait raison. Amun n'avait pas perdu de temps. Il n'était pas question de laisser Marchand s'évanouir dans la nature.

« Aaron, restez dans la voiture. » Elle s'élança dans la ruelle, à la poursuite d'Amun. « Je vous en prie », cria-t-elle en s'éloignant.

L'allée était à la fois étroite, sinueuse et mal éclairée. Elle distingua le dos d'Amun au moment où il passait une porte en métal cabossé. Elle courut et saisit le battant avant qu'il ne se referme. Au moment d'entrer, elle vit au bout de la ruelle la silhouette d'un jeune homme mince comme un fil. Il portait un sweat rouge mais il faisait trop noir pour savoir s'il la regardait.

À l'intérieur, un sinistre escalier en fer menait au sous-sol. Pour unique éclairage, elle dut se contenter d'une ampoule pendant au bout d'un fil électrique. Elle passa dessous en se penchant légèrement et posa le pied sur la première marche. L'oreille aux aguets, elle se mit à descendre, espérant entendre les pas d'Amun – ou de quelqu'un d'autre –, mais elle ne perçut que les craquements du vieux bâtiment bancal.

Elle passa un minuscule palier et continua sa descente, agressée par des odeurs diverses, des relents de moisissure mêlés aux miasmes plus âcres de la matière en décomposition. Elle avait l'impression d'avancer à l'intérieur d'une immense carcasse putréfiée.

Au pied de l'escalier, elle foula des dalles de béton grossier. Des toiles d'araignée frôlèrent ses joues. Dans l'obscurité, des bruits lui parvinrent – des murmures. Elle se dirigea vers eux et quinze mètres plus loin, vit une lumière tremblotante et dans son halo, une série de pièces semblables aux anfractuosités d'un terrier. Elle s'arrêta net.

À présent, elle entendait nettement les voix. Elle en compta trois mais ne reconnut pas celle d'Amun. Seule l'une d'entre elles lui était familière. La voix de Donatien Marchand.

Se collant contre un mur, elle passa la tête au coin et vit trois hommes dans le rond de lumière prodigué par une antique lampe à huile. Le premier était jeune, mince comme un roseau, avec les yeux sombres, les joues creuses. Un autre, un peu plus âgé, avait une grosse barbe et des mains larges comme des battoirs. En face d'eux se tenait Marchand. Le ton de leurs voix, leurs expressions corporelles révélaient qu'ils discutaient âprement. De quoi ? Et où était Amun ? Quelque part dans le coin ? Que prévoyait-il de faire ? Elle aurait voulu s'approcher pour saisir leurs paroles mais elle eut beau chercher, elle ne vit rien qui puisse lui servir. De guerre lasse, elle dirigea son regard vers le haut. De grosses poutres métalliques s'entrecroisaient au plafond, empêchant le bâtiment de s'effondrer sur la tanière souterraine.

Sans bruit, elle empila plusieurs caisses mises au rebut et grimpa dessus pour atteindre l'une des poutres. Elle l'empoigna, balança les jambes, coinça ses chevilles autour, lâcha les mains et d'un coup de reins, se retrouva assise à califourchon sur la barre d'acier. Pour ne pas se faire repérer, elle prit bien garde à ne pas faire tomber les saletés accumulées dessus – crasse, toiles d'araignée pétrifiées, carapaces d'insectes iridescentes et autres déjections de rats. Soraya se mit à ramper en direction des trois hommes et quelques secondes plus tard, perçut une bribe de conversation.

« Non, mec, je veux le triple pour ça.

— Le triple c'est trop, dit Marchand.

— Merde, si tu veux que je descende cette salope, il va falloir que t'allonges. T'as dix secondes. Après, ce sera plus cher.

— D'accord, d'accord », fit Marchand après une courte pause.

Soraya entendit le frottement des billets qu'on comptait.

« Je vais t'envoyer une photo sur ton portable, reprit Marchand.

— Pas besoin de photos. Je suis pas près d'oublier la tête de cette salope de Moore. »

Soraya frissonna. Surprendre des gens en train de discuter de sa propre exécution avait quelque chose de lugubrement surréaliste. Quand les tractations furent terminées, elle sentit son cœur cogner dans sa poitrine.

Elle avait très envie de leur tomber dessus mais elle se retint. Sa mission consistait à découvrir qui Marchand avait appelé après leur visite. Ces voyous n'en savaient rien ; seul Marchand détenait la réponse. Sur son territoire, il n'aurait jamais parlé mais à présent qu'elle l'avait pris la main dans le sac, il serait peut-être plus enclin…

C'est alors qu'Amun apparut, surgissant comme une flèche de la pénombre. Le plus âgé des Arabes se retourna en brandissant un couteau à cran d'arrêt. Il l'agita de telle sorte qu'Amun dut faire un crochet, s'approchant involontairement du jeune qui l'accueillit avec un coup de poing à la tempe. Amun s'écroula.

Soraya sauta de son perchoir et atterrit sur le jeune voyou de telle manière qu'elle put lui décocher un coup de genou dans les reins. Il tomba le menton en avant sur le béton. On entendit claquer ses incisives, du sang jaillit de sa lèvre fendue. Il gémit et perdit connaissance. De son côté, Amun rampait pour échapper au couteau du barbu. Les deux hommes s'enfoncèrent dans l'obscurité.

Soraya resta seule face à Donatien Marchand qui la dévisageait tel un loup pris au piège, les yeux injectés de sang.

« Comment avez-vous su où j'allais ? » Comprenant qu'elle ne répondrait pas, il regarda autour de lui. « Où est le Juif ? Trop peureux pour descendre ici ?

— C'est moi qui pose les questions maintenant », cracha Soraya.

Sans attendre la suite, Marchand s'élança vers l'escalier. Soraya fut obligée de le suivre bien qu'elle s'inquiétât pour Amun. Avait-il réussi à se débarrasser du barbu ? Y avait-il d'autres ennemis dans cette cave ? Pour l'instant, mieux valait ne pas y penser. Marchand était sa priorité.

Il se mit à escalader les marches avec une agilité qui la surprit. En montant derrière lui, elle traversa des nappes de poussière en suspension dans l'air, des zones d'ombre épaisse. Arrivée sur le petit palier, elle leva la tête. Marchand allait bientôt atteindre le rez-de-chaussée chichement éclairé par l'ampoule crasseuse.

Dans sa hâte, il donna un coup d'épaule dans l'ampoule qui se mit à osciller au bout de son fil, projetant des ombres trompeuses alentour. Soraya franchit rapidement la distance qui les séparait.

Tout à coup, Marchand se retourna, sortit un petit .22 avec une crosse en argent, tira une première fois à l'aveuglette puis une seconde en visant. La balle érafla la veste de Soraya au niveau de l'épaule mais ne la blessa pas.

Elle se jeta sur lui, le frappant au poignet du tranchant de la main. Le petit .22 s'envola, retomba sur les marches, glissa et se perdit dans la pénombre.

Soraya saisit Marchand par le revers de son manteau, dans l'espoir de le déséquilibrer. Mais il avait prévu son geste. Levant le bras, il attrapa le fil électrique qui pendait du plafond, tira dessus et l'enroula autour de la gorge de Soraya, assez brutalement pour lui couper le souffle. Elle chercha à se libérer en passant les doigts sous le fil mais Marchand était mieux placé et il serrait toujours plus fort.

Le câble lui cisaillait le cou. L'air ne circulait plus. Son cerveau mal irrigué commençait à s'embrumer. Elle perdait peu à peu connaissance.

16

Bourne et ses deux compagnons débarquèrent à Séville sans autre incident. À Madrid, Interpol ne les avait pas guettés à leur descente d'avion. De même, dans l'aéroport de Séville, le trio traversa inaperçu le terminal des arrivées.

Comme prévu, une voiture de location les attendait. Ils y trouvèrent une adresse Internet que Bourne entra dans le moteur de recherche de son mobile. Sur l'écran s'afficha une carte routière de la région, avec une ligne rouge marquant l'itinéraire que Jalal souhaitait qu'ils empruntent. Bourne trouva également le nom d'une rue à Cadix. Le point de rendez-vous fixé par Don Fernando Hererra, supposa-t-il.

Tout en conduisant, Bourne pensait à Jalal Essai. Pendant le vol, il avait tenté de voir clair dans son jeu. Il savait déjà que l'homme oscillait entre vérité et mensonge. Restait à déterminer à quel camp il appartenait. Son ami Boris Karpov le préoccupait presque autant. Si effectivement le Russe avait reçu pour mission de l'assassiner, il semblait prendre son temps. Finirait-il par se montrer ? Par ailleurs, Jalal voulait obtenir quelque chose de la part de Bourne, une chose que Bourne lui refuserait certainement s'il commettait l'erreur de la lui demander directement. Qu'est-ce que cette chose avait affaire avec Boris ? Bourne sentait un vaste filet se refermer autour de lui, même s'il ignorait l'identité de celui qui le tenait.

Quelqu'un le recherchait – mais pourquoi lui et dans quel but ?

« Vous n'êtes pas très bavard, n'est-ce pas ? » dit Rosie, sur le siège à côté de lui.

Bourne sourit sans quitter la route des yeux, toujours à l'affût d'éventuels poursuivants. Jusqu'à présent, tout lui avait paru normal.

« Vous ne ressemblez à personne, ajouta-t-elle.

— *Dios mio*, Rosie, arrête de l'embêter, lança Vegas depuis la banquette arrière.

— Je fais la conversation, *mi amor*. » Elle chercha le regard de Bourne, en vain. « Je connais la solitude, la vraie. Quand on est tapi dans l'ombre et qu'on guette désespérément la lumière du soleil.

— Rosie !

— Chut, *mi amor*. » Elle se retourna vers Bourne. « C'est cela que je n'arrive pas à comprendre : vous avez l'air de rechercher la solitude.

— Vous ne savez rien à mon sujet.

— Vous croyez ? Vous êtes seul, toujours seul. Je pense qu'il n'y a rien d'autre à savoir – cela oriente votre façon de penser et d'agir. » Elle pencha la tête. « Vous n'avez rien à répondre ?

— J'ignore tout de vous. »

Elle toucha les cicatrices sur son cou et sa poitrine. « Vraiment ?

— Le margay.

— C'était une bête magnifique, dit Rosie. Mais hélas, j'ai croisé son chemin.

— Vous l'avez effrayée », répliqua Bourne.

Rosie détourna les yeux vers le paysage qui défilait à sa droite, une série de collines ondulées, monotones, certaines couvertes d'oliviers noueux d'un vert poussiéreux.

Bourne jeta encore un coup d'œil dans son rétroviseur. Une Fiat rouge les suivait depuis tout à l'heure. Drôle de couleur pour une filature, se dit-il.

« Vous avez trébuché sur une tanière de margay, dit-il. Plutôt étonnant de la part d'une native de la cordillère.

— Je courais. En traversant un ruisseau, j'ai glissé sur une pierre et je me suis blessée au genou. Je ne regardais pas où j'allais. J'avais peur.

— Vous étiez en train de vous enfuir.

— Oui.

— Qui vous poursuivait ? »

Rosie rejeta la tête en arrière. « Vous devriez le savoir, vous qui passez votre vie à fuir.

— On m'a dit que vous vouliez échapper à votre famille. »

Elle hocha la tête. « C'est vrai.

— Moi je n'ai jamais fait cela.

— Et pourtant vous êtes seul, toujours seul, dit-elle. Ça doit être épuisant. »

Vegas se pencha en avant. « Rosie ! » Il se tourna vers Bourne : « Veuillez l'excuser. »

Bourne haussa les épaules. « Chacun est libre de ses opinions.

— Je sais pourquoi vous fuyez, reprit Rosie. C'est de peur que quelque chose vous touche. »

Les yeux de Bourne coulissèrent rapidement vers le rétroviseur et la Fiat rouge, puis se posèrent sur Rosie qui détourna la tête.

« Je suppose qu'il n'y a pas beaucoup de psychologues à Ibagué, dit-il. C'est là que vous êtes née, n'est-ce pas ?

— Je suis une Achagua, répondit Rosie. De la lignée du serpent. »

Expert en linguistique, Bourne savait que les Achaguas désignaient leurs lignages par des noms d'animaux : serpent, jaguar, renard, chauve-souris, tapir.

« Parlez-vous la langue – irantxe ? »

Un sourire s'épanouit sur le visage de Rosie. « Bien essayé. Je suis impressionnée. Vraiment. Mais non, l'irantxe n'est plus vraiment utilisé. Les Achaguas s'expriment dans plusieurs dialectes maipuréans, selon qu'ils habitent les montagnes ou le bassin de l'Amazone. » Elle prit un air intrigué. « Ne me dites pas que vous parlez ces langues.

— Non, dit Bourne.

— Moi non plus. Elles sont si anciennes. Même mon père ne les connaissait pas. »

Dans le rétroviseur, la Fiat rouge avait disparu. En revanche, la camionnette noire qui lambinait devant lui commençait à l'inquiéter. Depuis quinze minutes qu'il la suivait, elle aurait pu passer sur la voie rapide à plusieurs reprises. Mais non, elle conservait obstinément sa place dans la file. Quatre véhicules les séparaient.

Il attendit le moment propice et, sans mettre son clignotant, déboîta pour passer sur la voie de gauche. Il continua d'accélérer jusqu'à dépasser la camionnette, la regarda s'éloigner lentement dans son rétroviseur puis changea à nouveau de file et remit un coup d'accélérateur.

Ce genre de filature s'appelait la « boîte ». Très difficile à déjouer, elle impliquait plusieurs véhicules, placés devant et derrière la cible. Il s'agissait donc de déterminer la position des autres.

« Que se passe-t-il ? demanda Vegas.

— Il y a sur cette route des individus qui n'ont rien à y faire, dit Bourne. Restez bien assis. »

Sans rien dire, Rosie agrippa la poignée au-dessus de sa portière. Son visage ne trahissait aucune émotion. Cette femme savait se tenir en situation de danger, songea Bourne.

La camionnette noire avait remonté la file. Elle les suivait en laissant entre eux un espace équivalent à un véhicule. Le chauffeur se savait repéré.

Bourne eut beau chercher, il ne vit pas d'autres camionnettes devant lui, seulement des coupés de sport, un car de touristes japonais avec appareils photo et des berlines transportant des familles. Mais aussi toutes sortes de poids lourds, dont un semi-remorque. Rien qui cadre avec la « boîte ».

Pour provoquer une réaction, il essaya différentes vitesses mais en fut pour ses frais. Le deuxième véhicule demeurait invisible, ce qui dérogeait aux règles. La chose était intéressante en soi – et un peu inquiétante aussi. Normalement, dans ce dispositif de filature, une fois que la cible avait repéré un véhicule, l'autre devait se montrer. Après, c'était selon : soit la filature s'arrêtait là, soit la course-poursuite commençait.

Soudain la camionnette noire apparut dans son rétro, sur la gauche. Bourne changea de voie. L'autre le suivit. Bourne continua tout droit quelques instants avant de passer sur la voie lente où roulait le semi-remorque, en se disant que si la camionnette noire l'imitait, il pourrait toujours doubler le poids lourd sur la gauche.

Le chauffeur de la camionnette donna un coup de volant à droite et s'inséra de force entre Bourne et le véhicule qui le suivait. Bourne attendit que la voie du centre se dégage. Il allait s'y replacer quand la camionnette s'avança au point de frôler son pare-chocs arrière, l'obligeant à accélérer. À ce moment-là, il vit basculer la porte à l'arrière du semi-remorque. La plaque d'acier heurta le bitume dans une gerbe d'étincelles.

Le panneau avait été aménagé pour servir de rampe. La camionnette noire n'avait plus qu'à pousser doucement la voiture de Bourne jusqu'à ce que ses roues avant passent sur le plan incliné. Ensuite, ni vu ni connu, la voiture tout entière disparaîtrait dans le ventre du camion. Il ne s'agissait donc pas d'une filature, ni même d'une exécution programmée. Ces gens voulaient le capturer, l'enfermer, le sortir du circuit.

*

Les talons plantés dans le sol, Soraya luttait pour ne pas perdre connaissance. Brusquement, elle fit pivoter ses hanches à gauche, de manière à dégager son coude droit qu'elle leva violemment. Le coup atteignit Marchand à la gorge.

Choqué, il recula en lâchant le fil électrique pour se protéger. Soraya en profita pour se libérer, se retourner face à son agresseur et le mettre hors d'état de nuire d'un coup de genou dans les parties. Quand il se plia en deux, elle lui passa le câble autour du cou et tira jusqu'à ce qu'il s'écroule dans la poussière.

Marchand émettait des petits cris étranglés en ouvrant la bouche comme un poisson sur le pont d'un bateau. Il leva vers elle des yeux exorbités, injectés de sang. Il essaya même de la frapper avec la main droite, puis la gauche, mais Soraya tenait bon.

Elle se pencha vers lui. « Maintenant, M. Marchand, vous allez tout me dire. C'est le moment ou jamais. Sinon je vous arrache la tête, je le jure par Allah. »

Il la regardait fixement. Son visage était gonflé, assombri par le sang accumulé sous sa peau. Des larmes de douleur jaillirent de ses yeux révulsés.

Dans sa position, il lui était impossible d'articuler quoi que ce soit.

À peine eut-elle desserré sa prise pour lui permettre de parler que l'autre voulut l'attraper. Soraya l'arrêta net et d'un coup de tête, lui brisa le nez. Du sang se répandit sur le bas du visage de Marchand.

« J'attends, cria-t-elle. À qui avez-vous téléphoné après notre visite ? »

L'homme écarquilla les yeux. « Comment... Comment savez-vous ?

— Parlez.

— Qu'est-ce que ça changerait ? De toute façon, vous allez me tuer, bredouilla-t-il d'une voix empâtée par le sang.

— Vous le méritez. Vous comptiez me faire assassiner, n'est-ce pas ? Mais je ne suis pas comme vous.

J'aurai peut-être pitié. Faut voir. En tout cas, vous devriez tenter le coup. »

Marchand parut s'affaisser. « Je sais que je ne sortirai pas d'ici vivant. »

Soraya en avait assez. Si elle s'était écoutée, elle l'aurait brisé en menus morceaux. Faute d'arguments, elle saisit son nez cassé et le tordit jusqu'à ce que la douleur le fasse glapir. Puis elle relâcha le câble, regarda Marchand droit dans les yeux et dit : « Cinq secondes, quatre, trois… »

Marchand se dressa d'un bond et dans le même geste, frappa Soraya au sein gauche. Elle vit des étoiles, recula en trébuchant et faillit tomber dans l'escalier. Jouant le tout pour le tout, Marchand se jeta sur elle. Son visage était cramoisi, ses lèvres gonflées, son souffle rauque quand il referma les mains autour de son cou. Il voulait la faire ployer en arrière, pour qu'elle bascule pardessus la rampe.

Soraya se maudissait d'avoir baissé sa garde. Elle étouffait, elle se débattait en tentant d'écarter les bras de son agresseur. Mais Marchand luttait pour sa vie.

Faute d'appui sous ses pieds, les coups qu'elle parvenait encore à lui décocher manquaient de vigueur. Derrière ses yeux, le feu d'artifice n'en finissait pas. Elle n'arrivait plus à réfléchir. Plus elle se démenait, plus Marchand serrait fort. Lentement, inexorablement, il la repoussait contre la rampe. Son dos tordu en arrière lui faisait un mal de chien.

Le balancement de l'ampoule créait une atmosphère étrange autour d'eux. Les ombres dansaient sur les murs comme des spectres farceurs. Soraya regardait ce soleil miniature qui oscillait au-dessus d'elle. Elle cligna les yeux. Marchand était sur le point de la jeter au bas de la cage d'escalier. Elle le sentit rassembler son énergie avant d'agir. Alors, dans un dernier sursaut, elle se dressa sur la pointe des pieds, leva le bras, attrapa l'ampoule par son culot, tira et l'enfonça dans l'œil gauche de Marchand.

Il poussa un cri atroce. En se brisant, le verre s'était fiché dans son globe oculaire. Quand il cessa de l'étrangler, Soraya trouva la force de poursuivre son geste en enfonçant davantage d'éclats dans sa chair.

La décharge électrique lui fit l'effet d'une gifle administrée par la main d'un géant. Frissonnante, elle se concentra sur sa respiration. Il fallait qu'elle s'oxygène. Elle se sentait tellement faible, vulnérable.

C'est alors qu'elle renifla l'odeur de la chair brûlée. Prise de nausées, elle parvint à se redresser en gémissant. Le haut de son corps n'était qu'une masse douloureuse. Marchand agenouillé s'obstinait à retirer l'ampoule de son œil. Son corps tressautait au rythme des décharges qui le traversaient. Puis enfin, son cœur cessa de battre.

17

Bourne était coincé entre la camionnette noire collée à son pare-chocs arrière et le semi-remorque qui menaçait de les engouffrer. Sur sa droite, une étroite bande de gravier formait un genre d'accotement limité par un rail de sécurité. Au-delà, on devinait une pente abrupte où s'accrochaient des oliviers. À sa gauche, roulait une Mercedes décapotable dont le chauffeur n'avait rien remarqué de ce qui se passait, trop absorbé par la musique qui sortait de ses enceintes. Bourne n'avait pas le temps de réfléchir, il devrait se fier à son instinct forgé par des années d'entraînement et d'expérience.

Il accéléra comme s'il voulait monter dans le camion. Très vite, ses roues avant rencontrèrent la rampe d'acier. Le capot de la voiture de location s'éleva de quelques centimètres.

« Mais qu'est-ce que vous foutez ? » hurla Vegas.

Quand il fut à demi juché sur la plaque inclinée, Bourne tourna brusquement le volant vers la gauche tout en mettant le pied au plancher. La voiture décolla de la rampe et dans le même élan, vola par-dessus la

Mercedes dont le conducteur éberlué vit passer un châssis à un mètre de sa tête. S'ensuivit un concert de klaxons, de coups de frein. Bourne atterrit sur la voie de gauche, érafla l'arrière du véhicule qui passait là, reprit le contrôle et, contournant l'obstacle, s'éloigna à pleine vitesse. Derrière lui, il perçut les échos du gigantesque carambolage dans lequel ses ennemis venaient de se laisser enfermer.

« *¡Madre de Dios !* s'exclama Vegas. Mon vieux cœur a bien failli s'arrêter ! »

Rosie relâcha la poignée au-dessus de sa portière. « Autrement dit, Estevan vous remercie.

— J'ai surtout besoin d'un verre », marmonna Vegas, affalé sur la banquette arrière.

La journée touchait à sa fin. Le soleil jaune bordé d'orangé s'aplatissait au sommet des collines à l'ouest. L'ombre qui s'étirait sur les oliviers donnait un aspect fantomatique à leurs branches tordues. Dans leur dos, la nuit avait envahi le ciel et allumé ses premières étoiles.

L'ambiance s'était modifiée à l'intérieur de la voiture. Bourne le percevait aussi nettement qu'on sent l'hiver arriver. Depuis qu'ils avaient échappé à leurs poursuivants, la situation s'était inversée entre les deux personnes dont il avait la charge. On aurait dit que Vegas, le farouche montagnard, perdait ses moyens dès qu'il s'éloignait de sa chère cordillère et de ses gisements pétroliers. En revanche, la timide Rosie s'était épanouie depuis qu'elle avait quitté Ibagué.

Bourne repensa à la « boîte » qui aurait pu leur coûter la liberté et peut-être la vie. Qui en était le commanditaire ? La Domna, probablement. Mais comment avait-elle pu les repérer sinon par l'entremise de Jalal Essai ? Décidément, cet homme demeurait un mystère.

Il repensa à la conversation qu'il avait eue avec Rosie, un peu plus tôt. Elle s'était montrée dure envers lui, mais elle avait raison : il passait sa vie à fuir. Et il savait pourquoi. À part Moira et Soraya, toutes les personnes qu'il avait aimées autrefois étaient mortes, certaines par sa faute. Au tréfonds de son être, une voix ne cessait de hurler *Plus jamais ça*. Cette série de malheurs l'avait si durement affecté que peu à peu, sans même s'en rendre compte, il avait commencé à s'endurcir, à se couper du monde. Aujourd'hui, son mot d'ordre était simple : fuir sans se retourner. La souffrance n'atteint pas l'homme qui fuit. Mais il y avait un revers à la médaille, un dommage collatéral, pourrait-on dire. Rosie avait mis le doigt dessus : il ne ressentait rien. La vie qu'il menait n'en était pas vraiment une. Était-il même vivant ? Ou se déplaçait-il dans des limbes dont il ne sortirait jamais ?

Pour se changer les idées, il se tourna vers Rosie. « Pourquoi avez-vous fui votre famille ?

— Les raisons habituelles. »

Elle avait le chic pour répondre aux questions en contournant l'obstacle. « Je n'en connais aucune », rétorqua-t-il.

Rosie éclata d'un rire étrange. Un rire grave, jaillissant du plus profond d'elle-même. « Là, vous marquez un point. »

Un ange passa. Bourne se retourna vers Vegas assoupi à l'arrière. Il semblait épuisé, comme s'il avait fait le chemin à pied depuis la Colombie.

« Je n'étais pas une gentille fille, dit enfin Rosie en regardant fixement par sa vitre. Plutôt un mouton noir, comme on dit. J'avais le don d'irriter les gens de mon entourage.

— Votre famille.

— Pas seulement ma famille. Mes amis aussi. »

Ils roulèrent en silence. On entendait juste le vent gémir. Rosie rabattit ses cheveux en arrière, révélant un petit serpent tatoué dans le pavillon de son oreille gauche.

« Vous vivez avec un serpent, à ce que je vois », dit Bourne en désignant le reptile à rayures orange et noires.

Elle porta la main à son oreille. « C'est un scytale.

— On dirait un animal légendaire. Est-ce qu'il crache du feu ?

— Mouais ! Je ne connais pas de serpents capables de faire ça.

— C'est que nous n'avons pas les mêmes fréquentations. »

De nouveau, son rire mélodieux remplit l'habitacle à la manière d'un parfum.

Bourne n'hésita qu'un instant. « Pourtant, il vous est arrivé de croiser des individus peu recommandables. »

Le vent faisait voler ses cheveux. Le tatouage disparut sous une mèche. « Pas recommandables du tout. » Puis elle sauta du coq à l'âne : « Pourquoi fuyez-vous ?

— J'ai agacé certaines personnes ayant le bras long. J'ai fait capoter certains de leurs projets. »

Rosie jeta un bref regard à Vegas par-dessus son épaule. « S'il s'agit de la Domna, alors tant mieux. »

Bourne ne put éviter un sourire ironique. « Que savez-vous des rapports d'Estevan avec la Domna ? »

Rosie réfléchit comme si elle craignait de violer un secret, puis elle se lança : « Tout ce que je peux vous dire, c'est qu'il ne voulait pas travailler pour eux.

— Comment l'ont-ils piégé ?

— Sa fille.

— Je croyais qu'elle s'était enfuie avec un beau Brésilien ?

— Qui vous a raconté ça ? Suarez ? » Voyant que Bourne ne répondait pas, Rosie haussa les épaules et poursuivit d'une voix morne. « C'est l'histoire qu'Estevan a inventée. Mais en réalité, sa fille a été enlevée par la Domna. J'ignore où elle se trouve. Chaque semaine, Estevan recevait une photo d'elle tenant un journal pour lui prouver qu'elle était toujours en vie.

— Mais Estevan s'est rebellé », dit Bourne.

Elle se passa les mains dans les cheveux. « Jalal Essai lui a appris que sa fille leur avait faussé compagnie depuis longtemps. Personne ne sait comment ça s'est passé ni où elle est. Toujours est-il que les deux hommes qui l'ont enlevée ont été retrouvés morts, la gorge tranchée. Le reste est un complet mystère.

— Et les photos hebdomadaires ?

— Truquées. Ils prenaient une femme de la même corpulence et collaient la tête de sa fille sur la sienne. » Elle frissonna. « Ça fout les boules.

— Je suppose qu'elle n'a jamais donné de nouvelles à son père.

— Pas un mot. »

Bourne s'engagea sur la bretelle menant à Cadix. « Bientôt arrivés.

— Dieu merci, murmura Rosie.

— Quelqu'un a dû l'aider à s'échapper, songea Bourne à haute voix.

— Nous en avons souvent parlé, Estevan et moi. » Elle haussa les épaules. « Mais on n'a jamais compris. »

De loin, la ville brillait comme une boule de cuivre sous le soleil couchant. Il descendit complètement sa vitre et aspira à pleins poumons l'odeur piquante de la mer.

« Estevan sait-il beaucoup de choses sur la Domna ? » demanda Bourne en repensant aux paroles de Jalal, lequel avait laissé espérer qu'Estevan, faute de connaître les derniers projets de la Domna, pourrait lui indiquer quelqu'un de mieux renseigné.

Rosie changea de position sur son siège. « Ils l'ont forcé à travailler pour eux. Mais il ne faisait pas partie du sérail.

— C'était un rouage de la machine.

— Ce sont tous des rouages, à part le grand patron. Question de sécurité. Quant à Estevan, il leur était très précieux.

— Quel était son rôle ?

— Pour fonctionner, les puits de pétrole ont besoin d'une maintenance permanente. Il y a toujours des pièces usées, cassées, bouchées… On en commande des nouvelles et les anciennes sont renvoyées chez les fabricants. Vous me suivez ? »

Bourne suivait parfaitement. « Grâce à Estevan, la Domna pouvait importer et exporter ce qu'elle voulait entre la Colombie et le reste du monde. Quel genre de cargaisons ?

— Comment savoir ? De la drogue, des armes… pourquoi pas des êtres humains ?

— Estevan ne vous l'a jamais dit ?

— Il n'en savait rien. Il voyait juste passer des caisses scellées qu'il reconnaissait à une certaine inscription. Il n'avait pas le droit de les ouvrir. Ce n'était qu'un intermédiaire.

— L'humain est curieux de nature, fit remarquer Bourne. Il n'a jamais été tenté ?

— Elles étaient fermées d'une manière particulière. Il a peut-être réussi à en ouvrir une mais il ne m'en a jamais parlé.

— Vous aurait-il caché une chose pareille ?

— Vous l'avez constaté par vous-même, Estevan me protège comme la prunelle de ses yeux. Il préférerait mourir que m'exposer au danger. »

Décidément, Rosie ne perdait pas cette habitude de tourner autour du pot, songea Bourne.

Ils venaient de pénétrer dans le vieux Cadix. Des ombres nettes s'étiraient entre les bâtiments de style mauresque qui abondaient dans ce quartier. Ils avaient basculé dans un autre monde, un monde suspendu au bord de la mer infinie, à cheval entre Orient et Occident.

La lumière du jour elle-même semblait fatiguée ; la brise apportait une odeur de tempête lointaine. Ils parcoururent les petites rues sinueuses sous les cris des colporteurs espagnols ou arabes.

*

« Où as-tu appris à faire de la voile ? » demanda Marlon Etana en montant dans le bateau.

« Je suis un homme plein de surprises, répondit Jalal. J'arrive même à étonner un type comme toi.

— Un type comme moi ? Ton exécuteur, tu veux dire ? »

Les deux hommes avaient pris un café en terrasse dans la matinée. Ils avaient parlé du pays, de tout et de rien. Puis ils avaient marché pendant des heures sans rien dire d'important. C'était ainsi dans leur monde. À force de vivre immergés dans un univers de complots, de mensonges, de secrets jalousement gardés, ils avaient parfois du mal à communiquer comme de simples êtres humains.

Jalal avait loué un voilier ancré près de la capitainerie. Les deux hommes larguèrent les amarres peu après le déjeuner, pendant que tous les habitants de Cadix faisaient la sieste. Les autres bateaux étaient partis à l'aurore et ne rentreraient pas avant le début de la soirée. Donc, ils passèrent inaperçus. Seul le gérant de l'agence de location les remarqua, mais il s'intéressait plus à la somme qu'il percevait qu'à la tête de ses clients.

Dans le ciel clair, quelques petits nuages traînaient en altitude. Le soleil frappait de ses rayons la surface d'une mer d'huile. Le vent s'était levé mais Jalal manœuvrait comme un vieux loup de mer, à croire qu'il était né avec un gouvernail entre les mains. La côte s'éloignait. On n'apercevait plus que sa ligne incurvée comme un sabre mauresque à la garde sertie de joyaux étincelants.

Pour parler, ils attendirent que le soleil descende sur l'horizon, repeignant le ciel d'Occident dans les tons orange fluo.

« El-Arian croit toujours que tu me détestes, n'est-ce pas ? dit Jalal.

— Plus que jamais. » Le crâne d'Etana luisait mais sa barbe épaisse étouffait la lumière. « Je voulais m'occuper de Bourne mais Benjamin a préféré m'envoyer à tes trousses.

— Ce salopard a recruté Viktor Cherkesov. Et Cherkesov tient Boris Karpov. D'ailleurs, il est le seul à pouvoir s'en vanter. »

Assis dans le cockpit, Etana gardait les yeux rivés sur la mer cobalt où des fils orangés alternaient avec des traînées d'encre noire. « Il l'a recruté pour une autre raison. »

Jalal posa la main sur le volant. « Tiens donc ! »

Etana se pencha et posa les coudes sur ses cuisses musclées. « Laisse tomber Karpov. La première mission de Cherkesov consistait à prendre contact avec la Mosquée. »

Jalal sentit un frisson le parcourir. La lumière solaire ondulait devant ses yeux, passant du doré au bleu foncé. « La mosquée de Munich ?

— Elle-même.

— Mais pourquoi ? »

Etana soupira. « Je ne suis pas devin.

— El-Arian a envoyé un ancien directeur du FSB à la Mosquée ? Il est devenu fou ? »

Etana leva les yeux vers Jalal. « On va devoir trouver une meilleure explication, et vite.

— Qu'en est-il de leurs projets ? » demanda Jalal pour changer de sujet. Dès qu'il entendait parler de la Mosquée, il avait envie de hurler sa haine contre cette institution et ses dirigeants.

« El-Arian s'est entretenu avec les directeurs de la Domna avant que je quitte Paris. Bien sûr, je n'étais pas convié à la réunion et rien n'a filtré.

— Rien d'étonnant à ça. »

Le vent tourna. Les voiles claquèrent comme un drapeau puis se gonflèrent vers l'avant. Jalal se leva pour effectuer un réglage, reprit sa place dans le cockpit et mit le cap à tribord.

« Fais attention », dit-il.

La bôme passa au-dessus de leurs têtes.

Jalal naviguait au près serré, le grand largue gonflant les voiles. L'embarcation suivait plus ou moins la côte.

« J'admets que tu avais raison, Jalal. L'influence de la Mosquée sur la Domna grandit de jour en jour.

— C'est l'œuvre d'Abdul-Qahhar, dit Jalal d'un ton amer. Le serviteur du Maître, tu parles !

— Mais comment El-Arian est-il passé sous leur contrôle ? »

Jalal maintenait le voilier en ligne droite. « Il faut remonter des décennies en arrière, à la période où un agent secret nommé Norén a réussi à infiltrer la Domna. De temps en temps, quand la Domna avait besoin d'éliminer quelqu'un, elle faisait appel à lui. Un vrai fantôme, ce type, et un fantôme efficace qui plus est. Seulement voilà, tout en travaillant pour eux, il dressait des listes avec des noms, des dates, des événements, des chiffres.

— Dans le but de s'en servir contre la Domna.

— Et pas qu'un peu. Nous avons perdu vingt et un agents en l'espace de trois semaines.

— Pour qui travaillait-il ?

— C'est resté un mystère et pourtant beaucoup auraient donné cher pour le savoir. » Les yeux plissés,

Jalal se tourna vers l'ouest où se massaient de gros nuages noirs. Le vent forcissait, des vagues se formaient. Il mit le cap sur le rivage. « Norén a été abattu.

— Par qui ?

— L'une de ses cibles lui a réglé son compte. »

Etana soupira. « Qui était-ce ? »

Jalal manœuvrait vent arrière. La proue s'élevait et retombait lourdement sur les vagues dont les crêtes écumeuses leur aspergeaient le visage.

« Un certain Alexander Conklin. » Jalal jeta un coup d'œil à son compagnon. « Tu connais ? »

Etana fit signe que non.

« Conklin était le patron de Treadstone, reprit Jalal sans quitter des yeux l'horizon menaçant. Son fondateur, plus exactement. Dès sa formation, Treadstone s'est attaqué à la hiérarchie de la Domna. Voilà pourquoi Conklin est devenu l'homme à abattre.

— Et après la mort de Norén, que s'est-il passé ?

— On a considéré l'exécution de Conklin comme trop risquée », dit Jalal. Ils approchaient de la côte. Le vent dans leur dos était si fort que Jalal dut tirer une longue bordée.

« Prends le gouvernail et ne le lâche pas. »

À ses mots, Jalal passa sur le pont pour ariser le foc et réduire la vitesse. L'orage n'avait pas encore éclaté mais l'air qui lui giflait les joues était chargé d'humidité.

Il revint dans le cockpit pour reprendre les commandes.

« La Domna avait très peur de Conklin et de Treadstone, poursuivit Jalal. C'est alors qu'El-Arian a fait appel à Abdul-Qahhar.

— Sans demander l'avis des autres directeurs ?

— Ça t'étonne ? Je subodore que les deux hommes se connaissaient depuis longtemps, mais je n'en ai jamais eu la preuve.

— Cela expliquerait bien des choses.

— Ce qui est sûr c'est que l'attaque de Treadstone a servi de prétexte à El-Arian pour forger une alliance entre la Domna et la Mosquée. » Jalal exprima sa colère en secouant la tête. « Ce qui contrevient aux règles élémentaires de la Domna, fondées sur l'équilibre de ses diverses composantes. Cette organisation s'est créée sur la base d'une coopération entre l'Orient et l'Occident. À partir de ce jour, tout a basculé et la Domna a perdu son âme. »

Immobile, cramponné des deux mains à son siège, Etana regardait devant lui, pâle comme la mort. Jalal le laissa accuser le coup. Il amena la grand-voile et le voilier entra gracieusement dans le port. Arrivé devant le quai d'amarrage, il jeta le nœud de chaise au loueur de bateaux.

« Je commençais à m'inquiéter, dit l'homme. Cet orage ne me dit rien qui vaille.

— Ne vous faites pas de souci pour nous, répondit Essai. Vous auriez tort. »

*

« Accroche-toi, mec », hurla Tyrone Elkins.

À l'arrière de la moto, Peter Marks tenait Elkins à bras-le-corps. Du moins il essayait, malgré sa faiblesse, ses vertiges et les vagues de douleur qui parcouraient son corps. Par moments, il perdait carrément connaissance, tel un nageur épuisé, jeté sur le sable par le ressac. Encore ces images de noyade. Du fond de sa conscience, Peter se demandait pourquoi cette idée l'obsédait à ce point.

« C'est toi qui rigoles ? cria Tyrone pour couvrir le bruit du vent.

— Peut-être bien. J'en sais rien. » Peter posa la joue sur le cuir épais du blouson d'Elkins. Depuis quand la CIA permettait-elle à ses agents de porter des blousons de cuir ? se demanda-t-il. À peine apparue, cette pensée fut emportée dans le tourbillon de la vague qui déferlait en lui.

« Pas d'hôpital, dit-il.

— J'avais pigé, chef. »

Il eut une bouffée d'angoisse. Ces hommes qui avaient voulu le tuer, qui étaient-ils ? Comment savoir s'ils ne retrouveraient pas sa trace ? Ils l'attendaient forcément quelque part. « Je t'en prie.

— Pas de panique, chef, dit Tyrone. Je connais un endroit au poil.

— Un endroit sûr, marmonna Peter.

— Bon, si tu me lâchais la grappe ? » répliqua Tyrone.

Cinq minutes plus tard, après avoir brûlé tous les feux rouges rencontrés sur leur passage, ils arrivaient à destination, dans le quartier situé au nord-est de Washington où Deron avait élu domicile. Tyrone n'avait jamais respecté le code de la route et maintenant qu'il bossait pour la CIA, il n'avait même plus à s'en soucier. À tous les flics assez stupides pour l'arrêter, il présentait son badge d'agent fédéral, ce qui les faisait fuir plus vite qu'un rat devant un matou.

À une époque, Tyrone avait travaillé pour Deron, un bel homme noir ayant étudié en Angleterre d'où il avait rapporté un accent british qui lui était fort utile auprès de sa clientèle internationale constituée de marchands d'art plus ou moins douteux, attirés par les remarquables copies de tableaux de maître dont il s'était fait le spécialiste. Comme son activité de faussaire s'étendait aux papiers d'identité, Bourne avait souvent recours à ses services. Deron lui fournissait également des armes de sa fabrication. Sur les conseils de Deron, Tyrone avait fini par s'acheter une conduite et accepter la proposition de l'amie de Bourne, Soraya Moore, d'entrer à la CIA. Il n'avait jamais travaillé aussi dur mais il adorait ce boulot et y trouvait largement son compte.

« Merde alors, que s'est-il passé ? s'écria Deron en aidant Tyrone à transporter Peter à l'intérieur.

— Il est tombé dans un putain de hachoir à viande. »

Peter délirait. Il bredouillait des phrases incompréhensibles où il était question d'appels à passer, de pièces de puzzle, assorties de mises en garde lancinantes.

« Tu as une idée de ce qu'il raconte ? demanda Deron.

— Non, j'te jure. Tout ce que j'ai capté, c'est qu'il voulait pas aller à l'hôpital.

— Mouais, c'est le genre de choses que Jason aurait pu dire, lui aussi. »

Tyrone aida son ancien patron à étendre Peter sur un canapé.

« Fais-moi le topo », dit Deron.

Tyrone lui parla de l'ambulance, des hommes abattus par Peter, du chauffeur qui lui était tombé dessus à bras raccourcis. « Je l'ai ramené ici fissa, conclut-il en lui tendant le Glock ramassé dans le caniveau.

— J'espère que tu ne l'as pas trop secoué.

— Le moins possible », dit Tyrone.

Deron hocha la tête d'un air satisfait. Après avoir rangé l'arme dans un sac en plastique, il se pencha sur Peter dont le corps ressemblait à un champ de bataille. « Tu le connais ?

— Ouais. C'est le pote à Soraya, Peter Marks. Il bossait avec elle chez Typhon avant qu'on la vire. »

Deron alla chercher sa trousse de premier secours. Peter continuait à divaguer en marmonnant : « Appelez-le, dites-lui… »

Tyrone tendit l'oreille. « Qui ça, Peter ? Qui on doit appeler ? »

Pour toute réponse, Peter commença à se débattre. Des paroles incompréhensibles sortaient de ses lèvres tachées de sang.

« Tiens-le bien. Il va se faire mal, lui cria Deron en revenant dans la pièce.

— C'est là que Peter a donné sa dém', poursuivit Tyrone. Je sais pas ce qu'il a glandé depuis mais putain, à le voir dans cet état, il était sûrement pas en vacances. »

Deron s'agenouilla près de Marks et ouvrit la trousse copieusement fournie. « Fiston, il faudrait que tu apprennes à châtier ton langage.

— De quoi ? »

Deron gloussa. « Peu importe. Nous travaillerons ton expression orale plus tard. » Il découvrit le bras de Peter et lui fit une injection.

Peter réagit à la piqûre. « Non, non ! cria-t-il, le regard dans le vague. Dois appeler, dois lui dire… »

L'anesthésique fit son effet. Soudain apaisé, Peter s'endormit.

Deron déchira sa chemise engluée de sang. Sa poitrine était criblée d'éclats de verre et de métal. On aurait dit un cimetière en miniature. « Maintenant, Tyrone, nous allons le remettre sur pied. »

*

Entendant un bruit de pas, Soraya fit volte-face, les genoux fléchis, prête à se défendre. Mais c'était Amun qui courait à l'étage du dessous. Elle l'aperçut au pied de l'escalier mal éclairé.

« Tu vas bien ? » lui lança-t-il.

Incapable d'articuler un mot, elle lui fit un signe de tête. Elle n'était pas encore remise des derniers coups portés par Marchand. Sa poitrine lui faisait atrocement mal. Elle avait sous-estimé son adversaire, se laissant abuser par son allure de prof de fac, et elle l'avait payé cher.

Amun montait les marches deux à deux. « C'est ce fils de pute de Marchand ? » hurla-t-il.

Elle réussit à prononcer une parole : « Mort.

— C'est fini, dit Amun en franchissant les derniers degrés. Ils sont tous morts, là en bas. Quel foutu nid de vipères. On aurait dû… »

Sa tête explosa. Il bascula en avant et s'effondra dans les bras de Soraya, laquelle se mit hurler, à trembler de tous ses membres, écrasée par le poids mort de son amant. Elle vit un mouvement dans l'ombre, un polo rouge. L'homme au bout de la ruelle ! Puis il y eut un éclair métallique, et un autre coup de feu retentit dans l'obscurité de la cave.

Deux tirs encore, puis un autre, aussi assourdissant qu'un coup de canon.

Puis plus rien, pas même l'écho de la fusillade.

Le néant.

18

« Attendez ! cria Boris. Stop !

— Quoi ? »

Malgré la pluie battante, Lana Lang longeait à toute vitesse une rue parallèle au flanc ouest de la Mosquée. Dès qu'ils s'étaient engagés dans cette rue sombre, Karpov avait ressenti un frisson. Les poils sur ses mains s'étaient hérissés et une boule d'angoisse s'était formée au creux de son estomac.

« Arrêtez ! hurla-t-il. Demi-tour !

— Mais pourquoi ? Nous y sommes presque. »

Il se pencha, saisit le levier de vitesse et tira dessus.

« Qu'est-ce qui vous prend ? cria-t-elle.

— Sortez d'ici !

— Bas les pattes, dit-elle en essayant de repousser sa main. Vous niquez l'embrayage.

— Alors faites-le vous-même. » Il tenait bon. « Freinez… »

Le pare-brise explosa sous une grêle de balles. Lana Lang fut touchée de plein fouet, son corps rebondissant sous les impacts comme une poupée de chiffon. Boris plongea sous le tableau de bord, débraya d'une main et, de l'autre, appuya sur le pied de Lana, encore posé sur l'accélérateur.

Les pneus crissèrent, la voiture poussa un cri déchirant et partit en marche arrière sous la pluie qui martelait le toit. La carrosserie frotta contre un mur de briques. Le métal produisit un bruit strident puis, dans une gerbe d'étincelles, un bout de tôle s'envola côté passager. La portière s'enfonça, heurtant Boris au flanc droit. Il bascula sur les genoux de Lana encore maintenue par sa ceinture de sécurité. Elle était morte et baignait dans son sang. Du sang, il y en avait partout dans la voiture qui poursuivait sa route à reculons.

D'autres rafales achevèrent de volatiliser les phares, le pare-chocs avant. Karpov donna un coup de volant, passa la première. La voiture sortit de la rue sur les chapeaux de roues.

En surgissant de l'autre côté, Boris provoqua un concert de coups de frein, de klaxons vindicatifs, de cris effrayés, indignés. Mais la fusillade avait cessé. Boris risqua un œil par le pare-brise déchiqueté. La voiture était arrêtée en travers de l'avenue qu'elle bloquait. Le cadavre de Lana l'empêchait de s'asseoir au volant.

C'est alors qu'il entendit mugir un avertisseur plus puissant que les autres, aussi profond qu'une corne de brume. Boris regarda derrière lui. Un énorme camion réfrigéré arrivait à toute vitesse. Sur cette chaussée détrempée, son chauffeur ne pourrait jamais freiner à temps.

Boris tenta d'ouvrir la portière froissée mais il eut beau tirer et cogner dessus, rien n'y fit. De toute façon, c'était trop tard. Dans un rugissement de bête enragée, le camion percuta la voiture.

*

« Nous vous sommes grandement redevables du service que vous nous avez rendu, dit Don Fernando Hererra.

— Ouais, et maintenant si on parlait de mes honoraires, répondit Bourne. Je ne fais pas dans la philanthropie.

— Vous vous sous-estimez, Jason. » D'un geste élégant, Don Fernando croisa ses longues jambes, ouvrit un humidificateur doré à la feuille et offrit à Bourne un robusto qu'il refusa. Don Fernando en choisit un pour lui et s'absorba dans le rituel du fumeur de cigare. « Vous faites partie des derniers philanthropes encore en vie, dit-il en tirant une bouffée. D'après moi, c'est même votre principal trait de caractère. »

Les deux hommes étaient confortablement installés dans le salon de Don Fernando. Vegas dormait dans une chambre à l'étage après avoir absorbé un léger sédatif. Quant à Rosie, elle avait disparu dans une salle de bains, prétextant le besoin urgent de prendre une douche chaude.

Bourne et son hôte étaient seul à seul. Les deux hommes se connaissaient. Ils s'étaient rencontrés pour la première fois à Séville, s'en tenant ce jour-là à une joute oratoire. Puis quelques mois plus tard, à Londres, leurs chemins s'étaient de nouveau croisés dans des circonstances dramatiques, après la mort violente du fils de Hererra.

« Donnez-moi une demi-heure en tête à tête avec Jalal Essai », dit Bourne.

Un sourire s'épanouit sur les lèvres de Don Fernando. Le vieil homme se pencha vers lui. « Encore un peu de xérès ? », proposa-t-il en remplissant le verre de Bourne, assis devant une assiette de jambon Serrano et de manchego coupé en grosses tranches.

Bourne se carra au fond de son siège. « À propos, où est-il ? »

Don Fernando haussa les épaules. « Je n'en sais pas plus que vous.

— Alors, je vais commencer par vous interroger. Pourquoi êtes-vous amis ?

— Pas amis. Associés. Il n'est qu'un moyen pour arriver à mes fins.

— Quelles sont ces fins ?

— Il me rapporte de l'argent. Mais il ne s'agit pas de drogue.

— Trafic d'êtres humains ? »

Don Fernando se signa. « Dieu l'interdit.

— Ce type est un menteur, dit Bourne.

— Je ne prétendrai pas le contraire. » Don Fernando hocha la tête d'un air sombre. « C'est son unique mode de fonctionnement. Il y a quelque chose de pathologique chez lui. »

Bourne se rapprocha. « Dites-moi, Don Fernando, quelle est la nature de vos rapports avec Severus Domna ?

— Même chose. Cette organisation n'est qu'un instrument pour moi. Je m'en sers de temps à autre.

— Vous allez vous compromettre à trop les fréquenter. Si ce n'est pas déjà fait. »

Le sourire de Don Fernando se figea. « Vous me connaissez mal, mon jeune ami. Je devrais me sentir offensé, mais avec vous… » Il exprima son indulgence d'un geste de la main. « Je vous avouerai néanmoins que depuis leur alliance avec la Mosquée d'Abdul-Qahhar à Munich, je les surveille de près. »

Devant le regard interloqué de Bourne, Don Fernando eut un rire étouffé. « Je constate que vous êtes surpris. C'est bien. Sachez que certaines choses peuvent parfois vous échapper. Prenez cela comme une leçon. »

*

Quand Rosie passa sous la douche, une colonne de vapeur se forma aussitôt autour d'elle. L'eau cascadait sur ses épaules, son dos, ses seins, son ventre plat. Elle tourna lentement sur elle-même, ferma les yeux et releva ses cheveux pour dégager son visage et l'offrir au jet bienfaisant. Puis elle se massa les muscles du cou en faisant doucement pivoter sa tête. Lorsque l'eau lui emplit les oreilles, elle entendit un grondement qui lui rappela le ressac, la mer immense. Pendant un instant, elle se perdit dans la vision mentale des profondeurs insondables.

L'eau chaude frappa le petit tatouage dont peu à peu la couleur se mit à fondre. Le serpent dans son oreille déroula ses anneaux puis disparut, emporté par le ruissellement. Une goutte de teinture courut le long de son cou comme une larme et tomba dans le vortex du siphon.

*

Don Fernando contemplait le bout rougeoyant de son cigare.

« Tout a commencé avec Benjamin El-Arian, n'est-ce pas ? » dit Bourne.

L'orage avait enfin éclaté, déchaînant une pluie aux allures d'averse tropicale qui martelait les vitres et balayait les frondaisons des palmiers, dans l'atrium derrière les portes-fenêtres. Une rafale de vent souleva une tuile du toit.

Le vieil homme se leva en se dépliant comme un origami et se posta devant les fenêtres, dans une attitude contemplative.

« J'aimerais que ce soit aussi simple, dit-il enfin. Un être malfaisant tendu vers un but unique… c'est le schéma idéal, n'est-ce pas, Jason ? Voilà ce qui plaît à des gens comme nous : une affaire bien nette, bien carrée. Mais en ce qui concerne Severus Domna, sachez que rien n'est simple. »

Bourne se leva pour rejoindre Don Fernando. Une pellicule de pluie s'étirait le long des vitres. L'averse rebondissait sur les dalles du jardin, jaillissait en torrents des gouttières en cuivre, inondait les pelouses, les parterres de fleurs. Le monde extérieur était noir comme le fond d'un puits.

Don Fernando poussa un soupir, son cigare coincé entre deux doigts, comme s'il l'avait oublié.

« Non, je crains que nous n'ayons affaire à une énigme en forme de cercle vicieux. En fait, tout a commencé avec un dénommé Christien Norén. »

Don Fernando regarda Bourne au fond des yeux pour voir si ce nom déclenchait une réaction, une bribe de souvenir.

« Vous avez oublié, n'est-ce pas ?

— Ce nom ne m'évoque absolument rien. Parlez-moi de lui.

— Cette tâche ne me revient pas. » Don Fernando posa la main sur l'épaule de Bourne. « Vous poserez la question à la femme d'Estevan.

— Elle ne s'appelle pas Rosie, n'est-ce pas ? », dit Bourne.

Don Fernando cala le cigare entre ses dents mais sa cendre était déjà froide. « Allez la trouver, Jason. »

*

Rosie sortit toute propre et rose de la douche, s'emmaillota dans un épais drap de bain et prit une petite serviette qu'elle enroula autour de sa tête. Puis elle essuya la buée sur le miroir et, penchée au-dessus du lavabo, repoussa son turban improvisé pour mieux voir son visage.

Ses cheveux avaient retrouvé leur couleur naturelle, blond foncé. Le siphon aspirait encore les dernières gouttes de teinture. Elle retira une lentille de contact de son œil droit. Son visage se trouva comme divisé en deux, avec un iris couleur café et un autre bleu azur. Derrière la porte en miroir de l'armoire à pharmacie, elle trouva tous les objets qu'elle avait demandés : coupe-ongles, lime, diverses crèmes exfoliantes et hydratantes. Elle prit ce dont elle avait besoin.

C'est dans cette position que Bourne la trouva quand il pénétra dans la salle de bains.

« Ça ne vous arrive jamais de frapper ?

— Je pense avoir gagné le droit d'entrer sans m'annoncer », dit-il.

Elle pivota lentement vers lui. « Quand avez-vous compris ?

— Dans la voiture, dit Bourne. Vous ne me regardiez jamais en face. Et quand vous vous êtes tournée vers Estevan, j'ai vu que vous portiez des lentilles de contact.

— Et vous n'avez rien dit ?

— Je voulais voir jusqu'où vous iriez. »

Elle mit une main en coupe sous son œil gauche, pencha la tête, retira la lentille et la jeta dans la poubelle sous le lavabo.

« C'est votre vraie couleur ou il y en a encore une couche ? demanda Bourne.

— Là c'est moi. Mon père disait que pour passer inaperçu, il valait mieux s'exposer au grand jour.

— Votre père avait raison. Christien Norén, je suppose ? »

Rosie écarquilla les yeux. « Don Fernando vous l'a dit.

— Il a dû estimer que le moment était venu. »

Elle hocha la tête. « C'est aussi mon avis.

— Alors c'est vous, et pas Estevan, qui revêtez une telle importance aux yeux de Don Fernando et de Jalal Essai.

— C'est après moi qu'en avaient ces types sur l'autoroute.

— Qui sont-ils ?

— Je vous ai dit que je fuyais.

— Vous parliez de votre famille.

— Dans un sens, c'est vrai. Ce sont les gens pour lesquels mon père travaillait. »

Bourne se rapprocha d'elle en reniflant les odeurs de savon à la lavande et de shampooing au citron qui se dégageaient de sa personne. « Comment dois-je vous appeler ? »

Elle lui adressa un sourire énigmatique et réduisit encore la distance qui les séparait. Ils étaient presque collés l'un à l'autre.

« Je suis Kaja Norén. Mon père s'appelait Christien, ma mère Viveka. Ils sont morts l'un comme l'autre.

— Je suis désolé.

— Très aimable. »

Kaja posa une main caressante sur la joue de Bourne et de l'autre enfonça dans la chair de son torse la lime à ongles qu'elle cachait au creux de sa paume.

LIVRE TROIS

19

Deux secondes avant que le camion ne percute la voiture de Lana, Boris avait entrepris de défoncer le pare-brise fracassé par les balles avec le talon de la chaussure qu'il venait d'arracher au pied de la jeune femme morte. Sous le choc, les airbags avant et latéraux se gonflèrent, ce qui lui évita de se déboîter l'épaule. Il faillit perdre connaissance mais se reprit bien vite et termina son travail.

Le camionneur avait freiné à mort mais le poids lourd, emporté par son élan, entraîna avec lui la voiture dont les plaquettes de frein fumaient ; un morceau de métal se détacha du châssis, produisant une traînée d'étincelles quand il racla contre le bitume mouillé.

Les bras croisés devant le visage, Boris s'élança à travers le trou aménagé dans le pare-brise. Les derniers éclats de verre dégringolèrent bruyamment autour de lui. Il roula sur le capot et retomba sans souplesse sur le macadam. Une vive douleur éclata dans sa cheville et remonta le long de sa jambe. La voiture et le camion, grotesquement encastrés l'un dans l'autre, continuaient sur leur lancée dans un vacarme de métal surchauffé et tordu. Puis, la double masse décrivit une ellipse comme une planète arrachée à son orbite, monta sur le trottoir et défonça une vitrine. Avec un hurlement de pachyderme mortellement blessé, les deux véhicules balayèrent tout sur leur passage et finirent leur course encastrés dans le mur du fond.

Boris s'était relevé tant bien que mal. Les badauds agglutinés autour de lui poussaient de hauts cris pendant que des véhicules d'urgence, toutes sirènes allumées, peinaient à se frayer un chemin sur l'avenue bloquée. Croyant se rendre utiles, les gens couraient en tous sens avec leurs parapluies. Certains voulaient examiner ses blessures, d'autres l'interrogeaient : Comment vous sentez-vous ? Que s'est-il passé ? L'attroupement ne cessait de grossir, alimenté par la foule qui surgissait des rues adjacentes.

Boris s'employait à s'extraire de cette gabegie quand il vit un étrange individu marcher vers lui comme une machine. L'homme s'arrêta, lui sourit et prononça quelques mots couverts par le bruit ambiant. L'homme-machine n'était autre que Zatchek, porte-parole de Constantin Beria, le patron du SVR. Le même Zatchek qui l'avait retenu à l'aéroport Ramenskoïe. Que faisait-il à Munich ? se demanda Boris.

« Croyez-moi, général, je suis capable de vous faire vivre un enfer. » Telle avait été sa promesse, ce jour-là.

L'apparition de Zatchek eut sur Boris l'effet d'une révélation. Le voile se déchira, découvrant la fiole de poison posée devant lui. Il fit demi-tour et pendant qu'il traversait la foule comme un homme ivre, une certitude se faisait jour en lui. Le SVR l'avait suivi jusqu'ici, à Munich. Le SVR était responsable de la mort de Lana.

*

« Est-ce que vous pensez à eux ? » dit Kaja.

Étendu sur le sol de la salle de bains, Bourne observait les yeux bleus baissés vers lui. Kaja était assise à califourchon sur son ventre, son poing droit toujours serré sur la lime avec laquelle elle l'avait poignardé. Bourne n'avait pas vraiment mal ; la fine lame avait dû cogner contre une côte, lui occasionnant une blessure superficielle. Il aurait facilement pu éjecter la jeune femme mais à quoi bon ? Elle n'avait pas voulu le tuer ni même le blesser grièvement. Elle avait quelque chose à lui dire, une chose qu'il ne voulait surtout pas rater. Voilà pourquoi il se tenait tranquille en respirant profondément pour mieux se concentrer sur le moment qu'il était en train de vivre.

« Les gens que vous avez tués… », poursuivit-elle.

C'est alors que du fond de ses yeux bleus, le passé ressurgit et s'amalgama au présent. Ce regard clair et celui de la femme dans les toilettes de la discothèque n'en faisaient plus qu'un. Il revit les éclairs des stroboscopes, entendit la musique poussée à fond. La femme blonde assise sur le siège des toilettes pointait sur lui le petit .22 plaqué argent – presque un jouet d'enfant.

Alexander Conklin l'avait chargé de son exécution et Bourne avait obéi comme un bon petit soldat. Il ignorait tout de cette femme, à part que Treadstone voulait sa mort. À l'époque, Bourne n'avait pas d'états d'âme, il faisait ce pour quoi on l'avait formé. Ce n'est que par la suite, après l'agression qui l'avait rendu amnésique, qu'il avait commencé à remettre en question l'autorité de ses chefs et la légitimité du programme Treadstone.

Juste avant qu'il l'abatte, la femme blonde avait voulu lui dire quelque chose. « Il n'y a pas… »

Il n'y a pas… quoi ?

Les yeux de Kaja et ceux de la femme morte étaient identiques.

Puis Kaja dit : « Je l'ai vue. La police est venue et m'a emmenée sur place, au Frequencies, pour que je l'identifie. Elle était encore assise sur les toilettes. Ils ne l'avaient pas déplacée… allez savoir pourquoi… » Son menton trembla. « Vous n'aviez pas de raison de la tuer. »

« Il n'y a pas de raison. » C'était exactement ce que la blonde avait voulu dire juste avant qu'il ne presse la détente. *« Il n'y a pas de raison. »*

*

Soraya s'évanouit. Le corps d'Amun amortit sa chute comme s'il la protégeait encore par-delà la mort.

L'homme au polo rouge l'empoigna, la souleva et la balança deux mètres plus loin comme un sac-poubelle. Puis il passa quelques secondes à contempler le visage de sa victime avant de lui défoncer la mâchoire d'un coup de pied. L'os craqua, des dents volèrent. Ensuite, il s'en prit au nez d'Amun, à son torse qu'il écrasa en poussant des cris de rage, des halètements de chien assoiffé. Son visage était cramoisi, ses lèvres retroussées découvraient ses dents jaunes.

En revenant à elle, Soraya entendit les imprécations de l'homme. Comme il parlait en arabe, elle se crut un instant de retour au Caire. Puis quand elle vit ce qu'il avait fait du visage de son amant, elle poussa un cri strident et se jeta sur l'assassin.

Elle le renversa sur le dos. Lorsqu'ils heurtèrent ensemble le sol en ciment, elle sentit une douleur soudaine au côté gauche. L'Arabe voulut la faire basculer mais elle s'agrippait à lui avec les ongles et elle tenait bon, malgré les vertiges qui l'assaillaient, si bien qu'il dut lui cogner le poignet pour qu'elle le lâche. Soraya n'attendait que cela pour attaquer. Elle le frappa en pleine face avec le talon de la main, se déporta sur la gauche et voulut lui déboîter le genou. Mais il réagit trop vite ; elle dérapa et ne toucha que la cuisse.

L'homme ne se ferait pas avoir une deuxième fois. D'abord, il l'immobilisa en la frappant au niveau du larynx avec ses doigts tendus puis, tandis qu'elle essayait de reprendre son souffle, plongea tranquillement la main dans sa poche, en sortit un couteau à cran d'arrêt, fit jaillir la lame et se mit en position pour lui trancher la gorge.

*

Des coups retentirent à la porte de la salle de bains. Kaja se dépêcha de mettre le verrou puis revint s'agenouiller auprès de Bourne.

« Tout se passe bien là-dedans ? demanda Don Fernando.

— Parfaitement bien, répondit Kaja. Jason et moi discutons à cœur ouvert.

— Ne commets pas de folie, insista Don Fernando. Cet homme connaît neuf cents manières de te tuer.

— Cessez de vous tracasser, Don Fernando », cria-t-elle.

Il secoua la poignée. « Sors de là tout de suite, Kaja. C'était une erreur.

— Non, je ne suis pas de cet avis.

— Il ne se rappelle rien, Kaja.

— Vous me l'avez déjà dit. » Elle se pencha, approcha son visage de celui de Bourne et lui souffla : « Vous ne me ferez pas de mal, n'est-ce pas ? En tout cas, pas avant de savoir ce qui s'est passé. Et après, ce sera trop tard. »

Il se demanda ce qu'elle entendait par là.

« Vous souvenez-vous seulement d'elle, Jason ? Vous souvenez-vous de ce club à Stockholm, le Frequencies ? »

Bourne chercha une réponse au fond des yeux de Kaja. « C'était l'hiver, il neigeait. »

Kaja accusa une légère surprise. « Mais oui, la neige tombait à gros flocons le jour de sa mort, le jour où vous l'avez tuée. »

Soudain, il comprit. « C'était votre mère. »

L'espace d'un instant, une ombre grimaçante passa dans le regard de la jeune femme. « Viveka. Ma mère s'appelait Viveka. » Leurs lèvres se touchaient presque. Et brusquement, le visage de Kaja se contracta dans un spasme hideux. D'une voix étranglée, elle balbutia : « Pourquoi l'avez-vous tuée ? »

*

L'Arabe approcha le couteau de la gorge de Soraya. Elle voulut parer le coup en levant le bras mais ses forces l'abandonnaient ; elle respirait difficilement. L'homme n'eut aucun mal à repousser sa main.

Il l'empoigna par les cheveux et tira de manière à exposer son cou. « Sale pute », cracha-t-il en grimaçant. Suivirent d'autres imprécations qui la firent tressaillir. Il la dominait de toute sa hauteur, recourbé comme un cimeterre dont le tranchant ne tarderait pas à lui ôter la vie. Soraya attendait qu'il lui administre le coup de grâce, pétrifiée par la certitude qu'il était né pour accomplir cette tâche effroyable. Elle murmura une prière.

Quand il leva le couteau, deux bras sortirent de l'ombre derrière lui et se plaquèrent de chaque côté de sa tête. Une main se referma autour de son menton et, avant même qu'il réalise ce qui lui arrivait, son cou se brisa dans un craquement effroyable. Il s'effondra sur le sol en ciment et rejoignit le royaume des ombres auquel l'instant d'avant, il vouait encore Soraya.

Aaron passa dans la lumière, souleva la jeune femme dans ses bras et, sans un mot, l'emporta loin de cette cave infernale par le chemin qu'il avait emprunté pour entrer.

*

Il n'y a pas de raison.

Que Bourne dise la vérité ou pas, Kaja s'en fichait royalement. Elle cherchait juste à se venger.

« C'était une civile. Avant de nous quitter, mon père nous a dit : "Quoi qu'il m'arrive, ne vous inquiétez pas. Ils ne vous feront rien. Vous êtes des civils." J'ignorais ce qu'il entendait par là, jusqu'à cette tempête de neige, la nuit où ma mère… » Un regain de violence l'électrisa. Son visage n'était qu'un masque de haine. « Pourquoi vous l'avez tuée ? Parlez ! J'ai besoin de savoir ! »

Bourne ressentait presque physiquement la douleur de cette femme. Mais que pouvait-il dire pour l'apaiser ? Il pensa à tous les sacrifices auxquels elle avait dû consentir pour en arriver là.

Une chose était sûre, Kaja était une personne complexe. Elle avait passé des années à ruminer sa vengeance, cachée à la vue de tous, allant jusqu'à enfouir son passé pour mieux s'immiscer dans la vie de Vegas – non, pire que cela, elle avait partagé sa vie. Tant et si bien qu'à la fin, elle n'avait plus fait qu'un avec son personnage. La Suède, son enfance avaient été rayées de son esprit. Elle n'était plus qu'Indienne achagua, de la lignée du serpent. Et son corps portait l'empreinte du margay.

« Dommage, j'aurais préféré que ce soit un vrai tatouage, dit-il. Ce scytale était magnifique. »

Ses paroles produisirent un effet magique. Kaja le lâcha et se redressa, soudain épuisée. L'ombre grimaçante disparut, ses yeux s'éclairèrent comme si elle revenait d'un long voyage. À présent, elle était là, avec lui, dans la maison de Don Fernando à Cadix.

« Un jour, j'ai vu un scytale dans la forêt, pas loin de chez Estevan, articula-t-elle. C'était une créature magnifique ; autant que le margay, dans un autre genre. Je l'ai dessiné moi-même avec les encres végétales des Achaguas.

— Vous revenez de loin, dit Bourne. Vous n'êtes plus la même. »

Elle le contempla comme si elle le voyait pour la première fois. « Vous non plus, vous n'êtes plus le même. »

Elle se leva, fit un pas en arrière et le regarda se redresser en extrayant la lime fichée dans la chair de son flanc. Il retira sa chemise tachée de sang, ouvrit le robinet d'eau chaude et nettoya la blessure avec du savon. Rien de bien méchant.

« Ça saigne beaucoup », dit-elle d'une voix craintive.

Pense-t-elle que je vais la frapper ? se demanda Bourne. Que je vais lui rendre la monnaie de sa pièce ?

« Ouvrez la porte, dit-il. Don Fernando s'inquiète pour nous.

— D'abord, dites-moi la vérité. Est-ce que ma mère était une espionne, elle aussi ?

— Pas que je sache. » Bourne se souvenait de tout maintenant. Le violent désespoir de Kaja avait agi comme déclencheur et le fragment de souvenir logé au fond de sa mémoire s'était enfin détaché de son socle d'oubli. « Votre père avait reçu l'ordre d'exécuter mon ancien patron. Il l'a manqué et j'ai été envoyé en représailles. »

Kaja semblait avoir du mal à respirer. « Pourquoi ce n'était pas mon père… ?

— Pourquoi ce n'était pas lui la cible ? termina-t-il à sa place. Votre père était déjà mort.

— Et ce n'était pas suffisant ? »

Il n'y avait pas de réponse à cela, du moins pas de réponse satisfaisante – pour elle comme pour lui, pensa-t-il.

Il n'y a pas de raison.

Viveka Nordén avait dit vrai. Elle n'avait aucune raison de mourir, si ce n'était pour assouvir la soif de vengeance de Conklin. Mais finalement, qui Conklin avait-il puni ? Les filles de Norén étaient innocentes ; elles ne méritaient pas de perdre leur mère. Un frisson rétrospectif le traversa. Il avait servi d'instrument à cette ignoble vendetta et à tant d'autres meurtres. Conklin l'avait formaté, il avait fait de lui son exécuteur des basses œuvres.

Bourne se frotta les yeux. Quand s'achèverait cette sinistre liste qu'il redécouvrait peu à peu, à la faveur de tel ou tel incident ? Combien de méfaits restait-il encore enfouis dans les brumes de son passé ? Pour la première fois, Bourne se dit que l'amnésie dont il souffrait avait peut-être du bon.

« J'espérais une autre réponse, reprit Kaja.

— Bienvenue dans le monde réel », soupira-t-il.

Il crut qu'elle allait pleurer mais non. Au lieu de cela, elle déverrouilla la porte de la salle de bains.

Don Fernando qui piaffait de l'autre côté se dépêcha d'entrer en posant un regard consterné sur la blessure de Bourne.

« Je vois que ma maison est devenue un champ de bataille. Kaja, qu'as-tu fait ? »

Elle garda le silence.

« Tout va bien, Don Fernando, le rassura Bourne.

— Ce n'est pas mon impression, gronda-t-il en cherchant à capter le regard fuyant de Kaja. Tu as abusé de mon hospitalité. Tu m'avais promis…

— Elle a fait ce qu'elle devait faire. » Bourne trouva une compresse de gaze stérile dans l'armoire à pharmacie et l'appliqua sur la plaie. « Ça va s'arranger, Don Fernando.

— Je ne pense pas, répliqua-t-il en s'adressant à la jeune femme. Si je t'ai aidée, c'était au nom de l'amitié qui me liait à ta mère. Mais visiblement, tu as passé trop de temps dans la jungle colombienne. Tu as pris de très mauvaises habitudes. »

Kaja s'effondra sur le bord de la baignoire, les paumes pressées l'une contre l'autre comme si elle priait. « Je n'avais pas l'intention de vous décevoir, Don Fernando.

— Ma chérie, il n'est pas question de moi. Regarde un peu ce que tu es devenue. » Le vieil homme appuya son dos au montant de la porte. « Imagine ce que ta mère penserait d'un tel comportement. Ce n'est pas ainsi qu'elle t'a élevée.

— Ma sœur…

— Ne me parle pas de ta sœur ! Si tu avais quoi que ce soit de commun avec elle, je ne t'aurais jamais laissée approcher Jason.

— Pardonnez-moi, Don Fernando. » Kaja fixait obstinément ses mains.

C'était la première fois que Don Fernando élevait la voix devant Bourne. Kaja avait touché un point sensible.

Don Fernando soupira. « Si seulement tu étais sincère. Mais nous sommes tous des menteurs ici. Chacun de nous fait semblant d'être quelqu'un d'autre. » Son regard passa de Kaja à Bourne. « Nous avons tous un problème d'identité. Ne trouvez-vous pas cela curieux ? »

Kaja finit par lever la tête. « Nous avons tous des secrets à garder.

— Certes, acquiesça Don Fernando. Mais les secrets engendrent les mensonges et quand on ment, on passe dans la peau de quelqu'un d'autre. Avec le temps, on ne fait plus la différence entre le vrai et le faux. Et alors… » Don Fernando se concentra de nouveau sur Kaja. « Tu sais de quoi je parle, n'est-ce pas ?

— Bien sûr que oui », répliqua-t-elle sans réfléchir. Tout de suite après, les paroles de Don Fernando trouvèrent un écho en elle. Une ombre passa sur son visage.

« Êtes-vous suédoise, dit gentiment Bourne, ou achagua ?

— Mon sang est…

— Le sang n'a pas grand-chose à faire dans cette histoire, Kaja ! s'écria Don Fernando. L'identité n'est pas basée sur la génétique. C'est juste un point de vue, la perception que tu as de toi-même et celle que les autres ont de toi. » Il renifla pour exprimer son ironie. « Je crois que Jason a raison. Tu devrais vraiment te faire tatouer un serpent. »

Kaja bondit. « Vous écoutiez à la porte ! »

Don Fernando montra une clé. « Il fallait bien que je sache si je devais intervenir ou pas ?

— Jason n'avait pas besoin de votre aide, dit-elle.

— Je ne pensais pas à lui », répliqua Don Fernando.

Elle leva les yeux. « Merci. »

Quelle stupéfiante métamorphose, pensa Bourne. Kaja était à mille lieues de la douce Rosie. La maîtresse colombienne d'Estevan Vegas n'était qu'un personnage de comédie.

D'un geste, Don Fernando les invita à l'accompagner. « Je crois que nous aurions bien besoin d'un verre. »

Kaja hocha la tête et se leva. En revenant dans le salon, elle demanda des nouvelles d'Estevan.

« Il essaie d'exorciser sa peur en se réfugiant dans le sommeil. L'essentiel c'est qu'il reprenne des forces.

Il en aura besoin. » Don Fernando haussa les épaules. « C'est vraiment triste. Cet homme est perdu loin de ses repères. Il mène une vie simple et ce qui lui arrive en ce moment est tellement compliqué.

— Pourquoi me regardez-vous comme ça ? s'écria Kaja. Vous croyez que je vais le quitter ?

— Si tu fais cela, dit Don Fernando en leur versant de son remarquable xérès, tu lui briseras le cœur, à coup sûr. »

Elle accepta le verre qu'il lui tendait. « Le cœur d'Estevan était déjà brisé avant qu'il ne me rencontre.

— Cela n'empêche pas. »

Bourne prit son xérès et s'assit sur le canapé pour le déguster, à la fois épuisé par la chute d'adrénaline et gêné par la douleur cuisante qui irradiait de sa blessure.

« Kaja… », commença Bourne, puis il s'arrêta en la voyant secouer la tête.

Elle s'installa à côté de lui. « Je connais Estevan et je sais que sans vous je ne serais pas ici. Je vous en suis très reconnaissante. Et… » Elle contempla le liquide mordoré au fond de son verre, inspira un bon coup puis expira lentement. « Voilà. Le passé c'est le passé. Je passe à autre chose. » Elle chercha le regard de Bourne. « Et vous devriez faire pareil. »

Bourne hocha la tête, avala ses dernières gouttes de vin et ne laissa pas Don Fernando le resservir.

« Pourriez-vous me parler de votre père, reprit-il. Cela m'aiderait. »

Kaja eut un rire amer, avala une rasade de xérès et ferma les yeux un instant. « J'aurais tant aimé qu'on m'explique ce qui lui est arrivé. Un beau jour, il a ouvert la porte et il est parti. Il nous a laissées tomber comme des jouets qui auraient cessé de l'amuser. J'avais neuf ans. Deux ans après, ma mère… » Au lieu de finir sa phrase, elle reprit une gorgée de vin. Quand elle porta le verre à sa bouche, un point lumineux clignota sur le bord en cristal. Elle déglutit. « C'était il y a treize ans mais j'ai l'impression qu'une vie s'est écoulée depuis. » Un profond soupir. « Ou plusieurs vies.

— Votre père était un espion doublé d'un assassin, renchérit Bourne. Pour qui travaillait-il ?

— Je l'ignore. Pourtant, croyez-moi, j'ai remué ciel et terre pour le savoir. » Ses yeux se détournèrent un instant. « Je suis certaine que Mikaela, mon autre sœur, a découvert la vérité sur lui.

— Elle ne vous a rien dit ?

— Ils l'ont tuée avant qu'elle puisse nous en parler, à Skara et à moi.

— C'étaient des triplées », expliqua Don Fernando.

Les pièces du puzzle commençaient à s'assembler. « Donc, si je comprends bien, Skara et vous avez disparu en changeant d'identité, dit Bourne. Cachées à la vue de tous, comme vous disiez.

— Pour Skara, je ne sais pas mais moi, c'est ce que j'ai fait. » Kaja baissa la tête et posa le bord sirupeux de son verre contre son front. « Je suis partie à des milliers de kilomètres de Stockholm.

— Mais l'employeur de votre père vous a quand même trouvée. »

Elle hocha la tête. « Deux hommes sont venus. J'en ai tué un, j'ai blessé l'autre. J'essayais de lui échapper quand je suis tombée sur le margay. »

Bourne réfléchit un instant. « Pouvez-vous me parler de ces deux hommes ? »

Kaja frissonna et respira encore un bon coup. Cette femme paraissait si jeune, si vulnérable en cet instant, songea Bourne. Quel courage, quelle détermination lui avait-il fallu pour entrer dans le personnage de Rosie et ne jamais en sortir.

« Ils discutaient en anglais, dit-elle enfin. Mais avant de mourir, celui que j'ai tué a prononcé une phrase en russe. »

20

Hendricks allait conclure une réunion de stratégie Samaritain, la huitième en trente-six heures – celle-ci portant sur le déploiement du personnel autour de la mine d'Indigo Ridge –, quand Davies, l'un parmi sa demi-douzaine d'assistants, entra dans la salle.

« Le POTUS veut vous parler, monsieur. Il appelle sur la ligne sécurisée, murmura Davies à son oreille avant de s'éclipser.

— Bon, la séance est levée, lança Hendricks à la cantonade. Ne vous éloignez pas trop. L'opération débute dans quatre heures. »

Quand le dernier participant eut refermé la porte derrière lui, Hendricks fit pivoter son fauteuil pour regarder par la fenêtre la superbe pelouse fraîchement tondue, entourée depuis 2001 de blocs en béton armé. Il nota qu'un petit plaisantin avait déposé une rangée de pots de fleurs sur la barrière. *C'est comme cultiver un jardin sur un navire de guerre*, pensa-t-il. Les blocs de béton se dressaient impavides ; rien ne pouvait ébranler leur invincibilité. Les foules de touristes circulaient de l'autre côté mais la pelouse, elle, demeurait intacte, scrupuleusement protégée contre les mauvaises herbes. Cette étendue déserte avait quelque chose de sinistre.

Hendricks soupira discrètement avant de soulever le combiné connecté à la ligne sécurisée de la Maison Blanche.

« Chris, c'est vous ? »

La voix caverneuse lui rappela qu'un dispositif de cryptage brouillait leurs paroles toutes les dix secondes.

« Oui, j'écoute, M. le président.

— Comment va le fiston ? »

L'estomac de Hendricks se contracta. Chaque fois que le président avait des mauvaises nouvelles à lui annoncer, il prenait ce ton faussement cordial.

« Très bien, monsieur.

— Tant mieux. Où en êtes-vous avec Samaritain ?

— Le projet est presque finalisé, monsieur.

— Hum, hum », fit le président, ce qui signifiait qu'il n'écoutait pas.

Hendricks ouvrit le tiroir où il rangeait la boîte de Prilosec pour l'avoir à portée de main, en cas d'urgence.

« C'est justement de Samaritain dont je veux vous parler. Il se trouve que ce matin, j'ai déjeuné avec Ken Marshall et Billy Stokes. »

Le président se ménagea une pause, le temps que ces deux noms produisent leur effet sur son interlocuteur. Marshall – qui avait assisté à la toute première réunion Samaritain dans le Bureau ovale – et Stokes – qui n'y était pas – étaient les généraux les plus puissants du Pentagone pour l'un et du DoD pour l'autre.

« Bref, reprit le président, de fil en aiguille, la conservation a fini par tomber sur Samaritain. Chris, écoutez-moi bien : Ken et Billy estiment que le projet Samaritain laisse trop la CIA sur la touche.

— Vous voulez dire Danziger ? »

Hendricks devina que le président reprenait son souffle en comptant jusqu'à dix.

« Ce que je veux dire c'est que je suis d'accord avec eux. Je veux que vous donniez à Danziger un rôle plus important dans l'opération. »

Hendricks ferma les yeux et goba une pilule de Prilosec. Il ressentait les signes avant-coureurs d'une furieuse migraine. « Monsieur, avec tout le respect que je vous dois, Samaritain est déjà constitué.

— Vous avez dit presque, tout à l'heure, Chris. »

Hendricks se serait donné des gifles.

« C'est mon opération, dit-il d'une voix ferme. Vous me l'avez confiée.

— Le Seigneur donne, le Seigneur reprend, Chris. »

Hendricks grinça des dents. M. Errol Danziger était un sale petit merdeux, mais comment le dire au président sans le froisser ? C'était lui qui l'avait nommé, après tout. À supposer même que le POTUS partage son opinion sur l'individu, il n'admettrait jamais avoir commis une erreur, pas dans le climat politique tendu qu'ils connaissaient actuellement. Au moindre faux mouvement, la blogosphère mondiale s'enflammerait et par capillarité, tous les journaleux de CNN et de Fox News leur tomberaient dessus à bras raccourcis, suivis de près par les éditorialistes de la presse papier qui leur tailleraient des costards à longueur de colonnes. Les sondages que le président et ses conseillers épluchaient mois après mois accuseraient une baisse catastrophique. Non, en ce moment, même le président des

USA devait marcher sur des œufs, autant dans ses choix politiques que dans ses déclarations.

« Je ferai ce que je peux pour le caresser dans le sens du poil, dit Hendricks.

— J'aime vous l'entendre dire, Chris. Tenez-moi informé au fur et à mesure. »

Ayant distribué ses ordres, le président raccrocha. Hendricks ne savait pas ce qui le faisait le plus souffrir, de son estomac ou de sa tête. Danziger avait pour objectif de prendre le contrôle de Samaritain et s'il parvenait à ses fins, on aboutirait certainement à un désastre. Danziger était un carriériste. Seul le pouvoir l'intéressait. Après être passé de la NSA à la CIA, l'année précédente, il s'était ingénié à remanier l'Agence pour en faire la copie conforme de la NSA. Cette dernière étant une émanation du Pentagone, ce nivellement risquait de porter un coup fatal à la communauté du renseignement américain. Les militaires ne juraient que par la surveillance à distance, avec leurs caméras, leurs drones espions et tout le toutim. Or la particularité de la CIA, ce qui faisait sa force et son succès, reposait sur le renseignement à échelle humaine. Rien ne valait les yeux et les oreilles des agents de terrain. L'interphone bourdonna, interrompant ses ruminations.

« Monsieur, tout le monde attend dehors. » La voix de Davies crépitait dans le haut-parleur. « Voulez-vous reprendre la réunion ? »

Hendricks se frotta le front. Tout à coup, il avait envie de tout envoyer promener. « Ils ont leur feuille de route. Dites-leur d'enclencher le déploiement séance tenante. »

*

« En russe, s'étonna Bourne. Quel genre de russe ? »

Kaja écarquilla les yeux. « Je vous demande pardon ?

— Quel accent il avait ?

— De Moscou. C'était un Moscovite. »

Bourne posa son verre sur une table en céramique marocaine. « Vous en êtes sûre ? »

Kaja prononça quelques mots en dialecte moscovite.

« Votre père travaillait donc pour les Russes, supposa Bourne.

— C'est ce que je me suis dit en l'entendant. Mais c'est peu crédible.

— Et pourquoi cela ?

— Mes deux parents détestaient les Russes.

— Votre mère peut-être, répondit Bourne sans trop la brusquer. Mais pour ce qui est de votre père, c'est différent. Sa haine des Russes pouvait faire partie de sa couverture.

— Caché à la vue de tous. »

Bourne acquiesça.

Elle se leva. Du regard, Don Fernando supplia Bourne d'en finir sur ce sujet. Debout devant la fenêtre, Kaja fixait son propre reflet comme Bourne l'avait fait chez Vegas, la nuit ayant précédé l'attaque des hélicoptères. Un terrible silence s'abattit sur la pièce. Un silence que ni Bourne ni Don Fernando n'auraient osé briser.

« Vous y croyez ? » La voix de Kaja semblait venir d'ailleurs.

Elle se retourna et regarda les deux hommes l'un après l'autre en répétant sa question.

« D'après ce que vous avez dit, fit Bourne, c'est fort probable.

— Merde, dit Kaja. Merde et merde et merde. »

L'Espagnol remua sur son siège, visiblement mal à l'aise. « Jason peut se tromper. »

Kaja éclata d'un rire amer. « Évidemment. Merci, Don Fernando, mais j'ai passé l'âge de croire aux contes de fées. » Elle se tourna vers Bourne, les mains sur les hanches. « Alors ? Une idée ? »

Devinant qu'elle voulait parler de la personne pour laquelle son père travaillait, Bourne secoua négativement la tête. « Comme votre père était un ressortissant étranger travaillant hors de Russie, on peut penser au SVR. Mais franchement, rien n'est sûr. Il pouvait tout aussi bien collaborer avec l'une des familles de la *grupperovka*.

— La Mafia russe, dit Kaja.

— Oui. »

Elle se rembrunit. « Ce serait plus logique, le connaissant.

— Kaja, dit Don Fernando, fais attention. Ne cherche pas de logique, il n'y en a aucune.

— Don Fernando a raison, confirma Bourne. Nous ignorons totalement la situation de votre père, à part qu'on l'a sans doute obligé à collaborer avec les Russes. »

Mais Kaja s'obstina. « Non, personne n'aurait pu obliger mon père à faire quoi que ce soit.

— Même si votre vie et celle de vos sœurs étaient en jeu ?

— Il nous a laissées tomber, explosa-t-elle. Il se fichait bien de nous. Il avait d'autres chats à fouetter.

— Votre père était un tueur professionnel, dit Bourne. Peu d'êtres humains sont capables d'exercer ce métier et seule une poignée le fait correctement. »

Elle le regarda droit dans les yeux. « C'est bien ce que je dis. Pas de pitié, pas de remords, pas d'amour. Pas une once d'humanité. » Elle rejeta les épaules en arrière comme par défi. « Je veux dire, pour pouvoir appuyer sur la détente non pas une fois mais des tas de fois, il faut avoir perdu toute compassion, il faut considérer l'autre comme un objet. C'est moins difficile de tirer sur un objet. »

Bourne savait que le discours de Kaja s'adressait autant à lui qu'à son père défunt. « On n'a pas toujours le choix.

— Un mal nécessaire ?

— Appelez ça comme vous voudrez, cela n'en reste pas moins vrai. »

Kaja se remit à contempler la nuit miroitante, de l'autre côté de la vitre.

« Laisse donc Christien Nordén là où il est, dit Don Fernando. Crois-moi, oublie cet homme et tout le mal qu'il a pu faire sur cette Terre. Kaja, il est temps pour toi de recommencer à vivre. Et pour ta sœur aussi. »

Kaja partit d'un rire rauque comme un aboiement. « Essayez donc de convaincre Skara, Don Fernando. Elle ne m'a jamais écoutée et je peux vous assurer qu'elle n'est pas près de changer.

— Sais-tu où elle se trouve ? » demanda Hererra.

Kaja fit un signe négatif. « Quand nous nous sommes séparées, nous avons juré de ne pas chercher à nous revoir. Nous avons perdu tout contact depuis plus de dix ans. Nous étions gamines à l'époque, et maintenant.... » Elle se retourna vers lui. « Tout a changé. Et rien n'a changé.

— Ce serait tragique si c'était vrai. Du moins pour toi. » Ses genoux craquèrent légèrement lorsqu'il se leva pour la rejoindre. « Il y a de l'espoir pour toi, Kaja. Il y en a toujours eu, je le crois sincèrement. Quant à Skara… » Un silence inquiétant s'ensuivit.

« Elle est condamnée, n'est-ce pas ? »

Soudain, le visage de Don Fernando se crispa comme s'il allait pleurer.

« Pourquoi dites-vous cela ? » demanda Bourne à Kaja.

La jeune femme éluda la question d'un air vague.

« Parce que Skara souffre d'un trouble de la personnalité multiple », dit Don Fernando.

Kaja affronta enfin le regard de Bourne. « Ma sœur s'est créé six alter ego différents, tous aussi réels que nous ici dans cette pièce. »

*

Avec M. Errol Danziger, n'importe quelle discussion pouvait facilement dégénérer – Danziger était la susceptibilité incarnée et un rien le mettait en boule. Pour une raison qu'il ne parvenait pas à s'expliquer, Hendricks n'était pas prêt à une telle confrontation, aussi décida-t-il de repousser en fin d'après-midi le rendez-vous qui, en temps normal, aurait dû se dérouler autour d'un déjeuner.

Au lieu de Danziger, c'est Maggie qu'il invita. Cela impliquait – ainsi l'avait-elle souhaité – qu'il passe la prendre devant la sandwicherie Breadline sur Pennsylvania Avenue, où elle comptait acheter tout le nécessaire pour un pique-nique sur le National Mall.

Ils foulaient l'herbe du parc en regardant le soleil pâle passer d'un nuage à l'autre. Les gardes du corps de Hendricks, très embêtés que leur patron ait choisi un tel endroit pour déjeuner, avaient néanmoins suivi ses ordres à la lettre et sécurisé une pelouse autour de laquelle ils montaient la garde.

Hendricks et Maggie s'assirent face à face, en tailleur comme des enfants qui jouent à la dînette. Elle étala sur une nappe les bonnes choses qu'elle avait apportées. Hendricks se sentait aussi excité qu'un gosse qui fait l'école buissonnière. Il était avec elle, mangeait des sandwichs, buvait du thé glacé, se réchauffait à son sourire et s'emplissait de son parfum.

« Je ne m'attendais pas à votre appel. » Maggie mordit délicatement dans un sandwich au jambon, brie et moutarde au jalapeño. Elle avait noué ses cheveux dorés en queue de cheval et mis pour l'occasion une robe noire à pois blancs, retenue à la taille par une grosse ceinture noire en cuir vernis. Elle avait retiré ses ballerines et ses orteils frétillaient dans l'herbe.

« Heureusement que vous n'étiez pas occupée à bichonner mes roses, dit-il.

— Qu'en savez-vous ? répondit-elle avec un sourire ironique avant de reprendre une petite bouchée. De toute façon, ça ne m'aurait pas empêchée de venir. »

Cette déclaration plut tellement à Hendricks qu'un bout de pain se coinça en travers de sa gorge, si bien qu'il dut boire deux gorgées de thé pour le faire passer. En contemplant cette jolie femme assise dans ce paysage bucolique, il comprit qu'il était en train de tomber amoureux. D'emblée, il réagit en se traitant d'imbécile. Comment pouvait-il se laisser aller de la sorte ? Il n'était plus un gamin. Ne serait-ce pas un signe de faiblesse, de vulnérabilité ? Il écarta bien vite ces pensées. Dès qu'il posait les yeux sur elle, il avait l'impression de tomber au ralenti, de voler comme on vole dans les rêves, en défiant les lois de la gravité. Hendricks n'aurait su dire de quel genre de rêve il s'agissait exactement mais une chose était sûre, il était heureux et pour un homme comme lui, le bonheur était un luxe presque inatteignable.

Maggie pencha la tête. « Christopher ? À quoi pensez-vous ? »

Il posa son sandwich. « Désolé.

— Je vous en prie.

— Je pensais à un rendez-vous professionnel que j'ai fixé en fin de journée. » Hendricks hésita. Il se disait qu'un regard extérieur pourrait peut-être l'aider à mieux appréhender l'affaire Danziger. « La personne que je dois rencontrer est quelqu'un de très difficile à gérer.

— Ce qui peut vouloir dire des tas de choses. »

Sur le visage de Maggie, Hendricks vit qu'il avait capté son attention. Il s'en réjouit. « C'est un égocentrique. Il a grimpé les échelons en se servant abusivement des autres – surtout de mes prédécesseurs. » Il avait réussi à trouver une formule claire sans pour autant dévoiler son jeu. Lui demander son opinion était une chose, mettre en péril sa sécurité une autre. « Il se trouve qu'en ce moment, il fait des pieds et des mains pour s'immiscer dans un projet dont je suis le responsable. »

Maggie prit un air concentré. « Je ne vois pas le problème. Un homme qui profite des autres pour faire avancer sa carrière ne peut pas être très compétent.

— Il est là, le problème. S'il arrive à ses fins, il va tout faire capoter, c'est sûr.

— Laissez-le faire, dans ce cas.

— Quoi ? Vous plaisantez ! »

Maggie enveloppa soigneusement ce qu'il restait de son sandwich. « Réfléchissez, Christopher. Si cet homme fait tout capoter, comme vous l'avez si bien dit…

— Mais ce serait un désastre pour moi.

— … vous n'aurez plus qu'à voler à son secours. » Maggie sortit des cookies aux pépites de chocolat, en cassa un petit bout et le porta à sa bouche d'un geste délicat. « Les personnes qui le soutiennent se sentiront si humiliées par sa maladresse qu'elles lui retireront certainement leur appui. » Elle posa le bout de biscuit sur sa langue et mâcha longuement pour mieux le savourer. « Aux échecs, il y a un coup qui consiste à reculer d'une case pour aboutir au mat. »

Hendricks respira, prit le cookie qu'elle lui tendait et mastiqua d'un air pensif. Le chocolat fondit dans sa bouche. Cette solution allait à l'encontre de toutes les règles qu'il s'était fixées. Laisser faire ? Donner carte blanche à Danziger ? Quelle idée diabolique.

Il avala. Maggie lui donna un autre morceau. Mais finalement, pourquoi pas ? se demanda-t-il. Après tout, le président n'attendait que cela. Le président mais aussi Marshall et Stokes. Ce serait tellement jouissif de les voir tous ravaler leur morgue. Il visait surtout les deux généraux qui passaient leur temps à lui mettre des bâtons dans les roues. Sans parler de la leçon qu'il administrerait à cet idiot de Danziger.

À force de songer à Danziger et à Indigo Ridge, une question surgit dans son esprit : pourquoi n'avait-il reçu aucune nouvelle de Peter Marks ?

*

Quand il eut couru assez longtemps pour laisser la foule des badauds loin derrière lui, Karpov s'arrêta et fit l'inventaire de la situation. Sa jambe lui faisait un mal de chien mais il n'avait aucune blessure visible. S'il avait cru en Dieu, il aurait dit une prière pour Lana Lang qui avait eu la bonne idée d'acheter une voiture équipée d'airbags latéraux.

Les éléments commençaient à se calmer. Des torrents d'eau se déversaient encore des gouttières mais les nuages s'éloignaient et l'averse s'était muée en un léger crachin. Il regarda autour de lui sans rien reconnaître. Il était toujours dans le quartier de la Mosquée mais où exactement ? Mystère.

Il avait le SVR à ses trousses et son enquête n'avait pas avancé d'un iota puisqu'il ignorait toujours pourquoi Severus Domna avait envoyé Cherkesov à la Mosquée. Il ferait peut-être mieux de se tirer de cette ville de merde, songea-t-il dans un accès de lassitude. Il ne lui restait que quelques jours pour exécuter sa mission. Il pourrait contacter Bourne, lui fixer rendez-vous et fiche le camp d'ici. Il s'appuya contre un mur de pierre. Ce simple mouvement interrompit le fil de ses pensées et le déplaça vers un registre différent. Choisir de fuir serait un mauvais calcul. Non seulement le SVR continuerait à lui pourrir la vie mais il perdrait une bonne occasion de découvrir ce que son ex-patron avait derrière la tête. Il avait besoin d'un soutien pour échapper à l'emprise de Cherkesov. Et c'était ici, à Munich, qu'il le trouverait.

Évidemment, il ne fallait pas oublier ce salopard de Zatchek. *Il ne va sûrement pas me lâcher*, pensa-t-il. Puis il réalisa qu'après l'avoir mis dans ce foutoir, Zatchek pourrait peut-être l'en extraire.

Il s'engagea dans des rues étroites et, après quelques zigzags, tomba sur la solution. Posté à un coin de rue, il prit l'air d'un homme qui attend un ami – ce qui n'était pas entièrement faux puisqu'il attendait Zatchek, lequel ne tarda guère. Quand Boris l'aperçut, il se mit à marcher en boitant de manière exagérée.

C'était curieux, pensa-t-il, mais plus il s'en servait plus sa jambe semblait se dérouiller. Il s'engouffra dans une boutique de vêtements et en ressortit par la porte de derrière, une manœuvre simpliste destinée à attirer l'ennemi. Il avançait clopin-clopant quand il vit du coin de l'œil Zatchek émerger à son tour de la boutique. Boris avait déjà atteint le bout de la rue. Un cri retentit et un instant plus tard, un homme de main de Zatchek apparut devant lui. Le tueur sortit un Tokarev qu'il pointa sur la poitrine de Karpov.

Karpov avait prévu le coup. Attrapant le couvercle d'une poubelle, il frappa l'homme au visage. Le coup partit ; la balle perça le couvercle mais rata Boris qui se dépêcha de récupérer l'arme dans la main de son agresseur. Il n'eut pas l'occasion de s'en servir car, sur sa tempe droite, il sentit le contact glacé d'un canon.

Le deuxième tueur, surgi de nulle part, lui ordonna dans un russe guttural : « Avance. Au moindre geste, je me ferai un plaisir de t'éclater la tête. »

*

Quand il entendit claquer la porte d'entrée, Don Fernando sortit en toute hâte du salon.

Côte à côte, Kaja et Bourne regardaient leurs reflets respectifs dans les portes-fenêtres. Puis elle tourna la poignée et passa dans le jardin. Bourne la suivit. Le froid la fit frissonner.

« Rentrons », dit-il, mais elle ne bougea pas.

Le vent soulevait ses cheveux. C'était bizarre de la voir en blonde. Mais Bourne lui-même ne s'était plus montré tel qu'il était depuis tant d'années. Même Moira ne savait de lui que ce qu'il avait bien voulu avouer. Il se protégeait farouchement contre tout, et contre lui-même d'abord. Était-ce vraiment ce qu'il souhaitait ? se demanda-t-il. Ou ses défenses n'étaient-elles qu'un pis-aller pour pouvoir continuer à avancer ? De cela aussi, il avait perdu le souvenir. Mais il demeurait persuadé qu'autrefois, il n'était pas ainsi.

« J'ai remarqué très tôt que Skara avait un problème de personnalité, dit Kaja en croisant les bras devant la poitrine pour se réchauffer. C'était sans espoir. Ma mère avait peur d'elle.

— Je croyais que c'était vous le mouton noir de la famille.

— J'ai menti, avoua-t-elle dans un demi-sourire. Comme l'aurait fait Skara. C'est elle qui m'a appris à tromper les gens. Elle disait qu'elle n'avait pas le choix. Ne serait-ce qu'à l'école, elle était obligée de se composer un personnage convaincant, sinon elle se serait fait renvoyer.

— Vous deviez en souffrir.

— Au début, je faisais des cauchemars. Je la voyais sous les traits d'un monstre, d'un vampire. » Elle se tourna vers Bourne. « Mais surtout, je n'arrêtais pas de me demander où disparaissaient les personnalités qu'elle n'utilisait pas. Et comment elles se succédaient les unes aux autres. Par quel mystère l'une d'entre elles naissait tandis que les autres s'effaçaient en attendant leur tour pour ressurgir.

— Avez-vous obtenu des réponses ?

— Skara n'en savait rien. Elle avait l'impression d'être dans un wagonnet de montagnes russes lancé sur des rails sans fin.

— Avez-vous jamais craint de souffrir du même mal ?

— J'y pense tout le temps. » Kaja frémit. « Vous avez vu *Le Train sifflera trois fois* ? Pour moi, c'est pareil. J'attends le train d'où descendra le tueur. »

*

Le président des États-Unis téléphonait à son agent de change. « Bob, donnez-moi la cote de NeoDyme.

— Soixante-sept un quart, répondit l'homme.

— Quoi ? » Le président se redressa sur son siège. « L'action était à 27, si je me souviens bien, et c'était quand ? Il y a trois jours ?

— Tout le monde s'est rué dessus, monsieur. La valeur est montée en flèche. »

Le président ferma les yeux en se massant les tempes. « Bon Dieu, que dois-je faire ?

— Si vous n'achetez pas maintenant, monsieur, vous vous en mordrez les doigts quand elle dépassera les cent.

— OK, achetez-en cinq cents maintenant via la même société écran, et cinq cents autres quand elle retombera à… combien, d'après vous ?

— Si c'était une autre action, je dirais qu'elle pourrait redescendre d'un tiers, monsieur. Mais avec NeoDyme, eh bien, c'est différent. Ça me rappelle l'époque des start-up, au début d'Internet. C'est juste ahurissant. Ne quittez pas. »

Le président entendit Bob pianoter sur son clavier. « Je veux dire, depuis son introduction, elle grimpe régulièrement tous les jours. Il se peut qu'elle chute de 10 %, mais honnêtement, ça m'étonnerait qu'elle descende à moins.

— Alors placez l'ordre pour le deuxième paquet de cinq cents à 60.

— C'est fait, dit Bob. Autre chose, monsieur ?

— C'est la seule chose qui m'intéresse », répondit sèchement le président avant de raccrocher.

Son téléphone bourdonna presque aussitôt. Il vérifia l'heure. Il ne lui restait que cinq minutes pour expédier son interlocuteur et aller pisser avant sa prochaine réunion. Il souleva le combiné avec un soupir.

« Roy FitzWilliams pour vous, monsieur.

— Passez-le-moi », dit le président, puis il laissa défiler les habituels cliquetis. « Fitz, avez-vous trouvé une solution ?

— Je le pense, monsieur, dit FitzWilliams depuis son bureau à Indigo Ridge.

— Dites-moi que vous avez découvert une méthode pour extraire les terres rares plus rapidement.

— Hélas non, monsieur, mais je crois que vous ne serez pas mécontent, malgré tout. Comme vous le savez, les terres rares entrent dans les composants des cartes mères d'ordinateur. Je pense que si nous démarrions immédiatement un vaste programme de recyclage au niveau gouvernemental, nous pourrions récupérer assez d'éléments pour que le DoD obtienne les armes qu'il réclame en l'espace, disons, de dix-huit mois.

— Dix-huit mois ! » Le président bondit littéralement de son siège. « D'après l'état-major, le DoD a besoin de la première livraison aujourd'hui même. À mon avis, ça pourra attendre huit mois maximum.

— Impossible de descendre en dessous de dix-huit, à moins que le gouvernement ne décide de recycler tous ses ordinateurs dès à présent. »

Et merde, pensa le président en voyant défiler devant ses yeux les chiffres de la facture. *La Commission de surveillance du Congrès va me flinguer.* Il était entre le marteau et l'enclume.

« Je verrai ce que je peux faire, dit-il. Mais il faut qu'Indigo soit prêt à démarrer au plus vite.

— Je vais demander au conseil d'administration de NeoDyme d'initier une politique d'embauche massive. »

Le président grommela. « Avec des actions qui atteignent des hauteurs stratosphériques, je suppose qu'on a de quoi payer. »

FitzWilliams éclata de rire. « Oui, monsieur. Je suis déjà riche à millions. »

*

Don Fernando refit son apparition à la porte du salon. « Jalal Essai est de retour, Jason. Il demande à vous voir.

Il est dans la bibliothèque. Pendant que vous discuterez, Kaja et moi préparerons le dîner. »

Bourne longea un couloir et entra dans une pièce carrée, lumineuse et aérée, contrairement à la plupart des bibliothèques, avec de multiples rayonnages disposés entre de grandes baies vitrées. Des fauteuils moelleux, des coussins à motifs marocains jetés sur les tapis invitaient au plaisir de la lecture.

Jalal Essai se tenait au centre, dans une posture méditative. Il se tourna dès qu'il entendit Bourne entrer.

Comme de coutume, il ne laissa rien paraître. « J'imagine que vous avez des tas de questions à me poser, dit-il en désignant deux fauteuils à oreillettes. Pourquoi ne pas nous installer confortablement pour en discuter ? »

Les deux hommes s'assirent l'un en face de l'autre.

« Il n'est pas question de discuter si vous persistez à me mentir », le prévint Bourne.

Jalal croisa les mains sur les genoux d'un geste décontracté. « D'accord.

— Travaillez-vous toujours pour Severus Domna ?

— Non. Cela fait quelque temps que j'en suis parti. Je vous ai dit la vérité.

— Et cette histoire poignante au sujet de votre fille ?

— Malheureusement, c'est également vrai, répondit-il avant de s'interrompre en levant le doigt. Sauf que l'histoire ne s'arrête pas là. Elle a été tuée, certes, mais pas par des agents de la Domna. Ils n'auraient jamais fait cela. » Il inspira et expira lentement. « Ma fille a été assassinée par les hommes de Semid Adbul-Qahhar. » Il dressa la tête. « Vous avez entendu parler de lui ? »

Bourne hocha la tête. « C'est le recteur de la Mosquée de Munich.

— Effectivement. » Jalal se pencha légèrement vers Bourne. « Abdul-Qahhar a profité des circonstances pour passer un accord avec Benjamin El-Arian.

— Quelles circonstances ?

— Voilà justement le nœud de l'affaire. La femme qui est ici, vous a-t-elle raconté son histoire ? »

Bourne acquiesça.

« C'est à cause de son père que la Domna a laissé Abdul-Qahhar s'introduire en son sein.

— Ce n'était donc pas un accord ? s'étonna Bourne.

— Oh que si ! Reste à savoir quel genre d'accord. Quand Treadstone s'en est pris à la Domna, El-Arian, constatant la vulnérabilité de l'organisation, a cru bon de faire appel à la Mosquée. »

Bourne ne dit rien. C'était la deuxième fois qu'on lui parlait de la prétendue vulnérabilité de la Domna. Or, pour lui, la Domna était tout sauf vulnérable. De deux choses l'une, soit Essai recommençait à mentir, soit il ignorait la véritable raison de l'immixtion de Semid Abdul-Qahhar dans les rangs de l'organisation. Le plus ennuyeux dans l'histoire c'était que les fondateurs de la Domna avaient été mus par des intentions louables. Ils avaient souhaité jeter un pont entre les cultures orientale et occidentale, et faire en sorte que les deux bords apprennent à vivre en paix. Alors pourquoi permettre à Semid Abdul-Qahhar, un islamiste convaincu se faisant passer pour un musulman modéré, de troubler cet équilibre soigneusement élaboré ? Bourne étudiait le visage de Jalal Essai en songeant que cet homme demeurait un complet mystère. Impossible de décider à quel clan il appartenait.

« Vous voulez savoir pour qui travaillait Christien Norén, c'est cela ? dit-il.

— Comme tout le monde dans cette maison, répondit Jalal en s'enfonçant dans son fauteuil. Nous pensions que Kaja le saurait, ou du moins qu'elle nous fournirait une piste. Voilà pourquoi Don Fernando m'a demandé de la faire sortir de Colombie avec Vegas.

— Pourquoi m'avoir caché cela, quand nous étions là-bas ?

— Son père avait été engagé pour tuer votre ancien patron. Je me suis laissé dire que vous étiez proches, Conklin et vous. Si je vous avais dévoilé l'identité de Kaja, je n'avais aucune assurance que vous accompliriez la mission que je vous avais confiée. »

Cette explication paraissait assez logique pour être vraie, encore qu'avec Jalal rien n'était tout à fait certain. Avant que Don Fernando ne lui parle de cet homme comme d'un menteur pathologique, Bourne s'était déjà forgé une opinion.

« Et si j'avais refusé ? »

Jalal haussa les épaules. « J'étais en train de négocier avec Roberto Corellos quand vous êtes tombé du ciel, comme un cadeau d'Allah. » Il sourit. « Ce qui semble faire partie de vos habitudes. » Sa main se souleva et retomba aussitôt sur l'accoudoir. « Mais bon, ce qui est fait est fait. »

Tenir une conversation avec Jalal Essai, l'écouter, tenter de percer les sous-entendus, les non-dits dont il émaillait son discours, relevait de la performance. « Malheureusement, tout ce que vous dites ne m'aide pas vraiment à comprendre ce que trame la Domna.

— Il y a autre chose. » De nouveau, Jalal se pencha pour murmurer : « Benjamin El-Arian s'est rendu plusieurs fois à Damas dans le plus grand secret. Je l'ai découvert par hasard en consultant les livres de comptes d'Estevan. Il y avait un écart dans les chiffres, ce qui m'a permis de remonter jusqu'à l'achat d'un billet aller-retour Paris-Damas en première classe. En creusant davantage, j'ai compris que ce billet était destiné à El-Arian et que ce n'était pas son premier séjour à Damas. Il payait ses voyages en détournant des sommes issues du trafic clandestin que Vegas gérait pour le compte de Don Fernando.

— Que faisait-il quand il se rendait à Damas ?

— Là, je suis tombé sur une impasse. Mais je jurerais qu'il y a un rapport avec l'organisation pour laquelle travaillait Christien Nordén.

— Ça n'a pas de sens, dit Bourne. Les hommes qui poursuivaient Kaja et ses sœurs étaient des Russes. »

Jalal se leva. « Peut-être bien, mais d'après le peu que mes contacts à Damas ont pu glaner, je pense qu'il existe un lien. »

Bourne se demandait pourquoi Jalal Essai s'intéressait tant aux employeurs de Christien Nordén. Puis brusquement, il comprit. Jalal ne croyait pas plus que lui qu'El-Arian avait fait appel à la Mosquée pour protéger la Domna. En revanche, il était persuadé que le fondement véritable de cet accord apparaîtrait une fois que la lumière serait faite autour de Christien Norén.

« En avez-vous parlé à Don Fernando ? »

Jalal lui adressa un sourire énigmatique. « Vous êtes le seul dans la confidence. »

*

Boris ne bougeait pas un cil, planté au milieu de cette ruelle sentant le poisson et l'huile rance. La rumeur de la circulation faisait penser à une ruche remplie d'abeilles furieuses. Zatchek s'avança d'un pas nonchalant soigneusement étudié, sans quitter Karpov des yeux. Avec son long manteau de cachemire noir, ses gants en chevreau et ses richelieus lustrées à la brosse, il était l'élégance même, encore que Karpov soupçonnât que la semelle un peu trop épaisse de ses belles chaussures dissimulait une feuille d'acier. C'était un accessoire datant de la grande époque du KGB : un coup de pied suffisait pour terrasser les plus récalcitrants. Certains objets survivaient à toutes les modes, songea Boris, même auprès des gamins de la génération Internet.

Quand Zatchek arriva près des deux hommes, il s'écria : « Merde, Karpov, moi qui te prenais pour le mentor idéal ! »

Boris leva le menton. « Si tu demandais l'avis de ton pote aux quenottes en fer-blanc ? »

Zatchek ouvrit la bouche et rejeta la tête en arrière en s'esclaffant : « T'es vraiment marrant, papy ! »

Brusquement, Boris lança son coude droit dans la pomme d'Adam de l'homme qui le tenait en respect. Dans le même geste, il détourna la main qui tenait l'arme. Le coup partit dans un fracas assourdissant. Boris saisit le Tokarev et abattit l'homme à bout portant. Ce dernier bascula en arrière et s'écroula contre le mur en brique où il laissa une tache de sang rappelant un test de Rorschach.

Zatchek resta figé sur place. Boris n'attendit pas qu'il se remette de ses émotions pour l'empoigner par le col de son beau manteau et l'envoyer valser contre le mur la tête la première, en plein sur la tache de sang.

« Qu'est-ce que tu vois ici, Zatchek, hein ? Dis-moi, espèce de petit con », ricana Boris en soulevant le jeune apparatchik avant de lui lancer dans un anglais oxfordien : « Regarde, mon vieux Zatchek, tu viens d'abîmer ton chouette manteau en cachemire à cinq mille dollars. Sans parler de tes chaussures si bien cirées. Quelle marque ? John Lobb ? »

Zatchek, visiblement à court de reparties, voulut balancer un coup de pied à Boris, lequel esquiva la semelle d'acier d'un pas de côté comme s'il dansait. « Ben alors, Zatchek, fit-il en le gratifiant d'une grande claque derrière la tête. Ta maman t'a pas appris les règles élémentaires du savoir-vivre ? »

Ayant renoncé à échapper à la poigne de Boris, le jeune homme s'employait à essuyer le sang qui coulait de sa lèvre fendue. Son arcade sourcilière droite commençait à enfler et à virer au violet.

Boris le secoua jusqu'à ce que ses dents claquent. « Il y a d'autres potes à toi dans les parages ? »

Zatchek fit non de la tête.

« Réponds quand je te parle ! ordonna-t-il.

— On… on n'était que trois.

— Tu imaginais que c'était largement suffisant pour éliminer un vieux schnock comme moi, hein petit con ? Ne dis pas non, je sais parfaitement ce qu'il y a dans ta tête de piaf.

— Tu… tu as tout faux. Oh, merde. » Un caillot de sang jaillit de son nez.

« D'accord, petit con, explique-moi. » Il posa le canon du Tokarev entre la mâchoire inférieure et le cou de Zatchek. « Mais si ta réponse me déplaît… boum !

— J'ai besoin… de m'asseoir. » Zatchek haletait. Sous les traînées de sang, son visage était livide.

Boris l'entraîna de force jusqu'au bout de la venelle, près d'un empilement de cageots ayant servi à transporter des oranges, d'où l'odeur qui en émanait. Zatchek se laissa tomber sur une caisse et resta immobile, les mains croisées sur la tête, comme s'il craignait que Boris ne l'assomme.

Dans la rue perpendiculaire qui passait de ce côté, la circulation automobile était moins dense qu'à l'autre bout. En revanche, les trottoirs étaient noirs de monde. C'était la sortie des bureaux et tant mieux parce qu'à cette heure-ci, les gens se hâtaient de rentrer à la maison sans trop prêter attention à ce qui passait autour d'eux. Boris n'avait toutefois pas l'intention de s'attarder.

« Reprends-toi, Zatchek, et crache le morceau. »

Zatchek eut un petit soubresaut, se pelotonna dans son manteau sali et dit : « Tu crois que c'est nous qui vous avons piégés, toi et la femme ?

— Ne fais pas semblant d'ignorer son nom.

— Pourtant, c'est vrai, je ne la connais pas. » Zatchek leva vers Boris son visage ravagé. Visiblement, il n'en pouvait plus. « Je ne te suivais pas. Je n'ai rien à voir dans ce traquenard. C'est ce que j'essayais de te dire là-bas, au milieu de la foule. »

En effet, Zatchek lui avait hurlé quelque chose mais entre les cris des gens et le hurlement des sirènes, il n'avait pas capté un traître mot.

« Tu racontes n'importe quoi, dit Boris. Je te donne dix secondes pour trouver autre chose. »

Zatchek se contracta. « Beria m'a envoyé ici pour surveiller Cherkesov. »

Soudain, le visage de Boris se vida de son sang. « Viktor est à Munich ? »

Zatchek confirma d'un signe de tête. « Jusqu'à ce que je te voie dans la rue, je ne savais pas que tu étais ici. Je te jure, ça m'a fait aussi bizarre qu'à toi.

— Je ne te crois pas », répliqua Boris.

Zatchek haussa les épaules. « Ça ne m'étonne pas trop.

— Donne-moi une preuve de ta bonne foi. »

Le nez de Zatchek se remit à saigner. Il pencha la tête en arrière. « Je peux t'obtenir un entretien à la Mosquée.

— Parle. »

Zatchek ferma les yeux. « Non, ce serait trop facile ! Je veux ta parole que tu me laisseras la vie. »

Boris étudia le langage corporel de Zatchek, seule méthode d'après lui pour juger de la sincérité d'autrui. « Si tu ne veux pas quitter cette ruelle les pieds devant, je veux que tu me rapportes tout ce qui se passe au SVR.

— Tu veux que j'espionne Beria ? S'il le découvre, il me tuera. »

Boris haussa les épaules. « Fais en sorte qu'il n'en sache rien. Pour un petit con aussi futé que toi, ça ne devrait pas poser de problèmes.

— Tu ne connais pas Beria », dit Zatchek sur un ton amer.

Boris grimaça un sourire. « Raison pour laquelle j'ai besoin de toi. »

Zatchek le regarda en léchant ses lèvres enflées. Son œil droit était presque fermé. Boris croisa les bras sur sa poitrine d'haltérophile. « On dirait que nous avons besoin l'un de l'autre, hein petit con ? »

Zatchek posa la tête contre le mur derrière lui. « J'aimerais bien que tu cesses de m'appeler comme ça.

— Et moi j'aimerais bien que tu me répondes. Ça marche ou pas ? »

Zatchek inspira en frissonnant. « On dirait que tu vas devenir mon mentor, tout compte fait. »

Boris grogna. « Si c'est pas toi qui as voulu me coincer tout à l'heure, qui alors ?

— Qui était au courant de ta venue à Munich ?

— Personne.

— Alors, "personne" n'a voulu te coincer. » Les lèvres de Zatchek s'étirèrent dans une parodie de sourire. « Mais bien sûr, c'est impossible. »

Je ne te le fais pas dire, pensa Boris. Tout à coup, il eut du mal à respirer.

Zatchek dut remarquer le trouble sur son visage car il reprit : « La vie est plus compliquée que tu ne pensais, pas vrai, général ? »

Le petit con aurait-il raison pour une fois ? se demanda Boris. *Mais non, ce serait incroyable, impensable.* La seule personne au courant de son voyage à Munich était son vieil ami, Ivan Volkine.

21

En général, Christopher Hendricks détestait se retrouver seul à seul avec M. Errol Danziger, surtout sur les terres de ce dernier, mais il avait des raisons de penser que cette fois-ci ce serait différent.

Le lieutenant R. Simmons Reade, poisson pilote et sycophante de Danziger, apparut en premier. Cet homme mince au regard sournois et à l'allure hautaine prenait volontiers des airs de sergent instructeur un peu sadique sur les bords. Comme Danziger et lui ne se quittaient quasiment jamais, on les surnommait dans leur dos Edgar et Clyde, allusion comique à J. Edgar Hoover et Clyde Tolson, les deux homos honteux les plus infâmes du Beltway.

D'autant plus que Danziger aurait pu passer pour une pâle copie du légendaire patron du FBI. Il était courtaud et, depuis qu'il n'exerçait plus sur le terrain, cultivait un bourrelet au niveau de la ceinture dont le volume prouvait l'affection qu'il portait à la viande rouge, aux frites et au bourbon. Il avait une tête en ballon de rugby et un caractère d'ailier, à savoir qu'il fonçait dans le tas en mettant un point d'honneur à passer le premier la ligne d'en-but pour aller marquer l'essai. Il n'aurait pas posé problème sans ses constantes promotions. Dans son ancien rôle d'exécuteur des basses œuvres, il n'avait pas eu son pareil, à part peut-être le directeur adjoint de la NSA chargé de la collecte et de l'analyse des données. Mais en tant que directeur de la CIA, c'était une vraie nullité. Il n'avait aucun sens de l'histoire, ignorait tout du fonctionnement de l'Agence et s'en fichait royalement. Autant essayer d'enfoncer une cheville dans un trou carré. Il y avait incompatibilité. Et malgré cette évidence, Danziger avait continué à prospérer sur ce poste et à vider de leur personnel les sacro-saints locaux de la CIA.

« Bienvenue dans la suite du directeur, proclama le lieutenant Reade, raide comme le chambellan d'un monarque. Prenez donc un siège. »

Hendricks regarda autour de lui. La fameuse suite était si vaste qu'on pouvait légitimement se demander à quoi lui servait tout cet espace. Organisait-il des tournois de bowling ? De tir à l'arc ? Aux pigeons ?

Hendricks lui sourit froidement. « Où est passé votre requin, Reade ? »

Reade cligna les yeux. « Je vous demande pardon, monsieur ? »

Hendricks balaya ses dernières paroles d'un revers de main. « Non, rien. »

Il choisit le fauteuil que Danziger avait occupé la dernière fois qu'ils s'étaient rencontrés ici.

Reade se mit presque au garde-à-vous. « Euh, c'est le siège du directeur. »

Hendricks s'enfonça confortablement dans les coussins moelleux avant de répliquer : « Pas aujourd'hui. »

Le visage sombre, Reade allait contre-attaquer quand son maître entra dans la pièce. Danziger portait un élégant costume rayé, une chemise bleue avec un col et des manchettes blancs, rigoureusement démodés, et une cravate militaire à rayures. Un minuscule drapeau américain en émail était épinglé à son revers. À sa décharge, il ne laissa pratiquement rien paraître lorsqu'il vit le secrétaire à la Défense affalé sur son trône personnel. Hendricks nota toutefois un frémissement de déplaisir.

Contraint de s'asseoir dans le fauteuil d'en face, il s'employa d'abord à remonter les jambes de son pantalon et à lever les coudes pour rajuster ses manchettes.

« Je suis ravi de vous voir, monsieur le secrétaire, dit-il avec un visage fermé. À quoi dois-je cet honneur ? »

Quel hypocrite ! songea Hendricks. Il était parfaitement au courant de ce qui se passait puisqu'il était allé chialer auprès de ses copains, les galonnés du Pentagone, lesquels avaient aussitôt couru chez le président.

« Avez-vous quelque chose de drôle à m'apprendre ? s'étonna le DCI.

— Oh non. Un truc marrant m'est passé par la tête, c'est tout. »

Danziger écarta les mains. « Vous pouvez m'en parler ?

— Oui mais *en privé*, Max. »

M. Errol Danziger détestait qu'on l'appelle par son prénom, raison pour laquelle il n'utilisait que son initiale.

Reade traînassait en prenant des poses avantageuses.

« Est-ce que la présence de ce garçon est vraiment nécessaire ? s'enquit Hendricks en observant, amusé, que les deux hommes venaient d'avoir la même réaction outrée au même moment.

— Je n'ai pas de secrets pour le lieutenant Reade », dit Danziger après deux secondes de silence glacial.

Comme Hendricks campait sur ses positions, Danziger finit par comprendre.

Il leva une main paresseuse, digne de la Royauté britannique, et Reade s'en alla non sans avoir au préalable fusillé Hendricks du regard.

« Vraiment vous n'auriez pas dû l'humilier de cette manière, marmonna Danziger.

— Qu'entends-je, Max ? C'est une menace ?

— Mais non, mais non. » Danziger s'agita au fond de son fauteuil. « Loin de moi cette intention.

— Mouais. » Hendricks se pencha vivement vers lui. « Écoutez, Max, que les choses soient bien claires. Je me fiche éperdument de Reade et de ce qu'il peut éprouver. Pour cette raison, je vous demande de ne pas m'imposer sa présence la prochaine fois que nous nous verrons. Me suis-je bien fait comprendre ?

— Parfaitement », bredouilla Danziger.

Sans autre forme de procès, Hendricks se leva et se dirigea vers la sortie.

« Attendez une minute, s'écria Danziger. Nous n'avons même pas…

— Vous avez le poste, Max. »

Danziger sursauta. « Quoi ? » Il se précipita derrière Hendricks.

La main sur la poignée, Hendricks se retourna. « Vous vouliez Samaritain, il est à vous.

— Mais vous alors ?

— Je me retire, Max. J'ai rappelé mon personnel.

— Mais qu'avez-vous fait des travaux préliminaires qu'ils ont déjà effectués ?

— J'ai tout déchiré ce matin. Je sais que vous aimez suivre vos propres méthodes. » Quand Hendricks ouvrit la porte, il s'attendait presque à découvrir Reade, l'oreille collée dessus. « Désormais, vous êtes entièrement responsable de la sécurité d'Indigo Ridge. »

*

Maggie dormait et pourtant elle entendit son mobile crypté entonner les premières notes de « La chevauchée des Walkyries. » Elle n'était pas fan de Richard Wagner mais ce morceau-là lui plaisait beaucoup. Elle ouvrit péniblement ses paupières engluées de sommeil. En regagnant son appartement après le pique-nique avec Christopher, elle s'était mise au lit et avait aussitôt sombré dans un rêve agité. Kaja et elle se disputaient comme elles l'avaient fait durant toute leur enfance. Sa gorge brûlait si fort qu'elle se demanda si elle n'avait pas hurlé pour de bon. Se disputer avec Kaja n'avait jamais produit aucun effet. Alors pourquoi s'était-elle obstinée ? Leur relation, les secrets qu'elles partageaient ne pouvaient déboucher que sur des conflits. Si elles avaient été des garçons, elles se seraient certainement battues comme des chiffonniers. Vers la fin, elles ne se supportaient plus du tout. Si les circonstances ne les avaient pas séparées, elles seraient quand même parties chacune de son côté. Et pourtant, dans ses rêves, Kaja lui manquait, alors que Mikaela n'apparaissait jamais. En songe, Maggie versait des larmes sur sa sœur mais dès qu'elles commençaient à parler ensemble, la colère montait de part et d'autre. Elles s'aimaient mais ne s'entendaient sur rien. Les derniers jours, elles s'étaient querellées à cause de leur père dont chacune conservait un souvenir différent, comme si elles n'avaient pas connu la même personne. Une fois terminées, ces batailles leur laissaient un goût amer dans la bouche.

Les Walkyries l'obligèrent à émerger. Elle roula sur elle-même et contempla d'un œil morne le portable posé sur sa table de nuit. Elle savait qui l'appelait : personne ne connaissait ce numéro à part Benjamin El-Arian.

Elle se frotta les paupières mais ne décrocha pas, préférant regarder au plafond les ombres qui s'étiraient dans la lumière du soir. Au milieu d'une note, les Walkyries tombèrent de cheval. Dans le silence surnaturel qui s'ensuivit, elle se mit à penser à Benjamin. Par quel mystère cet homme avait-il pu lui plaire un jour ? Il semblait faire partie d'une autre vie, pas de la sienne en tout cas.

L'Amérique l'avait changée. Elle avait habité de nombreux pays dans le monde, mais jamais les États-Unis, jusqu'à ce jour. Benjamin ne cessait de vociférer contre l'Amérique corrompue, aujourd'hui affaiblie par une série d'échecs diplomatiques et militaires. Elle ne pouvait que le croire sur parole puisqu'elle n'y avait jamais mis les pieds. À présent qu'elle était ici, et qu'elle avait passé du temps avec Christopher, au cœur même du système capitaliste pour ainsi dire, elle trouvait l'Amérique dynamique, stimulante, animée par un constant brassage d'opinions diverses. En bref, elle s'y plaisait.

Ayant parcouru son propre chemin de Damas, elle savait que Benjamin se fourvoyait en vouant les Américains aux gémonies. Elle avait feint de partager son opinion, pour mieux se rapprocher de lui, mais aujourd'hui, après avoir rencontré son ennemi juré, elle réalisait qu'il avait vraiment tout faux.

Bien qu'elle ait passé de longs mois à ses côtés, elle ne savait toujours pas si Benjamin avait caché ses positions extrémistes pour pouvoir accéder à la direction de la Domna ou s'il s'était radicalisé par la suite, sous l'influence de Semid Abdul-Qahhar.

Elle détestait viscéralement le recteur de la Mosquée, un homme animé d'une haine inextinguible, imperméable à tout compromis. Si le mal existait dans ce bas monde, le Mal avec un grand M, il devait sûrement s'alimenter aux flammes de cette haine.

D'abord, l'alliance entre les deux hommes l'avait laissée perplexe mais, peu à peu, à force d'assister à certaines choses, elle avait réalisé que Benjamin se servait d'Abdul-Qahhar pour consolider son pouvoir et se garantir l'obéissance des autres directeurs de la Domna. Un jour, l'un d'entre eux avait stupidement défié El-Arian en public. Abdul-Qahhar s'était si bien occupé de lui que son cadavre était méconnaissable : une vision atroce qu'elle s'était empressée de consigner au fin fond de sa mémoire, de peur de devenir folle. Seul Jalal Essai avait réussi à survivre, malgré son désaccord affiché. À présent, il représentait pour Benjamin le seul adversaire digne de ce nom. Les bouchers d'Abdul-Qahhar n'ayant pu le faire taire, El-Arian lui avait envoyé Marlon Etana.

Avec Benjamin, Skara jouait un jeu dangereux. Elle en était tout à fait consciente mais tenait à poursuivre sur la voie qu'elle s'était fixée. El-Arian jubilait de l'avoir à sa botte – elle, la fille de Christien Norén. Elle avait bien calculé son coup en lui offrant ce qu'il souhaitait :

sa soumission totale. Son père avait trahi la Domna en travaillant secrètement pour une autre organisation. Un péché impardonnable aux yeux de Benjamin. Un péché qu'elle se sentait vouée à reproduire un jour. Le plus difficile était de savoir quand.

Et maintenant, elle était en Amérique et, par une ironie du sort, elle s'y sentait en sécurité. Ce n'était pas le confort de la vie américaine qui lui plaisait le plus ; elle avait connu le confort quand elle habitait Paris. C'était la liberté de pouvoir exprimer ses opinions, d'agir à sa guise sans craindre le ridicule ou les représailles. Cette vie nouvelle était à des années-lumière de son enfance. Rien d'étonnant à ce qu'elle redoutât de réintégrer la Domna, aux côtés de Benjamin El-Arian. Elle devinait que très bientôt, elle couperait les dernières attaches qui la reliaient encore à cet ancien monde. Pour elle, ce serait la liberté ou la mort.

Les Walkyries enfourchèrent de nouveau leurs montures. Skara serra les dents. Cette fois, il valait mieux répondre.

Elle prit le téléphone, hésita un instant puis décrocha. « Tu tombes mal, dit-elle.

— J'ai l'impression de tomber mal à chaque fois qu'on se parle, rétorqua Benjamin, clairement mécontent. Tu devais rendre ton rapport il y a deux jours. »

Maggie ferma les yeux. Elle se vit en train de lui planter un poignard dans le cœur. « Tu sais bien que sur le terrain, les choses prennent du temps. J'étais occupée.

— À quoi exactement ?

— À réaliser les objectifs que nous nous sommes fixés, figure-toi : discréditer Christopher Hendricks afin de permettre à FitzWilliams d'avoir les coudées franches durant notre phase d'acquisition.

— Et alors ? Je n'ai rien vu dans la presse concernant Hendricks.

— Bien sûr que non, dit-elle sèchement. Tu crois peut-être que ce genre de chose peut se faire en trois jours ? C'est le secrétaire à la Défense des États-Unis.

— Quels progrès as-tu accomplis ? » reprit-il après une pause interminable.

Maggie s'assit en repoussant les oreillers derrière son dos. « Je n'aime pas le ton que tu emploies pour me parler, Benjamin. » Puis elle attendit qu'il s'excuse.

« Tu as raison. Les choses prennent du temps sur le terrain », lâcha-t-il au bout d'un long silence.

Sachant qu'elle n'obtiendrait pas mieux de sa part, elle renchérit : « Tu crois peut-être qu'une autre aurait pu se lier à Hendricks en quelques jours ?

— Non, je ne crois pas. »

Autre concession. *Jusqu'où ma chance ira-t-elle ?* pensa Maggie.

« Le personnage que tu m'as inventé colle parfaitement », admit-elle.

En réalité, c'étaient les petites mains de la Domna qui avaient créé de toutes pièces le personnage de Margaret Penrod, mais un peu de cirage ne faisait jamais de mal. *Surtout maintenant que je marche sur la corde raide*, se dit-elle.

« Et Hendricks, comment a-t-il réagi ? demanda El-Arian.

— Il a mordu à l'hameçon. » En s'entendant prononcer ces paroles, elle ressentit un genre de malaise. C'était étrange et surtout inquiétant.

« Très bien, alors le moment est venu de le ferrer.

— Doucement. À ce stade, je risque encore d'éveiller ses soupçons. »

El-Arian s'éclaircit la gorge. « Skara, dans vingt-quatre heures, la fenêtre d'acquisition passera en phase finale. Il faut que tu respectes le timing. »

Vingt-quatre heures. C'est tout le temps qu'il me reste ?

« Je comprends parfaitement, dit-elle. Tu peux compter sur moi.

— Comme toujours, dit-il. *À bientôt.* »

Skara balança le téléphone à travers la pièce.

*

Hendricks se trouvait dans le parking souterrain de l'immeuble Treadstone qu'il avait fait évacuer peu après l'explosion de la voiture piégée. C'était la deuxième fois qu'il visitait la scène de crime. Il y était déjà passé moins d'une heure après le drame. Sur son ordre, un bataillon d'agents fédéraux avait ratissé le périmètre et le quartier où habitait Peter. Et comme il ignorait si oui ou non Peter avait été envoyé *ad patres*, il avait constitué une unité d'intervention spécialement dédiée à sa recherche.

L'équipe technique avait conclu que Peter ne se trouvait pas dans la voiture. C'était déjà cela. Mais alors, où était-il ? Les enquêteurs avaient fait chou blanc. Hendricks essaya encore de l'appeler sur son portable mais il tomba sur sa messagerie. Ensuite, il téléphona à Ann, dans les bureaux temporaires où s'était réfugié le personnel de Treadstone, mais elle n'avait aucune nouvelle de son patron. Alors, il renonça et rentra à la maison.

Hendricks débarqua chez lui de bonne heure et à l'improviste. Laissant son équipe de sécurité parcourir les pièces à la recherche de micros, comme elle le faisait deux fois par semaine, il fila dans la cuisine se verser une bière qu'il sirota en regardant les hommes en noir s'activer comme des fourmis. Puis l'envie lui reprit de joindre son fils Jackie, lequel était encore en première ligne dans les montagnes afghanes, et donc astreint au silence radio.

Il avait presque fini sa bière quand ses hommes sortirent en le saluant d'un signe de tête pour regagner leurs postes de surveillance à l'extérieur. Il posa son verre, alla s'enfermer dans son bureau dont il n'ouvrait jamais les stores, s'assit à sa table de travail, prit une petite clé dans son portefeuille et la glissa dans la serrure du tiroir de gauche, en bas. Le tiroir contenait un disque plus petit que l'ongle de son pouce. Il n'avait jamais vu ce genre d'objet mais sachant à quoi il servait, il s'étonnait que ses agents de sécurité ne l'aient pas trouvé au cours de leurs recherches systématiques.

Il était tombé dessus voilà dix jours par le plus grand des hasards. Il était pressé et, en voulant attraper un dossier reçu par courrier, il avait renversé la tour Eiffel en verre coloré qu'Amanda lui avait offerte lors de leur premier séjour à Paris. Des tampons de feutrine protégeaient trois pieds de la tour ; sous le quatrième était collé ce curieux petit engin électronique.

Il y avait deux possibilités : soit un agent de sécurité l'avait caché là, soit ce micro était si sophistiqué qu'il échappait même à la détection électronique. Aucune de ces deux hypothèses ne le rassurait mais la seconde le troublait davantage car elle impliquait l'existence d'une entité ayant accès à une technologie dépassant largement celle de l'Administration américaine. Il avait fait sa petite enquête en recourant aux services de personnes suffisamment introduites dans la communauté du renseignement pour savoir s'il se tramait un complot contre lui à l'intérieur du gouvernement. Jusqu'à présent, les réponses avaient été négatives.

Il retourna entre ses doigts le petit disque mat de la même couleur bleu argent que les tampons de feutrine collés sous les pieds de la Tour. Au lieu de le détruire, il l'avait gardé pour ne pas alerter celui qui l'avait posé là. Désormais, il ne passait plus que des appels anodins depuis son bureau. C'était ce minuscule micro qui l'avait poussé à inventer un système complexe pour communiquer avec Peter Marks. Il le remit à sa place, poussa le tiroir et tourna la clé.

À la suite de quoi, il alluma son ordinateur portable, entra dans le serveur du gouvernement, fit défiler l'arborescence et quand il ouvrit le fichier crypté, constata avec satisfaction que Peter avait réussi à s'introduire dans son espace personnel. Il lui avait même laissé un message détaillant ses dernières découvertes. Sur la liste des participants à une rencontre régionale qui s'était tenue au Qatar au printemps 1968, Fitz figurait en tant que consultant pour El-Gabal Mining, une compagnie publique aujourd'hui défunte. Dans son commentaire, Marks faisait ressortir l'anomalie suivante : Fitz avait omis de mentionner El-Gabal sur son CV.

Après un tel scoop, il était moins étonnant que Marks n'ait pas refait surface, songea Hendricks. À supposer qu'il ait trouvé des infos encore plus compromettantes sur Fitz juste avant l'attentat du parking, il y avait tout lieu de penser que Peter avait choisi de faire profil bas et de disparaître le temps de tout vérifier par lui-même. Peut-être même avait-il contacté Soraya. Hendricks composa le numéro de la jeune femme sans obtenir de réponse. Alors, il sortit de son bureau avec son téléphone, passa dans la salle de bains et fit couler de l'eau dans la baignoire et le lavabo.

Comme il était neuf heures du soir à Paris, il appela Jacques Robbinet à son domicile et tomba sur sa femme. Le ministre avait été retenu à son cabinet par un problème urgent à caractère international. Soudain alarmé, Hendricks essaya le bureau de Robbinet. En attendant d'être mis en relation, il écouta le silence qui régnait autour de lui. Cette maison était un désert depuis le départ d'Amanda. Pour la énième fois, il se prit à espérer qu'elle fût encore à ses côtés, emplissant cet espace vide du bruit de ses pas, ouvrant et fermant les placards. Cela le déprima de penser qu'il n'avait plus touché à aucun de ces placards depuis sa mort. Soudain, il se demanda à quoi ressemblerait cette maison si jamais Maggie s'y installait.

Robbinet finit par répondre. « Chris, j'allais t'appeler. Je crains qu'il n'y ait eu un petit incident.

— De quel genre ? » Les mains moites, Hendricks écouta Robbinet relater la rencontre entre Soraya, Aaron Lipkin-Renais, l'Égyptien Amun Chalthoum et Marchand, la filature qui s'en était suivie et ses terribles conséquences.

« Donc Chalthoum est mort. » *Bon Dieu, pour une bavure c'en est une*, se dit Hendricks. Le chef d'al-Mokhabarat assassiné sur le territoire français ! Pas étonnant que Robbinet soit coincé au bureau ; il y passerait probablement la nuit. « Comment va Soraya ?

— Bien, d'après ce qu'en dit Aaron.

— En langage clair, bordel !

— Elle est toujours inconsciente. »

L'estomac de Hendricks se mit à battre comme un deuxième cœur. Il ouvrit la porte de l'armoire à pharmacie, prit un autre Prilosec et l'avala tout rond. Il savait qu'il en abusait mais tant pis.

« Elle va survivre ?

— Les médecins ne se sont pas encore prononcés…

— Bon sang, Jacques, il faut que tu assures sa sécurité.

— Aaron dit que les médecins…

— Oublie Lipkin-Renais, s'écria Hendricks. Jacques, je veux que tu restes auprès d'elle. »

Un long silence. « Chris, le meurtre de Chalthoum m'a foutu dans la merde jusqu'au cou.

— Il a été tué par des extrémistes nord-africains.

— Oui, mais sur le sol français. L'ambassadeur égyptien est fou furieux. »

Hendricks réfléchit un instant. « Écoute-moi, je m'occupe des Égyptiens, tu t'occupes de Soraya.

— Tu es sérieux ?

— Absolument, Jacques. C'est un service que je te demande d'homme à homme.

— Eh bien, j'avoue que si tu pouvais faire en sorte que les Égyptiens me lâchent la grappe, nous serions quittes pour le coup. Dans le contexte actuel, nous nous passerions volontiers d'un nouveau scandale.

— Il n'y en aura pas, dit Hendricks sur un ton morne. Jacques, fais tout ce qui en ton pouvoir. Je veux qu'elle se rétablisse.

— Je te contacte dès que j'ai des nouvelles, Chris. » Il donna à Hendricks son nouveau numéro de portable crypté. « Tâche de ne pas trop t'inquiéter. »

Mais comment faire autrement ? *Bon sang de bordel*, maugréa Hendricks en coupant la communication. Puis il chercha dans son répertoire le numéro du président égyptien. *Qu'est-ce qui se passe avec mes collaborateurs ?*

*

Quand Bourne et Jalal Essai sortirent de leur entretien, Don Fernando les attendait dans le couloir.

« Jason, j'aimerais vous dire un mot, si cela ne vous ennuie pas. »

Jalal inclina sèchement la tête et disparut au bout du couloir.

« Comment ça se présente ? demanda Don Fernando.

— Faut voir », dit Bourne.

Don Fernando sortit un cigare de sa poche, mordit le bout et l'alluma. « Vous devez vous demander pourquoi j'ai choisi de garder Estevan dans l'ignorance, dit-il en crachant un nuage de fumée aromatique.

— La manière dont vous traitez vos amis ne regarde que vous », répondit Bourne.

Don Fernando l'observa un instant. « Je vous aime bien, Jason. Vraiment. Voilà pourquoi je ne m'offenserai pas de ce sous-entendu. » Il retira le cigare de sa bouche et contempla le bout rougeoyant. « L'amitié peut prendre différentes formes. Vous avez assez vécu pour le savoir vous-même. » Il plongea son regard dans les yeux de Bourne. « Mais je sais que vous fonctionnez autrement. Vous appartenez à une espèce en voie de disparition. Vous êtes un survivant de l'époque où la conscience, l'honneur, le devoir et l'amitié étaient des notions sacrées. »

Bourne se mura dans le silence tant il lui déplaisait qu'on parle de lui, même si Don Fernando disait vrai.

« Maintenant passons à la partie délicate. » Don Fernando colla le cigare au coin de sa bouche et se lança : « Kaja n'a d'yeux que pour vous.

— C'est une manière surannée de dire les choses. »

Don Fernando acquiesça. « Très bien. Elle est amoureuse de vous.

— C'est absurde. Malgré ce qu'elle prétend, elle me hait toujours autant d'avoir tué sa mère.

— Elle oscille entre deux sentiments. D'un côté elle vous hait, c'est indiscutable. Mais il s'agit d'une haine ancienne qui date de l'époque où elle a découvert sa mère couchée sur la dalle de la morgue. Elle s'est bâti toute une histoire à partir de cette vision atroce. Et puis vous êtes apparu, en chair et en os, et elle a appris les circonstances ayant entouré ce meurtre. Elle n'était pas prête à entendre tout cela, je le pense sincèrement. »

Don Fernando aspira la fumée bleue. « Mettez-vous à sa place. Vous faites irruption dans sa vie et vous les sauvez tous les deux, elle et Estevan, non pas une fois, non pas deux mais trois fois – de la Domna mais aussi des gens qui employaient son père. Elle ne sait rien de vous, à part que vous avez tué sa mère. Désormais, elle doit se battre avec un terrible dilemme.

— Cela ne me concerne pas », lâcha Bourne.

Don Fernando tira sur son cigare, le nuage de fumée s'épaissit. « Je ne vous crois pas.

— Est-elle amoureuse de Vegas ?

— Il faudra le lui demander.

— J'en ai l'intention, dit Bourne. Les choses sont déjà assez compliquées sans que Vegas pique une crise de jalousie.

— Elle est dans le patio.

— Vous ne voyez pas le patio d'où vous êtes.

— Je sais où sont tous mes hôtes. »

Pourtant, Bourne n'avait pas remarqué de caméras de surveillance.

Don Fernando sourit. « Allez la rejoindre, Jason. Réglez cela avant que cette affaire ne tourne au vinaigre. »

*

« Voilà comment ça va se passer, dit Zatchek. Le contact sera posté à l'entrée latérale de la Mosquée. Tu lui diras : “Il n'y a pas d'autre dieu qu'Allah”, et il répondra : “Allah est bon, Allah est grand”. »

Dissimulés dans un coin sombre, Boris et Zatchek discutaient aux abords de la Mosquée dont la silhouette obscure se dressait sur le ciel orageux de Munich.

« Tu connais cet homme ? » s'enquit Boris.

Zatchek acquiesça. « Il travaille à la Mosquée pour la galerie, mais…

— Je comprends. »

Zatchek s'éclaircit la gorge. « C'est le moment, dit-il. Bonne chance.

— Pareil pour toi. » Boris lui jeta un dernier coup d'œil. « Au fait, tu as une gueule à faire peur. »

Zatchek lui fit un sourire navré. « Rien ne dure éternellement. »

Boris lui tourna le dos et se fondit dans le flot des piétons en mesurant ses pas pour mieux passer inaperçu. Il était expert dans l'art du camouflage. En cela, Zatchek ne lui arrivait pas à la cheville. Boris se demanda vaguement s'il pouvait se fier à l'agent du SVR. Dans leur métier, rien n'était jamais tout à fait sûr. La meilleure méthode consistait à se brancher sur l'esprit de l'autre pour trouver quel ressort actionner. Ils avaient passé peu de temps ensemble mais ces quelques minutes les avaient rapprochés comme deux soldats occupant la même tranchée sous les bombes. Grâce à ce temps comprimé, Boris avait pu analyser le profil psychologique de Zatchek.

De toute façon, il se trouvait maintenant à deux pas de l'entrée latérale de la Mosquée. Il était trop tard pour changer d'avis.

Deux hommes discutaient tranquillement à voix basse sur le seuil. Quand ils le virent approcher, l'un s'en alla. Boris s'avança vers l'autre, un individu petit mais râblé, avec une grosse barbe bouclée qui reposait sur sa poitrine. Il sentait le tabac et la sueur.

« Il n'y a pas d'autre dieu qu'Allah, dit Boris.

— Allah est bon, Allah est grand », répondit l'homme avant d'ouvrir la porte pour laisser passer Boris.

Le barbu ôta ses chaussures et se lava les mains dans la vasque en pierre d'une fontaine. Boris l'imita puis il le suivit dans un couloir étroit et mal éclairé, donnant sur de petites pièces où remuaient des ombres. À l'intérieur, des voix bourdonnaient comme des insectes. Au loin, Boris entendait les hululements modulés du muezzin appelant les fidèles à la prière. L'atmosphère était confinée, oppressante. On n'y voyait goutte.

Ils tournèrent à gauche, puis à droite et encore à droite. Cet endroit était un vrai labyrinthe, pensa Boris. Ce ne sera pas facile d'en sortir rapidement. L'homme finit par s'arrêter devant une porte. Il se tourna vers Boris et dit : « Entrez.

— Vous d'abord », répondit Boris en posant la main sur la crosse de son Makarov.

D'un signe de tête négatif, l'homme lui fit comprendre que les armes étaient interdites. Boris se figea.

« Vous n'avez pas le choix », dit l'homme en tendant sa main ouverte.

Boris sortit le Makarov, le déchargea, rangea les balles dans sa poche et lui remit le pistolet.

L'homme franchit le seuil avec Boris. Ils pénétrèrent dans une petite salle carrée, avec une fenêtre à mi-corps garnie d'un verre dépoli éclairé comme un vitrail par une lumière dont on ne savait si elle était naturelle ou dispensée par un réverbère.

Un homme costaud doté d'une barbe noire et huileuse était assis en tailleur sur un tapis de prière, près de deux autres qui interrompirent leur conversation en les voyant paraître. Ils se levèrent et prirent position chacun contre un mur.

L'homme assis porta ses gros doigts à sa barbe.

« Vous êtes du SVR ? dit-il d'une voix enrouée. C'est Zatchek qui vous envoie ? »

Boris confirma d'un hochement de tête.

« Vous voulez des infos sur Cherkesov ? poursuivit l'homme. Ce qu'il fait ici, qui il a rencontré, ce qui s'est dit.

— C'est exact.

— Ce n'est pas rien. J'aurai du mal à obtenir ces renseignements et je risque gros. » L'homme s'éclaircit la gorge. « Vous êtes prêt à y mettre le prix. »

Comme ce n'était pas une question, Boris ne répondit rien.

L'homme se fendit d'un sourire qui dévoila deux incisives en or. Ses autres dents semblaient gâtées. Il émanait de lui une odeur désagréable. « C'est entendu, alors.

— Combien… ? »

L'homme leva une main épaisse. « Non. Je n'ai pas besoin d'argent. Vous voulez une information, moi aussi. »

Boris gardait un œil discret sur les deux hommes appuyés contre les murs qui faisaient semblant d'être captivés par le halo de lumière filtrant à travers la vitre. « De quel genre ?

— Connaissez-vous un dénommé Ivan Volkine ? »

La question faillit lui couper le souffle. « J'ai entendu parler de lui, en effet. »

L'homme pinça ses lèvres rouges et charnues. Associées à cette barbe noire, elles avaient quelque chose d'obscène. « Ce n'est pas une réponse.

— Je l'ai rencontré », dit prudemment Boris.

Une lueur s'alluma dans les yeux sombres de son interlocuteur. « Dans ce cas, nous cherchons peut-être dans la même direction, vous et moi. »

Boris écarta les mains. « Je ne vois pas comment ce serait possible. Je veux savoir pourquoi Cherkesov a été envoyé ici. Volkine ne m'intéresse pas.

— Oui mais, voyez-vous, c'est Volkine que Cherkesov est venu voir à Munich. »

*

Bourne trouva Kaja debout dans le patio, les bras croisés pour se protéger du froid. Elle regardait un rossignol voleter d'arbre en arbre comme s'il cherchait le chemin de son nid. Bourne supposa que la jeune femme s'identifiait à l'oiseau.

Elle l'entendit arriver mais ne dit pas un mot jusqu'à ce que le rossignol ait trouvé une branche où se percher. Quand les premiers trilles s'élancèrent vers le ciel, Bourne se glissa auprès d'elle.

« Vous ne semblez pas surprise de me voir, dit-il.

— J'espérais que vous viendriez. Ça se passe comme ça dans les films.

— Je vous imaginais moins romantique.

— Ah bon ? » Elle oscilla d'une jambe sur l'autre. « Et comment m'imaginez-vous ?

— Comme une femme prête à tout pour obtenir ce qu'elle veut. »

Elle soupira. « Vous croyez que je vais briser le cœur d'Estevan ?

— C'est un homme simple avec des besoins simples, dit Bourne. Le contraire de vous. »

Elle regarda ses pieds. « Vous avez sans doute raison.

— Donc Estevan n'était qu'un moyen d'arriver à vos fins.

— Je lui ai donné du plaisir pendant cinq ans.

— Parce qu'il croyait ce que vous lui disiez. » Bourne se tourna vers elle. « Pensez-vous qu'il serait tombé amoureux s'il avait su qui vous étiez réellement et ce à quoi il vous servait ?

— C'est possible, oui. »

Elle lui fit face. Le clair de lune caressait ses joues mais ses yeux restaient dans l'ombre. Au milieu de ce patio fleuri, la beauté de son visage s'épanouissait pleinement. C'était sans doute pour cela qu'elle avait choisi de se placer ainsi sous les rayons de lune, songea Bourne. Elle savait jouer de sa sensualité comme d'une arme.

« Je ne veux plus qu'on parle d'Estevan.

— Peut-être mais je dois savoir… »

Elle posa les mains sur les joues de Bourne, rapprocha ses lèvres des siennes. « Je veux qu'on parle de nous. »

À cet instant, Bourne comprit qu'il n'était pas l'objet du désir brûlant dans ses yeux. Comme Estevan, il n'était pour elle qu'un instrument. En ce moment, ce qui lui tenait le plus à cœur c'était découvrir la vérité sur son père. Ayant besoin des hommes, elle s'était transformée en *serial lover*, s'attachant à tous ceux qu'elle estimait capables de lui servir.

« Don Fernando s'imagine que vous êtes amoureuse de moi. »

Elle se rembrunit. « Mais je le suis », répliqua-t-elle en l'embrassant. Bourne sentit sous ses doigts toutes les collines et les vallées de son corps tendu vers lui.

« Ne faites pas cela, dit-il en la repoussant.

— Je ne comprends pas. »

Elle semblait si sincère, pensa-t-il. Poussait-elle la comédie jusqu'à se persuader elle-même d'un amour qu'elle n'éprouvait pas ? Avait-elle employé cette même méthode pour séduire Vegas ?

« Mais si, vous comprenez très bien, répliqua-t-il.

— Vous avez tort. » Elle secoua la tête. « Terriblement tort. »

*

« Amun ! s'écria Soraya en reprenant conscience.

— Il est parti, Soraya. »

Aaron pencha sur elle son visage inquiet.

« Vous ne vous rappelez pas ? »

Bien sûr que si, elle se rappelait : la descente dans les ténèbres, le fil électrique avec lequel Donatien Marchand avait tenté de l'étrangler, Amun montant l'escalier en courant, les coups de feu, le sang et enfin la chute. Ses yeux brûlaient. Les larmes jaillirent, ruisselèrent sur ses joues et se répandirent sur l'oreiller.

« Où… ?

— Vous êtes à l'hôpital. »

Tout à coup, elle remarqua le tube de la perfusion dans son bras.

« Il faut que je le voie », dit-elle.

Quand elle voulut se lever, Aaron la repoussa doucement par les épaules et l'obligea à se recoucher.

« Vous le verrez, Soraya, je vous le promets. Mais pas aujourd'hui.

— Il le faut. » Elle voyait bien qu'elle s'acharnait en vain ; elle n'avait aucune force. Elle ne pouvait pas s'arrêter de pleurer. Amun était mort. Elle regarda Aaron au fond des yeux.

« Je vous en prie, Aaron, réveillez-moi de ce cauchemar.

— Vous êtes réveillée, Soraya. Dieu merci.

— Ce n'est pas possible. » Pourquoi pleurait-elle ? Son cœur semblait s'être déchiré. Voilà quelques heures, elle s'était interrogée sur la réalité de son amour pour Amun. À présent, la question devenait caduque. Ils avaient été collègues, amis, amants – et maintenant, il était parti à jamais. Ce n'était pas la première fois qu'elle perdait quelqu'un de cher mais là, c'était complètement différent. Elle avait vaguement conscience de sangloter dans les bras d'Aaron, elle sentait son parfum mêlé aux odeurs fades de l'hôpital. Elle s'accrochait à lui. Mais curieusement, malgré cette proximité, elle avait l'impression d'être seule, plus seule qu'elle ne l'avait jamais été. Elle s'apercevait à quel point son travail l'avait accaparée durant toutes ces années, ne laissant guère de place à autre chose. Jason et elle se ressemblaient sur ce point. Elle au moins, elle avait Amun, mais voilà…

Jason avait vu mourir tant de personnes qu'il aimait d'amour ou d'amitié. Elle pensait surtout à Martin Lindros, l'architecte de Typhon, son patron et le meilleur ami de Jason, à l'époque de l'ancienne CIA. La mort de Lindros l'avait secouée mais ce n'était rien face au chagrin de Jason. Il avait retourné ciel et terre pour le sauver et, au dernier moment, il avait échoué. Le simple fait d'évoquer Jason lui redonna un peu de courage. Soudain, elle réalisa qu'elle était enfermée dans un lieu oppressant. Il fallait qu'elle s'en aille, ne serait-ce que pour mettre de l'ordre dans ses idées.

« Aaron, faites-moi sortir d'ici, supplia-t-elle sur un ton qui l'étonna elle-même.

— Vous n'avez pas de fractures, juste des côtes fêlées. Mais les médecins redoutent une commotion…

— Je m'en fiche, cria-t-elle. Je ne supporterai pas de rester ici une seconde de plus.

— Soraya, je vous en prie, calmez-vous. C'est normal que vous soyez bouleversée mais… »

Elle le repoussa aussi rudement qu'elle en était capable. « Cessez de me traiter comme une enfant et écoutez-moi, Aaron. Sortez-moi de ce putain d'hôpital. Sur-le-champ. »

Il examina son visage un instant puis hocha la tête. « Très bien. Donnez-moi juste deux minutes. Je vais parler au personnel des admissions. »

Dès qu'il quitta la pièce, Soraya fit l'effort de s'asseoir, ce qui lui déclencha une migraine. Mais peu importait. Elle arracha le sparadrap, retira l'aiguille de son bras puis sortit lentement les jambes du lit. Le sol était froid. Quand elle voulut se mettre debout, ses chevilles étaient ankylosées. Elle attendit quelques secondes en respirant posément pour oxygéner son corps puis, se cramponnant au pied du lit, fit quelques pas – un, deux, trois –, comme un bambin apprenant à marcher. Percluse de douleurs, elle traversa la chambre pour prendre ses vêtements dans l'armoire. Elle agissait en se servant uniquement de son instinct. Avec une démarche de zombie, elle atteignit la porte de la chambre et resta plantée derrière, le temps de trouver par le souffle l'énergie qui lui serait nécessaire.

Elle passa la tête dehors, regarda des deux côtés. Un vieux monsieur s'éloignait en traînant les pieds, accroché à son déambulateur. À part lui, il n'y avait personne en vue. Juste en face d'elle, de l'autre côté du couloir, elle avisa une pièce de rangement. Elle avait à peine fait deux pas qu'elle entendit des voix approcher, dont celle d'Aaron. Elle dut ordonner à ses jambes d'avancer, à sa main de tourner la poignée de la porte. Elle se glissa dans la pièce et juste avant que la porte se referme dans un soupir, vit Aaron flanqué de deux docteurs entrer dans sa chambre.

*

Bourne et Jalal Essai retrouvèrent Kaja et Vegas dans le vestibule. Par la porte ouverte, on voyait Don Fernando faire des signes aux deux voitures qui pénétraient dans son allée.

« Il est dix heures », dit Kaja. Comme si elle devinait que Bourne et Jalal, étant apparus ensemble, voulaient lui parler, elle ajouta : « L'heure du dîner est sacrée pour Don Fernando. »

Bourne s'approcha du couple. « Estevan, comment vous sentez-vous ? Vous avez dormi très longtemps. »

Vegas joignit ses doigts devant son front. « Un peu vaseux, mais ça va mieux. Et je retrouve ma Rosie, encore plus belle en blonde. »

Don Fernando repassa la porte. « Nous pouvons y aller. »

*

Ils devaient dîner à l'autre bout de la ville, dans un restaurant de fruits de mer dont la splendide terrasse en terracotta suivait la digue surplombant le port, du côté sud. Sous leurs yeux, des bateaux à l'ancre se laissaient doucement ballotter par les vagues. En passant, un canot fit gicler quelques gouttelettes. L'écume dans son sillage se dispersa bien vite. Le clair de lune se reflétait sur l'eau comme une mantille d'argent ; dans le ciel, luisaient des brassées d'étoiles.

Le maître d'hôtel empressé se précipita vers Don Fernando et lui désigna une table ronde avec vue sur la digue. La clientèle était fort élégante. À la lueur des bougies, des bracelets en or et en platine étincelaient aux poignets de dames moulées dans des robes de soirée et chaussées d'escarpins Louboutin. Des joyaux ornaient leurs longs cous et leurs oreilles délicates.

« J'ai l'impression d'être le vilain petit canard, dit Kaja pendant qu'ils prenaient place.

— Pas du tout, *mi amor*. » Vegas lui prit la main. « Personne ici ne te surpasse en beauté. »

Kaja éclata de rire et l'embrassa avec une affection apparemment sincère. « Quel gentleman ! »

Assis à sa droite, Bourne sentait la pression de sa cuisse contre la sienne. Elle regardait Estevan, leurs mains étaient encore jointes, mais elle faisait du pied à Bourne, créant ainsi une secrète complicité entre eux.

« Qu'y a-t-il de bon à manger ici ? » demanda Bourne à Don Fernando, son voisin de droite. La réponse fut couverte par le rugissement des vespas qui passaient en slalomant sur la route devant le restaurant.

Dans la caisse de vin que Don Fernando avait apportée, le garçon choisit une première bouteille et la déboucha. Ils portèrent un toast à leur hôte qui leur avait auparavant indiqué que les plats étaient déjà commandés.

Bourne éloigna sa jambe et lorsque Kaja lui jeta un regard étonné, lui répondit non d'un signe de tête.

Contrariée, elle plissa les yeux, annonça son intention de quitter la table, repoussa brusquement sa chaise et s'en alla en traversant la terrasse à grandes enjambées. Don Fernando se tourna vers Bourne d'un air inquiet.

Vegas posa sa serviette. Il allait se lever quand l'Espagnol l'en dissuada : « Estevan, *calmaté, amigo*. Pour une question de sécurité, je préfère envoyer Jason. »

Bourne suivit Kaja et se retrouva dans la partie fermée du restaurant où il fut accueilli par les senteurs aromatiques des fruits de mer cuisinés aux épices marocaines et levantines. De loin, il vit Kaja sortir par la porte de devant. Il se précipita en se faufilant entre les tables et les clients tapageurs.

Il la rattrapa sur le trottoir étroit. « Qu'est-ce qui vous prend ? »

Elle s'écarta. « À votre avis ?

— Kaja, Estevan va se faire des idées. »

Elle lui jeta un regard furibond. « Et alors ? Vous commencez à me fatiguer, vous les hommes.

— Vous vous comportez comme une enfant gâtée. »

Elle se tourna et le gifla. Il aurait pu l'en empêcher mais il se dit que le résultat aurait peut-être été pire.

« Ça va mieux, maintenant ?

— Ne croyez pas que je sois dupe, cria-t-elle. Don Fernando est terrifié à l'idée que je dévoile ma véritable identité à Estevan.

— Le moment serait mal choisi.

— Soyez franc. Vous comptez m'en empêcher, c'est cela ?

— Je dis seulement qu'il vaut mieux attendre un peu.

— Et pourquoi cela ? Il traite Rosie comme une enfant. Je ne suis plus une enfant. Je ne suis pas Rosie. »

Bourne gardait un œil sur la route. Les jeunes gens en vespas repassèrent à toute allure. Sans doute éméchés, ils riaient à gorge déployée. « Ce voyage jusqu'à Cadix comportait de gros risques mais il n'y avait pas d'autre possibilité. Vous seriez morts tous les deux si je vous avais laissés là-bas.

— Don Fernando n'aurait jamais dû inciter Estevan à faire de la contrebande pour la Domna, dit-elle. Il n'a pas la carrure, c'est évident.

— Don Fernando avait besoin d'une porte d'entrée.

— Don Fernando s'est servi d'Estevan, cracha-t-elle avec mépris.

— Vous aussi. » Bourne haussa les épaules. « En tout cas, il était libre de refuser. »

Elle renifla. « Vous croyez qu'Estevan aurait pu lui refuser quoi que ce soit ? Il lui doit tout.

— *Querida !* »

Vegas venait d'émerger du restaurant, le front soucieux.

« Est-ce que tout va bien ? » Il se dirigea vers elle. « C'est à cause de moi que tu es en colère ? »

Immédiatement, le sourire radieux de Rosie illumina le visage de Kaja. « Bien sûr que non, *mi amor*. » Elle dut lever la voix à cause des vespas. « Comment pourrais-tu me mettre en colère ? Tu es tellement gentil ! »

Estevan la prit dans ses bras et la fit pivoter, le dos vers la rue. Trois balles sifflèrent. Elles frôlèrent l'épaule et la tête de Kaja. Estevan fut arraché à son étreinte ; il fit un bond en arrière. Bourne se jeta sur Kaja, la protégeant de son corps pendant que la vespa blanche poursuivait son chemin à toute vitesse. Bourne aida Kaja à se relever.

« Estevan ! hurla-t-elle. Estevan, oh mon Dieu ! »

Couvert de sang, Vegas gisait sur le trottoir, à moitié appuyé contre la façade du restaurant dont le stuc blanc était éclaboussé de rouge. Bourne retint Kaja par les épaules puis quand Don Fernando apparut, la poussa dans ses bras.

Puis il descendit du trottoir, contourna un jeune motard qui s'était arrêté pour regarder béatement le corps ensanglanté et l'arracha de sa selle.

Le garçon trébucha, tomba sur les fesses. « Hé ! Qu'est-ce qui te prend, vieux ? » cria-t-il en regardant son scooter s'éloigner en pétaradant sur la route encombrée.

22

Peter Marks flottait entre deux eaux, comme un nageur emporté par le courant. Un instant, il avait l'impression de fouler un sol ferme, l'instant d'après il dérapait, bousculé par une vague qui d'abord s'écrasait sur lui puis l'attirait, l'aspirait dans un tourbillon rouge sombre, porteur d'un nouveau vertige, d'une plus grande douleur.

Derrière ses propres gémissements, il percevait des voix inconnues, mais tous ces sons lui parvenaient de très loin, comme étouffés sous des couches de gaze. La moindre lumière lui brûlait les yeux. Il ne mangeait guère, sauf de la bouillie et encore, de temps en temps. Il s'imaginait moribond, suspendu entre la vie et la mort, exilé dans le brouillard gris des limbes. L'expression « lit de douleur » prenait enfin tout son sens.

Et pourtant, un jour, la souffrance s'éloigna ; il retrouva un peu d'appétit et le brouillard sépulcral disparut dans le royaume des songes. Il eut l'impression d'être emporté par un train s'éloignant à toute vitesse d'une zone toxique où il avait fait escale.

Peter ouvrit les yeux. Le monde était rempli de lumière, de couleurs. Il inspira profondément, une fois puis deux. L'air circulait dans ses poumons sans provoquer cette douleur atroce qu'il avait crue à jamais sienne.

« Il est conscient », dit une voix venue du ciel, comme si un ange avait baissé les yeux vers lui.

« Qui… » Peter passa la langue sur ses lèvres desséchées. « Qui êtes-vous ?

— Yo, moi c'est Tyrone, chef. »

Peter avait du mal à accommoder sa vision, toutes les formes autour de lui semblaient entourées de trois halos imbriqués. « … qui ça ?

— Tyrone Elkins, de la CIA.

— La CIA ?

— Je vous ai ramassé sur la chaussée. Dans un sale état.

— Je ne me rappelle… »

Le visage noir se tourna de profil. « Yo, Deron, salut mec. » Puis il se remit de face. Ses lèvres remuèrent. « L'ambulance. Vous vous souvenez de l'ambulance, chef ? »

Quelque chose prenait forme dans son esprit embrumé. « Je…

— Les types qui se faisaient passer pour des secouristes. Vous avez pu sortir de l'ambulance, putain, je sais pas comment. »

Les images se reconstituaient peu à peu. Peter revit le parking de l'immeuble Treadstone, l'explosion. On l'avait embarqué dans une ambulance. Mais non, c'était un piège. Ces infirmiers n'étaient pas des infirmiers. Ils ne l'emmenaient pas à l'hôpital.

« Ça me revient, murmura-t-il.

— Bien, très bien. »

Un autre visage noir apparut à côté du premier. Tyrone l'avait nommé Deron. Un homme aux traits harmonieux, parlant comme un lord anglais.

« Qui êtes-vous ? bredouilla Peter.

— Vous vous souvenez de Tyrone, n'est-ce pas ? Il travaille pour la CIA. C'est un ami de Soraya. » Le bel homme sourit en se penchant sur Peter. « Et moi, je m'appelle Deron. Je suis un ami de Jason. »

Le cerveau de Peter mit deux secondes à enregistrer les données. « Bourne ?

— Exact. »

Peter ferma les yeux le temps de bénir la chance qui l'avait fait atterrir dans l'endroit le plus sûr de Washington.

« Peter, savez-vous qui étaient ces hommes dans l'ambulance ? »

Il rouvrit les paupières. « Je ne les avais jamais vus. » Son cœur s'emballa ; il avait tant travaillé pour le maintenir en vie, ces derniers jours. « Je ne sais…

— OK, OK, fit Deron. Ménagez-vous. » Il se tourna vers Tyrone. « Tu peux t'occuper de ça ? Après la fusillade, la police a forcément rédigé un rapport. Sers-toi de tes accréditations pour mettre la main sur les papiers des morts. »

Tyrone hocha la tête et s'esquiva.

Deron saisit un gobelet en plastique muni d'une pipette recourbée. « Maintenant, vous allez essayer de vous hydrater un peu. »

Il plaça une main derrière la tête de Peter pour l'aider à boire. Malgré sa soif, Peter aspira très lentement. Sa langue lui paraissait énorme.

« Tyrone m'a tout raconté, dit Deron, du moins ce qu'il savait. D'après lui, on vous a enlevé. »

Peter acquiesça.

« Pourquoi ?

— Je ne… » Puis la mémoire lui revint. Il avait passé une nuit à faire des recherches intensives sur Roy FitzWilliams et son ancien employeur, la société El-Gabal basée à Damas. Peter se rappela les précautions frisant la paranoïa que Hendricks avait prises autour de cette affaire. Il poussa un gémissement.

« Quoi ? Vous avez mal ?

— Non, c'est pire que ça, dit Peter avec un sourire courageux. J'ai merdé, Deron. Mon patron m'a dit d'être prudent mais au lieu de l'écouter, je me suis servi d'un ordinateur professionnel pour faire mes recherches, une machine reliée au serveur du gouvernement.

— Du coup, ceux qui vous surveillaient ont paniqué et ont envoyé des types pour vous enlever.

— Oui, enfin, ils ont d'abord tenté de me tuer. » Peter décrivit l'explosion dans le parking. « Les pseudo-ambulanciers étaient là en renforts.

— Ce qui révèle une organisation méticuleuse supervisée par une entité disposant de ressources considérables. » Deron se frotta le menton. « Je dirais que vous seriez dans de très sales draps si vous n'étiez pas le directeur de Treadstone. En tant que tel, vous disposez des moyens suffisants pour contre-attaquer.

— Malheureusement non, répondit Peter. Soraya et moi n'avons pas fini de reconstituer Treadstone. La plupart de nos collaborateurs sont basés à l'étranger. L'infrastructure nationale n'est qu'une coquille vide. »

Deron se redressa et posa ses avant-bras sur ses genoux. « Putain, mec, t'es tombé pile poil où il fallait », s'écria-t-il en oubliant son anglais oxfordien.

*

La vespa de Bourne prit le virage à la suite du tireur dont le scooter blanc se faufilait entre les voitures, sur la route qui longeait le bord de mer en direction du sud. Avec un engin si peu puissant, Bourne doutait de pouvoir atteindre une vitesse satisfaisante. Pourtant, en poussant le moteur à fond, il y parvint peu à peu. Il se rapprochait d'autant plus vite que le tireur, n'ayant pas encore regardé derrière lui, semblait ignorer qu'on le poursuivait.

L'homme grilla un feu orange. Bourne se pencha sur son guidon, calcula les vecteurs de la circulation au carrefour, fit un crochet à gauche, déboîta un peu sur la droite et franchit l'intersection sans dommages.

Le tireur venait de s'arrêter au bord du trottoir, derrière une camionnette noire. De loin, Bourne le vit ouvrir les portes arrière et, avec l'aide du chauffeur, hisser la vespa à l'intérieur. Puis les hommes sautèrent dans le van qui s'inséra entre les voitures et prit de la vitesse. Bourne accéléra. Deux véhicules les séparaient.

La camionnette s'engagea sur une voie menant au centre-ville. Après avoir suivi une route sinueuse parmi un labyrinthe de ruelles, elle déboucha dans une zone semi-déserte bordée d'entrepôts. Le chauffeur descendit, déverrouilla la porte d'un hangar, laquelle s'ouvrit automatiquement, puis regrimpa derrière le volant. Bourne abandonna la vespa et piqua un sprint qui lui permit d'atteindre la porte avant qu'elle ne se referme complètement sur le van noir. Il se glissa de justesse dans l'espace qui s'amenuisait.

Couché sur le sol en béton, Bourne renifla une odeur de créosote et d'huile de moteur. Les phares de la camionnette dissipaient à peine l'obscurité. Des portières claquèrent. Bourne entendit des pas s'éloigner. Manifestement, ils ne se souciaient pas de décharger la vespa. Caché derrière un énorme fût en métal, Bourne mit un genou en terre. Le tireur avait dû trouver un interrupteur parce qu'un instant plus tard, une lumière tamisée par deux globes verts se répandit dans le hangar. L'endroit ne contenait que quelques fûts et deux piles de caisses en bois. Le chauffeur éteignit les phares et rejoignit son comparse près des caisses.

« Elle est morte ? demanda-t-il en russe.

— J'en sais rien. Ça s'est passé trop vite. » Le tireur posa son pistolet sur une caisse.

« Dommage que t'aies pas respecté le plan à la lettre, dit le chauffeur sur un ton de reproche.

— Elle est sortie sur le trottoir, protesta le tireur. J'ai sauté sur l'occasion. T'aurais fait pareil. »

Le chauffeur haussa les épaules. « Je préfère être à ma place qu'à la tienne.

— Je t'emmerde, dit l'autre. On fait équipe. Si je l'ai ratée, ça nous retombera sur la tronche à tous les deux.

— Si le chef s'en aperçoit, répliqua le chauffeur, on n'aura plus de tronche du tout. »

Le tireur reprit son arme et la rechargea. « Alors, qu'est-ce qu'on fait ?

— On vérifie qu'elle est bien morte. Sinon, on lui règle son compte définitivement, et ensemble. »

Les deux hommes ouvrirent une porte étroite derrière une pile de caisses. Avant qu'ils ne passent dans ce que Bourne voyait comme un bureau, le tireur éteignit les lumières. Bourne se faufila jusqu'au van, ouvrit prudemment la portière côté chauffeur et finit par trouver une torche qu'il braqua vers le compartiment arrière. Le faisceau tomba sur une boîte à outils. Bourne l'ouvrit, s'empara d'un pied-de-biche et partit se cacher derrière la pile de caisses la plus proche de la porte. Sous le halo de sa torche, leur bois paraissait étrangement lisse, presque dépourvu de nœuds, et d'une couleur verdâtre. Il sentit son cœur s'emballer en voyant l'inscription gravée dessus. Cette cargaison venait de Colombie et plus précisément de la compagnie pétrolière de Don Fernando.

*

Le sang de Boris se figea dans ses veines. « Cherkesov est venu à Munich pour rencontrer Ivan ? » Il secoua la tête d'un air obstiné. « Je n'y crois pas une seconde. »

Le barbu fit signe à l'un de ses hommes, appuyé contre le mur. Boris le vit marcher vers lui en glissant la main dans sa tunique. Boris se raidit aussitôt mais au lieu d'une arme, l'homme sortit un jeu de photos en noir et blanc qu'il lui remit.

« Allez-y, jetez un œil, dit le barbu. Vous pouvez vérifier, elles ne sont pas trafiquées. »

Boris prit les clichés et les examina attentivement pendant que des pensées contradictoires se bousculaient dans sa tête. Il vit Ivan et Cherkesov en train de discuter devant un bâtiment qui ressemblait fort à la Mosquée. La date était imprimée en bas à gauche.

Le barbu assis en tailleur sur son tapis de prière n'avait pas bougé d'un centimètre depuis que Boris était entré. « De quoi ont-ils parlé ? » demanda ce dernier.

Un sourire se forma sur les lèvres de son interlocuteur. « Je vous connais, général Karpov. »

Boris ne broncha pas. Il observait les deux acolytes, lesquels continuaient à regarder ailleurs. « Dans ce cas, vous en savez plus que moi.

— Je vous demande pardon ?

— Moi, j'ignore qui vous êtes. »

Son sourire s'épanouit. « Vous êtes bien curieux ! Mais je vous assure, il vaut mieux que vous restiez dans l'ignorance. » Il écarta ses mains l'une de l'autre. « Concentrons-nous sur l'affaire qui vous amène : Cherkesov et Volkine. » Il pinça ses lèvres rouges. « Disons que je suis parfaitement conscient que le FSB-2, dont vous êtes aujourd'hui le chef, et le SVR sont engagés dans une lutte pour le pouvoir. Une lutte sans merci. »

Boris se garda d'intervenir. Il commençait à cerner cet inconnu et ses manies oratoires. Ce type semblait adorer les déclarations fracassantes, entrecoupées de pauses dramatiques pour mieux faire durer le plaisir.

« Mais cette lutte pour le pouvoir, reprit l'homme, est plus complexe que vous ne l'imaginez. Derrière le FSB-2 et le SVR sont tapies des entités bien plus redoutables.

— Vous voulez parler de la Domna, je suppose. »

L'homme leva les sourcils. « Entre autres.

— Il y en a d'autres ?

— Il y en a toujours d'autres, général. Mais pardonnez mon impolitesse, ajouta-t-il dans un geste d'excuse. Veuillez vous asseoir. »

Boris foula le tapis de prière et s'installa dans la même position que son hôte, malgré la douleur qui fusa aussitôt dans ses hanches et ses muscles fléchisseurs.

« Vous me demandiez de quoi discutaient Cherkesov et votre ami Volkine, sur les photos. De la Domna, bien entendu.

— Cherkesov aurait-il quitté le FSB-2 pour devenir membre de la Domna ?

— Je l'ai entendu dire », reconnut l'autre.

Boris n'en croyait pas un mot, d'autant plus que l'homme semblait réticent à lui fournir des détails. « Cherkesov entretient des ambitions qui le dépassent, pour le moment du moins, dit-il pour relancer la conversation.

— Vous vous doutez bien qu'il avait une idée en tête quand il a pris ses distances avec le FSB-2.

— En effet, dit Boris.

— Savez-vous laquelle ?

— L'un de nous deux doit le savoir, j'imagine. »

Le ventre de l'homme se mit à trembler. Boris comprit qu'il riait en silence.

« Oui, général Karpov, c'est très possible. Dites-moi, êtes-vous jamais allé à Damas ?

— Une ou deux fois, oui, dit Boris en se demandant pourquoi l'autre venait de sauter du coq à l'âne.

— Comment avez-vous trouvé la ville ?

— Magnifique.

— Ah ! oui, Damas était superbe, autrefois.

— Elle a de beaux restes », dit Boris.

L'homme réfléchit deux secondes. « Certes. Damas est une ville ensorcelante mais très dangereuse.

— Comment cela ?

— C'est de Damas que Cherkesov est venu parler avec votre ami Volkine.

— Cherkesov est *persona non grata* en Russie, répliqua Boris. Mais Ivan ?

— Volkine possède… comment dire… de nombreux intérêts commerciaux à Damas. »

Boris fut surpris. Ivan lui avait laissé entendre qu'il s'était retiré des affaires, se contentant de quelques missions de conseil. « Des intérêts commerciaux de quel genre ?

— Du genre à éviter si l'on ne veut pas se mettre à dos les caïds de la *grupperovka* que votre ami Volkine a eus comme partenaires d'affaires durant des décennies.

— Je ne comprends pas. » À peine eut-il prononcé ces derniers mots que Boris réalisa son erreur. Le visage de son hôte changea aussitôt d'expression. Sa bonhommie fondit comme neige au soleil.

« Comme c'est dommage ! maugréa-t-il. Moi qui pensais que vous pourriez m'éclairer. Franchement j'espérais que vous me diriez pourquoi Volkine et Cherkesov s'intéressent tant à Damas. » Il claqua des doigts et les deux sbires dégainèrent chacun un Millennium Taurus PT145, des pistolets de petite taille mais aussi puissants que des .45.

Boris voulut s'enfuir mais deux autres hommes, armés de pistolets-mitrailleurs FN P90 belges, s'encadrèrent sur le seuil.

Derrière eux, il vit se profiler la silhouette de Zatchek. Le jeune homme lui adressa un sourire carnassier.

« Général Karpov, j'ai l'impression que vous avez perdu toute utilité. »

*

Bourne venait de glisser le pied-de-biche sous le couvercle d'une caisse lorsque la porte du fond s'ouvrit. Il éteignit la torche juste à temps pour ne pas se faire repérer puis il la balança à travers le hangar avant que les deux hommes n'appuient sur l'interrupteur. En l'entendant claquer sur le ciment, les Russes sursautèrent, empoignèrent leurs armes et filèrent en direction du bruit.

Le chauffeur courait devant, si bien que Bourne choisit de s'en prendre au tireur. Il leva le pied-de-biche et l'écrasa sur la main de l'homme qui lâcha son pistolet en hurlant. Le chauffeur s'arrêta net, pivota sur lui-même et reçut l'outil en pleine figure. Bourne l'avait lancé avec une force telle que l'homme bascula en arrière. Sa tête heurta violemment le béton. Les os de son crâne se fracassèrent sous le choc.

Le tireur, dont la main droite fracturée pendait le long de son corps, sortit avec la gauche une matraque électrique longue de trente centimètres, le genre d'engin capable de produire une décharge de trois cent mille volts. Tout en marchant vers Bourne, il se mit à balancer la matraque d'avant en arrière pour tenir l'adversaire en respect et l'obliger à reculer vers la camionnette. Il avait manifestement l'intention d'acculer Bourne entre le mur et le véhicule. Une fois qu'il l'aurait coincé dans ce renfoncement, il n'aurait plus qu'à lui administrer la décharge mortelle.

Bourne recula en suivant la carrosserie. L'autre commit l'erreur de regarder l'endroit où il souhaitait le repousser. Aussi ne réagit-il pas assez vite lorsque Bourne ouvrit l'une des portes arrière, s'en servant comme bouclier entre la matraque et lui. Momentanément hors d'atteinte, il fouilla prestement dans la caisse à outils.

Le tireur se hâta de contourner l'obstacle mais il fut accueilli par un jet de peinture émail en aérosol. Il recula, les mains sur le visage, le souffle coupé. Bourne en profita pour écraser la bombe vide sur sa main fracturée. L'homme gémit et tomba à genoux, terrassé par la douleur. Bourne lui arracha la matraque mais l'autre se jeta en avant et le plaqua aux jambes. Il s'apprêtait à lui mordre la cuisse lorsque Bourne le frappa à la tempe. L'homme cracha tout l'air contenu dans ses poumons et tomba sur le dos en cherchant à essuyer de la main gauche la peinture qui l'aveuglait.

Bourne lui écarta la main. « Pour qui tu travailles ?

— Va te faire foutre », dit l'homme d'une voix gutturale.

Bourne régla la matraque sur une intensité moindre et la posa sur les côtes de l'homme à terre. Son corps s'arcbouta, ses pieds martelèrent le sol en béton.

« Pour qui tu travailles ? »

Silence. Bourne augmenta légèrement la charge et recommença.

Le tireur fut pris d'une quinte de toux. Il suffoquait. Du sang jaillissait de sa bouche. Il s'était mordu la langue.

« Je ne répéterai pas.

— Pas besoin. »

L'homme serra les mâchoires et, un instant plus tard, sa poitrine se souleva à plusieurs reprises. Sur ses lèvres, une écume bleuâtre se mélangea au sang, formant un chapelet de bulles. Bourne voulut lui desserrer les dents mais il était trop tard. Il renifla une odeur d'amande amère. L'homme venait d'avaler le contenu d'une capsule de cyanure.

23

Une femme seule pouvait se promener tranquillement dans Paris la nuit. Assise dans un bar, devant une tasse de mauvais café, Soraya se demandait si elle n'allait pas se remettre à fumer. Le truc qu'elle adorait chez les Parisiens c'était qu'ils débordaient d'imagination. La ville en elle-même conservait son style, avec ses larges avenues, ses allées bordées de châtaigniers aux allures martiales, ses parcs magnifiques, ses fontaines grandioses entourées de brasseries centenaires où l'on restait attablé pendant des heures à regarder les gens passer. Et en même temps, il y avait à Paris un véritable fourmillement culturel porté par sa jeunesse.

Les eaux noires du canal Saint-Martin luisaient comme un disque vinyle. Autour d'elle, des couples d'amoureux, des cyclistes, des collégiens rieurs, des écrivains tatoués et des poètes aux yeux sombres qui griffonnaient des vers en contemplant la nuit, les sourcils froncés.

Chaque café avait sa clientèle d'habitués, des gens du quartier auxquels venaient se joindre des promeneurs occasionnels. Tout le monde y trouvait sa place. Les serveurs allaient et venaient entre les tables, distribuant des assiettes de steak-frites et des verres de bière.

Soraya posa sa tête entre ses mains. Dès qu'elle fermait les yeux, des lumières dansaient sous ses paupières. Elle s'obligea à regarder devant elle. Elle avait subi une sérieuse commotion. Il fallait qu'elle reste éveillée jusqu'à ce que tout danger soit écarté. Elle héla le garçon, commanda un double espresso, l'avala d'un trait devant lui et en redemanda un autre. Quand il arriva sur sa table, elle y fit fondre trois morceaux de sucre et le but lentement. L'effet conjoint de la caféine et du sucre lui donna le coup de fouet espéré. La douleur dans sa tête diminua un peu. Ses pensées s'éclaircirent.

Avait-elle bien fait de fausser compagnie à Aaron ? Elle avait ressenti le besoin irrépressible de fuir cet hôpital – l'endroit lui rappelait trop ses collègues morts en service. Aaron avait voulu l'aider mais elle n'avait eu ni la force ni l'envie de lui fournir des explications. En plus, elle voulait être seule pour pouvoir penser à Amun.

Quelque chose s'était déchiré en elle. Elle avait l'impression qu'il était mort à cause d'elle et des pensées négatives qui l'avaient assaillie dès qu'il avait débarqué à Roissy. C'était dingue, bien sûr, mais en ce moment, elle n'arrivait pas à se maîtriser. Elle ne savait plus que penser. Les sous-entendus d'Amun avaient ébranlé son amour pour lui. Mais l'avait-elle vraiment aimé puisqu'il avait suffi de quelques mots pour qu'elle doute de lui ? Elle ne savait pas ce qui était vrai et ce qui relevait de l'illusion. Et elle ne le saurait jamais. Sur la surface charbonneuse du canal, elle vit s'imprimer le visage de son ancien amant. Elle attendit qu'il lui parle mais un mort ne parle pas. Il ne peut ni se défendre ni demander pardon. Il ne peut pas crier son amour.

Ses yeux débordaient de larmes. Le monde entier n'était qu'un vaste néant. Amun était mort par sa faute. Elle lui avait demandé de venir à Paris pour l'aider dans son enquête et, par amour, il avait accouru. Sa mort avait quelque chose d'irrévocable, et d'inévitable aussi. Elle n'aurait jamais dû tomber amoureuse. Le manuel de survie de Jason aurait pu lui servir à se garder de toute faiblesse préjudiciable à sa sécurité. Mais elle ne pleurait pas pour cela.

C'est moi qui méritais une punition, pensa-t-elle. *Pas Amun.*

Incapable de rester immobile une seconde de plus, elle se leva, laissa quelques euros sur la table et partit en courant sur les pavés luisants. Trois cents mètres plus loin, elle s'agrippa à un réverbère et régurgita ce qu'elle avait avalé.

*

Avant de se relever, Bourne fouilla les vêtements des deux Russes, espérant trouver un renseignement sur l'organisation qui les employait. Il ne trouva rien, à part les clés du van et de la vespa, vingt mille euros, trois paquets de cigarettes et un briquet jetable. Pas de bagues ni de bijoux d'aucune sorte. Il récupéra la capsule de cyanure dans la bouche du chauffeur et la glissa au fond de sa poche. Puis il déshabilla les deux hommes pour inspecter leurs tatouages. Ils n'en avaient pas. Un peu découragé, Bourne s'assit sur ses talons. Ces types ne faisaient donc pas partie de la pègre russe mais ce n'étaient pas non plus des agents du SVR. Le mystère s'épaississait.

Il ramassa le pied-de-biche et franchit la porte du fond. Derrière, un petit couloir nauséabond menait à des toilettes d'où se dégageait une odeur si forte qu'elle piquait les yeux. Au bout, il trouva un minuscule bureau avec une table en métal éraflé, un fauteuil pivotant et une armoire à dossiers. L'unique fenêtre donnait sur un puits d'aération sinistre.

Les tiroirs de l'armoire étaient vides, sur le bureau traînait juste un trombone. En revanche, il trouva une enveloppe kraft collée sous le plateau. Bourne y découvrit douze étiquettes de transport, correspondant au nombre de caisses entreposées dans le hangar. Elles avaient toutes le même destinataire : El-Gabal, Avenue Choukry Kouatly, Damas, Syrie.

Il devenait urgent de savoir ce que contenaient les fameuses caisses. Il refermait l'enveloppe quand il entendit gronder la porte du garage. Une voiture entrait. Vite, il remit l'enveloppe en place. Des voix résonnèrent, puis des cris affolés. Bourne ouvrit la fenêtre et se glissa dehors.

Il n'y avait pas d'issue au pied de ce conduit à ciel ouvert. Il fallait donc grimper. Bourne referma la fenêtre, histoire de gagner deux minutes. L'immeuble était revêtu de plâtre blanc. Aucune prise visible. Il avisa une gouttière et se mit à l'escalader.

*

Le 5 rue Vernet était éclairé comme un arbre de Noël. Une bonne moitié des véhicules du Quai d'Orsay était garée devant, le périmètre bouclé, gardé par des patrouilles de policiers armés de pistolets-mitrailleurs.

Jacques Robbinet retrouva Aaron dans les locaux labyrinthiques du Monition Club. Ses hommes passaient tous les bureaux au peigne fin devant les regards atterrés des rares employés qui travaillaient de nuit.

« Qu'est-ce que vous cherchez ? demanda Robbinet.

— Tout et n'importe quoi, dit Aaron.

— Et Soraya Moore ?

— Disparue.

— Je vous demande pardon ?

— J'ai quitté sa chambre un instant et quand je suis revenu… » Il haussa les épaules.

« Et au lieu de vous lancer à sa recherche, vous êtes venu ici ?

— J'ai retourné l'hôpital de fond en combles. Puis j'ai envoyé deux unités ratisser le quartier. »

Robbinet le dévisagea. « Il était de votre devoir de vous en occuper vous-même.

— Écoutez, monsieur, Marchand était en cheville avec un groupe de terroristes arabes. Cette affaire relève de la sécurité intérieure.

— Seriez-vous en train de m'expliquer ce qu'est une affaire relevant de la sécurité intérieure ? » Robbinet saisit Aaron par le coude et l'emmena un peu plus loin. D'une voix si basse que seul Lipkin-Renais put l'entendre, il articula : « Je vous ai demandé de prendre soin de cette femme, Aaron. J'avais confiance en vous. C'est une personne extrêmement importante.

— Je comprends, dit Aaron. Mais l'incident dans la cave prévaut sur…

— Sur mes ordres ? termina Robbinet. Moore est la codirectrice d'une agence de renseignements américaine. Le secrétaire américain à la Défense, qui est un ami personnel, m'a demandé de lui rendre un service. Maintenant, cette femme est blessée et elle a disparu. Et vous, qu'est-ce que vous faites ? Vous restez là à bayer aux corneilles pendant que vos hommes entassent des papiers dans des boîtes. Apprenez à déléguer, Aaron. Vous auriez pu confier cette tâche à n'importe lequel de vos collaborateurs.

— Je voulais superviser en personne la réquisition des ordinateurs. C'est là que nous sommes le plus susceptibles de trouver…

— Ce n'était pas à vous d'en décider, inspecteur. Mais puisque vous avez commencé, continuez. » Le ton glacial de Robbinet cachait mal sa fureur. « Pour ce genre de chose au moins, je sais que vous êtes compétent. » Il s'éloigna puis se retourna pour lui balancer : « Les agents limités ont des carrières limitées. »

*

En s'aidant de la gouttière, Bourne parvint à se hisser sur le mur de l'entrepôt. À mi-hauteur, le plâtre laissait place à des poutres horizontales si grossièrement taillées qu'il y trouva des prises pour ses pieds. Il allait atteindre le toit quand il entendit un petit bruit. Le frottement d'une allumette. Il y avait quelqu'un là-haut. Bourne reprit son escalade silencieuse jusqu'au rebord d'où lui parvinrent de la fumée de cigarette et des paroles échangées à voix basse.

D'un coup de reins, il s'éleva suffisamment pour jeter un bref coup d'œil par-dessus le parapet. Deux hommes, pistolets-mitrailleurs sanglés sur l'épaule, discutaient tranquillement d'histoires de sexe tout en tirant sur leur clope. Ni l'un ni l'autre ne regardaient dans sa direction.

Bourne donna un coup de pied dans la gouttière. Le bruit creux attira l'attention d'un garde qui s'approcha. À peine se fut-il penché sur le rebord que Bourne l'agrippa par le col. Le Russe voulut frapper la main qui le retenait mais ce geste l'obligea à lancer un bras en avant pour éviter de basculer dans le vide. De l'autre main, il sortit un couteau et en asséna un coup entre l'épaule et le cou de Bourne lequel, d'une violente secousse, projeta l'homme tête la première par-dessus le parapet. Il tomba au fond du puits d'aération.

Bourne prenait un dernier appui sur la gouttière pour se hisser sur le parapet quand il vit le deuxième Russe foncer vers lui. Il sauta en lançant les jambes de côté. Ses chevilles se refermèrent en ciseau sur le pistolet-mitrailleur qui tomba sur le toit.

Debout sur le parapet, Bourne mit deux secondes à retrouver son équilibre. Le Russe en profita pour lui décocher un puissant coup de poing qui le renversa en arrière, la tête et les épaules dans le vide. Le Russe le saisit à la gorge en comprimant sa trachée.

Bourne leva ses avant-bras, les coinça dans les deux bras du Russe qu'il écarta d'un coup sec. Une fois libéré, il lui envoya un coup de pied en pleine figure. L'homme recula, à moitié assommé. Bourne sauta du parapet sur le toit goudronné, se jeta sur son adversaire, lui ouvrit la bouche et arracha la fausse dent contenant la capsule de cyanure.

« Qui es-tu ? dit-il. Pour qui tu bosses ? »

Le Russe ouvrit les yeux, serra les mâchoires.

« C'est ça que tu cherches ? » lança Bourne en lui montrant la dent.

Le Russe réagit comme un taureau furieux. Bourne s'y attendait, aussi prit-il les devants en lui cognant l'arrière du crâne sur le toit.

« Tu ne vas pas mourir, ce serait trop facile. »

Le Russe posa sur lui ses yeux couleur poussière. « Je te connais. C'est toi qui cherches des emmerdes à la Domna. On devrait travailler ensemble au lieu de s'entre-tuer.

— Pour qui tu bosses ?

— Je te conduirai à mon patron. Il te dira. »

Bourne lui retira toutes ses armes et lui permit de se relever.

« Tu es un héros pour nous », dit le Russe.

Bourne se contenta d'un signe de tête. « Allons-y. »

Le Russe fit volte-face et traversa le toit en courant. Bourne le rattrapa à l'autre bout mais au lieu de chercher à lui échapper, l'autre l'entraîna avec lui vers le rebord. Pendant que les deux hommes chancelaient au-dessus du vide, Bourne comprit ce qu'il avait en tête et lui fit lâcher prise d'un coup sous le nez ; le Russe desserra les mains. Bourne s'écarta juste à temps pour le laisser rejoindre seul son collègue au fond du gouffre obscur.

*

Dès qu'il apprit la mort de Marchand dans une cave de la banlieue parisienne, Benjamin El-Arian gagna en toute hâte la banque de la Défense d'où il savait qu'il pourrait verrouiller les ordinateurs du Monition Club via les serveurs installés à Gibraltar. Quand il avait imaginé ce système de sécurité intégré, il n'aurait jamais cru s'en servir un jour. À présent, il se félicitait d'avoir redoublé de prudence.

Le regard perdu dans la nuit noire, il passa en revue toutes les décisions qu'il avait prises au cours des six derniers mois. Avait-il commis des erreurs et si oui, quelles en seraient les conséquences ?

En reniflant de dépit, il se détourna de la fenêtre en faisant pivoter son fauteuil, au bout de la grande table de salle de conférences. Il alluma son iPad. Pourquoi Marchand s'était-il précipité là-bas ? Quel besoin avait-il eu de rencontrer ses contacts ?

El-Arian entra son code à vingt chiffres, accéda aux serveurs de la Domna et chargea la liste des appels passés les trois derniers jours depuis le bureau de Paris. Grâce à un logiciel de filtrage, il cibla les appels de Marchand et les croisa avec sa propre base de données téléphonique. Tous les appels avaient pour destinataires des personnes connues d'El-Arian, sauf un. Environ une heure avant sa mort et – il revérifia l'heure – à peine quelques minutes après la visite de l'inspecteur du Quai d'Orsay, Marchand avait appelé un numéro ne figurant pas dans le répertoire de la Domna.

Au fond de son fauteuil, El-Arian contempla longuement le numéro en question. Pourquoi Marchand avait-il appelé cet inconnu au lieu de le prévenir, lui, comme il aurait dû le faire ? Il décrocha un téléphone pour appeler son contact à la préfecture de police de Paris. El-Arian le réveilla, mais c'était le cadet de ses soucis ; il le payait grassement pour qu'il se tienne à sa disposition de jour comme de nuit. El-Arian lui récita le numéro. L'homme lui promit de le rappeler dès qu'il aurait la réponse.

El-Arian se leva et marcha jusqu'au buffet où il se prépara une tasse de thé noir Caravan. Pour garder l'esprit clair à cette heure tardive, il avait besoin d'une bonne dose de théine. Marchand avait commis une erreur fatale ; ce qui ne lui ressemblait guère. Que s'était-il produit d'assez grave durant la visite de l'inspecteur pour qu'il agisse ensuite de manière si déraisonnable ? En plus, il avait rameuté les Arabes, la dernière des choses à faire. El-Arian prit une petite gorgée de thé. Si Marchand avait décidé de se suicider en entraînant dans sa perte l'ensemble du Monition Club, il n'aurait pas agi autrement.

El-Arian soupira. La branche parisienne de la Domna s'avérait bien décevante. Le Monition Club existait depuis trop longtemps ; il avait perdu son utilité, surtout depuis que l'or de Salomon leur avait filé sous le nez. Pour se consoler, il se dit que du côté des États-Unis, l'opération se déroulait comme prévu. Il consulta sa montre. Skara avait vingt heures pour achever sa mission. Ensuite, tous les éléments seraient en place et l'anéantissement économique des Américains assuré.

Le téléphone sonna. « Avez-vous l'information ? demanda El-Arian.

— Oui, répondit son contact, mais ça n'a pas été facile. Pour trouver le propriétaire de ce numéro, il a fallu que je franchisse trois pare-feu. »

Quand il prononça le nom, El-Arian laissa tomber sa tasse et la soucoupe avec. Il ne remarqua même pas les taches de thé sur son pantalon.

Non, pensa-t-il. Non, c'est impossible.

24

Tout était calme dans la maison de Don Fernando. Par les fenêtres ouvertes sur la nuit, entrait le bruissement de la mer. Les effluves venus de ses lointains infinis se diffusaient par vagues à travers les pièces. Leur dîner avorté semblait avoir eu lieu des semaines auparavant. Quand Bourne avait rejoint les autres au restaurant, Don Fernando avait déjà parlementé avec la police et téléphoné à la morgue.

Dès qu'ils rentrèrent, Kaja fila droit dans sa chambre. Quant à Jalal, il leur souhaita bonne nuit. Bourne et Don Fernando restèrent un moment dans le bureau à disséquer les événements dramatiques des dernières heures. Bourne se tenait sur ses gardes depuis qu'il savait Don Fernando impliqué jusqu'au cou dans cette sombre affaire. Par Estevan, il avait établi un lien avec la Domna, faisant en sorte que l'organisation utilise le gisement pétrolier de Colombie comme couverture pour ses livraisons vers Damas. L'Espagnol prétendait jouer sur les deux tableaux. Ces livraisons lui permettaient soi-disant d'amasser des renseignements sur la Domna – en particulier sur Benjamin El-Arian, lequel avait effectué plusieurs voyages à Damas à l'insu de la Domna. Jusqu'ici, tout paraissait plus ou moins logique. Mais ce qu'il avait appris cette nuit remettait en question cette version des faits. L'entrepôt et son contenu appartenaient aux Russes qui avaient attenté à la vie de Kaja. Don Fernando était-il de mèche avec eux ? Dans ce cas de figure, on pouvait en déduire qu'il connaissait le nom de l'organisation pour laquelle avait travaillé le père de Kaja mais qu'il préférait le garder pour lui. Encore une fois, Bourne se retrouvait en butte à l'éternelle question de savoir si Don Fernando était un ami ou un ennemi. Dans le doute, il ne mentionna ni sa découverte ni sa confrontation avec les Russes sur le toit de l'entrepôt, préférant raconter que l'incident s'était terminé par la mort du tireur et de son chauffeur quelque part ailleurs.

Don Fernando ingurgita plusieurs cognacs à la file. « J'ai perdu un grand ami, ce soir », dit-il. Il se tourna en fixant la porte de son bureau. « Je crois que je ne supporterai pas de la voir chez moi plus longtemps.

— Ce n'est pas de sa faute.

— Bien sûr que si. » Don Fernando se versa un autre verre. « Je me suis montré trop faible avec cette fille. Elle voulait découvrir la vérité sur son père mais cette recherche a tourné à l'obsession. Cette salope nous a tous entraînés avec elle. »

*

Il était trois heures du matin quand Don Fernando conduisit Bourne à sa chambre, laquelle se situait dans une aile de la maison avec les autres pièces réservées aux invités, à l'opposé de la suite qu'il occupait lui-même. Le vieil Espagnol alluma un cigare et tira dessus en rêvassant. Il semblait s'être calmé mais ce n'était peut-être qu'une apparence.

« Vous avez bien agi ce soir, dit Don Fernando comme s'il réfléchissait tout haut.

— Je vais aller voir Kaja », répondit Bourne.

Don Fernando hocha la tête en regardant Bourne s'éloigner. Puis il le rattrapa. Ses yeux avaient retrouvé leur netteté. « Écoutez, Jason, si quelqu'un peut détruire la Domna c'est bien vous. Mais faites attention, la Domna est une hydre des temps modernes. Au moment où nous parlons, sa tête s'appelle Benjamin El-Arian mais il y en a d'autres qui attendent leur tour.

— J'y ai déjà songé. Et j'en ai conclu que l'homme dont je dois me méfier n'est peut-être pas Benjamin El-Arian mais plutôt Semid Abdul-Qahhar. »

*

Bourne frappa doucement à la porte de la chambre que Don Fernando avait attribuée à Estevan et Kaja. Un son étouffé lui répondit. Il entra. Les lumières étaient éteintes. Un rayon de lune barrait le lit, baignant Kaja d'une clarté bleuâtre. Elle était couchée, les yeux fixés au plafond. L'ombre qui noyait son visage empêchait de lire son expression.

« Vous l'avez attrapé ?

— Le tireur est mort, dit Bourne. Avec quelques autres. »

Elle soupira. « Merci. »

Une légère brise entra par les fenêtres entrouvertes. Les rideaux frissonnèrent.

« J'ai tué Estevan. » Sa voix se brisa. Elle pleurait.

« Ne dites pas cela, fit Bourne.

— Pourquoi, puisque c'est vrai ?

— Il fallait y penser avant de le prendre comme couverture. »

Elle se cacha les yeux au creux du bras. « Je n'y ai pas pensé. J'étais trop obnubilée par ma propre survie.

— Vous êtes un être humain, voilà tout. » Bourne s'avança et resta debout près du lit. « Vous devriez vous reposer. »

Un rire jaillit de la gorge de Kaja comme un cri de douleur. Elle retira son bras pour regarder Bourne. « Vous plaisantez, j'espère. »

Il s'assit sur le lit. Les cicatrices sur la gorge de la jeune femme ressortaient sous la clarté rasante de la lune. Elle détourna le visage et dit d'une voix étranglée : « Où que j'aille, la mort me suit pas à pas.

— Là, vous tombez dans le mélo.

— Ah oui ? Estevan est mort. Don Fernando ne veut plus entendre parler de moi ; je suis sûre qu'il vous l'a dit. »

Quand Bourne posa la main sur son poignet, il sentit battre son pouls, puissant et régulier. « Si vous restez ici, vous n'arriverez à rien. »

Le vent agitait les rideaux comme les ailes d'un hibou. Le couvre-lit luisait faiblement sous le clair de lune.

Elle se tourna vers lui. « Les hommes que vous avez tués, ils étaient russes ?

— Oui. Mais pas de la *grupperovka*.

— Le SVR.

— Ils ne ressemblaient guère à des agents du gouvernement russe. »

Elle se redressa sur les coudes. « Qui alors ? Dites-moi, je vous en prie. »

Son bref dialogue avec le garde sur le toit lui revint en tête. *« Vous êtes un héros pour nous. »* « J'ignore qui ils sont mais je sais qu'ils combattent la Domna. »

Les yeux de Kaja scintillèrent. « Je ne comprends pas.

— Votre père travaillait pour eux à l'époque où la Domna l'a envoyé tuer Alex Conklin. »

Elle inspira bruyamment. « C'était une taupe ?

— C'est ce que je crois, oui. »

Bourne poussa un profond soupir avant d'ajouter : « Et je crois que Don Fernando est de mèche avec eux. »

*

Un halo de fumée enveloppait Don Fernando comme s'il était en feu. Il resta un instant à regarder Bourne qui s'éloignait puis il pivota sur les talons, se dirigea vers une autre chambre et gratta à la porte. Jalal Essai passa la tête dehors.

Don Fernando lui fit un signe. Jalal sortit discrètement, referma derrière lui et passa dans la chambre de Bourne.

« Bonne chance », murmura Don Fernando.

Jalal le remercia d'un hochement de tête.

« Il est extrêmement dangereux.

— Ça ira », dit Jalal en poussant la porte.

Don Fernando disparut au bout du couloir.

*

Jalal avait choisi un fauteuil placé dans un coin de la chambre. Les rideaux tirés dégageaient la fenêtre donnant sur un bosquet de palmiers. Le clair de lune qui traversait les vitres, projetait des taches bleues sur l'un des murs, laissant dans l'ombre le reste de la pièce. Jalal était parfaitement invisible.

Pour tromper l'ennui, il songeait à sa vie, au chemin qu'il avait choisi et à ceux qu'il aurait pu prendre. Il ne s'estimait pas satisfait. La satisfaction viendrait en son temps, avec la mort. Jalal considérait l'existence comme un flux permanent, alimenté par l'angoisse, les tensions, les conflits. Pourtant une chose lui pesait plus que tout. C'était la facilité avec laquelle les gens pouvaient retourner leur veste et les amis devenir des ennemis. Il avait cru en Severus Domna. À un moment donné, il avait même cru en Benjamin El-Arian. Disons plutôt qu'il s'était bercé d'illusions. Rétrospectivement, il parvenait à relier tout un tas de petits détails qui auraient dû l'alerter sur les véritables intentions d'El-Arian. Ses voyages à Munich d'abord, puis à Damas plus récemment. Il comprenait à présent que ses séjours en Allemagne n'avaient servi qu'à monter une cabale avec Semid Abdul-Qahhar, un accord secret visant à corrompre la Domna en la coupant radicalement de la philosophie universaliste de ses fondateurs.

Un bruit presque aussi léger qu'un grattement de souris le ramena à la réalité. De chaque côté de la fenêtre, les rideaux ondulaient et, dans le même rythme, les motifs tracés par le clair de lune sur le mur d'en face. Une ombre apparut comme un nuage devant la lune. Elle resta longtemps immobile puis, très lentement, se rapprocha des vitres avec la légèreté d'un papillon de nuit.

Jalal ne quittait pas des yeux la fenêtre à guillotine. Le panneau s'ouvrit juste assez pour laisser passer l'intrus.

Il attendit que la silhouette s'approche du lit pour annoncer : « Il n'est pas là.

— Où est-il ? répondit Marlon Etana.

— Je t'avais averti. »

Etana pivota tranquillement sur lui-même. « Tu sais ce que ce que je pense de tes avertissements.

— J'ai besoin de Bourne. Je te l'ai dit très clairement cet après-midi, sur le bateau.

— Je n'ai pas fait attention. »

Jalal s'éclaircit la gorge. « Tu vas devoir t'expliquer.

— Pourquoi ? »

Jalal leva le Makarov qu'il tenait en main. La clarté lunaire se refléta sur le silencieux vissé au bout du canon.

Etana lorgna le pistolet avec une expression mi-amusée mi-résignée. « Vois-tu, mon cher Jalal, c'est ce qui nous différencie. Tu n'as toujours pas compris que Bourne doit disparaître. »

Jalal agita le Makarov. « Alors vas-y, dis-moi pourquoi. »

Etana soupira. « Bourne a descendu plusieurs de nos hommes à Tineghir, l'année dernière. Je pense à Idir, en particulier.

— Idir Syphax, oui, c'est vrai. Et alors ?

— Qu'est-ce qui te prend ? Tu sais bien qu'Idir et moi étions des amis d'enfance. »

Jalal pencha la tête sur le côté. « Plus que des amis, visiblement.

— Je ne vois pas ce que tu veux dire.

— La ferme. » Jalal balaya l'air de la main. « Je me fiche pas mal de tes penchants, à moins qu'ils ne risquent de me nuire. Bourne a tué ton amant…

— Idir avait une femme et des enfants.

— Le fait que Bourne ait tué ton amant ne légitime pas ton désir de vengeance. »

Etana partit d'un rire sardonique. « Tu es mal placé pour parler ainsi. Toi qui as passé ta vie à réclamer vengeance pour ta fille.

— Bourne est un mort ambulant. Tu sais pertinemment qu'il a un général du FSB-2 à ses trousses. Si quelqu'un est en mesure de le descendre…

— Les Russes, cracha Etana. Rien à foutre des Russes. Dis plutôt que tu cherches à protéger Bourne.

— Pour le moment, oui. Sans lui, je n'arriverai pas à détruire la Domna. Il faut que tu l'oublies. Sa mort est programmée mais ce n'est pas toi qui appuieras sur la détente. »

Etana se raidit. « Il m'appartient. »

Jalal soupira. « Laisse tomber, Marlon.

— Pas question, répliqua Etana.

— Tu n'as pas le choix. » Jalal se leva.

Avant qu'il ne se redresse complètement, Etana se jeta sur lui. Les deux hommes basculèrent sur le dossier du fauteuil. Malgré son arme, Jalal se retrouva en position d'infériorité. Quand l'arrière de ses genoux heurta l'assise du fauteuil, il perdit l'équilibre et toute possibilité de viser. En désespoir de cause, il frappa Etana avec le silencieux, lui traçant une entaille sous l'œil. L'autre répliqua d'un coup violent au sternum. Jalal vit s'allumer une myriade d'étoiles. L'air brûlait ses poumons comme s'il s'asphyxiait.

Les deux hommes luttèrent silencieusement mais avec acharnement. Ils n'étaient peut-être pas de force égale mais ils se connaissaient depuis si longtemps que chacun pouvait prévoir les gestes de l'autre. Ils étaient prêts à tout sacrifier : leurs années de jeunesse, leur ancienne complicité, jusqu'à la promesse qu'ils s'étaient faite jadis de se porter mutuellement assistance. Ne subsistait que ce combat dont un seul sortirait vivant.

Jalal entendit le déclic du couteau à cran d'arrêt. Il repoussa Etana d'un coup de coude dans l'estomac. Puis il aperçut la fine lame et l'étincelle sinistre qui en jaillit lorsqu'elle fondit sur lui dans un arc de cercle. Etana le manqua de peu. L'acier déchira sa chemise. Jalal eut seulement l'impression qu'une colonne de fourmis courait sur sa peau.

Il repoussa Etana en essayant de mettre assez de distance entre eux pour pouvoir tirer. Mais Etana tenait bon, gardait l'avantage. Dans un corps à corps, le cran d'arrêt était une arme précieuse. Manié avec dextérité, il pouvait faire en un seul geste plus de dégâts qu'un interminable passage à tabac.

Jalal frappa Etana sur la bouche. Du sang coula de sa lèvre, teintant ses dents de vermillon ; il le cracha à la figure de Jalal qui recula instinctivement. Etana en profita pour abattre son couteau. Jalal sentit l'acier lui entailler la peau. Il hoqueta, voulut répliquer mais son poing, au lieu d'atteindre la bouche de son adversaire, dérapa sur sa joue.

Etana se redressa en titubant, Jalal cramponné à lui. Ce dernier heurta une table de nuit de la hanche, la lampe posée dessus bascula. Il la saisit au vol, l'écrasa sur la main d'Etana. Le cran d'arrêt s'envola, glissa sur le parquet et fut stoppé par la descente de lit. Etana attrapa Jalal, le fit pivoter, lui cogna le bras contre un mur pour l'obliger à lâcher le pistolet. Ce à quoi Jalal répondit avec un coup de coude dans la cage thoracique.

Les deux hommes tombèrent ensemble, roulèrent l'un sur l'autre. Le pistolet heurta le sol, le coup partit, la balle se ficha dans le plafond. Le crâne d'Etana heurta le bois du lit. Jalal se mit à le bourrer de coups. La tête d'Etana oscillait comme un pendule. Il s'affaissa. Apercevant le couteau tombé près du tapis, Jalal repoussa le corps avachi d'Etana et tendit le bras pour l'attraper. À cet instant, Etana le frappa à la nuque du tranchant de la main, ramassa le couteau, lui rabattit la tête en arrière et lui trancha la gorge d'une oreille à l'autre.

*

Les phares de voitures qui passaient dans la rue faisaient défiler des traits d'ombre et de lumière sur la moquette de la chambre d'hôtel où Maggie était censée attirer Christopher. Une main sur la tempe, l'autre sur la hanche, elle regardait les caméras vidéo miniaturisées cachées un peu partout, dans le minibar, le meuble-télé et dans un angle entre le mur et le plafond. Il y en avait même une dans la salle de bains, dissimulée dans un endroit stratégique. Les micros attendaient que quelqu'un parle pour se déclencher. Par l'intermédiaire d'une de ses nombreuses filiales, la Domna avait loué cette chambre pour un mois. Le lendemain, trois techniciens avaient passé des heures à installer tout le matériel avant de camoufler les engins avec du plâtre et de la peinture.

Dans cette pièce anonyme, Maggie se sentait seule, désemparée, comme si elle avait perdu une partie d'elle-même. Cette chambre qu'elle avait décorée avec amour lui sortait par les yeux, à présent. Elle n'avait plus rien de commun avec la femme qui avait débarqué à Washington pour piéger Christopher. Cette déconcertante métamorphose s'était produite du jour au lendemain, comme par un tour de magie. Elle s'assit au bord du lit et, la tête dans les mains, se mit à contempler les losanges lumineux qui dansaient lentement autour d'elle.

Il lui restait moins de vingt heures pour convaincre Christopher de la rejoindre ici, le forcer à se compromettre, à prononcer les mots qui lui vaudraient la disgrâce. Voilà de cela quelques semaines, ce plan lui avait paru génial ; amusant aussi. La Domna avait réussi à s'infiltrer dans d'autres pays en utilisant des moyens politiques et financiers. Les États-Unis s'étaient révélés plus coriaces. Parmi toutes les nations développées, ils étaient les seuls à posséder un système de séparation des pouvoirs assez solide pour déjouer les machinations de la Domna.

L'année précédente, la Domna avait tenté de manipuler le marché mondial de l'or pour déstabiliser la devise américaine. Mais l'intervention de Bourne avait tout fait capoter. De toute manière, Maggie n'avait jamais cru à la réussite de ce projet. En revanche, le plan B qui consistait à s'emparer d'Indigo Ridge et de ses ressources en terres rares, était rien moins que brillant. D'abord, les membres chinois de la Domna avaient manœuvré pour obtenir la réduction des exportations de terres rares, entraînant la mise en sommeil du programme d'armement high-tech souhaité par l'Armée américaine. Maintenant, la phase 1 était terminée. La phase 2, à savoir la mine d'Indigo Ridge, promettait d'être plus délicate. Par l'intermédiaire de ses informateurs américains, la Domna avait appris que le gouvernement des États-Unis comptait redémarrer l'exploitation de la mine en ouvrant au public le capital de la société. Ce projet que le président considérait comme sa priorité numéro un serait bien entendu entouré de toutes les garanties en termes de sécurité. Benjamin El-Arian avait dressé la liste des personnes susceptibles de se voir confier cette lourde tâche. Une liste étonnamment courte puisqu'elle ne comportait que trois noms : Brad Findlay, patron de la Sécurité intérieure ; M. Errol Danziger, directeur de la CIA ; et Christopher. Danziger était hors jeu puisque la CIA n'exerçait pas sa juridiction à l'intérieur des frontières nationales. Findlay semblait être le meilleur candidat mais Benjamin connaissait la relation de confiance qui unissait Hendricks et le président. Selon lui, seul Hendricks pouvait se voir confier cette mission de très haute sécurité. Dès lors, il avait épinglé Christopher au centre de sa cible et conçu l'idée d'un scandale assez retentissant pour faire échouer le projet et détourner l'attention des personnages clés le temps nécessaire à la réalisation de la phase 2.

Mais maintenant… Maintenant, Maggie ne savait plus quoi penser. Tout s'était transformé autour d'elle en l'espace d'un battement de cœur. Ou alors c'était peut-être elle qui portait sur le monde un regard différent. Toujours est-il que durant ce surprenant pique-nique, elle avait réussi à retourner la situation. En conseillant à Christopher de renoncer à Indigo Ridge – il n'avait pas prononcé ce nom, bien sûr, mais elle l'avait compris à mi-mot – et de le refiler à l'incompétent Danziger, elle lui avait épargné le pire. Elle l'avait sauvé et s'était sauvée elle-même par la même occasion. En effet, sans Indigo Ridge, Christopher perdait tout intérêt aux yeux de la Domna. La mission de Maggie serait nulle et non avenue.

Pourquoi Benjamin tardait-il tant à l'appeler ? À l'heure qu'il était, il savait certainement que Danziger avait remplacé Hendricks. L'angoisse lui tordait les entrailles. Avec un petit soupir, elle attrapa le combiné téléphonique et appela le room service pour commander un châteaubriant, des frites et des épinards à la crème. Quitte à se morfondre, autant le faire le ventre plein.

Allongée les bras écartés sur le couvre-lit, elle respirait l'air recyclé de la chambre tout en fixant le plafond. Les bruits sourds de la circulation automobile étaient mortellement déprimants. Elle se sentait fiévreuse, elle frissonnait. Tels des nuages dans le ciel, les ombres qui glissaient sur le plafond bleu pâle formaient toutes sortes de personnages, dont la figure de son père. Dès qu'elle songeait à lui, elle le revoyait sur le seuil de leur maison à Stockholm, dans son grand manteau de lainage. Derrière sa silhouette sombre, la neige à perte de vue scintillait comme du sucre sous le soleil rasant de l'hiver nordique. Chaque fois, il disparaissait dans cet océan de blancheur, il s'effaçait comme s'il n'avait jamais été qu'une illusion. Parfois, au sortir de ces rêveries, elle avait l'impression de bien le connaître. D'autres fois, elle en doutait. Elle craignait que ces souvenirs ne soient qu'un fantasme surgi de son imagination de petite fille. Mais non, il fallait y croire, s'accrocher à la certitude qu'elle avait eu raison de choisir ce chemin, le seul qui lui convînt. Et pourtant c'était un chemin de mort, de douleur et de peine. Elle avait perdu sa mère, sa sœur Mikaela. Si jamais elle découvrait qu'elles étaient mortes en vain, elle perdrait la raison.

Elle se retourna sur son lit. Au même instant, les Walkyries s'élancèrent au triple galop. *Même ici, dans le nouveau monde, ma vie d'avant s'obstine à vouloir me rattraper*, songea-t-elle en saisissant son téléphone crypté.

« Où es-tu ? » Venue de l'autre côté de l'océan, la voix déformée de Benjamin lui fit l'effet d'une gifle.

« Dans la chambre d'hôtel. Pour les dernières vérifications.

— Il y a eu un changement. »

Elle sursauta, l'espoir fit battre son cœur. « C'est-à-dire ?

— Hendricks n'est plus responsable de la sécurité d'Indigo Ridge.

— Quoi ? » Elle inséra une dose d'incrédulité dans le ton de sa voix. « Comment est-ce arrivé ?

— Va savoir. La politique américaine est un tel casse-tête. »

Elle se redressa, balança ses longues jambes hors du lit et marcha pieds nus vers la fenêtre. En regardant les voitures passer en bas, elle crut exploser de bonheur. Finie, l'angoisse, disparu, ce poids sur sa poitrine. Pour la première fois depuis des jours, elle respira à pleins poumons.

« Alors, que faisons-nous maintenant ? demanda-t-elle comme si elle ne connaissait pas la réponse. Je veux dire, une fois que j'aurai plié bagage.

— Ta mission n'est pas annulée. »

Maggie crut s'étrangler. « Je… je ne comprends pas.

— Hendricks se méfie de Fitz. Il a demandé à l'un de ses hommes, Peter Marks, de se renseigner sur lui. »

Au pied de l'immeuble, des jeunes couples faisaient du lèche-vitrine bras dessus bras dessous. Une femme courait en poussant son bébé dans une poussette spéciale pour les joggeurs. Des coups de klaxon retentissaient au moindre embarras dans la circulation. Maggie aurait tout donné pour se trouver à bord d'une de ces voitures. Elle voulait partir, être n'importe où sauf dans cette chambre, parler à n'importe qui sauf à Benjamin El-Arian.

Elle s'éclaircit la gorge. « Donne-moi deux heures. Je peux persuader Hendricks de renoncer à cette enquête. »

El-Arian ne prit même pas la peine de lui demander comment elle comptait s'y prendre. « Trop tard. Marks a mis le doigt sur un truc. On s'est occupé de son cas, mais il reste un détail à régler. »

Maggie posa le front contre la vitre pour faire passer un peu de fraîcheur dans son corps. « Tu ne vas pas me demander de le tuer, n'est-ce pas ?

— Je te demande de respecter les ordres. » La voix de Benjamin vibrait comme une guêpe dans son oreille.

« C'est le secrétaire à la Défense, Benjamin.

— Débrouille-toi, invente quelque chose, mais fais-le », rétorqua El-Arian.

Il y eut un long silence. Maggie entendait le sang affluer dans son cerveau.

« Tu es là ?

— Oui, murmura-t-elle.

— Tu sais comment procéder.

— Oui. » Son souffle l'abandonna comme si c'était le dernier.

« Skara, tu savais pertinemment que la situation pouvait évoluer à tout moment. »

Elle ferma les yeux. Il fallait à tout prix qu'elle se calme. Sa voix tremblait encore un peu lorsqu'elle répondit : « Oui, je le savais.

— Eh bien alors, à toi de jouer. » La guêpe enfonça son dard dans la tête de Maggie. « Il s'agit d'une mission suicide. »

*

Depuis la chambre de Kaja, Bourne entendit la détonation assourdie par un silencieux. Il se précipita derrière la vitre juste à temps pour voir Marlon Etana enjamber la fenêtre, sauter, passer à l'abri d'un bouquet d'arbres et franchir un muret. Bourne ouvrit la vitre, bondit sur la pelouse et fonça vers le muret par un chemin plus court. Il le franchit et rejoignit Etana au bout d'une centaine de mètres.

Bourne se jeta sur le fuyard, le renversa et lui porta le premier coup. Etana esquiva, se releva et repartit en courant, Bourne sur les talons. Ils débouchèrent de la petite palmeraie sur la rue longeant le front de mer qu'ils traversèrent en évitant les vespas. Le port de plaisance se profilait devant eux.

Etana s'engouffra dans la petite baraque d'un charpentier naval, déroba un poinçon et le cacha dans son dos. Bourne se baissa pour entrer. Il sauta par-dessus la coque d'une barque en réparation. Avisant une planche étroite et longue d'un bon mètre, il s'en servit comme d'un javelot et toucha Etana à l'épaule gauche. Ce dernier, déséquilibré par le choc, alla cogner contre une cloison qui l'empêcha de s'étaler de tout son long. Il se rétablit et, d'un pas mal assuré, sortit de la cabane par la porte de derrière.

À sa droite, l'eau striée d'argent par les rayons de lune ; à gauche, la digue. Etana voulut prendre cette direction mais Bourne lui coupa la route, si bien qu'il dut se rabattre vers le port.

Etana sauta sur un ponton où étaient amarrés un grand nombre de bateaux. Derrière lui, Bourne gagnait du terrain. Quand Etana s'en aperçut, il monta sur un voilier et se réfugia derrière la cabine de pilotage. Au lieu de le suivre, Bourne prit son élan et atterrit sur le bateau d'à côté. Au même instant, Etana surgit de sa cachette, muni d'un pistolet Taurus Millennium PT145. Il regarda autour de lui, étonné de ne le voir nulle part.

Soudain, des phares éclairèrent le port. Bourne se tapit sur le pont du bateau, rampa vers le tribord et passa d'un bond sur le voilier où se planquait Etana, lequel refit surface, alerté par le balancement.

S'ensuivit une partie de cache-cache. Les deux hommes firent le tour du bateau tout en évitant de se montrer. Bourne laissa dépasser sa tête l'espace d'une seconde pour obliger Etana à se découvrir. Ce dernier tomba dans le panneau. Il tira un coup de feu dans le vide. Sachant où se terrait son adversaire, Bourne revint sur ses pas, sauta par-dessus le cockpit et atterrit sur Etana. Le Taurus cracha encore une fois mais après deux coups de poing bien assénés, Etana lâcha son arme qui valsa sur le pont.

Etana contre-attaqua d'un direct à la joue, suivi d'un violent crochet dans les reins. La bouche en sang, Bourne s'écroula sur le pont en se tordant de douleur. Etana se pencha pour récupérer le Taurus. Il se relevait quand un formidable coup de pied lui aplatit le nez. Il recula en titubant, le visage éclaboussé de sang, mais réussit néanmoins à braquer le pistolet sur Bourne, lequel ne lui laissa pas le temps de s'en servir. Les doigts tendus, il lui porta un coup au-dessous du sternum.

Le souffle coupé, Etana se plia en deux. Bourne lui arracha le pistolet et le frappa à la tempe avec le canon.

« Arrêtez ! cria une voix derrière eux. Ça suffit ! »

Bourne se tourna. Don Fernando se tenait sur le ponton, jambes écartées, bras tendus devant lui, dans la position du tireur.

« Posez ce pistolet, Jason. Et reculez. » Bourne hésita mais Don Fernando abaissa le chien de son Colt Python Magnum .357. « C'est maintenant ou jamais. Il me suffira d'un seul coup pour vous abattre. »

LIVRE QUATRE

25

« Je pourrais te tuer, mon cher Karpov, mais je ne veux pas souiller l'enceinte sacrée de la Mosquée. » Zatchek assortit ses paroles d'une petite bourrade au niveau des reins. « Cela dit, personnellement, ça ne me ferait ni chaud ni froid. »

Les deux hommes qui l'accompagnaient agitèrent leurs armes avec un sourire mauvais.

Dehors, la nuit avait repeint en gris la couche poussiéreuse qui flottait dans l'air. Ils traversèrent cette brume piquante en direction d'une voiture garée.

Zatchek poussa Boris sur la banquette arrière puis s'assit lui-même, pendant qu'un de ses hommes s'installait de l'autre côté. Boris était pris en sandwich.

« Quelle impression ça fait ? demanda Zatchek. De se retrouver tout seul, loin de chez soi ? »

L'autre homme se glissa à côté du chauffeur qui démarra. Ils franchirent le fleuve et s'enfoncèrent dans Sendling, l'un des deux quartiers industriels de Munich. À cette heure tardive, les rues étaient désertes. Le chauffeur se gara sur Kyreinstrasse et après que ses passagers furent descendus, déverrouilla la porte d'un immeuble visiblement abandonné. Une forte odeur de moisi et de renfermé agressa les narines de Boris. Ils entrèrent dans une salle aux murs pelés, presque vide à part une chaise penchée sur trois pieds, des cartons éventrés et autres déchets plus ou moins pourris. Boris se serait cru dans le ventre d'un pachyderme agonisant.

Zatchek poussa Boris et le colla contre le mur du fond. « C'est là que ça va se passer, dit-il.

— Tant que c'est rapide, répondit Boris.

— Il n'y a que des pros, ici. » Il lui rabattit les bras dans le dos mais au lieu de lier ses poignets, lui glissa son propre Tokarev entre les mains. Puis il recula prestement et se plaça de telle sorte que les trois hommes, nonchalamment appuyés sur un pilier croulant, soient au centre de sa ligne de mire. L'air de rien, il mit ses deux mains derrière lui pour sortir le Taurus coincé dans sa ceinture.

« Un dernier souhait, général ? clama-t-il. De toute façon, ça n'a aucune importance. Tout le monde s'en fout. »

Les hommes s'esclaffèrent. Ils levèrent leurs armes. Boris ramena son bras droit devant lui et fit feu à deux reprises. Deux hommes tombèrent, le crâne transpercé. Zatchek abattit le chauffeur d'une balle dans le cœur.

Après l'écho de la fusillade, un silence assourdissant tomba sur la salle à présent enfumée. Boris et Zatchek se tenaient l'un en face de l'autre. L'œil de ce dernier était si tuméfié qu'il ne pouvait pas l'ouvrir. Il baissa son arme. Boris l'imita et s'avança vers lui.

« C'est drôle mais ces temps-ci les petits cons ont tendance à s'améliorer », dit-il.

Zatchek lui adressa un sourire en forme de grimace.

*

Quand Robbinet débarqua à l'hôpital d'où Soraya s'était enfuie, le médecin qui l'avait soignée n'était plus de service. Il regarda sa montre : l'aube allait se lever. Il demanda à rencontrer le meilleur neurologue de l'hôpital et quand on lui annonça qu'il était occupé, sortit son badge officiel. Cinq minutes plus tard, un jeune homme pimpant se présenta à lui. Le Dr Longeur avait eu la bonne idée d'apporter le dossier médical de la jeune femme.

« Elle n'aurait pas dû quitter l'hôpital, dit-il en le feuilletant. Il lui restait des examens…

— Suivez-moi, docteur », l'interrompit Robbinet. Il le conduisit à l'extérieur de l'établissement et une fois sorti, lui annonça que Soraya avait disparu. « Mon boulot consiste à la retrouver, docteur. Le vôtre à faire en sorte qu'elle se rétablisse.

— Pour cela, il vaudrait mieux qu'elle revienne.

— En l'occurrence, je crains que ce ne soit impossible. » Robbinet observa la rue sombre. « Selon toute probabilité, elle refusera de remettre les pieds ici.

— Elle est phobique ?

— Vous lui poserez la question quand nous l'aurons trouvée. »

Ensemble ils interrogèrent les sans-logis assis sous le porche de l'hôpital. Robbinet avait la quasi-certitude qu'ils avaient vu passer Soraya. Robbinet leur montra une photo et se retourna vers Longeur. « Ces gens ont besoin d'aide. Certains ont l'air très mal en point. »

Le Dr Longeur haussa les épaules. « L'hôpital est déjà plein de malades. Que voulez-vous qu'on y fasse ? »

Ils finirent par tomber sur une femme en guenilles qui prétendait avoir vu Soraya partir dans une certaine direction. Robbinet glissa quelques euros dans sa main tremblante sans trop savoir si elle avait dit la vérité.

Pendant que son chauffeur attendait ses instructions, Robbinet refit le numéro du portable de Soraya. Comme il le prévoyait, personne ne décrocha. Les patrouilles envoyées par Aaron ne l'avaient pas encore trouvée. Robbinet était pessimiste. Cette femme était un agent de terrain aguerri. Elle ne se laisserait pas attraper. Selon lui, elle était en train de mener sa propre enquête. Après le meurtre de Chalthoum, elle ne voulait plus s'encombrer de personne, pas même du Quai d'Orsay. Il ne l'approuvait pas mais il la comprenait tout en craignant pour sa sécurité. Elle avait frôlé la mort, son ami s'était fait tuer. Comment pouvait-elle avoir les idées claires en de telles circonstances ?

Il regarda de nouveau sa montre. L'aube pointait. Il réévalua la situation dans sa tête. Aaron lui avait rapporté tout ce qu'il avait pu apprendre, mais Soraya possédait sans doute des renseignements plus précis. Par exemple, elle savait qu'en remontant la piste du meurtre de Laurent, elle aboutirait à la Banque d'Île-de-France devant laquelle son contact s'était fait renverser. Il essaya de penser comme elle. Si elle avait un but précis, pourquoi se planquait-elle au lieu de s'y rendre ? Peut-être tout simplement parce que l'endroit était fermé pour la nuit. Décidant de suivre son intuition, il se pencha vers son chauffeur. Ce n'était qu'une supposition mais il fallait bien faire quelque chose.

« Place de l'Iris, ordonna-t-il. Conduisez-moi à la Défense. »

À la place de Soraya, c'était là qu'il irait.

*

« Éloignez-vous, je vous prie, Jason, insista Don Fernando. Je ne le répéterai pas.

— Vous commettez une erreur », dit Bourne.

Don Fernando lui répondit non d'un signe de tête. Le canon du Magnum ne bougea pas d'un millimètre. Bourne recula d'un pas. Don Fernando tira. La balle frappa Etana entre les yeux. Projeté en arrière, il bascula par-dessus la rambarde.

Bourne jeta un coup d'œil dans l'eau. « J'avais raison. C'est une erreur, dit-il en se tournant vers Don Fernando qui s'apprêtait à sauter du ponton. Il avait beaucoup à nous apprendre. »

L'Espagnol mit le pied sur le bateau, son Magnum toujours en main. « Il n'aurait pas parlé, Jason. Vous les connaissez aussi bien que moi. Ces gens ne craignent pas la douleur ; ils y sont habitués. Ce sont des morts-vivants.

— Jalal ?

— Etana l'a égorgé avant de s'enfuir par la fenêtre. » Don Fernando s'assit sur le capot de pont en bois. « Etana était venu vous tuer, Jason. Pour se venger de ce que vous avez fait à Tineghir, l'année dernière. Jalal a tenté de l'en dissuader mais Etana avait la tête dure. Jalal et moi avions convenu de vous éloigner de votre chambre. Il était censé s'y introduire et….

— … attendre l'arrivée d'Etana.

— Exact.

— Dommage que Jalal Essai soit mort. »

Don Fernando se passa la main sur les yeux. « J'ai trop de cadavres sur les bras, en ce moment. »

Bourne songea à la cargaison qui attendait son acheminement vers Damas, dans l'entrepôt de l'autre côté de la ville. Qu'y avait-il dans ces douze caisses ? Qui en était le véritable expéditeur – la Domna ou l'organisation pour laquelle Christien Norén avait travaillé ? Don Fernando en faisait-il partie ? Les réponses à ces questions se trouvaient probablement Avenue Choukry Kouatly.

Il frémit en apercevant au loin une vedette de la police. Elle se dirigeait vers le port de plaisance avec la lenteur et la résolution du requin qui vient de repérer un poisson mort.

Don Fernando sortit un cigare, en mordit le bout et l'alluma. « Pas d'inquiétude, dit-il quand la vedette ralentit pour les accoster. C'est moi qui les ai appelés. »

Deux flics en uniforme et un inspecteur en civil montèrent à bord. Don Fernando leur montra le cadavre d'Etana qui flottait contre la coque. Pendant que ses hommes se penchaient par-dessus bord, le flic en civil s'arrêta devant Don Fernando qui lui offrit un cigare.

L'homme remercia d'un signe de tête sans s'intéresser le moins du monde ni à la scène de crime ni à Bourne assis dans un coin.

« Le mort est un ressortissant étranger, dites-vous », fit l'inspecteur d'une voix rocailleuse, comme s'il souffrait d'une bronchite.

« Un trafiquant de drogue. Entré en Espagne illégalement, précisa Don Fernando.

— Un double délit, répondit le flic en exhalant un nuage de fumée. Comme vous le savez. »

Don Fernando contempla le bout de son cigare. « Grâce à moi, l'État a économisé pas mal d'argent, mon cher Diaz. Et je vous ai épargné une enquête longue et fastidieuse. »

Diaz acquiesça doctement. « En effet, Don Fernando. L'État espagnol vous exprime toute sa gratitude. » Il leva les yeux et projeta vers le ciel étoilé une autre bouffée bleuâtre. « Je vais vous dire à quoi je pensais en venant ici. Notre commissariat manque de tout, Don Fernando, et avec la crise, le ministère ne cesse de rogner sur les budgets.

— C'est bien triste. Permettez-moi, je vous prie. » Don Fernando glissa deux doigts dans sa poche intérieure et pêcha une liasse repliée qu'il posa dans la main de Diaz. « Laissez-moi le corps. »

Diaz hocha la tête. « Comme toujours, Don Fernando. » Puis il tourna les talons, appela ses hommes, *« ¡ Vámonos, muchachos ! »*, et remonta dans la vedette.

Quand les trois policiers eurent disparu dans la nuit, Don Fernando fit un geste amusé. « Le monde ne changera jamais, hein Jason ? Venez, on va s'occuper de Marlon Etana.

— Pas vous, dit Bourne en s'approchant de la rambarde. Je m'en charge. »

Il attrapa la gaffe fixée sur le flanc du cockpit et s'en servit pour ramener Etana par le col de sa veste. Une fois qu'il l'eut hissé suffisamment pour que la tête, les bras et le torse reposent en équilibre sur le plat-bord, Don Fernando termina le travail en le saisissant par la ceinture. Puis il passa quelques secondes à examiner le cadavre dont la bouche ouverte débordait d'eau. Quand il s'accroupit, ses genoux craquèrent.

Don Fernando entreprit de fouiller ses poches avec la dextérité d'un pickpocket. Il tendit à Bourne un portable, un portefeuille et des clés. Puis il se releva, sortit l'ancre de son compartiment à la proue, décrocha la chaîne et l'enroula autour du cadavre.

« On va le jeter par-dessus bord, dit Don Fernando.

— Une minute. » Bourne s'accroupit près d'Etana, lui ouvrit la bouche et après quelques recherches, exhiba entre deux doigts la fausse dent contenant la capsule de cyanure. En se relevant, il sortit de sa poche celle qu'il avait arrachée au Russe dans l'entrepôt et les montra à Don Fernando.

« Où avez-vous trouvé l'autre ? demanda le vieil homme.

— Je suis entré dans l'entrepôt. C'est là que j'ai laissé le meurtrier d'Estevan et son chauffeur. Le tueur s'est suicidé pendant que je l'interrogeais. Celle-ci, je l'ai prise sur le cadavre du chauffeur. » Comme Don Fernando restait muet, Bourne ajouta : « Cette dent creuse est un vieux truc du NKVD pour éviter que ses espions ne parlent sous la torture. »

L'Espagnol désigna Etana. « Je ne peux pas le jeter par-dessus bord sans votre aide.

— D'abord, je veux des réponses. »

Don Fernando opina.

Bourne empocha les capsules de cyanure et, à eux deux, ils balancèrent le corps d'Etana dans l'eau qui l'engloutit aussitôt.

Épuisé, Don Fernando s'assit sur le plat-bord, face à Bourne, lequel le trouva soudain vieux et ratatiné.

« Marlon Etana était chargé d'espionner la Domna de l'intérieur.

— En d'autres termes, il remplaçait Christien Norén.

— Exactement. » Don Fernando frotta ses mains sur son pantalon. « Malheureusement, il a retourné sa veste.

— Sous l'influence d'El-Arian ?

— Non. Quand Jalal Essai s'est éloigné de la Domna, ils ont passé un accord tous les deux.

— Etana travaillait pour la même organisation que Christien… et que vous, ajouta Bourne avec un regard acéré. Il est grand temps de tout m'avouer.

— Vous avez raison, bien sûr. » Don Fernando posa la main sur son front. « J'aurais dû le faire avant. Jalal serait peut-être encore de ce monde. » Il se ménagea une pause comme s'il réfléchissait à la manière d'aborder la question. « Si nous allions discuter entre hommes autour d'un verre », proposa-t-il en se relevant péniblement.

*

Don Fernando choisit un café donnant sur la mer. L'établissement paraissait fermé mais ne l'était pas. Le garçon avait retourné la plupart des chaises sur les tables. À présent, il balayait la terrasse d'un air amorphe, comme s'il dormait déjà.

Le patron sortit de derrière son comptoir et s'avança en se dandinant pour serrer la main de Don Fernando et les conduire vers une table. Don Fernando commanda du cognac, Bourne refusa de boire de l'alcool. Il voulait garder les idées claires.

« À la mort de mon père, tout a changé dans ma vie, commença Don Fernando. Comprenez-moi bien : je n'avais que lui au monde. J'adorais ma mère mais elle était malade ; je l'ai toujours connue alitée. »

Quand le verre de cognac arriva, Don Fernando contempla un instant le liquide ambré, se mouilla les lèvres et reprit son récit. « Mon père était un grand homme, dans tous les sens du terme. Un colosse autant par la taille que par l'esprit. Dès qu'il entrait dans une pièce, sa forte présence attirait les regards. Les gens le craignaient ; ils tremblaient quand il leur serrait la main. »

Le patron posa un verre de xérès devant Bourne. Bien qu'il n'ait rien demandé, il se contenta de hausser les épaules comme pour dire : *Toute conversation sérieuse nécessite un bon remontant*.

« Quand j'ai eu sept ans, il m'a emmené à la chasse, poursuivit Don Fernando dès que le patron eut regagné sa place derrière le bar. C'était en Colombie. J'ai tiré mon premier renard gris à l'âge de huit ans. Pendant un an, j'avais essayé d'appuyer sur la détente sans pouvoir m'y résoudre. J'ai pleuré la première fois que j'ai vu mon père tuer un renard. Ce jour-là, mon père m'a dit d'approcher, il a mis les doigts dans la blessure et m'a barbouillé les lèvres de sang. J'ai eu un mouvement de recul, j'ai cru vomir. Puis en voyant son regard sévère posé sur moi, j'ai eu honte. Alors, j'ai ravalé ma peur, tendu la main et trempé mes doigts dans le sang. Après cela, je les ai léchés. Mon père a souri. Je n'avais jamais éprouvé un tel bonheur et depuis, je n'ai plus jamais ressenti cela. »

Bourne appréciait l'honneur que lui faisait Don Fernando en lui racontant ce terrible souvenir d'enfance.

« Comme je disais, sa mort fut un immense bouleversement. Il avait passé des années à me former pour que je prenne sa suite. J'ai reçu un choc en le voyant si fragile sur son lit de douleur. Il respirait avec peine, lui qui durant sa vie avait abattu les arbres et ses ennemis avec la même facilité. Je sais que nous sommes tous condamnés à voir disparaître les êtres qui nous sont chers mais pour mon père c'était différent, car j'étais censé poursuivre l'œuvre de sa vie. »

Don Fernando avait vidé son verre. Il fit signe au patron qui arriva avec la bouteille et la laissa sur la table après l'avoir resservi.

« Durant ses dernières années, reprit le vieil homme, mon père m'a présenté à de nombreuses personnes. Des Russes. Ces hommes avaient en eux quelque chose… » Il agita la main en cherchant le mot juste. « Je ne sais pas, quelque chose de profondément effrayant. Dans leurs regards, je voyais danser l'ombre de la mort. » Il haussa les épaules. « C'est idiot, mais je ne vois pas d'autre façon d'expliquer ce que je ressentais alors. Peu à peu, je m'y suis habitué. Ce sentiment d'effroi ne m'a pas quitté mais j'ai fini par mieux l'analyser. Ces hommes dangereux me rappelaient le premier animal que j'avais tué. Et j'ai remercié mon père de m'avoir si bien initié à la mort. Ces hommes étaient des assassins. J'ignorais encore que mon père était comme eux. »

Don Fernando tendit la main, Bourne lui offrit la sienne. Le vieil homme la serra très fort et mit son autre main dessus.

« J'ai dit que tous les hommes auxquels mon père m'a présenté étaient russes. Ce n'est pas tout à fait exact. Parmi eux, il y avait Christien Norén. »

26

« J'ai besoin d'un portable », dit Peter Marks assis dans son lit, bien qu'à présent il puisse marcher sans souffler comme un moteur en surchauffe.

Deron sortit un téléphone jetable rangé dans une pochette en papier bulle. « Vous serez peut-être surpris d'apprendre que ceux qui vous pourchassaient sont plus puissants que vous ne pensiez. »

Peter pencha la tête. « Rien ne peut me surprendre en ce moment. Faites voir ! »

Deron déchira l'enveloppe plastique et lui montra le téléphone. « J'ai envoyé Tyrone enquêter auprès de la police de Washington. Ils n'ont pas le moindre renseignement sur vos ravisseurs. Quelqu'un a eu la gentillesse de composer le 911 mais quand la voiture de patrouille est arrivée, il n'y avait plus rien, pas de cadavre, pas d'ambulance, et bien sûr, pas vous non plus. »

Peter soupira. « Retour à la case départ.

— Pas tout à fait. » Deron lui tendit un objet évoquant une dent humaine. « Ty l'a trouvée sur la scène de crime. Il l'a ramassée avant de vous hisser sur sa moto. Vous avez dû la déloger en frappant l'un de vos agresseurs au visage. »

Peter examina la dent posée au creux de sa paume. « Ça m'avance à quoi ? »

Le voyant la retourner en tous sens, Deron intervint. « Attention ! dit-il en la récupérant. Ce truc a l'air d'une dent mais la ressemblance s'arrête là. En réalité, c'est une capsule remplie de cyanure d'hydrogène liquide.

— Une pilule suicide ? s'écria Peter. Je croyais que cette méthode avait disparu avec le NKVD. »

Deron fit rouler la dent au bout de ses doigts comme une bille. « Apparemment non.

— Mais c'est d'origine russe. »

Deron hocha la tête. « Donc nous connaissons la nationalité de vos agresseurs. Ça vous aide ? »

Peter se rembrunit. « Je n'en suis pas encore certain. »

Deron activa le téléphone et le remit à Peter. « Vous avez vingt minutes, appels à l'étranger inclus. Après cela, poubelle. »

Peter le remercia d'un signe de tête. Deron connaissait par cœur les consignes de sécurité. Après qu'il eut quitté la pièce, Peter composa le numéro du contact de Soraya à Damas, celui qu'il avait joint voilà quelques jours, après avoir appris l'existence d'El-Gabal, la défunte compagnie minière où Roy FitzWilliams avait travaillé avant d'entrer chez Indigo Ridge.

« Ashur, dit-il quand on lui répondit, c'est Peter…

— Peter Marks ? Je croyais qu'on vous avait expédié dans un monde meilleur. »

Comme une douche glacée, un frisson lui parcourut l'échine. « Qui êtes-vous ? Où est Ashur ?

— Ashur est mort. Enfin presque. »

Peter sentit sa nuque picoter. Se servant de la dent suicide comme d'un indice, il demanda en russe : « Comment me connaissez-vous ?

— Ashur nous a parlé de vous, répondit la voix dans un gloussement diabolique. Il ne voulait pas mais il a fini par se mettre à table. »

Qu'est-ce que fabriquent les Russes à Damas ? se demanda Peter. « Pourquoi avez-vous tenté de me tuer ?

— Pourquoi vous intéressez-vous à El-Gabal ? Cette société a été démantelée voilà des années. »

Peter sentit la colère monter mais s'efforça de n'en rien laisser paraître. « Si vous tuez Ashur…

— Il est comme mort », répondit la voix avec un tranquille aplomb.

Peter dut faire un gros effort pour oublier momentanément Ashur et rassembler ses idées. Il décida de jouer le tout pour le tout : « El-Gabal existe toujours. Cette société est trop importante pour vous. »

Silence.

Donc j'ai raison, El-Gabal existe encore. « J'ai devant moi une capsule de cyanure en forme de dent. Je l'ai prise sur l'un des vôtres. Au fait, lui aussi s'est mis à table. Je sais qu'El-Gabal est au centre de toute cette histoire. »

De nouveau, le silence se fit sur la ligne. Un silence profond, presque surnaturel.

« Allô ? Allô ? »

Peter entendait le sang battre dans son oreille. Il essaya de rappeler mais n'obtint rien, pas même la messagerie d'Ashur. Le fil ténu qui le reliait à ses ennemis avait été sectionné.

*

« Vous étiez ami avec le père des triplées, pas avec sa femme », dit Bourne.

Don Fernando acquiesça.

« Et elles ne l'ont jamais su. »

Le vieil homme prit une nouvelle gorgée de cognac. Était-ce un jeu de lumière ou ses yeux avaient-ils en cet instant la même couleur ambrée ? « Je ne connais que Kaja. La vérité est bien trop complexe pour qu'elle…

— Depuis qu'elle est adulte, elle cherche à savoir qui était son père, répliqua vivement Bourne. Vous auriez dû lui en parler.

— Je n'ai pas pu. La vérité est bien trop dangereuse pour elle et sa sœur.

— De quel droit faites-vous cela ?

— Du droit que m'a donné la mort de Mikaela. Elle a tout découvert et elle en est morte. »

Bourne se cala au fond de sa chaise sans cesser de regarder Don Fernando. L'homme lui faisait l'effet d'une chimère. Dès qu'on pensait le connaître, il changeait de forme aussi facilement que Bourne changeait d'identité.

Don Fernando plongea ses yeux dans ceux de Bourne. « Laissez-moi plaider ma cause avant de me condamner. »

*

« Ton œil est dans un sale état, dit Boris. Je vais te trouver un steak à mettre dessus.

— Pas le temps, répondit Zatchek en coupant la connexion de son téléphone portable. Cherkesov a été repéré aux contrôles de l'aéroport de Munich. »

Boris s'avança vers la chaussée pour héler un taxi. « Quelle est sa destination ?

— Damas », dit Zatchek en le rejoignant sur la banquette du taxi.

Boris donna les indications au chauffeur qui fila vers la plus proche bretelle de l'autobahn A92 Munich-Deggendorf.

« La Syrie… » Boris s'installa confortablement. « Qu'est-ce qu'il va faire à Damas ?

— On n'en sait rien mais nous avons intercepté un appel sur son portable. On lui disait de se rendre dans les bureaux d'El-Gabal, une compagnie minière sur l'Avenue Choukry Kouatly.

— Bizarre.

— D'autant plus qu'El-Gabal a disparu dans les années 1970.

— De toute évidence, tes renseignements sont faux, répliqua Boris.

— J'essaie d'être aimable, alors fais un effort toi aussi.

— Nous avons passé un accord qui nous convient à l'un comme à l'autre. Ça ne veut pas dire que je suis obligé de t'aimer.

— Mais tu dois me faire confiance.

— Ce n'est pas toi qui m'inquiètes, dit Boris. C'est le SVR.

— Tu veux dire Beria. »

Boris regarda par la vitre, soulagé à l'idée de quitter l'Allemagne. « Je m'occupe de Cherkesov. Tu t'occupes de Beria. C'est un marché honnête. » Mais il savait qu'il n'y avait rien d'honnête dans leur métier où le mensonge n'était pas seulement endémique mais nécessaire à la survie.

« C'est une question de confiance, dit Zatchek en composant un numéro codé sur son téléphone. Comme toujours. » Il parla quelques instants puis coupa la communication. « Ton billet t'attend à l'aéroport. Cherkesov a pris le vol de 16 heures. Tu auras celui de 18 h 40. Tu arriveras à Damas un peu après deux heures du matin, demain. La bonne nouvelle, c'est que ton temps de vol est plus court que le sien. Tu disposeras d'une heure avant qu'il débarque. » Il composait un texto tout en parlant. « Un homme à moi t'attendra pour…

— Je ne veux pas que tes hommes me suivent comme des petits chiens. »

Zatchek leva les yeux. « Je t'assure que…

— Je connais Damas aussi bien que Moscou, dit Boris avec une telle assurance que Zatchek obtempéra.

— Comme tu voudras, général. » Il rangea son portable et s'éclaircit la gorge. « Ma vie est entre tes mains et réciproquement.

— Ce n'est pas très prudent, dit Boris. On se connaît à peine.

— Que dois-je faire d'Ivan Volkine ? »

Boris comprit où Zatchek voulait en venir. Boris et Ivan se connaissaient depuis des lustres mais leur amitié n'avait pas empêché Volkine de le trahir.

« Tu ne seras pas en sécurité tant qu'il sera en vie », lança Zatchek sur un ton si désinvolte que Boris éclata de rire.

« Une chose après l'autre, Zatchek. »

L'autre sourit. « Tu m'as appelé par mon prénom. »

*

Bourne s'efforça de maîtriser la tension qui montait en lui. « Continuez.

— Almaz a vu le jour durant une époque terrible. La Russie subissait le joug de Staline et de son sinistre bras droit, Lavrenti Beria. » Don Fernando réchauffa le cognac au creux de sa main et en respira le parfum avant de le boire, à petites gorgées, comme si ce rituel possédait une vertu apaisante. « Ainsi que vous le savez, Beria a été nommé chef du NKVD en 1938. À la suite de quoi, la police secrète est devenue le fer de lance dont Staline rêvait, son exécuteur des basses œuvres. À Yalta, Staline a présenté Beria au président Roosevelt en l'appelant “notre Himmler”.

« Les pratiques sanglantes de Beria ont fait couler beaucoup d'encre mais, croyez-moi, les historiens sont largement en dessous de la réalité. Les enlèvements, les tortures, les viols, les mutilations, les assassinats se comptaient par milliers. Tous ses ennemis y passaient, et leur famille avec – femmes et enfants, du pareil au même. Mais avec les années, certains membres du sérail ont fini par se lasser de cette effroyable litanie de cruauté et de violence. Comme ils ne pouvaient exprimer leur désaccord, ils sont passés dans la clandestinité, au sein d'un groupement qu'ils ont baptisé Almaz – diamant – parce que les diamants sont cachés aux tréfonds de la roche et qu'ils naissent sous une pression inimaginable. »

Les yeux de Don Fernando avaient repris leur teinte bleue. Ils luisaient comme la mer sous le soleil levant. Il se versa un autre cognac.

« Ces dissidents n'étaient pas idiots. Ils savaient que pour survivre, ils devraient cacher l'existence d'Almaz mais également étendre son rayon d'action au-delà des frontières de l'Union soviétique. Leurs alliés à l'extérieur représentaient leur seul espoir sur le long terme. Ils avaient besoin d'eux pour deux choses : renforcer leur pouvoir et leur influence mais aussi disposer d'un sauf-conduit au cas où ils devraient fuir leur patrie.

— C'est là que votre père entre en jeu », dit Bourne.

Don Fernando hocha la tête. « Au début, mon père travaillait dans le pétrole en Colombie mais ce métier l'a vite ennuyé. "Fernando, me disait-il, je suis affligé d'un esprit insatiable. Je t'interdis de suivre mon exemple." Il plaisantait, bien sûr, mais pas tant que ça. Il m'a envoyé étudier à Oxford. J'ai décroché mon diplôme d'économie haut la main mais en réalité, je n'étais pas fait pour devenir un col blanc. J'aimais trop travailler de mes mains. Donc quand je suis revenu en Colombie, à la grande horreur de mon père, j'ai pris un emploi dans les champs pétroliers. Et à force de grimper les échelons, j'ai fini par devenir patron à mon tour et virer mes anciens chefs.

« Pendant ce temps, mon père et son esprit insatiable s'attaquaient au domaine bancaire international. C'est à cette époque qu'il a fondé Aguardiente Bancorp. » Il avala d'un trait son troisième cognac et s'en versa un quatrième. « Malheureusement, mes trois frères ont connu un destin tragique. L'un d'eux est mort d'une overdose, l'autre dans un règlement de comptes entre cartels. Le troisième d'un chagrin d'amour, je crois.

« Enfin bref, la banque de mon père marchait de mieux en mieux. Ses affaires le menaient souvent à l'étranger et c'est dans ce contexte qu'il entra en relation avec les dissidents d'Almaz. Il n'est pas de plus ardent capitaliste qu'un socialiste reconverti. Mon père a pris fait et cause pour eux et leur a promis de les aider dans la mesure de ses moyens. Moyennant compensation, bien entendu. Almaz puisait allègrement dans les coffres de Staline. Mon père blanchissait leur argent puis l'investissait dans des valeurs sûres en s'accordant au passage une commission substantielle. Au final, ils sont tous devenus très riches et très puissants.

« Lorsque Khrouchtchev et ses amis ont mis un terme au règne de Beria, Almaz était déjà un groupe de pression incontournable. Ses membres auraient pu refaire surface mais ils se méfiaient trop du gouvernement soviétique, quel qu'en fût le maître. De plus, ils se sentaient à l'aise dans ce statut de riches clandestins. Ils choisirent donc de rester dans l'ombre et de tirer les ficelles depuis la coulisse.

— Mais leurs ambitions dépassaient l'Union soviétique, l'interrompit Bourne.

— Oui. Ils ont anticipé la fin du communisme et diversifié leurs activités sur les conseils de mon père.

— À ce moment-là, j'imagine que votre père était devenu un membre à part entière. Et qu'il vous avait formé afin que vous puissiez intégrer Almaz à votre tour. »

Don Fernando acquiesça. « Christien Norén et moi étions parmi les premiers membres non russes d'Almaz.

— Vous le cerveau, lui les muscles. »

Don Fernando finit son cognac et cette fois, ne se resservit pas. Ses yeux avaient un aspect légèrement vitreux. « J'admets que Christien n'avait pas son pareil pour occire son prochain. Je pense même que cela l'amusait. »

Il jeta quelques billets sur la table. Les deux hommes se levèrent, sortirent du café et, d'un pas tranquille, remontèrent la route de la mer. La nuit était exceptionnellement claire, la lune d'un jaune très pâle perchée dans un ciel sans nuages. Des bouffées d'air salin leur caressaient le visage. Les gréements carillonnaient contre les mâts. Les rugissements lointains des vespas ajoutaient une note mélancolique à cette fin de nuit.

« Si Christien était chargé d'espionner la Domna de l'intérieur, dit Bourne, je suppose que les deux organisations s'opposaient.

— Disons plutôt que leurs sphères d'influence empiétaient l'une sur l'autre. Par la suite, Benjamin El-Arian a vendu son âme au diable.

— Semid Abdul-Qahhar. »

Don Fernando confirma d'un signe de tête. « À ce moment-là, nous avons enfin mesuré notre erreur et pour tenter de la rattraper, nous avons fait courir le bruit que Treadstone avait la Domna dans le collimateur, car nous savions qu'en l'apprenant, la Domna enverrait Christien éliminer votre ancien patron.

— Vous vouliez la mort d'Alex Conklin.

— Au contraire, nous espérions que Christien le convaincrait de s'engager aux côtés d'Almaz. »

Bourne réfléchit. Ce ralliement aurait très bien pu se produire, en effet. Conklin était d'origine russe et il avait toujours détesté les communistes.

« Ç'aurait été un coup de maître, poursuivit l'Espagnol. Et un formidable pied de nez à la Domna. »

Ils arrivaient en vue de la maison de Don Fernando, dont les lumières brillaient comme pour les accueillir.

« Mais cette mission a mal tourné, conclut Bourne. Conklin a tué Christien et El-Arian s'est encore rapproché de son nouveau protecteur, Semid Abdul-Qahhar.

— Pire que cela, la Domna a compris les intentions belliqueuses d'Almaz et depuis, les deux organisations sont à couteaux tirés. »

*

Il existait plusieurs manières de s'introduire dans une banque. Soraya les connaissait toutes. À dix heures du matin, elle entra dans la boutique Chanel de l'avenue Montaigne où elle choisit un tailleur très élégant et très cher. Dans une boutique voisine, elle ressortit sa carte de crédit Treadstone – laquelle n'avait pas de plafond – pour se payer une paire de chaussures Louboutin, admirablement assorties à l'ensemble. Elle signait la facturette lorsqu'elle ressentit un nouveau malaise. La vendeuse inquiète lui indiqua les toilettes où elle se précipita. Elle eut juste le temps de claquer la porte et de se pencher sur la cuvette que déjà elle vomissait, avec des spasmes si violents qu'elle crut que son estomac allait se déchirer. C'était inquiétant : les vomissements faisaient partie des symptômes de la commotion cérébrale. Son cœur cognait comme un marteau-pilon dans sa poitrine. Prise de vertiges, elle dut se cramponner à la porte de la cabine en serrant les dents puis, au bout de quelques instants passés à respirer profondément, elle put marcher jusqu'aux lavabos où elle se rinça la bouche.

Il lui fallut une dizaine de minutes pour récupérer un tant soit peu d'énergie. Quand elle sortit des toilettes, sa migraine s'était encore aggravée. Elle était si pâle que la vendeuse lui proposa d'appeler un médecin. Soraya refusa poliment et lui demanda où elle pourrait se procurer des produits cosmétiques.

Une fois dans la rue, elle cligna les yeux sous la clarté du jour. Des douleurs lancinantes lui perçaient le crâne. Une demi-heure plus tard, après avoir dépensé presque trois cents euros chez une esthéticienne, elle retrouvait une tête à peu près normale. Affublée d'une énorme paire de lunettes de soleil, elle se dirigea d'un bon pas vers une agence de la Banque Élysée, non loin de la Seine, où elle préleva des espèces sur le compte Treadstone.

Un employé lui appela un taxi en précisant que sa cliente désirait une Mercedes dernier cri. Pendant qu'elle attendait, elle téléphona pour prendre rendez-vous avec le vice-président de l'établissement où elle comptait se rendre. Se servant pour l'occasion de son meilleur français, elle se présenta sous le nom de mademoiselle Gobelins.

La Mercedes la déposa devant l'immeuble dont elle passa les portes à 11 h 30 tapantes. Un comptoir de réception surélevé trônait au beau milieu du hall, flanqué de deux énormes arbres du voyageur dans des jardinières en proportion. Derrière l'estrade, elle avisa l'entrée de la banque elle-même et resta un bref instant figée devant les portes en verre, un peu perdue, légèrement intimidée. Puis soudain, un sentiment d'exaltation s'empara d'elle, comme si elle touchait enfin au but. Elle fit l'effort d'oublier son mal de tête, son chagrin, son désespoir, se concentra sur sa colère et franchit le seuil.

Elle déboucha dans un vaste espace ouvert, traversé de longs pupitres où les clients pouvaient remplir des bordereaux ou autres formulaires. À droite, les habitacles des caissiers ; à gauche, une rangée de bureaux vitrés dans lesquels les employés recevaient les clients. Au fond de la salle, sur une haute cloison lambrissée de bois, des pendules digitales affichaient l'heure de Paris, New York, Londres et Moscou. De part et d'autre, un escalier double menait à l'étage consacré aux affaires plus sérieuses.

Soraya donna son nom au réceptionniste qui appela immédiatement l'étage noble. Peu après, un vigile vint la chercher. Il l'escorta à travers la salle, la fit passer sous un portique de sécurité puis composa un code sur un pavé de touches. Dans la cloison lambrissée, un panneau coulissa, révélant un luxueux ascenseur. Le vigile l'accompagna jusqu'au premier et l'invita à continuer sur la droite dans un petit corridor à l'éclairage tamisé. En passant devant les bureaux ouverts de chaque côté, Soraya remarqua le léger tapotement des ongles sur les claviers des ordinateurs.

Elle avait rendez-vous avec un dénommé Sigismond, un homme grand et maigre mais tout en muscles. Cheveux châtain clair, raie sur le côté. En la voyant entrer, il jaillit littéralement de derrière son bureau, la main tendue. « Je suis enchanté de faire votre connaissance, mademoiselle Gobelins. » On discernait une pointe d'accent germanique. Il saisit délicatement la main de Soraya, s'inclina puis lui indiqua le canapé en velours à sa droite. « Je vous en prie, asseyez-vous. »

Quand il eut pris place à côté d'elle, il dit : « J'ai cru comprendre que vous souhaiteriez faire de la Nymphenburg Landesbank de Munich votre institution bancaire de prédilection.

— C’est exact », répondit Soraya en observant les yeux noisette de M. Sigismond. Des lentilles de contact colorées, supposa-t-elle. « J’ai touché un héritage et votre département Gestion de Fortune m’a été chaudement recommandé. Il paraît que vous êtes les meilleurs en Europe de l’Ouest. »

Le sourire de M. Sigismond passa en mode resplendissant. « Ma chère, n’est-il pas gratifiant de constater que le travail acharné d’un individu peut conduire à une telle réussite ?

— Certainement.

— Quelles sont vos intentions ?

— Ouvrir un compte. J’ai une somme rondelette à déposer. D’autres versements suivront. Je vais avoir besoin de conseils pour mes placements.

— Mais comment donc. Parfait ! » M. Sigismond fit claquer ses mains sur ses cuisses. « Bien, avant de poursuivre, j’aimerais vous présenter l’homme à qui nous devons notre succès. » Il se leva, ouvrit une porte que Soraya n’avait pas encore remarquée. L’individu qui apparut sur le seuil était visiblement originaire du Moyen-Orient. Un être à la beauté sombre, au regard magnétique.

« Mademoiselle Gobelins, quel plaisir de vous rencontrer, dit-il en glissant vers elle. Je m’appelle Benjamin El-Arian. »

*

Bourne s’arrêta à une centaine de mètres de la maison.

« Que se passe-t-il ? demanda le vieil homme.

— Je n'en sais rien. » Bourne le fit bifurquer. Ils passèrent sous l'ombre des palmiers, de l'autre côté de la route. « Quelque chose ne va pas. Restez ici.

— Il n'en est pas question. » Don Fernando leva le Colt Python. « Pas d'inquiétude, je ne vous gênerai pas. »

Sachant qu'il eût été vain de répliquer, Bourne laissa Don Fernando le suivre. Ils passèrent d'un arbre à l'autre et s'immobilisèrent derrière un tronc, face à la maison, où ils restèrent cachés dans le plus grand silence jusqu'à ce qu'une ombre se découpe dans le cadre d'une fenêtre éclairée. Ce n'était pas Kaja, la silhouette était trop grande. Bourne pointa le doigt, Don Fernando hocha la tête.

« Je vais entrer par où Etana est sorti, tout à l'heure, souffla Bourne. Mais j'ai besoin d'une diversion.

— Comptez sur moi, dit Don Fernando.

— Donnez-moi trois minutes pour m'introduire dans la place. » Puis Bourne traversa la route en courant.

Il contourna la bâtisse en se déplaçant d'ombre en ombre. Devant lui, il vit un terrain non bâti éclairé par les réverbères, placé à mi-chemin entre la rue et la petite palmeraie où il avait pourchassé Etana. Dès qu'il arriva sur l'autre flanc de la maison, il aperçut la villa des voisins, toute proche. Des câbles électriques et téléphoniques reliaient les habitations entre elles. Partant du grand pylône dressé sur le front de mer, ils pendaient de plus en plus bas à chaque maison. Bourne n'avait pas de temps à perdre en tergiversations. Il déboucla sa ceinture, escalada le mur de la villa jusqu'au niveau des câbles et d'un lancer, y accrocha la sangle de cuir, boucle en avant. Il ne lui resta plus qu'à empoigner les deux extrémités et se laisser glisser tout du long. Parvenu à la hauteur de la maison de Don Fernando, il sauta et disparut dans une ombre portée.

C'est alors qu'il entendit plusieurs détonations. Il courut jusqu'à la fenêtre de sa chambre, l'escalada et se lova dans la pénombre, parfaitement immobile, les sens en alerte.

Ça sentait le détergeant industriel. Le sol, les murs ne portaient plus aucune trace de sang. Le cadavre de Jalal Essai avait disparu. Le personnel de Don Fernando avait fait preuve d'une redoutable efficacité. Collé derrière la porte entrebâillée, Bourne respirait sans faire bruit. Son oreille exercée discerna des bruits familiers : le léger ronronnement de la chaudière, le grincement des fenêtres dont le vent malmenait les châssis. Le plancher craqua. Kaja était trop légère pour produire un tel bruit. Il y avait un homme dans la maison. Peut-être plus d'un. Un autre craquement, venu d'une pièce différence, lui apprit qu'ils étaient au moins deux. Mais où était Kaja ? Ligotée ? Blessée ? Morte ?

Bourne se faufila dans le couloir menant au salon, à l'avant de la maison. Ses narines palpitèrent. Il avait flairé une présence étrangère. En passant, il poussa la porte de Kaja. Sa chambre était vide, le lit fait ; rien ne trahissait sa présence. De toute évidence, elle avait vidé les lieux après le départ de Don Fernando. Mais pour aller où ? Il passa devant la cuisine déserte.

Bourne déboucha dans le salon. Par les portes-fenêtres, il vit les rafales balayer le jardin clos. Kaja n'y était pas non plus. Soudain, il repéra deux hommes armés. L'un était posté près de la porte d'entrée, l'autre en train de pénétrer dans le vestibule après avoir fait un tour dehors, pour voir d'où venaient les coups de feu.

« C'est rien, dit-il en russe à son comparse. Sans doute le pot d'échappement d'un camion. »

Bourne se jeta sur eux, renversa celui de droite et lui décocha un coup de pied au menton. Puis son torse pivota tandis qu'il cherchait l'équilibre nécessaire à la suite du combat. Il venait d'empoigner le canon du Glock brandi par l'homme de gauche quand Don Fernando fit irruption dans la maison, son portable à l'oreille, le Colt Python au bout de son bras ballant.

« Tout le monde se calme ! cria-t-il. Jason, ces hommes appartiennent à Almaz ! »

Bourne décontracta ses muscles. Les Russes soufflèrent. Celui qui était couché par terre se releva en gémissant.

« Qu'est-ce qu'ils fichent ici ? demanda Bourne. Où est Kaja ? »

Don Fernando baissa son téléphone. « Elle est partie, Jason.

— Enlevée ? »

Le deuxième Russe secoua négativement la tête. « On l'a vue sortir d'ici toute seule. Voilà pourquoi nous sommes là. »

Don Fernando lui lança un regard sombre. « Et alors ? »

L'agent d'Almaz soupira. « Nous n'avons trouvé aucune trace d'elle dans le secteur. Elle n'a rien laissé ici qui indique où elle est allée. » Il leva les yeux vers Don Fernando. « Elle s'est évaporée. »

*

Skara avait beau s'observer dans le miroir de la salle de bains de l'hôtel, elle se reconnaissait à peine. Une chose était sûre, elle n'était plus Margaret Penrod. *Qui suis-je alors ?* se demanda-t-elle. Un frisson glissa le long de son dos. Cette question avait de quoi terrifier ; ce qu'elle recouvrait suscitait en elle une douleur insupportable. Elle serra les poings, ses ongles s'enfoncèrent dans ses paumes.

D'abord, elle avait eu l'intention de regagner son appartement mais finalement, elle était restée dans cette chambre d'hôtel bourrée de caméras et de micros. Pour s'infliger une punition peut-être, ou alors par dépit. Ou pour ces deux raisons à la fois.

Elle ferma les yeux. Les souvenirs affluèrent comme le sang jaillit d'une plaie ouverte. Avant qu'il ne parte pour de bon, son père lui avait demandé de protéger Mikaela. Skara seule savait qu'il ne reviendrait pas. Il avait confiance en elle ; de cela, elle n'avait pris conscience que tardivement. Son père ne parlait jamais de sa vie à Viveka, leur mère. Avait-il discerné en Skara un prolongement de lui-même ? Certes, il lui avait enseigné certaines choses. Grâce à lui, elle savait se préserver du danger. Mais les Russes avaient débarqué en plein jour, pendant qu'elle était sortie acheter de quoi manger. Grave erreur de sa part. Elle ne s'était absentée qu'un quart d'heure et Mikaela était armée. Ces quinze minutes avaient pourtant suffi. Elle avait retrouvé Mikaela sans vie. Alors, avec Kaja, elles avaient décidé de quitter la Suède et de prendre chacune un chemin différent sans jamais chercher à se revoir.

Elle fixait son reflet dans le miroir. Les demi-lunes qui marquaient ses paumes semblaient clignoter sous la lumière du néon, comme des organismes vivants. Quand elle éteignit la lumière, elle eut l'impression de refermer le couvercle d'un cercueil.

Elle traversa la pièce sur la pointe des pieds, prit une mignonnette de vodka dans le minibar, attrapa un gros verre sur l'étagère métallique placée au-dessus et versa l'alcool avant de rajouter le contenu d'une autre petite bouteille, pour faire bonne mesure. Elle but une gorgée et posa le verre sur la table de nuit.

Elle se dévêtit lentement à la manière d'une stripteaseuse, jouant devant les caméras vidéo comme si elles étaient allumées. Agenouillée, jambes écartées, elle empoigna ses seins nus et les pressa jusqu'à ce que la douleur lui arrache des larmes. Puis elle se coucha sur le ventre, glissa les mains entre ses cuisses et se donna du plaisir en sanglotant sur l'oreiller.

La jouissance vint comme un déchirement. Elle la fit durer le plus longtemps possible et quand ce fut terminé, quand son corps fut apaisé et son esprit vide, elle connut un bref instant de répit. Tout de suite après, l'angoisse revint au galop. Son visage se crispa.

Elle était piégée à l'intérieur d'un monde de faux-semblants. Dans un système auquel elle avait autrefois consenti mais qui la révulsait à présent. Pour la première fois depuis des années, elle regretta que Kaja ne soit pas auprès d'elle. Elle aurait tant aimé pouvoir déverser son malheur devant le seul être au monde capable de la comprendre. Mais elle ignorait où se trouvait Kaja, à supposer qu'elle se nommât toujours ainsi. Elle n'avait rien à espérer de ce côté.

Et du côté de Christopher ? La climatisation démarra. En soufflant dans son dos, l'air frais lui donna la chair de poule. Elle était coincée entre deux réalités, deux hommes antagoniques – Christopher et Benjamin. Sa dernière conversation téléphonique avec Benjamin avait réduit ses espoirs à néant. Désormais, elle mettrait son mouchoir sur ses sentiments et le plus de distance possible entre elle et Christopher.

Ayant pris cette décision, elle se releva, rassérénée. Son regard tomba sur la table où refroidissait le repas auquel elle n'avait pas touché. Elle souleva le plateau en équilibre sur une main, ouvrit la porte et, au même instant, les trois hommes qui attendaient dans le couloir se jetèrent sur elle.

*

Pour être honnête, Aaron était en train de se tourner les pouces quand il reçut l'appel de son patron.

« Elle n'est pas à la banque, dit la voix sèche de Robbinet dans son oreille. J'espère pour vous qu'elle n'est pas couchée dans un caniveau quelque part, avec une balle dans la tête. »

Le cerveau d'Aaron se mit en branle. Comme Robbinet, il avait supposé que Soraya se rendrait à la Banque d'Île-de-France, à la Défense. En tout cas, c'est ce qu'il aurait fait à sa place.

« Attendez une minute, s'écria-t-il en se rappelant soudain une parole de Marchand. L'argent du Monition Club transite par cette banque mais la maison mère est la Nymphenburg Landesbank de Munich.

— Jamais entendu parler, lâcha Robbinet. Ils ont une succursale à Paris ?

— Un instant. » Aaron fit une recherche sur son téléphone portable. « Oui monsieur, ils sont au 70 boulevard de Courcelles, juste en face du parc Monceau.

— Retrouvez-moi là-bas dans quinze minutes, ordonna Robbinet. Espérons qu'elle soit saine et sauve. »

*

Les assiettes, les couverts, la nourriture s'envolèrent lorsque Skara frappa le premier de ses assaillants à la gorge avec le bord du plateau. Les deux autres la repoussèrent dans sa chambre avec une telle force qu'elle s'écroula sur la table basse et retomba sur un genou.

L'homme qu'elle avait frappé claqua la porte derrière lui et ses comparses. Il sortit un Glock et vissa le silencieux pendant que les deux autres la jetaient sur le lit. Le premier la menaçait de son arme, le deuxième lui tenait les chevilles tandis que le troisième dégrafait sa ceinture et s'allongeait sur elle. Il puait l'ail et le chou. En s'aidant de ses jambes, il lui écarta les cuisses puis colla son visage sur le sien. Skara recula vivement la tête et lui mordit la lèvre inférieure. L'homme glapit de douleur, voulut échapper à la morsure mais impossible, elle tenait bon, secouant la tête comme un chien. Soudain, le sang fusa, un morceau de chair se détacha. Le Russe essayait encore de se dégager.

« Qu'est-ce qui se passe ? » dit l'homme au Glock.

Pour immobiliser son agresseur, elle lui décocha sous le menton un uppercut qui le fit claquer des dents.

« Je sais qui tu es », murmura-t-elle dans son oreille pendant qu'une écume rouge suintait de sa bouche mutilée. Elle renifla une odeur d'amande amère.

Les yeux du Russe se révulsèrent. Son corps se tordit dans un spasme. Elle se débarrassa de son poids mort en le rejetant sur l'homme qui lui maintenait les chevilles, lequel dut la lâcher pour rattraper le cadavre. Elle bondit, l'empoigna par les épaules et le plaça en bouclier devant elle à l'instant même où le troisième appuyait sur la détente. La balle le projeta en arrière, son corps la dissimulant momentanément à la vue du tireur.

Elle en profita pour rouler hors du lit et, pendant que le dernier homme en vie se repositionnait, se précipita vers lui et lui décocha un coup de pied en pleine poitrine. Pris au dépourvu, il tomba à la renverse sur le tapis ; le Glock vola à travers la pièce. Sans attendre qu'il revienne de sa surprise, Skara se rua sur la table de nuit, attrapa le verre d'alcool, le brisa contre le rebord et le lui enfonça dans l'œil.

L'homme hurla, en battant l'air de ses bras. Skara ne faiblissait pas, elle appuyait encore et toujours, bien que l'autre lui martelât le dos avec ses poings, lui coupant la respiration ; il parvint même à se soulever légèrement. Se sachant trop légère pour résister davantage, elle résolut d'en finir. Elle plia le genou, le posa sur la gorge du Russe et rassemblant toute son énergie, défonça le cartilage. L'homme suffoqua aussitôt, cherchant à happer un air qui ne pénétrerait plus jamais dans ses poumons.

Alors, elle se releva, traversa prudemment la chambre en évitant les bouts de verre, ramassa le Glock, se retourna et lui logea une balle entre les deux yeux.

Elle resta un instant figée sur place. Avant que la climatisation ne se rallume, elle perçut le gargouillis du sang. Puis elle s'assit au bord du lit, les coudes sur les genoux, le Glock entre les jambes.

Son visage se crispa, un sanglot lui échappa. Elle resta un long moment prostrée, soulagée de pouvoir enfin pleurer tout son soûl.

*

« Puisque Kaja n'est plus là, vous n'avez plus qu'à partir, Jason, dit Don Fernando.

— Vous l'avez laissée seule.

— Il y avait une urgence. En plus, je la faisais surveiller.

— Pas très efficace comme surveillance. »

Don Fernando soupira. « Jason, cette femme est experte dans l'art de l'évasion. Pour la retenir ici, il aurait fallu que je l'attache. Et encore. »

Bourne savait qu'il disait vrai mais la fuite de Kaja le contrariait grandement. Kaja était un électron libre, une inconnue supplémentaire dans une équation déjà complexe.

Don Fernando sortit de sa poche une mince enveloppe qu'il tendit à Bourne. « Voici un billet de première classe pour Damas. Vous devrez faire plusieurs correspondances, vous n'avez pas le choix. L'avion atterrira demain matin. Des agents d'Almaz vous accueilleront à l'aéroport.

— Pas la peine, dit Bourne. Je sais où je vais. » Devant l'air étonné de Don Fernando, il ajouta : « J'ai trouvé l'adresse à laquelle doivent être livrées les caisses stockées dans l'entrepôt.

— Je vois. » Don Fernando fit un geste de la tête montrant qu'il était impressionné. Pendant que les deux agents d'Almaz s'éclipsaient, il sortit un cigare de son tube en aluminium, mordit le bout, l'alluma en faisant claquer son briquet et aspira voluptueusement la fumée. « Les caisses contiennent des fusils d'assauts FN SCAR-M, Mark 20, dit-il enfin.

— Le Mark 20 n'existe pas.

— Mais si, Jason. Ce sont des prototypes dotés d'une exceptionnelle puissance de feu.

— Et ils sont destinés à la Domna, à Damas. À quoi vont-ils leur servir ?

— C'est ce que vous devrez découvrir. » Don Fernando souffla un nuage de fumée. « Depuis plus d'un mois, la Domna a amassé un véritable arsenal dans son établissement damascène. La semaine dernière, les livraisons se sont accélérées.

— Nous pourrions empêcher ces douze caisses de leur parvenir.

— Au contraire, je ferai tout pour m'assurer qu'elles seront livrées en temps et en heure. Les locaux d'El-Gabal, Avenue Choukry Kouatly, étaient autrefois le siège social d'une compagnie minière. À présent, c'est un vaste complexe de bureaux et de hangars servant de zone de transit à la Domna.

— Pourquoi laisser ces armes quitter Cadix ? insista Bourne, irrité.

— Parce que les caisses sont bourrées d'un puissant explosif à base de C-4. » Il déposa dans la main de Bourne un minuscule étui en plastique et un petit téléphone cellulaire. « Il faudra coller une carte SIM sur chacune. » Bourne ouvrit l'étui où étaient rangées les cartes.

« Ça ne pouvait pas être fait avant ? »

Don Fernando secoua la tête. « Chaque livraison à destination d'El-Gabal subit trois contrôles différents, dont un passage aux rayons X. Les puces apparaîtraient à l'écran. Voilà pourquoi il faudra les poser à la main et sur place.

— Et ensuite ? »

Don Fernando lui sourit d'un air matois. « Il suffira de composer le 666 sur ce clavier téléphonique. Mais attention, pour que le signal Bluetooth fonctionne, vous devrez vous tenir à proximité, sans aucun obstacle entre vous et les cartes SIM. Ensuite, vous aurez trois minutes pour quitter le bâtiment. L'explosion détruira l'arsenal de la Domna et tout ce qu'il y aura à l'intérieur des locaux d'El-Gabal. »

27

Les mesures de sécurité étaient plus visibles qu'autrefois mais à part cela, rien n'avait changé depuis son dernier séjour à Damas. Boris retrouva la ville qu'il connaissait, croissant laborieusement autour de ses minarets, de ses monuments historiques remontant à la plus haute Antiquité. Certains grands épisodes de la Genèse s'étaient déroulés en ces lieux, au cours du XIIIe siècle avant J.-C. Abraham avait quitté la terre des Chaldéens, au nord de Babylone, pour marcher sur Damas. Il avait même régné durant quelques années sur cette cité enchâssée comme un joyau dans une vallée fertile, avant de continuer sa route vers le pays de Canaan. Par la suite, Damas fut soumise par Alexandre le Grand puis par le général romain Pompée. Septime Sévère en fit une colonie romaine. À l'ère chrétienne, saint Paul avait été touché par l'Esprit Saint sur la route de Damas. Paul et Thomas vécurent à Bab Touma, le plus ancien quartier de la ville. Quoi de plus naturel à ce que Severus Domna trouve sa patrie spirituelle dans ce carrefour de première importance entre Orient et Occident.

La Damas moderne se divisait en trois secteurs distincts. Le quartier des souks – la ville ancienne – et celui où s'était jadis établi le Protectorat français – dont l'architecture coloniale et les fontaines ornementales dataient des années 1920 – se côtoyaient comme deux perles magnifiques. En revanche, la cité bétonnée qui avait grandi tout autour rappelait l'urbanisme soviétique ; ses avenues embouteillées achevaient d'enlaidir l'ancienne cité biblique.

Dès qu'il passa les guichets de l'immigration, Boris identifia les agents du SVR qui traînaient dans le terminal des arrivées en tentant sans succès de se fondre dans le paysage. Il les connaissait comme s'il les avait faits. Et à deux heures du matin, il leur était encore plus difficile de passer inaperçus. Boris trouva les toilettes, se lava et quand il se vit dans le miroir, eut du mal à se reconnaître. Toutes ces années passées à louvoyer entre les mines enterrées par les services secrets russes l'avaient transformé. Autrefois, jeune et idéaliste, il s'était voué à la défense de sa chère patrie et se serait volontiers sacrifié sur l'autel du communisme. Il avait même cru changer les choses. Aujourd'hui seulement, il comprenait que son abnégation n'avait servi à rien. La Russie n'avait pas évolué ; au contraire, la situation n'avait fait qu'empirer. Boris avait passé sa vie à poursuivre un mirage. Mais la volonté de changer le monde n'était-elle pas le propre de la jeunesse ? Non seulement le monde n'avait pas changé mais lui, Boris Karpov, s'était transformé en un vieux soldat aigri.

En regagnant le hall, il trouva une cafétéria ouverte. Muni d'une assiette de mezze, il s'assit à une table ronde pas plus large qu'un frisbee et se restaura en regardant le panneau des arrivées. L'avion de Cherkesov était à l'heure. Il atterrirait dans quarante minutes.

Rassasié, il se dirigea vers le comptoir de location de voitures. Quinze minutes plus tard, il était assis au volant d'une vieille guimbarde au moteur poussif. Pour tuer le temps, il songea à l'accord qu'il avait passé avec Zatchek. Un échange de bons procédés, voilà comment on pouvait l'intituler. Cet accord lui rappelait l'un de ses films préférés, *L'Inconnu du Nord-Express*, où deux parfaits inconnus décident d'échanger leurs futures victimes afin de détourner les soupçons. Dans le monde du renseignement, un tel pacte ne fonctionnerait pas, dans la mesure où des gens comme Cherkesov et Beria ne se laissaient pas approcher par n'importe qui. Raison pour laquelle les meurtriers devaient faire partie du sérail. Cherkesov avait certes démissionné pour se consacrer exclusivement à la Domna mais il demeurait une gêne, comme une épine dans le pied du SVR – aux dires de Zatchek, c'était encore pire car il exerçait à présent son pouvoir hors des frontières de la Russie. Boris lui avait donc proposé d'éliminer Cherkesov. En échange de quoi, Zatchek enverrait Beria six pieds sous terre. Le jeune homme lui succéderait à la tête du SVR et Boris gagnerait un allié au lieu de l'ajouter au nombre de ses ennemis. Bien sûr, Boris avait personnellement tout intérêt à éliminer son ancien patron. Il lui devait peut-être son poste mais tant que Cherkesov serait en vie, Boris n'aurait jamais les coudées franches.

Il vérifia l'heure. L'avion de Cherkesov avait atterri. Le temps que Boris quitte le parking au volant de sa voiture, des passagers commencèrent à sortir du terminal. Quand il le vit surgir d'un pas décidé, Boris s'accorda un sourire. Comme lui, Cherkesov avait sûrement repéré les agents du SVR et cru qu'ils l'attendaient.

Voyant qu'il se hâtait de rejoindre la courte file de taxis garés près des portes, Boris accéléra, s'arrêta devant la première voiture et se pencha pour ouvrir la portière du passager.

« Monte, Viktor. »

Cherkesov écarquilla les yeux. « Toi ! Qu'est-ce que tu fiches ici ?

— Le SVR est sur tes traces, dépêche-toi », le pressa Boris.

Cherkesov obéit. Dès qu'il eut refermé la portière, Boris démarra en faisant crisser ses pneus sur le bitume.

Dans la nuit, les appels à la prière résonnaient de minaret en minaret, jetant sur la ville une nasse de paroles formant d'étranges incantations. Etranges aux oreilles de Boris, du moins. Il apercevait au loin les lumières vertes qui scintillaient au sommet des mosquées de Damas. Elles lui semblaient plus nombreuses que jadis. Assis à côté de lui, Cherkesov fulminait en tirant sur sa cigarette. Encore cet horrible tabac turc, se dit Boris. Il se sentait tellement rempli d'énergie qu'il n'aurait pas été étonné de voir des étincelles jaillir de lui comme d'un câble électrique sectionné.

« Bon, maintenant explique-toi, Boris Ilitch, dit Cherkesov se tournant à demi vers Boris. Est-ce que tu t'es occupé de Jason Bourne ? »

Boris s'engagea sur une bretelle de sortie. « Pas eu le temps. C'est de toi que je me suis occupé. »

Cherkesov le regarda bouche bée.

« Après qu'on a discuté du SVR, je suis retourné voir Zatchek, l'homme de Beria.

— Je sais qui est Zatchek, répliqua impatiemment Cherkesov.

— J'ai passé un accord avec eux.

— Tu as fait quoi ?

— J'ai passé un accord. Je voulais savoir pourquoi ils te traquent.

— Depuis quand…

— J'ai repéré l'un de leurs agents sur le tarmac de l'aéroport d'Oural. Zatchek m'a dit ce qu'il faisait là. » Il bifurqua dans une rue sombre, bordée d'immeubles blancs en béton. La voix d'un muezzin sortait d'un poste de radio, quelque part. « Beria porte un grand intérêt à tes nouvelles fonctions, chez Severus Domna.

— Beria ne peut pas savoir…

— Et pourtant, il sait, Viktor Deliagovitch. Ce type est le mal incarné. »

Cherkesov montra son anxiété en se mordillant la lèvre inférieure.

« Donc, pour découvrir les intentions de Beria, j'ai dû suivre ses agents depuis Moscou jusqu'à Munich et de Munich à Damas.

— Zatchek ne t'a rien dit ? »

Boris haussa les épaules. « C'est pas faute de lui demander. Mais si j'avais trop insisté, il aurait eu des soupçons. »

Cherkesov hocha la tête. « Je comprends. Tu as bien fait, Boris Ilitch.

— Tu m'as transmis les rênes du FSB-2 mais je te garde toute ma loyauté.

— C'est tout à ton honneur, merci à toi. » Cherkesov plissa les yeux, gêné par sa propre fumée. « Où allons-nous ?

— Dans un café que je connais. Il est ouvert toute la nuit. » Boris se pencha sur le volant comme pour mieux voir la route. « Malheureusement, je crois que je me suis paumé.

— Je ferais mieux d'aller directement à mon hôtel. » Cherkesov lui donna l'adresse. « Regagne la grande avenue. Après je t'indiquerai le chemin. »

Boris grommela et tourna à droite, dans une rue mieux éclairée. « Pourquoi Beria s'intéresse-t-il à ce point à tes faits et gestes ?

— Comment veux-tu que je sache ce que ce mec a dans la tête ? » répondit Cherkesov.

Boris déboucha sur un carrefour. Les feux de circulation ne fonctionnaient pas, comme souvent dans ce quartier. La voix enregistrée du muezzin semblait les suivre. Autour d'eux, tout était calme. Ils dépassèrent une rangée d'arbres squelettiques, dépouillés comme des prisonniers marchant vers le peloton d'exécution.

Boris roula vers un bâtiment ravagé par un incendie, réduit à l'état de décombres cernés par une barrière grillagée, et s'arrêta au bord du trottoir.

« Qu'est-ce que tu fais ? » s'étonna Cherkesov.

Sans se presser, Boris sortit un couteau en céramique et appuya légèrement la lame sur les côtes de son ancien patron. « Dis-moi pourquoi Beria s'intéresse à toi.

— Il a toujours… »

Cherkesov sursauta. La pointe du couteau venait de transpercer ses vêtements, s'enfonçant dans sa chair. Boris passa une main derrière son dos, ouvrit la portière puis agrippa Cherkesov par le devant de la chemise et le tira hors du véhicule.

« Certaines choses ne se démodent jamais », dit Boris en poussant Cherkesov vers la barrière métallique. Il lui montra l'immeuble en ruine. « Ce terrain vague me paraît idéal pour une exécution. Quand la police finit par se pointer, les chiens errants ont déjà mis le cadavre en pièces. »

Il posa la main sur la tête de Cherkesov pour l'obliger à passer à travers un trou dans le grillage.

« Tu fais un très mauvais calcul », dit Cherkesov.

Boris l'empoigna par les cheveux. « Tu plaisantes, je suppose, Viktor Deliagovitch. »

Boris le poussa à travers les décombres, jusqu'au centre du bâtiment éventré. Tout autour, d'autres immeubles tous semblables les dominaient de leurs façades obscures. Par des percées dans le béton, on apercevait les chiens errants dont Boris avait parlé. Ayant senti une présence humaine, ils se regroupaient, la truffe dressée, humant l'air dans l'espoir d'y renifler l'odeur du sang.

« La mort te suit à la trace, Viktor Deliagovitch. Regarde, elle t'entoure déjà.

— Que… que veux-tu ? dit Cherkesov d'une voix rauque, comme s'il peinait à respirer.

— Que tu fasses un effort de mémoire, répondit Boris. C'était il y a un an. Rappelle-toi la nuit où tu m'as emmené sur un chantier de construction – où cela, déjà ? »

Cherkesov déglutit. « Oulitsa Varvarka. »

Boris claqua les doigts. « Exact. J'ai cru que tu allais me tuer, Viktor. Mais au lieu de cela, tu m'as obligé à descendre Melor Boukine.

— Boukine méritait la mort. C'était un traître.

— C'est pas mes oignons. » Boris le piqua de nouveau avec la lame en céramique. « Tu m'as forcé à presser la détente. J'ai agi sous la menace. »

Cherkesov inspira. « Et maintenant, c'est toi le chef du FSB-2. Au lieu de cet idiot de Boukine.

— Oh oui, je te dois tant ! »

Cherkesov frémit en percevant l'ironie dans la voix de Karpov. « Quoi ? s'écria-t-il. Tu ne voudrais quand même pas venger un meurtre qui t'a permis d'accéder au poste que tu convoitais ! Tu haïssais Boukine autant que moi.

— Je répète, Boukine c'est pas mes oignons. Toi si, en revanche. Tu t'es servi de moi, tu m'as humilié cette nuit-là, Viktor.

— Boris, je n'avais pas l'intention…

— Oh que si. Tu y as même pris du plaisir. Tu jouissais de ton nouveau pouvoir – un pouvoir que tu tenais de la Domna. Même chose quand tu m'as contraint à accepter cet arrangement qui me plaçait pieds et poings liés entre tes mains. »

Cherkesov esquissa un sourire onctueux. « Nous passons tous des pactes avec le diable, Boris. Nous étions entre adultes consentants, non ? Pourquoi réagir… ?

— Parce que tu m'as mis le couteau sous la gorge. C'était ma carrière ou ce deuxième assassinat.

— Je ne vois pas où est le problème. »

Boris le gifla violemment sur la tempe. « Mais si, tu vois bien quel est le problème. C'est même pour ça que tu m'as choisi. Pour te délecter de ton pouvoir, encore une fois. Quelle jouissance que de pousser un homme à tuer son propre ami !

— Un agent américain responsable de la mort d'un tas de gens, dont pas mal de Russes. »

Boris le frappa encore. Un filet de sang coula du coin de sa bouche. Les chiens les plus proches d'eux se mirent à hurler à la mort, en contrepoint du muezzin. Leurs corps décharnés ressemblaient à des cimeterres.

« Tu voulais me briser, pas vrai ? dit Boris. Tu voulais que je tue mon ami pour pouvoir conserver ce dont j'ai toujours rêvé, ce que j'ai obtenu à force de travail.

— C'était une expérience intéressante, répliqua Cherkesov. Admets-le. »

Boris le fit tomber d'un coup de pied derrière les mollets. Son pantalon se déchira aux genoux, du sang tacha le tissu. Boris s'accroupit près de lui. « Maintenant tu vas me dire ce que tu fais pour la Domna. »

De nouveau, ce sourire noir comme un puits sans fond. « Tu ne me tueras pas. Tu sais parfaitement que si tu le faisais, tu passerais dans le camp des ennemis de la Domna. Ils te poursuivraient jusqu'à ce qu'ils aient ta peau.

— Tu as tout faux, Viktor. C'est moi qui aurai leur peau. »

Cherkesov ne comprenait toujours pas. « Ils ont trop d'alliés. Même parmi tes proches.

— Ivan Volkine par exemple ? »

Soudain, le visage de Cherkesov se crispa d'épouvante. « Tu es au courant ? Mais c'est impossible ! » Son comportement changea du tout au tout. Son teint devint blême, sa respiration hachée.

« Je m'occuperai d'Ivan Ivanovitch en temps voulu, dit Boris. Pour l'instant, c'est ton tour. »

*

« Champagne ou jus d'orange, monsieur ?

— Champagne, merci », dit Bourne à la jeune hôtesse qui se penchait vers lui, un petit plateau posé en équilibre sur le bout des doigts.

Elle lui tendit la flûte avec un sourire aimable. « Le dîner sera servi dans quarante minutes, monsieur. Avez-vous fait votre choix ?

— Oui, répondit Bourne en pointant les plats sur le menu.

— Très bien, monsieur. » Le sourire de l'hôtesse s'épanouit. « Si vous avez besoin de quoi que ce soit durant le vol, je m'appelle Rebeka. »

Seul dans son coin, Bourne regardait par le hublot en Perspex tout en sirotant son champagne. Il pensait à Boris. Pourquoi tardait-il tant à se montrer ? Dans cette confrontation, Boris tenait l'avantage ; c'était lui qui les disait amis. Bourne, en revanche, n'avait aucun souvenir du jour où ils avaient fait connaissance, et des circonstances de cette rencontre. Il se rappelait l'avoir vu pour la première fois à Reykjavik, six ans auparavant. Mais ce qui s'était passé entre eux avant cette date demeurait noyé dans un épais brouillard. Devait-il se fier à sa parole ? Etaient-ils vraiment amis ? Boris ne lui avait-il pas menti depuis le départ ? Cette zone floue induite par l'amnésie constituait pour lui une immense frustration – et un immense danger. Chaque fois qu'un individu surgissait de son passé en se prétendant ami ou collègue, Bourne devait aussitôt analyser ses paroles pour déterminer son degré de sincérité. Depuis six ans qu'il le connaissait, Boris s'était toujours comporté en allié. Bourne lui avait sauvé la vie voilà deux ans, au nord-ouest de l'Iran. Ils s'étaient entraidés dans maintes situations périlleuses. Bourne n'avait jamais eu motif à se méfier de lui. Jusqu'à présent.

Avez-vous fait votre choix ? Cette phrase innocente prononcée par une hôtesse de l'air revêtait pour lui plusieurs significations. Autrefois, Bourne avait failli se noyer en Méditerranée. Il avait survécu mais frappé d'amnésie, ayant perdu tout souvenir de son identité, il s'était ensuite laissé dicter ses choix par un autre. Depuis lors, il avait passé sa vie à tenter de déterrer ses choix passés, à décrypter ceux que Conklin lui avait imposés. Dernièrement, l'une de ses anciennes missions avait ressurgi des ténèbres : le meurtre de la mère de Kaja, Viveka Norén. Cette histoire lui donnait envie de vomir. Pourquoi Conklin lui avait-il confié cette exécution ? Dans quelle intention exactement ? Pour se venger de l'homme qui avait tenté de le tuer ? Mais cet homme-là était déjà mort. Quelle cruauté, quelle inhumanité que de vouloir éliminer sa veuve ! Bourne avait obéi et porté le coup mortel à sa place. Il ne se le pardonnerait jamais. *« Il n'y a pas de raison. »*

Non, pensa-t-il, il n'y avait pas de raison.

*

« Dites-moi, mademoiselle Gobelins, fit El-Arian, en quoi pouvons-nous vous être utiles ? »

Quand il s'assit auprès d'elle, Soraya ressentit comme une brûlure. Des fourmis invisibles couraient sur sa peau. Elle réprima à grand-peine un mouvement de recul. Tout était sombre chez cet homme, jusqu'à son sourire qui semblait exprimer une émotion cachée tout au fond de son être. De lui se dégageait une incroyable énergie psychique. Depuis qu'elle était adulte, jamais personne n'avait suscité en elle une telle frayeur. Quand elle avait cinq ans, son père l'avait conduite chez un voyant, dans les faubourgs du Caire. Elle n'avait pas compris le sens de sa démarche. L'ayant appris, sa mère était entrée dans une colère noire. Soraya ne l'avait jamais vue dans un tel état.

Le voyant, un homme étonnamment jeune aux yeux et aux cheveux noirs, à la peau sombre comme du cuir de crocodile, lui avait pris la main. À cet instant, elle avait senti le sol s'ouvrir sous ses pieds, révélant un gouffre insondable.

« Je te retiens, ne t'inquiète pas », avait dit le voyant pour la rassurer. Mais elle était aussi terrifiée que s'il l'avait emprisonnée au centre de sa toile. Elle avait fondu en larmes.

Sur le chemin du retour, son père n'avait pas ouvert la bouche, comme si elle venait d'échouer à une épreuve de première importance. Soraya avait compris qu'il lui en voudrait à jamais de l'avoir déçu. Son amour pour elle s'était envolé comme des grains de sable entre ses doigts. Ensuite, après avoir assisté à la terrible crise de colère de sa mère, elle avait compris que désormais rien ne serait plus comme avant entre ses parents. Son père semblait avoir brisé l'accord tacite qui les liait. Il ne pouvait pardonner l'attitude de Soraya ; de même, sa femme ne lui pardonnerait pas ce qu'il venait de faire. Six mois plus tard, sa mère pliait bagage et partait avec elle pour l'Amérique. Soraya avait passé le reste de son enfance et de son adolescence loin du Caire.

Au premier étage de la Nymphenburg Landesbank, près de Benjamin El-Arian, Soraya faisait de nouveau l'expérience de la chute dans l'abîme.

El-Arian se rapprocha d'elle. « Vous vous sentez bien, mademoiselle Gobelins ?

— Très bien, merci, dit-elle d'une voix rauque.

— Vous êtes si pâle. »

Quand il se leva, elle en profita pour inspirer, comme s'il avait desserré l'étau qui lui écrasait la poitrine.

Il marcha vers le buffet. « Un doigt de cognac vous donnerait peut-être un petit coup de fouet.

— Merci, non. »

Il versa quand même quelques gouttes dans un verre en cristal taillé qu'il lui tendit en se rasseyant. « J'insiste. »

Ses yeux sombres l'observaient avec curiosité. *Il est au courant*, songea-t-elle. *Mais de quoi précisément ?*

Elle se força à lui sourire. « Je ne bois pas d'alcool.

— Moi non plus. » Il reposa le verre. « Êtes-vous musulmane ?

— Oui.

— Arabe. »

Elle le considéra sans frémir tandis qu'il se tapotait les lèvres de son index effilé. Dans un rythme lent. Un, deux, trois, comme le métronome d'un hypnotiseur.

« Donc vous n'êtes pas iranienne, ni syrienne je parie. » Il leva les sourcils. « Égyptienne ? »

Soraya avait besoin de prendre le contrôle de la conversation. « D'où vient votre famille ?

— Du désert.

— C'est un peu vague, dit Soraya. Pas du désert de Gobi, j'imagine. »

El-Arian sourit comme un oncle indulgent. « Pas vraiment. » Un léger carillon retentit. « Excusez-moi. » Il se leva, saisit son téléphone portable et sortit du bureau.

Soraya se leva à son tour mais, prise de vertiges, dut se retenir à l'accoudoir du canapé. Ignorant le martèlement continu qui résonnait sous son crâne, elle passa vite dans le bureau de M. Sigismond et inspecta du regard les documents éparpillés sur la table. Des lettres, des dossiers. En repliant l'index, elle déplaça légèrement un papier pour voir ce qui était inscrit sur les feuilles en dessous. La voix d'El-Arian lui parvint l'espace d'une seconde ; elle leva la tête et quand elle entendit s'éloigner le bruit de ses pas, reprit ses recherches. Pas de photos sur ce bureau, pas d'objets personnels. Il ne devait pas servir de manière régulière. Elle entreprit d'examiner le contenu des tiroirs, les ouvrant à l'aide d'un coupe-papier dont elle avait protégé le manche avec un mouchoir pris dans une boîte sur le bureau. Elle cherchait une preuve reliant Marchand à cette banque.

Un instant plus tard, la voix d'El-Arian se rapprocha. Soraya ferma le tiroir, laissa tomber le coupe-papier et se rassit sur le canapé. Elle soufflait dans le mouchoir en papier quand El-Arian réapparut, Sigismond sur les talons.

« Ma chère mademoiselle Gobelins, pardonnez-moi d'avoir interrompu notre discussion.

— Je vous en prie, dit-elle en faisant disparaître le mouchoir dans sa poche.

— La première impression est très importante, ne trouvez-vous pas ?

— Certes. »

Elle accepta la main qu'il lui tendait et se mit debout.

« M. Sigismond a un rendez-vous. Si nous passions dans mon bureau ? Nous y serons plus à l'aise pour parler affaires. »

Il la précéda dans le couloir, la conduisit dans une grande suite directoriale meublée en style contemporain et alla se planter derrière son bureau garni d'un sous-main à l'ancienne, d'une panoplie de stylos-plumes et d'un presse-papiers en cristal taillé portant le nom de la banque gravé en lettres d'or, près d'un cendrier rempli de mégots et d'un standard téléphonique. Il lui fit signe d'approcher. « Je vous en prie. J'ai fait préparer les papiers nécessaires. » Il sortit un formulaire imprimé d'un tiroir. « Mais d'abord, je dois vous poser quelques questions. »

Quand elle fut à ses côtés, il appuya sur un bouton qui éclaira un écran plat, à l'autre bout de la pièce. Sur les images vidéo, Soraya se vit en train de se lever en chancelant du canapé de Sigismond, se diriger vers le bureau et fouiller les tiroirs.

« Je me demande ce que vous cherchiez », dit El-Arian.

Sa main se referma comme une serre sur le poignet de Soraya.

*

« Ivan Volkine et toi étiez amis depuis quoi. Trente ans ?

— Plus que ça », répondit Boris.

Cherkesov hocha la tête. « Et il a suffi qu'une occasion se présente pour qu'il te trahisse. » Son visage avait retrouvé des couleurs et bien qu'il fût toujours agenouillé, il semblait respirer plus facilement. « C'est ainsi que les choses se passent dans notre monde. On y tisse des alliances, on s'y fait des camarades mais il n'y a pas de place pour la loyauté. La loyauté est hors de prix chez nous. » Il changea de position pour soulager ses genoux osseux. « Tu crois que c'est différent avec Jason Bourne ? Cet homme est un tueur-né. Que sait-il de l'amitié ?

— Plus que toi.

— C'est-à-dire pas grand-chose. » Cherkesov secoua la tête. « Je n'ai jamais eu d'ami, de toute ma vie. L'amitié est un sentiment bien trop dangereux. Elle vous place dans une position vulnérable. »

Boris tourna légèrement la pointe du couteau. « Ah ouais, et ça t'appelles ça comment ? »

Cherkesov se lécha les lèvres. Quand il ouvrit la bouche, son débit s'accéléra. « Tu ne mesures pas la faveur que je t'ai faite ? Je t'ai offert la chance de tuer Bourne avant qu'il te trahisse comme l'a fait Volkine, ton ami de plus de trente ans. » La suite resta peut-être coincée en travers de sa gorge car il toussa si fort que ses yeux s'emplirent des larmes. « Volkine conseille la Domna depuis qu'il s'est soi-disant écarté des affaires de la *grupperovka*, reprit-il. Je vais te confier un secret : c'est la Domna qui lui a suggéré ce départ à la retraite. Qui sait combien ils lui ont donné pour utiliser ses services ! »

Boris s'assit sur les talons pour mieux réfléchir aux diverses implications de cette révélation.

Sentant une ouverture, Cherkesov en remit une couche. « Écoute-moi, Boris. Je te suis plus utile vivant que mort. Faisons alliance toi et moi. Je te dis ce que la Domna mijota et tu te sers du FSB-2 pour abattre Beria et ses sbires. Nous pourrions fusionner le FSB-2 et le SVR. Tu régnerais sur les deux et moi, je serais là pour te conseiller. Boris, pense aux possibilités infinies qu'impliquerait un tel arrangement. Tu serais le patron des services secrets russes, aussi bien à l'intérieur qu'à l'extérieur des frontières. Le monde entier s'ouvrirait devant nous !

— Viktor, tu m'étonnes, répondit Boris. Sous ton épaisse carapace de cynisme, j'entrevois comme une lueur d'enthousiasme. »

Le poing de Cherkesov s'écrasa sur la joue de Karpov qui bascula sur le flanc sans toutefois lâcher le couteau. Cherkesov l'attrapa par la lame, s'entailla le doigt et se servant du jet de sang pour aveugler Boris, le lui arracha des mains et l'enfonça jusqu'à la garde dans son ventre.

28

Bourne se leva et fit quelques pas dans la cabine obscure pour rejoindre la kitchenette réservée aux premières classes. Rebeka y feuilletait le dernier numéro de *Der Spiegel*, le dos appuyé contre le comptoir en inox. S'apercevant de sa présence, elle lui adressa un sourire radieux.

« Bonsoir, Mr Childress. Que puis-je faire pour vous ?

— Un macchiato, s'il vous plaît.

— Du mal à dormir ?

— Je fais des cauchemars.

— Je connais cela, malheureusement. » Elle posa le magazine. « Je vous l'apporterai dès qu'il sera prêt.

— Je préfère rester ici. J'ai besoin de me dégourdir les jambes. »

Ses joues s'empourprèrent un peu. « Très bien », dit-elle en se détournant. Une bouffée d'extrait de rose émana de sa personne. « Comme vous voudrez. » Ses yeux avaient la couleur et l'ovale des olives mures. Ils rajoutaient une note étrangement exotique à son teint hâlé et à ses cheveux bruns. Comme chez les dames de l'ancienne Égypte, son nez était mince et droit, ses pommettes délicates. Même avec ses chaussures plates, elle semblait très grande. Peut-être avait-elle pratiqué la danse classique étant enfant.

Bourne la regarda préparer le macchiato avec des gestes sûrs. « Vous habitez Madrid ?

— Oh non, je vis à Damas. » Elle sortit une petite tasse qu'elle posa sur une soucoupe minuscule. « Depuis six ans.

— La ville vous plaît ?

— On ne s'y fait guère d'amis. Mais c'est intéressant du point de vue financier. Je touche une prime annuelle.

— Je n'ai pas revu Damas depuis un certain temps, dit-il sincèrement. Je suppose que la ville a changé. »

Elle retira la tasse de la cafetière et la glissa sur le comptoir. Une mousse parfaitement dosée en frisait la surface. « Oui et non. Les quartiers modernes sont terriblement encombrés, la circulation est un vrai cauchemar. Sans parler de la pollution. Mais la vieille ville est toujours agréable, avec ses magnifiques passages couverts, ses places ombragées et tous ces espaces autour des mosquées. » Elle se rembrunit. « Pourtant certains aspects ont de quoi inquiéter.

— Le soutien de l'État au Hezbollah, par exemple. »

Elle acquiesça en posant sur lui un regard inquiet. « Depuis un an environ, une partie de plus en plus importante de la population considère l'Iran comme un allié. »

Bourne saisit l'occasion. « Si je comprends bien, les mesures de sécurité ont été renforcées en ville. Et dans l'aéroport surtout. »

Rebeka lui fit un sourire triste. « Oui, hélas. Al-Assad a verrouillé les points d'entrée dans le pays. En partie à cause des pressions exercées par l'Occident.

— Il n'y aura pas de problèmes, n'est-ce pas ? »

Elle rit doucement. « Pas pour vous. Quand les passagers descendent d'avion, un agent de sécurité se met à leur disposition pour les guider et répondre à leurs questions. »

Ayant obtenu ce qu'il souhaitait, Bourne se consacra à son macchiato. Rebeka reprit son magazine, en déchira une page et griffonna quelque chose dessus. Comme il s'en allait, elle lui tendit le bout de papier.

« Je suis en vacances pendant trois jours à partir de demain. » Son doux sourire revint. « Mon numéro, si jamais vous vous perdiez. »

*

Au lieu de lui transpercer la chair, la lame se rétracta dans le manche. Boris éclata de rire et en même temps, frappa le nez de Cherkesov du talon de la main. Du sang gicla, le cartilage craqua. Cherkesov tomba sur les fesses.

Récupérant son couteau, Boris pressa sur le manche le bouton qui commandait l'apparition de la lame. D'un deuxième coup de pouce, il la verrouilla.

Boris s'agenouilla près de sa victime. « Le moment est venu, Viktor, dit-il en glissant le bout de la lame dans la narine droite de Cherkesov. Tu risques de perdre des tas de choses auxquelles tu tiens avant de finir par te mettre à table. »

Cherkesov leva vers lui ses yeux rougis. « Je préfère mourir.

— Tu mens comme tu respires, dit Boris.

— Quoi ?

— Tu sais ce qui arrive aux menteurs ? Non ? Devine ! Tu sèches ? Eh bien, ils perdent leur nez. »

D'un geste du poignet, Boris trancha la narine de Cherkesov, lequel s'arc-bouta sous l'effet de la douleur. Boris le repoussa du plat de la main.

« Fous-moi la paix !

— Pas question, Viktor. On est à Chinatown.

— Va te faire foutre, enculé. Je ne te dirai rien.

— Je ne cherche pas à te faire souffrir, Viktor. Mais ça, tu le sais déjà. » Boris essuya la lame sur le pantalon de Cherkesov. « Je veux juste savoir quelle partie de ton individu te paraît la moins indispensable. » Il esquissa un sourire presque bienveillant. « Ne t'inquiète pas, tu ne mourras pas. Ce serait trop facile. » La lame traça une entaille circulaire sur le visage de Cherkesov. « Je ne plaisante pas. Je suis un expert, après tout, et j'ai toute la nuit devant moi. »

*

Assis à son bureau, Hendricks étudiait le dossier des trois hommes retrouvés morts dans la chambre 916 du Lincoln Square Hotel. Aucun n'habitait là, aucun n'avait de papiers sur lui. Leurs empreintes digitales étaient inconnues des services de police et on doutait de pouvoir les identifier à leur dentition. Selon le FBI – qui avait repris à son compte l'enquête ouverte par la brigade criminelle de la police de Washington –, les travaux dentaires n'avaient pas été effectués en Amérique. On tablait vaguement sur l'Europe de l'Est mais cela n'avançait pas à grand-chose, étant donné l'étendue de ce territoire.

Hendricks fit une pause pour prendre une gorgée d'eau glacée.

La seule chose vraiment bizarre chez ces trois victimes était la présence dans leur bouche d'une capsule de cyanure. Ces hommes étaient-ils russes et, dans l'affirmative, qu'est-ce qu'ils fabriquaient dans la chambre 916 du Lincoln Square Hotel ?

Hendricks tourna la page. Cette chambre avait été louée par ServicesSolutions, une entreprise fictive domiciliée aux îles Caïmans. En se massant le front, Hendricks se demanda qui pouvait bien se cacher derrière cette société écran. En tout cas, ces gens-là avaient de redoutables ennemis. Il appela un collègue du Trésor, lui fournit toutes les infos qu'il possédait sur ServicesSolutions et lui demanda de chercher le nom du vrai propriétaire. Puis il appela le chef de la force d'intervention qu'il avait envoyée sur les traces de Peter Marks. Après l'explosion de la voiture dans le parking de Treadstone, on avait bouclé tout le bâtiment, interrogé les personnes qui y travaillaient ou l'avait quitté depuis peu de temps. Sans aucun résultat pour l'instant. Hendricks avait poussé un soupir de soulagement en apprenant que l'épave du véhicule ne contenait pas de corps. Mais par ailleurs, c'était étonnant puisque Sal avait pris l'ascenseur avec Peter quelques minutes avant le drame. Le veilleur de nuit était sorti de la cabine au rez-de-chaussée mais il était affirmatif : Peter avait continué jusqu'au sous-sol. Par conséquent, il s'était forcément trouvé dans les parages au moment de l'explosion. Mais il n'était pas au volant. Que s'était-il passé ? Où était-il ? Se cachait-il ? C'était l'hypothèse la plus vraisemblable.

Hendricks se leva pour aller remettre de la glace dans sa carafe. Une idée soudaine l'arrêta net. Peter était peut-être blessé. Se rasseyant à son bureau, il appela un assistant et lui ordonna de contacter tous les hôpitaux de la ville, à commencer par le secteur proche de l'immeuble Treadstone. Puis il lui demanda d'étendre les recherches aux services d'urgences et autres compagnies d'ambulance.

« Prenez tous les hommes disponibles », conclut-il.

Il s'enfonça dans son fauteuil et pivota vers la fenêtre. C'était une journée grise et venteuse. Des perles de pluie roulaient sur les vitres. Dans la rue, les passants vêtus d'imperméables luisants marchaient courbés sous leurs parapluies que les rafales agitaient comme des feuilles.

L'interphone l'arracha à sa contemplation.

« Quoi ? » Un millier de pensées s'entrechoquaient dans son esprit.

« Un pli pour vous, monsieur. On l'a passé au contrôle.

— Que contient-il ?

— Un DVD, monsieur. »

Hendricks se rembrunit. « Amenez-le-moi. »

Un instant plus tard, un secrétaire posait l'enveloppe devant lui. Hendricks leva les yeux. « C'est tout ? Pas de message avec ?

— Rien, monsieur. Mais il vous est bien adressé. C'est marqué Personnel et Confidentiel. »

Hendricks lui fit signe de disposer, mit le DVD de côté et se replongea dans son dossier. Les photos de la scène de crime détaillaient les visages et les corps des cadavres. On ne remarquait aucun tatouage, ce qui semblait exclure la Mafia russe. Alors, qui étaient ces idiots ? Ils étaient armés mais cela ne lui apprenait rien sur leur pays d'origine et leurs employeurs. Néanmoins, le FBI pensait avoir affaire à un commando. Ce qui laissait supposer que ces types avaient plusieurs individus pour cible. Où étaient passés ces gens-là ? Il tourna encore une page. Le FBI avait interrogé tout le personnel de l'hôtel ainsi que les clients du neuvième étage. Personne n'avait rien vu ni entendu. Il y avait sûrement un menteur dans le lot, se dit-il. Pourtant, manifestement, les agents du FBI ajoutaient foi à ces témoignages. La personne qui habitait la chambre était donc assez discrète pour entrer et sortir sans se faire remarquer. Tout cela était fort intéressant mais Hendricks ne voyait pas où menaient toutes ces spéculations. Or il était absolument impératif d'obtenir des réponses dans les meilleurs délais. Car une menace terroriste planait au-dessus de cette sombre affaire.

Pour se changer un peu les idées, il appela l'un de ses contacts à la CIA.

« Comment avancent les projets pour la sécurisation d'Indigo Ridge ?

— Un vrai bordel, je ne vous le cache pas. » On décelait sans mal le mépris dans sa voix. « Personne ne sait plus à quel saint se vouer. Ce boulot n'est pas de notre ressort. » Il inspira. « Votre aide serait la bienvenue, M. le secrétaire.

— Si vous avez besoin d'aide, adressez-vous au directeur Danziger », répliqua Hendricks avec une joie perfide. « C'est lui le boss après tout. »

Son contact ricana. « Vous nous mettez dans la mouise, M. le secrétaire.

— Vous vous trompez d'interlocuteur.

— Ah, au fait, il y a une rumeur qui court chez nous. Ça concerne votre nouveau codirecteur Treadstone, Peter Marks. »

Hendricks retint son souffle. « Ah bon, quoi donc ?

— Il paraît qu'il a disparu. »

Hendricks ne répondit rien.

« Peter a encore pas mal d'amis à la CIA, M. le secrétaire. Si on peut vous aider en quoi que ce soit…

— Merci, je m'en souviendrai », dit Hendricks avant de raccrocher.

Maggie avait eu mille fois raisons de lui conseiller de se démettre au profit de Danziger, songea-t-il. Sans perdre de temps, il appela son équipe de sécurité à Indigo Ridge et leur ordonna de reprendre l'affaire en main. On ne pouvait pas laisser les choses aller à vau-l'eau plus longtemps. Il fallait assurer la sécurité sur place.

Le plaisir qu'il éprouvait à l'idée de voler au secours du projet fut de courte durée. Pour l'heure, l'attentat contre Peter, sa disparition et l'enquête du FBI sur le triple homicide au Lincoln Square Hotel occupaient toute son attention. Son téléphone sonna.

« Rien trouvé dans les hôpitaux, annonça son assistant. Pourtant, on a cherché jusqu'en Virginie et au Maryland. Même chose pour les services d'urgence. »

Hendricks ferma les yeux. Voilà que sa migraine reprenait de plus belle. « Vous n'auriez pas une bonne nouvelle à m'annoncer, par hasard ?

— Peut-être. Une compagnie d'ambulances privée a signalé le vol d'un véhicule dernièrement.

— L'a-t-on retrouvé ?

— Non, monsieur.

— Eh bien, nom de dieu, qu'est-ce que vous attendez pour vous y mettre ? »

Il raccrocha si violemment que le DVD sauta sur le bureau. Hendricks le prit entre ses doigts en regardant l'arc-en-ciel qui en nimbait la surface. Il ouvrit le plateau de sa tour, y logea le disque et attendit le ronronnement familier. Quand l'écran noir s'éclaira, il reconnut le visage de Maggie. On aurait dit une apparition surgissant d'une brume cauchemardesque.

*

« Christopher, quand tu verras ce film, je serai partie depuis longtemps. Je t'en prie, n'essaie pas de me contacter. »

Elle fit une pause comme si elle voyait effectivement Hendricks se jeter sur son téléphone portable. Il regarda ses propres doigts trembler au contact du petit appareil, comme s'ils touchaient la nuque de Maggie.

« Je ne m'appelle pas Margaret Penrod. Je ne suis pas jardinière paysagiste. Je t'ai menti sur tout, ou presque. Mais j'ai beau faire, la vérité commence à apparaître d'elle-même. »

Malgré la bête sauvage qui plantait ses griffes dans ses entrailles, Hendricks ne parvenait pas à détacher son regard de cette femme aux yeux étincelants, de cette image chérie qui miroitait comme le soleil sur la mer.

« Tu dois me haïr à présent. C'est inévitable, je suppose. Mais avant de me juger, laisse-moi te dire une chose. »

Son expression changea. Hendricks devina qu'elle tendait la main pour attraper un objet – une télécommande peut-être. En effet, le cadre s'agrandit. Maggie était nue et couverte de sang.

Hendricks se pencha en avant, les fesses au bord du fauteuil. « Maggie, c'est quoi ça ? » Puis il réalisa que la femme qu'il regardait, avec laquelle il avait fait l'amour, à laquelle il avait peut-être donné son cœur, n'était pas Maggie. « Qui es-tu ? » murmura-t-il.

Le champ s'élargit encore. Elle se trouvait dans une chambre d'hôtel. Une onde de chaleur l'envahit soudain. Sa gorge se noua jusqu'à l'étouffement. La caméra visa le sol et amorça un panoramique derrière le corps dénudé de son amante.

Quand il les vit, Hendricks poussa un petit gémissement. Les trois assassins, ou du moins leurs cadavres étendus par terre. C'était elle qui les avait tués ? Il crut que sa tête aller imploser. C'était impossible. Comment avait-elle pu faire une chose pareille ? Maggie répondit à sa question :

« Ces tueurs sont venus me punir de t'avoir protégé. Maintenant il faut que je m'en aille, que je quitte la chambre 916, Washington, l'Amérique. Je pars pour mon dernier voyage. » La caméra repassa sur elle. Son visage s'encadra en gros plan sur l'écran. « J'étais censée t'amener ici, Christopher. La chambre 916 devait être notre nid d'amour. Chacun de nos gestes, chacune de nos paroles auraient été enregistrés puis envoyés à la presse. Le but étant de te compromettre. Je n'ai pas eu le cœur de le faire. À présent, le nid d'amour s'est transformé en charnier. Cela vaut peut-être mieux, pour toi comme pour moi. Je ne sais plus quoi en penser. » Son visage s'assombrit quelques secondes, le temps qu'elle écarte les mèches qui tombaient devant ses yeux. « La seule chose dont je sois sûre c'est que je ne veux pas te faire de mal. Tu m'es trop précieux. Et si je ne pars pas tout de suite, tu courras un grand danger. »

Elle lui fit un sourire navré. « Je ne dirai pas que je t'aime parce que tu trouverais cela creux et peu crédible. J'avoue que ça fait ampoulé, voire idiot. Comment pourrais-je t'aimer alors que nous nous connaissons depuis quelques jours seulement ? Alors que je n'ai cessé de te mentir ? Comment peut-on savoir que la Terre est la troisième planète à partir du Soleil ? Et pourtant c'est vrai. Certaines choses existent, un point c'est tout, enfermées dans leur propre mystère. »

Le cœur serré, Hendricks contemplait le visage de sa maîtresse. Elle ne cillait pas, ne détournait pas le regard, rien en elle ne laissait soupçonner une quelconque supercherie. Soit elle disait la vérité, soit elle était très très forte, plus forte que tous les menteurs qu'il avait pu rencontrer. Alors il plongea son regard dans l'eau de ses yeux et s'y perdit.

« À part mon père, je n'ai aimé personne avant toi. Et mon amour pour lui était très différent de celui que je te porte. Quelque chose s'est passé quand nous nous sommes rencontrés, un courant mystérieux m'a traversée, m'a métamorphosée. Je ne vois pas comment le dire autrement. C'est ainsi. »

Elle se pencha et son visage s'approcha tant de la caméra qu'il devint flou. Elle posa ses lèvres sur l'objectif. « Je m'appelle Skara. Adieu Christopher. Je ne réclame pas ton pardon, mais souviens-toi de moi. Souviens-toi de moi et protège Indigo Ridge. »

Un tourbillon coloré passa sur l'écran. Elle venait d'écarter la caméra. Puis tout à coup, l'image devint noire. Hendricks resta planté devant le crépitement du vide électronique, les oreilles emplies du martèlement douloureux de son cœur.

*

L'aube pointait. Cherkesov n'en pouvait plus. Boris avait fini par anéantir sa résistance. En fait, il avait trouvé son point faible. L'homme avait une peur panique de perdre la vue, si bien qu'une simple estafilade sous l'œil droit avait suffi pour lui faire cracher le morceau. Il lui remit également l'objet qu'il était censé faire passer de Munich à Damas.

« C'est une clé, souffla-t-il entre ses lèvres tuméfiées.

— Qui ouvre quoi ?

— Seul Semid Abdul-Qahhar le sait. »

Boris fronça les sourcils. « Pourquoi Semid Abdul-Qahhar t'aurait-il demandé d'amener cette clé ici ?

— Semid Abdul-Qahhar est à Damas, pas à Munich. Je devais la lui remettre en personne.

— Comment ? Où ça ?

— C'est ici qu'il réside. » Les lèvres de Cherkesov esquissèrent une parodie de sourire. « Ça va te plaire, Boris Illitch. Il vit dans la vieille ville, dans l'ancien quartier juif. Il occupe la dernière synagogue encore debout. Le bâtiment était à l'abandon depuis des années. Ça remonte à l'époque où les Juifs syriens ont fui en Amérique.

— Alors comme ça, Semid Abdul-Qahhar s'y est installé en se disant que ses ennemis ne penseraient jamais à le chercher dans un endroit pareil. »

Cherkesov hocha la tête en gémissant. « J'ai besoin de m'allonger. Faut que je dorme.

— Pas encore. » Boris le saisit par sa chemise imbibée de sang. « Donne-moi l'heure du rendez-vous et le protocole. »

Un petit filet de bave rose coula de la bouche de Cherkesov. « C'est moi qu'il attend. Tu n'as pas l'ombre d'une chance.

— C'est mon affaire », dit Boris.

Cherkesov éclata d'un rire rauque qui se termina par un crachat sanguinolent. Il leva les yeux vers Boris. « Regarde-moi. Regarde ce que tu as fait.

— C'est une sale journée pour toi, Viktor. Je suis d'accord mais n'espère pas que je te plaigne. » Boris l'empoigna et le secoua jusqu'à ce que ses dents claquent. « Maintenant, mon salaud, tu vas me donner tous les détails. Et après, tu pourras dormir autant que tu veux. »

*

Soraya s'était changée en statue. El-Arian la révulsait. Cet homme était toxique. Le simple contact de sa main lui faisait l'effet d'un empoisonnement au polonium-210.

« Qui êtes-vous, mademoiselle ? »

Soraya se contenta de regarder droit devant elle. Les coups qui résonnaient sous son crâne l'empêchaient de constituer un système de défense satisfaisant.

« On dirait que nous sommes un mystère l'un pour l'autre, M. El-Arian. »

Il lui broya le poignet. Elle poussa un petit cri. « En tout cas, je sais que nous sommes ennemis, gronda-t-il.

— Est-ce vous ou Marchand qui avez ordonné l'exécution de Laurent ?

— Marchand était un petit bureaucrate à l'esprit étroit. » La voix d'El-Arian crissait comme du papier de verre. « Totalement dépourvu de hauteur de vues. Un homme comme lui n'aurait pu organiser la mort du traître. »

Soraya fit l'erreur de le regarder. Ce qu'elle vit dans ses yeux la figea sur place. Elle qui n'avait jamais cru aux notions de bien et de mal, se trouva soudain confrontée au mal absolu.

Elle saisit le presse-papiers et lui porta un coup à la tempe. El-Arian lui lâcha le poignet, recula, trébucha contre le fauteuil qui tourna sur lui-même, et s'étala de tout son long. Il dut avoir la présence d'esprit d'appuyer sur un bouton d'alarme car en surgissant dans le couloir, Soraya entendit une discrète sonnerie et se retrouva presque nez à nez avec un vigile qui dégaina son pistolet. Elle arrêta son geste d'un coup de coude à la gorge. L'homme s'écroula mais, quand elle se pencha pour récupérer son arme, réussit malgré tout à l'agripper, si bien qu'elle dut lui balancer des coups de pied à la figure pour pouvoir se dégager. Au lieu de prendre l'ascenseur, elle courut le long du couloir, passa devant des portes ouvertes sur des visages étonnés et arriva au niveau des deux escaliers jumeaux menant au rez-de-chaussée. Dans son dos, elle percevait les imprécations d'El-Arian.

En se tenant à la rampe en bois poli, elle parvint à dévaler les marches. Arrivée à mi-hauteur, elle vit une paire de vigiles courir dans sa direction depuis les deux côtés du hall. Ils s'engouffrèrent dans l'escalier, leur arme de service à la main.

Soraya fit demi-tour et se retrouva face à face avec El-Arian. Quand il tendit le bras pour l'arrêter, elle se jeta de côté mais il lui coupa la route et l'empoigna fermement.

29

En quittant l'avion, Bourne passa devant Rebeka et lui renvoya son sourire. Son parfum délicat embaumait toute l'allée. Au bas de la passerelle, il repéra l'officier de sécurité posté à l'endroit qu'elle lui avait indiqué.

« Excusez-moi, dit Bourne en arabe. C'est ma première visite à Damas. Pourriez-vous m'indiquer un bon hôtel ? »

L'officier toisa Bourne puis grommela quelques mots. Bourne dut s'écarter pour laisser passer une femme en fauteuil roulant ; il en profita pour bousculer l'homme en bredouillant des excuses que l'autre repoussa d'un haussement d'épaules avant de griffonner l'adresse d'un hôtel sur un bout de papier. Bourne le remercia et s'éloigna avec le badge qu'il venait de lui voler.

Posté tout au bout de la file des passagers qui se dirigeaient vers le service d'immigration, il ralentit le pas jusqu'à ce qu'il trouve ce qu'il cherchait : une porte marquée « entrée réservée au personnel » et juste à côté, un lecteur de carte électronique. Il y glissa le badge et poussa le battant. Mieux valait que son arrivée à Damas se fasse dans la plus grande discrétion.

Personne n'avait besoin de le savoir ici, et surtout pas la Domna.

Il parcourut au hasard les couloirs de service jusqu'à ce qu'il trouve un plan d'évacuation fixé au mur. En l'espace de quinze secondes, il le mémorisa et repéra le chemin à emprunter.

*

Soraya se sentit attirée en arrière. Sur sa tempe, elle reconnut le contact glacé d'un canon. Puis les vigiles semblèrent hésiter, ce qui la déconcerta. Ces hommes n'étaient donc pas au service d'El-Arian ? Quand ils s'écartèrent l'un de l'autre, elle aperçut Aaron, Jacques Robbinet et un jeune homme inconnu qui l'observait d'un œil froid. Le hall avait été évacué.

« Baissez votre arme », ordonna Aaron, armé d'un SIG. Les deux gardes l'avaient rejoint. « Laissez-la partir et nous sortirons tous d'ici paisiblement.

— La paix n'existe pas, articula El-Arian. Ni ici, ni nulle part ailleurs.

— Vous ne pourrez pas nous échapper, insista Aaron en faisant un pas vers lui. Cette histoire peut bien finir, ou mal finir. À vous de choisir.

— Pour elle, ça va mal finir, c'est sûr, ricana El-Arian en pressant le pistolet sur la tête de Soraya avec une telle violence qu'elle lâcha un cri assourdi. À moins que vous ne vous écartiez pour nous laisser le passage.

— Lâchez cette femme et nous en discuterons », dit Robbinet.

Les lèvres d'El-Arian s'ourlèrent aux commissures. « Je ne m'abaisserai pas à vous répondre. Je n'ai pas peur de mourir. » Il frotta sa joue sur les cheveux de Soraya. « On ne peut pas en dire autant de votre agent.

— Ce n'est pas notre agent, répliqua Aaron.

— J'en ai marre de vos mensonges. » El-Arian entraîna Soraya vers le bas de l'escalier. « Nous allons traverser le hall et sortir d'ici. Après, nous disparaîtrons et tout sera terminé. »

Comme ils descendaient les dernières marches, Robbinet ordonna à ses hommes de reculer. El-Arian sourit. Soraya remarqua le regard insistant d'Aaron. *Que cherche-t-il à me faire comprendre ?* se demanda-t-elle.

El-Arian avait dû le voir aussi car il dit à Aaron : « Si vous me tuez, vous la tuez en même temps. Vous aurez sa mort sur la conscience. Vous voulez parier ? Vous prendriez ce risque ? »

El-Arian avançait tout en parlant. L'espace vide résonnait sous leurs pas. C'était peut-être l'arène où elle mènerait son dernier combat, songea Soraya. Aaron lui avait transmis un message. Si elle avait eu un tant soit peu les idées claires, si cette douleur dans sa tête avait consenti à se calmer, elle aurait compris quel rôle Aaron lui avait attribué pour cette fin de partie. Car il s'agissait bien d'une fin de partie et Aaron avait un plan. À sa place, elle en aurait un.

Ne restait que quelques mètres avant la sortie. Aaron et Robbinet les suivaient pas à pas. Soraya se sentait aussi fragile et impuissante que les héroïnes en détresse à la fin des films d'action. Cette idée la mit en fureur et la fureur l'aida à oublier sa souffrance et à réfléchir à…

Mais bien sûr, c'était cela ! Aaron était en train de se positionner en vue d'un tir. Il ferait feu au moment où El-Arian atteindrait la porte – à ce moment précis, ce serait à elle d'agir. Elle vit Aaron se placer à quarante-cinq degrés derrière l'épaule droite d'El-Arian. L'emplacement idéal pour un tir mortel.

Mais Soraya avait plongé son regard dans les yeux de son ravisseur. Elle connaissait la force noire qui le mouvait. Il ne se laisserait pas avoir si facilement. En cas de danger imminent, c'est à Aaron qu'il s'en prendrait, pas à elle. Il s'agissait d'un réflexe de soldat – on tire d'abord sur celui qui cherche à vous tuer – qu'El-Arian ne pouvait maîtriser. Avant de succomber, il aurait le temps de tuer Aaron puis il tournerait son arme contre elle. Aaron courait un risque mortel. L'homme qu'elle aimait était mort à cause d'elle. Pas question que la tuerie continue par sa faute.

Dès qu'elle eut pris sa décision, la douleur dans sa tête s'éloigna miraculeusement. L'adrénaline jouait son rôle d'anesthésiant. Désormais, elle savait quoi faire avant de mourir et cette certitude la grisait. En se sacrifiant pour la justice, elle donnerait un sens à sa vie – et à sa mort. Comme El-Arian, elle ne craignait pas la mort mais contrairement à lui, elle n'avait pas le goût du martyre. Elle aimait trop la vie. À la seconde où El-Arian posa la main sur la porte, une vague de tristesse la submergea. Dès qu'elle vit Aaron lever le SIG, elle rejeta la tête en arrière, percuta le visage d'El-Arian puis lui enfonça son coude dans les reins.

Aaron poussa un grand cri. Soraya sentit le souffle d'El-Arian sortir de sa poitrine. Puis elle tomba dans l'œil d'un monstrueux cyclone. Elle reconnut le goût du sang sur sa langue et la douleur sous son crâne disparut tout à fait.

Elle sombra dans le néant.

*

Au sortir de l'aéroport de Damas, Bourne sauta dans un taxi. Les rayons du soleil matinal se reflétaient sur le pare-brise et le capot. Trois cents mètres avant l'Avenue Choukry Kouatly, il se fit déposer et continua à pied en se mêlant à la foule. Parvenu aux abords de l'immeuble moderniste qui abritait les bureaux d'El-Gabal, il fit rapidement le tour du pâté de maisons, ce qui lui permit de repérer trois issues gardées par des sentinelles. À première vue, l'entrée principale, toute en verre et acier martelé, ne paraissait pas gardée. Bourne attendit un instant et il fit bien car il s'aperçut que deux hommes en uniforme passaient toutes les trois minutes derrière les portes vitrées. L'issue de secours située sur le côté ouest du bâtiment était munie d'une solide porte en métal censée dissuader les intrus. Mais il en fallait davantage pour l'impressionner. À l'arrière, il y avait une vaste plateforme de chargement, inoccupée pour l'instant, et quatre grandes portes fermées devant lesquelles un vigile en tenue fumait en discutant au téléphone. De temps à autre, il regardait dans la rue pour vérifier que tout allait bien. Contrairement à ses collègues patrouillant le hall armés de simples pistolets, celui-ci portait un AK-47 en bandoulière. Bourne s'arrêta à chaque coin de mur pour essayer de trouver un moyen d'accéder au toit. Il n'y avait ni arbres ni poteaux téléphoniques autour de l'immeuble, mais certaines parties de la façade semblaient relativement faciles à escalader.

Il allait partir quand il entendit un camion approcher dans l'allée. Le garde l'entendit lui aussi car il raccrocha et appuya sur une sonnette près de la porte de gauche. Les quatre battants se soulevèrent en même temps. Un homme ridé passa la tête dehors, écouta ce que lui disait le garde, acquiesça et disparut à l'intérieur.

Lorsque le camion fit marche arrière vers la plate-forme de chargement, deux hommes armés de pistolets sortirent du hangar. Le chauffeur descendit de sa cabine, sauta sur la plate-forme et déverrouilla les portes arrière de sa remorque pour leur permettre d'y monter. L'homme placé en sentinelle avait décroché l'AK-47 de son épaule et il le tenait fermement devant lui, l'œil aux aguets. Bourne vit qu'il était jeune et légèrement nerveux.

Bourne se repositionna juste à temps pour voir les deux hommes décharger la première des douze caisses contenant les armes ayant séjourné dans l'entrepôt de Cadix. Il les reconnut à leur forme allongée et à leur couleur verdâtre.

Pour pouvoir s'introduire dans les lieux et insérer les cartes SIM, il devrait attendre la nuit, ce qui lui laissait quelques heures pour rassembler les articles dont il avait besoin. Il s'acheta des vêtements syriens, un diamant, un gros couteau à lame large, du fil électrique, deux rouleaux de corde de différentes longueurs et une pioche. En tout dernier, il fit l'emplette d'un sac à dos où il rangea le tout. Puis il prit un taxi pour la gare et déposa le sac dans le casier d'une consigne.

Il se mit ensuite en quête d'un hôtel, ce qui ne fut pas une mince affaire. Le hall des trois premiers était surveillé par des vigiles qui ne semblaient pas faire partie du personnel. Il dut pousser jusqu'à la banlieue sud pour trouver une pension minable dont le vestibule n'abritait que deux fauteuils poussiéreux, une paire de palmiers pire encore et un réceptionniste bossu. Bourne paya en espèces une chambre au dernier étage. Le bossu examina son passeport, nota le numéro, son nom, sa nationalité avant de le lui restituer avec la clé.

Bourne gagna le cinquième étage à bord d'un ascenseur récalcitrant. Au bout d'un couloir en ciment brut, il entra dans un genre de cellule de moine contenant un lit, une commode, un miroir taché, un petit placard où logeaient des cafards et un tapis usé jusqu'à la corde. L'unique fenêtre donnait à l'ouest. Derrière le grillage de l'escalier de secours, on apercevait la rue grouillante. Le vacarme incessant de la circulation pénétrait dans la chambre comme si les vitres étaient ouvertes. Quant à la salle de bains, si du moins on pouvait employer ce terme, elle se trouvait au fond du couloir.

Bourne, qui avait connu des logements nettement plus rudimentaires, s'allongea sur le lit et ferma les yeux. Il avait l'impression de n'avoir pas dormi depuis des jours.

Où es-tu Boris ? se demanda-t-il. *Quand finiras-tu par te manifester ?*

Il avait dû s'assoupir car la lumière du soleil lui parut changée. Elle entrait de biais dans la chambre. L'astre était sur son déclin. Dans peu de temps, viendrait le crépuscule. Il resta immobile sur le lit, comme engourdi. Il se sentait vaseux, ce qui indiquait qu'un bruit l'avait tiré d'un sommeil profond. Tendant l'oreille, il perçut presque aussitôt un grattement à la porte. Un rongeur peut-être, encore qu'il en doutât.

Il se leva sans faire de bruit et se plaqua contre le mur près du chambraule. Au même instant, le verrou tourna, la poignée s'abaissa. Bourne se préparait à accueillir l'intrus quand une ombre traversa son champ de vision périphérique. Les vitres volèrent en éclats et deux hommes atterrirent sur le sol de la chambre.

*

Christopher Hendricks venait de passer une heure assis derrière son bureau sans bouger ni parler à quiconque. La seule fois où sa secrétaire, que son silence inquiétait, osa entrer pour s'assurer qu'il allait bien, elle lui trouva un air si lugubre qu'elle fit aussitôt demi-tour.

Il n'arrivait pas à quitter l'image figée sur son écran. Le désespoir distillait en lui son venin glacial. Maggie : son visage n'était plus qu'un assemblage de pixels colorés. Sa Maggie s'était dissoute dans le monde virtuel. Elle n'avait jamais existé qu'en rêve, contrairement à Skara. Mais qui était Skara ? Comment avait-elle pu déjouer si brillamment le protocole de sécurité gouvernemental ? Comment avait-elle pu percer son armure et s'emparer de son cœur ? Ce cœur qui, malgré le choc qu'il venait de subir, battait encore au même rythme que celui de cette femme.

« Je n'ai aimé personne avant toi. »

Devait-il croire ce que disait la femme de la vidéo ?

« Quelque chose s'est passé quand nous nous sommes rencontrés, un courant mystérieux m'a traversée, m'a métamorphosée. »

Ses derniers mots reflétaient-ils la vérité ou Hendricks prenait-il ses désirs pour des réalités ? C'était peut-être juste un nouveau subterfuge destiné à échapper à sa vindicte.

« Je pars pour mon dernier voyage. » Qu'entendait-elle par là ? Ces mots résonnaient comme un glas ; quand

il les repassait dans sa tête, il ne pouvait réprimer un frisson.

Son crâne le faisait horriblement souffrir. Il n'arrivait pas à réfléchir, ses pensées tourbillonnaient sans aboutir nulle part. Comment démêler le vrai du faux quand on désirait si ardemment croire à l'impossible ? Ce désir était si fort qu'il lui laissait un goût étrange dans la bouche, un goût métallique, comme celui du sang.

Cette femme était une espionne, évidemment, et une espionne diaboliquement intelligente. Mais pour qui travaillait-elle ? Et d'où connaissait-elle Indigo Ridge ? Il fit défiler dans son esprit les épisodes de leur courte mais intense liaison. Il repensa à leur pique-nique, aux confidences qu'il lui avait faites ce jour-là – des confidences finalement bien modestes, par rapport à ce qu'elle savait déjà. Il n'avait bien entendu prononcé aucun nom de personne ou de lieu, et pourtant c'était elle qui lui avait suggéré de transmettre la sécurité d'Indigo Ridge à Danziger.

Pourquoi une telle suggestion ? Il se passa la main sur les yeux et la retira très vite. Sur l'écran, le regard de Skara l'hypnotisait. Il aurait tant aimé pouvoir tendre la main et la toucher – non, pas juste la toucher, la serrer dans ses bras.

Elle l'avait protégé, disait-elle. Mais qu'est-ce que cela signifiait ? *« Souviens-toi de moi et protège Indigo Ridge. »*

Soudain, la lumière se fit. C'était pour le protéger qu'elle l'avait incité à se retirer d'Indigo Ridge. Mais comment avait-elle appris qu'il en était le responsable ? Elle avait donc accès à des renseignements hautement confidentiels. Dans ce cas, rien d'étonnant à ce qu'elle ait réussi à déjouer la procédure de filtrage du personnel. Le protocole n'était pas si infaillible qu'on le croyait. Hendricks se promit d'y remédier.

C'était un coup monté. Elle avait voulu le griller en tournant une vidéo dans la chambre 916 pour la diffuser ensuite. Une fois discrédité, on l'aurait aussitôt exclu du projet Indigo Ridge, lequel se serait retrouvé sans directeur de la sécurité, momentanément du moins. Une belle gabegie en perspective.

Les gens pour lesquels elle travaillait en auraient profité pour attaquer !

Il tendit la main vers le téléphone et enfonça le bouton rouge.

« Souviens-toi de moi et protège Indigo Ridge. »

Je le ferai, pensa-t-il en attendant que le président décroche. *Je te le promets.*

*

Bourne eut juste le temps de se tourner vers ses agresseurs que les deux hommes se précipitèrent sur lui. Le troisième n'eut aucun mal à défoncer la porte. Trois armoires à glace empestant la bière et le maïs grillé.

Leur carrure n'avait d'égale que leur maladresse. À leur posture, Bourne comprit qu'il avait affaire à des voyous de bas étage, grands amateurs de crochets du droit pimentés par des poings américains. Bourne les laissa brasser l'air de leurs couteaux à crans d'arrêt, bondit vers le miroir accroché au mur, l'arracha et l'écrasa sur une main renforcée d'acier. Quand le verre explosa, Bourne ramassa un gros morceau pointu et l'enfonça dans le bras qui passait à sa portée. Le blessé recula en bousculant son comparse.

L'homme à la porte se rua sur Bourne, croyant l'effrayer en exhibant son cran d'arrêt. Mais au lieu de reculer, Bourne l'attrapa par le bras, l'attira vers lui et lui planta le bout de verre dans la gorge. Le sang jaillit à flots. Bourne le retint par le devant de sa chemise et le balança vers les deux autres qui revenaient à la charge. L'un repoussa le cadavre de son complice d'un coup de poing. L'autre brandit un pic à glace et l'abattit sur Bourne qui esquiva et riposta en lui décochant trois directs fulgurants. L'homme au pic à glace tomba à genoux. Bourne l'acheva d'un coup de pied sous le menton.

Le dernier valide, le plus costaud des trois, sauta sur Bourne et lui cogna la tête sur le mur. Quand Bourne s'écroula, l'homme se laissa choir sur lui et le frappa à l'épaule gauche avec son poing américain. Bourne le repoussa d'un coup de pied et fit pivoter ses hanches de manière à libérer son coude et le planter dans le bas-ventre de son agresseur qui s'éjecta en hurlant. Une fois débarrassé de lui, Bourne s'accroupit, l'empoigna des deux mains et l'assomma contre le mur. Puis il se plaça derrière lui, lui passa le bras autour du cou, joignit les mains et d'un mouvement tournant, lui brisa les cervicales.

Sans attendre, Bourne entreprit de fouiller les trois cadavres. Il trouva sur eux des passeports colombiens. Des hommes de main envoyés par Roberto Corellos. Visiblement, le narcotrafiquant n'avait pas renoncé à sa vengeance. Mais comment avaient-ils retrouvé sa trace ?

Ça, c'était une autre affaire. À laquelle il réfléchirait plus tard.

Il allait quitter la chambre en passant par la fenêtre brisée quand il aperçut le pic à glace sur le sol. L'ayant ramassé, il enjamba les corps, le rebord de la fenêtre, dévala l'escalier de secours et s'évanouit dans le crépuscule damascène.

*

Dans le quartier juif de Damas, dédale de ruelles historiques marquées par le temps et la folie des hommes, on ne comptait plus les demeures abandonnées dont on avait condamné les portes au moyen de chaînes épaisses munies de cadenas en cuivre. Il y régnait une atmosphère singulière, mélange de tristesse et de souffrance, deux choses auxquelles Boris était accoutumé. Le rendez-vous avec Semid Abdul-Qahhar n'était prévu qu'à 22 heures, mais Boris estimait préférable d'effectuer une reconnaissance du quartier avant de tenter *l'impossible*, selon les dires de feu Cherkesov. En arpentant les rues entourant l'ancienne synagogue, il songeait au terrain vague où il avait passé la nuit à cuisiner son ancien chef. Après lui avoir soutiré des aveux, il aurait très bien pu lui laisser la vie sauve ; mais, tout compte fait, ç'aurait été stupide – pire que cela, sentimental. Or, dans son métier, quand on devenait sentimental, il était temps de passer la main. Pourtant, rares étaient ceux qui donnaient leur démission ou prenaient leur retraite au bon moment. Ivan en était le dernier exemple en date. À propos d'Ivan, songea Boris en tournant au coin d'une rue, c'était proprement incroyable que ce type ait réussi à convaincre tout un chacun qu'il avait quitté les affaires. Cela dit, Ivan passait aux yeux de tous pour un homme sincère et loyal, et ce depuis toujours. C'était d'ailleurs cette qualité qui lui avait valu la confiance des familles de la *grupperovka*. Mais voilà qu'à présent, la vérité apparaissait dans toute sa crudité. Il avait roulé tout le monde, et ce au seul profit de Severus Domna.

Boris secoua la tête. Il aurait beau vivre mille ans, il ne saisirait jamais ce qui avait pu pousser Ivan, puis Cherkesov, à trahir leur patrie.

Il avait arpenté trois fois les rues autour de l'ancienne synagogue où résidait Semid Abdul-Qahhar. Le plan du quartier juif était à présent gravé dans sa tête. Il aurait volontiers apaisé ses crampes d'estomac mais il se sentait tellement sale qu'il renonça à aller manger et prit la direction du hammam Noureddine, dans le souk el-Bzouriyeh.

Il paya son entrée, suspendit ses vêtements dans un casier en bois et prit le temps d'examiner la petite clé en or que Cherkesov était censé remettre dans trois heures à Semid Abdul-Qahhar. Visiblement ancienne, cette clé avait une forme étrange. En grattant la surface avec l'ongle du pouce, Boris retira une fine couche de patine mais quand il examina de plus près la matière collée à son doigt, il aperçut également de la poussière d'or.

Dès lors, il considéra la clé d'un œil nouveau. L'or était une matière trop molle pour servir seule à la fabrication d'une clé. Rien d'étonnant donc à ce que celle-ci soit en fer plaqué or. Il la retourna plusieurs fois entre ses doigts. Sa forme ne lui était pas inconnue et pourtant il ne l'avait certainement jamais eue entre les mains. Alors quoi ?

Debout devant son casier, avec pour tout vêtement une serviette nouée autour de la taille, il passa quelques secondes à se creuser les méninges. Où avait-il bien pu voir cette clé ? Dans un livre, peut-être, ou dans un magazine, ou encore dans un rapport de renseignement. Non, rien de tout cela.

De guerre lasse, il verrouilla son casier au moyen d'une vieille clé attachée à un bracelet en coton rouge, couleur indiquant qu'il avait payé pour un service complet, et s'avança pieds nus vers la première pièce parmi une enfilade de salles de douches, bains de vapeur et autres espaces de massage éclairés par des lucarnes percées dans le plafond. Quelle serrure cette mystérieuse clé ouvrait-elle ? Pour qu'on ait chargé Cherkesov de la remettre en main propre, elle devait revêtir une grande importance pour son destinataire. Et d'abord, pourquoi avoir choisi Cherkesov ? La Domna et Semid Abdul-Qahhar disposaient de plusieurs hommes de confiance parfaitement habilités à exécuter ce genre de mission.

Ces questions tourbillonnaient dans son esprit à la manière d'un banc de poissons. Il se doucha, un employé le frotta au gant de crin puis il entra dans l'une des vastes salles carrelées consacrées aux bains de vapeur, s'assit sur une banquette, posa ses avant-bras sur ses cuisses et tenta d'évacuer la tension, d'oublier un instant les problèmes qui l'assaillaient de toute part. La tête penchée, le regard vague, les muscles relâchés, il sentit une douce torpeur l'envahir. La fatigue s'écoulait de ses pores au même rythme que la sueur. Finalement, il trouva la paix de l'esprit.

Soudain il se redressa, ouvrit la main gauche et quand il posa les yeux sur la clé, un énorme rire se forma au creux de son ventre. Dès qu'il le libéra, il explosa avec une telle force que ses yeux s'emplirent de larmes. Il venait de comprendre pourquoi Cherkesov avait été convoqué à la mosquée de Munich, lui qui détestait les musulmans.

Vingt minutes plus tard, couché à plat ventre sur une table de massage, les muscles flasques comme une gelée tremblotante, il souriait encore en écoutant les mains du masseur claquer sur son dos. Et il fredonnait un petit air dans sa tête tout en tripotant machinalement la grosse goupille en bois qui maintenait assemblés les divers éléments de la table.

Une ombre passa devant lui. Il ouvrit les yeux, redressa la tête et vit Zatchek debout près de lui. Son visage tuméfié était aussi rouge que de la viande crue. En revanche, son corps d'une blancheur laiteuse ne portait pas la moindre cicatrice. Boris songea à l'époque déjà lointaine où son corps à lui aussi était encore intact.

« C'est sympa de te retrouver là, Boris. » Zatchek lui adressa un sourire amical tirant sur l'obséquieux. « J'ai vu ce que tu as fait à ce pauvre Cherkesov. » Il fit claquer sa langue contre son palais. « Triste fin pour un homme si puissant. Mais bon, le pouvoir est fugace et la vie trop brève, n'est-ce pas ?

— Tu ressembles à un connard de bureaucrate, Zatchek. Rentre chez toi. »

Le sourire de Zatchek partit de guingois comme un costume mal taillé. « Qu'est-ce qu'il t'a dit ?

— Rien. Ce mec avait des couilles finalement.

— Je ne te crois pas, Boris.

— Ça ne m'étonne pas. Tu n'as pas l'habitude du terrain. »

Zatchek plissa les yeux. « On est associés, oui ou non ? »

Boris reposa la joue sur ses bras repliés. À force de lever la tête, son cou commençait à lui faire mal. « Tu devrais être à Moscou en train de remplir ta part de notre accord.

— Pour être honnête, je craignais que tu ne remplisses pas la tienne.

— Et pourtant si.

— C'est vraiment stupéfiant. » Zatchek donna une pichenette sur la clé qui pendait au poignet droit de Boris. « Qu'est-ce que Cherkesov fichait à Munich ? Pourquoi s'est-il rendu à Damas ensuite ?

— Je t'ai dit que… »

Zatchek se pencha sur Boris. « C'était une mule, pas vrai ? Il a fait entrer un truc en Syrie. Quoi ?

— Aucune idée. »

Zatchek tendit la main pour attraper la clé du casier. Quand Boris voulut se lever, le masseur l'en empêcha.

« C'est quoi cette embrouille ? s'écria Boris.

— Tu le sais bien. » Zatchek lui retira le bracelet rouge et brandit la clé. « Voyons voir ce qu'il y a dans ton casier. »

Tandis que Zatchek s'éloignait à grands pas, Boris fit une nouvelle tentative pour se libérer mais le colosse qui lui servait de masseur l'écrasa sous son poids.

Ils ne restèrent pas longtemps seuls. Boris vit entrer un homme au visage anguleux comme une tête de chien. Ses yeux noirs, fiévreux, semblaient incapables de se fixer sur une chose à la fois. Bien que de petite taille, il en imposait avec ses épaules larges, son torse massif couvert d'une épaisse toison qui accentuait sa ressemblance avec un ours. Même sans son uniforme, Boris le reconnut sur-le-champ.

Boris plaqua un sourire sur son visage. « Constantin Lavrenti Beria, enfin nous nous rencontrons. »

30

Bourne marchait le long de la rue Droite, principale artère du quartier historique de Bab Touma. Bien qu'il ignorât si l'endroit était sûr, il sortit son téléphone et le papier sur lequel Rebeka avait inscrit son numéro. Quand il se présenta, la voix de la jeune femme prit une tonalité révélant le plaisir qu'elle avait à l'entendre.

« J'habite dans une ruelle donnant sur Haret Al-Azzarieh, dit Rebeka. C'est juste à côté de l'ancienne synagogue, au coin de la rue pour ainsi dire. Je viendrai à votre rencontre parce que c'est dur à trouver quand on ne connaît pas. »

Quand il l'aperçut, au bout de l'avenue Haret Al-Azzarieh, elle se tenait appuyée contre un mur de brique qui semblait avoir mille ans d'âge. Elle portait des sandales en cuir tressé et une longue robe de coton flottante sous une chemise à manches longues très colorée. Elle semblait parfaitement détendue.

« Avez-vous faim ? demanda-t-elle comme s'ils étaient de vieux amis. Je connais un petit resto qui sert une cuisine délicieuse à deux pas d'ici. »

Bourne accepta. Ils s'engagèrent dans un labyrinthe de ruelles étroites bordées de bâtiments ruinés. Chaque ville arabe possédait ses propres senteurs. À Tunis c'était le jasmin, à Fez le cumin, à Damas le café à la cardamome.

« Comment trouvez-vous votre hôtel ?

— La chambre est infecte.

— Les hôtels ne manquent pas à Damas.

— Mais aucun n'est aussi introuvable que votre appartement. »

Elle sourit comme si elle savait qu'il jouait la comédie. Peut-être le croyait-elle amoureux d'elle, tout simplement ; si tel était le cas, il se garderait de la détromper. D'un autre côté, il avait envie de mieux la connaître. Cette femme ne correspondait pas au profil habituel des hôtesses de l'air, polies mais toujours sur la réserve, ne s'intéressant plus aux passagers une fois qu'ils avaient quitté l'avion.

C'était un vrai plaisir de déambuler dans la vieille ville. À chaque fenêtre, sur chaque seuil, des artisans travaillaient le verre, la soie, l'argile. Il y avait des tapissiers, des boulangers, des bouchers, des fleuristes, des tailleurs, des vanneurs, des teinturiers. Au milieu de la rue, des colporteurs proposaient toutes sortes de produits, depuis le café turc qu'on vous servait fumant, jusqu'aux crèmes glacées à la cardamome garnies d'amandes effilées. Les vendeurs d'eau portaient de magnifiques tenues ottomanes rappelant au promeneur que les califes omeyyades s'étaient autrefois établis en Syrie, tandis que leurs redoutables armées s'élançaient à la conquête de Bagdad et de l'Andalousie.

Quand Bourne fit remarquer qu'il entendait beaucoup d'accents irakiens, Rebeka dit : « La population de la vieille ville n'a cessé de diminuer pendant plusieurs années. Puis les Irakiens – sunnites ou chrétiens – sont venus s'installer ici pour fuir la guerre qui faisait rage dans leur pays. Aujourd'hui, ces quartiers ont retrouvé leur ancienne animation. »

Le restaurant dont elle lui avait parlé occupait un patio à ciel ouvert. L'endroit était bondé et les fumets qui émanaient de la cuisine mettaient l'eau à la bouche. Des vignes grimpantes recouvraient les murs et des lampes ajourées en fer et cuivre projetaient des rayons lunaires sur les tables et le sol en damier. Dans des niches, des mosaïques richement colorées mettaient en scène des sultans ottomans et des guerriers omeyyades.

Le chef, un homme rondouillard, surgit de sa cuisine en les saluant.

Il serra la main de Bourne en prononçant quelques mots d'accueil inaudibles à cause du vacarme.

Après s'être assise, Rebeka déclara : « Baltasar va nous mitonner l'une de ses spécialités, sûrement du *farooj*, parce qu'il sait que j'adore ça. Vous savez ce que c'est ?

— Du poulet avec des piments et des oignons », dit Bourne.

On leur amena une assiette de feuilles de vigne farcies. Rebeka commanda un maté, boisson argentine mais très à la mode en Syrie depuis quelque temps.

« Dites-moi, fit Bourne en attaquant les hors-d'œuvre. Pourquoi habitez-vous à Bab Touma ? »

Rebeka lécha l'huile d'olive qui coulait sur les doigts de sa main droite. « Les Juifs ont laissé leur empreinte dans ce quartier. Ils ne sont pas les seuls mais leur histoire est exemplaire à bien des égards. Ils se sont battus, ils ont souffert…

— Vous devez regretter qu'ils soient presque tous partis.

— En effet. »

Un serveur leur amena le maté. Bourne attendit qu'il refroidisse tandis que Rebeka le but à température, avec une paille d'argent.

« C'est bien dommage que toutes ces maisons soient aujourd'hui à l'abandon, lança Bourne. Surtout la synagogue.

— Oh, mais la synagogue est habitée et elle a été rénovée récemment.

— On n'y célèbre plus le culte, j'imagine.

— Non, c'est un Arabe qui l'a rachetée. Mais il n'y vit pas en permanence… » Elle secoua la tête. « Incroyable, non ?

— Parfois les choses finissent ainsi, dit Bourne. Comme une mauvaise blague. »

Elle remplit sa tasse. « C'est bien regrettable. »

On emporta l'assiette vide qui fut remplacée par une autre contenant des falafels.

« Parlez-moi de la synagogue et de son actuel occupant. »

Rebeka fronça les sourcils. « On ignore qui c'est. Du moins, les gens n'en parlent pas. Cela dit, cette ville adore les secrets.

— Vous vivez juste à côté. Vous avez bien dû voir cet Arabe aller et venir. »

Elle sourit en penchant la tête. Un rayon de lumière enflamma son regard. « Pourquoi un tel intérêt pour la synagogue ?

— Je suis en affaires avec cet homme. »

Elle posa sa tasse. « Vous connaissez son nom ?

— Oui.

— Alors ? »

Il enfourna une boulette de falafel. « Je vous trouve bien curieuse. »

Son rire avait la douceur du velours. « Pas plus que vous.

— Certes. » Bourne prit une gorgée de maté. « Il s'appelle Semid Abdul-Qahhar.

— Vraiment ? C'est quelqu'un de connu, n'est-ce pas ?

— Dans certains cercles, oui. »

Ils se regardèrent. Bourne lut dans ses yeux qu'elle lui cachait quelque chose. On déposa le *farooj* devant eux. Le niveau sonore dans le patio semblait avoir grimpé de plusieurs crans, si bien qu'ils durent se pencher l'un vers l'autre pour s'entendre.

« Semid Abdul-Qahhar est un terroriste, dit Rebeka. Même s'il prétend le contraire.

— Comment savez-vous cela ?

— Je suis juive. »

À présent, il comprenait mieux son intérêt pour l'Arabe qui avait profané la synagogue.

*

« Il ne trouvera rien d'intéressant dans mon casier, dit Boris.

— C'est à Zatchek d'en décider.

— Je suis un peu surpris de te voir en dehors de ton bunker moscovite, répliqua Boris.

— Certaines affaires méritent qu'on les traite personnellement, répondit Beria. Sinon, où serait le plaisir ?

— Tu as raison de te méfier de Zatchek.

— Tu l'as appris à tes dépens. » Beria croisa les bras sur la poitrine. « Tu sais, général, ton problème c'est que tu fais confiance à n'importe qui. Je n'arrive pas à comprendre comment tu as fait pour survivre aussi longtemps.

— Survivre ? Tu veux dire prospérer, rétorqua Boris. Emploie le mot juste. »

Beria fronça les sourcils. « On dirait que rien ne te fait peur, je dois le reconnaître. Nous allons arranger cela sous peu. » Il sourit cordialement. « Pour être tout à fait franc, mon cher Karpov, je suis certain que Cherkesov a craché le morceau. Tu ne me feras jamais croire que tu l'as laissé crever sans le faire parler. »

Boris leva les yeux vers Beria puis recourba son index pour lui dire d'approcher. Comme s'il craignait un piège, Beria regarda autour de lui puis se pencha vers Boris. Il s'était copieusement aspergé d'une eau de Cologne de luxe.

« Staline lui aussi adorait l'eau de Cologne. Tu savais ça, Beria ? » Boris fit claquer sa langue sur son palais. « Les hommes qui mettent de l'eau de Cologne… » Il haussa les épaules autant qu'il le put, le masseur pesant toujours sur son dos. « Comment dire… ? »

Beria grimaça un sourire. « Zatchek ne va pas tarder à revenir. S'il ne trouve rien…

— Crois-moi, il n'y a rien à trouver.

— S'il ne trouve rien, reprit Beria en appuyant sur chaque mot, on t'emmènera dans une planque que nous avons ici. Je te confierai à des hommes très habiles. Des experts dans leur partie.

— Je suppose que je les connais de nom ou de réputation. »

Beria le considéra d'un air intrigué. « Je ne te comprends pas, Karpov.

— Tu n'es pas le seul. » Boris déplia sa main gauche et fixa la mine interloquée de Beria.

Beria s'empara de la clé dorée. « C'était donc cela ?

— Cherkesov était censé la remettre à Semid Abdul-Qahhar. »

Beria leva brusquement la tête et plongea ses yeux noirs dans ceux de Boris. « Ce terroriste est à Damas ?

— Aux dires de Cherkesov, oui, commenta Boris. Il vit dans l'ancienne synagogue de Bab Touma. Étant donné que je suis dans ce hammam depuis environ une heure, nous avons encore deux heures avant le rendez-vous. »

L'expression triomphale de Beria fut troublée par un léger doute. « Pourquoi tout me déballer comme ça ?

— Je sais reconnaître mes défaites. Et je n'ai aucune envie de finir déchiqueté par tes chiens de garde. »

Beria soupira. Zatchek qui venait d'apparaître jeta la clé du casier par terre d'un air dépité. « Mon cher général, je te remercie grandement pour ta collaboration, dit Beria, mais hélas nous allons devoir nous quitter. J'ai toujours détesté les électrons libres dans ton genre. »

Il fit un signe au masseur qui obéit dans la seconde en empoignant violemment Boris. Quant à Beria, il tourna les talons, comme s'il se moquait de la suite des événements. Il montra la clé d'or à Zatchek qui ricana avant de jeter sur Boris un dernier coup d'œil indéchiffrable. Boris n'y prêta pas attention, préférant se concentrer sur la tâche qui l'attendait.

Le masseur se pencha sur lui, appuya son avant-bras gauche sur sa nuque, son genou droit sur ses reins. Boris posa la main sur la goupille en bois maintenant la table en position ouverte et tira dessus d'un geste aussi déterminé qu'autrefois, lorsqu'il dégoupillait des grenades à main.

La partie avant de la table se replia d'un coup. Le masseur perdit l'équilibre et, du même coup, relâcha la pression qu'il exerçait sur le torse de Boris. Ce dernier se laissa glisser, fléchit les genoux et se dégagea. Comme l'homme essayait de reprendre pied, Boris le frappa à la pommette et, voyant que le coup de poing ne produisait guère d'effet, essaya avec le genou. Le masseur s'effondra, terrassé.

Boris ramassa la clé de son casier, regagna le vestiaire et récupéra ses vêtements, veillant à ne pas tomber sur Beria et son fidèle toutou. Si à l'avenir, son chemin ne croisait plus jamais celui d'un agent du SVR, il mourrait heureux. Mais Boris savait que c'était trop demander.

*

« J'ai mal au crâne. » Le sifflement dans l'oreille droite de Soraya n'avait rien à voir avec le bandage qui lui couvrait la moitié de la tête.

Le visage d'Aaron entra dans son champ de vision. « Je sais.

— Vraiment mal, je veux dire.

— Estimez-vous heureuse d'être encore de ce monde. Après vos exploits de cascadeuse…

— El-Arian ? fit-elle d'une voix anxieuse.

— Raide mort.

— Vous en êtes sûr ?

— Trois balles dans la poitrine et une dans la tête. » Il sourit discrètement. « J'en suis sûr. »

Soraya se détendit et passa la langue sur ses lèvres sèches. « J'ai soif. »

Aaron prit un gobelet en plastique sur un plateau, y versa un peu d'eau, plongea une paille dedans et redressa le lit afin que la tête, les épaules et le torse de Soraya passent de l'horizontale à une position plus commode pour boire sans qu'elle ait à faire aucun effort.

Elle aspira une gorgée d'eau.

« Vous revoilà sur un lit d'hôpital. Malheureusement. » Aaron marqua une seconde d'hésitation. « Allez-y doucement. Vous risquez de tout régurgiter. » Il reposa le gobelet sur le plateau. Quand il se tourna, ses yeux cherchèrent ceux de Soraya. « Vous avez frôlé la mort.

— Frôlé, ça compte pour du beurre. » Comme il ne semblait pas goûter son humour, elle ajouta : « Merci quand même.

— Je vous devais bien ça, Soraya. »

Elle détourna le regard. « Vous ne me devez rien. »

Il soupira et du bout du pied tira vers lui une chaise sur laquelle il s'assit. « Pourquoi vous être enfuie ?

— J'ai horreur des hôpitaux. »

Il parut soulagé. « Je croyais que c'était moi qui vous faisais horreur.

— Les hommes sont tous les mêmes », dit-elle.

Il baissa les yeux. « Je suis désolé pour Chalthoum. »

Quand il vit des larmes couler sur les joues de Soraya, Aaron se précipita sur un mouchoir en papier et lui essuya les yeux. Soraya sursauta comme s'il l'avait brûlée avec un fer rouge.

« Ne m'approchez pas ! »

Il recula, le visage blême, puis tourna les talons et se dirigea vers la porte. Elle attendit qu'il pose la main sur poignée pour lui lancer : « Mais non, revenez. »

Il ne se retourna pas tout de suite. Soraya devinait son désarroi. Il ignorait comment se comporter. L'espace d'un instant, elle ressentit une certaine satisfaction à constater l'emprise qu'elle avait sur lui. Mais cela ne dura pas. Sa détresse reprit vite le dessus. Elle se mit à trembler.

« Que se passe-t-il, Soraya ?

— Aaron. Je vous en prie. »

Il revint prudemment vers elle et se rassit, mais du bout des fesses, comme s'il craignait qu'elle ne le chasse de nouveau. Soraya posa sur lui un regard las. Elle n'avait plus envie de lutter. L'épreuve terrible qu'elle venait de traverser l'avait totalement vidée. Ses amours, ses espoirs, ses désirs avaient été réduits en cendres. Et pourtant, tout au fond d'elle-même, elle sentait renaître une autre vigueur, une force dont elle n'avait jamais fait l'expérience.

Ses yeux papillonnèrent puis se fermèrent.

« Soraya ? »

L'angoisse qu'elle perçut dans sa voix la contraignit à rouvrir les paupières. « Comment je vais ?

— Mieux que vous ne devriez normalement. » Il semblait soulagé d'aborder un sujet moins brûlant.

« Quand vous êtes arrivée, les médecins étaient inquiets. Franchement, je crois qu'ils n'avaient guère d'espoir. Mais la blessure s'est révélée moins grave qu'elle n'en avait l'air. La balle d'El-Arian vous a touchée trop haut pour endommager votre œil. Et ils nous ont assurés que vous retrouveriez une audition normale d'ici quelques jours.

— Rien de paralysé ?

— Non, mais il vous faudra du temps pour guérir de la commotion cérébrale qui ne vous a pas empêchée de vous balader à travers la ville. Si vous faites encore des bêtises, vous risquez de graves complications neurologiques. Alors, interdit de courir.

— Ou de tomber dans les escaliers. »

Il sourit. « Mieux vaut perdre cette habitude.

— Je vous le promets. » Ses doigts tripotaient le drap comme si elle voulait déjà quitter le lit. « J'imagine que vous allez devoir m'emmener dans un endroit plus sûr. »

Aaron se rembrunit. « Soraya, je vous promets que vous sortirez d'ici au plus vite. Attendez juste vingt-quatre heures, le temps qu'ils terminent les examens, et je m'arrangerai avec Robbinet, si tant est qu'il accepte encore de m'adresser la parole.

— Que s'est-il passé entre vous ?

— Vous m'avez faussé compagnie. Si nous ne vous avions pas retrouvée en vie, il m'aurait viré séance tenante.

— Je lui parlerai.

— Enfin quelqu'un pour prendre ma défense ! »

Il éclata de rire et elle l'imita malgré la douleur que cela lui causait. Mais peu importait la douleur ; au contraire, avoir mal lui rappelait qu'elle était vivante. Et c'était tellement bon.

« Mais il faudra être sage, dit Aaron. Vous avez besoin de beaucoup de repos.

— Pas d'inquiétude, je respecterai les commotions cérébrales à leur juste valeur désormais. » Elle sourit en grimaçant. « Heureusement que j'ai cette belle chambre d'hôtel, hein ? »

Il hocha la tête. « Maintenant il faut dormir.

— Un instant. Passez-moi mon téléphone, s'il vous plaît. »

Il lui lança un regard sévère mais obéit. Quand il lui amena l'appareil rangé dans l'armoire, elle vit qu'elle avait quatre messages de Hendricks mais aucun de Peter. Elle leva les yeux vers Aaron. « OK, maintenant, du balai. »

Il fronça les sourcils. « Qu'est-ce que ça veut dire ?

— Laissez-moi seule. »

Il hocha la tête. « Je resterai devant votre chambre.

— Vous n'avez rien d'autre à faire ?

— Si. » Il ouvrit la porte et lui lança en souriant : « Mais j'ai appris à déléguer. »

*

Le restaurant était si bruyant que Bourne faillit ne pas entendre son téléphone sonner. Comme il était occupé à interroger Rebeka sur le plan architectural de la synagogue, il hésita avant de répondre. Mais quand il vit s'afficher le numéro de Soraya, il prit la communication. N'entendant rien à cause du vacarme, il s'excusa, sortit de l'établissement et s'éloigna de quelques pas dans la ruelle avant de s'appuyer contre une maison décrépite, fermée par un cadenas.

« Où êtes-vous ? » La voix de Soraya lui parut inquiète.

« À Damas. » Bourne ne quittait pas des yeux la foule qui circulait autour de lui. Entre Boris et Corellos, il devait redoubler de prudence. « Vous allez bien ?

— Oui. Très bien. Je suis à Paris. J'ai essayé d'appeler Peter mais il ne répond pas et personne ne sait où il se trouve.

— Contactez Tyrone. S'il n'est pas au courant, il trouvera un moyen de se renseigner.

— Bonne idée. » Elle lui parla du Monition Club, de la connexion avec les terroristes arabes et de la piste financière qui menait à la Nymphenburg Landesbank de Munich. Mais elle ne fit aucune allusion à Amun ; elle redoutait de prononcer son nom et pire encore, d'entendre des paroles de sympathie, même sincères. Pour conclure, elle l'informa qu'El-Arian était mort, sans toutefois évoquer ses propres blessures.

L'esprit de Bourne retraitait l'information au fur et à mesure. « Ce qui m'intéresse c'est que les finances de la Domna transitent par une banque munichoise. Semid Abdul-Qahhar, le recteur de la mosquée de Munich, est ici en ce moment, à l'endroit même où Severus Domna a installé son QG.

— Son QG ? Mais pour quoi faire ?

— Rien n'est sûr encore mais je subodore qu'ils vont lancer une attaque sur le sol américain.

— La cible ?

— Je ne… » Bourne interrompit leur conversation. Il venait d'apercevoir une silhouette familière parmi les passants. Il coupa la communication et se lança à sa poursuite. Quand il fut assez proche, il reconnut la démarche de l'homme. Même sans voir clairement son visage, il devina qu'il s'agissait de Boris.

Bourne lui emboîta le pas en jouant des coudes. Au bout de quelques minutes, il acquit la certitude que Boris se dirigeait vers la synagogue. Que mijotait-il ? À supposer qu'il l'eût suivi à Damas, il semblait avoir perdu sa trace. Or en ce moment, Boris n'avait pas du tout l'air égaré. Au contraire, il paraissait très déterminé, comme s'il avait quelque urgente mission à accomplir.

On accédait à la synagogue par une venelle peu engageante qui donnait sur une cour pavée, avec un olivier planté au centre. Boris se réfugia dans un recoin sombre d'où il voyait la ruelle en enfilade et attendit, immobile, les bras croisés à la manière d'une momie égyptienne.

Posté à l'entrée du passage, Bourne guettait les éventuelles allées et venues. Mais rien ne bougeait. Là-haut, dans l'espace étroit séparant les bâtiments, le ciel ressemblait à un décor peint, d'un bleu canard rehaussé par les projecteurs placés en haut des minarets.

Bourne composa le numéro de Boris. Quand le portable de son ami sonna, Bourne le vit tressaillir dans l'ombre. Une seconde plus tard, il le rejoignait dans le renfoncement obscur.

« Salut, Boris, dit-il. Il paraît que tu veux me tuer. »

31

« Jason, mais qu'est-ce que tu fiches ici ?

— J'allais te poser la même question, Boris. » Bourne observait les traits de son ami. « Reste à savoir si nos réponses respectives refléteront la vérité.

— Il n'y a jamais eu de mensonge entre nous.

— Vraiment, Boris ? Tu en sais plus long que moi sur notre relation. En ce moment, d'après ce que je vois, les apparences sont trompeuses.

— Ce n'est pas moi qui dirai le contraire. Depuis quelques jours, j'ai l'impression d'être entouré de traîtres. C'est à vous filer le vertige.

— L'amitié repose sur la confiance.

— Encore une fois, je suis parfaitement d'accord, mais quand on y réfléchit bien, la confiance n'est qu'une vue de l'esprit. »

Bourne n'aimait pas le ton amer de Boris. « Qu'est-ce qui te fait dire ça ?

— J'arrive de Munich. L'un de mes plus vieux amis a tenté de me faire tuer. Mais tu le connais, Ivan Volkine n'a jamais pris sa retraite. En fait, il travaille pour Severus Domna depuis des années.

— Toutes mes condoléances.

— Ça n'a pas l'air de te surprendre.

— Ce qui me surprend c'est que vous étiez amis.

— Eh bien, ce n'est plus le cas. » Boris tourna la tête vers la ruelle et ajouta d'une voix morne : « Manifestement, nous ne l'avons jamais été. »

Bourne laissa passer un ange, par respect pour Boris. « Es-tu là pour me saluer à ta façon ? dit-il enfin. Ou pour saluer Semid Abdul-Qahhar ?

— Toujours aussi direct, n'est-ce pas ? Tu ne changeras jamais. » Boris rit amèrement. « Laisse-moi te dire une chose, Jason. Voilà quelques heures, j'ai salué à ma façon l'homme qui m'avait ordonné de te tuer pour préserver ma carrière.

— Donc tu as supprimé ton intention de me tuer.

— Je n'en ai jamais eu l'intention. Si je t'avais tué, j'aurais brisé en moi tout intérêt pour une quelconque carrière. » Il grogna. « Au fait, comment sais-tu que cet enfoiré de Semid Abdul-Qahhar vit ici ?

— Et toi ? »

Les deux hommes éclatèrent de rire.

Boris donna une bourrade à Bourne. « Bon sang, Jason, c'est bon de te revoir ! Il faut qu'on trinque à nos retrouvailles, mais d'abord je dois attendre que Constantin Beria, le chef du SVD, et ce petit con de Zatchek pointent leur nez.

— Comment cela ? »

Boris lui parla de la clé que Cherkesov avait reçu pour mission d'apporter à Semid Abdul-Qahhar.

« Tu l'as laissée à Beria ? » s'étonna Bourne.

Boris s'esclaffa. « Pour le bien que ça lui fera. Ce n'est pas une vraie clé, elle n'ouvre rien. Elle est fabriquée sur le modèle des clés d'un jeu vidéo. » En voyant la mine interloquée de Bourne, il ajouta : « Difficile à croire mais l'un des membres de la Domna est un petit farceur.

— Ce qui m'étonne le plus c'est que tu connaisses si bien les jeux vidéo.

— Il faut vivre avec son temps, Jason, sinon on se laisse bouffer par les technocrates boutonneux aux dents longues. Ils utilisent ces jeux pour affûter leurs réflexes et renifler constamment l'odeur du sang.

— Toi et moi préférons le terrain.

— Les jeunes sont nuls sur le terrain. Ils gâchent leur temps à chercher des raccourcis clavier.

— Ou des clés permettant d'accéder au niveau supérieur.

— Exact. Ils ne pensent pas par eux-mêmes. »

Le courant d'air frais qui s'engouffra dans la ruelle était chargé de senteurs épicées. Les muezzins appelèrent à la prière et leur chant dans les haut-parleurs recouvrirent tous les autres bruits. La rue se vida en un clin d'œil.

« La clé était un test », dit Bourne.

Boris hocha la tête. « Pour savoir si Cherkesov était docile et fiable.

— Et il a échoué.

— Lamentablement. Mais Semid Abdul-Qahhar l'ignore encore. Et Beria ignore que je l'attends au tournant. » Boris tendit le bras devant la poitrine de Bourne. « Attention. Il arrive. »

Bourne vit deux hommes approcher, vêtus de manteaux assez longs pour dissimuler des fusils. Le plus âgé des deux n'était pas bien grand mais il marchait comme une bête fauve. L'autre le dépassait d'une tête et sa figure avait l'aspect et la couleur d'un steak haché. Bourne sourit en imaginant le mauvais quart d'heure que Boris avait dû faire passer au jeune technocrate.

« Je veux buter ces enfoirés, dit Boris. Ils ont essayé de me descendre.

— On dirait qu'ils sont armés jusqu'aux dents.

— Je vois ça. »

Bourne se préparait à passer à l'action quand, du coin de l'œil, il vit une silhouette en tunique noire et *hijab* s'engager furtivement de l'autre côté de la ruelle. C'était Rebeka.

*

Une fois qu'il eut rétabli les mesures de sécurité pour Indigo Ridge, Hendricks fit précisément ce dont Skara avait tenté de le dissuader. Il se lança à sa recherche. Pour commencer, il essaya de l'appeler sur son portable. Un Chinois lui répondit en l'envoyant sur les roses en mandarin. Ensuite, il contacta personnellement Jonathan Brey, le patron du FBI. Les deux hommes se connaissaient depuis longtemps et se rendaient de fréquents services.

« Dis-moi ce que tu veux, Chris, répondit Brey, et tu l'auras.

— Je recherche une femme que j'ai perdu de vue », expliqua Hendricks. Tout en parlant, il sentait monter la honte, l'humiliation. Il réagissait comme n'importe quel amoureux éconduit. « Il se peut qu'elle ait déjà quitté le pays. » Il fit une pause. « Elle est entrée sous le nom de Margaret Penrod mais c'était un pseudonyme. Je suis sûre qu'elle se fait appeler autrement, à présent.

— As-tu une idée de sa nouvelle identité ? »

De nouveau, une bouffée d'angoisse lui serra la gorge. « Non.

— Une photo ?

— Je vais t'en envoyer une. » *Le protocole de sécurité gouvernemental doit bien en avoir*, songea-t-il. *Dans le cas contraire, j'aurai l'air encore plus stupide.* « Mais pour l'instant, j'ai besoin que tu mettes tes plus fins limiers sur le coup.

— Comme si c'était fait », l'assura Brey.

*

Hendricks rejoignit les agents du FBI devant l'appartement de Skara. Comme personne ne répondait à leurs coups de sonnette, les deux hommes défoncèrent la porte et entrèrent armes au poing, bien que Hendricks ait tenté de les en empêcher. La procédure, dirent-ils presque à l'unisson. Quand ils eurent sécurisé les lieux, ils ressortirent à la demande de Hendricks et restèrent sur le seuil comme deux chiens de garde au bout de leur laisse.

Hendricks fit le tour du petit deux pièces. Du salon chichement meublé se dégageait une impression de tristesse et d'abandon. Rien ne révélait sa présence. Pareil pour la petite salle de bains ; une couche de poussière couvrait les étroites étagères de l'armoire à pharmacie. La citerne des toilettes ne contenait que de l'eau, on avait astiqué la baignoire pour enlever toute trace de son passage.

Dès qu'il entra dans la chambre, il renifla son parfum. Les tiroirs de la commode étaient tous vides. Il les sortit et les retourna au cas où elle aurait scotché un objet dessous. Le placard ne cachait que des cintres. Dans la table de chevet, il trouva deux trombones, une carte de visite professionnelle et un moignon de crayon à papier.

En soupirant à fendre l'âme, il s'assit sur le lit qui s'enfonça sous son poids. Penché, les coudes sur les cuisses, il regardait fixement le sol. Elle lui manquait, c'était incontournable. À la place du cœur, il n'avait plus qu'un trou béant, lui qui s'était juré de ne plus jamais souffrir à cause d'une femme. Ses yeux erraient dans le vague, ses pensées tourbillonnaient dans sa tête. Son portable vibra.

« Hendricks.

— M. le secrétaire, ici l'agent Tyrone Elkins, de la CIA. »

Ces paroles pénétrèrent lentement dans l'esprit embrumé de Hendricks. « Comment avez-vous eu mon numéro, fiston ?

— J'ai un message pour vous de la part de Peter Marks. »

Hendricks plissa le front. Ses épaules, ses bras se raidirent sous la tension. « Où est Peter ?

— En sécurité, monsieur. Il a été agressé. Il veut vous parler.

— Eh bien, passez-le-moi. » Il y eut un blanc. « Peter ?

— Oui, monsieur.

— Vous allez bien ?

— Oui, monsieur.

— Qu'est-ce qui vous est arrivé, bon sang ? »

Peter raconta l'attentat à la bombe auquel il avait échappé de justesse, son enlèvement à bord d'une ambulance et la fin relativement heureuse de son aventure. « Tyrone est passé dans le coin par le plus pur des hasards, conclut Peter.

— Mais où êtes-vous ? Je vais vous envoyer…

— Avec tout mon respect, monsieur, je préfère que personne ne sache où je suis pour le moment. Vous-même m'avez mis en garde contre les brèches dans la sécurité. Soraya m'a retrouvé par l'intermédiaire de Bourne.

— Bourne ?

— Soraya et Bourne connaissent Tyrone, monsieur. C'est tout ce que je peux dire pour l'instant.

— Où est Soraya ?

— Toujours à Paris. Elle a découvert le commanditaire du meurtre de son contact. C'est Benjamin El-Arian. Il est mort. » Il poursuivit en lui dressant la liste de ses découvertes, lesquelles lui avaient valu de se faire enlever. « Il faut envoyer une équipe chez Roy FitzWilliams au plus vite. On doit le ramener à Washington à fin d'interrogatoire. Il a travaillé comme consultant pour cette compagnie minière, El-Gabal, ce qu'il s'est bien gardé de signaler quand on a enquêté sur ses antécédents. »

Encore un défaut majeur dans la procédure, songea Hendricks. C'était même étonnant que ce gouvernement soit toujours debout.

« Nous sommes confrontés à une menace imminente sur le territoire américain », dit Peter.

« Souviens-toi de moi et protège Indigo Ridge », avait dit Skara.

« Indigo Ridge, fit Hendricks dans un souffle.

— C'est ce que je pense aussi.

— Vous avez fait du bon travail, Peter.

— Monsieur, je suis désolé de vous avoir causé du souci. Vous avez eu raison de me confier la surveillance d'Indigo Ridge par des moyens détournés.

— Je suis surtout heureux que ma décision ne vous ait pas été fatale.

— Votre métier n'est pas un chemin semé de pétales de roses, répondit Peter. Mais vous le faites bien.

— Merci. » Hendricks s'accorda une seconde de réflexion. « Pour assurer la sécurité jusqu'à ce que la situation soit sous contrôle, demandez à Tyrone de me téléphoner chaque jour à midi. Je vous avertirai dès que FitzWilliams sera sous bonne garde. Vous avez gagné le droit d'assister à son interrogatoire. »

Il coupa la connexion et appela son directeur des opérations de terrain pour Indigo Ridge, que Danziger avait déjà mis sur la sellette.

« Oubliez Danziger, dit Hendricks. Je veux que vous rassembliez un détachement et que vous arrêtiez FitzWilliams.

— Je vous demande pardon, monsieur ?

— Vous m'avez bien compris. Que le meilleur de vos hommes l'accompagne jusqu'à Washington, et que ça saute. Je mets un avion militaire à votre disposition. Je veux qu'on me l'amène directement. Est-ce clair ?

— Comme de l'eau de roche, monsieur. C'est comme si c'était fait. »

Hendricks appela l'un de ses amis, général de l'armée de l'air, et lui demanda de lui prêter un jet. Comme il reposait le téléphone, son regard tomba sur la carte de visite, au fond du tiroir de la table de nuit.

« *Votre métier n'est pas un chemin semé de pétales de roses* », avait dit Peter.

Une image se forma dans son esprit. Il revit Skara telle qu'il l'avait découverte, le premier jour, agenouillée dans son minuscule jardin, occupée à tailler ses rosiers.

Il ramassa la carte. Au milieu, une rose était gravée. Le cœur battant, il sortit en toute hâte de l'appartement, laissant derrière lui les agents fédéraux éberlués.

*

Rebeka n'avait plus rien d'une hôtesse de l'air ; on la sentait possédée par une farouche détermination. Avec ce regard intense, ces joues rouges, elle ressemblait à l'ange de la vengeance lancé à la poursuite du Destin. Le fait qu'elle ait changé de vêtements depuis qu'il l'avait quittée venait confirmer ses soupçons. Elle s'intéressait de très près aux occupants de la synagogue. Seul lui avait manqué l'élément déclencheur. Bourne le lui avait fourni en lui révélant l'identité de l'Arabe qui profanait le temple juif près duquel elle avait choisi de vivre. Il en conclut qu'elle appartenait au Mossad, encore que cela n'eût guère d'importance. Elle était là pour infiltrer la synagogue et assassiner Semid Abdul-Qahhar. Malheureusement, elle était en train de se précipiter dans la gueule du loup et risquait de se retrouver sous un feu croisé, entre les hommes de Semid Abdul-Qahhar et ceux du SVR. Il devait l'arrêter.

Il s'apprêtait à lui couper le passage quand elle bifurqua. Bourne réalisa qu'elle n'emprunterait pas la ruelle menant à la synagogue, finalement. Il lui suffit de se remémorer leur discussion au sujet du plan architectural de la synagogue pour comprendre où elle se rendait.

Il empoigna Boris par le bras et l'entraîna avec lui.

Boris résista. « Tu es fou ? Tu vas tout faire foirer.

— C'est une question de confiance, Boris. »

Boris se laissa vite convaincre. Il s'engagea, à la suite de Bourne, dans une rue parallèle à celle de la synagogue.

Quand Bourne vit Rebeka disparaître sur sa gauche, il pressa l'allure, Boris dans son sillage, et parvint rapidement à l'endroit en question. Il y avait là un passage étroit, à peine suffisant pour une personne. Bourne s'y engouffra en tentant de suivre mentalement le tracé décrit par la jeune femme.

Tout au bout, il tomba sur un mur lisse.

« C'est quoi ce bordel ? marmonna Boris.

— Cette femme est un agent du Mossad. Elle connaît un autre moyen d'entrer dans la synagogue.

— Lequel ? En passant à travers la muraille ? »

Il faisait noir comme dans un four. Bourne récapitula tout ce Rebeka lui avait appris sur la synagogue. Sachant qu'elle possédait une issue donnant sur ce passage, il se mit à chercher à tâtons le long du mur une poignée de porte ou un genre de manette. Rien. Alors il fit un pas en arrière et faillit heurter Boris. Son pied droit venait de se poser sur une grille métallique.

Les deux hommes reculèrent. Bourne s'agenouilla pour estimer la largeur de la grille du bout des doigts. Elle était carrée et l'ouverture qu'elle bouchait assez large pour qu'un homme s'y introduise. Quand il glissa les doigts dans les interstices et tira, la grille se rendit sans résistance. L'ayant posée contre un mur, il passa les jambes dans le trou. Ses pieds heurtèrent un barreau en métal.

« Une échelle », souffla-t-il à Boris, accroupi à côté de lui.

Les deux hommes descendirent. Sous leurs mains, des morceaux de rouille restaient collés, tant cette échelle était vêtuste. Ils touchèrent le sol creusé à même la roche. À gauche, Bourne aperçut une lueur. Ils la suivirent jusqu'à être certains que cette cave appartenait à la synagogue. Une volée de marches en pierre menait au rez-de-chaussée. Ils les gravirent dans la plus grande discrétion.

Au sommet de l'escalier, se dressait une porte étroite en bois massif raboté à la main, renforcée par des plaques de bronze. Bourne appuya sur la poignée en fer et poussa. Une fois passé le seuil, ils pénétrèrent dans une salle en réfection. Plusieurs dalles de marbre strié et de pierre noire étaient posées contre un mur, d'autres sur des tréteaux rudimentaires attendaient qu'on les scie. Des rideaux de mousseline écrue délimitaient le périmètre des travaux et empêchaient la dispersion de la poussière de marbre vers les autres salles.

Ils avancèrent à pas de loup jusqu'aux rideaux. Bourne tendit l'oreille mais n'entendit aucun bruit de lutte, juste un piétinement assourdi par des tapis et quelques mots en arabe, exprimés à voix basse mais sur un ton précipité.

Ils écartèrent les rideaux et passèrent dans la salle principale de la synagogue, refaite dans le style mauresque.

« Cet agent du Mossad va se faire descendre, chuchota Boris.

— Elle prétend s'appeler Rebeka, dit Bourne.

— Avec un peu de chance, le SVR et Semid Abdul-Qahhar vont s'entre-tuer », marmonna Boris en fixant une chose à mi-distance.

Bourne devina que son ami n'y croyait pas vraiment. Ç'aurait été trop facile, or dans leur monde rien ne l'était. Il y avait trop de fureur, trop de violence, trop de sang versé.

Les grands espaces conçus par les architectes de la synagogue étaient à présent divisés en petites pièces garnies de peintures et de meubles précieux, comme dans un sérail. On était loin de l'austérité propre aux nomades du désert d'Arabie. Les tapis de prière, tissés dans la soie la plus fine, présentaient des motifs imbriqués aux couleurs chatoyantes.

« Où sont passés Beria et son larbin ? » murmura Boris.

Bourne, lui, se demandait où *tout le monde* était passé, encore qu'il ignorât de combien d'hommes Semid Abdul-Qahhar disposait et l'importance de leur arsenal. Comment le savoir ? En levant les yeux, il découvrit le moyen de répondre à sa question. Les cloisons des pièces étaient constituées de poutres de cèdre hautes de trois mètres, bien inférieures donc à la hauteur d'origine. En guise de plafond, des solives consolidaient les montants verticaux et entre chaque solive, étaient déployées des pièces d'étoffe.

Il fit signe à Boris de continuer de son côté et entreprit d'escalader une poutre dont la surface grossièrement taillée offrait des prises pour les mains et les pieds. Quant aux solives, leur épaisseur permettait de ramper de pièce en pièce sans se faire voir. À travers les étoffes translucides, il suivrait le déplacement de leurs ennemis. Depuis son perchoir, il aperçut bientôt trois hommes répartis dans trois pièces différentes. Ils se préparaient à la prière. En revanche, pas la moindre trace de Semid Abdul-Qahhar ou de Rebeka. Cette dernière était certainement aussi polarisée que lui sur Semid ; ces hommes ne constituaient donc qu'un obstacle temporaire.

Puis, dans la cinquième pièce, il la vit enfin. Elle était avec Semid mais la situation ne lui disait rien qui vaille.

*

Boris progressait à pas de velours. Cette expression lui rappelait un poème qu'il avait appris étant enfant. Il l'avait répété soir après soir, à l'heure du coucher, comme une prière. Cette nuit, en revanche, il n'avait pas le cœur à la poésie. Il était en chasse et ses proies s'appelaient Zatchek et Beria. Quand on y réfléchissait, le métier qu'il avait choisi se résumait à une suite d'humiliations et de représailles. Pour y survivre, une seule recette : faire une prière et continuer à avancer… à pas de velours.

Dans la pièce suivante, un homme était agenouillé sur un tapis de prière, le front tourné vers La Mecque. Sur le sol près de lui, un fusil d'assaut à canon court. Boris l'entendait psalmodier à voix basse, les mots se déversant en pluie de sa bouche tandis qu'il se prosternait encore et encore. Boris attendit que son front touche de nouveau le tapis. En trois enjambées silencieuses, il fut sur lui. D'un coup de botte, il lui écrasa la nuque.

Boris récupéra le fusil d'assaut de sa victime, enjamba le cadavre et poursuivit son chemin.

*

Deux individus apparurent derrière Rebeka. Comme Bourne ne savait pas si elle les avait vus, il décida d'intervenir en se laissant choir à travers le tissu qui se déchira. Lorsqu'il atterrit, les hommes se tournèrent vers lui. Bourne tendit la jambe, balaya celles du premier qui bascula en arrière, lui sauta dessus et l'assomma d'un coup de poing.

Rebeka frappa le deuxième à la tempe. Il recula en titubant mais, assez lucide, il leva son fusil d'assaut et lança un tir de barrage. Rebeka se baissa et dans le même mouvement, se rua vers lui. La voyant à sa portée, l'homme souleva son arme pour abattre la crosse sur la tête de la jeune femme. Plus rapide que lui, elle le frappa à l'entrejambe et pendant qu'il se tordait en deux, sortit une lame fine de sous sa cape noire et lui ouvrit le ventre.

L'homme écarquilla les yeux et s'écroula. D'un bond, elle l'enjamba et se mit à courir derrière Semid Abdul-Qahhar qui s'enfuyait. Elle le rattrapa, le saisit par un pan de sa tunique. Déséquilibré, il parvint tout de même à extirper de son habit une dague à lame large avec laquelle il trancha le tissu. Une fois libéré, il repartit en courant. Bourne le vit disparaître, talonné par Rebeka.

Bourne se lança à leur poursuite. Ils sortirent du sérail et se dirigèrent vers la synagogue elle-même.

*

Boris entendit plusieurs courtes rafales. Il se précipita en direction du bruit et tomba sur Beria et Zatchek postés l'un près de l'autre, jambes écartées, chacun armé d'un fusil d'assaut AK-74. Quand ils cessèrent de tirer, six des hommes de Semid Abdul-Qahhar étaient étendus à leurs pieds.

Zatchek vit Boris s'encadrer sur le seuil, braqua son arme sur lui et vida son chargeur. Boris eut à peine le temps de se retrancher derrière la cloison, près de la porte. Le feu était si nourri qu'il resta immobile, assis sur les talons, le cœur battant. Quand il osa émerger de son abri, ne restait plus dans la pièce que le résultat du carnage, ses auteurs ayant fui entre-temps.

Boris fit taire sa rage et entreprit d'explorer les différentes pièces, tous ses sens en éveil. Le vacarme d'une nouvelle fusillade l'attira vers la salle de gauche. Quand il passa le seuil, une balle lui transperça le mollet gauche. Sa jambe se déroba sous lui. Il se reçut sur l'épaule droite, roula prestement sur lui-même, se releva sur un genou et riposta. Il faillit toucher Zatchek en pleine tête mais le petit con disparut juste à temps derrière un mur.

Malgré la douleur, Boris se repositionna, manquant se tordre la cheville gauche, et il fit bien car à peine eut-il changé de place que Zatchek passa la tête et arrosa l'endroit qu'il venait de quitter. Boris fit pivoter son fusil devant lui. Sa balle entama le coin du mur qui protégeait Zatchek. Des fragments de bois et de plâtre s'envolèrent. Boris se déplaça encore une fois, mais dans la direction opposée, si bien que Zatchek, croyant anticiper à bon escient, tira dans le vide et reçut la balle de Boris dans l'épaule gauche.

Zatchek fut projeté en arrière. Boris se rua vers lui sans cesser de tirer bien que son adversaire fût de nouveau caché par le mur. Zatchek tenta un dernier essai ; sa rafale érafla le revêtement de plâtre dont les éclats aveuglèrent un instant Boris qui poursuivit sa course à l'aveuglette. Un arrêt lui aurait été fatal.

Dès qu'il retrouva l'usage de ses yeux, il découvrit Zatchek affalé contre le mur, couvert de sang. Malgré son épaule fracassée, il faisait des efforts désespérés pour recharger son AK-74.

Devinant la présence de Boris, il leva la tête en découvrant les dents comme un chien enragé. Puis il jeta son fusil d'assaut et tendit les mains vers lui.

« Je me rends, général. Ne tire pas, je suis désarmé. »

Boris avisa le minuscule Derringer que Zatchek dissimulait dans sa paume droite. De toute façon, armé ou pas, Boris n'avait pas l'intention de l'épargner. Il appuya sur la détente. Comme un pantin dont on aurait coupé les ficelles, Zatchek eut un bref sursaut puis s'écroula dans son propre sang, les yeux vitreux.

*

Que s'était-il passé pour que Beria amorce un repli stratégique ? se demanda Boris. Intrigué, il supposa que Bourne n'était pas étranger à ce revirement. Il savait Beria trop pragmatique pour ne pas se défiler devant une situation désespérée.

Boris ne le laisserait pas s'en tirer à si bon compte.

Il l'aperçut dans l'entrée déjà jonchée de cadavres. Pris de panique, Beria courait droit vers la sortie en bondissant par-dessus les corps. Boris le rattrapa au moment où il glissait sur une flaque de sang. Soudain, Boris ressentit une faiblesse dans la cheville gauche. Une douleur fulgurante lui traversa la jambe. La balle que Zatchek lui avait tirée dans le mollet était ressortie, ce qui était une bonne chose, mais la blessure saignait abondamment. Il avait besoin de soins urgents. Il s'écroula de tout son poids sur le genou droit. Beria qui avait recouvré ses esprits le frappa au menton avec la crosse de son AK-74. Boris tomba à plat ventre.

Beria ajusta son arme. Il allait presser la détente quand il entendit des voix approcher. Redoutant de dévoiler sa position, il se ravisa, fit volte-face et sortit de la synagogue en cavalant comme un dératé.

*

Bourne vit luire la dague dont Semid Abdul-Qahhar s'apprêtait à frapper Rebeka. Elle dévia le coup avec son stylet puis se jeta sur lui et lui entailla la joue gauche depuis la paupière inférieure jusqu'à la commissure des lèvres. Il ouvrit grand la bouche sans émettre aucun son et répliqua d'un coup de poing dans les côtes, suivi d'une ruade qui la projeta contre un mur.

Brandissant sa dague, il se jeta sur elle tout en glissant son autre main dans sa tunique. Rebeka évita la lame d'autant plus facilement qu'il s'agissait d'une feinte.

Quand Bourne vit Semid sortir un Mauser de son habit, il s'élança, le renversa et le désarma. Comme Semid tentait de contre-attaquer avec sa dague, Rebeka s'approcha, écarta la lame d'un geste méprisant et le poignarda avec son stylet. L'acier pénétra dans la poitrine de Semid juste en dessous du sternum. Avec une dextérité de chirurgien, elle exerça un mouvement tournant vers le haut puis à gauche, perçant un poumon puis le cœur.

Semid exhala une bouffée d'air vicié. De sa bouche sortirent des bulles de sang. La main crispée sur le manche de son poignard, Rebeka le maintenait embroché en le regardant au fond des yeux.

« Rebeka », dit Bourne.

Elle observait sa victime comme s'il s'agissait d'un spécimen rare, épinglé sur une paillasse de laboratoire.

« Rebeka », répéta Bourne, plus doucement cette fois.

Elle souffla et retira la lame, laissant le corps inanimé s'affaler sur le pavage. Quand elle se tourna vers Bourne, au lieu du sourire de triomphe qu'il s'attendait à voir se dessiner sur son visage, il ne lut que du dégoût.

Rebeka resta un long moment à le regarder. Elle lui faisait l'effet d'une créature étrange qui, de l'extérieur, posséderait un parfait contrôle sur elle-même mais abriterait en son for intérieur un tempérament débridé, indomptable.

« Vous m'avez laissée en plan, finit-elle par dire en essuyant le sang sur son stylet. Et voilà que je vous retrouve ici.

— Heureusement pour vous. Ne me dites pas que cela vous surprend. »

Une colère froide faisait étinceler les yeux de la jeune femme. « Vous êtes sur mon territoire.

— Quelle importance à présent ? dit-il pour calmer le jeu. Semid Abdul-Qahhar est mort. »

D'un coup de pied, elle retourna le cadavre. « J'ignore qui est ce type. En tout cas, ce n'est pas Semid Abdul-Qahhar. »

32

Certains jours – aujourd'hui par exemple –, Hendricks ne supportait plus la présence des gardes du corps qui le suivaient comme son ombre. Actuellement, ils devaient se demander pourquoi il était rentré chez lui en quatrième vitesse au beau milieu de la journée. Tandis qu'il traversait son jardin et s'agenouillait entre les rosiers, il les sentait l'épier depuis leurs véhicules.

Le dénommé Richards claqua sa portière et se dirigea vers lui.

« Tout va bien, monsieur ?

— Très bien, répondit Hendricks d'un air distrait.

— Puis-je faire quelque chose ?

— Oui, remonter en voiture.

— Parfait, monsieur », lâcha Richards après une brève hésitation.

Hendricks regarda derrière lui et vit Richards hausser les épaules pour signifier à ses collègues qu'il ignorait quelle mouche venait de piquer leur patron. Hendricks reprenait ses fouilles en s'efforçant de se calmer quand il s'aperçut avec horreur que ses mains tremblaient. Lorsqu'il avait trouvé la carte de visite de Skara avec la rose imprimée dessus, il s'était mis en tête qu'elle lui était destinée, comme s'il était seul à pouvoir en décrypter le sens.

« Je pars pour mon dernier voyage. »

Il avait terriblement peur que Skara ne commette l'irréparable, sans aller jusqu'à redouter un suicide toutefois. Cela dit, il ne savait presque rien d'elle. Malgré tout, il avait l'impression de la connaître depuis toujours. Par quel mystère cette femme avait-elle pu s'immiscer dans sa vie aussi rapidement ? Elle s'était glissée en lui, s'y était installée à demeure et refusait de s'en aller. Le fait qu'elle se soit envolée du jour au lendemain ne faisait qu'attiser les sentiments qu'il avait pour elle.

« Je pars pour mon dernier voyage. »

Prévoyait-elle d'accomplir une quelconque folie, un acte assez grave pour mettre sa vie en danger d'une manière ou d'une autre ? Telle était sa plus grande crainte.

« Je pars pour mon dernier voyage. »

Il était persuadé que Skara lui avait laissé un indice pour qu'il comprenne ses intentions et l'empêche d'aller jusqu'au bout. Il se raccrochait désespérément à cette idée car elle signifiait qu'elle partageait ses sentiments. Ne lui avait-elle pas avoué son amour dans cette vidéo ? Pourtant, tout au fond de lui, une petite voix lui répétait le contraire : elle lui avait joué la comédie, elle lui cachait encore autre chose. Peut-être n'aurait-il jamais de réponse. Peut-être que dans quelques jours, quelques heures, la vie de Skara s'éteindrait comme la flamme d'une bougie, le laissant à jamais dans l'incertitude.

Toujours plus fébrile, il creusait la terre de ses ongles encrassés. Il procédait méthodiquement, depuis la droite vers la gauche du jardin, plongeant les doigts sous chaque tige, poussé par le fol espoir de tomber sur un objet qu'elle aurait enfoui sous les rosiers, un objet qu'il était censé découvrir après son départ. Hélas, quand il attaqua le dernier pied, il dut s'avouer vaincu.

Alors il s'assit sur les talons, posa ses poignets sur ses genoux et contempla fixement les fleurs. Il aimait ses roses, leurs couleurs, leur parfum, mais à présent il n'en voyait plus que les épines. Après tout, ce n'étaient peut-être que des fleurs. Il refusait de voir l'évidence et pourtant, elle lui crevait les yeux.

Des larmes amères roulèrent sur ses joues. Vaincu par la honte et le dépit, il cacha son visage ravagé dans ses mains pleines de terre.

*

Boris était invisible. Bourne fit un rapide inventaire des morts et des mourants sans trouver la moindre trace de son ami – ce qui lui causa un profond soulagement – ni de Constantin Beria. Supposant qu'ils avaient vidé les lieux, Bourne retourna vite à d'autres préoccupations.

« Je suis la piste de Semid Abdul-Qahhar depuis trois ans, dit Rebeka pendant qu'ils sortaient de la synagogue par le chemin qu'ils avaient emprunté pour y entrer. Il a une demi-douzaine de sosies à son service. Ces types lui ressemblent physiquement et parlent comme lui. La plupart du temps, ils se montrent en public à sa place. Le vrai Semid Abdul-Qahhar n'apparaît que dans les communiqués qu'il envoie régulièrement à Al Jazeera.

Personne n'est capable de le reconnaître à coup sûr, en dehors de ses lieutenants et de moi, parce que j'ai passé des heures à étudier ces séquences. »

Cette histoire de sosies changeait radicalement la stratégie de Bourne. Par Boris, il savait que Semid Abdul-Qahhar se trouvait à Damas. Puisque le rendez-vous à la synagogue était une ruse, Semid avait dû se retrancher ailleurs, dans les locaux d'El-Gabal sans doute. Supposition impliquant plusieurs conséquences dont la plus importante était que le complot terroriste venait de passer au stade suivant, celui de la réalisation. Il lui restait donc très peu de temps pour infiltrer El-Gabal, poser les cartes SIM et faire exploser les douze caisses de fusils FN SCAR-M, Mark 20.

Il avait projeté de s'introduire seul dans la place mais voilà qu'à présent, Rebeka se révélait indispensable puisqu'elle était seule à pouvoir reconnaître Semid Abdul-Qahhar. Si l'homme se cachait effectivement dans les locaux d'El-Gabal, Bourne ne comptait pas laisser passer une si belle occasion de le descendre. C'était de lui que venait le danger désormais. Depuis la mort d'El-Arian, Semid était devenu le cœur et l'âme de Severus Domna. Une fois qu'il l'aurait éliminé, l'organisation irait à vau-l'eau. Soraya, Peter et leur équipe n'auraient plus qu'à lui porter le coup de grâce. En revanche, si jamais Semid continuait à sévir, son emprise sur la Domna et ses membres occupant tous des fonctions clés dans les secteurs de la politique et de la finance internationales, entraînerait un accroissement exponentiel de la menace terroriste. Bourne ne permettrait pas qu'une telle chose se produise.

Quand ils débouchèrent dans la ruelle, Bourne exposa son plan à Rebeka. « Semid Abdul-Qahhar se trouve dans l'immeuble d'El-Gabal. Je sais comment y pénétrer. Soit vous restez avec moi, soit nos chemins se séparent ici. »

Sans hésiter une seconde, la jeune femme accepta de le suivre. Ils prirent un taxi pour la gare où il récupéra à la consigne le sac d'outils qu'il avait acheté plus tôt. Rebeka le regardait faire avec un petit sourire.

« Qu'y a-t-il d'amusant ? demanda Bourne tandis qu'ils ressortaient.

— Rien du tout. » Elle haussa les épaules. « C'est juste que je suis contente parce que mes supérieurs avaient tort et moi raison. » Son sourire s'épanouit. « Ma présence dans cet avion n'avait rien d'une coïncidence.

— Le Mossad était sur mes traces.

— Vous croyez que je suis du Mossad ? »

Il ne répondit pas, se contentant de la suivre le long des rues menant à l'Avenue Choukry Kouatly. Comme ils étaient l'un et l'autre vêtus à la mode syrienne, Rebeka totalement dissimulée sous son *hijab*, personne ne leur prêtait attention.

« C'est moi qui ai pris l'initiative de vous pister, reprit-elle. Après avoir fait le lien entre Semid Abdul-Qahhar et Severus Domna, j'ai compris que nos chemins se croiseraient sous peu. Je vous ai reconnu malgré votre nom d'emprunt. J'avais vu votre photo et je l'avais comparée avec celles qui figurent dans nos fichiers.

— Si je comprends bien, vous n'étiez pas choquée quand je vous ai faussé compagnie au restaurant.

— Franchement, je m'y attendais.

— Je vous rembourserai la note. »

Elle sourit. « C'est moi qui invite.

— Vous dites ça parce que j'ai accepté de vous emmener avec moi. »

Elle rit doucement. « Décidément, mes supérieurs se trompent totalement sur votre compte.

— Faisons en sorte que cela dure », dit-il.

Vingt minutes plus tard, ils atteignaient le quartier qui abritait le complexe d'El-Gabal. Bien qu'il fût plus de deux heures du matin, des lumières brillaient à l'intérieur du bâtiment. Tapi dans l'ombre, Bourne observait les allées et venues du personnel. La plateforme de chargement et l'espace avoisinant grouillaient d'hommes en armes. Les premiers camions arrivaient à toute vitesse. Bourne calcula qu'il lui restait une heure tout au plus pour agir.

Accroupie dans l'ombre près de lui, Rebeka lui demanda : « Vous êtes sûr de pouvoir nous faire entrer ? Il y a des gardes partout. »

Bourne ouvrit la fermeture Éclair de son sac. « Attendez voir », dit-il.

*

La jambe gauche posée sur une chaise, Boris était installé dans un café ouvert la nuit. Le médecin qu'il avait tiré du lit lui avait réclamé une somme exorbitante rien que pour nettoyer et panser sa blessure et pourtant, Boris avait déjà eu recours à ses services. Mais l'argent était le cadet de ses soucis.

Après avoir quitté la synagogue, il avait tourné dans les rues de Bab Touma pendant une demi-heure jusqu'au vertige. Tout cela pour rien. Il avait passé encore quelques minutes à ruminer sa haine contre Beria puis, tout à coup, comme si quelqu'un avait baissé le bouton de l'interrupteur, son humeur avait changé. La douleur était sûrement la cause de ce coup d'éteignoir. Il pouvait à peine se servir de sa jambe gauche. Autre effet de la chute d'adrénaline, une fatigue immense venait de s'abattre sur lui. Beria ne perdait rien pour attendre. Mais, pour l'instant, Boris devait prendre soin de sa propre santé.

Assis devant une tasse de café turc à la cardamome et une petite assiette de pâtisseries au miel, il sortit un antalgique de sa poche et l'avala tout rond en grimaçant. La petite gorgée de café qu'il s'accorda ensuite lui réchauffa le cœur et l'âme. Il se posa plus confortablement et regarda les gens passer dans la rue.

Tout compte fait, ce n'était pas à cause de la douleur qu'il avait renoncé à courir après Beria, songea-t-il. Il avait connu bien pire au cours de sa carrière. Non, la raison de son revirement était autre. En revoyant Jason Bourne tout à l'heure, il s'était soudain rappelé que la vie – la sienne et celle de Jason – n'était pas faite uniquement d'humiliations et de représailles. Il fallait aussi prendre en compte l'élément humain et, même si les amis comme Jason se comptaient sur les doigts d'une main amputée, sans eux l'existence deviendrait insupportable. L'espace d'un instant, il se demanda où Jason pouvait bien être mais il écarta vite cette pensée. Dans son état, Boris ne lui serait d'aucune aide. De toute manière, Jason était plus efficace quand il faisait cavalier seul.

Boris soupira et mordit dans un petit gâteau. Les fines couches de pâte fondirent sur sa langue, le miel lui ravit les papilles. Pas question de se laisser piéger par une idée fixe, se dit-il. Certes, il s'était promis de faire rendre gorge à ses ennemis mais il avait bien le temps. Un autre jour, dans un autre lieu, le couperet finirait par tomber.

La vengeance n'était-elle pas plus savoureuse quand on la dégustait froide ?

*

Toujours caché avec Rebeka dans l'ombre projetée par un bouquet de palmiers royaux, Bourne sortit le câble électrique et la pioche de son gros sac, attacha une corde autour du manche et s'éloigna légèrement. Devant eux, l'immeuble El-Gabal ; derrière eux, les palmiers et la masse obscure d'une banque. Des éclairages de secours luisaient à chaque coin du bâtiment qu'il désirait infiltrer mais une étroite bande d'ombre barrait le centre de la façade ouest.

Bourne faisait osciller la pioche au bout de la corde quand Rebeka intervint. « Il y a peut-être des gardes sur le toit.

— J'espère bien », répliqua-t-il. Elle lui décocha un regard interloqué.

Bourne attendit que les pots d'échappement des camions qui approchaient atteignent un certain seuil sonore pour faire tournoyer la pioche au-dessus de sa tête. Il lâcha la corde, regarda la pioche fendre le ciel nocturne puis retomber sur le toit, le bruit de sa chute heureusement masqué par le vacarme des camions. Il tira sur la corde jusqu'à ce que la tête de la pioche bute contre le parapet, jeta le sac en travers de son dos et sans un mot, entreprit de se hisser le long du mur rayé d'ombre.

Quand il parvint à mi-hauteur, Rebeka attrapa la corde et grimpa à son tour. Les moteurs s'étaient tus, les contraignant à redoubler de prudence. Quand Bourne atteignit le parapet, il s'y agrippa d'une main, exerça une traction et jeta en œil par-dessus. Deux hommes montaient la garde sur le toit. Le premier se tenait au centre d'une grosse cible peinte en blanc, rehaussée par plusieurs ampoules LED au vif éclat bleu. Les mains posées sur le parapet de l'autre côté, le second regardait en bas ses collègues s'activer autour de la plateforme de chargement.

Bourne bondit et atterrit silencieusement sur le toit, rejoint par Rebeka un instant plus tard.

« Un hélipad, murmura-t-elle en s'accroupissant près de lui. Les feux de signalisation sont allumés. Ils doivent attendre l'arrivée d'un hélico. »

Il acquiesça d'un signe de tête. « J'ai comme l'impression que le vrai Semid Abdul-Qahhar compte jouer les filles de l'air. »

Près du cercle lumineux, une trappe obturée par une plaque de verre devait servir au passage des hommes et du matériel. C'était une solution bien pratique pour entrer et sortir rapidement du bâtiment. Bourne indiqua à Rebeka l'homme le plus éloigné. Lui-même s'occuperait du gardien de l'hélipad.

Une couche de gravier couvrait la surface du toit par ailleurs ponctuée de divers obstacles, citernes d'eau, conduits d'aération et autres édicules liés aux systèmes d'ascenseur et de climatisation. Bourne passa de l'un à l'autre. Pour l'instant, tout allait bien puisqu'il pouvait se cacher dans leurs ombres, mais dès qu'il chercherait à s'approcher du cercle lumineux, ce serait une autre histoire. Il se faufila derrière la cage d'ascenseur, ramassa un gravillon et le jeta sur une citerne située à six mètres sur sa droite.

Le garde tourna la tête, empoigna l'AK-74 qu'il portait en bandoulière et s'avança vers la citerne dont il fit le tour. Bourne attendit qu'il tourne le dos pour s'élancer vers lui. Lui passant le bras autour de la gorge, il lui brisa les vertèbres en un clin d'œil. Puis, après l'avoir allongé discrètement sur le gravier, il lui écarta les mains pour s'emparer de l'arme automatique.

Deux secondes plus tard, ayant contourné la citerne, il fonça rejoindre Rebeka à l'autre bout du toit. Le deuxième garde était étendu par terre. Rebeka se tenait au-dessus de lui mais elle n'était pas seule. Un troisième homme, qu'ils n'avaient pas repéré tout à l'heure, s'approchait d'elle sur la pointe des pieds. Quand il fut tout près, la jeune femme fit volte-face, balaya d'un geste le canon de son AK-74 et frappa l'individu à l'estomac avant de le saisir à la gorge. Le garde s'arcbouta en cherchant à reprendre possession de son arme. Pour éviter qu'il n'alerte d'un coup de feu ses collègues en bas, Rebeka dut relâcher la pression sur sa gorge. Lorsque le fusil d'assaut tomba sur le gravier, un objet brillant apparut dans la main de son adversaire. Rebeka lui fit une prise au bras et d'un mouvement tournant, lui fractura le coude. L'homme gémit, ses genoux se dérobèrent. Sans attendre qu'il baisse la tête, elle le frappa à la base du nez avec le talon de la main d'un geste précis qui eut pour effet d'écraser le cartilage et de l'enfoncer jusqu'au cerveau. L'homme tomba comme une masse. Il mourut avant de toucher le sol.

Quand Bourne finit par rejoindre Rebeka, la jeune femme lui fit un grand sourire puis ses yeux se voilèrent et elle défaillit entre ses bras, la tête en arrière, le visage tourné vers le ciel étoilé. Bourne vit la traînée sombre qui engluait ses vêtements, sentit sous ses doigts le sang tiède jaillissant de la blessure à l'arme blanche qui perçait son flanc. Elle haletait.

« Ne faites pas attention, dit-elle. Vous avez un délai à respecter. Je ne veux pas vous retarder.

— Taisez-vous. » Bourne inspecta la plaie d'une main experte. Elle était profonde mais visiblement, aucun organe n'avait été touché. Il n'en demeurait pas moins que l'hémorragie faisait redouter le pire. S'il n'agissait pas immédiatement, elle se viderait de son sang. Il saisit la cape de Rebeka, la déchira et obtint plusieurs bandes de tissu qu'il enroula autour de son ventre en serrant au maximum. Le saignement parut cesser puis reprit de plus belle en imbibant les couches d'étoffe.

« Écoutez-moi, dit-elle d'une voie hachée, le vrai Semid Abdul-Qahhar a un tic. Vous verrez un petit muscle tressaillir au coin de son œil droit. Aucun de ses sosies ne peut imiter ça. »

Bourne hocha la tête tout en rajoutant une épaisseur de tissu. Que pouvait-il faire d'autre ?

« Laissez-moi, maintenant », ordonna-t-elle.

Il hésita.

« Allez-y. » Elle lui sourit faiblement. « Je peux me débrouiller seule. Je suis du Mossad, après tout.

— Je reviendrai vous chercher. »

Son sourire tourna au ricanement. « Je ne vous crois pas. Mais merci quand même. »

Il se redressa et passa la tête au-dessus du parapet. Les portes du hangar étaient grandes ouvertes. Il n'avait plus que quelques minutes pour agir avant que les caisses d'armes ne disparaissent à l'intérieur des camions.

Sans regarder en arrière, il courut jusqu'à la trappe vitrée, se déshabilla, récupéra un uniforme sur l'un des cadavres et se pencha pour voir ce qui se passait en dessous. À travers la vitre, il vit une pièce de stockage déserte, plongée dans l'obscurité, pour l'instant du moins. Une échelle permettait d'y descendre. Le fil du système d'alarme qui bordait l'ouverture n'avait rien d'étonnant en soi ; en revanche pour contourner ce problème, il allait devoir faire preuve d'inventivité. Il avait certes un diamant sur lui mais faute de ventouses, cet outil ne servait à rien. Il reposa donc le sac, en sortit le couteau dont il enfonça la pointe à la base de la trappe, au ras du gravier. Il exerça une pression et quand la pointe céda, constata avec satisfaction qu'il venait de se fabriquer un genre de tournevis qui lui servit à dévisser à demi les charnières de la trappe placées sur le côté opposé à l'échelle.

Quand il obtint un espace suffisant, il tira le fil de l'alarme, coupa la gaine isolante en deux endroits et enroula les extrémités du câble électrique autour des parties dénudées, ce qui lui permit de rallonger le fil de l'alarme sans toutefois couper le circuit. Puis il souleva la trappe juste assez pour pouvoir s'y glisser. Quand il fut dans la pièce de stockage, il repéra une porte qui donnait sur un petit couloir transversal. Devant lui, s'élevait une demi-cloison ouvrant comme un balcon sur l'entrepôt en contrebas. Du côté droit, il repéra presque aussitôt les douze caisses d'armes ; à gauche, les portes ouvertes sur la plate-forme de chargement. Des hommes entassaient les premières caisses à l'entrée du hangar. Bourne passa dix secondes à mémoriser le plan des lieux, trouva un escalier et s'y engouffra.

Les étages supérieurs ne posaient pas de problème, tous les hommes étant rassemblés au rez-de-chaussée pour surveiller les manœuvres de chargement. Semid Abdul-Qahhar demeurait invisible mais il ne devait pas être loin. Cette cargaison était bien trop précieuse à ses yeux. Il ne pouvait pas l'abandonner entre les mains de ses subordonnés.

Bourne croisa le premier garde sur le palier en descendant. L'homme le salua d'un signe de tête puis se ravisa et lui saisit le bras gauche.

« Où est ton arme ? demanda-t-il.

— Juste là », répondit Bourne en lui cognant la tête contre le mur. L'homme glissa lentement sur le sol, les yeux révulsés. Bourne lui prit son AK-74 et se remit à descendre. Vu la vitesse à laquelle se déroulait le chargement, il estima à dix minutes le laps de temps qu'il lui restait pour installer les cartes SIM sur les caisses et sortir du bâtiment avant d'envoyer le signal électronique qui ferait tout exploser.

Quand Bourne passa près de lui, l'homme qui montait la garde au bas des marches lui adressa un signe nonchalant, et reçut en réponse un violent coup de crosse dans le ventre. Il se plia en deux. Bourne l'acheva d'un coup à la nuque. Après avoir traîné le corps dans un coin sombre, il emprunta un raccourci pour arriver au plus vite devant les caisses de FN SCAR-M, Mark 20.

Ensuite, il dut consacrer une précieuse minute à se mêler aux manutentionnaires et à les éloigner des caisses de Don Fernando en leur indiquant une pile de boîtes entreposées de l'autre côté du hangar. Il possédait douze cartes SIM toutes semblables, une par caisse. À coller sur le flanc, avait précisé Don Fernando. Il n'avait qu'à retirer le film de protection et appuyer dessus pour qu'elles adhèrent au bois. Bourne en avait collé six quand une voix impérieuse résonna dans l'entrepôt : « Eh toi là-bas ! Qu'est-ce que tu fais ? »

Bourne se retourna. L'homme qui venait de parler ressemblait fort à Semid Abdul-Qahhar ; il le scrutait entre ses paupières mi-closes. « Ta tête ne me dit rien.

— On m'a embauché ce matin. »

D'un geste, Semid convoqua deux hommes qui accoururent et enfoncèrent les canons de leurs AK-74 dans les reins de Bourne pour l'obliger à passer derrière les caisses.

« El-Gabal n'a embauché personne cette semaine, répliqua Semid en s'approchant de Bourne à qui on confisquait son fusil. Qui es-tu ? Et d'abord, comment as-tu fait pour t'introduire ici ? » Bourne resta coi. « Ah, c'est comme ça ? Eh bien, on s'occupera de toi dès que le chargement sera terminé. »

Bourne saisit le bras de l'homme à sa droite, pivota sur lui-même et le déséquilibra. Puis, du tranchant de la main, il frappa le poignet de son comparse, s'empara de son AK-74 et lui donna un coup de crosse sur le crâne. S'étant ressaisi, le premier fonça tête en avant mais ne vit pas à temps le genou que Bourne venait de lever à son intention. Une vertèbre craqua. Il s'écroula.

Quand Bourne se retourna, Semid avait sorti son arme, un Makarov qu'il lui braqua sous le nez tandis qu'un léger spasme agitait sa paupière inférieure.

« Ne bouge pas, marmonna Semid d'une voix rageuse. Ou je te fais sauter la tête. » Il le palpa d'un geste expert. « Les mains le long du corps. » La fouille n'ayant rien donné, Semid tendit son visage vers le sien, à le toucher. Bourne renifla une forte odeur de clou de girofle. « C'est fini pour toi. Dans cinq minutes, il n'y aura plus personne dans ce hangar à part des cadavres, dont le tien. »

Le temps dont Bourne disposait serait bientôt écoulé. C'était maintenant ou jamais. Il ricana en glissant la main dans sa poche.

« Qu'est-ce que tu fais ? Sors ta main de là, cracha Semid Abdul-Qahhar en lui agitant le Makarov devant les yeux. Et pas de gestes brusques. »

Bourne obtempéra.

« Montre-moi ce que tu tiens. »

Bourne obéit. Semid Abdul-Qahhar lui attrapa la main et quand il s'inclina pour mieux voir ce qu'elle contenait, détourna légèrement son arme. Saisissant l'ouverture, Bourne lui attrapa le menton et lui fourra dans la bouche la capsule de cyanure qu'il venait de prendre dans sa poche. Puis d'un coup sec sous la mâchoire, il l'obligea à claquer les dents. La capsule se brisa, libérant le cyanure d'hydrogène.

Par réflexe, Semid déglutit pour ne pas s'étouffer. Aussitôt, il écarquilla les yeux, le doigt sur la détente. Bourne ne lui laissa pas le temps de tirer. D'un revers de main, il fit valser l'arme et lorsque Semid s'agrippa à lui pour ne pas s'écrouler, il déplia de force ses doigts crispés et le regarda tomber à ses pieds, la bouche déjà pleine d'une écume bleuâtre qui suintait aux commissures. Il éructa quelques mots incompréhensibles puis ses yeux se voilèrent. Bourne repoussa son corps raidi à coups de pied vers une niche à l'abri des regards.

Puis il se dépêcha de coller les six dernières cartes SIM, sortit son portable et composa le 666. Il disposait de trois minutes avant que le bâtiment et tous ses occupants soient réduits à l'état de cendres.

« Il faut charger celles-là à bord du camion », lança Bourne à la cantonade en désignant une pile de caisses au hasard.

Un chef d'équipe lui répondit en fronçant les sourcils : « Je croyais qu'elles devaient rester ici.

— Il y a eu contre-ordre, rétorqua Bourne sur ce ton autoritaire auquel tous les soldats réagissent sans poser de questions. La décision vient de Semid Abdul-Qahhar en personne. » L'homme haussa les épaules et d'un signe de tête, désigna à ses collègues les caisses posées derrière celles de Don Fernando. Bourne se trouvait à présent devant un dilemme. Sa mission accomplie, il pouvait sortir du hangar et disparaître au bout de l'allée. Mais s'il agissait ainsi, il trahirait la promesse faite à Rebeka. Et c'était hors de question.

Dès qu'il vit les hommes transporter la première caisse, Bourne tourna les talons, monta l'escalier et déboucha dans le couloir qui menait à la pièce de stockage.

À peine eut-il poussé la porte qu'il se retrouva face au canon d'un petit Beretta .22 plaqué argent, identique à celui que Viveka Norén avait pointé sur lui dans la boîte de nuit, à Stockholm, plusieurs années auparavant. La femme qui tenait l'arme avait les cheveux blonds et les yeux clairs de Viveka. C'était le portrait craché de Kaja mais sa posture et son expression farouche les différenciaient radicalement. Cette femme n'était autre que la fameuse Skara, la redoutable sœur jumelle aux multiples personnalités.

33

La lumière qui entrait par la lucarne au plafond hachurait le visage de la jeune femme blonde.

« Skara ! »

Elle fronça les sourcils. « Qui êtes-vous ?

— Je connais votre sœur, dit Bourne. Kaja.

— Kaja. » Elle se passa la langue sur les lèvres comme pour goûter la saveur de ce prénom. « Elle n'est pas morte ? »

Ne restait que deux minutes avant l'explosion. « Skara, il faut qu'on sorte d'ici.

— *Je* vais sortir d'ici. Avec Abdul-Qahhar. J'ai hâte de quitter ce pays de malheur. »

Elle pencha la tête de côté. « Vous entendez ? » Des pales d'hélicoptère vrombissaient au-dessus d'eux. Des éclats de lumière jouaient sur son visage. Ses yeux scintillèrent. « C'est le bruit de l'hélicoptère qui va m'emmener loin d'ici. » Son sourire malicieux découvrit ses dents. « C'est aussi le bruit de votre mort. »

Un choc brutal se produisit au-dessus d'eux. Surprise, Skara détourna la tête juste assez pour que Bourne décide qu'il était temps d'agir. Il se jeta sur elle, entendit un coup de feu, sentit une brûlure à l'épaule gauche. Il allait lui arracher l'arme des mains mais Skara anticipa son geste. Elle assura sa prise et d'une torsion du poignet, tenta de diriger le canon vers la poitrine de Bourne, lequel n'eut d'autre solution que de se serrer contre elle pour coincer l'arme. Sous la pression de son corps, la jeune femme fut obligée de reculer. Ses mollets heurtèrent une caisse. Elle tomba en arrière. Bourne saisit le Beretta et le fit pivoter.

Skara résistait toujours, la main crispée sur l'arme. Ses yeux luisaient dans l'obscurité. Son regard avait changé. Bourne connaissait cette expression farouche. « Tuez-moi, hurla-t-elle. Tuez-moi, qu'on en finisse. »

Bourne n'arrivait toujours pas à lui faire lâcher prise. Il vit le canon du Beretta tourner maladroitement, le doigt de Skara presser la détente, deux fois coup sur coup. Le sang gicla. Les balles avaient pénétré dans la poitrine de la jeune femme, sectionnant l'aorte.

« Skara », cria Bourne en la serrant contre lui. Mais elle ne l'entendait pas. Elle n'entendrait plus rien désormais.

*

Posé au centre du cercle lumineux, l'hélicoptère noir aux lignes effilées, un Sikorsky S-76C++, attendait ses passagers en brassant l'air de ses rotors. Bourne vit le pilote mais personne d'autre. Il courut jusqu'au parapet contre lequel Rebeka était affalée. Comme elle avait les yeux fermés, il crut qu'elle était morte mais quand il la souleva entre ses bras, ses paupières frémirent.

Elle grelottait. « Vous êtes revenu. » Ses paroles hachées s'envolaient comme des feuilles emportées par le souffle de l'hélico. Elle claquait des dents.

Bourne courut vers l'appareil en se penchant sur elle pour la protéger. Visiblement, elle ne saignait plus. Le pilote leur ouvrit mais quand il s'aperçut de sa méprise, sortit son arme. Bourne ne lui laissa pas le temps de viser. Il lui logea une balle entre les deux yeux avec le .22 plaqué argent de Viveka Norén.

Après avoir déposé Rebeka sur le siège du passager et l'avoir couverte avec un plaid en cachemire trouvé à l'arrière, il l'attacha fermement, fit le tour de l'hélico, se débarrassa du cadavre du pilote et prit sa place. Au même instant, plusieurs hommes en armes surgirent l'un après l'autre de la trappe vitrée. Ils avaient dû trouver Semid ou l'un de leurs collègues morts. La fusillade démarra aussitôt.

Bourne actionna les commandes et décolla en virant tout de suite vers l'ouest. L'adrénaline qui fusait dans ses veines lui évitait de ressentir la douleur dans son épaule gauche.

Il avait atteint une altitude respectable quand il vit une boule de feu dévorer l'immeuble qui avait abrité la société El-Gabal. L'onde de choc secoua le Sikorsky qui se mit à chuter en tournant sur lui-même. Bourne reprit le contrôle de l'appareil et s'éloigna à l'altitude minimum, sachant que d'ici quelques minutes, des avions de chasse syriens survoleraient le lieu du sinistre vers lequel ne tarderaient pas à converger des camions de pompiers, des voitures de police et autres véhicules militaires.

Rebeka remua et prononça une phrase que Bourne n'entendit pas à cause du vacarme des moteurs. Il coinça le manche entre ses genoux, se pencha vers elle, la coiffa d'un casque et régla le micro intégré. La voix de Rebeka retentit dans ses propres écouteurs.

« Semid. Est-ce qu'il est mort ? » Malgré son état de faiblesse, Rebeka n'avait qu'une seule préoccupation.

« Oui.

— Vous êtes sûr que c'était lui ?

— J'ai vu le tic. »

Elle poussa un soupir de contentement.

Il suivit les indications du plan de vol que le pilote avait scotché au plafond puis, au dernier moment, vira plein ouest.

Rebeka tourna la tête vers lui. « Où allons-nous ?

— Au Liban.

— Trente-trois, trente-deux, cinquante-cinq, soixante-quatre nord par trente-six, zéro-deux, zéro-quatre, cinquante est. »

Bourne entra les coordonnées qu'elle venait d'énoncer. L'appareil pencha sur la gauche, se redressa et continua droit devant.

« Radar, dit-elle d'une voix presque inaudible.

— Je vole aussi bas que possible », répondit Bourne. Dans la lumière pâle de l'aube, il apercevait au loin la ligne sinueuse des fils barbelés ponctuée à intervalles réguliers par des pancartes signalant les champs de mine. « On approche. »

Au-dessus de lui, un éclair argenté attira son attention. L'avion volait à trop haute altitude pour qu'il puisse déterminer s'il s'agissait d'un appareil commercial ou d'un chasseur de l'armée syrienne. Ne restait plus que quelques kilomètres avant la frontière. L'éclair argenté grossissait à vue d'œil. C'était bien un avion militaire et il descendait vers eux en piqué.

Bourne n'attendit pas les premières rafales de mitrailleuse pour se lancer dans une série de manœuvres d'évitement vertigineuses. Le chasseur se rapprochait à une vitesse inquiétante mais trop tard, la frontière était là, sous le ventre de l'hélicoptère. Le pilote syrien envoya une dernière rafale, espérant peut-être faire exploser une mine enterrée, puis il vira sur l'aile, reprit de l'altitude et se fondit dans le disque solaire.

« Nous sommes au Liban. » Bourne regarda Rebeka dont la tête se balançait doucement.

« Rebeka ? »

Elle ouvrit les yeux et prit une profonde inspiration frémissante. « Je suis fatiguée.

— Rebeka, nous sommes passés de l'autre côté. »

Ses lèvres s'étirèrent dans un sourire de sphinx. « La mer Rouge s'est entrouverte. » Soudain, comme revigorée, elle baissa le regard sur les terres arides qui luisaient comme du cuivre. « Cap au sud-ouest. Direction Dahr El Ahmar. » De nouveau, elle lui fournit les coordonnées.

Bourne vit de minuscules taches de sang apparaître sur le plaid. Les secousses avaient dû rouvrir sa plaie. « Tenez bon, dit-il en rectifiant son cap. Je vous dépose dans pas longtemps. »

Elle partit d'un rire forcé. « C'est bizarre, je vais mourir à côté d'un type que je connais à peine et qui a fait le boulot à ma place. » Elle fut prise d'une quinte de toux grasse et faillit s'étouffer. « Vous ne trouvez pas ça drôle ?

— Vous n'allez pas mourir, Rebeka.

— Le ciel vous entende.

— Croyez-en mon expérience. Vous avez besoin d'une transfusion et d'un bon chirurgien.

— Nous trouverons les deux en atterrissant à Dahr. Nous avons une unité de terrain basée là-bas. Votre épaule sera comme neuve. »

Il fut surpris de constater qu'elle avait remarqué sa blessure. « Mon épaule va bien.

— N'empêche…

— N'empêche quoi ?

— J'ai le devoir de prendre soin de votre santé.

— Ça vaut aussi pour moi. »

Le sourire de sphinx réapparut, vacillant comme une bougie sur le point de s'éteindre.

Bourne aperçut les premières maisons de Dahr El Ahmar, posées comme des morceaux de sucre sous la lumière rasante du soleil matinal. Ils survolèrent des palmiers dont les larges branches ondulèrent sous le souffle tourbillonnant des rotors. Ils n'allaient pas tarder à se poser. Son épaule commençait à brûler.

« El-Gabal, dit-elle en frissonnant. On aurait dit la fin du monde. »

Bourne posa sa main sur les siennes. « Nous avons survécu. »

Il regarda ses yeux mi-clos, son visage livide, les mèches de cheveux noirs collées sur sa joue. Elle murmura : « C'est une chose importante dans l'histoire millénaire de mon peuple.

— La seule qui compte vraiment », dit-il.

Épilogue

Il neigeait sur Stockholm, comme lors de son précédent séjour dans cette ville. Bourne marchait la tête dans les épaules face à la neige qui tombait à l'oblique, emportée par le vent. Il traversa Stureplan, la place animée qui rassemblait autour d'elle divers hauts lieux de la vie nocturne.

Il était arrivé le matin même, après avoir reçu trois jours auparavant un texto laconique mais chargé de signification :

Retour maison 13 ans après. Vs attendrai @ frequencies chq nuit dès 9:00.

Kaja. En se présentant à la réception du petit hôtel familial où il avait réservé une chambre, dans le quartier historique de Gamla Stan, situé sur une île entre la ville moderne et Södermalm, il avait récupéré le petit paquet envoyé par avance. À présent il sentait remuer, au fond de la poche de sa pelisse, l'objet contenu dans le fameux paquet. Il traversa la rue encombrée et dès qu'il franchit les portes du club Frequencies, la musique électronique explosa dans ses oreilles. Sous les projecteurs installés au plafond, des corps en transe s'agitaient sur la piste, emportés par le martèlement des basses qui s'élevait du sol. L'air miroitant était saturé d'humidité et d'odeurs diverses.

Autour du bar éclairé par-dessous, s'agglutinait une foule de dragueurs occupés à tester leur pouvoir de séduction. Ce fut par pur miracle que Bourne la repéra tout au bout, derrière la masse des danseurs survoltés. Dans ses yeux, il vit briller le regard de Viveka. Accoudée au comptoir, un verre à la main, elle se tenait légèrement en retrait. Kaja avait dû remarquer sa présence car lorsqu'un type l'aborda pour l'inviter à danser, elle refusa, lui refila son verre et le planta là pour rejoindre Bourne. Elle portait une tenue rouille : snow boots, jupe de cuir découvrant le genou, col roulé à torsades.

Ils se rejoignirent dans une trouée momentanée au cœur du tourbillon. Comme il n'était pas envisageable de tenir une conversation avec ce bruit, elle le prit par la main et l'emmena jusqu'aux toilettes des dames. Personne ne s'émut de le voir entrer là. Les jeunes femmes alignées devant les lavabos étaient trop occupées à sniffer de la coke et à échanger leurs impressions sur les mecs de la boîte.

Ils se réfugièrent dans une cabine.

« Kaja, dit Bourne. J'ai quelque chose pour vous. » Il sortit de sa poche le .22 plaqué argent qui avait appartenu à sa mère et le lui tendit.

La jeune femme examina l'arme un bref instant puis leva les yeux vers lui. Elle paraissait légèrement différente mais il n'aurait su dire pourquoi. Peut-être à cause de ses cheveux blond pâle qui accentuaient sa ressemblance avec Viveka Norén. Ou à cause du Beretta et du lieu particulier où ils se trouvaient.

« Je ne comprends pas, dit-elle. Pourquoi me donnez-vous ça ?

— Cette arme appartenait à votre mère, Kaja. C'est avec elle qu'elle a tenté de m'abattre.

— Je ne suis pas Kaja, répondit-elle. Je suis Skara. »

Pendant quelques secondes, le temps s'arrêta, les pulsations syncopées se fondirent dans un silence irréel. Bourne ne savait plus quoi penser. « Mais non, c'est impossible, bredouilla-t-il. Skara était à Damas avec Semid Abdul-Qahhar.

— Ma sœur Kaja est morte dans l'explosion d'El-Gabal. C'est elle que vous avez vue là-bas. »

Kaja. Skara. L'une des deux mentait, mais laquelle ? « Skara souffrait d'un trouble de la personnalité multiple, plaida-t-il. Cela correspond parfaitement à la femme que j'ai tuée à Damas.

— Je comprends mieux, maintenant. Mais c'est Kaja qui souffrait d'un trouble de la personnalité, pas moi. »

Bourne eut l'impression que le sol s'ouvrait sous ses pieds.

Devinant son désarroi, elle proposa : « Allons quelque part ailleurs, dans un endroit plus calme. »

*

Elle l'emmena dans un petit café de Gamla Stan, essentiellement fréquenté par des jeunes gens dont les plus âgés n'avaient pas trente ans. À peu près l'âge des deux sœurs, si ses calculs étaient corrects, puisqu'elles en avaient quinze lorsqu'elles avaient fui Stockholm, voilà de cela treize ans.

« Ma sœur Kaja racontait à qui voulait l'entendre que des deux c'était moi la malade. Cela faisait partie de son problème. »

On lui apporta un café accompagné d'une tranche de stollen. La jeune femme prit le temps d'ajouter du sucre et de la crème dans sa tasse et d'avaler une première gorgée avant de poursuivre son récit. « Kaja mentait avec une facilité stupéfiante. C'était nécessaire, sinon elle serait devenue folle. Chacune de ses personnalités était à la fois authentique et fabriquée. » Elle posa sa tasse en souriant d'un air navré. « Je vois que vous ne me croyez pas. Ce n'est pas grave, j'ai l'habitude. Kaja était tellement douée que tout le monde s'y laissait prendre.

— Même Don Fernando Hererra ?

— Elle aurait pu tromper un détecteur de mensonges.

— Parce qu'elle croyait à ce qu'elle inventait, j'imagine.

— Oui, exactement. »

Bourne s'accorda un instant pour rassembler ses idées. Depuis qu'ils avaient commencé à discuter, des différences lui étaient apparues entre cette femme et la Kaja qu'il avait connue – ou du moins, l'avatar qui avait croisé son chemin. Plus le temps passait, plus il comprenait que la personne assise en face de lui était sincère. Il revit sa rencontre dans la pièce de stockage d'El-Gabal avec celle qu'il avait prise pour Skara. Les yeux de cette femme lui avaient paru briller d'une lueur étrange, familière et pourtant si différente. « *Tuez-moi*, avait-elle crié. *Tuez-moi, qu'on en finisse.* »

Était-elle redevenue elle-même juste avant de mourir ?

Comment en être sûr ?

« Montrez-moi votre cou, demanda Bourne.

— Qu'avez-vous dit ? » Elle le regarda interloquée.

« Kaja a été attaquée par un margay. Elle avait des cicatrices de chaque côté du cou.

— Très bien. » Elle baissa son col roulé, révélant un cou délicat à la peau rose et parfaite. « J'ai réussi mon examen ? »

Bourne se détendit ; en lui, la méfiance avait laissé place à la tristesse. *« Tuez-moi, qu'on en finisse. »* La pauvre Kaja avait toujours vécu à l'intérieur d'un cauchemar, tiraillée entre des identités sur lesquelles elle n'avait aucune prise.

« Qu'est-ce qu'elle faisait avec Semid Abdul-Qahhar ? » demanda-t-il enfin.

Skara soupira en rectifiant son col. « L'une de ses personnalités détestait notre père. Elle voulait le punir de nous avoir abandonnées.

— Voilà au moins un point sur lequel elle ne m'a pas menti. »

Le regard de Skara s'attarda sur lui. « Premièrement, pour qu'un mensonge soit crédible, il faut y ajouter une pincée de vérité. Deuxièmement, elle ne vous a pas tout dit. »

Bourne frissonna. Il but une gorgée de café. Le breuvage était amer mais revigorant. « Alors, faites-le. »

Skara se mit à observer le marc au fond de sa tasse. « J'aime mieux pas.

— Comment cela ? s'écria Bourne, soudain furieux de se sentir à nouveau manipulé.

— Ce n'est pas à moi de le faire. » Elle sourit. « Je vous en prie. Soyez patient, attendez jusqu'à demain matin. » Elle sortit un calepin relié cuir de son sac à main, écrivit une adresse, déchira la page et la lui tendit. « Dix heures. » Puis elle appela la serveuse qui s'approcha pour remplir leurs tasses.

Elle regarda son épaule gauche. « Vous avez été blessé à Damas.

— Je vais bien », répondit Bourne. Il s'apprêtait à lui demander d'où elle tenait ce renseignement quand il se ravisa, supposant que la réponse lui serait fournie dans quelques heures, avec le reste.

« Maintenant, parlez-moi du Beretta, dit-elle en fronçant les sourcils. J'ignorais que ma mère non seulement possédait un pistolet mais qu'elle était armée quand elle s'est fait tuer. C'est vous qui le lui avez pris ?

— Votre sœur l'avait sur elle, répondit-il. Je ne sais pas comment elle se l'est procuré. »

Skara hocha la tête comme si la chose tombait sous le sens. « Il lui appartenait, c'est évident. C'est elle qui l'a prêté à Viveka. Ça lui ressemblerait bien, en tout cas.

— Mais elle n'avait que quinze ans !

— Après le départ de mon père, nous étions toutes terrifiées. J'imagine que ma mère l'a pris sans la moindre hésitation.

— L'histoire est plus compliquée que ça, n'est-ce pas ? »

Skara esquissa un sourire. « Malheureusement pour nous tous, il en est toujours ainsi. »

*

La neige s'arrêta durant la nuit. Bourne ne résista pas à l'envie d'appeler Rebeka qui lui répondit d'une voix lasse où il devina toutefois sa joie de l'entendre. Dans la pénombre de sa chambre d'hôtel, leur conversation murmurée lui fit l'effet d'un rêve. Après avoir raccroché, il se coucha et s'endormit, bercé par les rumeurs étouffées de la ville. En songe, il vit un camion rouler sur une route déserte, au milieu de nulle part.

Le lendemain matin, il sortit de son hôtel pour monter dans le taxi qui l'attendait. L'air était vif et transparent, le ciel bleu étincelait sous les rayons du soleil d'hiver. Il se fit déposer devant un immeuble moderne, sur Birger Jarlsgatan, juste en face des bureaux de Goldman Sachs International.

Skara l'attendait à l'entrée. Elle lui prit le bras et le guida dans le hall pavé de marbre en damier de la Nymphenburg Landesbank de Munich. Les vigiles les saluèrent d'un signe de tête quand ils se dirigèrent vers l'ascenseur. Au tout dernier étage, ils tombèrent sur une suite de bureaux et un comptoir occupé par deux secrétaires et trois assistants de direction qu'ils dépassèrent pour arriver devant une porte sur laquelle une plaque en cuivre indiquait MARTIN SIGISMOND, PRESIDENT. Elle donnait accès à un bureau gigantesque bénéficiant d'une vue panoramique sur le centre-ville et le fleuve que le soleil faisait scintiller comme une plaque métallique.

Sigismond les attendait. Un homme blond aux yeux bleus, grand, mince, athlétique. Il portait un costume bleu marine rehaussé d'une cravate couleur flamme. Près de lui, Bourne reconnut Don Fernando Hererra en pantalon de flanelle impeccablement repassé et, chose curieuse, veste de smoking.

« M. Bourne, je suis sincèrement ravi de vous rencontrer, dit Sigismond en lui tendant la main. Don Fernando ne tarit pas d'éloges à votre égard.

— Oh, pitié ! lança Skara en retenant un rire. M. Bourne, j'aimerais vous présenter Christien Norén, mon père. »

Bourne marqua une seconde d'hésitation. « Vous avez de la poigne pour un fantôme », dit-il en lui serrant la main.

Christien sourit. « Me voilà revenu d'entre les morts. Ça n'a pas été sans peine. »

*

Ils s'installèrent tous les quatre dans deux canapés placés en vis-à-vis.

« Au fait, j'ai changé de nom depuis de nombreuses années, dit Christien Norén. Aujourd'hui, je m'appelle Martin Sigismond.

— Comme vous l'imaginez sans peine, intervint Don Fernando, Almaz s'est chargé de lui fournir tous les papiers d'identité dont il avait besoin.

— C'est donc Almaz qui tirait les ficelles, dit Bourne.

— Je suis navré mais j'étais obligé de vous cacher cette information, répondit Don Fernando. Il fallait que vous restiez focalisé sur la connexion entre Severus Domna et Semid Abdul-Qahhar. Et surtout nous avions besoin que vous alliez à Damas pour leur couper l'herbe sous le pied.

— Semid Abdul-Qahhar projetait d'attaquer Indigo Ridge, une mine de terres rares située en Californie, expliqua Christien. Il y avait placé un homme à lui, Roy FitzWilliams. Un type qu'il avait recruté des années auparavant.

— C'est donc à Indigo Ridge que les armes devaient aboutir », dit Bourne.

Don Fernando acquiesça. « Avec un escadron de terroristes triés sur le volet. Des musulmans nés en Amérique, hélas. »

Skara brisa le silence. « Papa ? »

Christien lui fit signe qu'il avait compris. « Monsieur Bourne, Don Fernando et moi avons une immense dette envers vous. Merci.

— Vous ne me devez qu'une chose. Des explications en bonne et due forme.

— Et vous les aurez. » Soudain il se rembrunit. « J'ai commis d'innombrables erreurs au cours de mon existence, M. Bourne, mais la plus grave fut d'abandonner ma famille. J'ai perdu ma femme et deux de mes filles. Tout cela à cause d'une impardonnable erreur de jugement.

— Non, papa, réagit Skara. C'est parce qu'on t'avait menti. »

Christien ne semblait pas prêt à renoncer à sa part de responsabilité. « À l'époque, j'étais lié à la Domna.

Benjamin El-Arian, qui commençait à me soupçonner, a voulu me tester en m'envoyant assassiner Alex Conklin.

— Nous avons fait des erreurs l'un comme l'autre, intervint Don Fernando avec un soupir. J'avais justement l'intention de recruter Conklin pour Almaz. La mission de Christien m'a paru tomber à point nommé.

— J'ignore comment mais El-Arian a tout découvert, reprit Christien. J'ai dû me faire passer pour mort afin qu'il ne s'en prenne pas à ma famille. Là encore, je me suis fourvoyé. »

Bourne secoua la tête. « Dans ce cas, pourquoi Alex Conklin m'a-t-il ordonné de tuer Viveka ?

— Lui aussi faisait des erreurs. Il l'a prise pour une espionne.

— Non, dit Skara. C'était à cause de Kaja. »

Bourne et Don Fernando la regardèrent avec étonnement, Christien avec tristesse.

« Je ne l'ai compris qu'en découvrant ceci. » Elle leur présenta le .22 plaqué argent. « Maman l'avait sur elle quand elle est morte. Elle a tiré sur M. Bourne, n'est-ce pas ?

— En effet, confirma Bourne.

— Cette arme, elle la tenait de Kaja, poursuivit Skara. Parmi ses multiples personnalités, l'une te haïssait, papa. Une autre haïssait maman. »

Christien joignit les mains comme pour prier. « Kaja était devenue ingérable. » On voyait à son visage crispé qu'il venait de recevoir un choc émotionnel. « Elle paraissait avoir quatre ou cinq ans de plus que son âge. C'était une enfant précoce, et brillante à sa manière. Je n'ai jamais parlé d'elle à personne – pas même à vous, Don Fernando. D'abord parce j'ai eu honte de moi en voyant qu'elle cherchait à suivre mon exemple. Ensuite, j'ai cru pouvoir la contrôler. Bien mal m'en a pris. » Il fixait le bout de ses chaussures. « Personne ne pouvait contrôler Kaja.

— Elle utilisait son corps aussi bien que son esprit tordu », commenta Skara.

Christien frémit. « Tu as tout à fait raison. » Il haussa les épaules. « En tout cas, Conklin a découvert le but de ma mission. Alors, j'ai dû y renoncer. Mais il a voulu se venger, même après avoir appris ma mort. Et pour cela, il a eu recours à vous, M. Bourne. »

Skara s'avança au bord du canapé. « Sur la foi d'un épouvantable mensonge de Kaja. » Elle retourna le pistolet dans sa main.

« Au moins, il aura servi à me sauver la vie, à Damas, fit remarquer Bourne.

— Grâce à Dieu », s'écria Don Fernando.

Le silence revint. Ils semblaient tous accablés de fatigue. Quand Christien se leva, les autres l'imitèrent. Bourne lui serra la main ; il n'y avait rien d'autre à faire.

« Skara, dit Christien, tu devrais prendre ta journée pour faire visiter la ville à M. Bourne. Je doute qu'il ait eu le temps d'apprécier les paysages lors de son dernier séjour. »

Don Fernando serra Bourne dans ses bras et lui colla une bise sur les deux joues. « Au revoir, Jason, dit-il. Mais pas adieu. »

*

Quand Bourne et Skara furent sortis, Christien se tourna vers Don Fernando. « Vous croyez qu'il s'en doute ?

— Pas pour le moment, répondit le vieil Espagnol. Mais je suis sûr qu'il reconstituera toute l'affaire quand il aura regagné Washington et parlé à Peter Marks. »

Christien s'assombrit. « Êtes-vous sûr que cela ne posera pas de problèmes ?

— Nous sommes parvenus à nos fins, non ? » Don Fernando sourit. « Les parts de NeoDyme que vous avez achetées suffiront à nous assurer la maîtrise d'Indigo Ridge. Nous serons bientôt immensément riches. » Il regarda son ami d'un air acerbe. « Je vous pardonne de m'avoir laissé dans le flou, concernant Kaja. Comme vous l'aviez prévu, la menace exercée par la Domna sur Indigo Ridge nous a servi de diversion. Les huiles du gouvernement américain étaient trop occupées à démêler le complot de la Domna pour enquêter sur les compagnies par l'entremise desquelles nous avons pu rafler les actions de NeoDyme. »

Christien s'approcha de la fenêtre et regarda Bourne et sa fille sortir de l'immeuble et traverser la rue boueuse. « Que fera Bourne quand il comprendra ? »

Don Fernando le rejoignit. Le ciel s'était couvert ; une nouvelle averse de neige n'allait pas tarder à éclater. « Avec Bourne, on ne sait jamais vraiment à quoi s'attendre. J'espère qu'il reviendra ici et que nous aurons une petite conversation à trois.

— Nous avons besoin de lui, n'est-ce pas ?

— Oui, dit gravement Don Fernando. C'est le seul homme digne de notre confiance. »

De Robert Ludlum :

Aux Éditions Grasset

SÉRIE « RÉSEAU BOUCLIER » :

OPÉRATION HADÈS, avec Gayle Lynds
OBJECTIF PARIS, avec Gayle Lynds
LE PACTE CASSANDRE, avec Philip Shelby
LE CODE ALTMAN, avec Gayle Lynds
LE VECTEUR MOSCOU, avec Patrice Larkin
LE DANGER ARCTIQUE, avec James Cobb
OPÉRATION ARÈS

LE COMPLOT DES MATARÈSE
LA TRAHISON PROMÉTHÉE
LE PROTOCOLE SIGMA
LA DIRECTIVE JANSON
LA STRATÉGIE BANCROFT
LA MISSION JANSON

Aux Éditions Robert Laffont

LA MÉMOIRE DANS LA PEAU
LA MOSAÏQUE PARSIFAL

LE CERCLE BLEU DES MATARÈSE
LE WEEK-END OSTERMAN
LA PROGRESSION AQUITAINE
L'HÉRITAGE SCARLATTI
LE PACTE HOLCROFT
LA MORT DANS LA PEAU
UNE INVITATION POUR MATLOCK
LE DUEL DES GÉMEAUX
L'AGENDA ICARE
L'ÉCHANGE RHINEMANN
LA VENGEANCE DANS LA PEAU
LE MANUSCRIT CHANCELLOR
SUR LA ROUTE D'OMAHA
L'ILLUSION SCORPIO
LES VEILLEURS DE L'APOCALYPSE
LA CONSPIRATION TREVAYNE
LE SECRET HALIDON
SUR LA ROUTE DE GANDOLFO

De Eric Van Lustbader :

LE GARDIEN DU TESTAMENT

SÉRIE « JASON BOURNE » *(d'après Robert Ludlum)* :

LA PEUR DANS LA PEAU
LA TRAHISON DANS LA PEAU
LE DANGER DANS LA PEAU
LA POURSUITE DANS LA PEAU
LE MENSONGE DANS LA PEAU

Le Livre de Poche s'engage pour l'environnement en réduisant l'empreinte carbone de ses livres. Celle de cet exemplaire est de :
700 g éq. CO_2
Rendez-vous sur www.livredepoche-durable.fr

PAPIER À BASE DE FIBRES CERTIFIÉES

Composition réalisée par Belle Page

Achevé d'imprimer en mai 2015 en Espagne par
CPI
Dépot légal 1re publication : juin 2015
LIBRAIRIE GÉNÉRALE FRANÇAISE
31, rue de Fleurus – 75278 Paris Cedex 06

14/2226/0